PANINI BOOKS

AUSSERDEM BEI PANINI ERHÄLTLICH

M. A. CARRICK: DIE MASKE DER SPIEGEL
(Rabe und Rose, Band 1)
ISBN 978-3-8332-4485-8

M. A. CARRICK: STURM GEGEN STEIN
(Rabe und Rose, Band 2)
ISBN 978-3-8332-4570-1

M. A. CARRICK: DAS PFAUENNETZ
(Rabe und Rose, Band 3)
ISBN 978-3-8332-4571-8

Nähere Infos und weitere phantastische Bände unter:
paninishop.de/phantastik/

M. A. CARRICK

DIE MASKE DER SPIEGEL

Rabe und Rose 1

Ins Deutsche übertragen von
Kerstin Fricke

Bibliografische Information der Deutschen Nationalbibliothek
Die Deutsche Nationalbibliothek verzeichnet diese Publikation
in der Deutschen Nationalbibliografie; detaillierte bibliografische
Daten sind im Internet über http://dnb.d-nb.de abrufbar.

Copyright © 2021 by Bryn Neuenschwander and Alyc Helms
Excerpt from *The Ranger of Marzanna* copyright © 2020 by Jon Skovron
Cover design by Lauren Panepinto
Cover illustration by Nekro
Cover copyright © 2021 by Hachette Book Group, Inc.
Map by Tim Paul

Titel der Englischen Originalausgabe:
»*Mask of Mirrors (Rook and Rose 1*« by M. A. Carrick,
published January 2021 in the US by Orbit, an imprint of Hachette Book Group,
New York, USA.

Deutsche Ausgabe 2024 Panini Verlags GmbH, Schloßstr. 76, 70176 Stuttgart.
Alle Rechte vorbehalten.

Geschäftsführer: Hermann Paul
Head of Editorial: Jo Löffler
Head of Marketing: Holger Wiest (E-Mail: marketing@panini.de)
Presse & PR: Steffen Volkmer

Übersetzung: Kerstin Fricke
Lektorat: Mona Gabriel
Umschlaggestaltung: tab indivisuell, Stuttgart
Satz und E-Book: Greiner & Reichel, Köln
Druck: GGP Media GmbH, Pößneck
Gedruckt in Deutschland

YDCARR001

1. Auflage, Mai 2024,
ISBN 978-3-8332-4485-8

Auch als E-Book erhältlich:
ISBN 978-3-7569-9966-8

Findet uns im Netz:
www.paninicomics.de

PaniniComicsDE

*Für Adrienne,
die uns unbeaufsichtigt gelassen hat*

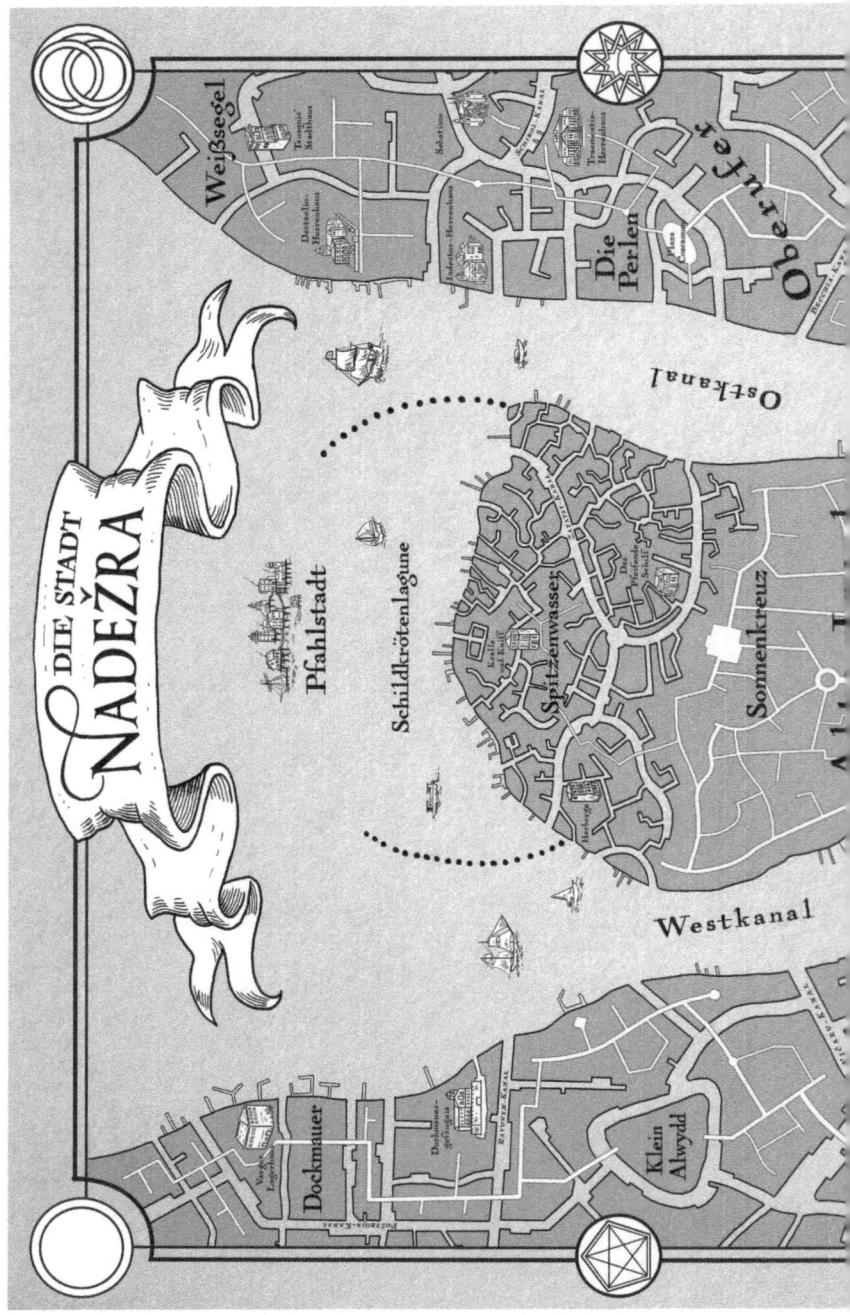

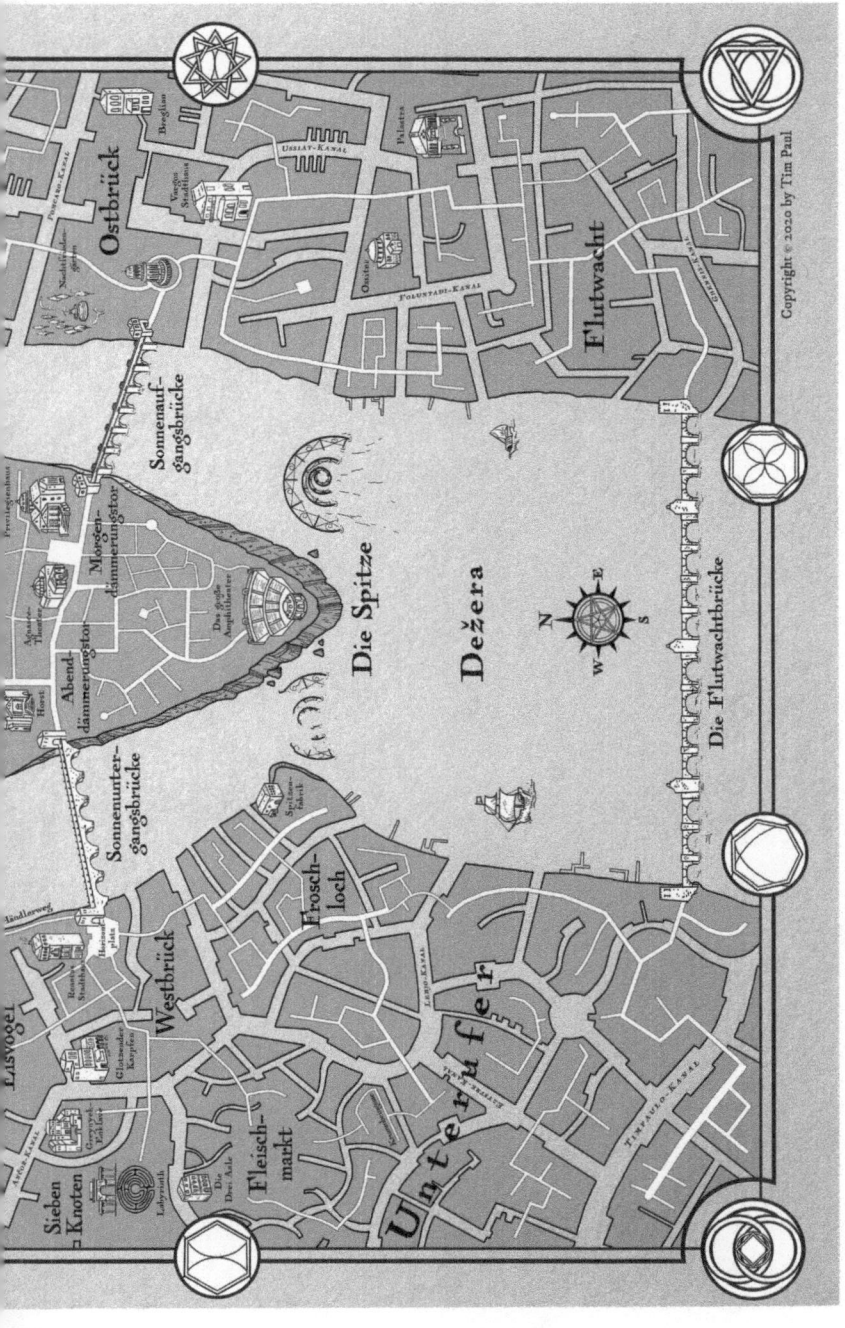

Prolog

In der Herberge gab es verschiedene Arten von Stille. Da gab es die Stille des Schlafes, wenn die Kinder Schulter an Schulter auf den fadenscheinigen Teppichen der diversen Räume schliefen und nur hin und wieder ein Schnarchen oder Rascheln ertönte. Dann gab es die Stille des Tages, wenn das Haus so gut wie verlassen war, denn dann waren sie keine Kinder, sondern Finger, die losgeschickt wurden, um so viele Vögel wie nur irgend möglich zu rupfen und erst nach Hause zu kommen, wenn sie Geldbörsen, Fächer, Taschentücher und mehr vorweisen konnten.

Dann gab es da noch die Stille der Angst.

Jeder wusste, was passiert war. Dafür hatte Ondrakja gesorgt: Falls irgendjemandem die Schreie entgangen sein sollten, hatte sie Sedges blutige, entstellte Leiche an ihnen allen vorbeigeschleift, während Simlin Ren zwang, mit leerem Blick hinter Ondrakja herzustaksen. Als sie einige Zeit später zurückkehrten, waren Ondrakjas fleckige Hände leer, und sie stellte sich mitten in den schimmeligen Flur der Herberge, während die restlichen Finger aus den Türöffnungen und durch das zersplitterte Treppengeländer zusahen.

»Das nächste Mal«, sagte Ondrakja mit leiser und freundlicher Stimme, von der sie alle wussten, dass sie Gefahr bedeutete, zu Ren, »schlage ich an einer weicheren Stelle zu.« Danach ließ sie den Blick mit zielsicherer Bosheit zu Tess wandern.

Simlin gab Ren frei, Ondrakja ging nach oben und danach breitete sich Stille in der Herberge aus. Nicht einmal die Bodendielen knarrten, weil die Finger sich Ecken suchten, in die sie sich kauern konnten, und dort blieben.

Sedge war nicht der Erste. Es hieß, Ondrakja würde sich hin und wieder rein zufällig jemanden herauspicken, damit die anderen nicht aus der Reihe tanzten. Sie war die Anführerin ihres Knotens, daher war es auch ihr Recht, jemanden rauszuwerfen.

Allerdings wussten diesmal alle, dass es nicht zufällig geschehen war. Ren hatte Mist gebaut und Sedge den Preis dafür bezahlt.

Weil Ren zu kostbar war, um vergeudet zu werden.

Drei Tage lang blieb es so. Drei Tage der Schreckensruhe, in denen sich keiner sicher war, ob sich Ondrakja wieder beruhigt hatte, und Ren und Tess sich aneinanderklammerten, während die anderen Abstand hielten.

Am dritten Tag wurde Ren aufgefordert, Ondrakja ihren Tee zu bringen.

Sie trug ihn vorsichtig die Treppe hinauf, und das mit einer Anmut, die für den Großteil der Finger unmöglich war. Ihre Schritte waren derart geschmeidig, dass die Innenseite der Tasse noch unbefleckt aussah und die Oberfläche des Tees so ruhig und glatt wie ein Spiegel war, als sie Ondrakja die Tasse reichte.

Ondrakja nahm die Tasse nicht sofort entgegen. Sie fuhr mit der Hand über den Talisman in Form einer verknoteten Kordel an Rens Handgelenk und dann über ihren Kopf, und ihre lackierten Fingernägel strichen über das dichte dunkle Haar, als würde sie eine Katze streicheln. »Kleine Renyi«, murmelte sie. »Du bist clever ... aber nicht clever genug. Aus diesem Grund brauchst du mich.«

»Ja, Ondrakja«, flüsterte Ren.

Der Raum war leer, nur sie beide hielten sich hier auf. Keine Finger hockten auf dem Teppich, um Ondrakjas Auftritt zu bestaunen. Hier gab es nur Ren und die fleckigen Bodendielen in der Ecke, in der Sedge gestorben war.

»Habe ich nicht versucht, es dir beizubringen?«, fragte Ondrakja. »Ich sehe Vielversprechendes in dir und deinem hübschen Gesicht. Du bist besser als die anderen; eines Tages könntest du so gut sein wie ich. Aber nur, wenn du zuhörst und gehorchst – und nicht länger *Dinge vor mir versteckst.*«

Ihre Fingernägel bohrten sich in Rens Haut. Ren hob den Blick und sah Ondrakja mit trockenen Augen an. »Verstehe. Ich werde nie wieder versuchen, etwas vor dir zu verstecken.«

»Braves Mädchen.« Ondrakja nahm den Tee entgegen und trank einen Schluck.

* * *

Die Stunden vergingen quälend langsam. Zweite Erde. Dritte Erde. Vierte. Die meisten Finger schliefen, bis auf jene, die Nachtdienst hatten.

Ren und Tess waren weder draußen noch schliefen sie. Sie hockten unter der Treppe und lauschten. Ren umklammerte den Talisman an ihrem Handgelenk. »Bitte«, flehte Tess, »wir können doch einfach ...«

»Nein. Noch nicht.«

Rens Stimme blieb ganz ruhig, wenngleich ihr Innerstes zitterte wie ein kleiner Finger beim ersten Taschendiebstahl. *Was machen wir, wenn es nicht klappt?*

Sie wusste, dass sie weglaufen sollten. Wenn sie es nicht taten, würden sie ihre Chance verpassen. Sobald herauskam, was sie getan hatte, gäbe es in ganz Nadežra keine Straße mehr, die ihr Zuflucht gewähren würde.

Aber sie war Sedge zuliebe geblieben.

Ein Knarzen auf dem Flur über ihnen ließ Tess aufquietschen. Die Schritte auf der Treppe wurden zu Simlin, der um die Ecke kam. Er verharrte, als er sie im Alkoven bemerkte. »Da seid ihr ja«, sagte er, als hätte er sie schon seit einer Stunde gesucht. »Rauf mit euch. Ondrakja will euch sehen.«

Ren stand auf, ohne den Blick von Simlin abzuwenden. Mit seinen dreizehn Jahren war er nicht so groß wie Sedge, aber sehr viel gemeiner. »Wieso?«

»Keine Ahnung. Hat sie nicht gesagt.« Bevor Ren die Stufen hinaufstieg, fügte er hinzu: »Sie will euch beide sehen.«

Das nächste Mal schlage ich an einer weicheren Stelle zu.

Sie hätten weglaufen sollen. Aber da Simlin jetzt ganz in ihrer Nähe stand, konnten sie das vergessen. Er zerrte Tess aus dem Alkoven, ignorierte ihr Wimmern und schob sie beide die Treppe hinauf.

Das Feuer im Salon war runtergebrannt und die Schatten rückten von der Decke und den Wänden immer näher. Ondrakja hatte ihren großen Sessel mit der Rückseite zur Tür aufgestellt, sodass sie um ihn herumlaufen mussten, um ihr ins Gesicht zu sehen. Tess umklammerte Rens Hand so fest, dass es wehtat.

Ondrakja war der Inbegriff an Spitzenwasser-Eleganz. Trotz der späten Stunde hatte sie sich ein feines Kleid angezogen, einen Surcot im Liganti-Stil über einem feinen Leinenunterkleid – das Ren eigenhändig von einer Wäscheleine gestohlen hatte. Ihr Haar war hochgesteckt, und mit der hohen Lehne hinter sich sah sie aus wie einer der Cinquerat auf ihren Thronen.

Einige Stunden zuvor hatte sie Ren noch gestreichelt und für ihre Fähigkeiten gelobt. Nun sah Ren jedoch das mörderische Glitzern in Ondrakjas Augen und wusste, dass so etwas nie wieder passieren würde.

»Verräterische kleine Schlampe«, zischte Ondrakja. »Ist das deine Rache für dieses Stück Scheiße, das ich rausgeworfen habe? Tust mir etwas in den Tee. Es hätte ein Messer in den Rücken sein müssen – aber dafür hast du nicht den

Mumm. Das Einzige, was schlimmer ist als ein Verräter, ist einer ohne Rückgrat.«

Ren stand wie gelähmt da. Tess kauerte hinter ihr. Sie hatte exakt die Menge an Herbstzeitlose hineingegeben, die sie sich leisten konnte, und den Apotheker mit den Münzen bezahlt, die ihr, Tess und Sedge eigentlich dabei helfen sollten, Ondrakja für immer zu entkommen. Es hätte wirken müssen.

»Dafür wirst du büßen«, drohte Ondrakja ihr mit vor Gift sprühender Stimme. »Aber diesmal wird es nicht ganz so schnell gehen. Jeder wird wissen, dass du deinen Knoten verraten hast. Sie werden dich festhalten, während ich deine kleine Schwester hier bearbeite. Ich werde sie tagelang am Leben lassen und du wirst jedes noch so kleine …«

Sie erhob sich beim Reden und überragte Ren wie eine urtümliche Dämonin, doch dann taumelte sie plötzlich. Kurz legte sie sich eine Hand an den Bauch und erbrach sich ohne Vorwarnung auf den Teppich.

Als sie den Kopf wieder hob, erkannte Ren, was ihr im Schatten des Sessels verborgen geblieben war: Das Glitzern in Ondrakjas Augen beruhte nicht auf Zorn, sondern kam vom Fieber. Ihr Gesicht sah krank und fahl aus, ihre Haut war mit kaltem Schweiß bedeckt.

Das Gift hatte doch gewirkt. Und es war noch lange nicht fertig mit ihr.

Ren tänzelte nach hinten, als Ondrakja nach ihr griff. Ondrakja ballte die Finger zur Faust, schwankte und sackte auf ein Knie. Schnell wie eine Schlange trat Ren ihr ins Gesicht und Ondrakja fiel nach hinten.

»Das ist für Sedge«, spie Ren ihr ins Gesicht und sauste vor, um Ondrakja in den geplagten Magen zu treten. Die Frau übergab sich erneut, war jedoch noch weit genug bei Sinnen, um Rens Bein zu packen. Ren entwand sich ihr und Ondrakja umklammerte keuchend ihre Kehle.

Mit einem Zerren am Talisman an Rens Handgelenk war

die Kordel zerrissen und sie ließ sie ins Erbrochene fallen. Tess tat es ihr sogleich nach. Mit einem Mal waren sie keine Finger mehr.

Ondrakja streckte abermals die Hand aus, und Ren trat auf ihr Handgelenk, wobei der Knochen brach. Sie hätte noch weitergemacht, doch Tess zerrte Ren am Arm zur Tür. »Sie ist doch schon tot. Komm jetzt, sonst ...«

»Komm wieder her!«, fauchte Ondrakja, deren Stimme jedoch nur noch ein heiseres Röcheln war. »Das wirst du mir verdammt noch mal büßen ...«

Ihre Worte gingen in erneutes Würgen über. Endlich riss sich Ren los, öffnete die Tür und rannte gegen Simlin, der auf der anderen Seite stand und hinfiel, bevor er reagieren konnte. Schon ging es die Treppe hinunter zum Alkoven, wo sich unter den lockeren Bodendielen zwei Taschen verbargen, die ihren gesamten Besitz enthielten. Ren nahm eine heraus und warf Tess die andere zu, und im nächsten Moment preschten sie aus der Tür der Herberge auf die schmalen, stinkenden Straßen von Spitzenwasser und ließen die sterbende Ondrakja, die Finger und ihre Vergangenheit hinter sich zurück.

Erster Teil

1

Die Maske der Spiegel

Isla Traementis, die Perlen: 1. Suilun

Nachdem sie seit fünfzehn Jahren die Hausprivilegien der Traementis regelte, erkannte Donaia Traementis, wenn ein Angebot zu gut aussah, als es das vermutlich in Wirklichkeit war. Das Angebot, das momentan auf ihrem Schreibtisch lag, ließ sich nur als unglaublich beschreiben.

»Er könnte wenigstens versuchen, es seriös aussehen zu lassen«, murmelte sie. Hielt Mettore Indestor sie etwa für eine ausgemachte Närrin?

Er glaubt, du bist verzweifelt. Und damit hat er recht.

Sie schob die besockten Zehen unter den riesigen Hund, der unter ihrem Schreibtisch schlief, und presste sich die kalten Finger an die Stirn. Die Handschuhe hatte sie ausgezogen, um Tintenflecken zu vermeiden, und der Kamin in ihrem Studierzimmer brannte nicht, da sie Brennstoff sparen wollte. Abgesehen von Klops waren die Bienenwachskerzen – eine Ausgabe, auf die sie nicht verzichten wollte, um den Rest ihres Augenlichts nicht auch noch zu verlieren – die einzigen Wärmespender. Sie rückte ihre Augengläser zurecht, überflog das Angebot ein weiteres Mal und machte sich zwischen den Zeilen erboste Notizen.

Dabei erinnerte sie sich an eine Zeit, zu der das Haus Traementis ebenso mächtig wie die Indestor-Familie gewesen war. Sie hatten einen Sitz im Cinquerat gehabt, dem aus fünf Personen bestehenden Rat, der über Nadežra herrschte, und Privilegien, die es ihnen erlaubten, Handel zu treiben, Söldner anzuwerben und Gilden zu kontrollieren. Jede in Nadežra denkbare Art von Wohlstand, Macht und Prestige hatte ihnen zur Verfügung gestanden. Doch trotz Donaias Bemühungen und jener ihres verstorbenen Ehemannes vor ihr war es so weit gekommen: Sie mühte sich mit einem Handelsprivileg an der Abenddämmerungsstraße ab, als könnte sie genug Blut aus dem Stein quetschen, um damit alle Traementis-Schulden zu bezahlen.

Schulden, die sie fast ausschließlich bei Mettore Indestor hatten.

»Und Ihr erwartet, dass ich meine Karawane Euren Wachen anvertraue?«, grummelte sie und bohrte die Feder so fest in das Angebot, dass das Papier beinahe zerriss. »Ha! Und wer beschützt sie vor ihnen? Werden sie überhaupt auf Banditen warten oder die Wagen gleich selbst plündern?«

Wodurch Donaia nicht nur diese verloren hätte, sondern sich auch mit einigen wütenden Investoren und Schulden, die sie nicht länger begleichen konnte, herumschlagen müsste. Dann würde Mettore wie einer seiner dreifach verdammten Falken herbeistürzen, um das zu verschlingen, was vom Haus Traementis noch übrig war.

Doch sosehr sie es auch versuchte, sie sah einfach keine andere Option. Sie konnte die Karawane nicht ungeschützt losschicken – vraszenianische Banditen waren eine ständige Sorge –, aber die Indestor-Familie hatte den Caerulet-Sitz im Cinquerat inne, was bedeutete, dass Mettore über militärische und Söldner-Angelegenheiten entschied. Niemand würde es riskieren, mit einem Haus zusammenzuarbeiten, gegen das Indestor einen Groll hegte – nicht wenn man dadurch ein Privileg verlieren konnte oder Schlimmeres erlitt.

Klops hob den Kopf und jaulte. Einen Augenblick später klopfte es an der Tür des Studierzimmers und Donaias Majordomus erschien. Colbrin wusste genau, dass er sie nicht zu stören hatte, wenn sie sich um Geschäftsbelange kümmerte, doch diese Angelegenheit hielt er offenbar für sehr wichtig.

Er verbeugte sich und reichte ihr eine Visitenkarte. »Alta Renata Viraudax?«, fragte Donaia und schob Klops' feuchte Schnauze aus ihrem Schoß, der an der Karte schnuppern wollte. Sie drehte die Karte um, als könnte sie auf der Rückseite etwas über den Zweck des Besuchs erfahren. Viraudax war kein hiesiges Adelshaus. Handelte es sich um jemanden, der zu Besuch in Nadežra weilte?

»Eine junge Frau, Era Traementis«, sagte der Majordomus. »Mit guten Manieren. Gut gekleidet. Sie sagte, es ginge um eine wichtige Privatangelegenheit.«

Die Karte segelte zu Boden. Donaias Pflichten als Leiterin des Hauses Traementis verhinderten, dass sie ein ausschweifendes gesellschaftliches Leben führen konnte, was man allerdings nicht von ihrem Sohn behaupten konnte, und in letzter Zeit hatte sich Leato mehr und mehr wie sein Vater verhalten. Möge Ninat ihn holen – wenn ihr Sohn jetzt auch noch Spielschulden bei dieser Besucherin gemacht hatte ...

Colbrin hob die Karte auf, bevor der Hund sie fressen konnte, und reichte sie Donaia erneut. »Soll ich ihr sagen, dass Ihr nicht zu Hause seid?«

»Nein. Führe sie herein.« Falls die Ausflüge ihres Sohnes in die zwielichtigeren Gefilde von Nadežra zu Ärger führten, wollte sie diesen zumindest im Keim ersticken, bevor sie sich ihren Sprössling zur Brust nahm.

Irgendwie. Mit Geld, das sie nicht besaß.

Wobei es schlauer wäre, dieses Treffen nicht in einem eiskalten Studierzimmer abzuhalten. »Warte«, bat sie, bevor

Colbrin hinausgehen konnte. »Bring sie in den Salon. Und serviere uns Tee.«

Donaia reinigte ihre Feder von Tinte und versuchte vergeblich, die Hundehaare von ihrem Surcot zu wischen. Nachdem sie diesen Versuch aufgegeben hatte, streifte sie sich die Handschuhe über und richtete die Papiere auf ihrem Schreibtisch. Während sie ihre Umgebung in Ordnung brachte, versuchte sie, sich zu sammeln. Sie blickte an ihrer Kleidung hinab – ausgeblichener blauer Surcot über einer Hose und Hauspantoletten – und wog den Wert des Umkleidens gegen den Preis dafür ab, ein potenzielles Problem warten zu lassen.

Heutzutage wird alles anhand seines Wertes bemessen, dachte sie bedrückt.

»Sitz, Klops«, befahl sie, als der Hund ihr folgen wollte, und ging in den Salon.

Die junge Frau, die dort auf sie wartete, hätte nicht besser zu ihrer Umgebung passen können, wenn sie es darauf angelegt hätte. Ihr rotgoldenes Unterkleid und der cremefarbene Surcot harmonisierten hervorragend mit der golddurchwirkten pfirsichfarbenen Seide der Couch und der Sessel, und die dicke Locke, die aus ihrem hochgesteckten Haar herausfiel, entsprach der Farbe der hölzernen Wandvertäfelung. Diese Locke hätte unbeabsichtigt wirken können, als hätte sich eine Haarsträhne gelöst – aber alles andere an dieser Besucherin war derart elegant, dass es sich nur um eine absichtliche persönliche Note handeln konnte.

Sie betrachtete die Bücher, die hinter der Glasscheibe aufgereiht waren. Als Donaia die Tür schloss, drehte sich die Besucherin um und machte einen tiefen Knicks. »Era Traementis. Danke, dass Ihr mich empfangt.«

Ihre höfliche Verneigung war ebenso Seterin wie ihr scharfer Akzent und sie bewegte eine Hand elegant zur gegenüberliegenden Schulter. Bei ihrem Anblick wurden Donaias Bedenken noch viel größer. Die junge Frau musste etwa im Alter ihres Sohnes sein und war mit ihren zarten Gesichtszügen und der makellosen Haut so wunderschön wie ein Porträt von Creciasto. Demzufolge war es durchaus denkbar, dass Leato beim Kartenspiel mit ihr den Kopf verloren hatte. Und ihr Erscheinungsbild – der üppig bestickte Brokat, die Ärmel aus eleganter Seide – trug erst recht nicht dazu bei, Donaias Ängste zu besänftigen. Vor ihr stand eine Frau, die es sich leisten konnte, zu spielen und ein Vermögen zu verlieren.

Diese Art von Frau würde eine einzufordernde Schuld weder vergeben noch vergessen ... es sei denn, diese Schuld diente als Druckmittel für etwas anderes.

»Alta Renata. Bitte verzeiht meine Ungezwungenheit.« Donaia deutete auf ihre einfache Kleidung. »Ich hatte keine Besucher erwartet, doch es klang, als wäre diese Angelegenheit ziemlich dringlich. Bitte setzt Euch doch.«

Die junge Frau ließ sich so leicht wie eine Nebelschwade über dem Fluss im Sessel nieder. Bei ihrem Anblick war leicht nachzuvollziehen, warum die Einwohner von Nadežra Seteris als Quelle für alles Stilvolle und Elegante betrachteten. Seteris war der Geburtsort der Mode. Bis sie in den Süden zum Seteris-Protektorat Seste Ligante und dann noch weiter südlich über das Meer nach Nadežra gelangte, war sie bereits alt und überholt und in Seteris längst etwas anderes angesagt.

Die meisten Seterin-Besucher benahmen sich so, als wäre Nadežra nicht mehr als eine rückständige Kolonie von Seteris auf dem vraszenianischen Kontinent, wo sie sich schon mit dem Schlamm des Dežera befleckten, wenn sie nur einen Fuß auf die Straßen setzten. Renatas Reaktion erschien jedoch eher wie ein Zögern als wie Herablassung. »Es ist nicht dringend. Bitte entschuldigt, falls ich diesen Eindruck erweckt haben sollte. Ich muss gestehen, dass ich nicht genau weiß, wie ich diese Unterhaltung angehen soll.«

Sie hielt inne und musterte Donaia mit bernsteinfarbenen Augen. »Ihr erkennt meinen Familiennamen nicht wieder, oder?«

Das hörte sich irgendwie unheilvoll an. Seteris mochte auf der anderen Seite des Meeres liegen, aber die wahrlich mächtigen Familien konnten den Handel in jedem bekannten Teil der Welt beeinflussen. Falls das Haus Traementis unwissentlich eine davon verärgert hatte ...

Donaia ließ sich die Besorgnis nicht anmerken. »Bedauerlicherweise hatte ich noch nicht sehr oft mit den großen Häusern von Seteris zu tun.«

Das Mädchen atmete leise aus. »Das dachte ich mir. Zwar hatte ich angenommen, dass sie Euch wenigstens ein Mal geschrieben hat, aber dem ist offenbar nicht so. Ich ... bin Letilias Tochter.«

Selbst wenn sie erklärt hätte, von der vraszenianischen Göttin Ažerais höchstpersönlich abzustammen, wäre Donaia nicht verblüffter gewesen.

Ihre Fassungslosigkeit war zu gleichen Teilen Erleichterung und Sorge: Sie war weder als Gläubigerin noch als Tochter einer unbekannten Macht hier, sondern gehörte zur Familie – gewissermaßen.

Da es ihr die Sprache verschlagen hatte, musterte Donaia die junge Frau, die ihr gegenübersaß. Gerader Rücken, gerade Schultern, gerader Hals und dieselbe edle, schmale Nase, dank der Letilia Traementis zu ihrer Zeit als die Schönste in Nadežra galt.

Ja, sie konnte in der Tat Letilias Tochter sein und somit Donaias Nichte.

»Letilia hat nach ihrer Abreise nie geschrieben.« Das war der einzige Punkt, in dem dieses verwöhnte Balg der Familie gegenüber jemals Rücksicht genommen hatte. Während der ersten Jahre hatten sie tagtäglich damit gerechnet, einen Brief zu erhalten, in dem stand, dass sie in Seteris gestrandet sei und dringend Geld benötige. Stattdessen hatten sie nie wieder von ihr gehört.

Angst wallte in Donaia auf. »Ist Letilia hier?«

Die Tür wurde geöffnet, und einen schaurigen Moment lang befürchtete Donaia schon, den vertrauten Schwall an Launenhaftigkeit und Arroganz hereinstolzieren zu sehen. Doch es war nur Colbrin mit einem Tablett. Entgeistert stellte Donaia fest, dass zwei Kannen darauf standen, eine flache, runde für Tee und eine höhere. Selbstverständlich hatte er den Seterin-Akzent ihrer Besucherin bemerkt und ging davon aus, dass Donaia ihr Kaffee servieren wollte.

Wir sind noch nicht so tief gesunken, dass ich mir keine anständige Gastfreundschaft leisten könnte. Aber Donaias Stimme klang dennoch scharf, als er das Tablett zwischen ihnen abstellte. »Danke, Colbrin. Das wäre dann alles.«

»Nein«, antwortete Renata, nachdem sich der Majordomus verbeugt hatte und gegangen war. »Nein, Mutter weilt noch zufrieden in Seteris.«

Anscheinend hatte das Glück das Haus Traementis noch nicht völlig verlassen. »Tee?«, fragte Donaia vor Erleichterung etwas zu beschwingt. »Oder lieber Kaffee?«

»Ich hätte gern einen Kaffee. Danke.« Anmutig nahm Renata Tasse und Untertasse entgegen. Alles an ihr war anmutig – allerdings nicht so künstlich und erzwungen elegant, wie Letilia in Donaias Erinnerung immer gewirkt hatte.

Renata nippte an ihrem Kaffee und gab ein leises, zufriedenes Schlürfen von sich. »Ich muss zugeben, dass ich mich schon gefragt hatte, ob ich hier überhaupt einen Kaffee bekommen würde.«

Ah. Da war das Echo von Letilia, dieser leise Spott, der aus etwas, das ein Kompliment sein konnte, eine Beleidigung werden ließ.

Wir haben sogar Holzböden und Stühle mit Rückenlehne. Donaia schluckte die schnippische Erwiderung hinunter. Der bittere Geschmack, den sie noch im Mund hatte, bewog sie jedoch dazu, sich ebenfalls einen Kaffee einzuschenken, obwohl sie ihn eigentlich gar nicht mochte. Aber sie würde nicht zulassen, dass ihr dieses Mädchen das Gefühl gab, eine Bäuerin aus dem Delta zu sein, nur weil Donaia ihr ganzes Leben in Nadežra verbracht hatte.

»Ihr seid also hier, Letilia aber nicht. Dürfte ich den Grund dafür erfahren?«

Das Mädchen senkte den Kopf und drehte die Kaffeetasse, als wäre die perfekte Ausrichtung zur Untertasse von entscheidender Bedeutung. »Ich habe tagelang überlegt, wie ich am besten an Euch herantreten soll, aber ... nun ja.« In ihrem Lachen schwang ein Hauch Nervosität mit. »Es ist unmöglich, es auszusprechen, ohne zuzugeben, dass ich Letilias Tochter bin ... und doch ist mir bewusst, dass ich Euch allein dadurch auf dem falschen Fuß erwische. Daran lässt sich bedauerlicherweise nichts ändern.«

Renata holte tief Luft, als würde sie sich für einen Kampf wappnen, und sah Donaia in die Augen. »Ich bin hier, weil ich herausfinden möchte, ob ich möglicherweise eine Versöhnung zwischen meiner Mutter und ihrer Familie herbeiführen kann.«

Donaia musste ihre ganze Selbstbeherrschung aufbringen, um nicht loszulachen. Eine Versöhnung? Sie hätte sich eher mit den Drogen versöhnt, die ihrem Gatten Gianco in seinen letzten Jahren den Verstand geraubt hatten. Wenn sie Giancos finsteren Kommentaren Glauben schenken konnte, hatte Letilia das Haus Traementis ebenso zerstört wie das Aža.

Zu ihrem Glück stand ihr dank der Gebräuche und Gesetze eine andere Antwort zur Verfügung. »Letilia ist nicht länger Teil dieser Familie. Der Vater meines Gatten hat ihren Namen nach ihrem Weggang aus dem Register streichen lassen.«

Zumindest war Renata schlau genug, nicht die Überraschte zu spielen. »Das kann ich meinem Groß... Eurem

Schwiegervater nicht verdenken«, sagte sie. »Ich kenne nur die Version dieser Geschichte, wie meine Mutter sie erzählt, aber ich kenne auch sie, daher kann ich mir vorstellen, welchen Beitrag sie zu dieser Entfremdung geleistet hat.«

Donaia glaubte, sich ausmalen zu können, wie viel Gift Letilias Version enthalten haben musste. »Es ist mehr als nur eine Entfremdung«, erklärte sie brüsk und stand auf. »Es tut mir sehr leid, dass Ihr das Meer umsonst überquert habt, aber das, worum Ihr da bittet, ist schlichtweg unmöglich. Selbst wenn ich daran glauben könnte, dass Eure Mutter auf eine Versöhnung aus ist – was ich nicht tue –, habe ich nicht das geringste Interesse daran.«

Ein verräterisches Stimmchen in ihrem Kopf flüsterte: *Nicht einmal, wenn sich dadurch eine neue Geschäftsgelegenheit ergeben könnte? Ein Weg, um Indestors Falle zu entrinnen?*

Selbst dann nicht. Eher hätte Donaia das Traementis-Herrenhaus niedergebrannt, als Hilfe von Letilia anzunehmen.

Die Salontür wurde abermals geöffnet. Diesmal war es jedoch nicht ihr Majordomus.

»Mutter, Egliadas hat mich zu einem Segelausflug auf dem Fluss eingeladen.« Leato streifte sich die Handschuhe über, als wäre es zu viel verlangt, dass er sich vor Verlassen seiner Gemächer vollständig anzog. Doch er hielt inne und hatte eine Hand noch im Aufschlag, als er die Besucherin erblickte.

Renata erhob sich, wie eine Blüte, die sich öffnete, und Donaia fluchte innerlich. Wieso musste Leato von allen Tagen ausgerechnet heute früh auf sein? Nicht dass vierte Sonne für die meisten anderen Leute früh wäre, aber für ihn war später Vormittag so etwas wie Sonnenaufgang.

Die höflichen Worte kamen wie von selbst aus ihrem Mund, als sie die beiden einander vorstellte, wenngleich sie eigentlich nichts lieber wollte, als dieses Mädchen aus ihrem Salon zu entfernen. »Leato, du erinnerst dich bestimmt an die Geschichten über deine Tante Letilia? Das ist ihre Tochter Alta Renata Viraudax aus Seteris. Alta Renata, das ist mein Sohn und Erbe Leato Traementis.«

Leato nahm Renatas Hand, bevor sie damit erneut ihre Schulter berühren konnte, und küsste die behandschuhten Fingerspitzen. Als sie die beiden zusammen sah, wurde Donaia das Herz schwer. Sie war es gewohnt, ihren Sohn als heranwachsenden Spitzbuben anzusehen, der ihr hin und wieder arge Kopfschmerzen bereitete. Dabei war er ein erwachsener Mann, dessen Schönheit es mit Renatas aufnehmen konnte: Sein Haar glich antikem Gold und war auf modische Weise zerzaust, dazu seine elfenbeinfarbene Haut und seine markanten Gesichtszüge. All das zeugte von seiner Zugehörigkeit zum Haus Traementis, ebenso wie der elegante Schnitt seiner Weste und des maßgeschneiderten langen Mantels darüber, dessen Stoff im platinfarbenen Glanz des herbstlichen Deltagrases schimmerte.

Und die beiden lächelten einander an, als wäre soeben im Salon die Sonne aufgegangen.

»Letilias Tochter?« Leato hielt Renatas Hand nur so lange fest, dass es nicht peinlich wurde. »Ich dachte, sie hasst uns.«

Donaia unterdrückte den Impuls, ihn zu schelten. Das hätte den Eindruck erweckt, sie wolle Renata verteidigen, was ihr nun wirklich nicht in den Sinn kommen würde.

Das Mädchen lächelte kurz verlegen. »Ich mag vielleicht ihre Nase geerbt haben, doch auf alles andere habe ich zu verzichten versucht.«

»Also ihre Persönlichkeit? Dann danke ich Katus.« Leato zuckte zusammen. »Entschuldigung, ich hätte Eure Mutter nicht beleidigen sollen ...«

»Es gibt keinen Grund, sich zu entschuldigen«, erwiderte Renata gelassen. »Die Geschichten, die Ihr über sie gehört habt, müssen furchtbar gewesen sein, und das aus gutem Grund.«

Es schien, als würde die Strömung des Flusses sie mit sich reißen und weitertreiben, und Donaia musste dazwischengehen, bevor es zu spät war. Als Leato von Renata wissen wollte, was sie in die Stadt führte, schaltete sich Donaia ein, wenngleich das wenig schicklich war. »Sie ist eben ...«

Doch Renata fiel ihr seidenglatt ins Wort. »Ich hatte gehofft, Euren Großvater und Vater kennenzulernen. Was wirklich töricht von mir war; da Mutter keinen Kontakt gehalten hat, wusste ich bis zu meiner Ankunft hier nichts von ihrem Ableben. Meines Wissens steht sie auch nicht länger im Register, daher gibt es keine Verbindung mehr zwischen uns und ich bin bloß eine Fremde, die sich hier Zutritt verschafft hat.«

»Oh, ganz und gar nicht!« Leato drehte sich Bestätigung suchend zu seiner Mutter um.

Zum ersten Mal empfand Donaia Renata gegenüber einen Hauch von Dankbarkeit. Leato hatte Letilia nie kennengelernt; er war noch nicht einmal auf der Welt gewesen, als sie weggelaufen war. Er hatte zwar die Geschichten gehört, aber zweifellos wenigstens einige davon als Übertreibung abgetan. Hätte Renata die Versöhnung sofort angesprochen, wäre er vermutlich ganz dafür gewesen.

»Wir sind von Eurem Besuch gerührt«, sagte Donaia und nickte dem Mädchen höflich zu. »Es tut mir nur leid, dass die anderen keine Gelegenheit bekommen haben, Euch kennenzulernen.«

»Dein Besuch?« Leato schnaubte. »Nein, das darf noch nicht alles gewesen sein. Ihr seid schließlich meine Cousine – zugegeben, nicht vor dem Gesetz, wie mir bekannt ist. Aber das Blut zählt hier auch sehr viel.«

»Wir sind Nadežraner, Leato, keine Vraszenianer«, schalt Donaia ihren Sohn, nicht dass Renata noch auf den Gedanken kam, sie hätten sich völlig den Gebräuchen des Deltas angepasst.

Er sprach weiter, als ob er sie nicht gehört hätte. »Meine

Cousine, von deren Existenz wir nicht einmal etwas wussten, kommt über das Meer, plaudert einige Minuten lang mit uns und verschwindet dann wieder? Das kann ich nicht zulassen. Giuna – das ist meine jüngere Schwester – konnte Euch noch nicht einmal kennenlernen. Warum bleibt Ihr nicht einige Tage bei uns?«

Donaia konnte nicht verhindern, dass ihr ein leises Wimmern entfleuchte. Auch wenn Leato sein Möglichstes tat, um die finanziellen Schwierigkeiten, in denen das Haus Traementis steckte, zu ignorieren, wusste er doch davon. Ein Hausgast war das Letzte, was sie sich leisten konnten.

Doch Renata lehnte mit leichtem Kopfschütteln ab. »Nein, nein ... Ich kann mich unmöglich derart aufdrängen. Allerdings werde ich noch eine Weile in Nadežra bleiben und bekomme vielleicht die Gelegenheit, Euch zu zeigen, dass ich nicht wie meine Mutter bin.«

Zweifellos wollte sie weiterhin versuchen, eine Versöhnung herbeizuführen. Zwar war Renata älter und selbstbeherrschter, doch etwas an ihrem gesenkten Blick erinnerte Donaia an Giuna. Sie konnte sich nur zu gut vorstellen, wie Giuna Letilia in Seteris mit demselben unmöglichen Ansinnen aufsuchte.

Wenn sich das Haus Traementis denn die Seepassage leisten könnte, was nicht der Fall war. Und wenn Donaia ihr die Reise gestattete, was nie passieren würde. Falls diese undenkbare Situation jedoch eintrat ... Ihr widerstrebte die Vorstellung, wie Letilia Giuna abblitzen lassen und vermutlich voller Feindseligkeit empfangen würde, wenn sie das Mädchen denn überhaupt vorließ.

Daher sagte Donaia so warmherzig, wie sie konnte: »Selbstverständlich seid Ihr nicht Eure Mutter. Und Ihr solltet auch nicht gezwungen sein, die Last ihrer Vergangenheit auf Euren Schultern zu tragen.« Sie ließ ein Lächeln durch ihre Maske hervorblitzen. »So wie mein Sohn die Stirn runzelt,

vermute ich, dass er gern mehr über Euch wissen würde, und ich schätze, Giuna würde ebenso empfinden.«
»Herzlichen Dank«, erwiderte Renata höflich. »Aber das müssen wir verschieben. Tut mir sehr leid, Altan Leato.« Ihre Worte ließen seinen Protest verstummen, bevor er ihn aussprechen konnte, und sie blieb dabei tadellos formell. »Meine Zofe will mir heute Nachmittag ein neues Kleid anpassen, und sie pikst mich mit den Nadeln, wenn ich zu spät komme.«

Das war nun wiederum so untypisch für Letilia, wie es nur irgend möglich war. Nicht die Besorgnis hinsichtlich ihrer Kleidung – darin waren sich die beiden ähnlich, nur dass Letilia weniger geschmackvolle Resultate erzielte –, sondern der anmutige Rückzug, mit dem sie Donaias Wunsch entsprach, sie aus dem Haus zu bekommen.

Doch es gelang Leato, noch eine letzte Frage anzubringen. »Wo können wir Euch erreichen?«

»Auf der Isla Prišta, Via Brelkoja Nummer vier«, antwortete Renata. Donaia presste die Lippen aufeinander. Für einen Aufenthalt, der einige Wochen oder gar einen oder zwei Monate dauerte, hätte ein Hotel ausgereicht. Da sie ein Haus gemietet hatte, schien sie hingegen länger bleiben zu wollen.

Diese Angelegenheit konnte jedoch bis später warten. Donaia griff nach der Glocke. »Colbrin bringt Euch hinaus.«

»Das ist nicht nötig.« Leato reichte Renata die Hand. Als sie Donaia ansah, anstatt sie zu nehmen, fragte Leato: »Du nimmst es mir doch nicht übel, wenn ich noch etwas mit meiner neuen Cousine plaudere, Mutter?«

Das war typisch für Leato, dass er stets um Vergebung bat, statt um Erlaubnis zu bitten. Aber Renatas angedeutetes Lächeln versprach ihr stillschweigend, ihn nicht zu ermutigen. Donaia nickte nachsichtig und Renata ließ sich von ihm aus dem Raum führen.

Sobald sie gegangen waren, ließ Donaia Colbrin kommen.

»Ich bin wieder im Studierzimmer und möchte höchstens bei einer Flut oder einem Brand gestört werden.«

Colbrins bestätigende Worte hallten ihr auf dem Weg die Stufen hinauf hinterher. Als sie den Raum betrat, erhob sich Klops mit einem gewaltigen Gähnen und hoffnungsvollem Blick, legte sich jedoch wieder hin, als er merkte, dass keine Leckerchen zu erwarten waren.

Der Raum kam ihr kühler und dunkler vor als zuvor. Sie musste an Renatas gute Manieren und feine Kleidung denken. Selbstverständlich trug Letilias Tochter die neueste Mode, die es noch nicht aus Seteris nach Nadežra geschafft hatte. Natürlich war sie reich genug, um ein Haus in Westbrück nur für sich allein zu mieten, ohne sich etwas dabei zu denken. Hatte Gianco nicht immer gesagt, Letilia hätte bei ihrem Weggang das Glück von Haus Traementis mitgenommen?

Gekränkt entzündete Donaia das Feuer im Kamin, trotz der Kosten dafür. Sobald die Wärme das Studierzimmer durchdrang, kehrte sie an ihren Schreibtisch zurück. Erneut schob sie die Zehen unter den Hund und verfasste im Kopf eine Nachricht, während sie die Schreibfeder anspitzte und die Tintenwanne füllte.

Das Haus Traementis mochte bis zum Hals in Schulden stecken und immer tiefer darin versinken, aber sie verfügten noch immer über die Privilegien, die ihnen der Adelsstand ermöglichte. Zudem war Donaia keine solche Närrin, dass sie auf einen Köder ansprang, ohne ihn vorher von allen Seiten begutachtet zu haben.

Sie senkte den Kopf und schrieb einen Brief an Kommandantin Cercel von der Wache.

Ober- und Unterufer: 1. Suilun

Renata rechnete damit, dass Leato Traementis sie zur Haustür brachte, doch er geleitete sie bis ans Ende der Stufen und hielt sogar noch ihre Hand, als sie dort stehen blieben. »Ich hoffe, Mutters Reserviertheit hat Euch nicht beleidigt«, sagte er. Eine Brise zerzauste sein helles Haar und ließ ihr den Geruch nach Karamell und Mandeln in die Nase steigen. Ein starker Geruch, der zu seiner Kleidung und seiner Kutsche ebenso passte wie die dünnen Linien aus Goldfarbe an seinen Wimpern. »Sehr viele tote Zweige wurden aus dem Traementis-Register getilgt, seitdem mein Vater – und Eure Mutter – Kinder waren. Heute gibt es nur noch Mutter, Giuna und mich. Da macht sich oft ihr Beschützerinstinkt bemerkbar.«

»Ich fühle mich nicht im Geringsten beleidigt.« Renata schenkte ihm ein Lächeln. »So närrisch, dass ich mit einem herzlichen Empfang gerechnet hätte, bin ich beileibe nicht. Zudem bin ich bereit, mich in Geduld zu üben.«

Der Wind frischte auf und sie erschauerte. Leato trat vor, um sich zwischen sie und den Wind zu stellen. »Man sollte doch annehmen, Nadežra wäre wärmer als Seteris, nicht wahr?«, meinte er mitfühlend. »Das liegt nur am Wasser. Es schneit hier zwar so gut wie nie, aber die Winter sind so feucht, dass einem die Kälte bis in die Knochen dringt.«

»Ich hätte mir einen wärmeren Mantel anziehen sollen. Aber da ich keinen herbeizaubern kann, nehmt ihr es mir hoffentlich nicht übel, wenn ich nun rasch nach Hause gehe.«

»Natürlich nicht. Ich rufe Euch eine Sänfte.« Leato hob eine Hand, um die Aufmerksamkeit mehrerer Männer zu erregen, die auf der anderen Seite des Platzes warteten, und bezahlte die Träger, bevor Renata auch nur die Geldbörse zücken konnte. »Um Euch ein wenig zu besänftigen«, fügte er lächelnd hinzu.

Sie dankte ihm mit einem Knicks. »Ich hoffe, wir sehen uns bald wieder.«

»Das hoffe ich auch.« Leato half ihr in die Sänfte und schloss die Tür, damit ihre Röcke geschützt blieben.

Als die Träger auf den schmalen Zugang zum Platz zuhielten, zog Renata die Vorhänge zu. Das Traementis-Haus lag in den Perlen, einer Aneinanderreihung von Inseln entlang des Oberufers des Flusses Dežera. Hier war das Wasser sauber und klar dank des Numinats, das den Ostkanal schützte, und die schmalen Straßen und Brücken wirkten gepflegt; die Familien mit dem Privileg, die Straßen frei von Unrat zu halten, würden nicht einmal im Traum daran denken, diesen in der Nähe der Reichen und Mächtigen zu dulden.

Aber der Felskeil, der den Dežera in den Ost- und Westkanal teilte, war eine ganz andere Angelegenheit. Denn die Alte Insel beherbergte nicht nur zwei der wichtigsten Institutionen von Nadežra – das Privilegienhaus am Morgendämmerungstor, das den Regierungssitz darstellte, und den Horst am Abenddämmerungstor, wo die Wache beheimatet war, die für Ordnung sorgte –, sondern auch jede Menge Arme und solche von schäbiger Eleganz. Jede Person in einer Sänfte forderte Bettler förmlich dazu auf, sich vor den Fenstern zu versammeln. Womit es aber noch immer besser war als in Unterufer, wo eine Sänfte stets Gefahr lief, umgestoßen und ausgeraubt zu werden.

Glücklicherweise lag ihr gemietetes Haus auf der Isla Prišta in Westbrück – im Grunde genommen noch in Unterufer und weit vom modernen Bezirk entfernt, aber es war eine angesehene, aufsteigende Gegend. Tatsächlich hatte man die Gebäude an der Via Brelkoja erst vor derart kurzer Zeit renoviert, dass der Mörtel aufgrund der feuchten Luft noch gar nicht ausgehärtet war. Die frisch gestrichene Haustür von Nummer vier wurde geöffnet, kaum dass Renata einen Fuß auf die unterste Stufe gesetzt hatte.

Tess sah in dem gestärkten grau-weißen Surcot und dem Unterrock wie ein ernstes nadežranisches Hausmädchen aus, doch ihre kupferfarbenen ganllechynischen Locken und die Sommersprossen boten einen so angenehmen Anblick, dass sich Renata gleich wie zu Hause fühlte. Knicksend murmelte Tess leise »Alta«, als Renata an ihr vorbeiging, und nahm die Handschuhe und Handtasche ihrer Schwester entgegen.

»Nach unten«, murmelte Renata, bevor die Tür zufiel und sie in der schwach erleuchteten Eingangshalle standen.

Tess nickte und schluckte ihre Frage herunter. Gemeinsam gingen sie in die halb unter der Erde liegenden Kellerräume, in denen sich die Dienstbotenzimmer befanden. Sobald sie die sichere Küche erreicht hatten, fragte Tess: »Und? Wie ist es gelaufen?«

Ren gab ihre Haltung auf und nahm erneut den kehligen Ton ihres eigentlichen Akzents an. »Für mich so gut, wie ich nur hoffen konnte. Donaia hat eine Versöhnung direkt ausgeschlagen ...«

»Der Mutter sei Dank«, hauchte Tess. Hätte Donaia Kontakt zu Letilia aufgenommen, wäre ihr ganzer Plan sofort zum Scheitern verurteilt gewesen.

Ren nickte. »Angesichts der Aussicht, mit ihrer ehemaligen Schwägerin sprechen zu müssen, fiel ihr kaum auf, dass ich einen Fuß in die Tür bekommen habe.«

»Das ist doch ein guter Anfang. Und jetzt runter mit dem feinen Fummel, und zieh das hier an, bevor du dich noch erkältest.« Tess reichte Ren einen dicken Umhang aus grob gesponnener Wolle, der mit unbehandeltem Filz gefüttert war, und drehte sie wie eine Anziehpuppe, um ihr den mit wunderschönen Stickereien verzierten Surcot auszuziehen.

»Ich habe die Sänfte gesehen«, sagte Tess und zerrte an den seitlichen Verschnürungen. »Du bist damit doch nicht etwa den ganzen Weg von der Isla Traementis hergekommen, oder? Wenn du jetzt anfängst, ständig Sänften zu nehmen, muss ich das Budget noch einmal anpassen. Dabei hatte ich ein wunderschönes Stück Spitze bei der Stoffrestehändlerin im Auge.« Tess seufzte sehnsüchtig, als müsste sie sich von einem Liebsten verabschieden. »Dann werde ich wohl selbst welche anfertigen müssen.«

»In deiner vielen Freizeit?«, spottete Ren. Der Surcot rutschte herunter und sie legte sich stattdessen den Umhang um die Schultern. »Der Sohn hat die Sänfte bezahlt.« Sie ließ sich auf die Küchenbank sinken und zog sich leise fluchend die Schuhe aus. Modische Schuhe waren alles andere als bequem. Der schwerste Teil ihres Schwindels bestand darin, sich nicht anmerken zu lassen, dass ihr andauernd die Füße wehtaten.

Allerdings folgte das Trinken von Kaffee direkt im Anschluss.

»Hat er das?« Tess setzte sich neben Ren auf die Bank, und das so nah, dass sie sich die Wärme unter dem Umhang teilen konnten. Abgesehen von der Küche und dem vorderen Salon waren die Möbel in den Räumen noch unter schützenden Laken verborgen. Die Öfen waren kalt, ihre Mahlzeiten einfach und sie schliefen zusammen auf einer Pritsche in der Küche, damit sie nur einen Raum des Hauses heizen mussten.

Denn sie war nicht etwa Alta Renata Viraudax, die Tochter von Letilia Traementis, sondern Arenza Lenskaya, halbvraszenianische Flussratte, und selbst mit einer gefälschten Bankbürgschaft war es nicht gerade billig, sich als Seterin-Adlige auszugeben.

Tess zückte eine kleine Klinge und machte sich daran, die Säume von Rens wunderschönem Surcot aufzutrennen, um ihn anzupassen. »War das nur eine müßige Tändelei?«

Der spekulative Unterton von Tess' Frage ließ erkennen, dass sie nicht annahm, Ren würde jemals müßig tändeln. Ob das nun auf Leato zutraf oder nicht, so hatte Ren Grenzen, die sie niemals überschritt, und dazu gehörte, dass sie ihren Körper nicht verkaufte.

Das wäre der leichtere Weg gewesen. Sich gut genug zu kleiden, um die Aufmerksamkeit eines Sohns aus der Oberschicht des Deltas oder gar eines Adligen zu erregen und durch Heirat zu Geld zu kommen. Sie wäre nicht die erste Person in Nadežra, der so etwas gelang.

Aber sie hatte fünf Jahre in Ganllech verbracht – fünf Jahre als Dienstmädchen unter Letilias Knute, in denen sie sich ihre Beschwerden über ihre furchtbare Familie anhören musste und wie sehr sie von einem Leben in Seteris träumte, dem gelobten Land, das sie nie erreicht hatte. Als Ren und Tess dann nach Nadežra zurückgekehrt waren, hatte Ren sich etwas vorgenommen: kein Herumhuren und kein Mord. Stattdessen fasste sie ein höheres Ziel ins Auge: Sie wollte ausnutzen, was sie erfahren hatte, um sich als verschollene Verwandte Zutritt zum Haus Traementis zu verschaffen ... und zu all dem Wohlstand und gesellschaftlichen Ansehen, das damit einherging.

»Leato ist nett«, gab sie zu, hob das andere Ende des Kleides hoch und machte sich mit ihrem Messer am Saum zu schaffen. Tess traute ihr beim Nähen nichts Komplizierteres als einen Saum zu, aber Fäden herausreißen? Dafür war sie qualifiziert. »Und er hat mir dabei geholfen, Donaia ein schlechtes Gewissen zu machen, damit sie zugestimmt hat, mich erneut zu empfangen. Aber sie ist in der Tat so übel, wie Letilia behauptet hat. Du hättest sehen müssen, wie sie gekleidet war. An ihren schäbigen alten Fummeln hingen lauter Hundehaare. Als wäre es ein moralischer Makel, auch nur eine einzige Centira unnötig auszugeben.«

»Aber der Sohn ist gar nicht so übel?« Tess wackelte auf der Bank herum und stieß Ren mit der Hüfte an. »Vielleicht ist er ja ein Bastard.«

Ren schnaubte. »Wohl kaum. Donaia würde ihm die

Sterne vom Himmel holen, wenn er sie darum bittet, und er sieht ebenso nach Traementis aus wie ich.« Nur dass er keine Schminke brauchte, um das zu erreichen.

Ihre Hände zitterten bei der Arbeit. Diese fünf Jahre in Ganllech waren auch fünf Jahre, in denen sie aus der Übung gekommen war. Zudem waren alle vorherigen Schwindel kurzlebig gewesen – und nicht mit einem Plan dieses Ausmaßes zu vergleichen. Wenn sie zuvor mal erwischt worden war, hatten die Falken sie für einige Tage ins Gefängnis gesteckt.

Flog sie jedoch jetzt dabei auf, sich für eine Adlige auszugeben ...

Tess legte eine Hand auf Rens und ließ sie innehalten, bevor sie sich noch mit dem Messer verletzte. »Es ist nie zu spät, um etwas anderes zu versuchen.«

Ren rang sich ein Lächeln ab. »Sollen wir bergeweise Stoff kaufen, weglaufen und uns als Schneiderinnen verdingen? Du könntest das durchaus schaffen. Ich eigne mich gerade mal als Schneiderpuppe.«

»Du würdest sie vorführen und verkaufen«, erklärte Tess entschieden. »Wenn du das möchtest.«

Ein solches Leben hätte Tess glücklich gemacht. Aber Ren wollte mehr.

Diese Stadt schuldete ihr mehr. Sie hatte ihr alles genommen: ihre Mutter, ihre Kindheit, Sedge. Die reichen Schnösel von Nadežra bekamen, was immer sie haben wollten, und stritten sich dann noch um den Besitz ihrer Rivalen, wobei sie alles andere unter ihren Füßen zertraten. In der ganzen Zeit bei den Fingern hatte Ren nie mehr als die allerkleinsten Fetzen von den Säumen ihrer Mäntel abbekommen.

Aber jetzt war sie dank Letilia in einer Position, um mehr zu erhalten.

Die Traementis gaben das perfekte Ziel ab. Heutzutage war die Familie so klein, dass nur Donaia Renata als Hochstaplerin entlarven konnte, und isoliert genug, um jede Ergänzung ihres Registers willkommen zu heißen. In den ruhmreichen Tagen, in denen sie Macht und Ansehen besaßen, waren sie für ihre abgeschottete Lebensweise berüchtigt gewesen und hatten sich geweigert, anderen Adligen in Zeiten der Not zur Seite zu stehen. Seitdem sie ihren Sitz im Cinquerat verloren hatten, vergalten es ihnen alle anderen mit gleicher Münze.

Ren ließ das Messer sinken und drückte Tess' Hand. »Nein. Das sind nur die Nerven und vergeht wieder. Wir machen weiter.«

»Wie du willst.« Tess drückte auch ihre Hand und nahm ihre Arbeit wieder auf. »Als Nächstes brauchen wir einen öffentlichen Auftritt, nicht wahr? Ich muss wissen, wann und wo dieser stattfinden soll, damit ich dich entsprechend ausstaffieren kann.« Die Seiten des Surcot fielen auseinander, und sie machte sich daran, das Bandeau am oberen Teil des Mieders zu lösen. »Die Ärmel sind das Entscheidende, ist dir das aufgefallen? Es geht immer um die Ärmel. Aber da ist mir etwas eingefallen ... Falls du bereit bist, dass Alta Renata einen neuen Modetrend setzt, statt nur welchen zu folgen.«

Ren warf ihr einen Seitenblick zu und ihr Misstrauen war nur halb gespielt. »Was genau schwebt dir vor?«

»Hmm. Steh mal auf und zieh alles aus.« Sobald Ren im Hemd vor ihr stand, spielte Tess mit verschiedenen Strumpfhaltern und Falten herum, bis Rens Arme vom langen Hochhalten schmerzten. Aber sie beschwerte sich nicht. Tess hatte ein gutes Auge für Mode, konnte ihre Ideen gut umsetzen und schaffte es, die Bestandteile dreier Outfits zu neun neuen zu machen, was für diesen Schwindel ebenso entscheidend war wie Rens manipulatives Geschick.

Sie schloss die Augen und ging in Gedanken durch, was sie über diese Stadt wusste. Wohin sie gehen, was sie tun konnte, um die Art von Bewunderung zu erlangen, mit der sie den erwünschten sicheren Stand finden konnte.

Langsam breitete sich ein Lächeln auf ihren Zügen aus. »Tess«, sagte sie. »Ich habe die perfekte Idee. Und du wirst sie lieben.«

Der Horst und Isla Traementis: 1. Suilun

»Serrado! Kommt her. Ich habe einen Auftrag für Euch.« Kommandantin Cercels Stimme hallte laut durch den Horst und übertönte den üblichen Lärm. Hauptmann Grey Serrado gab seinen Schutzleuten den Befehl, ihren Gefangenen in die Einfriedung zu bringen, drehte sich um und bahnte sich durch das Chaos einen Weg zum Amtssitz seiner Kommandantin. Dabei ignorierte er das Grinsen und die leisen Bemerkungen der anderen Offiziere, denn anders als ihnen war ihm nicht der Luxus vergönnt, herumzusitzen, Kaffee zu trinken und seine Schutzmänner aus dem bequemen Horst heraus zu befehligen.

»Kommandantin Cercel?« Er schlug die Hacken seiner Stiefel zusammen und salutierte zackig – diesen Salut hatte er während der vielen Stunden in Habachtstellung bei Sonnenschein, Regen und Wind perfektioniert, während die anderen Leutnants in der Kantine oder Kaserne weilten. Cercel war nicht derart auf Disziplin bedacht, wie man es von ihren Vorgängern kannte, aber da sie der Grund dafür war, dass er das Hexagrammabzeichen mit dem Doppelstrich eines Hauptmanns führte, wollte er ihr Ehre erweisen.

Sie las einen Brief, doch als sie den Kopf hob, um ihm zu antworten, riss sie die Augen auf. »Wie sieht denn der andere aus?«

Er sah die beiläufige Frage als Erlaubnis an, die Haltung zu lockern, und warf einen Blick auf seine Uniform. Seine Patrouillekleidung war von oben bis unten mit Schlamm bespritzt und auf den Knöcheln seiner Lederhandschuhe trocknete Blut. Etwas vom Kanalschlamm an seinen Stiefeln war beim Salutieren abgeblättert und verschmutzte Cercels Teppich mit dem Dreck aus den Eisvogelslums.

»Er ist benommen, aber atmet noch. Ranieri bringt ihn gerade in die Einfriedung.« Ihre Frage klang wie eine Einladung zu einer munteren Unterhaltung, doch da die Tür ihres Büros noch offen stand, tat er sicher gut daran, sich die überschlauen Bemerkungen zu verkneifen.

Sie reagierte auf seine kurze Antwort mit einem ebenso knappen Nicken. »Dann säubert Euch mal lieber. Ich habe einen Brief aus einem der Adelshäuser erhalten, das die Unterstützung der Wache erbittet. Das werdet Ihr übernehmen.«

Grey biss die Zähne zusammen, während er darauf wartete, dass sich sein Magen wieder beruhigte. Es war durchaus möglich, dass es sich bei dieser Bitte um einen legitimen Hilferuf handelte. »Um was für ein Verbrechen geht es?«

Cercels ruhiger Blick gab ihm zu verstehen: *Das solltet Ihr doch besser wissen.* »Eines der Adelshäuser ersucht die Wache um Unterstützung«, wiederholte sie. »Dafür wird es schon einen guten Grund geben.«

Wer immer den Brief geschickt hatte, ging zweifellos davon aus, dass der Grund gut war. Das taten jene aus den großen Häusern immer.

Aber Grey hatte den Schreibtisch voller echter Probleme. »Es sind noch mehr Kinder verschwunden. Das macht schon elf bestätigte Fälle allein diesen Monat.«

Dieses Gespräch hatten sie in den letzten Wochen schon mehrmals geführt. Cercel seufzte. »Bislang gab es keine Berichte ...«

»Weil es bisher alles Flussratten waren. Wer bringt schon genug Interesse für sie auf, um ihr Verschwinden zu melden? Aber der Mann, den ich eben verhaftet habe, weiß etwas darüber; er verspricht den Kindern in Eisvogel eine gute Bezahlung für eine nicht näher genannte Aufgabe. Ich habe ihn wegen Verunstalten öffentlichen Eigentums verhaftet, doch er wird heute Abend bestimmt wieder freikommen.« Pinkeln in der Öffentlichkeit war kein Vergehen, das die Wache üblicherweise ahndete, es sei denn, es passte ihr in den Kram.

»Gehe ich recht in der Annahme, dass dieser ›gute Grund‹ eines Adligen wichtiger ist, als herauszufinden, was mit diesen Kindern passiert?«

Cercel stieß die Luft durch die Nase aus und er verspannte sich. War er zu weit gegangen?

Nein. »Euer Mann sitzt vorerst fest«, sagte sie. »Lasst ihn von Kaineto erfassen – alle beschweren sich immer, er wäre so träge wie Flussschlamm. Bis Ihr zurück seid, wird er bereit sein, mit Euch zu reden. Derweil schickt Ranieri los, damit er sich in Eisvogel umhört und vielleicht jemanden findet, der mit diesem Mann zusammenarbeitet.« Sie legte den Brief auf den Tisch und zog einen anderen aus einem Stapel, was darauf hindeutete, dass er gleich entlassen werden würde. »Ihr wisst, wie es läuft, Serrado.«

Die ersten Male hatte er sich dumm gestellt, damit sie es ihm klar und deutlich sagte. Damals hatte er es sich auf keinen Fall leisten können, einen vorgesetzten Offizier falsch zu verstehen.

Doch diese Spielchen hatten sie inzwischen hinter sich. Solange er kuschte und tat, was immer dieser Adlige von ihm verlangte, würde ihm Cercel keine Fragen darüber stellen, wie er die Zeit und die Ressourcen der Wache für eigene Zwecke nutzte.

»Ja, Kommandantin.« Er salutierte und knallte erneut die Fersen gegeneinander, was mehr Deltaschlick auf ihren Teppich fallen ließ. »Welches Haus hat um Hilfe ersucht?«

»Traementis.«

Wäre er nicht derart auf sein Benehmen bedacht, hätte er ihr einen schiefen Blick zugeworfen. *Wieso hat sie das nicht gleich gesagt?* Aber Cercel wollte ihm begreiflich machen, dass die Reaktion auf solche Anfragen auch zu seinen Pflichten gehörte, und verlangte, dass er sich beugte, bevor sie den Silberstreif am Horizont präsentierte. »Verstanden. Ich breche sofort zu den Perlen auf.«

Ihr letzter Befehl hallte ihm beim Verlassen des Büros hinterher. »Wagt es ja nicht, in diesem Aufzug vor Era Traementis' Tür aufzutauchen!«

Stöhnend änderte Grey die Richtung. Er schnappte sich einen Krug mit Wasser und einen Boten und schickte Letzteren mit den neuen Befehlen zu Ranieri.

Im Horst gab es ein Badezimmer, doch damit wollte er keine Zeit vergeuden. Nach einem Schnüffeltest landete jedes Teil seiner Patrouillenuniform im Wäschekorb, abgesehen vom Kaffee, der zu den wenigen Vorteilen seines Rangs gehörte, die er schamlos ausnutzte. Wenn sein Beruf schon erforderte, dass er durch die Kanäle watete, dann konnte die Wache wenigstens dafür zu sorgen, dass er nicht auch entsprechend stank. Er wusch sich rasch in seinem winzigen Büro, um den noch an seiner Haut und in seinen Haaren haftenden Gestank restlos zu entfernen, bevor er seine Ausgehuniform anzog.

Dabei musste er wieder einmal zugeben, dass die Truppe einen guten Schneider hatte. Die braune Hose war im Liganti-Schnitt gefertigt und lag eng an Oberschenkeln und Hüften an, ohne die Bewegungsfreiheit einzuschränken. Sowohl die Brokatweste als auch der Mantel aus saphirblauer Wolle saßen wie eine zweite Haut, wobei Letzterer bis hinab zu seinen polierten, kniehohen Stiefeln reichte. Auf seiner Patrouillekleidung war der abtauchende Falke auf den Schulterblättern nur Flickwerk, hier war er jedoch mit goldenen und braunen Fäden gestickt worden.

Grey neigte nicht zu Eitelkeit, liebte jedoch seine Ausgehuniform. Sie war ein eindeutiger Beweis dafür, dass er eine

Stellung innehatte, von der die meisten Vraszenianer nur träumen konnten. Sein Bruder Kolya war sehr stolz gewesen, als Grey darin nach Hause gekommen war.

Da seine Hände unverhofft zitterten, bohrte sich die Anstecknadel am Kragen in seinen Daumen. Grey unterdrückte einen Fluch und saugte das Blut aus der Wunde, und anschließend vergewisserte er sich mit einem winzigen Handspiegel, dass nichts an die Kleidung gelangt war. Diese sah zum Glück unversehrt aus, und es gelang ihm, sich ohne weitere Verletzungen fertig anzukleiden.

Danach brach er mit langen, ausholenden Schritten vom Abenddämmerungstor gen Osten auf. Er hätte eine Sänfte nehmen und den Trägern sagen können, dass sie es der Wache in Rechnung stellen sollten, so wie es viele andere Offiziere taten, die genau wussten, dass eine solche Rechnung niemals bezahlt werden würde. Doch sie betrogen nicht nur die Träger, sondern bekamen auch die Stadt nicht auf dieselbe Art und Weise zu sehen wie Grey.

Aber die meisten von ihnen interessierte es auch nicht. Sie waren Liganti oder hatten zumindest eine derart durchmischte Ahnenreihe, dass sie das von sich behaupten konnten; für sie war Nadežra nur ein Außenposten von Seste Ligante und halb gezähmt vom Liganti-General Kaius Sifigno, der sich vor zwei Jahrhunderten nach der Eroberung von Vraszan zu Kaius Rex umbenannt hatte. Andere bezeichneten ihn als Tyrannen, und nach seinem Tod eroberten die vraszenianischen Clans ihre restlichen Ländereien wieder zurück. Aber jeder Versuch, ihre heilige Stadt für sich zu beanspruchen, scheiterte, bis die Erschöpfung auf beiden Seiten zur Unterzeichnung eines Abkommens führte. Darin wurde Nadežra zum unabhängigen Stadtstaat erklärt – unter der Herrschaft seiner Liganti-Elite.

Es war ein bestenfalls wackliges Gleichgewicht, das noch dazu von radikalen vraszenianischen Gruppen wie den Stadnem Anduske gefährdet wurde, deren Ziel es war, die Stadt wieder in vraszenianischen Händen zu sehen.

Auf den geschäftigen Märkten von Sonnenkreuz im Herzen der Alten Insel machte man Grey beim Anblick seines leuchtend blauen Mantels und des aufgestickten braunen Falken Platz, warf ihm allerdings finstere Blicke zu. Für die Reichen und Mächtigen war die Wache nur ein Werkzeug, während gewöhnliche Nadežraner die Wache als Werkzeug der Reichen und Mächtigen ansahen. Zwar galt das nicht für alle Mitglieder der Wache – Grey war nicht der einzige Falke, dem etwas am gewöhnlichen Volk lag –, aber doch genug, sodass er den Leuten die Feindseligkeit nicht verdenken konnte. Einige der schlimmsten Blicke kamen von Vraszenianern, die ihn ansahen und einen Wankelknoten erblickten: einen Mann, der sein Volk verraten und sich auf die Seite der Nachfahren der einstigen Invasoren gestellt hatte.

Grey war an die Blicke gewöhnt. Er hielt nach Ärger Ausschau, als er an den Marktständen vorbei zu den krummen und schiefen Stadthäusern ging, und auch an einem derben Puppenspiel, bei dem die einzigen Kinder unter den Zuschauern Taschendiebe waren. Sie tröpfelten wie Wasser davon, bevor er ihre Gesichter erkennen konnte. Einige Bettler beäugten ihn misstrauisch, aber Grey hegte keinen Groll gegen sie; die gefährlicheren Elemente würden erst gegen Abend herauskommen, wenn die nutzlosen Söhne und Töchter der Oberschicht des Deltas auf der Suche nach Unterhaltung durch die Straßen schlenderten. Eine Musterleserin hatte ihren Stand an der Ecke in der Nähe des Privilegienhauses aufgebaut und wartete darauf, ihre Kunden mit armseligen Lügen übers Ohr zu hauen. Er machte einen großen Bogen um sie und ballte den Lederhandschuh zur Faust, weil er gegen den Drang ankämpfte, sie wegen Betrugs zurück zum Horst zu schleifen.

Sobald er unter der verrottenden Masse des Morgendämmerungstors hindurchgegangen war und die Sonnenaufgangsbrücke überquert hatte, wandte er sich gen Norden in Richtung der schmalen Inseln, die die Perlen bildeten, wobei es auf dem Weg von unzähligen Sänften wimmelte. Zwei ältere Damen, die von ihrer eigenen Wichtigkeit überzeugt waren, versperrten die Becchiabrücke gleich ganz und stritten sich wie Möwen kreischend darüber, wer von ihnen der anderen Platz machen sollte. Grey merkte sich die Haussiegel, die an den Türen der Sänften prangten, für den Fall, dass später im Horst Beschwerden eintreffen sollten.

Seine Schultern juckten, als er die Linien des komplexen Mosaiks in der Mitte der Traementis Plaza überquerte. Dabei handelte es sich nicht nur um Fliesen, sondern um ein Numinat: geometrische Liganti-Magie, die dafür sorgte, dass der Boden trocken und fest blieb, während der Fluss entschlossen versuchte, alles in Schlamm zu verwandeln. Nützlich ... aber der Tyrann hatte die Numinatria bei seinem Eroberungsfeldzug in eine Waffe verwandelt, und Mosaike wie dieses waren zu Emblemen der andauernden Liganti-Kontrolle geworden.

Auf den Stufen vor dem Traementis-Herrenhaus zog Grey seine Uniform ein letztes Mal glatt und läutete. Nach wenigen Augenblicken öffnete Colbrin die Tür und schenkte Grey ein Lächeln, was man bei ihm nur selten sah.

»Der junge Meister Serrado. Wie schön, Euch zu sehen; es ist viel zu lange her. Altan Leato ist bedauerlicherweise nicht zugegen, um Euch zu empfangen ...«

»Ich bin jetzt Hauptmann.« Grey berührte das Hexagrammabzeichen an seiner Kehle. Das Lächeln, das er aufsetzte, fühlte sich gequält an, da er in letzter Zeit viel zu selten lächelte. »Und ich bin nicht hier, um Leato zu sehen. Era Traementis hat um die Unterstützung der Wache ersucht.«

»Ah, ja.« Colbrin ließ ihn mit einer Verbeugung herein. »Wenn Ihr im Salon warten würdet, teile ich Era Traementis mit, dass Ihr eingetroffen seid.«

Grey war nicht überrascht, als Colbrin kurz darauf zurückkehrte und ihn ins Studierzimmer führte. Weswegen Donaia die Wache auch immer angeschrieben hatte, so handelte es sich dabei um etwas Geschäftliches und keinen Privatbesuch.

Dieser Raum war viel dunkler und wies abgesehen von der hellen Seide nur wenig Warmes auf – doch Wärme gab es auch in anderer Form. Donaias ergrauter Wolfshund kroch von seinem angestammten Platz unter dem Schreibtisch hervor, und seine Krallen schabten über den Holzfußboden, als er zur Begrüßung näher kam. »Hallo, alter Mann«, sagte Grey und kraulte ihn genüsslich.

»Klops. Platz.« Der Hund kehrte an Donaias Seite zurück und blickte auf, als sie den Raum durchquerte, um Grey zu begrüßen.

»Era Traementis.« Grey verbeugte sich über ihrer Hand. »Man sagte mir, Ihr würdet Unterstützung benötigen.«

Die silbernen Strähnen, die sich durch ihr Haar zogen, gewannen langsam gegen das Kastanienbraun, und sie sah müde aus. »Ja. Ich möchte, dass Ihr Euch über jemanden erkundigt – eine Besucherin dieser Stadt, die vor Kurzem aus Seteris eingetroffen ist. Renata Viraudax.«

»Hat sie ein Verbrechen gegen das Haus Traementis begangen?«

»Nein«, antwortete Donaia. »*Sie* nicht.«

Ihre Worte erregten seine Neugier. »Era?«

Ein Muskel an Donaias Kiefer zuckte. »Mein Gatte hatte einst eine Schwester namens Letilia – eigentlich Lecilla, aber sie war von Seteris und der dortigen Hochkultur besessen, daher brachte sie ihren Vater dazu, den Namen im Register zu ändern. Vor dreiundzwanzig Jahren beschloss sie, lieber in Seteris zu leben als hier ... Daher stahl sie etwas Geld und Schmuck und lief davon.«

Donaia führte Grey zu einem Sessel vor dem Kamin. Die Wärme des Feuers hüllte ihn ein, als er sich setzte. »Renata Viraudax ist Letilias Tochter. Sie behauptet, schlichten zu wollen, aber ich habe da so meine Zweifel. Daher möchte ich, dass Ihr herausfindet, was sie hier in Nadežra wirklich vorhat.«

Sosehr Grey es auch verabscheute, wenn die Adligen die Wache für private Zwecke missbrauchten, so hatte er dennoch Verständnis für die ältere Dame. Als er noch jünger und sich der Unterschiede zwischen ihnen weniger bewusst gewesen war, hatte er sich manchmal gewünscht, Donaia Traementis wäre seine Mutter. Sie war streng, aber fair. Sie liebte ihre Kinder und beschützte ihre Familie. Anders als andere gab sie Leato und Giuna nie einen Grund dafür, an ihrer Liebe zu ihnen zu zweifeln.

Die Mutter dieser Viraudax hatte ihrer Familie geschadet, und die Traementis waren dafür berüchtigt, sich zu rächen.

»Was könnt Ihr mir über sie erzählen?«, fragte er. »Hat sie Euch einen Grund gegeben, an ihrer Aufrichtigkeit zu zweifeln, abgesehen davon, dass sie die Tochter ihrer Mutter ist?«

Donaia trommelte kurz mit den Fingern auf der Armlehne. Ihr Blick wanderte in eine Ecke des Kamins und verharrte dort so lange, dass Grey ihren innerlichen Zwiespalt spürte und schwieg.

Endlich ergriff sie abermals das Wort. »Ihr seid mit meinem Sohn befreundet, und noch viel wichtiger, Ihr seid kein Narr. Es kann Euch nicht entgangen sein, dass das Haus Traementis heute weder hinsichtlich des Wohlstands, der Macht oder der Anzahl der Mitglieder das ist, was es einst war. Wir haben viele Feinde, die unseren Untergang herbeisehnen. Und jetzt taucht diese junge Frau auf und versucht, sich in die Familie einzuschleichen? Möglicherweise sehe ich ja nur Gespenster ... aber ich muss die Möglichkeit in Betracht ziehen, dass dies nur ein Schachzug ist, der dazu dient, uns vollständig zu zerstören.« Sie lachte verbittert auf. »Ich bin mir nicht einmal sicher, dass dieses Mädchen wirklich Letilias Tochter ist.«

Sie musste sich große Sorgen machen, wenn sie derart viel zugab. Ja, Grey hatte es längst vermutet – man wäre selbst dann auf die Idee gekommen, wenn der Wachenklatsch nicht hin und wieder zu Spekulationen neigte –, dass das Haus Traementis in größeren Schwierigkeiten steckte, als nach draußen drang. Aber er hatte sich nie an den Gesprächen beteiligt und auch Leato nie danach gefragt.

Leato ... Der sich immer nach der neuesten Mode kleidete und laut denselben Gerüchten die Hälfte seiner Zeit in Aža-Salons und Spielhöllen verbrachte. *Weiß Leato Bescheid?* Grey verkniff sich die Frage. Das ging ihn nichts an, und das war auch nicht der Grund, aus dem Donaia ihn hergerufen hatte.

»Letzteres sollte nicht allzu schwer herauszufinden sein«, sagte er. »Gehe ich recht in der Annahme, dass Ihr wisst, wo sie wohnt?« Er hielt inne, als Donaia die Lippen aufeinanderpresste, bevor sie nickte. »Dann redet mit ihr. Wenn sie wirklich Letilias Tochter ist, müsste sie Details kennen, die eine Hochstaplerin nicht so leicht herausfinden kann. Gibt sie Euch nur ausweichende Antworten oder spielt die Gekränkte, wisst Ihr, dass etwas nicht stimmt.«

Grey machte eine weitere Pause und fragte sich, wie weit er sich vorwagen durfte. »Ihr sagtet, Ihr habt Feinde, für die sie arbeiten könnte. Es wäre für mich sehr hilfreich, wenn ich wüsste, wer sie sind und was sie erreichen wollen.« Als sie nach Luft schnappte, hob er eine Hand. »Ich verspreche Euch, dass ich kein Wort darüber verliere, nicht einmal zu Leato.«

In einem derart trockenen Tonfall, dass höchste Brandgefahr herrschte, zählte Donaia die möglichen Kandidaten an den Fingern auf. »Quientis hat unseren Sitz im Cinquerat übernommen. Kaineto gehört nur zur Oberschicht des Deltas, widersetzt sich jedoch unseren Versuchen, unsere Privilegien an Dritte zu vergeben. Ebenso Essunta. Simendis, Destaelio, Novrus, Cleoter – Indestor – bedauerlicherweise ist es eine lange Liste.«

Das waren der gesamte Cinquerat und andere Familien ... aber sie hatte nur bei einem Namen gestockt.

»Indestor«, wiederholte Grey. Das Haus, das Caerulet innehatte, den militärischen Sitz im Cinquerat. Das Haus, dem die Wache unterstand.

Das Haus, das es nicht gutheißen würde, wenn einer der ihm Untergebenen gegen sie ermittelte.

»Era Traementis ... Habt Ihr nach irgendeinem Offizier oder direkt nach mir verlangt?«

»Ihr seid Leatos Freund.« Donaia hielt seinem Blick stand. »Es ist immer besser, einen Freund um Hilfe zu bitten, als einem Feind seine Sorgen zu klagen.«

Diese Worte entlockten Grey ein Glucksen. Als er Donaias gerunzelte Stirn bemerkte, erklärte er: »Mein Bruder war sehr angetan vom vraszenianischen Sprichwort: ›Eine Familie, die mit demselben Dreck beschmutzt ist, wäscht sich im selben Wasser.‹«

Außerdem hätte Kolya Grey eine Tracht Prügel verpasst, wenn er Donaia nicht unverzüglich zu Hilfe eilte. Sie mochte nicht mit ihm verwandt sein, aber sie hatte einen jungen vraszenianischen Tischler mit einem schmächtigen kleinen Bruder angeheuert, als es niemand sonst tun wollte, und ihm dasselbe gezahlt wie jedem Nadežraner.

Er stand auf, legte eine Faust an die Schulter und verbeugte sich. »Ich werde sehen, was ich für Euch herausfinden kann. Sagt mir, wo ich diese Renata Viraudax finde.«

2

Das Gesicht
aus Gold

Isla Prišta, Westbrück: 4. Suilun

Einige Dinge waren es wert, dass man gutes Geld dafür bezahlte. Rens Kleidung beispielsweise: Tess war ein Genie an der Nadel, aber selbst sie konnte nicht dafür sorgen, dass billiger Stoff einer genaueren Untersuchung standhielt.

Der Spiegel, den Ren neben einem Fenster im oberen Stockwerk aufgestellt hatte, war eine weitere ihrer Investitionen, ebenso wie die Kosmetika, die sie davor ausgebreitet hatte. Der einzige Beitrag ihres unbekannten Vaters zu ihrem Leben bestand darin, dass ihr Haar und ihre Haut etwas heller war als die ihrer vraszenianischen Mutter – hell genug, um als Liganti oder Seterin durchzugehen, wenn sie ein wenig nachhalf. Wenn sie sich jedoch überzeugend als Letilia Traementis' Tochter ausgeben wollte, musste sie sich schon etwas mehr Mühe geben.

Ren stellte das versilberte Glas leicht schräg, um das Tageslicht auszunutzen, und strich sich Puder ins Gesicht, wobei sie darauf achtete, am Haaransatz und an der Kehle für gute Übergänge zu sorgen. Die Jahre als Letilias Dienstmädchen, in denen sie fast immer im Haus geblieben war, hatten ihren Teint etwas heller werden lassen, und der nahende Winter bot nicht viele Möglichkeiten, sich in der Sonne aufzuhalten, aber sie musste vorsichtig sein, wenn die wärmeren Monate anbrachen, denn sie wurde sehr schnell braun.

Wenigstens musste sie sich keine Sorgen machen, dass der Puder abscheuern könnte. All ihre Kosmetika wurden von Künstlern wie Tess durchdrungen, die all das, was sie herstellten, mit ihrer eigenen spirituellen Kraft verstärkten, um es zu verbessern. Durchdrungene Kosmetik mochte teurer sein, aber sie blieb an Ort und Stelle und reizte die Haut nicht. Durchdringungen wurden nicht so hoch angesehen wie die Numinatria, aber im Vergleich zu den Pasten und Pudern, die Ren einst als Finger genutzt hatte, kamen ihr diese wie ein Wunder vor.

Sie griff zu einem dunkleren Ton, um sich so zu schminken, dass ihre Nase schmaler wirkte und ihre Augen dichter beisammenzustehen schienen, wobei sie sich auch gleich noch etwas älter erscheinen ließ, indem sie die ihr verbliebene Weichheit der Jugend verbarg. Ihre Wangenknochen, ihr Mund – nichts blieb unangetastet, bis die Frau im Spiegel Renata Viraudax und nicht länger Ren war.

Tess kam hereingestürmt und hatte die Arme voller Stoffe. Sie hängte das Unterkleid und den Surcot an die leeren Stangen, an denen eigentlich der Vorhang des Himmelbetts befestigt sein sollte, bevor sie sich auf die staubigen Seile fallen ließ, auf denen keine Matratze lag.

»Uff. Ich will zwar nichts über den Zustand meiner Finger oder meines Augenlichts sagen, aber die Stickerei ist fertig.« Sie hielt ihre geröteten Finger ins Licht. »Am liebsten würde ich die Innenseiten einfach unordentlich lassen, aber wenn Quarat dir nicht wohlgesonnen ist, kann ein Windstoß dir die Röcke aufwirbeln, sodass die ganze Welt deine unschöne Innenseite sehen würde.« Sie unterdrückte ein Kichern. »Ich meine natürlich die Stickerei und nicht irgendetwas anderes.«

Eine Maskerade bestand aus mehr als nur den körperlichen Veränderungen.»Tess.«

Allein der Tonfall des Wortes reichte schon als Ermahnung. Renatas Stimme war nicht so hoch wie Letilias – die Frau hatte sich einen Tonfall angeeignet, den sie als »glockengleich« bezeichnete, der für Ren jedoch eher schrill klang –, aber sie sprach doch in einer höheren Tonlage als Ren. Als sie Tess' Namen nun mit Renatas Stimme aussprach, setzte sich Tess auf.

»Ja, Alta. Bitte entschuldigt, Alta.« Tess kämpfte noch immer gegen das Lachen an. Ihre Rolle erforderte weniger Schauspiel, trotzdem fiel es ihr schwerer, sich hineinzufinden. Mit ihren runden Wangen und den moossanften Augen war sie eine der besten Mitleidshascherinnen der Finger gewesen, doch das Lügen lag ihr nicht. Sie stand auf und knickste hinter Renata, wobei sie ihr Spiegelbild betrachtete. »Wie möchte die Alta gern Ihr Haar tragen?«

Es war unangenehm, von Tess auf diese Weise angesprochen zu werden. Doch dies war kein kurzzeitiger Schwindel, bei dem sie einem Händler lange genug weismachen wollten, sie wäre eine wohlhabende Kundin, damit sie etwas einstecken konnte, wenn er gerade nicht hinschaute; sie würde über mehrere Stunden am Stück Renata sein müssen, und das in den kommenden Wochen und Monaten. Daher musste sie sich mit jeder Kleinigkeit in Bezug auf das Verhalten, die Ausdrucksweise und Renatas Kostüme vertraut machen, um nicht in einem unpassenden Moment einen Fehler zu begehen.

»Ich glaube, du hast noch etwas Band übrig«, sagte Renata. »Es würde doch wunderbar aussehen, wenn du es mir ins Haar flichtst.«

»Ooooh, eine hervorragende Idee! Die Alta hat einen wirklich ausgeprägten Sinn für guten Stil.«

Tess hatte noch nie als Dienstmädchen einer Alta gearbeitet. Während Ren sich abplagte, um Letilias kleinliche Wünsche zu erfüllen, hatte sich Tess im fensterlosen Hinterzimmer eines Graumarktgeschäfts halb blind genäht. Dennoch beharrte sie darauf, dass Unterwürfigkeit Teil der Rolle war, und Ren oder Alta Renata mochte sie noch so oft korrigieren, sie ließ einfach nicht davon ab. Seufzend steckte sich Renata die Ohrringe an – die früher einmal Letilia gehört hatten –, während Tess das Band, die Bürste, Nadel und Faden holte und sich ans Werk machte.

Tess' Durchdringungsfähigkeiten bezogen sich nur auf die Kleidung und nicht auf Haare, doch dank einer undefinierbaren Magie verwob sie die Strähnen zu einem komplizierten Knoten und steckte sie so fest, dass die äußersten Teile jene waren, die Sonne und Wind aufgehellt hatten, während man die dunkleren Abschnitte nicht sehen konnte.

Genau wie auch Ren selbst verborgen war. Sie atmete ruhig und gleichmäßig, da sich die vertraute Aufregung in ihr breitmachte.

Wenn der heutige Tag zu Ende ging, würden die Adligen der Stadt Renata Viraudax' Namen kennen.

Die Rotunda, Ostbrück: 4. Suilun

Die Rotunda an der Oberuferseite der Sonnenaufgangsbrücke war ein Wunderwerk der Schönheit und Magie. Unter einer Glaskuppel, in die farbige Numinata eingeprägt waren, die dafür sorgten, dass es im Inneren tagsüber kühl und nachts hell blieb, lud ein großer, mit Marmorplatten gepflasterter Platz zu entspannten Spaziergängen und Unterhaltungen ein. In der Mitte standen mehrere Bänke in einem kleinen Garten, wo man seine müden Füße ausruhen konnte. Entlang des Außenbereichs boten Geschäfte die feinsten durchdrungenen Waren zur Freude jener an, die sie sich leisten konnten.

Jedes Jahr im Frühling und Herbst trafen Händler aus

Seste Ligante mit den neuesten Stoffen und Moden ein und stellten ihr Angebot in der Rotunda aus. Alle Adligen und Angehörigen der Oberschicht von Nadežra kamen zur saisonalen Gloria, um einzukaufen, zu sehen und gesehen zu werden.

Trotz ihrer Entschlossenheit, nur wie Renata zu denken, konnte Ren nicht verhindern, dass ihr Herz schneller schlug, als sie zusammen mit Tess die Rotunda durch den großen Bogen betrat. Sie hatte sich die Reichtümer dahinter schon so oft verstohlen angeschaut, war jedoch erst ein Mal im Inneren gewesen – zusammen mit Ondrakja, bevor alles den Bach runtergegangen war.

Der Plan war verwegen gewesen. Ondrakja ging als Erste hinein, gekleidet als reiche Händlerin aus einer der Städte flussaufwärts, und begutachtete einige Schmuckstücke. Als ihr der Juwelier den Rücken zudrehte, verschwand ein Saphirarmband. Die Schutzleute von der Wache, die in der Rotunda zugegen waren, durchsuchten Ondrakja von Kopf bis Fuß, konnten das Schmuckstück jedoch nicht finden, und die einzigen Personen, die zum Zeitpunkt des Verschwindens in ihrer Nähe gewesen waren, gehörten dem Adel an und waren somit über jeden Zweifel erhaben. Nur aus Prinzip steckten die Falken sie über Nacht ins Gefängnis, ließen sie jedoch am nächsten Tag wieder laufen.

Eine halbe Stunde, nachdem Ondrakja mit wenig Aufsehen aus der Rotunda geführt worden war, trat ein wunderschönes Mädchen, das allem Anschein nach aus einem der Deltahäuser stammte, an den Stand des Juweliers und sah sich seine Waren an. Es war für Ren das reinste Kinderspiel, das Armband von dem Kitt zu lösen, den Ondrakja unter dem Tresen des Händlers angebracht hatte, und dann damit zu verschwinden, ohne dass es irgendjemand bemerkte.

Ondrakja war deshalb sehr zufrieden mit ihr gewesen. Sie kaufte Ren einen Beutel Honigsteine, an denen sie saugen

konnte, und ließ sie das Armband einen ganzen Tag lang tragen, bevor sie es zum Hehler brachte.
»Kann ich Euch irgendwie helfen, Alta?«, erkundigte sich ein Mann und trat etwas zu dicht neben sie. »Ihr scheint Euch verlaufen zu haben.«
Djek. Ein Falke!
»Ich genieße nur die Aussicht«, erwiderte sie reflexartig. Die langen Übungsstunden zahlten sich nun aus, denn trotz ihres großen Schrecks kamen ihr die Worte mit den knappen, vorderen Vokalen, wie es in Seteris üblich war, über die Lippen.

Sie erschrak ein weiteres Mal, als sie den Mann, der sie angesprochen hatte, genauer in Augenschein nahm. *Seit wann nehmen sie denn Vraszenianer bei der Wache auf?* Sein Akzent war eindeutig nadežranisch, aber man erkannte ihn dank seines vollen dunklen Haars – das sehr kurz geschnitten war – und der sonnengebräunten bronzefarbenen Haut auf den ersten Blick als reinblütigen Vraszenianer.

Dennoch trug er das Hexagrammabzeichen mit dem Doppelstrich eines Hauptmanns.

Vielleicht sah er in der Ausgehuniform einfach zu gut aus, als dass man ihn übergehen konnte. Er war groß und breitschultrig, und seine Augen waren etwas dunkler als sein saphirblauer Mantel. Abgesehen von seiner Herkunft stellte er genau die Art von Mann dar, den die Elite von Nadežra bei einem Ereignis wie diesem dekorativ in einer Ecke platzierte.

Doch sie hatte ihr hübsches Gesicht schon viel zu oft als Werkzeug benutzt, als dass sie bei jemand anderem darauf reinfallen würde.

Er trat noch näher an sie heran, um einem vorbeigehenden Paar auszuweichen, und Renata stellte fest, dass er sie geschickt etwas abseits lotste. »Euer Akzent – kommt Ihr aus Seteris? Willkommen in Nadežra. Besucht Ihr zum ersten Mal die Rotunda?«

»So ist es.« Sie ließ den Blick über die Tische und Schneiderpuppen gleiten, an denen die Waren für die Gloria dieser Saison ausgestellt waren. »Ich muss zugeben, dass es ... interessant ist, mit eigenen Augen zu sehen, was mit der Seterin-Mode nach der langen Reise hierher passiert.«

Nur ein kleiner Hauch von Herablassung. Die Seterin und Liganti auf der anderen Seite des Meeres sahen Nadežra als rückständig an. Letilia hatte nie mit ihrer Geringschätzung hinterm Berg gehalten, und ihre Tochter würde diese Vorurteile nicht völlig abgelegt haben.

Der Hauptmann nickte eher freundlich, statt gekränkt zu wirken. »Die Rotunda kann auf jene, die nicht daran gewöhnt sind, verwirrend wirken – ebenso wie die Taschendiebe, die sich hier einschleichen, um diese Tatsache auszunutzen. Erlaubt mir, Euch zu begleiten, bis Ihr Euch mit allem vertraut gemacht habt.«

Das Schlimmste, was sie jetzt tun konnte, war zu zögern. »Das ist überaus freundlich von Euch«, erwiderte sie und bedeutete Tess, sich etwas zurückfallen zu lassen. Eine Seterin-Frau, die nichts von den politischen Spannungen in Nadežra wusste, würde über die Begleitung eines schneidigen Wachhauptmanns nicht die Nase rümpfen, selbst wenn er Vraszenianer war. Sie legte die behandschuhten Finger auf den Ärmel seines Mantels. »Gehe ich recht in der Annahme, dass Ihr die Uniform der Stadtwache tragt? Dann wird sich kein Taschendieb in meine Nähe wagen, solange Ihr an meiner Seite weilt.«

»Hauptmann Grey Serrado von der Wache, zu Euren Diensten. Und ich werde dafür sorgen, dass sie das nicht tun, Alta.« Er zuckte vor ihrer Berührung zurück und sein Lächeln ließ nicht das geringste Interesse an ihrem Flirtversuch erkennen.

Serrado. Sie sinnierte über den Namen nach, während sie sich ebenfalls vorstellte, und verglich Namen und Erscheinungsbild. *Szerado*. Und »Grey« war keinesfalls ein vraszenianischer Name. Daher gehörte er also zu dieser Gruppe, die versuchte, sich von ihrer Herkunft zu lösen, um in der Gunst der Liganti zu steigen.

Ren spielte ihre Rolle aus reiner Notwendigkeit, während er freiwillig zum Wankelknoten geworden war.

Rasch verdrängte sie diesen Gedanken. Er wäre für Alta Renata ohne Belang. »Dort sieht es sehr interessant aus«, sagte sie und blickte nach links, als Serrado sie eigentlich nach rechts führen wollte – als hätte sie nicht die geringste Ahnung, wie man sich während der Gloria verhielt.

»Auf der Promenade bewegt man sich bei der Herbstgloria in Erdrichtung«, erklärte Serrado und folgte den anderen Fußgängern, die vom Eingang aus den rechten Weg einschlugen. »Im Frühling geht man in Sonnenrichtung. Die neuesten und teuersten Waren findet man gleich am Anfang, und die schnell zu übersehenden Schätze sind eher am Ende.«

»Ist dem so?« Sie blieb an einem Tisch mit Parfums stehen. Die Frau dahinter hatte sie mit einem Blick eingestuft und eilte sofort herbei, um sich bei der Alta zu erkundigen, ob sie einen der Düfte probieren wolle. Renata gestattete ihr, einige Flaschen zu öffnen und mit den Deckeln unter ihrer Nase herumzuwedeln, bevor sie einen Tropfen auf die Innenseite ihres Handgelenks drückte. Der Duft roch nach Eukalyptus und wurde von etwas Erdigerem gedämpft, und die Verkäuferin versprach, dass er derart durchdrungen war, um den ganzen Tag lang anzuhalten. *Soll ich jetzt etwas kaufen, um zu demonstrieren, dass ich es mir leisten kann?*, fragte sie sich. *Oder zeige ich eher Stil und Zurückhaltung, indem ich nicht gleich das Erstbeste erwerbe?*

Sie erregte zunehmend Aufmerksamkeit, und das nicht nur bei den anderen Händlern. Das lag einerseits daran, dass sie ebenso adlig wie unbekannt aussah, aber vor allem an ihrer Kleidung.

Selbst inmitten des ganzen Prunks der Gloria fiel sie auf wie ein blauer Herbsthimmel. Ihr Unterkleid aus golddurchwirkter Bernsteinseide war so schlicht, dass es fast schon streng wirkte, doch der azurblaue Surcot ließ Tess' wunderbares Händchen überdeutlich erkennen. Das Bandeau war mit geschickten Abnähern versehen und hob ihre Brüste eher an, statt sie plattzudrücken. Das Mieder des Surcot verfügte nicht über das starre Korsett, das eine gerade Form erzeugen sollte, sondern war beinahe wie die Weste eines Mannes tailliert, lag an der Taille eng an und wurde über den Hüften wieder breiter, um sich in die schürzenartigen Stoffbahnen der Vorder- und Hinterschöße zu ergießen. Hier hatte Tess sich zurückgehalten; die Schönheit des kunstvoll gestickten Blattmotivs beruhte auf Qualität, nicht auf Quantität – was aufgrund ihrer knappen Finanzen auch ratsam war. Eine unauffällige Durchdringung bewirkte, dass die Goldfäden immer wieder eine andere Farbe der Saison annahmen. Niemand konnte dieses Kleid betrachten und noch daran zweifeln, dass Alta Renata ein kleines Vermögen dafür ausgegeben hatte.

Und dann waren da noch die Ärmel. An den Schultern und Handgelenken lagen sie eng an, um sich dazwischen zu teilen und aufzuklaffen, sodass die kompletten Arme zu sehen waren. Sie bemerkte, wie eine grauhaarige alte Schabracke missbilligend die Stirn runzelte, und verkniff sich ein Lächeln. *Gut. Ich habe ihre Aufmerksamkeit.*

Das war das Ziel des heutigen Ausflugs. Wenn Renata Viraudax stillschweigend in ihrem Stadthaus saß und darauf wartete, dass Donaia sie zur Kenntnis nahm, konnte man sie leicht ignorieren. Wurde sie hingegen zur öffentlichen Sensation, mussten die Traementis darauf reagieren.

Außerdem machte es großen Spaß. In wunderschöner Kleidung durch die Rotunda zu schlendern und die Waren zu begutachten, als könnte sie es sich leisten, hier alles zu kaufen ... würde es denn ihrem hohen Standard entsprechen.

Nach einem Leben auf der Straße genoss sie dieses Nippen am Wein über alle Maßen.

Renata gab sich wenig beeindruckt vom Parfum und ging weiter, wobei sie immer mehr Augenmerk auf sich zog. Allerdings trat niemand auf sie zu – was möglicherweise an der Tatsache lag, dass es den Anschein machte, sie hätte einen eigenen persönlichen Falken als Eskorte.

Sie gab sich die größte Mühe, ihn abzuschütteln. Aber selbst wenn sie sich noch so lange irgendwelche Waren ansah oder laut überlegte, ob dies nun das Beste sei, was sie auf der Gloria finden konnte, tat Hauptmann Serrado seine Langeweile nicht kund, sodass sich keine Möglichkeit ergab, ihn seiner Wege zu schicken. Sie hatte schon die halbe Rotunda umrundet und ersann immer absurdere Pläne, wie sie ihn loswerden konnte, als sie den nächsten Stand erblickte.

Auf mehreren Samtvorhängen prangten wunderschöne leere Gesichter aus Filigranarbeiten und versteifter Seide. Zwar kennzeichneten die Masken, die die reichen Nadežraner trugen, wenn sie sich auf der Alten Insel oder am Unterufer unters gemeine Volk mischten, sie stets als lohnenswerte Ziele, aber Ren hatte die Masken, die während des Fests des verschleiernden Wassers hervorgeholt wurden, schon immer geliebt. Als sie fünf gewesen war, hatte ihre Mutter ihr eine gekauft – nur eine billige aus Pappe, aber sie hatte sie behandelt, als wäre sie aus Gold.

Renata Viraudax wusste hingegen nichts über die Maskentraditionen in Nadežra. »Wie interessant«, murmelte sie und schlenderte zu dem Stand, als würde er keinen besonderen Reiz auf sie ausüben. »So etwas habe ich in Seteris noch nie gesehen.«

»Das liegt daran, dass es in Seteris nicht wie in Nadežra eine lange Vergangenheit gibt, in der Masken schon immer eine große Rolle gespielt haben, um die sich viele Geschichten ranken.«

Diese Antwort kam nicht von Hauptmann Serrado. Hinter Renata stieß Tess ein leises Wimmern aus.

Tess mochte schneidige Männer ebenso wie jeder andere, aber was ihr wirklich den Verstand raubte, war eine gute Schneiderarbeit. Und die Kleidung des Mannes, der das gesagt hatte, war *auserlesen* – das konnte sogar Ren erkennen. Zwar nicht derart innovativ, wie Tess es zu erreichen vermochte, aber die grüne Wolle, aus der sein Mantel gefertigt war, schien so weich wie ein Teppich aus Steinmoos zu sein und war derart makellos geschnitten, dass der Stoff bei Bewegungen nicht einmal Falten schlug. Seine Weste war deutlich dunkler, als es die Liganti-Mode bevorzugte, und schien schwarz zu sein, wenn sie nicht das Licht einfing und smaragdgrün schimmerte, und die Kragenspitzen reichten bis hinauf zu seinem Unterkiefer, ohne dabei zu erschlaffen. Renatas Blick wanderte über eine seltsame schillernde Spinnennadel, die an seinem Revers prangte, und fiel auf die gezackte Narbe seitlich an seinem Hals, die zu hoch lag, als dass selbst der feine Stoff und der hohe Kragen sie ganz zu verbergen vermochten.

Der Mann ignorierte Tess und Hauptmann Serrado und trat in die Lücke neben Renata. Das hätte aufdringlich gewirkt, wenn er sie dabei angesehen hätte, doch sein Blick ruhte auf den feilgebotenen Waren. »Masken werden zu vielen nadežranischen Festen getragen und manchmal auch zu gewöhnlichen Anlässen, um für eine bessere Stimmung zu sorgen und die Haut zu schützen. Der Tyrann war in den letzten Phasen seiner ... Krankheit sehr angetan von Masken.« Er erschauerte sichtlich. »Selbst unser berüchtigter Gesetzloser, der Rabe, ist dafür bekannt, dass er sein Gesicht verbirgt. Ein Besuch in unserem schönen Delta wäre ohne den Erwerb einer Maske schlichtweg nicht vollkommen.«

Er griff nach einer Maske aus Lapislazuli und versteifter goldener Spitze, deren Stickerei zu der auf Renatas Surcot passte, und reichte sie ihr. »Derossi Vargo. Verzeiht meine Aufdringlichkeit, aber ich musste die Bekanntschaft der stilvollsten Frau auf der diesjährigen Gloria machen.«

Die Schmeichelei war plump, wurde jedoch charmant genug vorgetragen, um zu überzeugen, außerdem war Renata überaus dankbar dafür, dass es endlich jemand geschafft hatte, den Falken ein wenig auf Abstand zu bringen.

Derossi Vargo. Der Name kam ihr irgendwie bekannt vor, und es ärgerte sie ungemein, dass sie ihn nicht einordnen konnte. Es war kein Name eines Adligen, doch er konnte auch einem der Deltahäuser angehören, der Oberschicht von Nadežra.

Sie nahm die Maske entgegen und hielt sie sich vors Gesicht. »Woher soll eine Besucherin wissen, welche Maske sie kaufen sollte?«

»Nun, das ist ganz einfach: die, die Euch am besten gefällt und die am meisten kostet.«

Bevor Vargo nach der nächsten Maske greifen konnte, eilte die Standbesitzerin herbei. »Hierbei geht es um mehr als nur Schönheit, Alta«, erläuterte sie und wählte mehrere weitere Masken aus, die zu Renatas Farben und Kleidung passten. »Mein Gatte erschafft die beste Durchdringung von ganz Nadežra. Zum Beispiel diese hier.« Sie hielt zwei einander überlappende Kreise aus Silber und Gold hoch. »Sie sorgt dafür, dass Euer Teint in unserer feuchten Luft trocken bleibt. Oder diese hier.« Bei diesen Worten hob sie eine mitternachtsblaue Dominomaske hoch, die mit schimmerndem Onyx verziert war. »Diese Maske verbirgt Euch vor neugierigen Blicken, wenn Ihr auf dem Weg zu einer Verabredung seid. Ich habe auch welche, die Pickel beseitigen – nicht dass Ihr welche hättet – oder Euch vor den krankheitserregenden Nebeln schützen, die vom Unterufer heraufwallen.«

»Ach ja?«, murmelte Vargo und griff nach der letzten Maske. »Sie wehrt also Krankheiten ab?«

Renata sah sich weiter um, während die Ladenbesitzerin unmögliche Versprechungen machte. Der Stand war klein – in der Rotunda konzentrierte man sich hauptsächlich auf importierte Waren und weniger auf lokale Produkte –, und ihr umherschweifender Blick fiel auf eine Maske, die ganz unten in der Ecke hing, als wüsste die Ladenbesitzerin, dass sie ohnehin niemand kaufen würde.

Während die Maske aus ihrer Kindheit von unbeholfener Hand mit allen Farben des Regenbogens bemalt gewesen war, bestand diese aus gehämmertem Prismatium, das wie der Schweif des Traumwebervogels schimmerte. Der Maskenbauer hatte das Metall so gefertigt, dass es wie die sanften Wellen des Dežera wirkte.

Sie entsprach ganz und gar nicht dem, was Renata Viraudax brauchte ... doch Ren begehrte sie so sehr, dass sie ihre ganze Kraft aufbringen musste, um es sich nicht anmerken zu lassen.

»Was hat Eure Aufmerksamkeit erregt?« Vargos Frage klang herzlich und amüsiert, als wären sie alte Freunde und nicht etwa Personen, die sich erst seit wenigen Augenblicken kannten. Er trat näher und spähte über ihre Schulter. »Ah. Das ist eine sehr ... nadežranische Maske.«

»Vraszenianisch, wolltet Ihr wohl sagen«, murmelte Hauptmann Serrado, der jedoch den Blick abwandte, als Vargo ihm einen Seitenblick zuwarf.

»Sie müssen es ja wissen, Hauptmann.« Vargos Tonfall schillerte ebenso wie das Prismatium der Maske und war voller Farbtöne, die sich direkt unter der Oberfläche verbargen. Das Lächeln, das er Renata schenkte, war ebenso freundlich wie rätselhaft. »Gefällt sie Euch?«

Sei einfach Renata. Beim Ankleiden heute früh hatte das so leicht geklungen. In der Praxis erwies es sich jedoch als weitaus schwieriger, unerwünschte Gedanken zurückzudrängen.

»Was macht sie so nadežranisch? Oder vraszenianisch, falls

dem so ist?« Sie tat ihre vermeintliche Begriffsverwirrung mit einer Handbewegung ab. Wenn sie die beiden Männer davon überzeugen wollte, dass sie noch nie zuvor in Nadežra war, hätte sie sich keine bessere Methode einfallen lassen können. Die beiden begehrten auf und waren sich in ihrer Empörung zur Abwechslung mal einig. Serrado mochte ein Wankelknoten sein, aber seine Ahnenreihe war so vraszenianisch, wie man es sich nur vorstellen konnte, während Vargo wie ein typischer Nadežraner aussah, in dessen Adern ebenso vraszenianisches wie Liganti-Blut floss – und keiner der beiden mochte es, mit dem anderen in einen Topf geworfen zu werden.

Vargo tat seine Empörung als Erster kund, indem er tadelnd gluckste. Er drehte die Maske hin und her, um das Prismatium zu bewundern. Feine Markierungen und die Form der Ränder erinnerten an Federn. »Nadežranisch, weil der Traumwebervogel ein Symbol der Stadt ist. Diese Vögel versammeln sich hier jeden Frühling in der Paarungszeit, wenn wir das Fest des verschleiernden Wassers feiern. Vraszenianisch, weil die Vraszenianer behaupten, von diesen Vögeln abzustammen, und deshalb ebenfalls alle herkommen.«

Ein Muskel zuckte an Serrados Kiefer, doch er sagte nichts und unternahm auch keinen Versuch, die Ungenauigkeit oder die halb verschleierte Beleidigung, die in Vargos Beschreibung anklang, zu korrigieren. Vraszenianer sahen die Traumweber nicht etwa als ihre Vorfahren an, sondern als das Symbol einer ihrer Vorfahrinnen: von Ižranyi, der jüngsten Tochter von Ažerais, der Göttin ihres Volkes. Ižranyi war Ažerais' Liebling und hatte zusammen mit ihren Geschwistern die sieben vraszenianischen Clans gegründet.

Der Ižranyi-Clan existierte jedoch nicht mehr, sondern war vor Jahrhunderten durch eine göttliche Katastrophe ausgelöscht worden, die aus ihrer Stadt eine Ruine voller Geister machte. Aber ihr Emblem wurde weiterhin verehrt.

Renata nahm Vargo die Maske aus der Hand und hielt sie vor ihm hoch. »Sie passt ja beinahe zu Eurem Spinnenanstecker! Aber leider nicht zu Eurem Mantel.«

Vargo schien sich ein Grinsen zu verkneifen und berührte geistesabwesend den Anstecker, während sich Renata die Maske aufsetzte und in den Spiegel der Ladenbesitzerin sah.

Das war ein Fehler. Als sie feststellte, dass die geschwungene Kurve ihre Kinnlinie wundervoll betonte, waren Ren das von Tess festgelegte Budget und die Grenzen ihrer gefälschten Bankbürgschaft auf einmal vollkommen egal.

Ihr Spiegelbild gab ihr auch zu verstehen, dass man ihr die Begierde nicht ansah, dennoch nickte Vargo. »Ich werde sie Euch kaufen – wenn die Alta es gestattet.« Er nahm Renata die Maske aus der Hand, wobei seine behandschuhten Finger kurz ihre Wange berührten, und reichte sie der Ladenbesitzerin, damit sie sie zusammen mit der Maske, die Krankheiten abwehrte, einpackte. »Betrachtet sie als Begrüßungsgeschenk.«

Damit wäre das Budgetproblem zumindest aus der Welt.

»Ihr kennt doch noch nicht einmal meinen Namen«, erwiderte sie lächelnd.

Er hatte noch eine Narbe auf der Stirn, allerdings eine deutlich kleinere als am Hals, die nur auffiel, wenn er die Stirn runzelte. Wer immer Derossi Vargo auch sein mochte – er warf wie ein reicher Schnösel mit Geld um sich, hatte jedoch die Male einer Unteruferratte. Er reichte ihr die eingewickelte Maske mit einer übertriebenen Verbeugung. »Das lässt sich doch nun mühelos ändern.«

Daraufhin machte Renata den elegantesten Knicks, den sie in der Enge zustande brachte, und nannte ihren Namen laut genug, dass alle Umstehenden ihn ebenfalls vernahmen. Vargo legte den Kopf schief. »Viraud… Oh! Via Brelkoja Nummer vier.«

Ihr lief es eiskalt den Rücken herunter. Woher kannte er ihre Adresse?

»Ich glaube, ich bin Euer neuer Vermieter«, sagte er mit einer kleinen Verbeugung. »Hoffentlich entspricht das Haus Euren Bedürfnissen.«

Auf einen Schlag wusste sie, woher sie seinen Namen kannte, und war ungemein erleichtert: Sie hatte ihn auf den Papieren gelesen, die sie beim Mieten ihres Stadthauses unterzeichnen musste. »Ah, natürlich! Bitte verzeiht mir – ich hätte gleich darauf kommen müssen.« Sie reichte Tess die Maske und knickste abermals. »Vielen Dank für das Geschenk, Meister Vargo. Offenbar hätte ich mir kein passenderes Andenken an diese Stadt zulegen können.«

Serrados Missbilligung schien wie die Hitze eines tosenden Kaminfeuers von ihm auszugehen. Offenbar stimmte Tess ihm zu, denn sie schritt ein. »Oh, Alta, es ist wirklich kalt hier. Bitte nehmt Eure Stola.« Sie wickelte Renata in kunstvoll drapierte Seide ein und musste dabei passenderweise vor Vargo treten. »Möchtet Ihr wieder nach Hause? Ich kann den Hauptmann bitten, uns eine Sänfte zu rufen.«

Nach Hause? Das wäre zu diesem Zeitpunkt eine Katastrophe. Renata war hier, um bei den Wichtigen und Mächtigen Eindruck zu hinterlassen, und nun führte sie die erste nennenswerte Unterhaltung mit jemandem ohne gesellschaftlichen Stand, auch wenn Vargo noch so reich und charmant sein mochte.

Aber sie hatte selbst erlebt, wie sich Letilia Feinde machte, indem sie Leuten den Rücken zuwandte, die ihrer Meinung nach nicht wichtig genug waren, als dass sie Zeit für sie erübrigen konnte. »Ach, Unsinn, Tess. Die Winter in Seterin sind weitaus kälter.« Sie ließ die Stola ein wenig nach unten rutschen, damit ihre nackten Schultern entblößt waren – die letzten Endes ja Tess' Idee gewesen waren. »Ich habe doch noch nicht einmal die halbe Gloria gesehen.«

Vargo schien zu spüren, dass seine Anwesenheit nicht länger erwünscht war, da er die Schöße seines Mantels nach hinten schwang und sich vor Renata verbeugte. »Ich habe schon zu viel Eurer Zeit beansprucht. Hoffentlich kreuzen sich unsere Wege bald wieder. Möglicherweise bei einer Gegebenheit, die es Euch erlaubt, Eure neue Maske zu tragen. Alta.« Nach kurzem Zögern nickte er auch Serrado zu. »Hauptmann.«

Ein Seufzen drang aus Tess' Kehle, als Vargo von dannen schritt, wobei seine breiten Schultern, die auffälligen Stiefelabsätze und der hin- und herschwingende grüne Mantel zu bewundern waren.

Bedauerlicherweise folgte Serrado ihm nicht. Er hatte sich wieder im Griff und sein Gesicht glich einer ausdruckslosen Maske. Zudem mied er jeglichen Blickkontakt, was es Renata ermöglicht hätte, ihn würdevoll zu entlassen.

Innerlich seufzend drehte sie sich zum verbliebenen Rest der Rotunda um. Sie bemerkte, dass zahlreiche Anwesende hinter ihren Fächern und Handschuhen miteinander raunten und mehr oder weniger erfolgreich so zu tun versuchten, als würden sie nicht über sie reden ... und unter ihnen befand sich auch ein ihr bereits bekannter Goldschopf, der auf sie zukam.

»Cousine!« Leato Traementis erreichte sie und ergriff ihre Hände. Es war schlichtweg unmöglich, sein Lächeln nicht zu erwidern, wenngleich Leatos sofort verlegen wurde. »Oder vielmehr Alta Renata. Aber vielleicht eines schönen, nicht allzu fernen Tages ... Grey! Bei Lumens Licht, mein Freund. Wir haben uns ja schon ewig nicht mehr gesehen. Woher kennst du Alta Renata? Hat Mutter dich gebeten, auf sie aufzupassen?«

Renata richtete den Blick weiter auf Leato, bemerkte jedoch im Augenwinkel, wie sich Hauptmann Serrado versteifte.

Auf einmal ergab ihr seltsam beharrlicher Schatten weitaus mehr Sinn.

»Hallo, Leato«, sagte Serrado. »Nein, die Alta und ich sind nicht miteinander bekannt. Ich bin im Dienst und sie schien eine Eskorte gebrauchen zu können.« Auf seiner bronzenen Haut ließ sich nur schlecht erkennen, ob er errötete, aber Renata erkannte den Blick, den er Leato zuwarf. Sie sah Tess auf dieselbe Weise an, wenn ihre Schwester mal wieder zu viel gesagt hatte.

Ihr Verdacht bestätigte sich, als sich Serrado verbeugte, allerdings mit militärischer Präzision statt Vargos Arroganz oder Leatos lässiger Anmut. »Alta Renata, dann überlasse ich Euch nun Altan Leatos Obhut.« Er überhörte den halbherzigen Protest des Traementis-Erben. »Genießt den Rest der Gloria.«

»Herzlichen Dank für Eure Hilfe, Hauptmann«, erwiderte sie und reagierte auf seine Präzision mit einem quälend korrekten Knicks. »Das war überaus freundlich von Euch.«

Während Leato Grey staunend hinterherschaute, tauchte Era Traementis hinter ihrem Sohn auf. »Alta Renata«, sagte sie mit freundlicher Miene, doch ihre Worte klangen viel zu melodiös, um etwas anderes als geschauspielert zu sein. »Ich hatte nicht damit gerechnet, Euch hier zu sehen.«

»Eure Gloria ist in aller Munde«, sagte Renata. »Und jetzt, wo ich hier bin, kann ich auch verstehen, warum das so ist. Was für eine Augenweide! So etwas gibt es bei uns zu Hause nicht. Die hier angebotenen Waren findet man zwar durchaus – aber kein damit vergleichbares Ereignis, das alle zusammenbringt und den Ton der nächsten Jahreszeit bestimmt.«

»Ja, hier bekommt man einiges zu sehen.« Donaias Blick zuckte kurz zu Renatas nackten Armen. »Eigentlich dürfte es mich gar nicht überraschen, Euch hier zu treffen. Die Gloria war auch Letilias Lieblingsereignis.«

»Das lässt sich ja wohl kaum als Charakterschwäche auslegen, Mutter.« Leato trat an Renatas Seite, als wollte er ihr gegen Donaias Missbilligung beistehen. »Andernfalls wären Giuna und ich dessen ebenfalls schuldig, weil wir Freude daran haben. Komm her, Giuna, damit ich dir Letilias Tochter vorstellen kann, von der ich dir bereits erzählt habe.« Als Leato winkte, kam das Mädchen, das in Donaias Schatten verharrt hatte, zögernd näher. Sie war wie ihre Mutter gekleidet und trug Kleidungsstücke, die für jemanden in ihrem Alter viel zu erwachsen und zurückhaltend wirkten. Aus diesem Grund und wegen ihrer Schüchternheit hatte Renata sie irrtümlich für Donaias Dienstmädchen gehalten. Allerdings ließ sich die Ähnlichkeit zu Leato nicht übersehen. Und auch zu Letilia, zumindest was ihre Gesichtszüge betraf. Nicht einmal mit all ihrem Geschick wäre Letilia in der Lage, dieses ängstliche Lächeln und diesen unbeholfenen Knicks echt wirken zu lassen. »Alta Renata. Ich hoffe, Nadežra kommt Euch nicht allzu seltsam vor.«

»Nicht unbedingt seltsam. Es ist vielmehr ... anders als das, was ich mir nach Mutters Beschreibung vorgestellt habe.« Sie ließ ihre Antwort ein wenig verschwörerisch klingen, damit sich Giuna die genaue Art des Unterschieds selbst vorstellen konnte.

Giunas Lachen hatte einen überraschenden Klang und erinnerte an einen Finkenschwarm, der sich in die Luft erhob. Leato fiel mit ein und selbst Donaia verzog widerwillig die Lippen zu einem Lächeln. »Ja, ich kann mir gut vorstellen, dass es bei ihr ganz furchtbar geklungen hat«, sagte Giuna. Zu Renatas Erstaunen schob sie Leato mit dem Ellbogen beiseite, damit sie Renatas Arm nehmen konnte. »Warum beenden wir die Rotunda nicht gemeinsam, und Ihr erzählt uns, dass das alles hier längst nicht mehr in Mode ist.«

Sie legte den Kopf schief, um leise noch etwas hinzuzufügen, nachdem sie sich in Bewegung gesetzt hatte. »Und vielleicht verratet Ihr mir ja auch, worüber Ihr mit Meister Vargo geplaudert habt.«

Er war also doch sehr bekannt, sogar in Adelskreisen. *Ich bin anscheinend nicht die Einzige, die den Reiz guter Schneiderarbeiten zu schätzen weiß.* »Er hat mir die nadežranische Maskentradition erklärt. Dann fiel uns auf, dass ihm das Haus gehört, das ich gemietet habe, und er hat mir als Willkommensgeschenk eine Maske gekauft.«

»Tja, Ihr werdet auch eine Maske brauchen, wenn Ihr während Eures Aufenthalts hier irgendetwas Interessantes unternehmen wollt. Mutter gestattet mir nicht, sie außerhalb von Festen zu tragen.« Giuna seufzte, allerdings eher resigniert als rebellisch, und griff nach einer Stola, die jener um Renatas Schultern recht ähnlich sah. Der wintergrüne Satin war mit herumsausenden silbernen Fischen bestickt und das feine Gewebe glitt ihr zwischen den Fingern hindurch. Mit einem weiteren Seufzer faltete sie die Stola sorgfältig zusammen und legte sie zurück in die Auslage. »Warum seid Ihr nach Nadežra gekommen?«

Selbstverständlich hatte Donaia ihrer Tochter nichts von Renatas Hoffnung auf eine Aussöhnung erzählt. Donaia stand in ihrer Nähe und konnte ihr Gespräch mitanhören – sollte sie das Thema wieder aufgreifen? *Nein. Wenn Leato sie schon gereizt hat, indem er mich ansprach, habe ich mehr zu gewinnen, wenn ich mich ihr gegenüber entgegenkommend zeige.*

Außerdem mochte einer der Gründe dafür, die Gloria zu besuchen, zwar das Gesehenwerden sein, aber sie wollte auch Beziehungen zu Leuten außerhalb des Hauses Traementis aufbauen. »Ich hatte natürlich gehofft, mir die Stadt anzusehen. Nicht nur die Orte, sondern auch die Einwohner kennenzulernen. Mutter hat behauptet, sie hätte früher jeden gekannt, aber ich habe nicht die geringste Ahnung, welcher Name zu welchem Gesicht gehört.«

Giuna mochte zwar abgeschirmt leben, doch sie stellte sich als wahrer Quell für Klatsch und Tratsch heraus und versorgte Renata mit Details, die Ren niemals allein hätte herausfinden können. Donaia ließ sich ein Stück zurückfallen und war entweder zufrieden, dass Renata nicht versuchte, ihre Tochter zu etwas anzustiften, oder hatte begriffen, dass ihre ständige Nähe Misstrauen erregen würde. Leato schlenderte mit den Händen in den Hosentaschen neben ihnen her und gab den Inbegriff eines nachsichtigen großen Bruders ab.

Erst als Giuna auf den ältesten Sohn von Eret Mettore Indestor zeigte, schritt Leato ein. Er nahm Giuna eine zarte Skulptur aus blauem Glas aus den Händen und stellte sie zurück auf den Tisch. »Sie muss Mezzan Indestor nicht kennen, und du sollest auch nicht wissen, wer er ist. Nicht nach allem, was er diesem Schauspieler angetan hat.«

»Einem Schauspieler?«, wiederholte Renata und drehte sich so, dass sie den fraglichen Mann in Augenschein nehmen konnte, ohne dass es zu offensichtlich wurde. »Erzählt mir mehr.«

Mezzan Indestor schien nur wenige Jahre älter als Leato zu sein, hatte strohblondes Haar und trug einen schieferblauen Brokatmantel, auf dem fünfzackige Sterne prangten. Das war das Emblem des Cinquerats, in dem sein Vater den militärischen Caerulet-Sitz innehatte. Aber diese Sterne wurden auch mit Macht und Herrschaft assoziiert ... und daher oft von Leuten getragen, die von beidem keine Ahnung hatten.

Leato warf erst Donaia einen Blick zu – die sich momentan der Betrachtung der Glaswaren widmete – und danach Giuna. Renata legte den Kopf schräg, sodass eine herabhängende Locke ihre nackte Schulter streifte, und Leato gab nach. »Vor einigen Wochen hatte ein Stück im Agnasce-Theater Premiere – sogar mit offizieller Genehmigung Ihrer Eleganz und all dem.« Er deutete mit dem Kopf in Richtung einer stahlhaarigen Frau und ihrem Kreis aus Bewunderern. Giuna hatte sie Renata zuvor als Era Sostira Novrus vorgestellt, die den Argentet-Sitz im Cinquerat innehatte und somit für die kulturellen Belange der Stadt zuständig war. Das bedeutete unter anderem, dass sie das Amt leitete, in dem Theateraufführungen genehmigt wurden – und jetzt, wo Leato diese Verbindung hergestellt hatte, fiel Renata auch auf, wie Mezzan Indestor die ältere Frau erbost und mit sauertöpfischer Miene anstarrte, als hätte man ihm eine unreife Pflaume in den Mund gesteckt.

Leato fuhr fort. »Sie muss nach einer Gelegenheit gesucht haben, Eret Indestor zu untergraben, denn das Stück hat mit seinem Spott wahrlich nicht hinterm Berg gehalten. Es gab einen ganzen Monolog darüber, dass Caerulet die Bestechung der Wache ermutigen würde. Als er das hörte, sprang Mezzan auf die Bühne und forderte den Hauptdarsteller zum Duell.«

»Möglicherweise habe ich die nadežranische Etikette und die Gesetze der Stadt falsch verstanden«, entgegnete Renata, »aber ich dachte, es wäre zivilen Gemeinen nicht gestattet, Schwerter zu tragen.«

»So ist es auch«, bestätigte Leato mit grimmigem Gesicht. »Der Schauspieler hatte ein Bühnenschwert und konnte nicht wirklich damit umgehen.«

»Der arme Mann«, wisperte Giuna. »Ist er ...«

Leato schüttelte den Kopf. »Selbst durchdrungene Arzneimittel und ein Heil-Numinat haben nicht ausgereicht. Er ist noch am Leben, aber es heißt, sein Gesicht wäre vollkommen entstellt.«

Giuna rückte näher an ihren Bruder heran – und sorgte auf diese Weise dafür, dass er zwischen ihr und Mezzan Indestor stand. »Jemand sollte etwas unternehmen.«

»Wer denn? Und was bitte? Mezzans Vater leitet die Wache und gewährt die Privilegien aller Söldnerunternehmen und Privatwachen in ganz Nadežra. Glaubst du, Eret Indestor wird zulassen, dass seinem Sohn auch nur ein Haar gekrümmt wird?«

»Das reicht, Leato«, schaltete sich Donaia brüsk ein. »Alta Renata bekommt sonst noch den Eindruck, das einzige Gesetz, das hier gilt, ist das des Mächtigen.«

Hätte sie nicht die jahrelange Übung darin gehabt, Leute wie Era Traementis anzulächeln, wäre Rens Zorn womöglich derart hochgekocht, dass sie ihre Rolle vergessen hätte. Denn in Nadežra galt durchaus das Gesetz der Mächtigen, und die Traementis wussten das viel zu gut, als dass sie das Gegenteil behaupten könnten. Das einzig Gute war, dass sie alle drei in ihrem Hass auf Mezzan vereint schienen – was wiederum bedeutete, dass Renata keine zustimmenden Worte von sich geben musste, um sich weiter bei ihnen einzuschmeicheln.

»Wie furchtbar«, murmelte sie und versuchte, das missbilligende Desinteresse von jemandem an den Tag zu legen, der die beteiligten Parteien nicht kannte. »Wird das Stück noch immer aufgeführt? Ich bin fast geneigt, es mir anzusehen.«

»Bedauerlicherweise wurde es abgesetzt«, berichtete Leato. »Sie konnten keinen Schauspieler finden, der bereit war, diese Rolle zu übernehmen, daher haben alle Unterstützer einen Rückzieher gemacht, um das Gesicht zu wahren.«

»Reden wir etwa über *Der Dieb, der die Alte Insel gestohlen hat*? Eine entsetzliche Produktion. Mezzan hat Nadežra einen Gefallen getan, als es abgesetzt wurde. Ich weiß wirklich nicht, was sich Ihre Eleganz dabei gedacht hat, es zu bewilligen.«

Die Frau, die das sagte, erinnerte Renata stark an Letilia. Was nicht etwa an ihrem Aussehen lag – ihr Haar war blassgolden statt honigbraun, und ihr Gesicht schien trotz des herzförmigen Aussehens nur aus harten Zügen zu bestehen –, aber sie war von derselben Aura gnadenloser gesellschaftlicher Dominanz umgeben und schien stets auf der Hut vor möglicher Konkurrenz zu sein.

Doch Letilia hätte der älteren Frau im Rollstuhl neben ihr bei Weitem nicht so viel Fürsorge entgegengebracht. »Bist du nicht auch dieser Meinung, Großmama?«, fragte die junge Frau. »Das Stück war furchtbar, hast du gesagt.«

Sie sprach derart schrill, dass man sie weithin hören konnte, trotzdem dauerte es einen Moment, bis die Verwirrung aus dem seltsam glatten Gesicht der älteren Frau schwand. »Ah ja. Diese Sache. Furchtbar. Ich konnte kein einziges Wort verstehen. Wieso musst du das jetzt erwähnen?«

»Ach, nur so.« Lächelnd richtete die junge Frau ihre Aufmerksamkeit wieder auf die junge Frau vor sich. »Giuna, meine Liebe! Wenn ich gewusst hätte, dass Ihr zur Gloria kommt, hätte ich Euch zu meiner Feier eingeladen. Großmama hat dafür gesorgt, dass es später Kaffee und Kuchen gibt. Wir haben doch bestimmt noch genug Platz für Alta Giuna und ihre Familie, nicht wahr, Großmama?«

Es war schwer zu sagen, ob die alte Dame wirklich schlecht hörte oder ihre Enkelin absichtlich ignorierte, um Renata anstarren zu können. Obwohl sie im Rollstuhl saß, gelang es ihr, den Eindruck zu erwecken, als würde sie auf Renata herabblicken.

Donaia schaltete sich ein, bevor die Situation noch unangenehmer wurde. »Alta Renata, darf ich Euch Alta Carinci und ihre Enkelin Sibiliat vorstellen, die Erbin von Haus Acrenix. Altas, das ist Renata Viraudax, die vor Kurzem aus Seteris eingetroffen ist.«

Renatas Lächeln, als sie knickste, galt ebenso Donaias Worten als auch den Damen vor ihr. *Vor Kurzem aus Seteris eingetroffen* – sie hatte sie nicht als Besucherin aus Seteris bezeichnet. Ob nun bewusst oder nicht, so schien sich Donaia langsam an die Anwesenheit ihrer »Nichte« in der Stadt zu gewöhnen.

Zudem war die Begegnung mit den Acrenix-Damen ein gesellschaftlicher Hauptgewinn. Ihre Familie hatte zwar noch nie einen Sitz im Cinquerat gehabt, doch ihr Oberhaupt Eret Ghiscolo Acrenix war neben dem Fünferrat der einflussreichste Adlige der Stadt. »Ich bin hocherfreut«, sagte Renata, was durchaus der Wahrheit entsprach. »Meine Mutter erzählte mir, dass Euer Haus eines der ältesten in Nadežra ist.«

»Eure Mutter?« Alta Carinci starrte Renata mit zusammengekniffenen Augen an, sofern man bei jemandem, dessen Haut sich bereits über den Knochen spannte, davon reden konnte. »Ha! Und du hast gesagt, sie käme dir nicht bekannt vor«, brüstete sie sich und zeigte erst mit dem Finger auf Sibiliat und danach auf Renata. »Sie ist Lecillas Ebenbild, hat allerdings bessere Manieren und eine angenehmere Stimme. Da ist es kein Wunder, dass Ihr so eine verdrießliche Miene zieht.« Die letzten Worte waren an Donaia gerichtet und ein Grinsen umspielte die Lippen der alten Dame.

Donaias Gesicht wurde sogar noch spröder. »Ich weiß wirklich nicht, was Ihr ...«

»Ganz offensichtlich nicht. Lasst Eure arme Nichte hier allein herumlaufen. Was habt Ihr Euch dabei gedacht, sie mit diesem Vargo reden zu lassen?«

»Großmama!« Sibiliats entsetztes Gesicht wirkte ein bisschen zu belustigt, um aufrichtig zu sein.

Carinci war eindeutig von dem Schlag Frau, der die Freiheiten genoss, die einem Macht, Wohlstand und Alter boten. »Ich sage ja nicht, dass er nicht hübsch anzusehen wäre, aber man kann sich den Unteruferdreck nun mal nicht vom Leib waschen, auch wenn man noch so energisch schrubbt.«

»Ich bitte um Verzeihung, Alta«, erwiderte Renata. »Ihr habt da bedauerlicherweise etwas falsch verstanden. Es entspricht der Wahrheit, dass meine Mutter Letilia – Lecilla – Giancos Schwester war, aber sie steht nicht länger im Traementis-Familienregister. Demzufolge bin ich auch nicht Era Traementis' Nichte.«

Sie ließ einen Hauch von Bedauern in ihrer Stimme mitschwingen. Carinci schnaubte. »Register hin oder her, es sei denn, Eure Mutter ist hier bei Euch – ist sie nicht? Selbstverständlich ist sie das nicht –, andernfalls sollte Donaia auf Euch aufpassen und darauf achten, mit wem Ihr Euch abgebt. Klatsch hinterlässt nun mal Spuren.«

»Dann können wir ja von Glück reden, dass Renata nächste Woche zum Abendessen zu uns kommt«, fauchte Donaia. »Ich brauche keine Alta Carinci, um mich an die Pflichten meiner Familie gegenüber zu erinnern – selbst wenn sie nicht länger im Register stehen sollte.«

Renata musste sich ein triumphierendes Lächeln verkneifen. Ihr kleiner Flirt mit Vargo mochte vielleicht ein Fehltritt gewesen sein, hatte sich jedoch zu einem nützlichen Druckmittel entwickelt. Wo schöne Worte versagten, machte manchmal öffentlicher Druck den Unterschied. »Era Traementis war sehr freundlich zu mir«, versicherte sie Carinci rasch. »Der Fehler liegt ganz allein bei meiner Mutter und bei mir. Ich kenne mich in Nadežra und mit den Nadežranern leider nicht aus.«

»Dann werde ich Euch behilflich sein.« Sibiliat griff nach ihren Händen, und Renata kämpfte gegen den Drang an, sich ihr zu widersetzen. Sie hatte Letilia oft genug in solcher Art Streitigkeiten beobachtet, um genau zu wissen, was dies bedeutete: Es waren in Samt gehüllte Krallen. »Wir müssen doch dafür sorgen, dass Ihr ein paar gute Geschichten erzählen könnt, wenn Ihr nach Seteris zurückkehrt.«

Wollt Ihr mich etwa aus der Stadt haben? Das wurde ja immer besser. Donaias Verhalten ließ erkennen, dass sie die Acrenix-Frauen nicht leiden konnte – was bedeutete, dass es ihr nur zu gut gefallen würde, wenn Renata Sibiliats Dominanz innerhalb der Gesellschaft gefährlich wurde.

Aber Sibiliat war zu clever, um Renata den Rücken zuzuwenden. Als wäre ihr eben erst die Idee gekommen, gab sie ein begeistertes Geräusch von sich. »Leato! Einige von uns gehen heute Abend ein wenig bummeln. Ihr müsst uns unbedingt begleiten und Eure Cousine mitbringen.« Sie beugte sich näher an Renata heran – wodurch sie auch gleichzeitig ihren Größenvorteil erkennen ließ. »Es gibt einen neuen Kartensalon auf der Alten Insel, in dem Musterlesungen angeboten werden.«

Bei Sibiliats Vorschlag merkte Giuna auf. »Ich habe mein Muster noch nie lesen lassen!«

Sibiliat reagierte schneller als Leato oder Donaia und streichelte über Giunas Ärmel. »Nicht dieses Mal, kleines Vögelchen. Das ist zu derb für Euch.«

»Ich bin nur zu gern bereit, wenn Alta Renata es ebenfalls möchte«, sagte Leato. »In Seteris gibt es nichts, was mit vraszenianischen Musterlesungen vergleichbar ist, oder?«

»Ich habe noch nie davon gehört. Ist das so etwas wie Astrologie?«

Carinci rümpfte die Nase, als hätte sie etwas Widerliches an den Rädern ihres Stuhls gerochen. »Es ist nicht einmal ansatzweise so vernünftig. Dabei gibt es nur einen Satz Karten und eine krumme alte Vraszenianierin, die behauptet, die zufällig ausgelegten Karten würden etwas über das Schicksal enthüllen. Völliger Blödsinn, wenn man mich fragt. Ich fasse es nicht, dass du deine Zeit mit so einem Unsinn vergeudest, Sibiliat.«

»Das ist doch nur Spaß, Großmama. Hast du denn nichts nur zum Spaß gemacht, als du in unserem Alter warst?«

»Ich wünschte, ich könnte irgendetwas aus Spaß machen«, grummelte Giuna und fuhr mit einem Finger über die Glasskulptur, die sie auf Leatos Drängen hin hatte zurückstellen müssen. Sie sprach so leise, dass Renata vermutete, die Worte sollten von niemandem gehört werden.

Die Kristallfiguren, die Stola – es war offensichtlich, dass Giuna gern etwas Hübsches für sich erwerben würde, und ebenso klar, dass ihre Mutter die Traementis-Börse dafür nicht zu öffnen gedachte. Offenbar hatte sich Donaia in all den Jahren seit Letilias Flucht kein bisschen verändert.

Als Giuna widerstrebend die Hand wegnahm, hob Renata die Figur vom Tisch auf, wählte eine dazu passende grüne aus und reichte sie dem Händler. »Bitte getrennt einpacken«, bat sie und fügte an Giuna gewandt hinzu: »Sie sind wunderschön, nicht wahr? Die grüne eignet sich perfekt für den Kaminsims in meinem Salon und Ihr findet bestimmt einen passenden Platz für die blaue.«

Donaia bekam ihre letzten Worte mit und drehte sich ruckartig um, hatte den Mund sogar schon halb geöffnet, um zu protestieren. Aber es war zu spät; der Händler hatte den blauen Kristall bereits in einen schützenden Behälter gelegt und mit elegantem Stoff umwickelt, und Renata reichte ihn der verdutzten Giuna. Jetzt konnte Donaia das Geschenk wohl kaum noch ablehnen – nicht ohne ihrer Tochter das Herz zu brechen und vor den Acrenix-Damen eine Szene zu machen.

Renata spürte das warme Aufflackern von Triumph, als sich Letztere einige Minuten später verabschiedeten und Carinci keinen Hehl daraus machte, dass sie noch mit anderen Leuten sprechen wollte. Sie hatte Aufmerksamkeit erregt, bei Donaia Fortschritte erzielt und nun anstelle eines abweisenden Hauptmanns der Wache Giuna an ihrer Seite, die wie eine dankbare Klette an ihr klebte.

Leato führte sie über den Rest der Gloria, selbst nachdem Donaia sie verlassen hatte, die behauptete, müde Füße und Durst zu haben. Auf dem Weg stellte er Renata noch mehrere Personen vor und blieb auch bei ihr, als sie noch einmal zurückging, um Parfum, Handschuhe und einen kätzchenweichen Umhang zu erwerben. Tess nahm alles ohne jegliche Beschwerden entgegen, wenngleich Renata sie innerlich schon protestieren hörte: *Aber das Budget!*

Das Budget würde es überleben. Einige dieser Gegenstände konnten ihr bei der Maskerade nützlich sein, und der Rest – wie der gläserne Tand – wurde eben zu Geld gemacht.

Es ging vor allem darum, dass sie dabei gesehen wurde, wie sie die Sachen kaufte, damit jedermann wusste, dass Renata Viraudax sowohl über Geld als auch über einen guten Geschmack verfügte.

Als Tess' Arme voll waren, tat Renata so, als wäre sie völlig erschöpft. »Wenn ich heute Abend noch zu etwas zu gebrauchen sein soll, muss ich jetzt heimkehren und mich ausruhen. Wo soll ich wann sein?«

»Am Fuß der Spitzenwasserbrücke in Sonnenkreuz. Ist zweite Erde zu früh?«

Renata schüttelte den Kopf. Wenn sie sich um zweite Erde trafen, hatte sie nach Sonnenuntergang etwa zwei Stunden Zeit. Das reichte hoffentlich aus, damit Tess ihr ein passendes Ensemble zusammenstellen konnte.

Leatos nächste Anweisungen beruhigten sie überdies.

»Tragt eine Maske, und zieht Euch nicht zu fein an; Spitzenwasser ist keine Gegend, in der man auf seinen Reichtum aufmerksam machen sollte.«

Spitzenwasser. Ihr wurde ein wenig mulmig zumute, als würde Ondrakja träge die Hand an ihr Kinn legen, bevor sie ihr die Fingernägel ins Fleisch bohrte.

Nach fünf Jahren fern der Heimat kehrte Ren nach Hause zurück.

Die Rotunda, Ostbrück: 4. Suilun

Grey verlor Alta Renata und die Traementis-Familie aus den Augen, nachdem sie sich von den Acrenix-Damen getrennt hatten. Aber dann ging ihm das Lustige an der ganzen Farce auf. Es war schon schlimm genug gewesen, Derossi Vargo ertragen zu müssen, wo Grey doch noch vor einem Jahr einen guten Grund gehabt hatte, den Mann zu verhaften. Aber dann flog er auch noch wegen Leato auf! Innerhalb von einer einzigen Minute hatte Grey nicht nur seine wahren Absichten Renata gegenüber enthüllt, sondern auch noch auf die Gelegenheit verzichten müssen, mit seinem Freund zu plaudern. Das war in den vergangenen Monaten ohnehin schon viel zu selten möglich gewesen.

Er verlagerte das Gewicht, um die Rückenschmerzen zu lindern, die er vom langen Herumstehen auf dem harten Marmor hatte, und versuchte, den Weg der Sonne über die Rippen der Kuppel nicht genauer zu verfolgen, während er darauf wartete, dass dieser endlose Tag endlich vorbeiging. Er hatte mehrere Gefallen einfordern müssen, damit seine Einheit der Rotunda zugewiesen wurde; derart einfache Aufgaben waren heiß begehrt. Doch Donaia hatte Grey versichert, wenn die Tochter wie die Mutter wäre, würde Alta Renata bei der Herbstgloria erscheinen.

In dieser Hinsicht mochte sie ihrer Mutter gleichen, aber ansonsten war Renata Viraudax völlig anders, als er erwartet hatte. Zugegeben, sie war wunderschön und elegant – aber sie war auch gerissener, als sie sich anmerken ließ, und zupfte die Saiten der Gloria wie eine erfahrene Harfnerin.

Außerdem machte er sie nervös. Nicht etwa als Mann oder als Vraszenianer, vielmehr zeigte sie die Unruhe einer Person, die von einem Falken überwacht wurde. Sie hatte es gut verborgen und sogar versucht, ihn durch einen Flirt abzulenken ... allerdings kannte er diese Unruhe nur zu gut, da sie ihn einst ebenfalls befallen hatte, als er mit Kolya in Nadežra eingetroffen war.

War Donaias Misstrauen berechtigt? Oder ging hier irgendetwas anderes vor sich?

Das Auftauchen von Breccone Indestris riss Grey aus seinen Überlegungen. »Hauptmann«, sagte der Altan, dessen Stimme wohltönend und überaus selbstgefällig klang. »Mir ist aufgefallen, dass Era Novrus' Frau sich merkwürdig verhält. Jemand deutete an, sie könnte Aža genommen haben, bevor sie hergekommen ist. Bitte sorgt dafür, dass sie unauffällig nach Hause gebracht wird, bevor sie noch unangenehmes Aufsehen erregt. Es wäre mir höchst unangenehm, wenn wir sie wegen öffentlicher Ruhestörung verhaften müssten.«

Djek. Konnte dieser Tag noch schlimmer werden? Breccone war ins Haus Simendis hineingeboren worden, hatte jedoch eine Indestor geheiratet. Ganz offensichtlich trug er seinen Teil dazu bei, die andauernde Fehde zwischen Indestor und Novrus weiter anzustacheln, die im Cinquerat Rivalen waren. Ein unauffälliges Einmischen auf der Gloria mochte zwar weniger destruktiv sein als das Niederbrennen von Lagerhäusern in Dockmauer, aber hinsichtlich Letzterem konnte Grey zumindest etwas Nützliches tun; hier blieb ihm nichts anderes übrig, als sich als Werkzeug gegen das Haus Novrus ausnutzen zu lassen. »Ja, Altan Breccone. Wird sofort erledigt.«

Breccone ging wieder, ohne sich zu vergewissern, dass sein Befehl auch ausgeführt wurde. Grey nickte vier seiner Leutnants zu, die in der Nähe bereitstanden – Söhne und Töchter aus der Oberschicht des Deltas, die möglicherweise in der Lage wären, die Frau eines Cinquerat-Sitzinhabers davon zu überzeugen, unauffällig die Rotunda zu verlassen.

Als er sie eingeteilt hatte, bemerkte er, dass Era Traementis hinter einer Säule stand und ihn zu sich winkte.

Sie wollte offensichtlich nicht dabei gesehen werden, dass sie mit ihm sprach. Grey ging auf sie zu und nahm seine Wachposition wieder ein, wobei er nah genug bei ihr stand, um sich leise mit ihr unterhalten zu können. »Bitte verzeiht, Era. Ich hätte mich bemühen müssen, Leato aus dem Weg zu gehen.«

Ihr Seufzen war laut genug, um das Getöse auf der Rotunda zu übertönen. »Nein, ich hätte ihn besser in Schach halten müssen. Er vermisst Euch in letzter Zeit sehr.«

Darauf wusste Grey nichts zu erwidern, und sie ersparte

ihm die Notwendigkeit, dies tun zu müssen.«Habt Ihr etwas über dieses Viraudax-Mädchen in Erfahrung gebracht?«

»Das Haus, das sie gemietet hat, gehört Vargo. Allerdings bezweifle ich, dass sie zusammenarbeiten, denn sie war bei der Begegnung mit ihm aufrichtig überrascht. Er gab dies ebenso vor, ist jedoch viel zu gut informiert, um sie nicht als eine seiner Mieterinnen zu erkennen. Ich bin mir nicht sicher, warum er Unwissenheit vorgetäuscht hat.«

Im Augenwinkel sah er, wie Donaia die Lippen schürzte. »Weil er zu verdorben ist, um klar sehen zu können. Aber Vargo hat keine Verbindung zu ...«

Sie hielt inne und beendete den Satz nicht. *Zu Indestor.* Grey sprach diese Worte ebenfalls nicht aus. »Sie kann es sich leisten, ein Haus von ihm zu mieten, daher muss sie über einiges Vermögen verfügen.«

»Und doch scheint sie sich nicht den Stoff für Ärmel leisten zu können.«

Auf der anderen Seite der Rotunda bemerkte er, dass Renata an einem Tisch auf etwas zeigte und sich der Stoff dabei anmutig unter ihrem nackten Arm bewegte. Sie nutzte jede Gelegenheit, um auf ihren wagemutigen Stil hinzuweisen – was ihr auch gelang. »Ich gehe davon aus, dass Vargo ihre Finanzen gründlich durchleuchtet hat, bevor er ihr das Haus überließ, aber ich kann mich auch bei den üblichen Bankiersfamilien umhören und herausfinden, woher ihr Geld kommt. Derweil hatte ich mir überlegt, einige Straßenkinder anzuheuern, um ihr Haus zu überwachen. So wüsste ich auch, wohin sie geht und wer sie aufsucht.«

»Nach dem heutigen Tag wird das halb Nadežra wissen.«

»Mag sein, aber es ist dennoch von Wert, wenn wir erfahren, mit wem sie sich abgibt und wen sie verschmäht.«

Er beobachtete, wie Renata ihrer unscheinbaren Dienerin ein weiteres Paket überreichte. Mit ihrer Hautfarbe und dem Ganllech-Akzent war das Mädchen ebenso fremdartig wie Renata und hätte eigentlich deutlich auffälliger wirken müssen. Es war fast so, als wäre ihre Uniform mit Absicht so langweilig gestaltet worden, damit sie nicht von ihrer eleganten Herrin ablenkte.

Tja, Grey war sie trotzdem aufgefallen. »Ich werde auch jemanden losschicken, der ihr Dienstmädchen unter die Lupe nimmt, und mich in Klein-Alwydd nach möglicher Verwandtschaft umhören.« Ranieri eignete sich perfekt für diese Aufgabe. Er war in Unterufer zur Welt gekommen, daher würde es weniger Fragen aufwerfen, wenn er dort herumschnüffelte. Außerdem konnten sie so auch sein Aussehen ausnutzen, das üblicherweise eher hinderlich als hilfreich war. »Sie wird einiges über ihre Herrin wissen, das uns kein anderer verraten kann.«

Donaia versteifte sich. »Wenn sie nur halb so gut ist wie Colbrin, dann könntet Ihr aus einem Stein mehr herausbekommen.«

»Es gibt auf der ganzen Welt nur wenige Dienstboten, die so gut sind wie Colbrin. Und nur wenige Frauen können wie Ihr Loyalität wecken.«

Er legte den Kopf schief, als sie ihn verblüfft ansah. »Ihr … Hört auf, mir zu schmeicheln, Ihr Tunichtgut«, stammelte sie, bekam jedoch rote Wangen und wirkte bei Weitem nicht mehr so bedrückt wie zuvor.

»Verzeiht meine Dreistigkeit, Era.« Eine sich streitende Gruppe aus Adligen und Falken näherte sich dem Tor. In ihrer Mitte befanden sich die benommen wirkende Benvanna Novri und ihre erboste Gattin. »Und entschuldigt, dass ich dieses Gespräch abbrechen muss, aber die Pflicht ruft.«

Viele Pflichten sogar. Neben seiner zugewiesenen Arbeit für die Wache und Donaias Auftrag musste er sich auch noch um das Problem mit den verschwundenen Kindern kümmern …

Grey seufzte. Ihm stand eine lange Nacht bevor.

3

DAS VERBORGENE AUGE

Sonnenkreuz und Spitzenwasser,
Alte Insel: 4. Suilun

Selbst während der Gloria und inmitten einer Welt, die nie zuvor die ihre gewesen war, sorgten kleine Erinnerungen an die Vergangenheit immer wieder dafür, dass Rens Maske ein wenig verrutschte. Als sie jetzt in Sonnenkreuz aus ihrer Sänfte ausstieg, wo es nach Anbruch der Dämmerung nur so von Menschen wimmelte, fühlte sie sich nicht wie Renata; sie kam sich nicht einmal vor wie eine Schauspielerin, die in diese Rolle geschlüpft war. Sie kam sich eher vor wie eine Marionettenspielerin, die Renata an langen Fäden bewegte, während sich hinter dem Vorhang Ren von den Fingern versteckte.

Wie oft hatte sie auf diesem Platz schon gebettelt oder lohnenswerte Ziele ausgekundschaftet? Und davor war sie oft mit einer Hand in den Rockzipfeln ihrer Mutter hergekommen. Der Mann, der ihr einst Sesambrötchen verkauft hatte, war nicht mehr da – er hatte eine Hand verloren, als sie elf Jahre alt gewesen war, angeblich wegen Diebstahls, und war danach an einer Infektion gestorben –, und die Blumenverkäuferin, bei der man die flussdunklen Rosen von Ažerais bekam, würde erst im Frühling wieder hier stehen, aber Ren

wusste noch ganz genau, dass Sonnenkreuz ihr Lieblingsort der ganzen Stadt gewesen war.
Mama. Was würdest du von meinem jetzigen Leben halten?
Ren biss die Zähne zusammen. Wenn sie derartige Gedanken an die Oberfläche ließ, würde sie diese Nacht nie überstehen.
Sie bezahlte die Sänftenträger und schaute sich auf dem Platz um. Selbst nach Sonnenuntergang wimmelte es hier von Händlern, die Zeitungen, gebrauchte Kleidungsstücke, geröstete Stachelseerosen und diverse andere Dinge verkauften. Vier miteinander wetteifernde Ostrettas bedienten ihre Gäste auf dem gepflasterten Platz, die dort in der herbstkühlen Luft tranken und speisten. Ein Mädchen, das einen verzweigten Ast mit herabbaumelnden Kordeln trug, versuchte, Renata einen der Glücksbringer in die Hand zu drücken. Der Knoten darin stand für die Rosen von Ažerais. Renata scheuchte das Mädchen fort und widerstand dem Drang, sich auf die Zehenspitzen zu stellen, als ob einige Zentimeter mehr einen Unterschied ausmachen würden. Sibiliat schien zu der Art Frau zu gehören, die einen in einen raueren Stadtteil einlud und dann sitzen ließ.
Aber Leato hatte sie gebeten, hierherzukommen. Zwar hatte seine Familie den Ruf, ihre Feinde auszuschalten, doch soweit er wusste, hatte sie bislang nichts getan, um als solche zu gelten.
Es sei denn, sie hassen Letilia wirklich so sehr.
Instinktiv wich Ren nach einer Seite aus, als eine Hand nach ihrem Rock griff. Doch das Kind, dem sie gehörte, war nur ein Bettler, kein Taschendieb und nicht einmal ein Mitleidshascher, der aufgrund seiner Verletzungen oder Unterernährung um Almosen flehte. Dafür sah der Junge mit den eingesunkenen Augen und den hohlen Wangen, die einer Leiche gut gestanden hätten, viel zu abschreckend aus.

»Helft mir«, flehte er, wobei ihm die Worte als blutleeres Flüstern über die Lippen kamen, und starrte Ren an, ohne auch nur einmal zu blinzeln. »Ich kann nicht mehr schlafen.« Eine Sekunde lang war sie selbst wieder ein Kind und suchte nach einem Albtraum Trost. *Mama. Ich kann nicht schlafen.*

Sei still, Renyi. Es ist alles in Ordnung. Ich lege einen Faden um dein Bett, das hält die Zlyzen von dir fern.

»Alta Renata!«

Ren wich vor dem Jungen zurück. Sie gab sich einen fast schon körperlichen Ruck und schlüpfte erneut in ihre Rolle, bevor sie sich zu Sibiliat umdrehte.

Die geformte Halbmaske aus Papier vor ihrem Gesicht kennzeichnete Sibiliat eindeutig als Adlige, die sich unter das gemeine Volk mischte, sah jedoch ansonsten unauffällig aus, war in gediegenem Aubergine gehalten und mit achteckigen Ausschnitten verziert. Ihre Stimme quoll förmlich über vor Begeisterung, als sie sagte: »Was für eine wunderschöne Maske. Habt Ihr sie von Meister Vargo geschenkt bekommen?«

»Alta Sibiliat«, erwiderte Renata und bemühte sich um Leichtigkeit. »Ich bin so froh, dass sie Euch gefällt. Mir war gar nicht bewusst, dass wir an diesem Abend eine derart große Gruppe sind. Aber wo steckt Altan Leato?« Sie konnte seinen Goldschopf nicht inmitten der Personen, die Sibiliat umringten, ausmachen.

»Ist Traementis noch nicht hier?«, fragte ein schlanker Mann, der in Creme- und Kaffeefarben gekleidet war und eine schlichte Dominomaske aus Kupfer trug. Er stand lässig neben Sibiliat, legte ihr das spitze Kinn auf die Schulter und versuchte gar nicht zu verbergen, dass er Renata unverhohlen von Kopf bis Fuß musterte. »Das ist sie also. Ihr habt gar nicht erwähnt, dass sie so hübsch ist.«

Sibiliat ließ die Schulter sinken, woraufhin er ins Taumeln geriet. »Doch, das habe ich. Ihr hört anderen nur nie zu.«

»Weil sie so langweilig sind.« Er trat vor Sibiliat und verbeugte sich über Renatas Hand. Seine Augenlider waren in derselben Kupferfarbe wie seine Maske bemalt und glänzten hell im schwachen Licht. »Bondiro Coscanum. Das ist meine Schwester Marvisal, und das da vorn sind Parma Extaquium und Egliadas Finsternus.«

Alles Söhne und Töchter von Adligen, die zwar keinen Sitz im Cinquerat innehatten, doch die Acrenix-Familie konnte auf eine Vielzahl an Allianzen zurückgreifen, und Alta Faella Coscanum – die Großtante von Bondiro und Marvisal, wenn Renata sich richtig erinnerte – herrschte mit eiserner Hand über die politische Gesellschaft. Aus diesem Grund wäre es überaus nützlich, sich mit diesen Leuten anzufreunden.

»Versucht gar nicht erst, zwischen Parma und Egliadas zu kommen«, fügte Bondiro hinzu, als Renata die ganze Gruppe zur Begrüßung anlächelte. »Das ist mir seit dem Frühling noch nicht gelungen.«

Marvisal war ebenso schlank wie ihr Bruder und fast genauso groß. In ihrem Surcot aus einem hauchdünnen grünen Stoff, der für die kühle Nacht viel zu dünn war, wirkte sie wie eine Weide, als sie sich vorbeugte, um der kleinen, rundlichen Parma etwas ins Ohr zu flüstern. Parma tat Marvisals Bemerkung mit einer Handbewegung ab und streckte Bondiro die Zunge raus. »Das liegt nur daran, dass Ihr im Bett ebenso träge seid wie außerhalb, Coscanum.«

»Ich lasse mir eben gern Zeit.«

»Wo wir gerade dabei sind: Warten wir auf Leato?«, erkundigte sich Marvisal und ließ den Blick über den Platz schweifen.

»Müssen wir?« Bondiro stöhnte. »Gegen ihn wirke ja sogar ich pünktlich.«

Sibiliat nahm Renatas Arm. »Er kann sich im *Kralle und Kniff* mit uns treffen. Er weiß bestimmt, wo es ist.«

Ihr trockener Kommentar entlockte den anderen ein Kichern. Renata fragte sich, wie Leato ein solches Leben führen konnte, wo seine Mutter doch derart knauserig war, dass sie seiner Schwester keinerlei Luxus gönnte. Mütterliche Bevorzugung? Höchstwahrscheinlich; Letilia hatte berichtet, dass sich Donaia kurz vor Leatos Geburt von unausstehlich zu unerträglich gewandelt hatte.

»*Mich* würdet ihr doch nicht zurücklassen, oder?« Die Stimme war tiefer als Leatos. Zwar hatte Renata ihn nur inmitten des Lärms der Gloria reden gehört, aber sein strohfarbenes Haar und die fünfzackigen Sterne, die nun seine Maske und seinen Umhang zierten, erkannte sie sofort wieder.

»Mezzan!« Sibiliat ließ Renata los, um ihn auf beide Wangen zu küssen. »Ohne Euch würden wir doch niemals aufbrechen. Schließlich müsst Ihr für unsere Sicherheit sorgen.« Als sie einen Schritt nach hinten machte, fuhr sie mit einer Hand über seinen Schwertgriff.

Als gute Hochstaplerin musste Ren auch andere durchschauen können, aber selbst wenn sie nicht über derartige Fähigkeiten verfügt hätte, wäre ihr nicht entgangen, was es zu bedeuten hatte, dass Marvisal an Mezzans Seite trat und ihm einen Arm um die Taille legte. »Alta Renata, darf ich Euch meinen Verlobten Mezzan Indestor vorstellen?«

Dies war der Mann, der einen Schauspieler wegen einer im Stück ausgesprochenen Beleidigung verstümmelt hatte. Renata lächelte ihn an und knickste, ohne auch nur den Versuch zu machen, mit ihm zu flirten. Es dürfte nicht allzu schwer werden, Marvisal auf ihre Seite zu bekommen; dazu musste sie sich in Mezzans Gegenwart nur mit spitzen Bemerkungen zurückhalten und durfte nicht so tun, als könnte sie jeden Mann und jede Frau im Handumdrehen für sich erobern. »Ich bin sehr froh über den Schutz, Altan. Diese Gegend wirkt weitaus gefährlicher, als ich erwartet hatte.«

»Ihr habt nichts zu befürchten«, versicherte Bondiro ihr. Alle Männer waren mit Schwertern bewaffnet, genau wie

Sibiliat, und Marvisal und Parma hatten Messer dabei. »Wir würden niemals in eines der wirklich schlimmen Viertel gehen – da riecht es viel zu übel.«

»Und falls uns jemand Ärger machen will«, Egliadas stieß mit der Faust gegen Mezzans Schulter, »dann bekommt er von uns mehr, als er verkraften kann.«

Wobei die Wache höflich in die andere Richtung schauen würde. »Oh, das ist wirklich eine Erleichterung«, sagte Renata.

»Sollen wir losgehen?« Sibiliat führte sie über die Spitzenwasserbrücke, ohne auf eine Antwort zu warten.

Der Bezirk hatte seinen Namen aufgrund der vielen winzigen Kanäle erhalten, die sogar für die Splitterboote zu klein waren; sie dienten allein dazu, das Wasser aus dem sumpfigen Boden am Nordende der Alten Insel abzulassen, wo sich die als »Spitze« bekannte hohe Felszunge so weit herabsenkte, dass sie sich kaum höher als der flache Deltaschlamm befand. Am Oberufer halfen Numinata dabei, den Boden zu befestigen, hier jedoch nicht. Zwar war das ursprüngliche Land einst auf den steinernen Fundamenten von kleinen Inseln entstanden. Da diese jedoch langsam versanken, neigten sich viele Gebäude einander wie trunken entgegen und berührten sich fast schon.

Ren konnte etwas leichter atmen, als Sibiliat am anderen Ende der Brücke nach rechts abbog. Die Straßen, die sie am besten gekannt hatte, sowohl vor als auch nach dem Tod ihrer Mutter, lagen auf der Westseite von Spitzenwasser. Sie entlangzugehen wäre vermutlich eine zu große Herausforderung für Renata.

Nichtsdestotrotz bargen jede Gasse und jede Brücke ebenso viele Erinnerungen wie streunende Katzen. Auf dieser Türschwelle hatte sie einen Betrunkenen entdeckt, in dessen Schuh drei Forri versteckt waren, auf jenem Steg war sie mit Simlin in Streit geraten und ins dreckige Wasser gestoßen worden. Die gewundene Uča Idvo war einst ihr Lieblingsjagdgebiet auf feine Pinkel wie jene gewesen, mit denen sie momentan unterwegs war. Leute, die so reich waren, dass sie sich nicht einmal die Mühe machten, ihr Geld in Innentaschen einzunähen, an die ein Dieb nicht so leicht herankam.

Aufgrund der Enge flatterte Sibiliats Schwarm wie aufgeschreckte Stare herum und jeder wechselte immer wieder den Partner, um das Wortgeplänkel fortzusetzen. Renata bezweifelte, dass sie alle abwechselnd nur rein zufällig an ihrer Seite landeten und einen Kommentar zu ihrer Maske abgaben – und somit auch zu dem Mann, der sie ihr geschenkt hatte. Dabei gingen sie weitaus manierlicher vor als die Flussratten, die sie früher gekannt hatte, doch letzten Endes war es dasselbe Verhalten: Sie prüften, ob sie sich dazu eignete, sich ihnen anzuschließen.

Sie tat die Bemerkungen mit freundlichen Schmeicheleien und Selbstironie ab und bemerkte derweil, dass sie in der Zeit, die sie schon unterwegs waren, ganz Spitzenwasser hätten durchqueren können. Ihr Weg führte sie in einem großen, verschlungenen Bogen am Rand des Lifost-Platzes entlang, an dem zahlreiche Geschäfte die herumstreunenden Gäste erfreuten. Sibiliat wollte ganz eindeutig dafür sorgen, dass sich Renata verlief.

Ren verzog heimlich die Lippen zu einem Lächeln. Selbst heute würde sie sich vermutlich noch blind in Spitzenwasser zurechtfinden.

»Habt Ihr etwas gesehen, das Euch amüsiert?«, erkundigte sich Bondiro, der momentan an ihrer Seite weilte. »Bitte verratet mir, was es ist. Eure Anwesenheit ist der einzige Grund, weshalb ich es nicht bereue, Sibiliats Einladung angenommen zu haben. Andernfalls wäre ich zu Hause geblieben und hätte mir die Zehennägel lackiert.«

Renata musste lachen. »Da bin ich aber froh, dass ich als bessere Option als Zehennägel angesehen werde.«

Bevor Bondiro die unbeabsichtigte Beleidigung richtigstellen konnte, streifte ein Vraszenianer Sibiliat auf der engen Straße. Zuerst glaubte Ren, sie wäre die Einzige gewesen, die seine schnelle Handbewegung bemerkt hatte, doch Sibiliat keuchte auf. »Dieser Mann hat mir meine Geldbörse gestohlen!«

Im Handumdrehen veränderte sich die Stimmung. Egliadas und Mezzan eilten hinter dem Vraszenianer her, der jedoch kein Narr war; sobald er sie kommen sah, lief er los, und die beiden Liganti-Männer nahmen sogleich die Verfolgung auf.

»Jetzt müssen wir auch noch rennen?«, jammerte Bondiro und beschleunigte das Tempo. »Beim nächsten Mal entscheide ich mich doch lieber für die Zehennägel!«

Der Vraszenianer hatte es noch nicht weit geschafft, sondern gerade mal die winzige Dlimasbrücke erreicht. Er lag auf dem Boden, als der Rest der Gruppe aufschloss, und Mezzan hielt Sibiliats Geldbörse in der Hand, während Egliadas dem Mann noch immer den Stiefel in die Rippen rammte.

»Beim syphilitischen Sack des Tyrannen. Nicht schon wieder«, grummelte Parma und humpelte neben Renata und Bondiro her. »Lasst ihn los, Egliadas. Die Wache kann sich darum kümmern.«

»Es wäre eine Vergeudung der Zeit und Ressourcen des Horsts, wenn er sich um diesen Abschaum kümmern muss.« Egliadas spuckte über seine Schulter.

Mezzan beugte sich vor und packte den Vraszenianer. »Lasst uns herausfinden, ob Stechmücken schwimmen können. Packt seine Arme ...«

Sein Satz endete in einem Wirbel aus schwarzem Stoff. Mezzan landete lang gestreckt auf den Pflastersteinen. Egliadas sprang zurück und zog sein Schwert, doch die dunkle Gestalt schlug gegen sein Handgelenk, woraufhin Egliadas aufheulte und die Klinge fallen ließ. »Nicht, Bondiro ...«, setzte Parma an, aber es war zu spät. Fluchend zückte Bondiro sein Schwert und rückte näher.

Ren stand wie versteinert da und starrte den umherwirbelnden schwarzen Umhang, die über die Pflastersteine stampfenden und schlurfenden Stiefel und die behandschuhten Hände an, die eher beiläufig für Chaos sorgten.

Die Kapuze, die das Gesicht verbarg.

Der Rabe!

Der Vraszenianer nutzte die Gelegenheit zur Flucht. Egliadas rutschte auf dem Hintern von seinem Gegenspieler weg und drückte sich das gebrochene Handgelenk an die Brust. Bondiro bekam ein Knie in die Magengrube und krümmte sich, wobei er nach Atem rang. Mezzan stand mit dem Rücken zur Brückenmauer, und sein Schwert lag zu weit entfernt, als dass er es aufheben konnte, ohne in die Reichweite des Rabens zu gelangen. Die Schatten von Mezzans Maske verbargen seine Augen, doch sein angespannter Kiefer und sein gedrehter Kopf ließen erkennen, dass er nach Verbündeten Ausschau hielt. Zu seinem Pech schien Sibiliat nicht gewillt zu sein, in den Kampf einzugreifen, und auch Parma und Marvisal hielten sich zurück.

Womit nur noch Ren blieb.

Die vor lauter Freude kaum atmen konnte. Eine Gefahr für die Adligen, ein von den Falken gesuchter Mann, ein Unruhestifter, den zu viele gesetzestreue Bürger hinter Schloss und Riegel sehen wollten ... aber für die Leute von der Straße war der Rabe ein Held. Sie hätte nie damit gerechnet, ihm einmal leibhaftig zu begegnen.

»Mezzan Indestor.« Der Rabe drehte sich mit der trägen Selbstsicherheit eines Raubtiers zu ihm um. »Wie passend, dass wir uns auf diese Weise begegnen. Ich bin hier, um eine Schuld zu begleichen.« Er senkte die Stimme zu einem spöttischen Säuseln. »Im Namen von Ivič Pilatsin.«

Mezzans finstere Miene wirkte verdutzt. »Von wem?«

Der Rabe hakte eine Stiefelspitze unter Egliadas' zu Boden gefallenes Schwert und trat es in die Luft, um es mit einer

Hand aufzufangen und den Stahl zu begutachten. Mit einem enttäuschten Seufzen warf er es über die Brüstung in den Kanal. »Des Schauspielers, dessen Leben und Lebensunterhalt Ihr zerstört habt.«

Bondiros Schwert ereilte dasselbe Schicksal wie Egliadas'. »Dann wollen wir doch mal sehen, wie Ihr Euch gegen einen ebenbürtigen Gegner schlagt.«

Sibiliat fluchte leise und entrüstet. Ren ballte die Fäuste. Ihr wäre nichts lieber gewesen, als mitanzusehen, wie der Rabe Mezzan vernichtete ... aber Renata Viraudax hätte keinen Gesetzlosen angefeuert.

Du wolltest ihnen etwas Gesprächsstoff bieten, der über deinen Flirt mit Vargo hinausgeht.

Bevor sie es sich anders überlegen konnte, trat Renata vor. Ihr Schuh landete auf der Klinge von Mezzans Schwert, als der Rabe sich vorbeugte, um es aufzuheben.

»Meines Wissens gab Altan Mezzan dem Schauspieler die Gelegenheit, sich in einem ehrenhaften Duell zu verteidigen«, sagte sie. »Ihr solltet es wenigstens ebenso halten.«

Der Rabe richtete sich langsam wieder auf. Obwohl er ihr so nah war, dass sie ihn hätte berühren können, ließ sich in der Finsternis unter seiner Kapuze nicht das Geringste erkennen. Die tiefen Schatten seiner Augen, seine Kieferpartie; wie bei den Sternen sah sie mehr, wenn sie nicht direkt hinschaute. Dann war das Aufblitzen eines Lächelns auszumachen.

In zweihundert Jahren hatte noch niemand den Gesetzlosen von Nadežra demaskiert. Ren war sich inzwischen sicher, dass die Kapuze magisch durchdrungen sein musste, um sein Gesicht zu verbergen. Der Rabe konnte alles sein: alt oder jung, Liganti oder Vraszenianer oder Nadežraner. Seine Stimme klang maskulin, aber wer konnte schon sagen, wie weit die Magie ging?

Obwohl sie seine Augen nicht sah, spürte sie, dass er sie ebenso musterte wie sie ihn.

»Ich muss es durchaus nicht ebenso halten«, erwiderte der Rabe, »und ich könnte noch weitaus mehr tun.«

Ihr Publikum wurde immer größer, da immer mehr Leute herbeiströmten, um sich das Geschehen anzusehen, aber seine leisen Worte waren für sie allein bestimmt. Dann hob er die spöttische Stimme, damit alle ihn hören konnten. »Wenn ich allerdings die Spiele Adliger mitspiele, sollte ich für meine Mühe dann nicht auch wie ein Adliger belohnt werden?«

Sie bückte sich, hob das Schwert auf und ließ es von ihren behandschuhten Fingern herabbbaumeln. »Was für eine Belohnung kann sich ein Mann wie Ihr denn schon wünschen?« Es kostete sie all ihre heuchlerischen Fähigkeiten, ihre Stimme abfällig klingen zu lassen. *Welche Maske habe ich beleidigt, dass ich dem Raben als Adlige gegenübertreten muss?*

»Ein Mann wie ich begehrt nur wenig.« Die Kapuze bewegte sich in Richtung des Schwertes in ihrer Hand, bevor sie sich erneut hob. »Aber da sie ein solcher Schatz sind ... nehme ich die Handschuhe der Alta.«

Sie legte die Finger fester um den Schwertgriff, während die Umstehenden aufkeuchten. Die meisten von ihnen waren gewöhnliche Nadežraner, denen die Art der Liganti völlig gleich war; einige von ihnen lachten gar. Die Adligen aus Sibiliats Gesellschaft taten das nicht. Ehrbare Personen waren in der Öffentlichkeit nur mit Handschuhen anständig gekleidet. In ihren Augen hätte der Rabe genauso gut verlangen können, dass sie sich nackt auszog.

»Ein faires Duell«, sagte Renata und umfing die Klinge vorsichtig, um ihm das Schwert mit dem Griff voran reichen zu können. »Und falls Ihr gewinnt – bekommt Ihr einen einzelnen Handschuh.«

Sie ließ Skepsis in ihrer Stimme mitschwingen. Innerlich betete sie: *Ich hoffe sehr, dass Ihr so gut seid, wie die Geschichten behaupten.*

»Einverstanden.« Der Rabe nahm den Schwertgriff und

ließ die Klinge mit der flachen Seite über ihre Handfläche gleiten, als hätte er vor, sich seinen Preis vorzeitig zu beschaffen. »Ich vertraue darauf, dass Ihr mich an die Regeln erinnert, falls sie mir entfallen. Ihr Adligen macht selbst die einfachen Dinge unnötig kompliziert.«

Er drehte die Klinge, warf sie Mezzan zu und zog sein Schwert.

Mezzan fing seine Waffe auf und seine vorherige großspurige Art machte sich abermals bemerkbar. »Ich bin durchaus in der Lage, Abschaum wie dir noch etwas beizubringen. Macht Euch keine Sorgen, Alta Renata. Ich werde Euch gleich seine Kapuze überreichen, nachdem ich sie ihm abgeschnitten habe.«

»Sie kann sich daraus Handschuhe anfertigen lassen«, murmelte der Rabe. »Uniat.« Seine Klinge zuckte nach unten und wieder hoch in die Luft, als er die Eröffnungsposition einnahm. Mezzans Grinsen wurde leicht verunsichert. Der Rabe mochte so tun, als wären ihm die Regeln der Adligen unbekannt, doch er kannte die angemessenen Begriffe und Umgangsformen für ein Duell.

»Tuat«, spie Mezzan als Antwort auf die Herausforderung des Raben aus und hatte seinen Salut eben erst abgeschlossen, als er auch schon zum Angriff überging.

Ren zog sich rasch zurück. Innerhalb zweier Herzschläge erkannte sie, dass sie keinen törichten Handel eingegangen war: Der Rabe wechselte sogleich von der Liganti-Position mit ausgestrecktem Arm in die niedrigere vraszenianische und parierte Mezzans Attacke mühelos, um die nächsten Angriffe des Adligen mit einigen flinken Handbewegungen abzuwehren. Zudem respektierte er die Regeln des Spiels und ließ eine Gelegenheit verstreichen, um Mezzan auf den Fuß zu treten, so wie es Ren an seiner Stelle getan hätte.

Aber sie war eine ehemalige Flussratte, während er der Rabe war. Er konnte brutal werden, wenn er es für notwendig hielt – wie man an Egliadas' gebrochenem Handgelenk erkannte –, doch das Herz des gemeinen Volkes hatte er mit seinem Fingerspitzengefühl für sich gewonnen. Er tänzelte zur Seite, als Mezzan zustieß, und dann beging Mezzan den Fehler, auf ihn zuzustürzen, woraufhin ihm der Rabe entgegentrat und sie einander dicht an dicht gegenüberstanden und wie Tanzende umkreisten. Nur eine schnelle Kopfbewegung verhinderte, dass Mezzans Speichel unter seine Kapuze flog, und er ließ ihn gerade noch rechtzeitig los, dass er einem gegen seinen Kiefer gezielten Ellbogen entging.

Die Kapuze drehte sich Ren entgegen. »Wie war das doch gleich, Alta – sind Ellbogen erlaubt?«

»Das sind sie nicht«, antwortete sie und musste sich das Lachen verkneifen.

»Das dachte ich mir.« Die Spitze seiner Klinge traf Mezzans Arm an der Stelle, an der der Nerv zwischen Haut und Knochen verlief, mit voller Kraft. »Achtet auf Eure Manieren, Junge.«

Der Schlag und die Worte dienten beide dazu, Mezzan weiter in Rage zu bringen. Doch durch seine zunehmend wilderen Angriffe machte sich Mezzan nur verletzlicher. Fast zu schnell, als dass Ren ihr folgen konnte, schlängelte sich die Schwertspitze des Raben durch die schlecht ausgeführte Verteidigung von Mezzans Rapier und riss ihm die Waffe aus der Hand. Metall fuhr über Metall, als der Griff an der Klinge des Raben herabrutschte; und er ließ die eroberte Waffe herumwirbeln, wie es ein Kind mit einem Spielzeug tun würde, bevor er die Hand neigte und Mezzans Schwert durch die Luft segeln ließ.

Es blitzte noch einmal auf und versank dann spurlos im Wasser des Kanals.

»Das wäre dann wohl Ninat«, erklärte der Rabe an Mezzan gewandt, der seiner Waffe mit offenem Mund hinterherblickte. »Ergebt Ihr Euch?«

»Das tue ich nicht. Euer Schwert, Sibiliat!«, fauchte Mezzan und streckte eine Hand aus.

»Aber ich dachte, man hätte den Regeln entsprechend verloren, sobald man entwaffnet wird.« Der Rabe trat einen Schritt zurück und lehnte sich an die Brückenmauer. »Alta, Ihr seid am ehesten das, was einem Schiedsrichter gleicht. Wann spricht man von Ninat?«

Sie riss sich zusammen und schlüpfte wieder in ihre Rolle, nachdem sie während des Duells bewusst gleichgültig gewirkt hatte. »Vorausgesetzt, die Regeln entsprechen jenen in Seteris, dann habt Ihr recht und man ist besiegt, sobald man entwaffnet wurde. Ninat.«

Sibiliat war nicht vorgetreten, um Mezzan zu helfen. Er machte mit geballten Fäusten einen Schritt auf den Raben zu.

»Dieses Rapier wurde von der Schwertschmiedin Vicadrius höchstpersönlich durchdrungen. Es gibt in ganz Nadežra kein vergleichbares!«

Der Rabe steckte seine Waffe in die Scheide. »Dann solltet Ihr es unbedingt wieder aus dem Kanal holen.«

Renata sah es kommen, genau wie der Rabe; sie vermutete, dass er es darauf angelegt hatte. Als sich Mezzan auf ihn stürzte, wich der Rabe aus und trat ihm in den Hintern. Der Tritt sorgte für den nötigen Schwung, um Mezzan über das Geländer ins Wasser stürzen zu lassen.

»Allerdings glaube ich, dass es auf der anderen Seite der Brücke gelandet ist. Ihr solltet vielleicht lieber dort nachsehen«, rief der Rabe ihm hinterher, was die Umstehenden noch lauter lachen und jubeln ließ. Er sprang aufs Geländer und verbeugte sich.

Danach wandte er sich an Renata. »Jetzt wollen wir mal sehen, ob Ihr ebenso wie die hiesigen Adligen die Regeln brecht, wann immer es Euch passt. Wenn ich mich recht erinnere, schuldet Ihr mir einen Handschuh.«

Die Rufe schlugen in Pfeifen und Gejohle um. Bondiro

hatte sich weit genug erholt, um Renata allein dank seiner Körpergröße von den Zuschauern abzuschirmen. »Ich werde ihm meinen Handschuh geben, Alta.« Schon machte er sich daran, ihn abzustreifen. »Ihr solltet nicht von diesem gemeinen Mistkerl belästigt werden.«
Sie hielt ihn mit einem entschiedenen Kopfschütteln auf. »Ich habe mein Wort gegeben und werde es halten.« Mit diesen Worten trat sie um Bondiro herum und zupfte mit entschlossener Miene an ihrem linken Handschuh. Dabei flirtete sie nicht etwa, sondern blieb eiskalt. Sie wollte, dass die Adligen mit ihr mitfühlten und den Eindruck bekamen, sie wäre ebenso wie Mezzan in eine missliche Lage geraten, anstatt über seine Erniedrigung zu frohlocken. Ihr Handschuh rutschte herunter, und sie faltete ihn zu einem kleinen, ordentlichen Päckchen zusammen. *Tess wird mich umbringen.* Handschuhe waren sehr schwer zu nähen.

Renata hielt den zusammengefalteten Handschuh so in der bloßen Hand, dass er für alle zu sehen war. »Da Ihr es offenbar derart genießt, Dinge in den Kanal zu werfen ...«, sagte sie und schleuderte den Handschuh von sich weg.

Möglicherweise hatte er auch damit gerechnet. Oder aber er war nun einmal der Rabe, und ein zweihundert Jahre altes Vermächtnis, sich den Mächten zu widersetzen, die über Nadežra herrschten, war derartigen Kleinlichkeiten mehr als überlegen. In jedem Fall schoss seine Hand vor und fing den Handschuh so auf, als hätte Renata genau das beabsichtigt. Danach ließ er ihn aufschnappen und führte ihn an die Lippen, als würde er noch ihre Hand bedecken, wobei er tief einatmete.

»Es wäre doch jammerschade, diesen schönen Duft durch Kanalwasser zu verderben, findet Ihr nicht auch?« Er steckte den Handschuh ein und blickte in den Kanal hinab, in dem sich Mezzan Wasser spuckend abmühte. »Indestor. Wenn Ihr das nächste Mal glaubt, jemanden besiegen zu können, denkt an diesen Abend – und vergesst nicht, dass jede Verletzung, die Ihr jemandem zufügt, vom Raben in gleichem Maß vergolten wird.«

Mit drei Schritten auf dem Geländer hatte er genug Schwung, um eine Dachtraufe zu erreichen und sich hinaufzuschwingen. Einen Herzschlag später war er verschwunden.

Spitzenwasser und Sonnenkreuz, Alte Insel: 4. Suilun

Die Menge war schlau genug, sich zu zerstreuen, bevor die Adligen bemerken konnten, wer genau Mezzans Niedergang hier bejubelte. Als er ihn aus dem Kanal zog, beschmutzte sich Bondiro die cremefarbene Hose; der Fluss führte nur wenig Wasser, sodass die Wasseroberfläche ein gutes Stück von der Straßenebene entfernt war, und glitschiger Schleim bedeckte die Kanalwände.

Renata opferte ihr Haarband, um Egliadas' gebrochenes Handgelenk zu verbinden, während Parma ihn festhielt und unheilvolle Drohungen gegen den mit einer Kapuze verhüllten Blutsauger ausstieß. »Wir müssen den Vorfall der Wache melden«, beharrte Marvisal mit fast schon hysterischer Stimme, nachdem Mezzan aus dem dreckigen Wasser gestiegen war.

Sibiliat verdrehte die Augen. »Damit den Falken heute Nacht gelingt, was sie jahrhundertelang nicht geschafft haben? Da stehen sogar Mezzans Chancen, sein Schwert wiederzufinden, noch besser.«

Doch Marvisal bestand darauf, sie alle auf der Suche nach einem Falken mit sich zu zerren. Anders als am Oberufer gab es auf der Insel keine Wachhäuschen, daher mussten sie durch die Straßen streifen und sich wiederholt von Marvisal anhören, dass sie notfalls auch bis zum Horst gehen würde.

Was vielleicht auch erforderlich gewesen wäre, hätten sie

nicht eine vertraute Gestalt aus einer schmalen Gasse huschen sehen, bevor sie die Spitzenwasserbrücke erreichten.

Renata war nicht die Einzige, die ihn bemerkte. Leato schaute sich rasch um, als er auftauchte, und setzte sich eine schlichte weiße Maske auf. Nachdem er sich kurz orientiert hatte, schritt er in Richtung Lifost-Platz los, blieb dann aber verblüfft stehen, als er sie entdeckte.

Einen Augenblick später ging er weiter und rief ihnen zu: »Wollt ihr schon wieder gehen? So spät kann es doch noch gar nicht sein ...« Als er näher kam und den Gestank wahrnahm, der von Mezzan ausging, wich er zurück. »Puh! Was ist passiert – seid Ihr schon so betrunken, dass Ihr in einen Kanal gefallen seid?«

Mezzan schnaubte, aber Bondiro hielt ihn davon ab, sich auf Leato zu stürzen. »Wir gehen zum Horst«, verkündete Marvisal mit schriller Stimme. »Wir müssen ein schweres Verbrechen melden. Zwei sogar!«

»Drei. Vergessen wir diese dreckige Stechmücke nicht, die Sibiliat angegriffen hat«, warf Egliadas ein. »Und nirgendwo ist ein verdammter Falke zu finden.«

Leato hatte hinter der Maske die goldumrandeten Augen aufgerissen. »Ich habe eben erst Hauptmann Serrado in Sonnenkreuz gesehen. Und wenn er nicht mehr da ist, haben wir es nicht weit zum Horst. Kommt mit.«

Die letzten Worte waren eher eine Formalität, da Mezzan längst losmarschiert war und über die Spitzenwasserbrücke lief. Anstatt vorauszugehen, ließ sich Leato zurückfallen, bis er neben Renata herlief. »Wenn ich gewusst hätte, dass Mezzan ebenfalls eingeladen ist, hätte ich Euch davon abgeraten herzukommen. Es tut mir sehr leid, dass Ihr aufgrund meiner Verspätung allein mit ihm zurechtkommen musstet.«

»Früher oder später wäre er mir ohnehin begegnet«, murmelte Renata.

Die Gruppe kam auf der anderen Seite der Brücke zum

Stillstand, als würde sie damit rechnen, dass Hauptmann Serrado wie ein herbeizitierter Dienstbote auftauchte. Leato bedeutete ihnen, ihm zu folgen, und eilte zum Abenddämmerungstor – nur um abrupt stehen zu bleiben, als sie an einer schmalen Gasse vorbeikamen, was derart unverhofft geschah, dass Renata beinahe gegen ihn geprallt wäre.

Als sie an Leatos Schulter vorbeispähte, entdeckte sie Hauptmann Serrado, der auf den Pflastersteinen kniete und anscheinend einige Lumpen in den Händen hielt. Aber als er diese vorsichtig zu Boden sinken ließ, fiel eine schmale, schmutzige Hand heraus und prallte so fest auf die Pflastersteine, dass Renata zusammenzuckte.

Das Kind, neben dem Serrado kniete, gab kein Geräusch von sich. Die Hand lag schlaff und reglos auf dem Boden, bis er sie zurück unter die Lumpen schob.

Ohne hinzusehen, streckte Leato einen Arm aus und hielt Mezzan auf, der weiterstürmen wollte. Er ignorierte die finstere Miene des Mannes, machte einige Schritte und rief leise: »Grey?«

Serrado stand langsam auf. Die feine Uniform, die er auf der Gloria getragen hatte, war verschwunden; jetzt trug er den lockeren Walkstoff und die staubige Hose eines gewöhnlichen Schutzmannes. Renata zählte seine Atemzüge – eins, zwei, drei –, bevor er den Kopf ein wenig drehte und auf Leato reagierte. »Was?«

»Ist der Junge ...«

»Ich hätte ihn früher finden müssen.«

Die beschwingte Freude darüber, mitansehen zu dürfen, wie der Rabe Mezzan bezwang, verebbte schlagartig, als Ren einen Blick in das Gesicht des toten Kindes warf. Mit einem Mal wurde ihr eiskalt und sie fühlte sich schrecklich. »Dieser Junge«, wisperte sie mit tauben Lippen. »Ich ... ich habe ihn vorhin auf dem Sonnenkreuz-Platz gesehen. Er sagte, er könne nicht schlafen.«

»Ihr habt mit ihm gesprochen?« Ob er es nun beabsichtigt hatte oder nicht, sie hörte eindeutig den Vorwurf in Serrados Stimme. *Ihr habt ihn im Stich gelassen.*

Auf einen Schlag war es um Mezzans Geduld geschehen und er drängte sich vor Leato. »Los. Holt sofort Euren Hauptmann.«

Serrados Augen waren kälter als ein Winterkanal. So langsam, dass es fast schon an Unverschämtheit grenzte, hob er eine Hand an den Kragen, damit sein Rangabzeichen zu sehen war. »Ich bin Hauptmann.«

Glücklicherweise entschieden sich in diesem Moment die anderen einzuschreiten. Die Geschichte sprudelte gleichzeitig über mehrere Lippen, und alle berichteten von dem Vraszenianer, dem Raben und dem, was mit Mezzan und seinem Schwert geschehen war.

Renata hätte versuchen sollen, sich daran zu beteiligen, damit die anderen sie als eine von ihnen ansahen, doch es hatte ihr die Sprache verschlagen. Sie wich einen halben Schritt zurück und nahm die Worte der anderen kaum zur Kenntnis, bis auf einmal Leato neben ihr stand und ihren Arm hob. An diesem Abend waren ihre Ärmel ganz – die Nacht war zu kühl und die Gegend zu ungehobelt für derartige Freizügigkeiten wie die bei ihrem Gloriakleid –, und er hielt ihren Unterarm fest und achtete sorgsam darauf, ihre nackte Haut nicht zu berühren. »Dieser gemeine Mistkerl. Hier, nehmt meinen Handschuh.« Er zog sich den linken Handschuh aus und reichte ihn ihr.

Sie nahm ihn entgegen und schob die Hand in das warme Leder. Der Handschuh war ihr etwas zu groß, jedoch nicht so sehr, dass es lächerlich gewirkt hätte, und sie empfand die Geste als tröstlich. »Danke.«

»Der Rabe wird bereuen, was er sich heute Abend erlaubt hat«, versprach Serrado Mezzan. Der eisige Klang seiner Worte verblüffte Renata; Adliger hin oder her, sie hätte nicht gedacht, dass Mezzans Demütigung eine derart erbitterte Reaktion hervorrufen würde.

»Und der Vraszenianer?«, hakte Mezzan nach.

»Ich werde Ludoghi Kaineto darauf ansetzen.« Mezzan nickte knapp. »Ein Sohn des Deltas – das ist gut. Er wird sich angemessen darum kümmern.« Serrados Miene blieb ungerührt, als hätten ihn die Worte nicht im Geringsten beleidigt. »Wenn wir das Schwert finden können, lassen wir es sofort zur Isla Indestor bringen.«

»Nein. Bringt es zur Isla Coscanum. Und erwähnt es in Eurem Bericht nicht. Wenn mein Vater von diesem Verlust erfährt, lasse ich Euch Eures ...«

Mezzan nieste dreimal in schneller Folge, und Serrado presste die Lippen aufeinander, was Renata vermuten ließ, dass er ein Grinsen unterdrückte.

»Verstanden. Dann werde ich Euch nun nicht länger davon abhalten, Euch ins Warme zurückzuziehen, Altan.«

Serrado zog sich mit einer Verbeugung zurück und bat Renata mit einer Handbewegung, sich einige Schritte zusammen mit ihm zu entfernen. »Alta. Könnt Ihr mir noch etwas über Eure Begegnung mit dem Jungen erzählen?«

»Grey!« Leato trat näher, als müsste er sie vor Serrados Frage beschützen. »Muss das jetzt sein?«

»Das ist schon in Ordnung«, versicherte Renata ihm. »Bedauerlicherweise kann ich Euch nichts Hilfreiches mitteilen, Hauptmann. Er hat an meinem Rock gezogen und sagte, er könne nicht schlafen – das ist alles.« Und er hatte sie um Hilfe gebeten. Aber was hätte sie schon tun können?

»Er konnte nicht schlafen.« Serrados Blick ging ins Leere, bis ein Geräusch aus einem Hauseingang seine Aufmerksamkeit erregte. Zwei Bettler zerrten an den Lumpen, die der Junge am Leib trug.

»Weg da!«, fauchte er sie an. Dann nickte er Leato und Renata knapp zu. »Ich muss mich darum kümmern. Kommandantin Cercel sollte erfahren, dass ich einen von ihnen gefunden habe – wenngleich zu spät.« Er entfernte sich von ihnen und ging auf die Bettler und den Jungen zu.

»Wir sollten ebenfalls gehen«, sagte Leato leise und bot Renata den Arm, wobei er verlegen das Gesicht verzog.

»Würdet Ihr mich für vollkommen herzlos halten, wenn ich vorschlage, dass Ihr mit mir ins *Kralle und Kniff* geht, anstatt nach Hause zurückzukehren? Aber ich halte es für besser, mit schönen Erinnerungen schlafen zu gehen anstatt mit beunruhigenden ...«

Sie erschauderte. Schöne Erinnerungen würden die Zlyzen auch nicht zurückhalten, jedenfalls besagten das die Geschichten, die sie als Kind am Feuer gehört hatte. Wenn man nicht schlafen konnte, lag das daran, dass sich die Zlyzen von deinen Träumen ernährten, den guten ebenso wie den schlechten.

Der Junge war einfach krank, sagte sie sich. Schließlich wusste sie ebenso gut wie jeder andere, dass Krankheiten und der Tod auf den Straßen lauerten, ohne dass es dafür böse Männer erforderte.

Sie warf einen Blick über die Schulter. Sibiliat und die anderen unterhielten sich und nahmen sie nicht zur Kenntnis; Mezzans Zorn war abgeebbt, und er wollte nichts lieber als ein Bad nehmen, und Parma und Bondiro gingen bereits mit Egliadas davon, wahrscheinlich wollten sie sein Handgelenk behandeln lassen.

Leato folgte ihrem Blick. »Macht Euch ihretwegen keine Sorgen.«

Es waren die Traementis, bei denen sie sich einschmeicheln wollte. Alle anderen waren zweitrangig. Renata schenkte Leato ein Lächeln. »Dann lasst uns gehen.«

Spitzenwasser, Alte Insel: 4. Suilun

Das *Kralle und Kniff* war keine der richtigen Spielhöllen auf der Alten Insel. Es befand sich zwar in einem Gebäude, das einst ein elegantes Stadthaus am Lifost-Platz gewesen war, doch die gequälten Bodendielen knarzten nicht und schmatzten auch nicht ob der Wasserfäule. Der Jasminduft sollte nicht etwa den Geruch von Schimmel und Erbrochenem überdecken. Stoffe und Spitze in bunten Farben und Mustern unterteilten den Raum, waren allerdings frei von Staub und Milben.

Ren kannte derartige Etablissements nur zu gut – sie wurden mit Absicht auf zwielichtig getrimmt, damit die Adligen, die sich unters gemeine Volk mischten, Aufregung verspürten, waren jedoch nicht wirklich gefährlich. Die Gäste passten zur Einrichtung: Papiermasken und behandschuhte Hände, Oberschichtakzente, die ins gewöhnliche Nadežranisch abdrifteten.

»Ich hoffe sehr, dass Grey Euch nicht beleidigt hat«, sagte Leato und reichte ihr ein Glas vraszenianischen Gelbwein. Das Glas war billig, aber sauber, und als Renata an dem Getränk nippte, stellte sie fest, dass es trinkbar und nicht zu Essig vergoren war. »Er nimmt immer alles viel zu ernst.«

»Ihr beide scheint Freunde zu sein«, stellte Renata fest. »Ist das nicht ... ungewöhnlich?« Adliger und Falke, Liganti und Vraszenianer.

Leato lachte. »Sehr ungewöhnlich sogar. Sein Bruder Kolya hat als Tischler für uns gearbeitet. Grey und ich haben uns angefreundet, als Ryvček uns als Schüler angenommen hat.«

Sie achtete darauf, nur neugierig zu erscheinen. »Ryvček?«

»Oksana Ryvček. Sie ist Schwertkämpferin.« Leato wandte den Blick ab, was in Renata die Frage aufkeimen ließ, warum er die Fähigkeiten der berühmtesten Duellantin von Nadežra herunterspielte. Die meisten Leute dachten, eine

Durchdringung würde nur bei Objekten funktionieren, was jedoch den Gerüchten, Ryvček könnte ihre Fähigkeiten mit dem Schwert übernatürlich schnell und präzise gestalten, keinen Abbruch tat. »Sie sucht sich stets genau aus, wen sie unterrichtet – ihren Worten zufolge hat sie keine Zeit für Deltagören, die es nur nach Streit gelüstet. Und Grey hatte es schwer, weil ... Nun ja. Er ist Vraszenianer. Kolya bat mich, auf ihn aufzupassen, und ... Ich weiß auch nicht, wie es geschah, aber wir wurden Freunde.«

Er starrte in sein Weinglas und fuhr mit einem bloßen Finger über den Rand, bis ein leises Sirren erklang. »Freunde reichen allerdings nicht aus, wenn man seine Familie verliert.«

Sie war auf der Gloria davon ausgegangen, dass Serrado nichts weiter als ein gezähmter Falke der Traementis-Familie wäre, aber das hier hörte sich viel persönlicher an. »Ist sein Bruder gestorben?«, fragte sie leise.

»Vor ein paar Monaten. Bei einem Lagerhausbrand.« Nicht geweinte Tränen benetzten Leatos Wimpern und glitzerten wie Diamanten im Schatten seiner Maske. Sein Blick fiel auf ihre nicht zueinander passenden Handschuhe. »Der Rabe hat ihn getötet.«

Rasch schluckte sie die Antwort hinunter, die ihr bereits auf der Zunge lag: *Der Rabe tötet nicht.*

Doch sie hatte in den letzten fünf Jahren nicht in Nadežra gelebt und der Rabe existierte schon viel länger als nur eine Lebensspanne. Jeder ging davon aus, dass die Rolle von einer Person an die nächste weitergegeben wurde, wer konnte da also mit Sicherheit behaupten, dass dies derselbe Rabe war wie zu ihrer Kindheit? War er jemand, der diese Grenze respektierte? Oder handelte es sich um einen Unfall? Wie dem auch sei ... »Ah«, sagte sie. »Das erklärt Hauptmann Serrados Ärger vorhin. Ich hatte damit gerechnet, dass jedes Mitglied der Wache einen solchen Gesetzlosen verachtet ... aber dabei schien es mir um mehr zu gehen. Dann wurde das Feuer also mit Absicht gelegt?«

»Der Rabe tut so etwas – brennt Lagerhäuser nieder –, um denjenigen zu schaden, denen sie gehören. Kolya ... Er war in der Nacht dort, in der es brannte. Genau wie der Besitzer. Alle gehen davon aus, dass der Rabe es nur auf den Besitzer abgesehen hatte, aber sie sind beide umgekommen. Seitdem ist Grey hinter dem Raben her.«

Leatos Tonfall war unerwartet grimmig geworden. Ren überlegte kurz – was hatte Renata gesehen und was konnte sie daraus schlussfolgern, bevor sie gestand: »Ich hätte erwartet, dass Ihr hinter ihm steht. Nach allem, was die anderen heute Abend gesagt haben, scheint dieser Rabe eine Bedrohung zu sein, um die man sich schon vor langer Zeit hätte kümmern müssen.«

»Das ist nicht das Problem.« Leato hob sein Glas, zögerte und stellte es wieder ab. »Das Problem ist vielmehr das, was dadurch aus Grey werden könnte. Mein Großvater – der auch der Eure ist, schätze ich – sagte immer, Rache macht einen ganz. Aber so, wie sich Grey verhält, befürchte ich, dass er daran zerbrechen wird.«

Mich hat sie nicht zerbrochen, schoss ihr durch den Kopf. Allerdings stimmte das nicht ganz, wie ihr bei der Rückkehr nach Spitzenwasser überdeutlich bewusst geworden war.

Bevor ihr eine Möglichkeit einfiel, wie sich Renata weiter nach Leatos Sorgen erkundigen konnte, seufzte er unverhofft und stürzte den Rest seines Weins hinunter. »Ich bin noch nicht in der Stimmung für Spiele. Habt Ihr Lust, Euch Euer Muster lesen zu lassen?«

Sie hatte darauf gehofft, dass er diesen Teil vergessen würde. Der Plan für diesen Abend war von Anfang an riskant gewesen; wenn die Musterleserin die wahre Gabe besaß, wollte Ren ihre Karten nicht einmal in ihrer Nähe haben. Aber die wahre Gabe hatten nur wenige, daher hatte sie beschlossen, das Risiko einzugehen – und musste die Sache jetzt durchziehen.

Also legte sie die Hand mit dem geborgten Handschuh in Leatos Armbeuge und schenkte ihm ein Lächeln, als hätte sie nicht das Geringste zu befürchten. »Das hört sich faszinierend an.«

»Die meisten Liganti würden Euch sagen, dass man die Zukunft nur in den Sternen, aber nicht in einem Stapel bemalter Karten sehen kann.« Er führte sie zwischen den Tischen hindurch zu einem der Alkoven im hinteren Teil, die vom Hauptraum abgetrennt waren. »Doch Nadežra ist weder Seste Ligante noch Seteris. Hier gibt es eine Magie, die man im Norden nicht versteht.«

Leatos Eifer schien mehr als nur der Wunsch nach Ablenkung zu sein. Er benahm sich nicht wie ein Mann, der hergekommen war, um sich zu amüsieren oder gar seine Sorgen zu vergessen; die Musterleserin schien sein eigentliches Ziel zu sein.

Ren verlangsamte ihre Schritte, als sie sich einer Nische näherten, die durch einen Vorhang aus dicken Wollfäden verdeckt wurde. Sie erkannte die hineingeknüpften Muster wieder, denn im Laden ihrer Mutter hing ein identisches Exemplar. Ren hatte oft stundenlang dagesessen und daran herumgezupft, während ihre Mutter arbeitete, und sich ausgemalt, eine der Heldinnen aus den Geschichten zu sein – Tsvetsa, die Weberin, oder Pračeny, die reisende Spielerin. Alles andere im *Klaue und Kniff* mochte falsch sein, doch die Szorsa-Lesungen in den Hinterzimmern waren überaus echt.

Hoffentlich nicht zu echt. »Sollte es sich hierbei in der Tat um seltsame Magie handeln, wäre ich dafür, dass Ihr vorangeht«, erklärte Renata, als Leato sie um die Abtrennung herumführte. »Gefällt mir Euer Glück, probiere ich es vielleicht auch.«

»Jede Person hat ihr eigenes Glück, Alta.« Die Vraszenianerin am Tisch war mittleren Alters und hatte ihre schwarzen, von Weiß durchwirkten lockigen Haare zu komplizierten Zöpfen geflochten. Sie ließ ein Kartendeck von einer Hand in die andere wandern und mischte die Karten, ohne nach unten zu blicken. Stattdessen musterte sie Leato und Renata, ohne zu blinzeln. »Eine Szorsa gibt und nimmt es nicht, sondern enthüllt bloß die Wahrheit.«

Dies war offensichtlich nicht das erste Mal, dass Leato so etwas tat, denn er wusste, dass er der Musterleserin kein Geld geben durfte. Stattdessen ging er zum Schrein auf der anderen Seite des Raums, auf dem eine vom Alter dunkel gewordene Statue von Ir Entrelke Nedje stand, der vraszenianischen Glücksgöttin mit den zwei Gesichtern. Er nahm seine Maske ab und legte eine Decira in die mittlere Schale des Schreins. »Möge ich das Gesicht und nicht die Maske sehen.«

Danach setzte er sich der Szorsa gegenüber. Sie legte die Karten aus, jeweils drei Reihen aus drei Karten, die erste direkt vor ihr, die letzte bei Leato. Während sie die untere Reihe aufdeckte, erklärte sie: »Dies ist Eure Vergangenheit, das Gute und das Böse davon und das, was keines von beidem ist.«

Ren stand hinter Leato und war dankbar für die Maske aus Prismatium, die ihren Gesichtsausdruck verbarg. Wie oft hatte sie ihre Mutter diese Worte schon sagen hören?

Die aufgedeckten Karten waren *das Gesicht des Webens*, *die lachende Krähe* und *ein verlorener Bruder*. Die Szorsa lächelte Leato an und berührte die erste Karte. »Ihr entstammt einer guten Familie – einer starken Familie, stark wie der Dežera, mit Verbindungen in ganz Nadežra. Aber es gibt keine Stärke ohne Schwäche. Verletzlichkeit. Jemand hat Eure Familie belogen.« Sie tippte auf *die lachende Krähe*, danach auf *den verlorenen Bruder*. »Die Lüge sucht Euch noch immer heim wie ein Wurm im Kern des Pfirsichs. Solange sie nicht enthüllt wurde, wird sie Euch weiterhin zerfressen.«

Wenn sie es sich recht überlegte, würde es Renatas Charakter vielleicht sogar besser entsprechen, wenn sie sich ihre Skepsis anmerken ließ. *Die lachende Krähe* musste verhüllt nicht unbedingt auf Lügen hinweisen; das war eigentlich eher die Domäne *der Maske der Spiegel*. Die *Krähe* stand eher für schlechte Kommunikation: dass man entweder nicht miteinander sprach oder dass jemand nicht den Mund hielt, obwohl er es tun sollte.

»Jetzt wird mir mein Fehler bewusst.« Leato nickte und machte ein übertrieben ernstes Gesicht. Er grinste Renata an. »Ihr erfahrt schreckliche Dinge über unsere Familie und wollt nichts mehr mit uns zu tun haben.«

»Ihr vergesst, wer meine Mutter ist«, entgegnete Renata trocken. »Ich kann mir kaum vorstellen, dass Eure registrierten Verwandten noch schlimmer sind.« Soweit sie es bisher beurteilen konnte, hatten Letilia und Donaia einander verdient.

Leato bedeutete der Szorsa, dass sie fortfahren sollte. »Dies ist Eure Gegenwart«, sagte sie, »das Gute und das Böse davon und das, was keines von beidem ist.«

Orin und Orasz, die Willkommensschale, das Schwert in der Hand. Ren achtete darauf, gleichmäßig zu atmen, verlagerte jedoch das Gleichgewicht und bereitete sich instinktiv aufs Wegrennen vor, sollte es erforderlich werden. Sie konnte ein Muster nie so gut deuten, wenn es von jemand anderem gelegt wurde, aber diese ersten beiden Karten, die auf das Gute und Böse von Leatos Gegenwart hinwiesen, ließen keine andere Schlussfolgerung zu.

Sie bezogen sich beide auf Ren.

Orin und Orasz – die vraszenianischen Namen für die Doppelmonde, aber hier hatte die Dualität eher etwas mit hinterlistigem Verhalten zu tun. Die *Willkommensschale* stand für einen Neuankömmling. Beides beschrieb sie ... und die Tatsache, dass *Orin und Orasz* mit der guten Seite aufgedeckt wurde, konnte die *Willkommensschale* nur teilweise wettmachen. In verhülltem Zustand bedeutete die Karte, dass der Neuankömmling Gefahr brachte.

»Gastfreundschaft.« Die Frau zeigte auf die *Willkommensschale.* »Es wäre gefährlich, sie jemandem vorzuenthalten. *Schwert in der Hand* verrät mir, dass die Zeit gekommen ist und Ihr Euch entscheiden müsst – werdet Ihr für die Sache einer anderen Person eintreten? Werdet Ihr Position beziehen, selbst wenn Euch das Scherereien einbringt? Von *Orin und Orasz* wissen wir, dass sie sowohl Belohnungen als auch Kosten bringt ... aber enthüllt bedeutet sie, dass die Belohnung größer als die Kosten sein wird.«

Dafür sollte ich ihr mehr Geld geben. Die Frau hatte eindeutig bemerkt, dass Renata der fragliche Neuankömmling war. Doch anstatt den Kuckuck im Nest zu benennen, hatte sie Leato im Grunde genommen angewiesen, seine Mutter dazu zu bringen, seine neue »Cousine« anzuerkennen.

Leato reagierte wie jeder faszinierte Kunde: vorsichtig, doch er wollte zu gern daran glauben. Er beugte sich vor und betrachtete die umgedrehten Karten, als könnte er ihre Bedeutung ergründen. Danach sah er der wartenden Szorsa in die Augen. »Ich glaube, ich habe mich längst entschieden – falls ich überhaupt je eine Wahl hatte –, aber nichts von dem hier verrät mir, was ich tun soll ...« Er beendete den Satz nicht und ließ sich auf seinem Stuhl nach hinten sinken. »Das kann ich vermutlich auch nicht erwarten. Bitte entschuldigt, Szorsa. Möglicherweise birgt ja meine Zukunft noch Antworten.«

Seine Worte verblüfften Ren. Sie hatte sich nur auf die Bedeutung konzentriert, die die Karten für sie hatten, doch Leato schien an etwas völlig anderes zu denken. Sie schaute erneut nach unten. *Schwert in der Hand.* Hatte das etwas mit dem Grund dafür zu tun, dass er an diesem Abend zu spät gekommen war? Und was hatte er überhaupt in dieser Gasse getrieben?

Die Szorsa drehte die letzten drei Karten um. »Das ist Eure Zukunft, das Gute und das Böse davon und das, was keines von beidem ist.«

Ren hatte die Szorsa genau beobachtet und wusste, dass sie richtig gemischt hatte. Dennoch handelte es sich bei den drei Karten um *das Gesicht der Sterne*, *die Maske der Nacht* und *das Gesicht aus Glas*.

Nicht nur drei Aspektkarten, die zudem alle drei derselben Farbe angehörten – dem Spinnfaden –, vielmehr deutete diese Gemeinsamkeit auf eine weitreichendere Bedeutung hin. Das *Gesicht der Sterne* und die *Maske der Nacht* waren zwei Aspekte von Ir Entrelke Nedje, und sie lagen enthüllt und verhüllt im direkten Gegensatz zueinander auf dem Tisch.

»Ach, verdammt.« Leato sackte noch mehr in sich zusammen. Als die Szorsa ihn erbost anstarrte, rieb er sich über die vor Müdigkeit gerunzelte Stirn und versuchte, sie mit einem schuldbewussten Lächeln zu besänftigen. »Bitte verzeiht, Szorsa. Und Ihr ebenfalls, Cousine. Ihr werdet das vermutlich nicht wissen, aber diese beiden Karten hier ...« Er deutete auf *das Gesicht der Sterne* und *die Maske der Nacht*. »Sie bedeuten, dass ich mich lieber daran halten sollte, Euch heute Nacht beim Spielen zuzusehen, als mich selbst daran zu beteiligen.«

»Ich vermute, dass sie noch weitaus mehr bedeuten«, merkte Renata ruhig an.

»Ja.« Die Musterleserin zögerte – und überlegte wahrscheinlich, für welche der beiden ihr zur Verfügung stehenden Optionen sie sich entscheiden sollte. Versprach sie Leato Ruhm und Reichtum, wenn er Ir Entrelke um ihre Gunst ersuchte? Oder warnte sie ihn, dass er sein schreckliches Schicksal nur abwenden konnte, indem er Ir Nedje mit Geld besänftigte, den Aspekt der Gottheit, der Pech brachte? Sie war eventuell sogar eine jener Szorsas, die nebenbei Rosenknotentalismane und andere Methoden, Unheil zu vermeiden, an ihre Kunden verkaufte.

»Ihr steht an einem Scheideweg«, sagte sie leise. »Diese Sache, der Ihr Euch verschrieben habt – sie könnte zu großem Erfolg führen, aber auch in einer Katastrophe enden. Euch steht kein Mittelweg offen.«

»Es gibt überhaupt keinen Weg«, murmelte Leato. »Jedenfalls keinen, den ich erkennen kann.«

Sie hob *das Gesicht aus Glas* hoch. Seine Zukunft, weder gut noch böse. »Enthüllungen werden sich einstellen. Enthüllungen, die meiner Ansicht nach etwas mit dieser Lüge aus der Vergangenheit zu tun haben. Was Ihr dann erfahrt, wird Euren Weg bestimmen – was Ihr erfahrt und wie Ihr es nutzt.«

Wenn *die lachende Krähe* auf eine Lüge hingedeutet hatte, mochte das zutreffen. Aber die Szorsa hatte in der Tat recht, dass *das Gesicht aus Glas* Wahrheit und Entdeckung versprach, und Ren wurde eiskalt. *Bezieht sich das auf mich oder auf das, was immer Leato vorhat?*

»Was ich erfahre und wie ich es nutze«, wiederholte Leato fast schon flüsternd und drehte den Kopf, als wollte er versuchen, die Karten von der Tischseite der Musterleserin zu erkennen. Sie gab einen leisen kehligen Laut von sich, und Leato schüttelte sich und schien sich zusammenzureißen. »Danke, Szorsa.«

Er stand auf und näherte sich abermals dem Schrein. Nach kurzem Zögern zückte er mit verkniffenem Gesicht ein kleines Messer und kratzte zwei funkelnde Amethysten aus seinem Mantelkragen. Er legte je einen in die Seitenschalen für das Gesicht und die Maske.

»Schien mir passend zu sein«, meinte er achselzuckend zu Renata und steckte das Messer wieder ein. »Lasst Euch von meinem Schicksal nicht abschrecken, Cousine. Hoffen wir vielmehr, dass Euch die Karten gewogener sind.«

Sie hatte genug gesehen, um ihre Münze zu bezahlen, die Maske abzunehmen und sich mit nur leichten Bedenken zu setzen. *Wenn sie etwas aufdeckt, was mir nicht gefällt, werde ich mich schon irgendwie rausreden können.*

Die Szorsa nahm die Karten vom Tisch und mischte sie gründlich. Auch jetzt wirkte sie aufrichtig, und als sie die erste Reihe auslegte, enthielt sie nichts, was es zu fürchten galt. Die Musterleserin lachte, als sie *das Gesicht aus Gold* aufdeckte. »Sie werden mich für eine Betrügerin halten, Alta – jeder, der Augen im Kopf hat, erkennt, dass Ihr über großen Wohlstand verfügt. Aber es gibt da einen Verlust in Eurer Vergangenheit, ein Opfer, das nicht bereitwillig gebracht wurde. Möglicherweise ging es dabei um den Schutz Eurer Familie.

Ren betrachtete die anderen beiden Karten, *Hundert Laternen steigen auf* und *Schildkröte im Panzer*, während sie versuchte, ihre Bedeutung für sich zu ergründen und welche Auswirkungen sie wohl für Renata haben konnten. Von der Anstrengung bekam sie Kopfschmerzen. »Wollt Ihr damit andeuten, dass meine Mutter zum Wohle ihrer Familie weggelaufen ist?« Sie tat die Frage mit einer Handbewegung ab. »Ach, vergesst es. Ihr kennt meine Mutter nicht und hier geht es ja auch nicht um ihr Schicksal.«

»Unsere Schicksale sind oftmals miteinander verbunden.« Die Szorsa deckte die nächste Kartenreihe auf. Diese drei Karten hatten nichts miteinander zu tun: *ein verlorener Bruder, ein sich ausbreitendes Feuer* und *Ertrinkender Atemzug*. »Dieser Verlust schmerzt nicht mehr so sehr. Aber so, wie sich eine Person, die verletzt wurde, irgendwann aufrappeln und die verletzte Gliedmaße belasten muss, ohne sich dabei zu verausgaben, müsst auch Ihr nach vorn blicken. Schont nicht, was verletzt wurde, aber schadet Euch dabei auch nicht erneut.«

Leato hatte es zuerst noch geschafft, den Mund zu halten, doch jetzt sprudelte es aus ihm heraus. »Vielleicht bezieht sich das auf Mutter. Sie kann Tante Letilia nicht leiden, aber es ist für jeden offensichtlich, dass Ihr völlig anders seid als sie. Habt Geduld. Sie wird das auch noch erkennen.«

Renata schenkte ihm ein unsicheres Lächeln und nahm seine nackte Hand mit der, an der sie den von ihm geliehenen Handschuh trug. »Danke.«

Es folgte die Zukunft. Ren war froh, dass sie Leatos Hand losgelassen hatte, bevor die Karten umgedreht wurden, andernfalls hätte er vielleicht gespürt, wie sie die Finger anspannte. Aber *die Maske der Spiegel* lag enthüllt da, nicht verhüllt, was auf Lügen aus einem guten Grund und nicht etwa, um Schaden anzurichten, hindeutete.

»Noch mehr Dualität«, sinnierte die Szorsa und betrachtete *Orin und Orasz* in der mittleren Position. »Allerdings nicht so ausgeprägt wie beim Altan. *Die Maske der Narren* verhüllt noch dazu, warnt Euch davor, das zu ignorieren, was sich vor Euch befindet. Gebt gut acht, welche Teile Ihr enthüllt, denn es könnte sein, dass Ihr mehr verstehen müsst als die anderen.«

Sie hörte sich unzufrieden an, was durchaus nachvollziehbar war. Ihren Worten wohnte weder wahre Einsicht inne noch brachte sie sie überzeugend vor. Ren fragte sich, ob ihre Maskerade die Linien des Musters irgendwie störte – und ob das überhaupt möglich war. *Wahrscheinlicher ist, dass ich es einfach mit keiner besonders guten Szorsa zu tun habe.*

Zumindest war es dadurch gerechtfertigt, dass Renata ihr kein so großes Geschenk machen musste, wie Leato es getan hatte. Sie dankte der Musterleserin und erhob sich, um eine weitere Decira in die Schale des Gesichts zu legen. Als sie zusah, wie ihr die Münze aus der Hand fiel, ging ihr durch den Kopf, wie leicht es doch wäre, sich einige der Münzen zu schnappen, die bereits in der Schale lagen ... doch zu einer solchen Blasphemie wäre sie niemals in der Lage. Wenn man eine Szorsa bestahl, zog man den Fluch der Gottheiten höchstpersönlich auf sich.

Zudem hatte sie mit Ondrakjas Vergiftung schon eine Verfehlung begangen, die für ihr ganzes Leben reichte.

Als sie in den Hauptraum zurückkehrten, schien Leato in Gedanken. Was immer er von der Szorsa zu erfahren gehofft hatte, schien er nicht bekommen zu haben – doch er sah auch nicht enttäuscht aus. »Möchtet Ihr nach Hause zurückkehren?«, fragte Renata. »Diese Nacht verläuft ganz und gar nicht so, wie wir es geplant hatten.«

»Wie bitte? Nein.« Irgendwie schaffte es Leato, ein Lächeln aufzusetzen, wenngleich er nicht verbergen konnte, dass ihn etwas stark belastete. »Ich hatte Euch einige schöne Erinnerungen versprochen, damit Ihr besser schlafen könnt.«

Er bestellte noch zwei Gläser Wein und sah sich an den Kartentischen im Raum um. »Das hätte ich vielleicht vorher fragen sollen: Spielt man in Seteris irgendwelche Musterspiele? Hat Tante Letilia Euch jemals Sechsen beigebracht? Wahrscheinlich nicht; Vater sagte, sie wäre ein hoffnungsloser Fall gewesen. Keine Geduld und ebenso wenig Zurückhaltung.«

Beinahe hätte Renata laut losgelacht. So zu tun, als würde man ein Spiel nicht kennen, war der älteste Trick der Welt, und Leato spielte ihr genau in die Hände. »Nein, davon habe ich noch nie gehört. Aber ich würde es sehr gern lernen.«

Er legte ihr eine warme Hand auf den Rücken und geleitete sie durch das Labyrinth aus Spielenden. »Dann suchen wir uns doch mal einen Tisch mit niedrigen Einsätzen und ich bringe Euch alles bei.«

Isla Prišta, Westbrück: 4. Suilun

Ren ließ ihre Geldbörse mit einem zufriedenstellenden *Blump* auf den Küchentisch fallen.

Tess starrte erst die Börse und danach ihre Schwester an. »Was ist das alles?«

»Meine Gewinne. Mach dir keine Sorgen; Leato hat nichts bemerkt.«

Tess legte das Gloria-Unterkleid beiseite, das sie gerade auseinandernahm, und griff begierig in die Geldbörse, während sie Ren gleichzeitig mit einem finsteren Blick bedachte. »Hast du betrogen? Hältst du das für schlau? Du bist doch diejenige, die immer sagt, dass man nicht aus der Rolle fallen darf. Oder ist Alta Renata eine dieser Frauen, die zu Betrügereien neigt?«

»Wir müssen das alles hier doch irgendwie bezahlen«, merkte Ren an und zog sich die Handschuhe aus.

Das Klimpern der Münzen, die ordentlich gestapelt wurden, verstummte, als Tess die nicht zueinanderpassenden Handschuhe bemerkte. »Wo ist der andere Handschuh?« Sie starrte ihre Schwester mit zusammengekniffenen Augen an. »Was hast du angestellt, Ren?«

Die ersten Stunden dieses Abends schienen bereits in ferner Vergangenheit zu liegen, doch bei Tess' Frage stürzten die Erinnerungen abermals wie die Quelle von Ažerais auf sie ein. Ren ließ sich auf die Bank sinken, beugte sich zu ihrer Schwester hinüber und flüsterte: »*Ich bin dem Raben begegnet.*«

Münzen ergossen sich über den Tisch, als Tess mit der Hüfte dagegenstieß. Sie umklammerte Rens Hände und keuchte: »Ist nicht wahr!«

Mit einem so breiten Grinsen, dass sie kaum sprechen konnte, erzählte Ren ihr die ganze Geschichte. Sie waren beide mit den wundersamen Geschichten über den Raben aufgewachsen: wie er die stolzen Adligen erniedrigte, Ladenbesitzer vor korrupten Falken verteidigte und die Beweise, mit denen Leute erpresst werden sollten, stahl und vernichtete.

Es gab allerdings auch unheilvollere Berichte. Richter, deren Urteile zu hart ausfielen, fanden sich auf ihren eigenen Strafkolonieschiffen wieder und segelten ins Ungewisse. Inskriptoren, die Kranken oder Sterbenden unwirksame Numinata verkauften, wurden die Hände zertrümmert; Beamte und Falken, die Bestechungsgelder annahmen und dann doch nicht wegschauten, fanden sich mit einem fehlenden Auge oder gespaltener Zunge und blutüberströmtem Gesicht auf den Stufen vor dem Privilegienhaus wieder. All das waren ganz normale Strafen nach nadežranischem Recht, allerdings wurden sie gegen jene verhängt, die sich eingebildet hatten, darüber zu stehen. Viele empfanden das als beängstigend, doch für die Kinder auf der Straße glich der Rabe beinahe einem Gott.

»Und er hat deinen Handschuh? Ich habe diesen Handschuh genäht!« Tess legte den Kopf schräg, stieß ein sehnsüchtiges Seufzen aus und blickte zu den Schatten empor, die zwischen den Deckenbalken des Kellerraums tanzten. »Sedge wäre so neidisch auf dich. Weißt du noch, wie er immer erzählt hat, er hätte den Raben auf einem Dach gesehen?«

Ihre Stimme wurde ganz sanft, wie immer, wenn sie ihren Bruder erwähnte. Sie trauerte um ihn – sie beide –, wusste aber auch ganz genau, dass sich in Rens Trauer Schuldgefühle mischten. Schließlich war es Rens und nicht Tess' Schuld gewesen, dass Sedge hatte sterben müssen.

Allerdings hatte Tess in ihrem Trio schon immer die Rolle des Gewissens und des Herzens gespielt. Jetzt stieß sie Ren grinsend an. »Dann hattest du bei Leato also auch Erfolg? Ein Traementis in der Tasche, zwei fehlen noch.«

»So würde ich das nicht ausdrücken«, erwiderte Ren. »Aber ja, es lief ... gut.«

Tess entging die Pause nicht. »Was ist noch passiert?«

Sie erschauerte, als Ren ihr von dem toten Kind berichtete. Tess hatte ihre ersten Lebensjahre in Ganllech verbracht und war von einem Verwandten zum nächsten weitergereicht worden, war aber auch lange genug bei den Fingern gewesen, um die Geschichten über die Zlyzen zu kennen. Sie war es auch gewesen, die einen roten Faden um Rens Koje legte, obwohl Ren genau wusste, dass Ondrakja sich über sie lustig machen würde, wenn sie es herausfand.

Anstatt noch mehr Albträume heraufzubeschwören, indem sie noch länger darüber nachdachte, teilte Ren ihrer Schwester mit, was die Musterleserin bei Leato gesagt hatte.

»Dank den Gesichtern, dass er nicht vor dir gewarnt wurde«, sagte Tess und verstaute die gezählten Münzen wieder in der Geldbörse.

Ren griff nach Leatos Handschuh und glättete die Finger, die durch seine Hand etwas verformt waren. Leatos Reaktion auf die Lesung war nicht das einzig Seltsame, das sie an diesem Abend bemerkt hatte. »Er kam zu spät zu unserer Verabredung. Und dann sah ich ihn aus der Uča Tromyet in der Nähe der Spitzenwasserbrücke kommen – wobei er sich so verhielt, als wollte er nicht gesehen werden.«

Tess runzelte die Stirn. »Ist dort noch immer dieses Bordell? Vielleicht hat er sich ein wenig amüsiert, bevor er zu euch gestoßen ist.«

Das würde zu den Geschichten passen, die sie während ihrer Vorbereitungen dieses Plans über Leato gehört hatte – doch auf sie hatte er nicht den Eindruck eines Mannes gemacht, der eben dem Bett einer Dirne entstiegen war. »Das bezweifle ich. Andererseits habe ich nicht die geringste Ahnung, was er in dieser Ecke von Spitzenwasser sonst so getrieben haben könnte.«

Sie faltete den Handschuh sorgsam zusammen und fügte mit Renatas Akzent hinzu: »Ich schätze, ich sollte Cousin Leato mal etwas genauer unter die Lupe nehmen.«

4

Die gütige Spinnerin

Plaza Coscanum, die Perlen: 8. Suilun

Während seine Sänfte über die Straßen des Oberufers schwankte, dachte Vargo darüber nach, dass Alta Renata Viraudax die interessanteste Neuerung darstellte, die in letzter Zeit nach Nadežra gekommen war.

Sie hatte bereits sein Interesse geweckt, als sie alle Vorkehrungen traf, um das Haus in Westbrück zu mieten, schlichtweg weil nicht viele Seterins Nadežra besuchten, wenn sie hier nicht geschäftlich zu tun hatten. Als er von ihrer Verbindung zum Haus Traementis erfuhr, hatte er entschieden, sie eines genaueren Blickes zu würdigen. Ihr Auftritt bei der Gloria hatte die Elite Nadežras in hellen Aufruhr versetzt – und dann war da noch die Zugabe an dem Abend in Spitzenwasser ...

Die Sänfte bewegte sich sehr langsam. Ein Blick durch das mit Vorhängen verhängte Fenster enthüllte ihm einen Platz voller Menschen. Die Träger gaben ihr Bestes, um sich den Weg zwischen den Fußgängern hindurchzubahnen, und alle mussten zudem den Karren ausweichen, die sich im Tempo einer sich sonnenden Flussschildkröte fortbewegten. Auf der Plaza Coscanum war es zur sechsten Sonne stets derart voll. Aus genau diesem Grund hatte sich Vargo für diesen Ort entschieden, als er die Alta zu einem späten Mittagessen einlud, denn so konnten ihn möglichst viele mit Nadežras neuester Attraktion sehen.

Er klopfte mit dem Griff seines Gehstocks gegen das Dach der Sänfte. »Ich steige hier aus«, erklärte er, steckte sich eine Mappe mit Papieren unter den Arm und zog sich butterweiche Lederhandschuhe an. Vargo scherte sich zwar keinen Deut um die Liganti-Obsession, stets die Hände zu bedecken, hatte jedoch gern saubere Hände und brach nur mit den Gebräuchen, wenn er dadurch etwas gewinnen konnte. Aus demselben Grund hatte er auch einen Gehstock dabei. Das Gesetz erlaubte ihm kein Schwert, und wenn er ein Messer so trug, dass man es sehen konnte, wurden die Leute nur an eine Vergangenheit erinnert, die sie lieber vergessen sollten, wenn es nach ihm ging.

Dass der robuste Stock aus Ebenholz ebenfalls eine stabile Waffe darstellte, stand außer Frage, und dass sich darin eine Klinge verbarg, die ebenso biegsam und gut wie das Rapier eines Adligen war, ließ Vargo im Allgemeinen lieber unerwähnt.

Die Spitze des Gehstocks klapperte auf den Pflastersteinen, als Vargo zur Ostretta auf der anderen Seite des Platzes marschierte. Er hatte gut überlegt, bevor er das *Fischreiher des Südens* für ihr Treffen vorschlug. Anstelle der Seterin-, Liganti- oder nadežranischen Hybridküche wurden dort vraszenianische Gerichte serviert – allerdings in einer piekfeinen Version. Vargo hoffte, dass eine Frau, die gerissen genug war, um den Klatsch anzustacheln, indem sie bei der Gloria die Arme entblößte, und die den Raben zu einem Duell im Austausch für einen Handschuh herausforderte, den Aufruhr, den diese Wahl hervorrufen würde, zu schätzen wusste.

Der Wirt führte ihn zu einem halb abgeschirmten Tisch auf der Galerie im ersten Stock, die einmal um den Hauptraum herumführte. Nachdem er die Papiere auf einen leeren Stuhl gelegt hatte, machte es sich Vargo auf dem Platz bequem, von dem aus er die Tür am besten sehen konnte, und wartete. Und wartete. Es überraschte ihn keineswegs, dass sie sich Zeit ließ; eigentlich hatte er sogar damit gerechnet. *Bitte niemanden zum Tanz, wenn du die Schritte nicht kennst*, hatte Alsius einst zu ihm gesagt. Nachdem sich Vargo dem Tanz der nadežranischen Macht und Politik angeschlossen hatte, war er darauf bedacht gewesen, jeden einzelnen Schritt zu erlernen. Jemanden mit geringerem Status dazu zu zwingen, auf einen zu warten, gehörte zu den Grundlagen.

Schön. Sollte sie sich doch einbilden, sie würde bei diesem Tanz führen – und dass die Szorsa, die in seinem Kartensalon arbeitete, einen Teil ihrer Erkenntnisse beim Lesen der Muster für Renata und Leato Traementis für sich behalten hatte. Wenn er sie davon überzeugen konnte, aus freier Entscheidung mit ihm zusammenzuarbeiten, anstatt zu erkennen, dass ihr gar keine andere Wahl blieb, wäre das umso besser. Wenn man sich in die Ecke gedrängt fühlte, neigte man oft zu Gegenwehr und fauchte alles um sich herum an. Auch das hatte er von Alsius gelernt.

Als sie endlich auftauchte, erklomm sie die Treppenstufen und näherte sich ihm mit so viel Geschwindigkeit, wie sie aufbringen konnte, ohne an Würde zu verlieren. »Bitte verzeiht, Meister Vargo – ich wollte Euch nicht warten lassen. Ich hatte die Sänftenträger gefragt, wie lange es dauert, aus Westbrück herzukommen, doch ihre Schätzung war alles andere als genau.«

»Das ist immer so.« Vargo erhob sich und verbeugte sich über ihrer Hand. »Ich schätze mich glücklich, dass Ihr überhaupt Zeit für mich findet. Seit Eurem Debüt auf der Gloria seid Ihr gewiss sehr begehrt, und erst recht nach Eurer Begegnung mit dem Raben.«

»Wie könnte ich eine Einladung des Mannes ablehnen, der mich derart großzügig und herzlich empfangen hat?«

Es gelang ihr, sowohl bei der Entschuldigung als auch der Schmeichelei aufrichtig zu klingen. »Solange ich noch keine weiteren Dienstboten eingestellt habe, werde ich vermutlich auch häufiger außer Haus speisen. Mein Mädchen ist wirklich liebreizend, doch ihre Talente beschränken sich eher aufs Schneidern denn aufs Kochen.«

Aufs Schneidern und darauf, preiswerte Stoffe auf dem Graumarkt zu finden, mutmaßte Vargo. Steckte sie sich das Restgeld ein? »Wenn Ihr mich fragt, beruht dieses Talent eher auf ihrer liebreizenden Herrin.«

Er ließ den Blick über ihr Ensemble wandern. Heute stellte sie keine nackten Arme zur Schau; vielmehr reichten Renatas eng anliegende Ärmel bis über die Handgelenke und endeten in einer Spitze über ihren behandschuhten Fingern. Eine zweite Lage aus schwerer Seide, die frisch von der Morgendämmerungsstraße stammen musste, lag wie ein Cape um ihre Schultern und Oberarme. Nach der Mode der nördlichen Länder trug man eher helle Farben, aber eine kupferdurchwirkte Seidenschicht ließ die roséfarbene Seide ihres Bandeaus und Surcots eher herbstlich erscheinen. Er kannte diese Spitze – ein eingeschmuggelter Import, den nur seine Leute beschaffen konnten, und fand es höchst interessant, dass sie derart schnell in ihren Besitz gelangt war.

»Mir scheint, Ihr beleidigt mein Dienstmädchen, um mir zu schmeicheln«, erwiderte sie neckisch.

»Oder ich schmeichele Euch, um Euer Dienstmädchen abzuwerben. Aber da sie angemessen geschätzt wird, verkünde ich Ninat.« Vargo hob kapitulierend die Hände.

Ihr flüchtiges Lächeln war ein Punkt für ihn. Wenn Vargo heute schon nichts anderes erreichte, so wollte er wenigstens sicherstellen, dass Renata Viraudax ihm bei ihrem Abschied freundlich gesinnt war. Anders als die hiesigen Adligen würde sie ihn nicht von vornherein verabscheuen, und er gedachte, dies auszunutzen.

Sein Eröffnungszug bestand in Schmeichelei, und darauf ließ er einen Augenblick später von einem Kellner eine Etagere mit diversen Köstlichkeiten sowie ein Tablett mit zwei kleinen Tassen und einer silbernen Kanne servieren. Vargo schenkte die erste Tasse ein und reichte sie Renata. »Ich hoffe, es macht Euch nichts aus, dass ich mir die Freiheit erlaubt habe, schon vor Eurem Eintreffen etwas zu bestellen. Vraszenianische Würzschokolade – wahrscheinlich werdet Ihr so etwas in Seteris noch nie getrunken haben.«

Sie hob die Tasse hoch und atmete den intensiven, dekadenten Geruch nach Zimt und Vanille ein. Daraufhin gab sie ein erfreutes Murmeln von sich und nippte vorsichtig daran.

Das Ergebnis war sogar noch besser, als er es sich erhofft hatte. Kaum berührte das Getränk ihre Zunge, da flatterte sie vor Wonne mit den Lidern, und eine leichte Röte breitete sich auf ihren Wangen und ihrem Hals aus, als die Wärme des Getränks und die Gewürze sie durchfluteten. Vargo beobachtete sie zufrieden und maß seinen Erfolg daran, wie lange sie brauchte, um sich erneut an ihre Umgebung zu erinnern.

»Das ist ... unglaublich.« Renata ließ die Tasse etwas sinken, überlegte es sich dann jedoch anders und trank noch einen Schluck, wobei sie abermals die Augen schloss, als würde sie ansonsten nur abgelenkt. »Ich habe schon früher Schokolade getrunken, aber so eine noch nie.«

»Wobei ich mir jetzt noch immer nicht sicher bin, ob sie Euch mundet«, erwiderte er leise und genoss den Anblick. Renata besaß die makellose Schönheit einer Frau, die nie Not leiden musste, und eine elegante Symmetrie, die ihn an die Präzision der Numinatria erinnerte. Ihre Wimpern bildeten dunkle Bogen auf der feinen Haut ihrer Wangen.

Als sie die Augen aufschlug und ihn dabei ertappte, dass er sie anstarrte, wandte er den Blick nicht ab. Sicher wusste sie, dass ihr Erscheinungsbild ein nützliches Werkzeug darstellte, daher konnte es auch nicht schaden, sie wissen zu lassen, dass es funktionierte.« Eure hinreißende Röte werte ich als Hinweis darauf, dass dem so ist.«

Sie errötete noch mehr, ohne jedoch zu versuchen, dies mit einem einfältigen Lächeln zu verbergen. »Der einzige Grund, warum ich nicht den Inhalt der ganzen Tasse hinunterstürze, besteht darin, dass dies unschicklich wäre – und weil es jammerschade wäre, mir den Appetit auf das Mittagessen zu verderben, das nach diesem Vorgeschmack bestimmt überaus köstlich wird.« Widerstrebend stellte sie die Tasse ab.

»Das wäre natürlich bedauerlich«, meinte er, schenkte ihr aber dennoch nach. »Wie sollte ich meine Neugier denn sonst befriedigen? Jeder fragt sich, warum Ihr nach Nadežra gekommen seid. Die meisten Leute vermuten, dass es um eine Art Geschäft geht oder Ihr einen Gatten sucht.«

Sie achtete nicht weiter auf die Tasse und verschränkte sorgsam die Hände auf dem Tisch. »Die meisten Leute. Aber nicht Ihr?«

»Ihr macht auf mich nicht den Eindruck einer Frau, die unbedingt einen Gatten oder eine Gattin haben möchte. Allerdings hättet Ihr dieses Haus nicht gemietet, würdet Ihr nicht längere Zeit bleiben wollen. Was mich zu der Vermutung führt, dass Ihr vorhabt, die Brücken wieder aufzubauen, die Eure Mutter hinter sich abgerissen hat – möglicherweise nicht um ihretwillen, sondern damit Ihr ins Traementis-Familienregister aufgenommen werdet.«

Ihr Blick zuckte zur Seite und sie reckte das Kinn in die Höhe. »Solltet Ihr mich nur eingeladen haben, um Euren Bedarf an nichtsnutzigem Tratsch zu stillen, so muss ich Euch leider mitteilen, dass mir nicht der Sinn nach Derartigem etwas steht.«

»Ich habe Euch hierher eingeladen, weil wir einander vielleicht helfen können.«

»Ach ja?« Ihr Tonfall blieb distanziert, wurde jedoch von ihrem kurz stockenden Atem und ihren nun deutlich angespannten miteinander verschränkten Fingern Lügen gestraft.

»Ihr dürftet inzwischen herausgefunden haben, dass der Ruf der Traementis, isoliert zu leben, wohlverdient ist. Aber ich kann Euch eventuell etwas geben, um sie für Euch zu gewinnen.«

»Aus reiner Herzensgüte? Die zweifellos auch der Grund dafür war, dass Ihr mir auf der Gloria die Maske geschenkt habt.«

Die Maske hatte er ihr aus einer Laune heraus geschenkt, doch selbst Vargos Launen waren berechnet. Ihm war das Funkeln in ihren Augen nicht entgangen, als sie sie anprobiert hatte. Sein eigentliches Geschenk war nicht etwa die Maske gewesen, vielmehr hatte er erkannt, dass sie etwas davon abhielt, sie sich selbst zu kaufen, und er hatte ihr auf diese Weise mögliche Gewissensbisse erspart.

Er spielte mit seinem Löffel herum. »Bezeichnet es lieber als vorurteilsfreies Eigeninteresse. Ich habe einen Vorschlag, der für das Haus Traementis von Interesse sein dürfte, wenn ich denn nur jemanden dazu bewegen könnte, ihn sich anzuhören.«

Für jeden anderen außer ihm wäre das gar nicht mal so schwer gewesen. Doch Donaia Traementis verweigerte ihm schlichtweg den Zutritt zu ihrem Haus, und Altan Leato hatte Vargos Flirtversuche abgewehrt, bevor er auch nur die Gelegenheit bekommen hatte, das Gespräch auf geschäftliche Angelegenheiten zu bringen.

Da die Zeit allerdings gegen sie spielte, blieb ihnen immer weniger Spielraum für ein derartiges Verhalten. Vargo setzte darauf, dass Renatas Wunsch, zu den Traementis' zu gehören, stark genug war, damit sie ihm zuhörte … und dass sie die Familie ebenso geschickt wie den Raben dazu bringen würde, nach ihren Regeln zu spielen.

Ihre Miene ließ einen Hauch von Neugier erkennen, mehr

allerdings nicht.« Und um was für einen geschäftlichen Vorschlag handelt es sich?«

Der Lärm um sie herum hatte zugenommen, da immer mehr Gäste zum Essen eintrafen. Vargo warf einen Blick nach unten in den Hauptraum, bevor er den Vorhang ihres Separees zuzog. Sollten sie sich doch die Mäuler darüber zerreißen, was Derossi Vargo und Alta Renata unter vier Augen zu besprechen hatten. »Wie viel wisst Ihr über das Privilegiensystem in Nadežra?«

»Der hiesige Regierungssitz heißt doch Privilegienhaus, nicht wahr?« Sie schien sich mehr für die Etagere mit köstlichen Leckerbissen als für ihr Gespräch zu interessieren, griff nach einem marmorierten Ei und einem Knödel in der Form eines Mondfischs und legte beides auf ihren Teller. »Angeführt von einem Fünferrat, dem Cinquerat. So, wie man ihn mir in Seteris beschrieb, scheint er äußerst ineffizient zu sein, allerdings ist mein Eindruck, dass alles – also der Handel, die Verteidigung, die Bauvorhaben und so weiter – über die Privilegien geregelt wird, die der Rat den Adelshäusern erteilt.«

Im Vergleich mit den Erbrechten der Aristokratie in Seteris mochte dies durchaus ineffizient erscheinen. Aber es bedeutete auch, dass sich Leuten wie Vargo durchaus Möglichkeiten boten, daher wollte er sich nicht beschweren. »Sie werden den Adelshäusern erteilt, doch die Oberschicht des Deltas kümmert sich im Allgemeinen an ihrer statt um die Verwaltung der Privilegien. Ein solches System entsteht oftmals nach einem Bürgerkrieg, der die halbe Stadt in Schutt und Asche gelegt hat, und danach ist es nie überarbeitet worden.«

Sie mochte nicht aus Nadežra stammen und nicht mit der komplizierten Politik vertraut sein, dennoch entging ihr die Bedeutung seiner Worte nicht. »Bitte korrigiert mich, falls ich mich irren sollte, Meister Vargo, aber Ihr gehört der Oberschicht des Deltas meines Wissens nicht an.«

»Würdet Ihr mich mit Meister Vargo ansprechen, wenn

dem so wäre?«, konterte er. »Es gibt kein Gesetz, das den Delta-Häusern die Verwaltung der Privilegien überträgt. Vielmehr geschieht das allein aus Gewohnheit.«

Renata kostete den Knödel und verschaffte sich somit etwas Zeit für ihre Erwiderung. »Das ist eine interessante Vorstellung. Trotzdem muss ich Euch bedauerlicherweise enttäuschen. Wie Ihr bereits treffend bemerkt habt, gehöre ich dem Haus Traementis nicht an und bin daher nicht in der Lage, Euch hinsichtlich eines Privilegs zu helfen.«

Vargo grinste. Er bildete sich ein, die Aufregung, die ihn durchfuhr, musste in etwa so sein wie die Erschütterungen, die eine Spinne spürte, wenn ihr etwas ins Netz ging. »Das ist eine weitere seltsame Eigenart unseres Privilegiensystems. Man muss kein Mitglied eines Adelshauses sein, um im Privilegienhaus zu sprechen; einige der besten Advokaten gehören der Delta-Oberschicht an und vertreten einen Adligen. Ich könnte mir vorstellen, dass das Haus Traementis dankbar für jemanden wäre, der ihm helfen kann, sein Vermögen wieder aufzubauen.«

»Wie meint Ihr das?«

Dies war die erste unbedachte Reaktion, die sie seit ihrer Ankunft zeigte – abgesehen vom lautlosen Entzücken beim Kosten der Schokolade.

»Es geht ihnen immer schlechter, Alta, und das schon seit einiger Zeit. Era Traementis gibt ihr Bestes, um den Schein zu wahren, aber ich weiß mit Sicherheit, dass sie bei Weitem nicht mehr über so viele Privilegien verfügen wie früher. Wenn ihnen jemand ein neues verschafft ... könnte sich der Name dieser Person sogar im Familienregister wiederfinden.«

Renata Viraudax hatte eine gute Maske – gut genug, damit er nicht erkennen konnte, was hinter ihrer freundlichen, neugierigen Miene vor sich ging. Ihm blieb nichts weiter übrig, als zu raten, ebenso wie er nur Vermutungen über den Grund anstellen konnte, aus dem sie Seteris verlassen hatte. Wegen eines Skandals? Eines Streits mit ihrer Mutter? War sie krimineller Machenschaften bezichtigt worden? Möglicherweise wäre es ratsam, einige seiner Kontakte dafür zu bezahlen, jenseits des Meeres Nachforschungen anzustellen.

Aber letzten Endes zählte vor allem, dass Alta Renata eindeutig darauf hoffte, sich hier in Nadežra und im Schoß der ehemaligen Familie ihrer Mutter niederzulassen.

Und Vargo konnte dafür sorgen, dass es dazu kam.

Er beugte sich vor und senkte die Stimme, als wollte er ihr ein intimes Geheimnis anvertrauen. »Die Adelshäuser profitieren von den ihnen erteilten Privilegien – selbst wenn sie diese weitergeben. Solltet Ihr Era Traementis davon überzeugen, Euch als ihre Advokatin anzuerkennen, dann wäre ich bereit, Euch für Eure Dienste zu bezahlen und ihnen nach der Verleihung der Privilegien faire Bedingungen anzubieten. Auf diese Weise bekämen wir alle, was wir wollen.«

Oder wären diesem Ziel zumindest einen Schritt näher. Vargo vermutete, dass die Aufnahme in das Traementis-Register ebenso wenig ihr endgültiges Ziel war, wie die Überlassung eines einzigen Privilegs seines darstellte.

Sie wich weder vor seiner Nähe zurück noch schien sie davon beeinflusst zu werden. »Ihr glaubt, dass ich – eine Fremde in dieser Stadt, die sich mit der hiesigen Politik nicht auskennt und deren Verbindung zum Haus Traementis in einer seit dreiundzwanzig Jahren andauernden Entfremdung besteht – es schaffen kann ... Wie sagt Ihr Nadežraner doch so schön? Dass ich die Untiefen umschiffen kann, damit Ihr bekommt, wonach es Euch verlangt?«

»Ich glaube daran, dass es Euch an einem einzigen Tag gelungen ist, die Gloria im Sturm zu erobern, die Erbin von Haus Acrenix dazu zu bringen, ihre Dominanz über Euch zur Schau stellen zu wollen, und sowohl den Erben von Haus Indestor als auch den berüchtigsten Verbrecher Nadežras zu bezwingen. Und all das allein dank Eurer Ärmel und eines

Handschuhs.« Er lachte leise. »Eine Frau wie Euch hätte ich lieber als Verbündete denn als Gegenspielerin, Alta Renata.«

Diese Worte kamen bei ihr an. Ihr Gesicht blieb zwar ernst, aber aus dieser Nähe konnte er deutlich hören, wie sie nach Luft schnappte. Jemand aus einem Adelshaus hätte die Vorstellung absurd gefunden, jemand wie er könnte ein ebenbürtiger Gegenspieler sein, doch sie tat es nicht.

Er nahm die Ledermappe mit den Papieren vom Stuhl neben sich und legte sie neben ihre linke Hand. »Das Haus Quientis hält den Fulvet-Sitz im Cinquerat und ist somit für die städtischen Belange verantwortlich. Scaperto Quientis müsste das Priviles genehmigen, um das es mir geht. Alles, worum ich bitte, ist, dass Ihr mir den Gefallen tut, Euch diese Dokumente anzusehen.«

Sie lehnte sich auf ihrem Stuhl zurück und betrachtete die Mappe, ohne sie zu berühren. »Ihr habt eine interessante Art, Geschäfte zu machen, Meister Vargo.«

Er trank etwas abgekühlte Schokolade und tat so, als wäre es für ihn von keiner sonderlichen Bedeutung, ob sie die Mappe nahm. »Es wäre mir höchst unangenehm, wenn Ihr von mir denken solltet ...«

::Du musst sofort nach Fleischmarkt kommen.::

Vargo hustete bei diesem plötzlichen Eindringen in seine Gedanken und war dankbar dafür, dass er gerade etwas trank. Renata sollte lieber glauben, er hätte sich verschluckt, statt ihn für einen Verrückten zu halten.

Worum es auch gehen mag, es muss warten, antwortete er. Renata jetzt zu drängen, würde eher schaden als nutzen.

::Es geht um Hraček. Jemand hat ihn unter Drogen gesetzt und zerfetzt.::

»Ist alles in Ordnung?«, erkundigte sich Renata besorgt und beugte sich vor.

In einer halben Glocke, dachte Vargo verzweifelt.

::Ah, es schert dich also nicht, dass einer deiner Schläger deinetwegen im Sterben liegt. Da hab ich mich offenbar getäuscht. Fahre mit deiner Verführung fort.::

Innerlich fluchend stellte Vargo seine Tasse ab und wischte sich etwas Schokolade von den Lippen. »Verzeiht, Alta.« Seine kratzige Stimme war nur zum Teil gespielt. »Bitte entschuldigt mich ...« Er musste abermals husten, nahm seinen Gehstock und war schon aufgestanden und hinausgeeilt, bevor sie ihm überhaupt Hilfe anbieten konnte.

An der Hintertür traf er auf den Besitzer. »Berechnet mir die Mahlzeit und schickt sie mit etwas Schokolade nach Hause. Außerdem richtet ihr bitte aus, dass ich mich nicht wohlfühle und mich vielmals für diesen Abgang entschuldige – Ihr werdet schon wissen, was Ihr sagen müsst.« Dies war nicht Vargos erster Besuch im *Fischreiher des Südens* und auch nicht das erste Mal, dass er unverhofft gehen musste.

Er schwang seinen Schwertgehstock und eilte auf den Fluss und ein Ruderboot am Unterufer zu. *Ich hatte sie fast so weit. Wenn sie mir deswegen vom Haken rutscht ...*

Wer immer Hraček angegriffen hatte, würde dafür bluten müssen.

Isla Traementis, die Perlen: 8. Suilun

Renata traf etwas zu früh im Traementis-Haus ein. Sie war daran gewöhnt, sich zu Fuß und nicht etwa per Sänfte durch die Stadt zu bewegen, und schätzte die Zeit, die sie bis zu ihrem Ziel benötigte, noch immer falsch ein. Nachdem sie zu spät zum Mittagessen mit Vargo gekommen war, hatte sie ihr Ziel diesmal vorzeitig erreicht.

Sie fragte sich, aus welchem Grund Vargo wohl derart plötzlich aufgebrochen war. Hatte er sich unwohl gefühlt? Diesen Eindruck hatte er jedenfalls erweckt. Außerdem fiel ihr nichts ein, was sie gesagt oder getan haben könnte, um ihn zu vertreiben.

Der Himmel verdunkelte sich langsam, und das Echo der ersten Glocke der zweiten Erde hallte noch durch die Luft, als sie aus der Sänfte stieg. Renata blieb stehen und versuchte, sich ihre Anspannung nicht anmerken zu lassen, während Tess die Träger bezahlte. Das Geld, das sie für Lebensmittel sparte, indem sie Einladungen zum Essen annahm, wurde stattdessen für Transportmittel und andere Dinge ausgegeben – aber was hatte sie für eine Wahl? Jemand von ihrem Stand ging nun mal nicht zu Fuß.

Schon bald wäre das alles möglicherweise ohne Belang. Nach dem Treffen mit Vargo hatte sie den Nachmittag damit verbracht, sich seinen Vorschlag anzusehen. Wie sich herausstellte, war der Mann erstaunlich gründlich: In seinen Dokumenten war alles aufgeführt, was eine Besucherin aus Seterin vermutlich nicht über die internen Machenschaften des Privilegienhauses wusste, von den Verantwortlichkeiten der fünf Sitze bis hin zu den rechtlichen Bedingungen der Privilegien. Das Einzige, was nicht dort stand, war der Grund, weswegen das Haus Traementis sich perfekt für diesen Plan eignete – doch das wusste Renata auch so, ohne dass man es ihr explizit sagte.

Nun blieb ihr nur noch, Donaia zu vermitteln, dass Vargo es ernst meinte.

»Wenn irgendjemand diese beiden dazu bringen kann, sich die Hand zu schütteln, dann du«, versicherte Tess ihr und richtete den Faltenwurf an Renatas Ärmeln, damit sie so gut wie möglich aussah. »Aber falls das Essen schlecht läuft, lasse ich Altan Bondiro per Boten wissen, dass Ihr später nicht zum Theater kommen werdet.«

Bevor sich Renata dazu entscheiden konnte, sich eine Ostretta zu suchen und die verbliebenen beiden Glocken dazu zu nutzen, ihren Angriff zu planen, wurde die Tür des Traementis-Herrenhauses geöffnet. Der Majordomus hatte ganz eindeutig aufgepasst. Renata blieb nichts anderes übrig, als die Stufen zu erklimmen und sich von ihm in den Salon bringen zu lassen, in dem sie Donaia zum ersten Mal begegnet war, während Tess nach unten zu den anderen Dienstboten geschickt wurde. Sie besaß nicht dasselbe Talent wie Ren, andere zu manipulieren, doch das brauchte sie auch gar nicht, denn mit ihrem von Natur aus freundlichen Verhalten schuf sie ihre eigene Magie, und wenn der Abend vorüber war, würde auch sie einige interessante Dinge zu berichten haben.

Nichts, was Renata sah, stützte Vargos Behauptung, das Haus Traementis stecke in finanziellen Schwierigkeiten. Es standen Kaffee und Tee bereit, die in durchdrungenen Kannen warmgehalten wurden, und ein milder Wein blieb in einem durchdrungenen Dekanter gekühlt. Im Kamin brannte ein Feuer und das Numinat in der Wand dahinter spiegelte die Wärme in den Raum wider.

Verglichen mit der Zeit, in der sie den Fulvet-Sitz innegehabt hatten, mochten die Traementis an Wohlstand verloren haben, doch Ren hatte wahre Armut gesehen. Sie wusste, wie viele der Möbelstücke um sie herum sich verkaufen ließen und was man dafür bekommen würde. *Ihre Vorstellung von Not besteht vermutlich darin, dass sie vraszenianischen Reiswein anstelle von Traubenwein aus Seste Ligante kaufen müssen.*

»Era Traementis kleidet sich gerade an, und Altan Leato ist noch nicht zurückgekehrt«, sagte Colbrin nicht unfreundlich, wenngleich seine Worte an sich schon einem Tadel glichen. »Ich werde Alta Giuna über Euer Eintreffen in Kenntnis setzen.«

»Das ist nicht nötig, Colbrin.« Giuna berührte seinen Arm und entließ ihn mit einem Lächeln, bevor sie zu Renata eilte, um ihre Hände zu ergreifen. »Ich sollte das nicht zugeben, aber ich habe schon den ganzen Nachmittag am Fenster gesessen. Es ist wirklich schön, dass Ihr früher hergekommen seid. So haben wir noch Zeit und können uns unterhalten, solange Mutter mit ihren Papieren beschäftigt ist.«

Falls Donaia nicht vorhatte, beim Essen ein Kleid aus Papieren zu tragen, musste eine der beiden Erklärungen für das, womit sie momentan beschäftigt war, falsch sein. Renata gab keinen Kommentar dazu ab und folgte Giuna, die sie sanft in Richtung Kamin zog. »Seht Ihr sie? Ich habe sie hier hingestellt, weil sie das Licht so schön einfängt.« Giuna fuhr mit den Fingern über die Glasskulptur auf dem Kaminsims, die Renata ihr geschenkt hatte. Das Blau passte nicht zu den Pfirsich- und Goldtönen im Raum, was Giuna jedoch nicht davon abgehalten hatte, der Figur einen Ehrenplatz zu geben.

Renata wusste ganz genau, dass sie Letilias Geschichten nicht einfach so glauben konnte, aber aus den Beschwerden ihrer einstigen Herrin hatte sich doch ein deutliches Bild ergeben: Donaia war knauserig; Donaia war prüde; Donaia bestand darauf, dass alles im Haus so war, wie es ihr gefiel, und gab keinen Deut auf die Meinung anderer. Selbst wenn sie die Übertreibungen herausfilterte, wunderte sich Renata doch darüber, dass Donaia ihren wunderschönen Salon durch diese Glasskulptur verschandeln ließ – erst recht, da sie von dem weniger geliebten Kind hier hingestellt worden war.

Giunas Kleid bestätigte zumindest Letilias erste Anschuldigungen. Das taubengraue Unterkleid und die schlichten Ärmel sahen hübsch, wenngleich langweilig aus, doch der trübe Pflaumenton und die steifen, geraden Linien ihres Surcots wirkten, als hätte sich an einem trüben Tag eine dicke Regenwolke über sie gelegt. Allerdings hatte sie sich ein Band aus leuchtend silbriger Seide um und durch die Locken gezogen und imitierte damit auf annehmbare Art den Stil, den Renata auf der Gloria getragen hatte.

Als Giuna Renatas Blick bemerkte, berührte sie ihr Haar und lächelte scheu. »Unser Mädchen hat ihr Bestes gegeben, um es allein aufgrund meiner Beschreibung nachzuahmen. Es sieht doch nicht albern aus, oder?«

»Ihr seht hinreißend aus«, antwortete Renata herzlich. »Und was Tess erst mit ein paar Farben bei Euch anstellen könnte – sie ist mein Dienstmädchen und schneidert all meine Kleider. Ich bin sehr geneigt, sie auf Euch loszulassen. Mir ist nicht entgangen, wie sie Euch während der Gloria beäugt hat, und ich kenne diesen Blick: So sieht sie immer aus, wenn sie bereits einen Entwurf im Kopf hat.« Das entsprach zumindest der Wahrheit.

Kichernd presste sich Giuna die Finger an die geröteten Wangen. »Oh, ich ...«

»Wir könnten Euch unmöglich derart zur Last fallen, dass wir die Dienste Eures Dienstmädchens in Anspruch nehmen, Alta Renata«, schaltete sich Era Traementis ein, die auf einmal im Türrahmen stand. *Colbrin muss losgeeilt sein, um sie zu benachrichtigen.* »Sie hat mit Euren Kleidern bestimmt schon mehr als genug zu tun.«

Ein riesiger Jagdhund mit zottigem, gestromertem Fell tapste neben ihr her, als sie näher trat. Ren musste sich zusammenreißen, um still stehen zu bleiben. Die einzigen Hunde, mit denen sie bisher zu tun gehabt hatte, waren boshafte Streuner gewesen oder Kampfhunde, die von einigen Knoten ausgebildet wurden. Die Wache besaß ein Rudel, mit dem sie Aufsässige auseinandertrieb, aber Ren hatte bislang das Glück gehabt, nichts mit ihnen zu tun zu bekommen. Allein die Geschichten darüber reichten schon aus, um ihr Herz rasen zu lassen.

Wollte Donaia etwa dasselbe erreichen? Renata streckte unter großer Anstrengung eine Hand mit der Handfläche nach oben aus, als könnten ihr die dünnen Handschuhe irgendeine Art von Schutz bieten. »Was für ein wunderschöner ...«

»Alwayddianischer Wolfshund«, ergänzte Donaia. Sie

klang ein wenig verdrossen, als hätte sie darauf gehofft, dass Renata zusammenzuckte. »Er heißt Lex Talionis.«

Als Giuna lachte, hörte der Hund auf, an Renatas Hand zu schnüffeln, und sah sie mit feuchten schwarzen Augen an. Sein Schwanz schlug so fest gegen Donaias Oberschenkel, dass sie davon blaue Flecken bekommen musste. »Das mag zwar sein Name sein«, meinte Giuna, »aber ich bezweifle, dass er das weiß. Wir nennen ihn Klops. Das geht auf Leato zurück.«

»Giuna, Schatz, hast du unserem Gast schon etwas zu trinken angeboten?

»Nein, Mutter.« Giuna trat ans Sideboard und betrachtete zögerlich das Angebot, bis Renata mit dem Kopf auf den Kaffee deutete. Zwar schmeckte er ihr nicht besonders, doch sie wollte nicht das Risiko eingehen, zu viel Wein zu trinken.

»Bitte verzeiht, dass ich noch nicht bereit war, Euch zu empfangen, Alta Renata.« Der Tadel in Donaias Stimme war nicht so offensichtlich wie zuvor bei Colbrin, aber dennoch vorhanden.

Jegliche leisen Hoffnungen darauf, Donaias Gefühle für sie hätten sich inzwischen etwas gemildert, waren augenblicklich dahin. Aber Ren hatte noch nie vor einer Herausforderung zurückgeschreckt. »Der Fehler liegt ganz bei mir, Era Traementis. Ich war derart besorgt, Euch zu beleidigen, indem ich zu spät komme, dass ich viel zu früh hier eingetroffen bin.«

Es gab diverse Möglichkeiten, sich bei jemandem beliebt zu machen, ohne dass man freundlich zum Haustier der Person war. Wenn es ihr finanziell möglich gewesen wäre, hätte Renata versucht, sich dasselbe nach Salbei und Glyzinie duftende Parfum zu kaufen, das Donaia trug – aber andere Dinge kosteten nun einmal nichts. Unauffällig ahmte sie Donaias Bewegungen und Haltung nach; als sie sich alle hinsetzten, lehnte sie sich zugleich mit ihr zurück und rückte ihre Handschuhe zurecht, nachdem Donaia das ebenfalls gemacht hatte. Wenn man es übertrieb, riskierte man, dass die andere Person dieses Verhalten bemerkte und als Spott einstufte, aber durch die unauffällige Imitation entstand eine unterschwellige Beziehung zwischen ihnen, ob Donaia das nun gefiel oder nicht.

Kurz glaubte sie schon, es würde funktionieren, da die Unterhaltung nach einigen steifen Bemerkungen über das Wetter geschmeidiger verlief. Doch als sich das Gespräch Letilia zuwandte, erkannte Renata, dass ihrer Gastgeberin keinesfalls nur nach belanglosem Plaudern der Sinn stand. »Was immer sie auch sonst war«, sagte Donaia, »so war Eure Mutter ganz eindeutig eine Schönheit. Hat sie Euch je erzählt, wie sie mal ihre Handtasche verloren hat, woraufhin ein Dutzend verliebte Altans und Altas in den Becchia-Kanal sprangen, um sie zurückzuholen?«

Renata fragte sich, wie lange Donaia wohl gebraucht hatte, um auf die Idee zu kommen, ihre unerwünschte Besucherin könnte gar nicht Letilias Tochter sein.

Zu ihrem Glück war dies jedoch eine von Letilias Lieblingsanekdoten, die sie auch nach über zwanzig Jahren immer noch gern erzählte. »Ich dachte, es wäre ihr Fächer gewesen. Was sich für mich immer absurd anhörte, denn der Fächer würde selbstverständlich ruiniert sein, wenn man ihn aus dem Wasser zog, während bei einer Handtasche wenigstens der Inhalt zu retten wäre.« Renata beugte sich vor, als wollte sie Donaia etwas anvertrauen, das nicht für Giunas Ohren bestimmt war, auch wenn das Mädchen sie sehr gut hören konnte. »Allerdings habe ich stets bezweifelt, dass es ihr überhaupt um den Fächer ging. So, wie es Mutter erzählte, wollte sie einfach wissen, wer wirklich gewillt war, sich ihre Gunst zu verdienen ... und Ghiscolo Acrenix bekam in dieser Nacht seine Belohnung.«

Dies war gewissermaßen ein Fechtkampf, genau wie das Duell zwischen Mezzan Indestor und dem Raben. Wenn er lange genug dauerte, würde Donaia eine Frage stellen, die Renata nicht beantworten konnte; dieses Detail war nur eine Riposte und unauffällig genug, um die weitere Neugier im Keim zu ersticken, bevor sie zu weit ging. Donaias berechnender Blick gab Renata zu verstehen, dass sie ihrem Ziel zwar nahe gekommen war, es jedoch nicht ganz erreicht hatte. Eigentlich hatte sie das Ass in ihrem Ärmel für später aufheben wollen, wenn Era Traementis ihr etwas gewogener wäre, es aber trotzdem mitgebracht.

»Wo wir gerade bei Dingen sind, die verloren wurden ...« Sie griff in ihre Tasche und nahm einen Goldring mit eingelassener Barockflussperle heraus, den sie zwischen ihnen auf den Tisch legte. »Mutter hat mir nie viel von ihrem Schmuck überlassen, aber ich habe diesen Ring schon immer geliebt und ihr so lange in den Ohren gelegen, bis ich ihn tragen durfte«, sagte sie leise. »Der Stil ist doch nadežranisch, nicht wahr? Mutter hat das Wort ›gestohlen‹ zwar nie in den Mund genommen, sondern immer behauptet, sie hätte bei ihrem Weggang mitgenommen, was ihr zustand, aber ich vermute, dass ihr dieser Ring nie gehört hat und daher auch nicht mein Besitz ist. Aus diesem Grund möchte ich ihn gern zurückgeben.«

Wie oft hatte sie schon die Taschen einer Person geleert, nur um dieser etwas, das »heruntergefallen« war, wieder zurückzugeben und sich ihren Dank zu erschleichen? Die Tatsache, dass Donaia der Atem stockte und ihre Augen glitzerten, verriet Renata, dass sie ihr Ass noch besser ausgespielt hatte als erhofft. Donaias Hand zitterte, als sie nach dem Ring griff.

»Das ...« Nur durch ein schnelles Blinzeln konnte sie die Tränen zurückhalten. Donaia schluckte schwer und versuchte es erneut. »Das war der Ring meiner Mutter. Sie hat ihn mir gegeben, als Gianco und ich ...«

Der Hund hatte ruhig unter Donaias Stuhl gelegen, hob

nun jedoch den Kopf, als er das Schwanken in ihrer Stimme hörte. Er zog die buschigen Augenbrauen hoch und stieß ein fragendes kehliges Wimmern aus, wobei er zwischen seinem Frauchen und dem, was sie so traurig machte, hin- und herblickte.

Donaia kraulte ihm beruhigend den Kopf, legte die Hand um den Ring und verstaute ihn unter der Schürze ihres Surcots. Mit einer Willenskraft, die selbst Renata bewundern musste, gewann sie die Fassung wieder. »Vielen Dank, Renata. Ich bin Euch wirklich sehr dankbar dafür, dass Ihr mir diesen Ring zurückgebt.«

Nicht »Alta Renata«, sondern nur ihr Name. Rens Triumphgefühl erlitt einen unerwarteten Dämpfer. Sie war davon ausgegangen, dass dieser Ring nur ein unverwechselbares Schmuckstück war. *Wenn mir jemand etwas zurückgäbe, das Mama gehört hat ...*

Sie verdrängte diesen Gedanken, bevor sie sich genauer damit beschäftigen konnte. Der gesamte Besitz ihrer Mutter war bis auf ein einziges Teil verloren gegangen. Die Hoffnung darauf, noch mehr zu finden, hatte Ren überhaupt erst in Ondrakjas Falle tappen lassen.

»Siehst du, Mutter? Ich habe doch gesagt, dass sie nicht so ist wie Letilia.« Leato stand in der Tür; wie lange er schon anwesend war, vermochte Renata nicht zu sagen. Lange genug, um seiner Mutter eine tröstende Hand auf die Schulter zu legen, als er näher trat, und um Renata ein Lächeln zu schenken, das so warm war wie das Feuer im Kamin.

Donaia legte ihre Hand auf seine, schüttelte sich und stand auf. »Da wir nun alle hier sind, können wir ja essen. Klops, Platz.«

Es war immer noch zu früh, doch Renata wunderte sich nicht darüber, dass Donaia diesem gefühlvollen Moment entrinnen wollte. Leato reichte Renata den Arm. Sie ließen Donaias Monster zurück, das sich wie die Trophäe eines

Jägers vor dem Kamin ausgebreitet hatte, und gingen zu viert ins Esszimmer.

Das war der bei Weitem schönste Raum, in dem sie je eine Mahlzeit eingenommen hatte. Der Tisch und die Stühle bestanden aus auf Hochglanz poliertem Holz, die Polster waren aus plüschigem amethystfarbenem Samt, und in dem unfassbar hohen Teppich versanken Renatas Schuhe, als sie zu ihrem Platz ging. Selbst der Stuck an der Decke und die Kette des Kerzenleuchters waren vergoldet und glänzten im Kerzenlicht. Sie kam sich klein und schäbig vor und gleichzeitig so, als wäre sie wirklich eine Alta und in eine derart verschwenderische Umgebung hineingeboren worden.

Das Abendessen war so Liganti, wie ihr Mittagessen vraszenianisch gewesen war. Kein einziger Knödel und kein Reiskorn weit und breit, dafür gab es Entenwürstchen, Muscheln in Sahnesoße und in Pastete eingebackene Aale. Renata hatte eigentlich vorgehabt, vorerst abzuwarten und gegen Ende des Essens auf Vargos Vorschlag zu sprechen zu kommen, doch während sie sich an den letzten Obst- und Käsestücken labten, eröffnete Donaia ihr unerwartet eine Möglichkeit.

Leato erwähnte, dass Fadrin, einer der Acrenix-Cousins, von jemandem gehört habe, der unten in Dockmauer exotische Vögel aus Isarn verkaufe. »Ich möchte hier selbstverständlich keinen davon haben«, ergänzte Leato rasch. »Das sind laute Viecher. Aber es wäre amüsant, einen Vogel zu erleben, der wie ein Mensch sprechen kann ...«

»Auf gar keinen Fall.« Donaias Stimme klang erstaunlich schneidend. »Im Augenblick grassiert eine Pestilenz am Unterufer, Leato.«

Er verdrehte die Augen. »Wann grassiert denn mal keine Pestilenz am Unterufer? Ich werde mich vorsehen und eine Maske tragen.«

»Eine Frau auf der Gloria sagte, sie hätte Masken, die vor Krankheiten schützen«, warf Renata ein. »Ich weiß natürlich nicht, ob sie tatsächlich wirken, aber Meister Vargo hat sich eine gekauft. Wo wir gerade von ihm sprechen ...«

Sie hatte an diesem Nachmittag sehr lange über diese Angelegenheit nachgedacht. Es war ein logischer Schritt, zu versuchen, das Privileg über die Traementis' zu erlangen, doch trotz Vargos Schmeicheleien hielt sie es für höchst unwahrscheinlich, dass die in der Fremde geborene Tochter einer ehemaligen Verwandten seine erste Wahl darstellte. Zwar konnte sie nur Vermutungen anstellen, an wen er zuvor schon herangetreten war, doch ein Kandidat schien offensichtlich zu sein.

Renata sah Leato über den Tisch hinweg an. »Ihr habt gewiss schon davon gehört, nicht wahr, Altan Leato? Derossi Vargo hat einen Plan, um das Numinat zu ersetzen, das früher das Wasser im Westkanal gereinigt hat.«

Was sie nicht aussprach: *bevor es von Eurem Großvater zerstört wurde.*

Leatos leises Schnauben ließ die Oberfläche seines Weins kräuseln. »Dann hat Meister Vargo mich also aufgegeben und versucht es nun bei Euch.« Er trank etwas Wein und musterte sie dabei. »Lasst Euch nicht von ihm umgarnen, Cousine. Er mag genug Charme besitzen, um Traumwebervögel außerhalb der Saison zu bezirzen, doch er flirtet nur, um zu bekommen, was er haben will. Und Ihr könnt Euch sicher sein, dass die Person, die am meisten von diesem Plan profitiert, Derossi Vargo ist.«

»Ich bin nicht so grün hinter den Ohren, dass mich ein kleiner Flirt gleich um den Verstand bringt«, erklärte sie gelassen. *Nicht einmal, wenn er mir Schokolade serviert.* Der Mann konnte unmöglich wissen, wie sehr sie dieses Getränk liebte und wie lange es her war, dass sie es zuletzt hatte kosten können. »Ich habe die Dokumente gelesen, die er mir gegeben hat. Indem der Dreck entfernt wird, der stromabwärts mitgeschwemmt wird, steigt der Wert der Grundstücke entlang des Unterufers, die er besitzt, zweifellos – doch das ist noch lange nicht der einzige Vorteil. Zudem sehe ich keinen Grund, warum nicht auch andere einen Teil des Profits einstreichen sollten.«

»Ich verstehe das nicht«, gestand Giuna leise. »Warum tritt er damit auf Euch zu?«

Donaia beäugte Renata fragend, als wollte sie damit zum Ausdruck bringen: *Das würde ich auch gern wissen.*

»Weil es ganz den Anschein macht, als wäre sonst niemand bereit, sich seinen Vorschlag vorbehaltlos anzusehen«, antwortete Renata und ließ sich von Donaias lautloser Herausforderung nicht beirren. »Und er ist der Ansicht, das Haus Traementis hätte durch dieses Privileg sehr viel zu gewinnen – wenn man denn angemessen darüber nachdenkt.«

Donaia schob ihren Stuhl zurück, als wollte sie verkünden, dass das Essen beendet sei und Renata gehen könne. »Und was hat er Euch gesagt, um den Eindruck zu vermitteln, wir würden ...«

»Mutter.«

Zwischen Leato und Donaia fand ein komplettes Gespräch statt, ohne dass einer der beiden auch nur ein Wort sagte. Dann gab Donaia ihre steife Haltung auf und winkte kapitulierend ab. »Na gut. Ja. Das Haus Traementis ist nicht mehr das, was es mal war, als Eure Mutter noch bei uns lebte. Ihr könnt es auf meine Misswirtschaft schieben, wenn Ihr wollt. Allerdings wäre es mir lieber, wenn das nicht allseits bekannt wird – wenngleich es gewöhnliche Männer wie Meister Vargo anscheinend längst wissen.«

»Ich würde ihn kaum als gewöhnlich bezeichnen«, murmelte Leato und warf Renata einen amüsierten Blick zu.

Donaia stellte ihr Weinglas etwas zu fest auf den Tisch. »Und ja, wir sind diejenigen, die das ursprüngliche Numinat zerstört haben, daher würde es unserem Ruf durchaus guttun, wenn wir es auch ersetzen. Aber das kann nicht passieren, indem wir Geschäfte mit einem Mann machen, der sein Vermögen durch kriminelle Aktivitäten verdient hat.«

Giuna beugte sich zu Renata hinüber und flüsterte ihr etwas zu, jedoch laut genug, dass es alle hören konnten. »Das bedeutet, dass er ein Schmuggler ist.« Allerdings sagte sie das errötend und mit flatternden Lidern und nicht so herablassend wie ihre Mutter.

Ihr Kommentar gewährte Renata immerhin eine Ausrede für den unangenehmen Schauder, der sie durchfuhr. Nicht nur niedere Klasse, sondern auch noch ein Verbrecher. Das war es, was ihr bisher entgangen war. Nun hatte sie auch eine Erklärung für die eleganten Kleidungsstücke und die Narben, die sich nicht verstecken ließen, sowie für den Drang, höher aufzusteigen, und die Unfähigkeit, die in seinem Weg stehenden Hürden zu überwinden.

Indem sie sich mit ihm verbündete, wurde es nicht wahrscheinlicher, dass jemand ihre Vergangenheit aufdeckte – dennoch erschauerte sie. Doch anstatt das zu verbergen, täuschte sie eine andere Art des Erschreckens vor. »Ihr gestattet es einem Verbrecher, so über die Gloria zu schlendern?«

»Es ist schon erstaunlich, was man mit der regelmäßigen Bestechung der Wache alles erreichen kann«, murmelte Donaia.

»Was Mutter damit meint«, ergänzt Leato weitaus geduldiger, »ist, dass Meister Vargo inzwischen auch legale Geschäfte betreibt. Und dabei einflussreiche Personen noch reicher macht.«

Giuna legte den Kopf schief. »Was wäre so schlimm daran, wenn er uns ebenfalls reicher machen würde?«

Beinahe hätte sich Donaia an einem Stück Kakifrucht verschluckt. Derartige Aussagen sollte man nicht vor einer Außenseiterin tätigen und erst recht nicht so offenherzig – aber Renata freute sich über Giunas Unterstützung. Leato setzte zu einer Erklärung an. »Dabei geht es nicht um das

Geld, Fischchen. Was weiß denn jemand wie Vargo schon über Numinatria? Und selbst wenn er zu tun vermag, was er behauptet, sollten wir uns gut überlegen, ob wir ihm wirklich dabei helfen wollen, entlang des Unterufers noch mehr Macht und Einfluss zu erlangen. Er handelt nicht aus Wohltätigkeit, so viel steht fest, und wahrscheinlich nicht einmal aus Gier. Der Mann ist auch so schon reich genug … was nur bedeuten kann, dass er dadurch etwas anderes erreichen will.«

Für jemanden mit einem derart leichtfertigen Ruf schien Leato die Situation bemerkenswert gut zu erfassen. »Ich kann Euer Widerstreben nachvollziehen«, gab Renata nach kurzem Überlegen zu. »Daher möchte ich Euch etwas vorschlagen. Ich werde Meister Vargo nicht direkt abweisen, sondern ihm stattdessen sagen, dass ich versuche, Euch zu überzeugen, um in der Zwischenzeit mehr herauszufinden. Wenn ich Eure Besorgnis beseitigen kann, könnt Ihr Meister Vargos Vorschlag annehmen. Andernfalls steht das Haus Traementis weiterhin in keiner Beziehung zu ihm.«

Selbst Donaia konnte gegen die kombinierte Macht von Renatas gesundem Menschenverstand und Leatos und Giunas verhaltener Zustimmung nicht ankommen. Seufzend schnitt sie eine Kaki durch und spielte damit herum. »Es kann wohl nichts schaden, mehr über die ganze Sache in Erfahrung zu bringen. Aber jetzt würde ich gern das Thema wechseln, bevor die geschäftlichen Belange noch eine angenehme Mahlzeit verderben.«

Giuna setzte sich ruckartig auf. »Ja! Cousine Renata – seid Ihr wirklich dem Raben begegnet?«

»Giuna!« Donaias Stimme knallte wie eine Peitsche durch die Luft. »Ich möchte nicht, dass du auch nur das geringste Interesse an diesem Gesetzlosen zeigst. Er ist verabscheuungswürdig und gefährlich – oder hast du vergessen, was er Kolya Serrado angetan hat? Zudem hat er Renata auch noch beleidigt.«

Unangenehmes Schweigen senkte sich auf sie herab. Giuna schien in sich zusammenzusinken, und ihre Aufregung war schlagartig verpufft. »Bitte entschuldige, Mutter.«

Leato stand auf. Seine Miene war wie versteinert. »Ich unterbreche den Abend nur ungern auf diese Weise, aber ich hatte Bondiro versprochen, mich mit ihm im *Pfeifenden Schilf* zu treffen, und es ist schon deutlich später, als ich dachte.«

Diesmal war es Leatos Name, der Donaia entsetzt über die Lippen kam. »Wir haben einen Gast! Du kannst nicht einfach so früh ...«

Das Läuten der Glockentürme hallte durch die Fenster herein und kündigte die fünfte Erde an. »Oh, Lumen«, stieß Donaia hervor. »So spät ist es schon?«

Renata tupfte sich den Mund mit einer Serviette ab und erhob sich ebenfalls. »Ich sollte gehen, denn ich hatte gar nicht vor, Eure Gastfreundschaft derart lange in Anspruch zu nehmen, Era Traementis.«

»Bitte macht Euch deswegen keine Gedanken, Alta Renata. Es war recht ... erfreulich.« Donaia wirkte erstaunt, als würden die Worte der Wahrheit entsprechen und wären nicht nur Höflichkeitsfloskeln. »Und da mein Sohn derart unhöflich ist, kann er Euch wenigstens hinausbringen und eine Sänfte rufen.«

Diese Worte glichen einem Befehl. Leato tat, was ihm aufgetragen worden war, rief Tess aus dem Dienstbotentrakt herauf, damit sie Renata den Umhang umlegte, und bezahlte abermals die Sänfte. Ren hätte Tess zu gern gefragt, was sie dort unten herausgefunden hatte ... doch zuvor musste sie sich um etwas anderes kümmern.

Es war durchaus möglich, dass Bondiro auch Leato ins Theater eingeladen hatte, doch Ren bezweifelte es. Vielmehr vermutete sie, dass Cousin Leato schlichtweg gelogen hatte. Und sie wollte den Grund dafür herausfinden.

Spitzenwasser, Alte Insel: 8. Suilun

Renata wies die Träger an, so lange zu warten, bis Leato das Traementis-Herrenhaus verließ, und folgte ihm von den Perlen, um dann auszusteigen, als er seine Sänfte am Fuß der Spitzenwasserbrücke verließ und sich eine schlichte weiße Maske aufsetzte. In diesem engen Gewirr aus Gassen kam man mit einer Sänfte nicht weiter.

Ebenso wenig lief man in feinen Kleidern herum, wie Renata sie für das Essen trug, ob nun maskiert oder nicht. Rasch streifte sie den Surcot ab, zupfte sich das Haar aus der aufwendigen Frisur und warf sich Tess' gestreiften Wollumhang um die Schultern. Selbst so bedachte man sie noch mit seltsamen Blicken, als sie Leato in dem größtmöglichen Abstand folgten, den sie einzuhalten wagten.

Als sie das *Pfeifende Schilf* betraten, war sie überrascht. Vielleicht traf er sich ja doch mit Bondiro? Sie drehte ihren Surcot auf die Innenseite – die schnellste Methode, um weniger auffällig zu wirken, was vor allem möglich war, weil Tess stets darauf beharrte, auch das Futter ihrer Kleidungsstücke ordentlich zu vernähen – und zupfte sich das Haar ins Gesicht, bevor sie durch die Tür trat und sich schon fragte, ob Leato durch die Hintertür wieder verschwunden war.

Aber nein. Er saß an einem Tisch an der Wand, und zwei Männer verließen soeben einen Platz, von dem aus Ren die Möglichkeit hatte, Leato von hinten zu beobachten. Sie setzte sich auf den Stuhl, kaum dass der Mann aufgestanden war, und starrte den Kerl an, der den anderen für sich beanspruchen wollte, bis Tess von der Bar kam und darauf Platz nahm.

»Zrel ist hier immer noch billiger als Wasser«, sagte ihre Schwester und stellte zwei Becher auf den Tisch, damit ihre Anwesenheit nicht verdächtig erschien. Sie nippte zaghaft an ihrem und musste einen Hustenreiz unterdrücken, wobei ihr Tränen in die Augen stiegen. »Und schmeckt noch immer so widerlich wie früher. Mutter und Tante, haben wir uns damals wirklich um den Bodensatz gestritten und glücklich geschätzt, wenn wir ihn trinken durften?«

Nur Tess war in der Lage, sich in dem zwielichtigen Tanzlokal mit leuchtenden Augen umzusehen und mit den Zehen zu wippen, als wären ihre Abenteuer hier nichts als schöne Erinnerungen. Ren sah das etwas anders. Es hatte volle Taschen gegeben, die sie leeren konnten – Spieler neigten dazu, ihre Nächte im *Pfeifenden Schilf* einzuleiten und zu beenden, wo auch immer sie zwischendurch landeten –, doch an der Tür standen Wachen, die jeden Finger erwischten, der zu ungeschickt oder zu langsam vorging. Sie waren nur hierhergekommen, wenn sie unbedingt etwas Gutes brauchten, das sie Ondrakja bringen konnten. Ren hatte sich mit Schminke älter gemacht und ihr Bestes getan, um die Hände ihres Opfers am Herumwandern zu hindern, während ihre Knotenbrüder und -schwestern ihm abnahmen, was immer sie konnten.

Ihre Knotenbrüder und -schwestern. Bei diesem Gedanken schnürte es ihr die Kehle zu. *Die Traementis sollten eigentlich dafür sorgen, dass ich mit all dem hier nichts mehr zu tun haben muss.*

In diesem Augenblick betrat eine ihr bekannte Gestalt den Raum, sah sich um und hielt auf Leatos Tisch zu.

Tess bemerkte den Mann, allerdings nicht sein Ziel. Sie straffte sich. »Beim Höschen der Jungfrau, ist das nicht – uff!«

Aufgrund des Lärms war es höchst unwahrscheinlich, dass Stoček sie gehört hatte, doch Ren wollte kein Risiko eingehen. Es wäre schon schlimm genug, wenn Leato sie oder Tess bemerkte, aber nun mussten sie sich gleich wegen zwei Augenpaaren Sorgen machen. »Entschuldige.« Sie zog den Ellbogen zurück, den sie Tess in die Rippen gestoßen hatte. »Aber du weißt ja, warum ich das gemacht habe.«

Man konnte Stoček, einen Vraszenianer mittleren Alters,

der entlang des Zatatsy-Kanals den kleinen Traum verkaufte, mit Fug und Recht als Institution in Spitzenwasser bezeichnen. Im Allgemeinen hatte er einen Beutel mit Honigsteinen in der Tasche, die er an seine Favoriten unter den Mitleidshaschern und Flussratten verteilte – zu denen auch Ren gehört hatte.

In den fünf Jahren hatte er sich bei Weitem nicht so stark verändert wie sie. Sein langes Haar war noch immer dick und schwarz wie Flussschlamm und zu Zöpfen gebunden, in die er bunte Bänder und Glöckchen hineingeflochten hatte. Ihm fehlten mehr Fingerglieder als früher, und er hatte einen frischen Verband an einem Gelenk, der erkennen ließ, dass ihm ein Stück des Daumens fehlte. Das war die Bestrafung für den Handel mit Aža, wenn man sich das Bestechungsgeld nicht leisten konnte. Und Stoček handelte schon länger mit Aža, als Ren auf der Welt war.

Das hatte Leato also vor. Er hielt es genauso wie sein Vater vor ihm und fand in einem kleinen Echo von Ažerais' Traum Zuflucht vor den Härten des Lebens.

Aber sie hatte schon zahllose Leute gesehen, die bei Stoček kauften, auch zahllose maskierte Adlige, doch keiner von ihnen hatte sich je so verhalten, wie Leato es gerade tat. Er beugte sich über den Tisch, als wollte er nicht, dass andere seine Worte verstehen konnten, und redete auf Stoček ein, der gebannt zuhörte.

»Das sieht für mich nicht nach einem Kauf aus«, raunte Tess Ren ins Ohr.

Leato schob etwas Geld über den Tisch, allerdings passierte nicht das, was sie erwartet hatten – anstatt eine Phiole mit Aža zu übergeben, fing Stoček an zu reden.

Ren fluchte über das überfüllte Tanzlokal. Immer wieder liefen Gäste durch ihr Blickfeld und verhinderten, dass sie die Lippen des Mannes lesen konnte. Es wäre jedoch zu riskant, sich näher heranzuwagen und zu lauschen. Wäre ihr die Zeit für eine anständige Verkleidung geblieben, hätte sie sich ein Tablett und ein paar Becher geschnappt und sich als Kellnerin ausgegeben, doch da sie wie Renata geschminkt war und dasselbe Unterkleid wie beim Essen trug, war das einfach nicht möglich.

Wofür Leato Stoček auch immer Geld gegeben hatte, so schien er gut bezahlt zu haben, denn ein Sänger verließ die Bühne und wurde vom nächsten ersetzt, bevor der Mann aufhörte, Leatos Fragen zu beantworten, die Arme verschränkte und energisch den Kopf schüttelte.

Leato ging als Erster. Ren konnte ihm nicht folgen, da Stoček ihm mit nachdenklicher Miene hinterherschaute. Danach ließ er den Blick durch den Raum schweifen, und Ren zog den Kopf ein und starrte in ihren Zrel, damit er sie nicht bemerkte. Tess hatte den Kopf längst auf den Rand ihres Bechers gesenkt und schnarchte leise im Takt der Musik. Sie hatte nur wenig geschlafen, da sie Rens Kleidung anpassen und verändern musste, wenn sie Renata nicht gerade wie das anständige Dienstmädchen einer Alta begleitete.

Wenn Ren jedoch später in anderer Aufmachung zurückkehrte und mit Stoček sprach …

Nein. Bei dieser Vorstellung zog sich ihr Magen zusammen. Es musste zumindest Gerüchte über das geben, was sie Ondrakja angetan hatte, demzufolge würde Stoček ihr auf gar keinen Fall helfen. Sie würde sich als jemand anderes ausgeben müssen, allerdings fehlte ihr das Geld, um ihn zu bestechen, damit er ihr verriet, worüber er mit Leato gesprochen hatte.

Das musste sie wohl oder übel auf anderem Weg herausfinden.

Ren stieß Tess an, um sie zu wecken, und sobald Stoček damit beschäftigt war, einen Teil des Geldes, das er von Leato bekommen hatte, zu versaufen, huschten sie beide hinaus. Die kalte Herbstluft traf sie nach dem überhitzten Inneren des Tanzlokals wie ein Schlag ins Gesicht.

»So. Hat sich die neue Falte auf meiner Stirn wenigstens gelohnt?«, wollte Tess wissen und fuhr sich über die gerötete Kerbe, wo ihr Kopf auf dem Becher geruht hatte.

Da sie halb verkleidet und fern von jedem war, der sie als Renata erkennen konnte, scheute Ren nicht davor zurück, ihrer Schwester mitfühlend einen Arm um die Schultern zu legen. »Ich war mir nicht sicher, ob ich dich wecken sollte. Für mich hat es sich aber eindeutig gelohnt, denn jetzt wissen wir, dass Leato irgendetwas vorhat, wenngleich wir noch herausfinden müssen, was es ist.«

Tess stieß Ren mit der Hüfte an, sodass sie beide wie Betrunkene schwankten. »Bei einem derart gut aussehenden Mann sind einige Geheimnisse nur umso reizvoller. Wie lief das Abendessen?«

Sie gingen den restlichen Weg nach Hause zu Fuß und sparten sich das Geld für eine Sänfte oder ein Boot. Tess erzählte Ren von den Dienstboten der Traementis, die freundlich waren, jedoch nicht zu Klatsch neigten. Anscheinend bezahlte Donaia sie besser als erwartet – und Ren berichtete Tess von dem Ring und dem, was die Adligen über Vargo gesagt hatten.

Tess' Reaktion bestand in einem »Ts« und einem energischen Schütteln ihres Lockenkopfs. »Die haben leicht reden. Vergiss nicht, dass ich in Ganllech ebenfalls gesucht werde. Allerdings solltest du meinem Urteil nicht vertrauen, denn ich würde einem Mann, der gute Schneiderkunst zu schätzen weiß, eine ganze Menge verzeihen.«

Sie mussten beide kichern, und als sie wieder ernst wurden, drückte Tess Ren tröstend an sich. »Wir haben ja gesehen, wie die wirklich Schlimmen so sind. Wenn er dazugehört, werden die Leute das wissen – unsere Leute, nicht die Adligen. Aber du bist schlau genug, um vorher die Strömung zu testen.«

Rens Frisur ließ sich im Dunkeln nicht richten, aber Tess drehte ihren Surcot wieder auf die richtige Seite, bevor sie sich dem Haus näherten, um ihn ihr sofort wieder auszuziehen, sobald sie die Küche betreten hatten. Während sich Ren auf ihre Pritsche vor die im Kamin aufgehäuften Kohlen legte, ging Tess zur Gartentür, um frisches Wasser zum Waschen zu holen.

Sie kehrte mit einem mit Mulltuch verdeckten Korb und roten Wangen zurück. »Tja, die nächsten Tage müssen wir uns keine Sorgen ums Frühstück machen«, sagte sie und stellte den Korb auf den Tisch und den Eimer zum Aufwärmen vor den Kamin.

Ren versteifte sich. »Was ist das?«

»Nur Brot.« Tess holte einen Laib heraus, der noch mit Mehl bedeckt war, und schwenkte ihn herum, um zu demonstrieren, dass davon keine Gefahr drohte. »Von der Bäckerei in der Nähe.«

Sie drehte sich um und füllte den leeren Brotkasten. »Ich bin dem Bäckersjungen neulich zufällig begegnet und wir kamen ins Reden. Nun ja, ein Junge ist er nicht wirklich. Eher ein Mann. Jedenfalls der Sohn des Bäckers. Er wollte wissen, wie sie die Alta als Kundin gewinnen können, und bevor ich wusste, wie mir geschah, versprach er, einige Kostproben vorbeizubringen. Ich sagte ihm, dass das sehr unwahrscheinlich wäre aufgrund deines empfindlichen Magens und deines besonderen Geschmacks, doch er ...«

Tess plapperte immer weiter. Das machte sie immer, wenn sie nervös oder wegen eines Entwurfs besonders aufgeregt war. Sie schien es ebenfalls zu merken, denn sie drehte sich um, lehnte sich mit dem Hintern an den Tisch und kaute auf ihrer Unterlippe herum. »Ich habe rein gar nichts verraten. Und es wäre seltsam gewesen, nicht mit ihm zu reden. Und unhöflich.«

Ren stieß langsam die Luft aus. »Ist schon in Ordnung. Ich möchte nur ungern, dass andere das Haus sehen.« Die schnellste Methode, um ihre Maskerade auffliegen zu lassen, bestand darin, dass jemand mitbekam, wie Alta Renata auf dem Küchenboden schlief.

Tess sackte dramatisch in sich zusammen und legte sich eine Hand aufs Herz. »Das ist wirklich eine Erleichterung. Jetzt kann ich mich darüber freuen, dass er unsere Geldbörse ein wenig entlastet. Und jetzt setz dich auf den Stuhl, damit wir dir das ganze Zeug aus dem Gesicht waschen können.« Tess nahm einen Lappen und tauchte ihn in das noch immer kalte Wasser, bevor sie ihn Ren zusammen mit einem Stück Seife zuwarf. Derweil setzte sie sich auf einen anderen Stuhl, nahm sich ein kleines Messer und machte sich daran, die Kupferspitze vom Bandeau abzutrennen.

Eines Tages werde ich mir warmes Wasser leisten können. Seufzend wusch sich Ren mit dem eingeseiften Lappen das Gesicht und beseitigte die Renata-Viraudax-Maske.

Auf einmal hielt sie inne und betrachtete die Farbreste auf dem Lappen. »Tess ... Ich brauche für morgen etwas Bestimmtes.«

»Was denn?«

So viel zur Entlastung unserer Geldbörse. »Du musst mehr von diesem durchdrungenen Gesichtspuder kaufen, diesmal jedoch in einem dunkleren Farbton.«

5

Das Gesicht der Zeitalter

Fleischmarkt, Unterufer: 24. Suilun

Greys Angreifer waren nicht so unauffällig, wie sie glaubten. Er bemerkte, dass ihn drei Personen verfolgten, während eine vor ihm lief, als er die Uča Obrt nach Fleischmarkt überquerte. Als er sich den Weg durch das Gewirr kleiner Inseln bahnte, erhaschte er kurze Blicke auf Bewegungen an Dachkanten, und bei der Ankunft an seinem Ziel – einer engen Gasse zwischen zwei Gebäuden – bemerkte er einen Ellbogen, der zwischen einem Haufen zerbrochener Kisten herausragte.

Doch er ging weiter, als hätte er nichts gesehen. Wenn er sie jetzt verschreckte, würde er keine zweite Chance bekommen. Zudem konnte er auf sich aufpassen.

Erst recht, wenn ihm einige seiner Angreifer nicht einmal bis zur Taille reichten.

Ein schrilles »Auf ihn!« leitete die Attacke ein. Mit wildem Gejaule sprangen die Straßenkinder von den Dächern und aus Abflussgräben und schwangen Stöcke, Pflastersteine und einige auch rostige Messer. Grey wich nach hinten aus und entging einigen wilden Schwüngen eines übereifrigen Jungen, bevor er das Messer wegdrehte und in die durch den Schimmel weich gewordenen Bretter der angrenzenden

Mauer stieß, und zwar so hoch, dass der Junge nicht mehr herankommen konnte. So manch anderer Falke war schon einem Wundstarrkrampf erlegen, nachdem er die Gefahren eines rostigen Messers unterschätzt hatte.

Wenigstens versuchten sie nicht, ihn umzubringen. Als sich der entwaffnete Junge zurückfallen ließ, rückten die anderen vor und trieben ihn gegen die Bordellwand an der Rückseite der Gasse. Grey ließ es geschehen. Ihm war es lieber, nicht von ihnen umzingelt zu sein, und wenn es zu gefährlich wurde, konnte er sich dank seines größeren Gewichts trotz allem den Weg in die Freiheit bahnen.

Jetzt zu fliehen, würde jedoch die Arbeit der letzten beiden Wochen zunichtemachen. Er war Hinweisen über den Jungen nachgegangen, der gesagt hatte, er könne nicht schlafen, hatte Gerüchte über weitere verschwundene Straßenkinder verfolgt und immer wieder einen Namen zu hören bekommen: Arkady Bones. Nicht als Gefahr, sondern als Beschützer. Arkady organisierte die Kinderbanden. Arkady passte auf sie auf.

Arkady war in der Splittergasse in Fleischmarkt zu finden.

Grey hatte mit einer echten Herausforderung gerechnet, nicht mit einem von Kindern gelegten Hinterhalt. Daher beschloss er, diese Farce zu beenden, bevor noch jemand verletzt wurde. »Ich will keinen Ärger und bin nur hier, um mit Arkady Bones zu reden.« Diese Worte sprach er mit seinem natürlichen Akzent aus, was ihm so leichtfiel, als würde er die nackten Füße in den Flussschlamm tauchen. Er trug auch seine eigene Kleidung: eine lockere Hose, eine breite Schärpe um die Taille und den schwarzen Mantel mit geschwungenen Stickereien, die sich stark von den geometrischen Figuren unterschieden, die bei den Liganti beliebt waren. Nur sein kurzes Haar unterschied ihn von einem flussgeborenen Vraszenianer. Alle Hinweise auf die Falken hatte er sorgsam entfernt.

Eine harte Stimme übertönte das misstrauische Geflüster.

»Was will ein alter Kerl wie Ihr von ihr?« Eines der kleineren Kinder drängte sich durch den Mob, spindeldürr und braun von Kopf bis Fuß, und starrte ihn verächtlich an, wobei ihn das Mädchen an einen schlecht gelaunten Spatzen erinnerte. Sie musste in Arkadys Bande eine höhere Stellung innehaben, da die anderen Kinder ihr ebenso schnell Platz machten, wie es eine Falkenschar bei ihrem Kommandanten tat. Grey beäugte ihr nach oben gerecktes Kinn und die mit Schorf bedeckten Fäuste, die halb unter den breiten Manschetten eines flusigen Wollmantels verschwanden, und beschloss, dass der direkte Ansatz bei diesem Mädchen wohl der vielversprechendste war.

»Es verschwinden Kinder. Die, die zurückkommen, sterben an Schlafmangel. Ich will den Grund dafür herausfinden, um dem Einhalt zu gebieten.«

Das Mädchen verschränkte die Arme und ließ seinen herablassenden Blick über ihn wandern. *Nein, sie ist kein Spatz*, stellte Grey fest. *Sie ist ein Hahn, und zwar ein kampfbereiter.*

»Aha. Ich bin ganz Ohr.«

Grey blinzelte. Damit wollte sie doch nicht etwa andeuten ... »Ich möchte lieber direkt mit Arkady reden.«

»Ja. Und ich sagte, ich bin ganz Ohr. Wer seid Ihr?«

Das Mädchen, das ihm gegenüberstand, besaß die heruntergekommene Autorität und das Auftreten eines Knotenanführers ... aber sie konnte kaum älter als zwölf sein.

»Grey Szerado.« Er widerstand dem Drang, sich zu ducken und auf ihre Augenhöhe zu begeben, da ihm das höchstens eine Faust ins Gesicht eingebracht hätte. »Ich hätte da einige Ideen, wer ...«

»Es ist Mütterchen Lindwurm.« Arkady schnippte gegen ihr Ohr, ebenso wie die anderen Kinder – eine alte Geste, um die Nachtgeister fernzuhalten. »Sie füttert mit ihnen die Zlyzen.«

»Mütterchen Lindwurm?« Wie oft hatte er solche Geschichten als Kind gehört, in denen es um all die schrecklichen Dinge ging, die Mütterchen Lindwurm mit ihm anstellen würde, wenn er nicht artig war? Als hätte er von seinesgleichen nicht schon genug zu befürchten. »Wenn du mir nichts als Gutenachtgeschichten zu bieten hast ...«

So viel zu diesem Hinweis. Arkady Bones mochte ja noch so weise erscheinen, sah die Welt aber noch immer durch die Augen eines Kindes und hegte auch dessen Ängste.

Außerdem schlug sie mit der ganzen Gewalt kindlicher Frustration zu. Grey machte einen Satz nach hinten, als er einen plötzlichen Schmerz am Schienbein spürte. Arkady verlagerte auf den Pflastersteinen das Gewicht und schien ihn ein weiteres Mal treten zu wollen. »Ich hab keine Ahnung, warum ich meinen Atem vergeude, um das einem alten Pfurz mit nichts als Scheiße im Kopf zu erzählen. Geht zurück zu Euren Leuten, und lasst meinen Knoten in Ruhe. Wir können auf uns aufpassen.«

Das hast du verdient, erkannte Grey geknickt. In ihrem Alter hätte er ebenfalls zugetreten. Jeder, der Straßenkinder derart gut organisieren konnte, hatte mehr als seine Zweifel verdient. Und dennoch ... »Und ich soll dir also glauben, dass ein Nachtgeist aus den Geschichten entkommen ist und sich die Kinder von Nadežra holt?«

»Es ist natürlich nicht das echte Mütterchen Lindwurm.« Arkady schnaubte und ihre Bande kicherte drauflos. »Aber wie soll man eine alte Schachtel denn sonst nennen, die Kinder mitnimmt, auffrisst und hohl wieder ausspuckt? Sie ist schon ein paar Jahre da, hat aber früher nur alle ein oder zwei Monate einen von uns mitgenommen. Und die, die zurückkamen, waren nur erschüttert und hatten Albträume.«

Jahre? Grey kämpfte gegen seine Schuldgefühle an. Das hatte er nicht gewusst. Ein Kind alle ein oder zwei Monate – so etwas würde die Wache nicht einmal bemerken. In Nadežra verschwanden ständig Straßenkinder. Sie wurden krank, ertranken im Fluss, gerieten in Konflikte mit der Oberschicht. »Was hat sich verändert?«

Sie zuckte mit den knochigen Schultern. »Weiß nicht. Ciessa ist Ende Colbrilun verschwunden. Am ersten Meralny im Similun ist sie wieder aufgetaucht und sagte, sie könnte nicht schlafen. Das konnte sie wirklich nicht. Sie wurde verrückt und ist noch vor dem Tsapekny derselben Woche gestorben. Seitdem wir davon wissen, waren es schon über dreißig. Die meisten tauchen nie wieder auf. Was tun wir seitdem?«

Die Kinder antworteten ihr im Chor. »Geh nicht allein raus; greif kein Ziel allein an; schlaf nicht allein im Freien; spiel nicht allein den Helden. Wenn du etwas Seltsames siehst, erzähl's Arkady.«

Arkady begleitete die Aufzählung mit zustimmendem Nicken, stemmte die Fäuste in die Hüften und wandte sich an Grey. »Ich weiß nicht, was Ihr glaubt, deswegen tun zu können, aber ich war es leid, Berichte über Euch zu hören.«

»Ich kann der Sache nachgehen, ohne Gefahr zu laufen, ebenfalls zu verschwinden«, erwiderte Grey in der Hoffnung, ihr Misstrauen zu überwinden.

»Ha! Das ist allerdings wahr. Besser Ihr als wir.« Sie gab ihrer Bande einen Wink, die sich daraufhin in so enge Gassen verzog, dass er den Kindern nicht folgen konnte. »Wenn Ihr etwas Hilfreiches herausfindet, gebt den Mitleidshaschern am Horizontplatz ein paar Centira und sie sagen mir Bescheid.«

Und brachten ihr ihren Anteil. Grey glaubte nicht einen Moment lang, dass Arkady die Kinder aus reiner Herzensgüte organisierte. Dennoch hatte er jetzt etwas, worauf er aufbauen konnte.

»Und was ist, wenn du mich sprechen musst?«, fragte er, bevor Arkady genau wie ihr Knoten verschwinden konnte.

Sie sah ihn an und fuhr sich mit dem Daumen unter dem Kinn entlang – eine Geste, die er normalerweise nur sah, wenn er in Uniform war. »Wir wissen, wo die Falken nisten.«

»So viel zu meiner Verkleidung«, murmelte Grey und zupfte beim Verlassen der Gasse an seinem offenen Mantelkragen.

Als er zum Händlerweg kam, sah er sich auf der Durchgangsstraße nach Ranieri um und entdeckte ihn schließlich neben einem Mann, der auf einer Decke gebrauchte Schuhe verkaufte, und nicht weit von einer Musterleserin entfernt, die ihre Karten mischte. Grey ging kommentarlos an der Musterleserin vorbei. Er war nicht in Uniform, und die Frau musste sich ihren Lebensunterhalt verdienen; wenn er sie vertrieb, würde sie ihren Stand nur irgendwo anders wieder aufbauen. Und was schadete ein kleiner Betrug denn schon im Vergleich zu einer groß angelegten Entführung?

Pavlin Ranieri war ein von der Sonne gegerbter Mann und als Tochter seiner Eltern zur Welt gekommen, nun jedoch ihr Sohn. Mit seinem seidigen braunen Haar und dem leicht spitzen Kinn hätte er auch eine lukrative Bühnenkarriere machen können, doch leider besaß er keinerlei schauspielerisches Talent. Stattdessen hatte er aus Gründen, die Grey völlig schleierhaft waren, beschlossen, ein Falke zu werden.

Im Augenblick lehnte er an einer Säule und trug ebenfalls keine Uniform. »Was habt Ihr herausgefunden?«, erkundigte sich Grey und lehnte sich an die gegenüberliegende Seite der Säule. Sie wackelte leicht, bis sein Gewicht Ranieris ausbalanciert hatte.

»Nicht viel«, antwortete Ranieri. »Tess ist so loyal, wie es nur geht, und sie ist Alta Renatas einzige Dienstbotin, daher gibt es niemand anderen, den ich ansprechen könnte. Aber mir ... mir gefällt das nicht. Freundlichkeit vorzutäuschen, um sie auszuhorchen.«

Wenn Ranieri im Vorfeld auf ihn zugekommen wäre, hätte Grey ihm davon abgeraten, seine echte Familie und ihre Bäckerei als Tarnung zu verwenden, obwohl sie nahe bei Viraudax' Stadthaus lag. Doch es war schwer, das Berufliche und das Private voneinander zu trennen, wenn sie sich wie Corillis und Paumillis während der Konjunktion überlappten.

»Verstehe. Vielleicht sollte ich lieber Kaineto darauf ansetzen und Euch den Indestor-Fall überlassen?«

Ranieri verzog das Gesicht, und in seinen dunklen Augen standen Entsetzen und Angst, doch ihm entging auch Greys sardonische Miene nicht. »Das ist nicht nötig, Hauptmann. Das möchte ich keinem von uns überlassen.«

»Guter Mann. Haben Sie noch etwas anderes als Ihr Gewissen entdeckt?«

Ranieri schaute auf die breite Straße. »Sie stammt nicht aus Klein-Alwydd – Tess, meine ich. Die Alta hat sie eingestellt, als ihr Schiff vor Ganllech ankerte. Offenbar war sie froh, von dort wegzukommen – Tess, nicht die Alta –, aber so ist das in Ganllech nun mal. Auf mich wirkte sie sehr überarbeitet.« Er runzelte die Stirn. »Was einen nicht wundern sollte, wenn sie die einzige Dienstbotin ist, doch in diesem Fall müsste sie noch weitaus erschöpfter sein. Jedenfalls bei einem Haus dieser Größe. Sie haben auch keine Tagesarbeiter oder kaufen bei den Lebensmittelhändlern in der Nähe ein. Allerdings isst Alta Renata fast ausschließlich auswärts und ist so gut wie nie zu Hause.«

Das passte zu dem, was Grey von den Straßenkindern gehört hatte, die für ihn arbeiteten – dass, abgesehen von Boten, niemand Renatas Stadthaus aufsuchte. Möglicherweise hatte Renata ihr Haus noch nicht ganz eingerichtet – wobei sie jedoch schon seit einigen Wochen in Nadežra lebte. Wenn sie hierbleiben wollte, dann hätte sie inzwischen eigentlich längst alles zusammenhaben müssen.

Oder sie war schlichtweg unfähig. Vor zwei Wochen war sie zu Fuß und mit zerzaustem Haar nach Hause gekommen und hatte von ihrem Dienstmädchen gestützt werden müssen. Das konnte auf eine wilde Nacht hindeuten, wie sie typisch für eine Adlige ohne Gespür für praktische Dinge wäre.

»Was ist mit anderen Kontakten innerhalb der Oberschicht?«, fragte Grey. Alle verdächtigen Treffen mussten zwar außerhalb des Hauses stattgefunden haben, aber vielleicht war Tess ja etwas herausgerutscht.

»Da gab es sehr viele, doch es macht nicht den Anschein, als würde sie mit irgendjemandem zusammenarbeiten.« Unverhofft lachte Ranieri. »Ach, Ihr hättet sehen sollen, wie Tess in die Luft gegangen ist, als ich Indestor erwähnt habe. Ihr kennt die Geschichte darüber, wie Alta Renata ihren Handschuh an den Raben verloren hat? Ich habe noch keine Frau erlebt, die wegen eines verschwundenen Handschuhs derart geschäumt hat! Wer hätte gedacht, dass das Mädchen so schimpfen kann? Sie hätte das Wasser im Westkanal verdampfen lassen, bis nur noch der trockene Grund übrig ist.«

»Das war auch eine unanständige Forderung«, erwiderte Grey knapp. »Und der Rabe ist ein Verbrecher.«

»Nein, sie hat nicht über den Raben geschimpft, sondern über Mezzan Indestor, der ihren Worten zufolge ein Arschloch ist. Und über seinen Vater, der einen derart nutzlosen Sohn hat und den sie bis in die siebte Generation verflucht. Weder das Mädchen noch die Herrin können die Familie leiden.« Ranieri grinste. Er mochte ein Falke sein, wusste aber auch, wie sehr Grey das Haus verabscheute, das die Aufsicht über die Wache hatte.

Grey war weitaus weniger belustigt. Das hörte sich nicht danach an, als würden seine Vorgesetzten versuchen, sich durch Alta Renata einen Vorteil gegenüber dem Haus Traementis zu verschaffen – was wiederum bedeuten würde, dass Donaia seine Zeit mit diesen Ermittlungen vergeudete. Zeit, in der er auch diesen Kindern helfen ... oder Kolyas Mörder jagen konnte.

Dennoch hatte er sowohl Cercel als auch Donaia versprochen, sein Bestes zu geben. Er würde die Kinder von der Überwachung ihres Hauses abziehen – die er ohnehin aus den

Mitteln der Wache bezahlte –, doch Renatas Finanzen wären noch einen Blick wert, bevor er ganz aufgab. Zudem sah er keinen Sinn darin, Ranieris Gewissen weiterhin zu belasten, indem er ihn Tess auf den Hals hetzte.

Grey wollte das eben aussprechen, als eine flüchtige Bewegung seine Aufmerksamkeit erregte.

Sie kam von der Musterleserin. Ihr aktueller Kunde hatte das Deck soeben gemischt und ihr zurückgegeben. Doch sie sah Grey an, und als sie ihren Schal richtete und die Karten entgegennahm, stand er im genau richtigen Winkel, um zu erkennen, dass sie den Stapel gegen einen anderen austauschte – der ganz eindeutig bereits vorbereitet war.

Er stieß sich von der Säule ab und bahnte sich rasch einen Weg durch den Verkehr. Sie hatte die Karten bereits ausgelegt, als er sie erreichte. Grey packte ihr Handgelenk und hielt sie davon ab, die Karten der Vergangenheit aufzudecken.

Sie entwand sich ihm, doch er schaffte es, ihren Rockzipfel mit der anderen Hand zur Seite zu schieben, sodass er das ausgetauschte Deck unter ihrem Knie sehen konnte. »Ich schlage vor, dass Ihr Euer Geld lieber woanders vergeudet«, teilte er dem Kunden mit, ohne den Blick von der Szorsa abzuwenden.

Sie drehte den Kopf zur Seite. Der Mann tat seine Entrüstung kund, nahm seine Opfergabe aus ihrer Schüssel und stampfte davon. Grey ging zum Vraszenianischen über, um sicherzustellen, dass die Frau ihn verstand. »Und Euch schlage ich vor, dass Ihr Eure Kunden nur mit Worten übers Ohr haut. Wenn ich noch einmal sehe, dass Ihr Euer Zweitdeck bei einem Kunden hervorholt, werfe ich jede einzelne Eurer Karten in den nächsten Kanal.«

Sie stieß nicht einmal einen Fluch aus, sondern schnappte sich nur beide Decks und lief davon.

Grey machte sich nicht die Mühe, ihr nachzujagen. Die kurz aufflackernde rechtschaffene Erbostheit verging und ließ ihn mit einem leeren Gefühl zurück. Wenn Kolya mitangesehen hätte, dass er eine Szorsa so behandelte ... Wolken trübten das schwindende Sonnenlicht und kündigten Regen an. Grey erschauerte und bekam eine Gänsehaut. Die Szorsa hatte ihre Decke und ihre Schale zurückgelassen. Er nahm zwei Centira aus der Tasche und ließ sie in das Gefäß fallen, um Ir Entrelke Nedje zu besänftigen.

»Hauptmann?«, fragte Ranieri hinter ihm.

»Geht nach Hause«, sagte Grey mit schwerer Stimme. »Macht Euch keine Gedanken mehr wegen des Dienstmädchens. Ich werde mich darum kümmern.«

Doch nachdem Ranieri gegangen war, widmete sich Grey nicht abermals diesem Viraudax-Unsinn und auch nicht dem Problem mit den schlaflosen Kindern. Stattdessen eilte er zum nächsten Labyrinth, um den Geist seines Bruders um Vergebung zu bitten.

Händlerweg, Unterufer: 24. Suilun

Ren ließ sich gegen den abbröselnden Putz einer Fleischerei sinken und presste die Hände vor den Mund, um nicht zu hyperventilieren.

Warum hatte Grey Serrado genau in diesem Moment den Händlerweg betreten müssen? Noch dazu gekleidet wie ein anständiger Vraszenianer, um sich mit einem hübschen Jungen zu unterhalten, den sie glatt für einen Bettwärmer auf der Suche nach Kunden hätte halten können, wenn er nicht so entsetzlich schüchtern gewesen wäre. Sie war versucht gewesen, die beiden zu belauschen, doch ihr Selbsterhaltungstrieb gewann die Oberhand. Das Letzte, was sie gebrauchen konnte, war, dass Serrado die Szorsa in der Nähe bemerkte, die Renata Viraudax verblüffend ähnlich sah.

Doch ihre Nervosität hatte sie unbeholfen gemacht, und

so hatte er mitbekommen, wie sie die Karten austauschte. Dieses Risiko hätte sie niemals eingehen dürften – aber sie hatte schon den ganzen Tag dort ausgeharrt in der Hoffnung, eine ganz bestimmte Person zu erwischen: Nikory, den Anführer der Nebelspinnen, die den Gerüchten zufolge Derossi Vargo unterstanden.

Renata konnte sich nicht genauer mit Vargos kriminellen Machenschaften befassen, was für Arenza Lenskaya allerdings nicht galt.

Es war sehr hilfreich, dass eine feine Alta wie Renata Viraudax ihr Haus vor der sechsten Sonne nicht verließ und vor der fünften keine Gäste empfing. Dadurch blieben Ren die Morgenstunden, um eine andere Maske aufzusetzen und sich durch die Alte Insel und das Unterufer zu arbeiten. Sie wagte es nicht, sich den Leuten, die sie aus ihrer Zeit bei den Fingern kannte, zu nähern, doch bei den Vraszenianern der Stadt sah die Sache schon anders aus.

Denn zu ihnen hatte sie nie wirklich gehört. Ungeschminkt sah man ihr ihre halbnordische Herkunft an. Ren war bei Weitem nicht die einzige Vraszenianerin, in deren Adern das Blut eines Außenseiters floss, aber die Kretse waren zuweilen sehr engstirnig, und einige der traditionelleren Linien tolerierten keine Fremden in ihrer Mitte. Ivrina Lenskayas Familie hatte dazugehört. Demzufolge hatte sie ihre Tochter außerhalb der Netzwerke aus Herkunft und Clanzugehörigkeit aufziehen müssen, die die meisten Vraszenianer – all jene aus den freien Stadtstaaten von Vraszan – noch immer verbanden.

In Nadežra hatte sich dieses Gewebe gelockert. In dem sie in Arenza Lenskayas Rolle schlüpfte, konnte Ren den hier geborenen Vraszenianern Informationen entlocken, deren erste Frage nicht lautete: *Wer sind deine Leute?* Einige wie Ondrakja gehörten der kriminellen Unterwelt an, der Rest behielt zu seinem eigenen Schutz die Banden im Auge. Sie wussten, wer welches Gebiet hielt, wer welche Arbeit verrichtete und wer wo das Sagen hatte – und sie kannten Vargo. Er leitete einen großen Verbund aus Knoten entlang des Unterufers, zu dem die Blauen Weller, die Lauchstraßenschnitter, die Kreiselknaben und diverse andere Banden gehörten. Die meisten waren Schmuggler, wie Donaia gesagt hatte, und schafften Waren an den Zollbeamten vorbei, um sie billig zu verkaufen. Vor einem Jahr war Vargo nach Ostbrück am Unterufer gezogen und hatte angefangen, Häuser und Land in den Gebieten seiner Knoten aufzukaufen und sein Geld in legitime Geschäfte zu investieren.

Nichts davon gab ihr jedoch einen Hinweis darauf, ob das Haus Traementis seinen Plan in Bezug auf das Flussprivileg nun unterstützen sollte oder nicht. Solange sie keine Antwort auf diese Frage hatte, konnte sie Donaia nicht vorschlagen, sie zu ihrer Advokatin zu ernennen. Zudem brauchte sie irgendein Druckmittel, um weiterzumachen – und erst recht irgendein Einkommen, damit ihre Bankbürgschaft nicht längst überschritten war, bevor sie Zugriff auf die Hauskonten erhielte.

Durch die Arbeit als Musterleserin bekam sie beides. Laut des Straßenklatschs hatte eine Szorsa Nikory vor drei Jahren gewarnt, seiner Geliebten nicht zu trauen. Aber er hatte nicht auf sie gehört und bekam eine gespaltene Zunge, als sie ihn dem Argentet-Büro des Cinquerats wegen aufrührerischer Reden meldete. Seitdem suchte er regelmäßig Musterleserinnen auf. Wenn Ren auf ihn gestoßen wäre, hätte sie ihm auf diese Weise alle möglichen Geheimnisse entlocken können.

Doch die Masken waren ihr immerhin so weit gnädig gewesen, dass Serrado sie nicht erkannt hatte. Gekleidet in kiltähnliche Röcke mit Schärpengürtel und an der Schulter geknöpfter Bluse und so geschminkt, dass ihre vraszenianischen statt ihrer Liganti-Züge betont wurden, hatte er sie nicht einmal erkannt, als sie direkt vor seiner Nase stand.

Endlich beruhigte sich Rens Herzschlag. Sie fluchte, weil sie das Geld zurückgelassen hatte – das jetzt zweifellos nicht mehr da war. Eigentlich hatte sie Tess davon ein Geburtstagsgeschenk kaufen wollen, ohne ihr Budget anzutasten, doch jetzt würde sie wohl etwas stehlen müssen. Und dank Serrado würde das Ziel, auf das sie den halben Tag gewartet hatte, sie jetzt wohl nie wieder aufsuchen. Nikory war ihr bester Plan gewesen, um sich Informationen über Vargos andere Geschäfte zu verschaffen. Jetzt würde sie etwas weitaus Gefährlicheres riskieren müssen.

Langsam stieß Ren die Luft aus. Die Sonne ging unter, aber das Leben auf den Straßen nahm weiter seinen Lauf: eine Bandverkäuferin mit dem Stock voller farbenfroher Waren, eine Frau mit einem kreischenden Kind in den Armen, ein Straßenhändler mit einem Fass voller nicht mehr ganz frischer Muscheln ...

Früher war dies ihre Welt gewesen. Auch fünf Jahre in Ganllech hatten das nicht auslöschen können, und auch Renata Viraudax würde das nicht gelingen.

Hier draußen wusste sie genau, welche Risiken sie eingehen konnte.

Ren stieß sich von der Mauer ab, rückte ihre Verkleidung zurecht und schritt in das zunehmende Zwielicht hinaus.

Froschloch, Unterufer: 24. Suilun

Sämtliche Elendsviertel entlang des Unterufers stanken nach Abfall und Krankheit, aber die Biegung, in der Froschloch lag, fing diesen Gestank ein und ließ ihn zu einem ekelerregenden Wein herangären. Der Geschmack legte sich auf Vargos Zunge, als er eine einsturzgefährdete Brücke überquerte und sich in die Tiefen des Viertels begab. Er zog sich die Kapuze – die so durchdrungen war, dass sie keine Gerüche durchließ – vor das Gesicht und bereute es, seine neueste Maske nicht mitgenommen zu haben. Die Fäuste, die hinter ihm herliefen, mussten sich mit Taschentüchern und Schals behelfen.

Flussnebel stieg auf, als sich die Dunkelheit über die Stadt herabsenkte, und die nur unregelmäßig aufgestellten Fischöllaternen spendeten trübes, gelbes Licht. Somit waren sie zwar schlecht auszumachen, doch der Klang ihrer Stiefel hallte laut durch die Nacht. Nur die Ratten huschten nicht in die Schatten davon, aber sie waren auch die wahren Herren von Froschloch.

Als Vargo noch ein Junge und so von Flöhen und Rattenbissen übersät gewesen war wie ein Gossenköter, schien ihm die Flucht aus den Elendsvierteln ein unmöglicher Traum zu sein. Jedes Mal, wenn er hierher zurückkehrte, wurde er daran erinnert, dass man aus der Realität nicht aufwachen konnte.

Er schüttelte die Last vergangener Erinnerungen ab und schaute über die Schulter. »Welches Depot haben sie getroffen?«

Varuni, seine Isarnah-Leibwächterin, besaß den Körperbau eines Pitbulls und die entsprechende Entschlossenheit. Sie nahm ihre Aufgabe, ihn über alles auf dem Laufenden zu halten, ebenso ernst wie seinen Schutz – oder vielmehr den der in ihn getätigten Investitionen ihrer Leute. »Das im Glusky-Weg. Die alte Spitzenfabrik.«

Vargos Schritte stockten kurz. Froschloch hatte sich in den Tagen des Hungerns und der Nächte voller Angst in sein Gedächtnis eingeprägt, doch wenn es ein Gebäude gab, an das er gern zurückdachte, dann war das die alte Spitzenfabrik. War sie nicht seine Zuflucht gewesen, als seine einzige Hoffnung im Tod bestanden hatte?

Dabei zählte nicht, dass Vargo die Fabrik aufgegeben hatte, um sie zu einem weiteren Verbindungsglied seiner Aža-Schmuggelkette zu machen. Sie gehörte ihm, und er hatte vor, demjenigen ein Ende zu bereiten, der dort wilderte.

Nikory und Orostin warteten vor dem Gebäude auf ihn. In den Jahren, seitdem Vargo in ein weniger zwielichtiges Hauptquartier umgezogen war, hatte sich in der Fabrik Fäulnis breitgemacht. Jemand hatte dünne, mit Schimmelflecken übersäte Lederflecken über die Stellen genagelt, an denen die Bretter verrottet waren.

»Wer beaufsichtigt diesen Bereich?«, fragte Vargo leise. Der Verfall war eine Sache, die sich im heruntergekommenen Froschloch nun mal nicht aufhalten ließ, aber seine Leute wussten ganz genau, dass sie Diebe nicht entkommen lassen durften.

Nikory und Orostin tauschten beunruhigte Blicke.

»Hraček, jedenfalls bis zu seinem Tod«, antwortete Orostin. »Seitdem läuft hier einiges nicht rund.«

Hraček, der von irgendjemandem unter Drogen gesetzt worden war, während Vargo Renata Viraudax mit Gewürzschokolade umgarnte. Als Vargo eingetroffen war, hatte Hraček schon nicht mehr sprechen können – was allerdings nicht an der Droge gelegen hatte, sondern an den vielen Verletzungen, die sich von seinem Kopf bis zu den Fußsohlen zogen und sein Fleisch praktisch in Streifen schnitten. Er hatte sich zu sehr gewehrt und war verblutet, bevor man ihn hatte behandeln können.

Das Einzige, das Vargo daran hinderte, die Wand einzuschlagen, war seine Befürchtung, sie könnte zusammenbrechen und das Dach gleich mit einstürzen lassen. Hraček war jetzt schon seit über zwei Wochen tot, und alles, was Vargo hatte, waren eine Leiche und jede Menge Fragen. Und jetzt auch noch das. Hatte jemand Hraček ermordet, um die darauf folgende Verwirrung auszunutzen?

::Man schneidet die Haut eines Mannes nicht in Streifen, nur weil er einem unbequem ist.:: Alsius' Ermahnung ließ Vargos Wut gefrieren. Zorn würde ihm weder Antworten noch Vergeltung bringen.

»Reißt euch zusammen«, fauchte er. »Wann genau haben sie uns angegriffen?«

»Letzte Nacht, aber sie sind erst kurz vor Tagesanbruch gegangen.« Nikory straffte sich und schob die knarzende Tür auf. »Und das Seltsame ist nicht, was sie mitgenommen haben – sondern was zurückgelassen wurde.«

Vargo folgte Nikory, da er mehr über diese rätselhafte Aussage herausfinden musste. In der alten Fabrik war die Fäulnis noch offensichtlicher. Saubere Kreise, die von schwarzem Schimmel umgeben waren, zierten an den Stellen, an denen zu lange Fässer gestanden hatten, den Boden. Tauben hatten die Löcher im Schindeldach genutzt und in den Dachsparren ihre Nester gebaut; an den Wänden zeichnete sich ihr Kot wie weiße Tränen ab. Als Varuni mit dem Fuß dagegen stieß, löste sich ein Fellgewirr in einen halb verrotteten Rattenkönig auf, ein Knäuel miteinander verhakter Leiber. Vargo stand der kalte Schweiß auf der Stirn. Selbst seine Kapuze konnte den Gestank nicht zurückhalten.

::Was ist das da in der Mitte des Raums?::

Vargo tupfte sich die Stirn ab und ging auf die Markierungen zu, bei denen es sich weder um Schimmel noch um Kot handelte. Seine Handschuhe dienten noch einem anderen Zweck, als nur der Liganti-Mode zu entsprechen, und schützten seine Hand, als er mit den Fingern über die halb getilgte Kreidelinie fuhr, die einst ein Numinat gewesen war. Seine Macht war durch die Zerstörung der Striche gebrochen worden; und der Geschmack von Kreide hing noch in der Luft. Das Numinat war aktiv gewesen, noch dazu vor sehr kurzer Zeit.

In Froschloch gab es immer jemanden, der etwas gesehen hatte und bereit war, die Information zu verkaufen. »Fragt bei den Augen auf der Straße nach. Jeder, der auch nur eine verirrte Ratte gesehen hat, soll Bericht erstatten.«

::Glaubst du allen Ernstes, dass irgendjemand reden wird?::, wollte Alsius wissen.

Nicht ohne Anreiz, dachte Vargo als Erwiderung. »Sagt ihnen, dass ich das wissen will. Und stapelt diese Fässer. Ich muss weiter nach oben.«

Während seine Leute in Aktion traten, ging Vargo um den Raum herum. Am Rand des mit Kreide markierten Bereichs glänzte ein dunkler Fleck wie ein öliger Kanal. Destilliertes Aža sah so aus und erinnerte an einen eingefangenen Regenbogen, doch dieser Fleck hatte einen trüben Lilaton und stank nach geronnener Milch.

::Eine Probe könnte ...::
Ich werde das auf gar keinen Fall anfassen, schoss er zurück. *Wenn du das für notwendig hältst, dann entnimm du doch die Probe.*

Aber Alsius hatte nicht unrecht. »Nikory. Sammle etwas von diesem Zeug ein.«

»Wird erledigt. Soll ich da raufklettern?« Nikory zeigte auf die gestapelten Fässer.

»Hast du Inskribieren gelernt, als ich nicht hingeschaut habe?«, spottete Vargo und zog den Mantel aus. Er nahm eine Rolle mit leeren Seiten und einen Stift aus der Tasche, bevor er Varuni das Kleidungsstück reichte und sich daran machte, den Stapel aus Fässern zu erklimmen. In vielen Dingen konnte er sich auf seine Leute verlassen, aber einige Aufgaben musste er nun mal selbst übernehmen.

An seinem neuen Standpunkt angekommen, glättete Vargo das Papier und fertigte eine Skizze der Numinat-Überreste an, was obendrein sehr kompliziert war.

Kurz darauf hatte er mehrere Seiten mit Krickelkrakel gefüllt. Varuni hatte derweil Lampen geholt und rings um das Numinat aufgestellt – das groß genug war, um fast an die gegenüberliegenden Seiten zu reichen. Aufgrund der Größe und der groben Struktur der Bodendielen war es kein Wunder, dass es die Eindringlinge nicht geschafft hatten, es ganz zu beseitigen.

Ein mehrfaches lautes Knacken hallte durch Vargos Kopf, als er damit wackelte, um seine schmerzenden Schultern zu entlasten.

::Ich wünschte, du würdest das lassen. Dieses Geräusch ist widerlich.::

Vargo legte seine Skizzen aus und fuhr mit dem Finger über die Linien, wobei er an einem nicht ganz in der Mitte liegenden Punkt anfing, an dem sich der Fokus befunden haben musste, und sich spiralförmig nach außen bewegte. Entlang der Spirale befanden sich unvollständige Überreste von Kreisen, die eigene geometrische Figuren enthielten, kleinere Numinata, die den eigentlichen Zweck des Hauptnuminats verstärkten.

»Das ist eine Spirale in Erdrichtung«, sagte Vargo so leise, dass seine Leute es nicht hören konnten. Jedes Numen war entweder in oder gegen die Erdrichtung ausgerichtet, und die Richtung der Spirale bestimmte, ob das Numinat einem guten oder einem bösen Zweck diente.

::Das hilft uns nicht weiter, solange wir nicht wissen, mit welchem Numen hier gearbeitet wurde.::

Das Problem damit, einen Pedanten im Kopf zu haben, bestand darin, dass Alsius dazu neigte, grundlegende Lektionen zu wiederholen, die Vargo schon seit Jahren gemeistert hatte.

»Ach was. Das wusste ich ja gar nicht.«

»Herr?« Varuni machte einen Schritt auf Vargos Stapel zu. »Kann ich helfen?«

Er hatte nicht beabsichtigt, ihre Aufmerksamkeit zu erregen, aber ... »Hat schon jemand die Überreste des Fokus entdeckt?« Die Bodendielen in der Mitte der Spirale waren in einem perfekten Kreis angesengt, der nicht größer war als ein Regenpfeiferei. Dieser Kreis stand für Illi, den Ort, an dem der göttliche Fokus platziert wurde, der Startpunkt jedes Numinats. Bei dauerhaften Numinata musste der Fokus sorgfältig gezeichnet oder in Metall eingebettet werden, aber bei temporären Werken nutzten die meisten Inskriptoren

Wachsrohlinge, die mit einem Stempel bedruckt wurden, auf den der angerufene Aspekt des Lumen eingeprägt war. Die Verfärbung in der Mitte des Numinats deutete darauf hin, dass ein solches Siegel zum Einsatz gekommen war, während die Brandspuren vermuten ließen, dass man es hastig und ungenau entfernt hatte. Wer immer es dort aufgestellt hatte, war beim Abbau durch eine weniger geschickte Person ersetzt worden. Wenn ein Wachsfokus verwendet worden war, hatte man die Überreste möglicherweise einfach weggeworfen.

»Bisher nicht, Herr.«

Verdammt. Vargo schickte Varuni an ihre vorherige Arbeit zurück. »Wir machen das auf die harte Tour«, sagte er leise genug, damit sie sein Murmeln nicht abermals für eine Anweisung hielt.

Ohne einen Fokus auf Illi, um den allgemeinen Zweck des Hauptnuminats zu bestimmen, waren die nächstbesten Hinweise die kleineren Numinata am Bogen der Spira aurea. Das erste gleich links von Illi war trotz der Tilgungsversuche leicht zu entziffern – es bestand aus den einander überlappenden Kreisen Vesica piscis.

::Tuat::, sinnierte Alsius. ::In welcher Phase standen Corillis und Paumillis letzte Nacht?::

Astrologie und Numinatria gingen oftmals Hand in Hand, und die Doppelmonde waren mit Tuat, dem Selbst-in-anderen, verbunden. Doch Vargo glaubte nicht, dass dies etwas mit dem astronomischen Timing zu tun hatte. »Erstes Viertel und zunehmender Dreiviertelmond.«

::Weder übereinstimmend noch spiegelnd. So viel zu dieser Theorie. Wahrscheinlich war es nur irgendein Narr, der heimlich seine Geliebte geheiratet hat::, brummelte Alsius.

»Sieht eher so aus, als ob er sie verflucht hätte«, überlegte Vargo und fuhr erneut die Spirale in Erdrichtung nach. Tuat war ein Numen in Sonnenrichtung. Es auf der Erdseite einer Spirale anzubringen, drehte seinen Zweck um.

Er starrte mit finsterer Miene auf den Boden und die Kreideüberreste des Vesica piscis. Das Lampenlicht fing den Regenbogenschimmer des Flecks ein, der nicht aus Aža bestand. »Oder ... ihre Träume?« Wie die Traumwebervögel war Aža den Vraszenianern heilig. Sie bezeichneten Aža sogar als den »kleinen Traum« – nach dem großen Traum, der alle sieben Jahre über Nadežra kam, wenn Ažerais' heilige Quelle auf der Spitze erschien, gefüllt mit leuchtendem Wasser, das jedem, der davon trank, wahre Visionen versprach. Die Vraszenianer glaubten, Aža-Träume wären kleine Echos dieser wahren Visionen, aber die meisten Nadežraner nahmen Aža nicht aus diesem erhabenen Grund, sondern wollten nur für kurze Zeit auf angenehme Weise ihre alltäglichen Sorgen vergessen. Da der Cinquerat versuchte, den Handel damit zu kontrollieren, konnten Schmuggler wie Vargo gutes Geld verdienen, indem sie sowohl den Vraszenianern als auch den Nadežraner Aža verkauften.

Der Inskriptor hatte sich Vargos Aža-Depot ausgesucht, um sein Numinat anzubringen, und Vargos Aža-Vorrat gestohlen. Zudem war Tuat das Numen der Intuition und der Träume.

::Trotzdem ist das Narretei. Träume sind so flüchtig wie die Liebe.::

Keiner, der ein Numinat in diesem Gebäude anbrachte, konnte derart töricht sein. Aber es gab solche und solche Träume. »Das gilt nicht für Aža.«

Als er das Lachen in seinen Gedanken hörte, runzelte Vargo die Stirn. »Was denn? Es ist auch nicht groß anders, als wenn man ein Numinat einsetzt, um die Wirkung einer Arznei zu verstärken.«

::Nur dass derartige Effekte rasch nachlassen und jede Macht, die das Numinat enthielt, bei seiner Löschung verschwindet.::

Da hatte Alsius recht. Abgesehen von Schmuck und den

kleinen Papiersegen, die zu besonderen Gelegenheiten – Hochzeiten, Taufen, dem neuen Jahr bei der Sommersonnenwende – ausgetauscht wurden, blieben die meisten Numinata dort, wo sie inskribiert wurden, und dienten genau dem Zweck, zu dem man sie erschaffen hatte, bis die Zeit oder geometrische Fehler die Wirkung erlöschen ließen.

»Was ist mit einer Transmutation? Wie bei der Nutzung von Numinata zur Erschaffung von Prismatium?«

::Die Erschaffung von Prismatium ist ein arkaner und langwieriger Prozess und eines der größten Meisterwerke der Numinatria.:: Alsius zitierte wörtlich die ersten Zeilen von Declasitus' *Principia Numinatriae*.::So etwas lässt sich nicht über Nacht in einem Elendsviertel bewerkstelligen.::

Es war sinnlos, sich mit Alsius zu streiten, wenn er diesen Tonfall anschlug. Daher wandte sich Vargo erneut seinen Skizzen zu und fuhr die Spirale weiter nach. Die Tuat folgenden Numina waren geometrisch zu komplex, als dass sie sich anhand der verbliebenen Spuren erkennen ließen. Die Winkel und gekreuzten Linien konnten durchaus Tricat sein und Stabilität und Harmonie bringen oder aber Ninat, um Tod, Enden und Vergöttlichung zu symbolisieren.

Sie konnten sich noch Stunden – Tage – mit diesem Rätsel beschäftigen, ohne mehr herauszufinden. Er bekam schon müde Augen, weil er zu lange im schwachen Lampenlicht auf die Linien starrte, und konnte beinahe spüren, wie Krankheiten von den Wänden auf ihn übergingen.

»Das reicht. Heute werden wir dieses Rätsel nicht lösen.« Vargo kletterte wieder nach unten und winkte ab, als Varuni ihm in den Mantel helfen wollte. »Mach dir keine Mühe. Ich werde sämtliche Kleidungsstücke verbrennen lassen, sobald ich zu Hause bim.«

Auf der Türschwelle blieb Vargo noch einmal stehen und betrachtete das Rätsel, das man ihm hinterlassen hatte. Er verfolgte einen Plan, und der nächste Schritt beruhte darauf, dass eine Seterin-Alta ihren Wert bewies; demzufolge hatte er keine Zeit für weitere Mysterien.

Aber irgendjemand hatte sich in sein Spinnennetz gestohlen, und er würde erst wieder ruhig schlafen können, wenn er wusste, wer es war und warum diese Person das getan hatte.

Froschloch, Unterufer: 24. Suilun

Der Gestank von Froschloch war erstickend und ließ Ren würgen, außerdem war sie vor Anspannung am ganzen Körper verkrampft und kam zunehmend zu dem Schluss, dass es ein Fehler gewesen war, Nikory hierher zu folgen.

Dies war nicht ihr Revier. Bevor sie Nadežra verlassen hatte, waren die Blauen Weller hier an der Macht gewesen, und jeder, der ihr Territorium zu betreten wagte, riskierte es, dafür zu bluten. Sie kannte weder die Ausgucks noch die Fluchtwege. Ihre einzige Ausrede war, dass sie wie eine ganz normale Vraszenianerin aussah, die sich um ihre eigenen Angelegenheiten kümmerte ... doch selbst diese geriet ins Wanken, als Nikory vor einem heruntergekommenen Gebäude stehen blieb und mit einem Mann neben sich Wachaufstellung bezog, woraufhin Ren nichts anderes übrig blieb, als sich verdächtig in den Schatten herumzutreiben.

Alles wurde noch viel schlimmer, als auch noch Vargo auftauchte, der aussah, als wollte er jemanden mit einem stumpfen Messer ausweiden.

Ein anständiger Geschäftsmann betrat derartige Orte nicht. Allein seine Anwesenheit reichte schon aus, damit Ren Donaia zustimmte, dass Vargo seine kriminelle Ader noch lange nicht abgelegt hatte.

Doch sie konnte nicht verschwinden, jedenfalls nicht ohne gesehen zu werden. Nicht bis die durchhängende Tür erneut aufging und einer der Männer auftauchte, der mit Vargo hineingegangen war, woraufhin sich die Wachen umdrehten und mit ihm redeten. Eine bessere Chance, unbemerkt abzuhauen, würde sie wohl kaum bekommen.

Ren schlich weiter nach hinten und presste sich mit dem Rücken an die Wand, obwohl es darauf von Schimmel und Flusskäfern wimmelte. Sobald sie um die Ecke gebogen war, ging sie schneller und versuchte, einen möglichst großen Abstand zwischen sich und Vargos Machenschaften zu bringen.

Allerdings hatte sie dabei zugunsten von Schnelligkeit die Vorsicht außer Acht zu lassen, was sie teuer zu stehen kam.

Hände legten sich von hinten auf ihre Schultern, während ein Tritt gleichzeitig ihre Knie nachgeben ließ. Ren ging hart zu Boden und rutschte durch den Schlamm, während ihr die Luft aus der Lunge gepresst wurde. Der Mann über ihr war nur als Silhouette zu erkennen und landete mit seinem ganzen Gewicht auf ihr, bevor sie auch nur ein Messer ziehen konnte. Schon drückte er ihre Handgelenke und Beine auf den Boden. Ren hätte geschrien, doch sie wusste, dass ihr sowieso niemand helfen würde.

»Was zum Geier treibst du hier …«, fauchte der Mann.

Sie wehrte sich mit ganzer Kraft und versuchte, den Schleim auf der Straße zu nutzen, um sich unter dem Kerl hervorzuwinden. Dabei fiel ihr der Schal aus dem Gesicht und der Griff des Mannes lockerte sich.

Diese Gelegenheit durfte sie nicht vergeuden. Sie rammte ihm den Ellbogen gegen die Kehle, als er gerade »Ren?« hervorstieß.

Dann sackte er röchelnd nach hinten. Ren war bereits aufgesprungen und drei Schritte weit gelaufen, bevor sie registrierte, was er gesagt hatte. Ihren Namen. Er kannte ihren Namen.

Aber er hatte weder Renata noch Arenza gesagt, sondern Ren. Obwohl ihr gesunder Menschenverstand ihr eindeutig davon abriet, drehte sie sich um.

Er saß auf dem Hintern im Schlamm, und trotz der engen Gasse fiel genug von Paumillis kupfergrünem Mondlicht herein, dass sie seine Gesichtszüge erkennen konnte. Dunkles Haar, die Haut nicht ganz ligantiblass, eine Nase, die schon mehr als einmal gebrochen worden war, und Narben auf den Wangen und am Mund.

Doch genau wie er sie trotz der Schminke erkannt hatte, wusste sie auch trotz der Narben, wen sie vor sich hatte.

»Sedge?«, flüsterte Ren.

»Ren.« Das Erstaunen ließ ihn jünger erscheinen – so jung, wie sie damals gewesen waren. Er war für einen Jungen in den Elendsvierteln schon immer groß gewesen, dabei jedoch schlaksig und mager. Falls er beim Heranwachsen zum Mann anmutiger geworden war, so machte sich das momentan nicht bemerkbar. Er rappelte sich mühsam auf, ohne den Blick von ihr abzuwenden. »Wie ... Ich hab überall ... Sie haben gesagt, ihr wärt ...«

Gegangen. Tess und sie waren gegangen – weil sie Sedge für tot hielten. Ren hatte seine Leiche gesehen, die zerschmettert und reglos im halb ausgetrockneten Kanal trieb, in den Ondrakja ihn hineingeworfen hatte. Sie hätte ihn niemals im Stich gelassen, wenn sie gewusst hätte ...

Ihre Kehle schnürte sich zu, als wäre sie diejenige, die den Schlag abbekommen hatte. Sedge machte einen zaghaften Schritt auf sie zu, bevor er einen Blick über die Schulter warf.

»Scheiße.« Er packte sie an den Schultern, drehte sie gewaltsam um und schob sie den Weg entlang, den sie hatte nehmen wollen. »Verschwinde von hier. Niemand darf dich sehen. Wenn Vargo erfährt ...« Sedge sprach die Drohung nicht aus. Er berührte die Innenseite ihres Handgelenks. Der Ärmel verdeckte die Narbe, die sie dort hatte und die ausgeblichen, aber nie ganz abgeheilt war – eine der wenigen Narben an ihrem Körper. Er fuhr mit dem Daumen darüber, und sie fragte sich, ob sie unter den vielen Narben an seinen Armen die finden konnte, die der ihren entsprach. »Wir treffen uns im Loch, sobald ...«

Das Geräusch von Stiefeln und Stimmen gleich um die Ecke zerstörte die Wiedersehensfreude. Seine Miene verhärtete sich. »Geh.«

Sedge. Am Leben. Viele Jahre war er ihr Bruder, ihr Freund, ihr Beschützer gewesen, und als er *Geh* sagte, lief sie los.

Spitzenwasser, Alte Insel: 24. Suilun

Sie war wieder vierzehn Jahre alt und kauerte sich auf der Südseite des Tricatiums in Spitzenwasser, eingewickelt in einen dreckigen Schal, in ein eingelassenes Kellerfenster, das ihr ein wenig Schutz bot. Dabei war unwichtig, dass sie in den fünf Jahren in Ganllech größer geworden war und nicht mehr an den alten Platz passte und dass Sedge sich unmöglich zu ihr quetschen konnte. Die Nebelschwaden waren inzwischen eiskalt, und sie verlor jegliches Gefühl in den Fingern, und Sedge war *am Leben*. Als hätte es die vergangenen fünf Jahre nie gegeben.

Er wusste es besser als sich abermals an sie anzuschleichen. Sie sah, wie er über die Tempelmauer sprang und leiser aufkam, als es bei seiner Größe möglich sein sollte. Ondrakja hatte sich zu Recht vor dem gefürchtet, was passieren würde, sobald Sedge begriff, dass er stark genug war, um sich zu wehren. Aber sie hatten sich alle derart daran gewöhnt, vor ihren Wutausbrüchen in Deckung zu gehen, zu katzbuckeln, sich kleinzumachen und ihre Bestrafung hinzunehmen, dass eine Rebellion undenkbar war.

Manchmal war Ren in der Lage gewesen, diese Wutausbrüche zu lindern. Sedge beschützte sie und Tess mit seinen

Fäusten, sie beschützte ihn und Tess mit ihrem Verstand. Und Tess kümmerte sich um sie beide.

Sedge warf nur einen Blick auf Ren, die sich in die Öffnung gequetscht hatte, seufzte und reichte ihr eine Hand, um ihr hochzuhelfen. »Dafür brauche ich ein Bier. Im *Copper* ist jetzt noch nicht viel los und Vargo hat dort keine Augen.«

Da er die Innenseite des Handgelenks nach oben hielt und das Licht aus den Lampen über dem Portikus des Tempels direkt darauf fiel, konnte sie die Narbe auf seiner Haut erkennen. Sedge zeigte sie ihr mit Absicht, da er ihr Misstrauen nur zu gut kannte. Er war es wirklich, ihr Blutsbruder, die andere Hälfte ihrer Familie.

Ren umklammerte seinen Unterarm, sodass Narbe an Narbe lag, und ließ sich von ihm auf die Beine helfen.

Das *Copper* war eine zwielichtige Ostretta an einer Fünferkreuzung. Es war kinderleicht, sie zu betreten, aber beim Verlassen musste man gut aufpassen, um nicht in den Verkehr zu geraten. Sedge war derart auf Ren fixiert, dass er beim Eintreten beinahe eine alte Frau umrannte, die gerade ins Freie trat. Die zufallende Tür ließ ihre Schimpftirade verstummen.

Ren setzte sich in eine freie Nische auf der Galerie, während Sedge einen Krug würziges Hirsebier und zwei Becher bestellte. Dank der zuziehbaren Vorhänge hatten sie hier etwas Privatsphäre. Sedge schenkte ihnen etwas ein, und dann saßen sie schweigend da und sahen einander über die dampfenden Becher hinweg an. Die ganze Zeit über zermarterte sich Ren das Gehirn, wie sie ihm sagen sollte: *Tut mir leid, dass du meinetwegen umgebracht wurdest.*

Fast umgebracht wurdest.

Sedges leises Glucksen brach die Stille. »Du musst dich sehr verändert haben. Früher warst du nie um Worte verlegen.«

Sie legte ihre schmutzigen Finger um den Becher. »Es war meine Schuld.«

»Ich hatte dich auch nie für dumm gehalten.« Er nahm ihr den Becher aus der Hand und stellte ihn beiseite, bevor sie noch etwas verschüttete. Dann umfing er ihre Hände mit seinen und wärmte ihre eiskalten Finger. »Es war meine Aufgabe, mir eins überbraten zu lassen, und so ist es heute noch.« Bei der Erinnerung stieg ein Schluchzen in ihrer Kehle auf und ihre Hände waren leichenkalt. So wie er es gewesen war. Zumindest hatte sie das geglaubt.

Sedge rieb ihr die Hände. »Hast du dir die ganzen Jahre Vorwürfe deswegen gemacht?«

Jetzt sprudelten die Worte nur so aus ihr heraus – sie sagte all das, was sie ihm vorher nicht hatte sagen können, denn er war tot und für Entschuldigungen war es zu spät gewesen. »Ich bin diejenige, die gierig wurde und diesen Koffer genommen hat, weil ich dachte, es würde keiner bemerken und er würde uns bei der Flucht helfen. Ich bin diejenige, die die Ohrabschneider hintergangen hat, woraufhin sie sauer auf Ondrakja wurden. Sie hat dir wehgetan, um mir Schmerzen zu bereiten. Ich musste mitansehen, wie sie dich zu Tode geprügelt haben, und habe nichts unternommen. Ich stand einfach nur da, weil ich solche Angst hatte ...«

Sedge drückte fester zu, sodass es fast schon wehtat. Die feine Schicht aus Zärtlichkeit verschwand, doch anstelle des lodernden Zorns, den sie aus ihrer Kindheit kannte, lag darunter nichts als harter Stahl. »Mach es nicht schlimmer. Das war unsere Regel, weißt du noch?« Seine Stimme bebte ebenso wie ihre Hände. »Wenn du irgendetwas getan oder gesagt hättest, wäre alles noch viel schlimmer gekommen. Dann wäre ich vermutlich wirklich tot. Du hast das Schlaueste gemacht und versucht, uns da rauszubringen, bevor es dazu kommt. Es war nicht deine Schuld, dass du geschnappt wurdest. Und danach hast du erneut klug gehandelt und bist abgehauen. Ich bin sehr froh, dass wenigstens ...« Seine Stimme brach. Er ließ ihre Hände los, leerte seinen Becher und füllte ihn erneut, bis er überquoll. Danach starrte er das Bier an, das über seine Finger floss und eine Pfütze auf dem Tisch bildete. »Ich bin froh, dass wenigstens einer von uns das geschafft hat.«

Rens Herz schlug so schnell, dass es wehtat. *Er weiß es nicht.* Natürlich nicht. Ihm musste es so vorgekommen sein, als wären sie wie der Flussnebel verschwunden. »Sedge – Tess ist am Leben. Sie ist bei mir.«

Er verschüttete noch mehr Bier, dessen säuerlich-würziger Geruch die Nische erfüllte. Sedges stählerner Blick wurde sanfter, und seine Muskeln am Kiefer, am Hals und an den Unterarmen traten hervor, da er offenbar dagegen ankämpfte zusammenzubrechen.

»Ihr wart zusammen. Die ganze Zeit. In Sicherheit. Und zusammen.« Obwohl er es zu verbergen versuchte, hörte Ren den Schmerz, der in seinen Worten mitschwang. Sie hatte Tess gehabt. Sedge hatte ganz allein weitermachen müssen.

Jetzt war sie es, die seine Hände umklammerte, die vom Bier klebten. *Wenn ich gewusst hätte ...*

Bevor sie sich erneut entschuldigen konnte, schüttelte sich Sedge. »Wo wart ihr? Ich habe überall gesucht. Ihr wart nicht in Nadežra. Wo seid ihr hingegangen?«

»Nach Ganllech. Allerdings nicht mit Absicht.« Wenn er das Thema wechseln wollte, dann würde sie sich nicht widersetzen. Ren ließ seine Hände los und trank einen großen Schluck aus ihrem Becher. »Nachdem du ... gestorben ... warst, habe ich Ondrakja Herbstzeitlose in den Tee getan und einem Kapitän weisgemacht, Tess und ich wären erfahrene Pulverjungen. So kamen wir aus der Stadt, aber er hat schnell gemerkt, dass ich gelogen hatte, und uns im nächsten Hafen rausgeworfen.«

»Du hast ihr ...« Ein Grinsen umspielte Sedges Lippen und verzerrte die Narben darauf. »Dann hat Simlin also nicht gelogen. Ich hörte, Ondrakja wäre krank geworden, aber er sagte, du hättest sie vergiftet. Und alle haben ihm geglaubt.«

Dann wurde er schlagartig ernst, als er das Ausmaß dieser Worte begriff. »Verdammt noch mal. Du hast sie vergiftet.«

»Und ich würde es jederzeit wieder tun«, stieß Ren hervor. »Mir ist völlig egal, dass mich das zu einer Verräterin macht. Wenn du mir die Wahl zwischen meinem Bruder und meinem Knoten lässt, würde ich mich jedes Mal für meinen Bruder entscheiden.«

Das war beinahe wahr. Ren bereute ihre Entscheidung nicht ... doch das Töten der Anführerin des eigenen Knotens war Blasphemie. Hätte sie sich jedoch vorher vom Knoten gelöst, wäre Ondrakja das nicht entgangen, und sie hätte den vergifteten Tee niemals getrunken. Daher hatte Ren auf die beste Waffe in ihrem Arsenal zurückgreifen müssen – ihre Fähigkeiten als Lügnerin.

Aber das bedeutete auch, dass kein Knoten sie je wieder aufnehmen würde. Es sei denn, sie erfand sich als andere Person neu. Und wenn sie schon die ganze Mühe auf sich nahm, dann konnte sie sich auch gleich der Bande anschließen, die in Nadežra die wahre Macht besaß: der Oberschicht der Stadt.

Sedge durchschaute ihre prahlerischen Worte und schluckte schwer. »Verdammt. Du hast es meinetwegen getan. Ich ... Verdammt.«

Wenn sie nicht schnell etwas sagte, würden sie noch beide anfangen zu weinen. »Wie konntest du das überleben?«

Er hustete und räusperte sich. »Jemand hat mich gefunden und zu einem Heiler gebracht – nachdem er mir meine Stiefel abgenommen hat.« Er hatte diese Stiefel geliebt. Sie waren viel zu groß, daher hatte er sie mit Lumpen ausstopfen müssen, um sich keine Blasen zu laufen. Aber sie hatten wunderbar laute Geräusche gemacht, und alle Finger hatten sich sicherer gefühlt, wenn Sedge in der Nähe war. »Es hat etwa einen Monat gedauert, bis ich nicht mehr die ganze

Zeit geschlafen und gesabbert habe. Erst nach einem Jahr tat mir nichts mehr weh. Manchmal wird mir immer noch ein bisschen schwindlig. Aber heute hebt keiner mehr die Faust gegen mich, wenn er nicht vollkommen bescheuert ist. Und ich hab neue Stiefel.« Er legte einen schlammigen Absatz auf den leeren Stuhl neben sich.

Neue Stiefel. Beinahe hätte Ren losgelacht. Er hatte noch nie so gut wie sie mit Worten umgehen können, sie aber schon immer hervorragend ablenken können. Bei seinem Anblick war die Wunde, die anscheinend bei Weitem nicht so gut verheilt war, wie sie gedacht hatte, wieder aufgerissen, und sie konnte ihn auch jetzt nicht ansehen, ohne von Schuldgefühlen und Freude übermannt zu werden. »Arbeitest du jetzt für Vargo?«

Sein Stiefel knallte auf den Boden. »Ja. Darüber sollten wir wohl auch reden.« Er wappnete sich mit einem weiteren Schluck Bier, zog einen Ärmel hoch und enthüllte einen Talisman aus verknoteter blauer Seide an seinem Handgelenk. »Ich bin jetzt bei den Nebelspinnen. Sie sind gewissermaßen seine Hauptbande. Also, ähm, frag mich nichts, was du nicht wissen solltest.«

Die Eide der Knoten waren von Bande zu Bande unterschiedlich, aber eines hatten sie alle gemeinsam: Man teilte Geheimnisse untereinander, jedoch niemals mit Außenseitern. »Verstehe.«

Nichts hielt ihn jedoch davon ab, ihr Fragen zu stellen: »Was in aller Welt hattest du eigentlich in der Nähe von Vargos Lagerhaus zu suchen? Bitte sag mir, dass du nichts mit dem zu tun hast, was sich da letzte Nacht abgespielt hat.«

Ihr erster Impuls bestand darin, ihn zu fragen, was denn dort letzte Nacht passiert war. Aber Ren verkniff sich diese Frage. »Ich wollte mich nur über seine Geschäfte informieren. Nicht auf eine Art und Weise, die dir Sorgen bereiten müsste, vielmehr wollte ich herausfinden, ob er wirklich so seriös geworden ist, wie er behauptet. Mein Ersteindruck spricht dagegen.«

»Warum interessierst du dich für seine ... Oh, verdammt. Oh, Ren. Bitte nicht.« Sedge ließ den Kopf auf den Tisch sinken. »Scheiße, scheiße, scheiße.« Der Krug und die Becher klapperten jedes Mal, wenn er die Stirn auf die Tischplatte schlug. »Bitte sag mir, dass du nicht Vargos Alta Renata bist, die ihm dieses verdammte Privileg besorgen soll.«

»Bitte versprich mir, dass du dir keine Gehirnerschütterung holst, wenn ich das bestätige.« Sie griff über den Tisch und zog ihn hoch.

»Ich ende mit etwas weitaus Schlimmerem, wenn Vargo das herausfindet«, murmelte er mit finsterer Miene.

»Dann wird er es eben nicht herausfinden.« Ren schenkte ihm ein keckes Lächeln. So langsam kehrte ihre Selbstsicherheit zurück, und damit kamen auch all die Worte wieder, die sie früher gesagt hatte, als sie drei noch bei den Fingern gewesen waren.

Sedge bewegte die Lippen, als lägen ihm diverse Erwiderungen auf der Zunge, die er alle nicht aussprach. Geknickt ließ er sich auf dem Stuhl nach hinten sinken und stützte das Kinn auf eine Hand. »Sag mir einfach, was du brauchst, um die Sache zu erledigen.«

Dass er ihr den Hinterhalt gelegt hatte, erwies sich nun als mehrfacher Glücksfall. »Ich brauche jemanden, der Vargo kennt. Ich will gar nichts über seine Geheimnisse wissen – mich wundert nur, dass ich nie von ihm gehört habe, als wir bei den Fingern waren.«

»Das war auch gar nicht möglich. Er hat die Spinnen – die davor eine Varadi-Bande waren – etwa zu der Zeit übernommen, zu der du verschwunden bist. Es gab damals einige Gebietskriege entlang des Unterufers, aber er hat sich aus dem Großteil rausgehalten.« Sedge verzog das Gesicht. »Tja, danach sah es jedenfalls aus. Wie sich herausstellte, war er derjenige, der das Ganze erst angezettelt hatte. Er sorgte dafür, dass sich seine Rivalen im Kampf gegeneinander aufrieben, um dann die Überreste einzusacken, die Anführer zu ersetzen und sie willkommen zu heißen, als würde er ihnen einen Gefallen tun. Genau so arbeitet er: Er arrangiert alles und wartete dann darauf, dass die Leute zu ihm kommen.«

Aber er hatte nicht darauf gewartet, dass Renata zu ihm kam – oder etwa doch? Ihre Begegnung auf der Gloria kam ihr nun wie ein höchst unwahrscheinlicher Zufall vor. »Mit dieser Privilegiengeschichte bin ich ihm also in die Falle getappt. Ist ja wunderbar. Hat er wirklich vor, den Fluss zu säubern?«

»Soweit ich es erkennen kann, entspricht das der Wahrheit.« Sedge blinzelte, als wäre er nie auf die Idee gekommen, die Absichten seines Bosses infrage zu stellen. »Der Mann verabscheut Krankheiten mehr als die meisten Adligen. Und er ist schlau genug, um zu erkennen, wenn die Leute um ihn herum krank sind, da er sich auf keinen Fall anstecken will. Er könnte sich einfach am Oberufer verstecken, allerdings würde alles, was er sich aufgebaut hat, schnell zusammenbrechen, wenn er nicht da ist und es beaufsichtigt. Die Reinigung des Westkanals ist sehr vernünftig.«

Er atmete langsam aus und schüttelte den Kopf. »Hör mal, Vargo ist in etwa so sauber, wie man es von einem Mann aus den Elendsvierteln erwarten kann, aber er ist nicht so grausam wie Ondrakja oder die Hälfte der Schnösel, die hier das Sagen haben.« Sedge schnaubte. »Nenn mir nur einen Sitz im Cinquerat, der Leute wie uns nicht auf Sträflingsschiffe schicken würde, damit sie in Ommainit verkauft werden. Aber Vargo? Er bezahlt fair, beschützt uns vor der Wache, und es gab noch keinen Gebietskrieg, seitdem er alles übernommen hat. Aber im letzten Jahr, als er angefangen hat, seriös zu werden ...«

Sedge sprach nicht weiter. Als Ren ihn fragend musterte, zuckte er mit den Achseln. »Ich weiß auch nicht. Er hat sich verändert. Scheint sich mehr auf die Schleimer an der Spitze als auf die Leute auf der Straße zu konzentrieren. Versuch bloß nicht, ihn übers Ohr zu hauen oder etwas in der Art ... aber einer Alta, die mit ihm zusammenarbeitet, sollte eigentlich nichts passieren. Pass nur auf, dass er dich nicht in der Hand hat, wenn alles vorbei ist.«

»Das wird nicht passieren. Ich habe vor, mich dem Haus Traementis anzuschließen, und wenn ich ihnen dieses Privileg beschaffe, wird mir das auch gelingen. Dafür muss ich Donaia nur davon überzeugen, dass sich Vargo nicht zum Kaius Rex des Unterufers aufschwingen wird.«

»Traementis. Das ist allen Ernstes dein Ziel?« Sedge stieß einen leisen Pfiff aus. »Immerhin hast du dir das Haus mit den wenigsten Arschlöchern ausgesucht. Wenn du es auf Indestor oder Novrus abgesehen hättest, müsste ich dich zu einem dieser Duelle herausfordern – Augenblick mal!« Sedge beugte sich so schnell vor, dass der Tisch wackelte. Ren hielt den Bierkrug fest, bevor er umfallen konnte. »Indestor. Duelle. Du bist dem Raben begegnet!«

Auf einen Schlag waren sie wieder Kinder und erlebten einen der guten Tage, an denen sich Ondrakja großzügig zeigte und ihnen Wein und genug zu essen gab. Ren machte schon den Mund auf, um die ganze Geschichte zu erzählen – hielt dann jedoch inne.

»Nicht hier«, sagte sie. Sedge schaute sofort zum Vorhang, aber Ren schüttelte den Kopf. »Nein, ich meinte – komm mit.« Sie streckte eine Hand aus, so wie er es zuvor bei ihr getan hatte. Ihr Ärmel rutschte weit genug hoch, sodass man die Narbe sah. Es gab drei Personen mit einer solchen Narbe, und Tess musste erfahren, dass ihr Bruder noch lebte.

Konnte Ren ihr ein besseres Geburtstagsgeschenk machen?

»Komm mit nach Hause«, bat Ren. »Nimm Tess in die Arme. Und dann erzähle ich dir alles.«

6

SAFRAN UND SALZ

Isla Traementis, die Perlen: 7. Equilun

In den eineinhalb Monaten, seitdem Renata das erste Mal die Stufen zum Traementis-Herrenhaus erklommen hatte, war vieles anders geworden. Die Tage waren kälter, der Himmel sah grauer aus. Sie hatte sich an ihren Seterin-Akzent gewöhnt und musste nicht länger befürchten, ihn in einem unbedachten Augenblick zu vergessen.

Zudem war sie inzwischen ein gern gesehener Gast im Herrenhaus.

Zwar hatte sie den Majordomus Colbrin bislang noch nicht dazu gebracht, ihr ein Lächeln zu schenken, doch als er sie mit einer Verbeugung hineinbat, wirkte seine Miene immerhin, als stünde er kurz davor, dies zu tun. Renata reichte ihm ihren Umhang und rieb sich die kalten Hände. »Wenn Ihr so freundlich wärt, im Salon zu warten«, sagte Colbrin. »Alta Giuna wird sich in Kürze zu Euch gesellen.«

Colbrins »in Kürze« bedeutete, dass Renata gerade mal Zeit hatte, sich hinzusetzen.

»Cousine!« Zu Donaias Missfallen hatten sich sowohl Giuna als auch Leato angewöhnt, Renata so zu nennen. Das Haus Traementis hatte in den vergangenen zwanzig Jahren genug Cousins und Cousinen verloren und sehnte sich nach weiteren familiären Bindungen. Diese Sehnsucht handhabte Renata mit Bedacht und achtete darauf, sie nicht im Gegenzug auch mit Cousin und Cousine anzusprechen – jedenfalls noch nicht.

»Alta Giuna.« Sie stand auf, ergriff die Hände des Mädchens und drückte eine Wange an ihre. »Herzlichen Dank für die Einladung.«

»Müsst Ihr immer so formell sein? Ihr solltet uns besuchen kommen, wann immer Ihr möchtet. Es ist in letzter Zeit so kalt, dass man ohnehin nichts tun kann, als gelangweilt im Haus herumzusitzen. Wo wir gerade dabei sind ...« Giuna zog Renata zur Tür. »Im Solar ist es viel wärmer und angenehmer. Lasst uns dorthin gehen, und dann könnt Ihr mir erzählen, ob Ihr wirklich fünfmal nacheinander Illi geschafft habt, wie Leato behauptet.«

Lachend ließ Renata sich mitziehen. »Leato war so betrunken, dass er vermutlich die ganze Dartscheibe als Illi angesehen hat.« Die ganze Gruppe war betrunken gewesen. Ihre Treffsicherheit hatte zwar alle beeindruckt, aber auch darauf beruht, dass der Großteil ihres Glühweins in einer eingetopften Lilie im Fintenus-Herrenhaus gelandet war.

Giuna gierte ganz eindeutig nach Klatsch. Sie mochte behaupten, es wäre zu kalt, um etwas anderes zu tun als herumzusitzen, aber andere Adelssprosse – darunter auch ihr Bruder – fanden dennoch Wege, sich zu unterhalten, sei es mit Darts oder Karten, dem Theater oder Musik. Nur Giuna musste zu Hause bleiben.

Allerdings wandelte Renata auf einem schmalen Grat, indem sie einerseits Giunas Bewunderung und Freundschaft förderte, andererseits dadurch Donaia vergällte, weil sie das Mädchen dazu ermunterte, mehr zu verlangen, als ihre Mutter ihr gewähren wollte.

Das Klirren von Stahl übertönte Giunas Erwiderung. Das Geräusch war unverkennbar: Die jüngeren Adligen und Angehörigen der Oberschicht des Deltas kämpften oft genug, sodass Ren es inzwischen schon aus einiger Entfernung zuordnen konnte. Sie blieb stehen und drehte den Kopf instinktiv in Richtung der halb offenen Doppeltür am anderen Ende des Flurs.

Ein gedämpfter Ton und ein leiser Schrei drangen von dort herüber. Giuna unterdrückte ein Kichern.

»Konzentriert Euch, junger Mann. Wenn Eure Aufmerksamkeit weiterhin so abschweift, macht Eure Klinge es ihr nach.« Die Worte der Frau erinnerten an den Rauch eines vraszenianischen Lagerfeuers. »Habe ich mich jahrelang bemüht, nur damit Ihr alles wieder vergesst, was ich Euch beigebracht habe?«

»Nein, Duellantin«, sagte Leato. »Ihr habt Jahre mit mir vergeudet, weil ich so gut aussehe.«

»Das wird sich aber bald ändern, wenn Eure Schulter Euer Ohr weiterhin so oft berührt. Uniat.«

»Tuat.« Das Klirren ging weiter.

»Die Flure im Palaestra sind zu kalt und der Boden im Freien ist zu schlammig, daher finden Leatos wöchentliche Lektionen momentan hier statt«, erklärte Giuna leise.

Leato hatte erwähnt, dass er bei Oksana Ryvček trainierte. Hielt sich seine Lehrerin in der Tat hier auf?

Renata machte einen halben Schritt auf die Tür zu, als wäre es eine unbewusste Bewegung. »Würde es Euch etwas ausmachen …?«

Giuna grinste in letzter Zeit häufig, wenn Renata und Leato zusammen waren. »Nun, es macht wirklich Spaß, ihm zuzusehen.«

Der Raum hinter der Doppeltür stellte sich als Ballsaal des Herrenhauses heraus. Dies war ein idealer Ort, um den Schwertkampf zu üben, denn er war geräumig, Licht fiel durch die Fenster am anderen Ende herein, und es standen nur wenige Gegenstände herum, die zerbrechen konnten, wenn die Kämpfenden zu wild vorgingen. Die Luft war so kühl wie in einem Keller, was jenen, die sich dort verausgabten, gewiss entgegenkam.

Die Duellanten nahmen die Neuankömmlinge nicht zur Kenntnis. Sie trugen steife, schützende Jacken und benutzten stumpfe Übungsschwerter, doch abgesehen davon schienen sie sich nicht zurückzuhalten. Leato wich zur Seite aus und stieß schräg zu, aber Ryvček blockte seine Attacke ab, ließ seine Klinge an der ihren herunterrutschen und seine Schwertspitze an ihrer Schulter vorbeischwingen. Als Leato dadurch aus dem Gleichgewicht geriet, drehte sie das Handgelenk, sodass ihr Schwert unter seinem wegtauchte, und berührte ihn am Oberarm.

»Das war besser, aber Ihr habt es übertrieben«, sagte sie und zog sich zurück. Dann zwinkerte sie Giuna zu und salutierte vor Renata mit ihrer Klinge.

Oksana Ryvček sah genau so aus, wie man sich eine berühmte Duellantin vorstellte: groß, so dünn wie ihr Rapier, und ihre Jacke aus knochenblassem Brokat stellte einen schönen Kontrast zu ihrer schwarzen Hose und den dazu passenden Stiefeln dar. Ihre Hautfarbe war ebenso dunkel wie Rens ohne Puder; feine Fältchen zeichnete sich unter ihren mit Kohlestift geschminkten Augen ab und auch um den Mund, der wie zum Lächeln gemacht schien, und silbrige Strähnen schimmerten inmitten ihrer dunklen Locken.

»Seid gegrüßt, Giuna. Und wer ist diese hinreißende Frau, die Euch begleitet?« Ryvček nahm Renatas Hand und beugte sich darüber, wobei die Wärme ihrer Lippen durch das dünne Wildleder von Renatas Handschuhen zu spüren war.

Selbst auf den Straßen hatte Ren von Ryvček gehört. Sie war in Nadežra geboren und aufgewachsen und trug ihren vraszenianischen Namen voller Stolz, anstatt die Liganti-Spuren ihrer Vorfahren übertrieben zu betonen, wie es viele andere taten. Ihr Vater, ein Händler, hatte all seinen Kindern das Kämpfen beigebracht, damit sie sein Geschäft gegen die »Schutzmaßnahmen« der Wache schützen konnten. Seine jüngste Tochter hatte allerdings ein solches Geschick mit Messern und dem Stab an den Tag gelegt, dass das Delta-Haus Isorran ihre Ausbildung und Lizenzierung als Duellantin bezahlte – sie gingen einen Vertrag ein, den Ryvček nach nicht einmal fünf Jahren mehr als erfüllt hatte.

Aber Ren hatte sie noch nie kämpfen gesehen. Die formellen Auseinandersetzungen der Elite fanden so gut wie nie dort statt, wo normale Menschen zusehen konnten, und für den Besuch der öffentlichen Turniere der professionellen Duellanten, die hin und wieder abgehalten wurden, fehlte ihr das Geld.

Doch sie wusste, dass Ryvček irgendwo da draußen war, reiche Schnösel besiegte und dabei sogar einen vraszenianischen Namen trug.

Jetzt begegnete sie der Frau endlich persönlich.

Leato trat näher und wischte sich mit einem Handtuch den Schweiß von der Stirn. »Das ist meine Cousine Renata aus Seteris.«

»Ah, ja, Seteris. Ich hörte, man hätte dort etwas gegen Ärmel.« Ryvčeks Blick verweilte auf Renatas Armen, die heute vollständig verhüllt waren. »Bedauerlicherweise habt Ihr Euch schon an die hiesigen Gebräuche angepasst.«

»Derartige Dinge verlieren die Wirkung, wenn sie zu oft wiederholt werden«, erwiderte Renata scheinbar leichthin, als hätte das Wetter nicht das Geringste damit zu tun. Sie kannte die Gerüchte über Ryvčeks zahlreiche Flirts und Affären, wäre jedoch nie auf die Idee gekommen, dies jemals selbst zu erleben. »Ich werde mir wohl etwas anderes ausdenken müssen, um den Leuten Gesprächsstoff zu bieten.«

»Könnt Ihr mit der Klinge umgehen? Eine Frau, die ein Schwert beherrscht, ist immer gut für Gerede.« Ryvček trat näher und drückte sich Renatas Hand an die Brust. Ihr schie-

fes Grinsen ließ ihre Worte umso anzüglicher erscheinen.
»Ich könnte Euch einige Tricks beibringen.«
»Ja, ja, jeder weiß, welche Art von Tricks Ihr bevorzugt.« Leato legte Ryvček eine Hand auf die Schulter und zog sie weg. »Lasst meine Cousine in Ruhe, oder ich muss Euch in den Ring rufen, und ich bezweifle, dass mein Stolz die Erniedrigung, in ihrer Gegenwart zu verlieren, verkraften könnte.«
Renata hob in gespielter Kapitulation die Hände. »Meine Kenntnisse über den Schwertkampf beschränken sich auf: ›Man hält es nicht am spitzen Ende fest, richtig?‹ Aber ich wollte Euch nicht stören. Bitte fahrt fort – es wäre mir eine Ehre, Euch zusehen zu dürfen.«
Ryvčeks Lächeln wurde noch breiter. »Wenn Ihr lieber zuseht ... Kommt, Traementis. Schenken wir Eurer liebreizenden Cousine eine Erinnerung, die sie nachts warmhält.«
»Es macht Euch doch nichts aus?«, raunte Renata Giuna zu.
»Nein.« Giuna ließ sich auf einen der an der Wand stehenden Stühle sinken und klopfte auf den Platz neben sich. »Übungskämpfe sind langweilig, werden allerdings interessant, wenn sie angeben wollen.«
Das nun Folgende war alles andere als ein einfacher Übungskampf. Ryvčeks Ruhm beruhte zum Teil auf ihrer Extravaganz, und ob er nun seine Cousine beeindrucken oder nur seinen Stolz wahren wollte, so gab Leato sein Bestes, um mit ihr mitzuhalten. Die Duellanten umkreisten einander wie beim Tanz – Ryvček machte sogar einen spöttischen Spitzenschritt und summte dabei leise –, dann stürzte Leato halsbrecherisch vor und versuchte, sie zu erwischen, bevor sie erneut Halt gefunden hatte, aber es stellte sich heraus, dass sie ihn nur hereingelegt hatte, denn sie wirbelte herum und entging seiner Klinge, ohne sich auch nur die Mühe einer Parade zu machen, wobei sie ihm mit den Fingern über den Nacken fuhr, als sie hinter ihm vorbeitänzelte.

Ren war keine Schwertkämpferin, hatte aber schon viele Kämpfe gesehen. Die Verspieltheit ihrer Attacken zeigte sich in jeder ihrer Bewegungen, an der Art, wie Leato unter einem hohen Stoß hindurchtauchte, bis hin zu den eleganten Gesten, die Ryvček mit der freien Hand vollführte. Das hier war von den grimmigen und brutalen Auseinandersetzungen ihrer Kindheit so weit entfernt wie das Ober- vom Unterufer.

Es ging munter hin und her. Leato und Ryvček fingen beide im hohen Liganti-Stil an, aber als seine Tutorin ihn neckte, indem sie die niedrigere Position einnahm, tat Leato es ihr nach – sie hatte ihm offensichtlich auch die vraszenianische Schwertkunst beigebracht. Sie erwischte ihn mit dem anderen Arm und beugte seinen Oberkörper nach hinten, drückte ihm einen Kuss auf die Lippen und zerrte ihn wieder hoch, um lachend von ihm abzurücken.

Leato lachte ebenfalls und fuhr sich mit dem behandschuhten Handrücken über den Mund. »Und aus genau diesem Grund dürft Ihr nicht gegen meine Schwester oder meine Cousine antreten.« Er verbeugte sich. »Danke für die Lektion, Duellantin.«

»Wenn Ihr so kämpft, macht Ihr mir möglicherweise keine Schande.« Ryvček legte sich ihren Schwertgürtel wieder um und ließ das Übungsschwert auf einem Stuhl liegen. »Sehen wir uns hier nächsten Epytny wieder?«

Als Leato nickte, durchquerte Ryvček den Raum und ging auf Giuna und Renata zu. »Giuna, mein strahlender Stern. Es war mir wie immer ein Vergnügen. Alta Renata, ich hoffe, es hat Euch gefallen, die Voyeurin zu spielen. Vielleicht gewährt Ihr mir bei unserer nächsten Begegnung einen Tanz.«

Leato trat zu ihnen, nachdem sich die Türen hinter seiner Lehrerin geschlossen hatten. »Duellantin Ryvček neigt zu Spott, aber Nadežra ist nicht so sicher wie Seteris.« Er warf Renata einen Seitenblick zu. »Es ist vielleicht gar keine schlechte Idee, wenn Ihr etwas mehr über ein Schwert lernt

als nur, wo man es anfassen sollte. Nicht jeder Dieb wird still stehen bleiben, damit Ihr ihn mit Wurfpfeilen bewerfen könnt.« Er zog die Schutzjacke aus und reichte Renata die Hand, was wie ein höfliches Echo von Ryvčeks dreistem Flirt wirkte. »Ich könnte es Euch zeigen.«
»Ja, das solltest du auf jeden Fall tun«, fand Giuna. »Ich besorge Erfrischungen für hinterher.« Bevor Renata auch nur entscheiden konnte, ob sie protestieren sollte, war Giuna ebenso schnell wie zuvor Ryvček durch die Tür verschwunden.

Hier möchte uns wohl jemand verkuppeln. Aber es schadete nichts, Donaias Lieblingskind etwas entgegenzukommen. Leato hatte seine Fähigkeit, seine Mutter zu beeinflussen, bereits demonstriert. Renata griff nach Leatos dargebotener Hand. »Es wäre mir eine Freude.«

Er führte sie in die Mitte des Raums. Anstatt Ryvčeks Übungsklinge aufzuheben, reichte er Renata seine. »Ihr seid Sonnenhänderin, richtig? Gut – wir haben hier auch keine Schwerter für Erdhänder. Legt die Finger so um den Griff ...«

Das Leder des Schwertgriffs fühlte sich warm an. Er legte ihre Finger darum und einen über die Querstrebe am Heft, und sie hob die Schwertspitze in die Luft. »Haltet den Arm gerade und hoch«, wies er sie an. »Auf diese Weise habt Ihr den geringsten Abstand zum Ziel.«

Darum halten Liganti-Schwertkämpfer ihre Waffen also auf diese Weise. Das hatte sie sich schon immer gefragt.

Doch sie wollte auf gar keinen Fall gegen ihn kämpfen. Sie war an den Kampf mit Messern, Pflastersteinen, Ellbogen und Zähnen gewöhnt, mit jedem festen Objekt, das ihr in die Hände fiel – und mit so manch einem weniger festen. Wenn Leato mit der Klinge auf sie losging, würden sich all ihre Instinkte bemerkbar machen, woraufhin er sich zwangsläufig fragen würde, warum seine elegante Cousine wie eine Straßenkatze kämpfte. Daher stellte sie sich mit Absicht falsch auf und gab ihren gesamten Körper preis, um so unwissend wie nur möglich zu erscheinen.

»Nein, stellt Euch so hin.« Leato trat hinter sie und drehte sie sanft in die gewünschte Position. »Man soll ein möglichst kleines Ziel abgeben.«

»Verstehe.« Er war Renata so nahe, dass ihr Rücken beim Einatmen seine Brust berührte. Da Leato nicht viel größer war als sie, kam er ihr vor wie eine Decke, die sie vor der Kühle des Raums schützte, und er roch nicht unangenehm nach Schweiß und ganz leicht nach Karamell, wobei sich Letzteres um einen Überrest seines Parfums handeln musste.

»Die Positionen und Angriffswinkel wurden nach den Numina benannt.« Er legte ihr eine Hand leicht aufs Handgelenk. »Dies ist die Grundhaltung, die Uniat genannt wird, weil die Paraden eine Art Kreis um sie herum bilden. Illi ist, wenn Ihr einen Vorstoß in die Mitte wagt, in etwa so.« Er führte ihre Hand bei der Attacke und wieder zurück. »Danach folgen Tuat, Tricat, Quarat …«

Renata merkte sich so gut wie nichts von dem, was er ihr zeigte. Dafür wurde sie viel zu stark von Leatos Nähe abgelenkt, und die deutlich spürbare Anziehungskraft rang mit dem Impuls, sich zurückzuziehen. Tess und Sedge waren die einzigen Menschen, die sie im Rücken haben wollte.

Er hatte ihr eben den nächsten Stoß gezeigt, als die Tür geöffnet wurde.

»Leato, hat Meisterin Ryvček gesagt, wann sie … Oh!« Donaia verharrte auf der Türschwelle mit Klops an ihrer Seite und einem vergessenen Paar Handschuhe in der bloßen Hand. »Renata. Ich wusste nicht, dass Ihr hier seid. Erhaltet Ihr etwa … Lektionen?«

Leato räusperte sich und trat etwas zurück, wobei sein Grinsen nur leicht verlegen wirkte. »Ich dachte, dass sie bei mir mehr Sicherheit genießt als bei Ryvček.«

»Ist dem so?« Donaias Lippen zuckten, doch schon schüttelte sie den Kopf und der Augenblick war dahin. Sie zog sich die Handschuhe an – mit der Beiläufigkeit eines Menschen, der ausgehen wollte, wie Renata bemerkte, und nicht etwa wie jemand, der von einer Besucherin überrascht worden war – und fuhr fort: »Gehe ich recht in der Annahme, dass ihr beide heute Abend etwas vorhabt? Ich wollte mit Giuna zur Isla Extaquium, um Sureggios neuesten Jahrgang zu kosten, und hatte auf deine Begleitung gehofft, Leato, möchte aber keine bereits getroffenen Verabredungen platzen lassen.«

»Ich hatte vor, Renata das Boccia-Spielen beizubringen«, antwortete Leato, bevor Renata etwas sagen konnte.

Zwar hatte er bislang nichts dergleichen erwähnt, dennoch ging sie sofort darauf ein. »Ja, bitte verzeiht – ich wusste nicht, dass Ihr Leato heute Abend benötigt. Ich kann meine Pläne auch ändern ...«

Donaia war selbstverständlich dagegen. »Das ist nicht nötig. Ich bin sehr froh, dass Ihr zur Abwechslung einen ruhigen Abend plant.«

Sobald sie gegangen war, wandte sich Leato an Renata. »Danke. Ich hoffe, das macht Euch nichts aus, aber Eret Extaquiums Stolz auf seinen Wein ist ... fehl am Platze.« Er erschauerte übertrieben. »Und ich ziehe es vor, den Abend nicht damit zu verbringen, etwas zu trinken, das wie in Essig gegorener Schimmel schmeckt.«

Sie fragte sich, ob er schon einmal etwas derart Widerliches gekostet hatte. Ihre Erinnerungen boten bedauerlicherweise mehr als genug Vergleichsmöglichkeiten. »Sollen wir dann etwas Amüsanteres unternehmen? Boccia spielen oder etwas anderes?«

»Vielleicht ein andermal? Orrucio Amanantos geschätzter Jagdhund hat geworfen, und er fleht mich schon seit Wochen an, mir die Welpen anzusehen.«

Es schien ihm wirklich leidzutun. Jeder andere außer Ren hätte es ihm vermutlich abgekauft. »Ihr schuldet mir

als Wiedergutmachung eine weitere Lektion«, erwiderte sie leichthin und überreichte ihm das Übungsschwert mit einer Verbeugung. »Dann komme ich in den seltenen Genuss eines ruhigen Abends zu Hause.«
Oder ich schaue beim Amananto-Haus vorbei und sehe nach, ob Ihr wirklich dort seid.

Isla Extaquium, Ostbrück: 7. Equilun

Giuna mochte Parma Extaquium, aber das Extaquium-Herrenhaus war noch nie einer der Orte gewesen, die sie gern aufsuchte. Auch wenn es ebenso edel aussah wie jedes der anderen Häuser, in denen die Adligen residierten – und sehr viel feiner als das Traementis-Herrenhaus –, ließ es an Raffinesse vermissen. Eret Extaquium bevorzugte übertriebene Brokatstoffe, auffälligen Marmor und vergoldete Oberflächen ... was sogar die Lippen und Wimpern der Hausangestellten mit einschloss.

Zudem war es nicht nur die geschmacklose Einrichtung, die sie abstieß. Von den starken, schweren Gerüchen nach Weihrauch und Ölen bekam Giuna Kopfschmerzen. Im Haus war es immer zu warm, selbst im Winter, und die lichterzeugenden Numinata arbeiteten nur mit halber Kraft, sodass sie andauernd die Augen zusammenkneifen musste. Die Dienstboten waren ihr ebenfalls unangenehm, deren Stimmen zu hauchig oder zu sinnlich klangen und deren Bewegungen zu anmutig und gestellt wirkten. Den Gerüchten zufolge trugen sie bei einigen Festen – zu denen Giuna nicht eingeladen wurde – so gut wie keine Kleidung, sondern nur Umhänge oder Surcots, während die nackte Haut darunter bemalt und eingeölt war.

Sie blieb dicht an der Seite ihrer Mutter und ärgerte sich, weil ihr Gesicht jetzt schon schweißbedeckt war. Als ihr jemand ein Glas geeisten Wein reichte, leerte sie es dankbar für etwas Kühlendes, obwohl das Getränk so widerlich süß war, dass sie kaum mehr als einen Hauch von Korkenschimmel schmeckte.

Donaia verzog das Gesicht und blickte in ihr Glas. »Wir müssen nicht lange bleiben, Giuna«, sagte sie leise zu ihrer Tochter. »So wie ich Sureggio kenne, wird dies schon sehr bald keine gesittete Feier mehr sein. Aber ich muss mit Mede Isorran über die Möglichkeit von Karawanenwachen sprechen – hältst du eine Stunde durch?«

»Das schaffe ich schon, Mutter.« Donaia und Leato versuchten ständig, sie abzuschirmen, als würde irgendjemand ihre Existenz überhaupt wahrnehmen und ihr schaden wollen. »Ich suche mir einfach eine Bank in Fensternähe, damit mich diese Hitze nicht umbringt.«

Giuna gab ihrer Mutter einen Kuss auf die Wange und trennte sich von ihr, bevor sie ihr noch zur Last fallen konnte. Danach ließ sie sich durch die überhitzten Räume treiben und hielt Ausschau nach Parma; wo immer sie sich aufhielt, waren Bondiro und Egliadas meist auch nicht fern, und die drei waren oftmals sehr unterhaltsam. Besser noch war, dass es ihnen nichts ausmachte, wenn Giuna ihre Sperenzchen schweigend beobachtete.

Stattdessen fand sie sich jedoch in Fadrin Acrenix' Fängen wieder und schaffte es nicht, seiner Gruppe zu entrinnen – bei der es sich hauptsächlich um Speichellecker der Delta-Oberschicht handelte. Fadrin hatte gerade mit ihnen über Era Novrus' Erben Iascat gespottet.

»Schau einer an, Leatos kleine Schwester ist erwachsen geworden.« Fadrin nahm Giunas Hand und reichte sie Iascat, als würde er die beiden miteinander bekannt machen. »Entspricht sie Eurem Geschmack? Sie ist noch zu jung, als dass Eure Tante schlecht über sie reden kann.«

»Lasst das«, fuhr Iascat Fadrin an und wandte sich an

Giuna. »Ignoriert ihn einfach. Ich weiß nicht, wie jemand derart viel von diesem Wein trinken kann, dass er einem zu Kopf steigt, aber er hat es anscheinend geschafft.«

»Er schmeckt besser, je mehr man davon trinkt«, behauptete Fadrin und demonstrierte es, indem er einen großen Schluck nahm.

Wein war zumindest ein sicheres Gesprächsthema. »Hat denn niemand Erat Extaquium verraten, dass zu viel Zucker die Hefe blockiert?«, fragte Giuna. »Man kommt ja fast auf den Gedanken, es wäre Absicht, dass dieser Wein so schlecht geworden ist.«

Iascat presste säuerlich die vollen Lippen aufeinander. »Manchmal frage ich mich das in der Tat. Das Haus Extaquium mag keinen Sitz im Cinquerat haben, ist aber auch zu bedeutsam, um ignoriert zu werden. Nur deshalb kann er die Leute dazu zwingen, herzukommen und so zu tun, als würde ihnen sein furchtbarer Wein schmecken.«

»Einige Menschen mögen eben gern Süßes«, erklärte Fadrin und schenkte Giuna ein lüsternes Grinsen.

»Einige Menschen sollten ihre Zunge hüten«, entgegnete sie ebenso leise wie zuckersüß. Sibiliat trat in den Kreis und schlang Giuna einen Arm um die Taille.

»Hallo, kleines Vögelchen«, trällerte Sibiliat mit einem spöttischen Grinsen, das nur für Giuna bestimmt war. »Lasst Euch nicht von einem Blauhäher ärgern, sonst hört er gar nicht mehr damit auf.«

Fadrin drückte einem Dienstboten seinen leeren Becher in die Hand. »Wo steckt Eure Cousine, kleine Traementis? Sie hätte diese Zusammenkunft etwas interessanter gemacht – und Extaquium vermutlich gesagt, was sie von seinem Gebräu hält. Ob sie es nun gepriesen, ihm die Wahrheit gesagt oder gar ins Gesicht gespuckt hätte, so wäre es auf jeden Fall unterhaltsam gewesen.«

»Sie war bereits verabredet«, erwiderte Giuna und

wünschte, man hätte sie gebeten, mit Leato und Renata Boccia zu spielen.

Iascat gluckste. »Eine kluge Frau. Vielleicht wird es dank ihr ja Mode, sich nicht blicken zu lassen.«

Fadrin nahm sich von einem vorbeieilenden Diener ein neues Glas und hob es in die Luft. »Das ist Grund genug, die Seterin-Schönheit zu feiern. Auf Alta Renata, die ihre Raffinesse dadurch zeigt, dass sie sich nicht Extaquiums Launen beugt. Mögen wir alle lernen, es ihr nachzumachen.«

Iascat und mehrere andere hoben zustimmend die Gläser. Sibiliat tat es allerdings nicht. »Ihr seid noch widerlicher als der diesjährige Wein. Kommt, Giuna. Suchen wir uns angenehmere Gesellschaft.«

Mit Sibiliats Hand im Steiß blieb Giuna keine andere Wahl, als sie zu begleiten. »Ist alles in Ordnung?«, erkundigte sie sich, als Sibiliats finstere Miene Orruciia Amananto daran hinderte, sich ihnen zu nähern. »Ihr seht aus, als wäre Euch unwohl. Ist Euch der Wein nicht bekommen?«

»Wohl eher das Gejammer«, fauchte Sibiliat und hob spöttisch die Stimme. »›Ach, ist Alta Renata nicht hier? Ich hatte mich so darauf gefreut, ihre neueste Aufmachung zu sehen‹ und ›Was, keine Alta Renata? Kein Wunder, dass dieser Abend derart langweilig erscheint.‹ Selbst Eret Extaquium sieht ihre Abwesenheit nicht als Beleidigung an. Er geht davon aus, dass sie erkrankt sein muss, und lässt ihr eine Kiste mit dem heute verkosteten Wein schicken, damit sie rasch wieder auf den Beinen ist.« Sie grinste hinter ihrem Fächer. »Das habe ich ihm vorgeschlagen. Nun wird er bestimmt einen Monat lang hinter ihr her sein und sie um ihre Meinung bitten.«

»Seid nicht gehässig«, sagte Giuna. »Wie viele dieser Abende mussten wir alle schon ertragen? Selbstverständlich interessieren sich die Leute für alles, was neu ist.«

»O ja. Und Alta Renata war sehr darauf bedacht, dieses Interesse anzustacheln. Ihr seid nicht so unschuldig oder naiv, wie Ihr Euch gebt, kleines Vögelchen; Ihr kennt diese Leute. Die Hälfte von ihnen sollte sie eigentlich in der Luft zerreißen, erst recht in ihrer Abwesenheit. Aber nein, alle lieben sie. Das ist doch nicht zu ertragen.«

Weitaus weniger giftig fügte Sibiliat hinzu: »Und das macht mir Sorgen.«

Giuna strich ihr über den Arm. Im Allgemeinen war Sibiliat diejenige, die Giuna tröstete, doch Giuna hatte ihre Freundin noch nie derart aufgebracht erlebt. »Ihr müsst nicht auf Renata eifersüchtig sein.«

Sibiliat lachte laut, und mehrere Umstehende drehten sich zu ihnen um, kassierten jedoch nur grimmige Blicke. Dann zog sie Giuna durch einen Flur in einen kleinen, leeren Salon. Die vielen üppig gepolsterten Couches ließen Giuna erröten, da sie sofort an die Gerüchte über Extaquiums private Feiern denken musste, aber Sibiliat ließ sich auf einer Couch nieder, sodass Giuna nichts anderes übrig blieb, als neben ihr Platz zu nehmen. Das schwache Licht und der kaum wahrnehmbare Geruch nach Gardenien, der von Sibiliats Haut ausging, schienen sie einzuhüllen und ihnen Privatsphäre zu gewähren.

»Ich bin nicht eifersüchtig.« Sibiliat seufzte. »Ja, gut, ich bin es durchaus – aber das ist es nicht, was mir Sorgen bereitet. Ich mache mir Sorgen, weil ich sie kenne. Ich weiß genau, was sie tut, weil ich es selbst auch schon getan habe.«

Giuna runzelte die Stirn. »Wie meint Ihr das?«

Sibiliat blickte auf ihre Handschuhe hinab und zupfte an den Fingern, bis sie einen abgestreift hatte. »Andere dazu zu bringen, einen zu mögen, ist nichts, was einem gelingt, indem man freundlich oder gut ist – erst recht nicht bei Menschen wie uns. Vielmehr ist es ein Spiel, das zum Teil aus Schmeichelei und zum anderen aus Geringschätzung besteht. Man bringt sie dazu, dass sie sich wünschen, man würde sie mögen.«

Genau aus diesem Grund ging Giuna nur ungern auf diese Feiern. Ihre Mutter hatte sie bloß mitgebracht, weil die Leute

sich langsam den Mund darüber zerrissen, dass sie ständig im Traementis-Herrenhaus eingesperrt war – und da ihre Familie nur aus so wenigen Personen bestand, musste jede ihren Teil beitragen.
»Alta Renata ist sehr gut in diesem Spiel.« Sibiliat fuhr mit dem bloßen Finger über Giunas Lippen, als sie protestieren wollte, und er fühlte sich warm, trocken und schrecklich verwirrend an. »Denkt doch mal darüber nach. Eine Cousine von Euch, von deren Existenz Ihr bislang nichts wusstet, taucht aus dem Nichts auf und stattet Eurer Mutter einen Besuch ab. Dann besucht Renata die Gloria, während Eure Mutter noch überlegt, wie sie damit umgehen soll, und erregt Aufsehen. Sie tut etwas leicht Wagemutiges – die Ärmel, die Unterhaltung mit Vargo – und macht sich interessant. Und eine derart interessante Person ist niemand, den Eure Mutter einfach in den Tiefen verschwinden lassen kann.«

Ihre Worte glichen einer stetigen Flut und waren so gnadenlos wie der Dežera. Giuna kam sich vor wie in einem Boot ohne Ruder. Zugegeben, Renata hatte all das getan – doch es hörte sich vollkommen anders an, wenn Sibiliat es so beschrieb.

»Und das ist erst der Anfang. Nun, wo die Bühne steht, wird es Zeit, dass sie die wirklich einflussreichen Leute kennenlernt.« Sibiliats Finger verschwand von Giunas Lippen. »Ich weiß nicht, was sie für den Abend geplant hatte, an dem Mezzan vom Raben angegriffen wurde, aber sie ist merkwürdig schnell eingeschritten und hat sich einem bewaffneten Fremden gestellt. Und wurde – wieder einmal – zu einer Person, über die man spricht und die man bewundert.« Ihr Handschuh landete in Giunas Schoß.

»Aber ...« Giuna berührte den Handschuh und starrte ihn an, als müsste sie die bestickte Seide und nicht etwa Sibiliat überzeugen. »Ja, sie hat all das getan, doch das bedeutet noch lange nicht, dass es so berechnend war, wie Ihr andeutet.

Und selbst wenn dem so war ... Jemand, der möchte, dass andere einen mögen, verhält sich entsprechend. Was ist falsch daran?«

»Warum will sie denn von anderen gemocht werden?« Sibiliat nahm Giunas schlaffe Hand und machte sich daran, ihr ebenfalls den Handschuh auszuziehen. »Menschen, die offen zugeben, dass sie etwas wollen – so wie Ihr –, sprechen auch offen aus, was das ist. Renata hat behauptet, sie möchte Euch aussöhnen, bislang jedoch so gut wie keine Anstalten diesbezüglich gemacht. Ich hatte mir überlegt, dass sie möglicherweise in Euer Register aufgenommen werden will, aber falls dem so ist, hat sie es bisher nicht zugegeben. Vielleicht begehrt sie auch Leato – aber wo ist dann die Leidenschaft?«

Sie verschränkte die bloßen Finger mit Giunas. Das war vermutlich der minimalste Hautkontakt, zu dem es in diesem Raum jemals gekommen war, doch die Berührung von Sibiliats warmer Haut raubte Giuna dennoch den Atem. Sie konnte nur hoffen, dass niemand hereinkommen und sie sehen würde.

Sibiliat zog sie an den verschränkten Händen näher zu sich heran. »Alta Renata ist sehr gut darin, in Erfahrung zu bringen, was andere begehren, und das auszunutzen. Daher mache ich mir Sorgen, weil es alles andere als offensichtlich ist, was sie eigentlich will.«

Giunas Stimme war kaum lauter als ein Flüstern. »Vielleicht will sie einfach nichts anderes, als hier zu sein – hier zu leben. Fern von ihrer Mutter.«

Sibiliat fuhr mit dem Daumen über Giunas Unterlippe. »Oh, kleines Vögelchen. Denk doch mal darüber nach. Eine reiche Seterin-Adlige mit Renatas Schönheit und Verstand entscheidet sich, in Nadežra zu leben, nur um ihrer Mutter zu entkommen? Als gäbe es nicht unzählige andere Orte, die eine solche Frau vorziehen würde, wenn es ihr nur um die Freiheit ginge ...«

Orte, an denen niemand aus ihrer Familie lebte. Giuna versuchte, daraus ein Argument zu machen, das gegen Sibiliats Vorwürfe bestehen konnte. Aber ihr drehte sich der Kopf, und jedes Mal, wenn sie den Mund öffnete, um etwas zu sagen, bewirkte eine weitere Berührung ihrer Lippen, dass sie aus dem Konzept kam.

»Ich habe Geschichten über Eure Tante Letilia gehört. Wie manipulativ und egoistisch sie war – und dass sie ihre Grausamkeit lange genug verbergen konnte, um andere dazu zu bringen, sie zu lieben.« Sibiliat rieb die Wange an Giunas und setzte zum Todesstoß an. »Genau wie ich es gerade bei Euch machte.«

Ihre Worte wirkten wie ein Eimer Eiswasser. Giuna starrte Sibiliat blinzelnd an und begriff nicht – wollte es nicht verstehen. Dann schossen ihr heiße Tränen in die Augen. »Ihr ... aber ...«

Sibiliat war immer freundlich zu ihr gewesen. Manchmal sogar mehr als das ... sodass sich Giuna hin und wieder schon gefragt hatte, ob mehr dahinterstecken konnte, jedoch nie wirklich darüber nachdenken wollte. Doch nun hatten Sibiliats Worte sie an genau dieser Stelle getroffen und Giuna fühlte sich zutiefst gekränkt.

Sibiliat sah ihr nicht in die Augen, löste nur ihre Hände und zog Giuna sanft den Handschuh wieder an. »Tut mir leid, kleines Vögelchen«, sagte sie mit etwas heiserer Stimme. Sie streifte ihren eigenen Handschuh wieder über und wackelte mit den Fingern, bis er richtig saß. »Eure Mutter und Euer Bruder beschützen Euch viel zu sehr. Ihr müsst begreifen, was für ein Mensch sie ist – einer wie ich –, damit Ihr Euch schützen könnt.«

Giuna weigerte sich, die Tränen zuzulassen. »Alles, was Ihr getan habt – nicht nur eben gerade, sondern seitdem ich Euch kenne ... Ihr wollt mir also erzählen, dass ich nichts davon glauben kann?«

Endlich hob Sibiliat den Kopf und sah Giuna schuldbewusst an. »Mögen die Götter mich im Fluss ertränken, Giuna, aber Ihr solltet mich wirklich besser kennen. Kommt her, kleines Vögelchen.« Sie legte einen Arm um Giuna und zog sie an sich. »Ich mache mir nur Sorgen um Euch.«

Giuna gab nach und sank gegen Sibiliat. Der Schmerz der Kränkung ließ nach. »Wegen Renata. Aber ich glaube, dass Ihr Euch in ihr täuscht. Was nicht heißt, dass sie nicht all das tut, was Ihr gesagt habt, und vielleicht sogar aus diesen Gründen, aber ... sie hat Mutter einen Ring zurückgegeben, den Letilia gestohlen hat, und Mutter damit sehr glücklich gemacht. Selbst wenn sie das nur getan hat, damit wir sie mögen, hat sich das für alle als wohltuend erwiesen, und was kann daran schon falsch sein?«

Giuna war nicht daran gewöhnt, Streitgespräche gegen die Freunde ihres Bruders zu gewinnen – die zudem alle älter und erfahrener waren –, aber nach kurzem Zögern entspannte sich Sibiliat und strich Giuna übers Haar. »Möglicherweise habe ich mich geirrt und bilde mir nur ein, in einen Spiegel zu sehen. Sie hat einen Ring zurückgegeben? Er war bestimmt sehr wertvoll.«

»Das vermute ich. Aber es zählte vor allem der sentimentale Wert. Er hat meiner Großmutter gehört.«

»Das war ... sehr freundlich von ihr.« Die Pause sagte all das, was Sibiliat nicht aussprach: Diese Freundlichkeit konnte ebenfalls nichts als Berechnung sein. »Hat Letilia viele Dinge gestohlen, als sie gegangen ist? Was ist wohl daraus geworden?«

Giuna zuckte mit den Achseln. »Ich bezweifle, dass wir noch etwas anderes zurückbekommen. Eventuell besitzt Renata weitere Stücke, aber ich bezweifle, dass Mutter ihr befiehlt, ihr Schmuckkästchen auszuhändigen, damit wir es durchsuchen können. Der Ring war das Einzige, was Mutter wirklich vermisst hat.«

»Mag sein, aber diese Dinge gehören Eurer Familie. Wenn Renata zu Euch gehören möchte, sollte sie nichts für sich behalten.« Sibiliat richtete sich stöhnend aus der unbequemen Position auf, die sie eingenommen hatte. »Und wenn ich vermeiden will, dass mich Leato zu einem Duell herausfordert, sollten wir auf die Feier zurückkehren. Der Klatsch wird sich nicht darum scheren, dass wir nur Händchen gehalten haben, und Leato wird wissen, dass ich ...« Sie biss sich auf die Unterlippe, um nicht weiterzusprechen.

»Dass was?«, hakte Giuna nach.

Sibiliats Lippen umspielte ein leises Lächeln. »Dass ich mir mehr wünsche.«

»Oh.« Dann hallte das Wort abermals durch ihren Kopf: *Oh.* Giuna spürte, wie ihr das Blut in die Wangen schoss. Erst als sie wieder auf die Feier zurückgekehrt war, ging ihr auf, dass die Röte auch allen anderen auffallen und zu noch mehr Gerede führen würde.

Isla Traementis, die Perlen: 11. Equilun

»Euer Misstrauen Alta Renata gegenüber war durchaus berechtigt«, teilte Grey Era Traementis mit. »Wenngleich nicht aus den richtigen Gründen.«

Das Morgenlicht fiel kalt und hell durch die Fenster von Donaias Studierzimmer. Er war direkt aus den Büros von Haus Pattumo hergekommen und hatte sie bereits am Schreibtisch vorgefunden. Sie hatte das Feuer im Kamin nicht angezündet und die kalte Luft lag wie Eis auf seinen Wangen.

»Es war also nicht Indestor?« Ihr Atem kondensierte. »Wer dann? Simendis? Destaelio? Wer bezahlt sie?«

»Niemand«, antwortete Grey. »Sie ist nicht so wohlhabend, wie sie behauptet. Zwar gibt sie viel Geld aus, lebt allerdings höchst bescheiden. Abgesehen von ihrem Dienstmädchen hat sie keine weiteren Dienstboten, und meist isst sie auswärts – solange sie eingeladen wird.«

Grey konnte beinahe das Hauptbuch in Donaias Kopf sehen, in dem Zahlen getilgt und neue notiert wurden, um das neu zu berechnen, was sie über Renata Viraudax wusste. Sie kauerte sich zusammen und rieb sich gegen die Kälte die Arme. Als hätte sie nicht schon genug Sorgen, ohne dass auch noch diese junge Frau dazukam. Das Leder seiner Handschuhe knarzte, als er die Fäuste ballte.

»Außerdem gibt es ein Problem mit ihrer Bankbürgschaft«, fuhr er fort. »Ich habe eben erst mit Mede Pattumo darüber gesprochen.«

Donaia runzelte die Stirn. »Seltsam. Ich hätte damit gerechnet, dass sie zu einer Bank mit besseren Kontakten in Seteris geht.«

»Ich vermute, dass sie es absichtlich so gehalten hat. Bessere Kontakte nach Seteris würden auch bedeuten, dass die Bestätigung schneller eintrifft – oder in ihrem Fall die Ablehnung.« Grey hob eine Hand, als Donaia ruckartig den Kopf drehte. »Noch ist die Sache nicht geklärt. Sie behauptet, dass es sich um irgendeinen Fehler handeln müsse, daher wurde ihr Kredit verlängert und das Ganze zurück nach Seteris geschickt.« Er vermutete, dass ihr noch etwa zwei Monate blieben, bis die Bankiers eine Abrechnung verlangten; was allerdings auch davon abhing, wie gut sie darin war, sie hinzuhalten.

Demzufolge konnte sie sich vermutlich weitaus mehr Zeit verschaffen. »Sie erweckt einen guten Eindruck«, fügte er hinzu. »Einen zu guten – was mich zu der Auffassung verleitet, sie könnte so etwas früher schon einmal gemacht haben.«

Donaia erhob sich und machte den Anschein, als wollte sie auf und ab laufen, und Klops rappelte sich ebenfalls auf. Sie legte dem Hund eine Hand auf die Schulter – entweder um

ihn zum Liegenbleiben zu bewegen oder um sich abzustützen.
»Aber ... ich habe sie nach Letilia gefragt. Sie kennt sie.«
»Sie könnte durchaus Letilias Tochter sein, allerdings ... Leato hat mir von seiner Tante erzählt. Wäre es möglich, dass sie möglicherweise gar nicht so gut betucht ist? Dass Alta Renata von ihrer Mutter gelernt hat, wie man anderen etwas vormacht? Dass sie in der Hoffnung hierherkam, das Haus Traementis könnte ihr den Luxus ermöglichen, den sie nach ihrer Erziehung zu verdienen glaubt?«

Nun bewegte sich Donaia mit langsamen, unsicheren Schritten. Grey schwieg und ließ sie nachdenken. Das Haus Traementis hatte so viele Verluste und Rückschläge hinnehmen müssen – nicht nur Giancos Tod und Letilias Flucht, sondern auch eine Vielzahl an Unglücken und Krankheiten, die Tanten, Onkel, Cousins und Cousinen dahingerafft hatten – und während all der Zeit war Donaia diejenige gewesen, die das schwindende Haus zusammenhielt, und das auch schon, bevor sie es offiziell geleitet hatte. Daher erstaunte es ihn nicht, dass sie den Rücken durchdrückte und wieder energischere Schritte machte. Sie nahm nichts kampflos hin.

»Was kann die Wache tun?«, fragte sie entschieden und drehte sich zu ihm um. »Diese Frau hat mich und meine Familie angelogen und Geld ausgegeben, das ihr nicht gehört. Es muss doch irgendeinen Grund geben, um sie zu verhaften.«

»Im Augenblick wüsste ich keinen.« Jedenfalls war Grey nicht dazu bereit, das zu tun, nicht einmal für Donaia und Leato. Platzierte Beweise und falsche Anschuldigungen mochten innerhalb der Wache gang und gäbe sein – und er mochte gar nicht daran denken, wie das Haus Traementis seine Feinde in der Vergangenheit zugrunde gerichtet hatte –, aber Grey hatte schon zu oft mitansehen müssen, wie diese Mittel gegen seine Leute eingesetzt wurden, als dass er sie ebenfalls nutzen wollte. »Soweit wir wissen, hat sie keine Verbrechen begangen.«

»Aber Schulden ...« Donaia stutzte und beendete den Satz nicht. »Bisher hat sie keine Schulden gemacht. Nicht, solange Mede Pattumo ihr kein Ultimatum stellt und sie zugeben muss, dass sie das Geld nicht zurückzahlen kann.« Sie trommelte mit den Fingern auf dem Oberschenkel.

»Genau, und das wird noch mindestens einen Monat dauern, wahrscheinlich eher länger. Doch so lange solltet Ihr keinesfalls warten. Leato und Giuna haben sie bereits ins Herz geschlossen. Nachdem Ihr schon so viele Verwandte verloren habt ...«

Grey hatte schon zahlreiche Duelle, Aufstände und Versuche, ihn hinterrücks zu erstechen, miterlebt, aber die plötzliche Wut, die in Donaias Augen auflodert, beunruhigte ihn mehr als alles vorherige.

»Wenn sie glaubt, sie könnte hierherkommen und uns aussaugen«, knurrte Donaia, »dann wird sie bald herausfinden, wie sehr sie sich geirrt hat.«

Isla Traementis, die Perlen: 12. Equilun

Sobald Renata das Studierzimmer von Era Traementis betreten hatte, wusste sie, dass etwas nicht stimmte.

Rein oberflächlich schien alles in bester Ordnung zu sein. Colbrin bat sie, in einem der schweren antiken Sessel Platz zu nehmen, versicherte ihr, dass Era Traementis gleich bei ihr sein würde, und bot ihr etwas warmen Wein an. Renata nahm das Angebot gern an und freute sich, nicht noch mehr Kaffee trinken zu müssen, bis ihr zu spät aufging, dass es sich um das widerliche Gebräu handeln könnte, das Eret Extaquium ihr geschickt hatte. Doch da hatte Colbrin die Tür bereits hinter sich geschlossen und sie war allein.

Hatte Donaia herausgefunden, dass Leato in Bezug auf den Abend der Extaquium-Feier gelogen hatte? Doch in diesem Fall wäre Leato derjenige gewesen, den eine Standpauke erwartet hätte. Und warum ließ Donaia Renata ins Studierzimmer statt in den Salon bringen?

Ondrakja hatte den Instinkt, der Ren half zu entschlüsseln, wie sie andere manipulieren konnte, wann sie sie drängen und wann sie sich zurückhalten musste, welcher Köder vielversprechend war und womit sich ihre Ängste beruhigen ließen, immer als »Ergründen der Strömung« bezeichnet. Jetzt verriet er ihr, dass irgendetwas schiefgelaufen war.

Sie stand mit halb geschlossenen Augen mitten auf dem Teppich und ging alles durch. Vargo konnte es nicht sein, denn sie hatte sich zwar darauf vorbereitet, Donaia genau darzulegen, warum es sich lohnte, das Privileg zu unterstützen, dies jedoch noch nicht getan. Leato und Giuna hatte sie ebenfalls nicht beleidigt. In den letzten Tagen hatte sie außerdem mit niemandem über Letilia gesprochen, das konnte daher auch nicht der Grund sein, denn dann hätte Donaia sie früher zu sich beordert. Hatte die verdammte Frau sich etwa in Seteris erkundigt und die Antwort erhalten, dass es dort keine Letilia gab und dass das Haus Viraudax nie von einer Renata gehört hatte?

Ren drehte sich der Magen um. *In Seteris erkundigt.*

Das Haus Pattumo. Ihre maskenverfluchten Bankiers, die zwei- bis dreimal so lange hätten brauchen müssen, um herauszufinden, dass mit ihrer Bankbürgschaft etwas nicht stimmte.

Noch war das keine Katastrophe. Der Vorteil daran, sich als Adlige auszugeben, bestand darin, dass einen niemand vorschnell der Lüge bezichtigte; vielmehr wurde man höflich darüber informiert, dass es ein Problem zu geben schien, und ging davon aus, dass die Alta es zweifellos rasch aufklären könne. Renata hatte mit Mede Pattumo gesprochen, ihn beruhigt und lächelnd weggeschickt und sich auf diese Weise mehr Zeit erkauft.

Allerdings nicht bei Donaia. Sie musste aufgepasst und gehört haben – wahrscheinlich von ihrem getreuen Falken –, dass es ein Problem mit Alta Renatas Finanzen gab. Für eine knausrige Frau wie sie, die sich noch dazu früher über Letilias verschwenderische Art aufgeregt hatte, musste dies ein Fehltritt sein, der ihr gegen den Strich ging.

Da Ren in Nadežra aufgewachsen war, kannte sie mehr als genug Geschichten über die Rachsucht der Traementis.

Ren schlug die Augen auf. Sie bewegte sich nicht, hatte jedoch einen Puls wie nach einem Dauerlauf. Hinter den Fenstern des Studienzimmers lag ein kleiner Balkon, von dem aus sie mühelos aufs Dach und unbemerkt am Herrenhaus nach unten klettern konnte, um durch die Nebenstraßen zu verschwinden. Um dann Tess zu warnen, sich die beiden Rucksäcke zu schnappen, die seit ihrem Einzug ins Stadthaus neben der Küchentür bereitstanden, und sich zu verdünnisieren.

Nur als letzter Ausweg. Sie war nicht zu Ondrakjas Musterschülerin geworden, indem sie beim ersten Anzeichen von Schwierigkeiten die Beine in die Hand nahm. Falls Donaia nur wusste, dass Renatas Reichtum angezweifelt wurde, dann konnte ihr momentan nichts Schlimmeres als eine Verzögerung ihrer Pläne passieren. Sie war nicht aufgeflogen – jedenfalls noch nicht.

Die beste Methode bestand darin, Donaia abzulenken. Sie musste ihr etwas derart Reizvolles bieten, dass sie das Geldproblem vergaß oder zumindest vergab. Nicht den Bericht über Vargo, denn der würde nicht ausreichen. Ren brauchte etwas Besseres.

Mit drei schnellen Schritten war sie am Schreibtisch und ging die Papiere darauf durch, während sie auf Geräusche aus dem Flur lauschte. Danach legte sie alles wieder im exakt gleichen Winkel zurück an seinen Platz. Briefe, Hauptbücher, kontextlos notierte Berechnungen. Darunter nichts Hilfreiches. Ein schneller Blick in den Kamin – der selbst zu dieser

Jahreszeit kalt war – verriet ihr, dass auch keine zusammengeknüllten Unterlagen verbrannt werden sollten.

Sie umkreiste den Schreibtisch und dankte den Gesichtern und den Masken. Der Tisch war uralt und musste auf die Zeit des Bürgerkriegs zurückgehen – wenn nicht sogar noch älter sein –, und die Schlösser an den Schubladen waren auch nicht jünger. Ren hätte sie praktisch mit einem Fingernagel knacken können. Sie zog eine Nadel aus dem Band in ihrem Haar, legte sie auf die Schreibtischkante und nutzte einen steinernen Briefbeschwerer, um die Spitze zu verbiegen. Danach kniete sie sich hin und versuchte, nicht an das zu denken, was passieren würde, wenn Donaia hereinkam und Alta Renata dabei erwischte, wie sie in ihren aufgebrochenen Schubladen herumschnüffelte. *Man kann den Falken nicht davonlaufen, wenn man ständig über die eigene Schulter zurückschaut.* Das war noch etwas, das Ondrakja immer gesagt hatte.

Sie steckte die Nadel ins Schlüsselloch und schloss die Augen, um nicht abgelenkt zu werden. Nach einigem Herumtasten hatte sie den Riegel entdeckt und umgelegt. Ren konnte für das Haus Traementis nur hoffen, dass Donaia einen besseren Tresor mit einem guten Schloss besaß, in dem sie die wirklich wichtigen Dokumente aufbewahrte. Für sich hoffte sie hingegen, dass sie hier irgendetwas von Bedeutung entdeckte.

In der ersten Schublade lagen ein Kassenbuch und mehrere Unterlagen, die mit diversen Privilegien zu tun hatten – hauptsächlich solchen, die Donaia anscheinend verkauft hatte. Mit etwas Zeit hätte Ren sich daraus vielleicht einen Reim machen können, aber Zeit war ein Luxus, der ihr nicht vergönnt war. Sie schob die Schublade zu, verriegelte sie wieder und ging auf die andere Seite des Schreibtischs. Ihr Atem ging schnell, doch ihre Hände waren ganz ruhig. Wie in der Nacht, in der sie Letilias Schmuck und Münzen gestohlen hatte, während Tess vor der Tür Wache hielt und bereit war, jederzeit ein alarmierendes Zischen auszustoßen, sobald sie die Stadtmiliz bemerkte. *Ich war schon immer eine bessere Diebin als Dienstbotin.*

Dort stieß sie auf weitere Briefe, die jedoch wichtig genug waren, dass sich Donaia die Mühe gemacht hatte, sie wegzuschließen. Einer war zerknittert, als wäre er zusammengeknüllt und später wieder geglättet worden. Ren sah ihn sich genauer an.

Era Traementis.
Ihr seid eine stolze Frau. Das verstehe und respektiere ich. Glaubt nicht, ich würde aufgrund der momentanen Situation auf Euch herabblicken. Das Haus Traementis ist eines der ältesten Häuser der Stadt, und es würde mich zutiefst betrüben, wenn Euer Name in den Fluss gezogen und Euer Versagen öffentlich bekannt wird.

Daher möchte ich Euch einen Kompromiss vorschlagen, der es Euch erlaubt, das Gesicht zu wahren. Im Register von Haus Indestor stehen diverse weniger bedeutende Cousinen und Cousins, die eine annehmbare Partie für Euren Sohn abgeben würden. Aufgrund meiner Informationen über seine letzten Aktivitäten gehe ich davon aus, dass er Frauen bevorzugt, aber wenn er lieber mit einem Mann verbunden wäre, hätte ich dagegen keine Einwände; es gibt mehr als genug Indestor-Kinder, die er als seinen Erben adoptieren könnte.

Der Vertrag wurde bereits aufgesetzt und bedarf nur noch Eurer Zustimmung. Vermählt Euren Sohn vor der Sommersonnenwende mit jemandem aus meinem Haus und legt fest, dass sein Nachlass in der Indestor-Linie vererbt werden soll, dann sind all Eure Schulden vergessen. Eure Familie wird unter ihrer aktuellen Last nicht noch tiefer sinken, und niemand wird erfahren, dass etwas nicht stimmt. Taspernum, Persater, Adrexa ... Die Geschichte Nadežras ist voller Adelshäuser, die ihre Zeit im Sonnenlicht hatten, bevor sie vergingen.

Auf die eine oder andere Weise wird das Haus Traementis zu ihnen gehören. Es steht in Eurer Macht zu entscheiden, ob dies würdevoll oder unter öffentlicher Bloßstellung geschieht.

Mettore
Eret Indestor
Caerulet des Cinquerats

Ren wollte schon zum nächsten Brief übergehen, hörte dann jedoch eine Tür in einiger Entfernung zufallen und wusste, dass dafür keine Zeit mehr blieb. Rasch steckte sie die Papiere wieder in die Schublade, verschloss sie und war soeben auf der anderen Seite des Schreibtischs in einen Sessel gesunken, als Donaia eintrat.

Isla Traementis, die Perlen: 12. Equilun

Trotz ihrer immensen Wut – oder vielleicht gerade deshalb – ließ sich Donaia Zeit, um sich auf die Begegnung mit Letilias durchtriebener Tochter vorzubereiten. Sie puderte sich die Wangen, da sie dazu neigte, rasch zu erröten, und ihre Gefühle nicht verraten wollte, und zog sich den Surcot und das Unterkleid an, die sie auch bei ihrer Hochzeit getragen hatte – und die seitdem mehrmals umgearbeitet worden waren, aber trotzdem zu ihren besten Kleidungsstücken gehörten. Er war bestickt mit einem Tricat-Sternenmuster aus Saatperlen und fühlte sich für Donaia wie eine Art Rüstung an, in der sie besser für den Namen ihres Hauses eintreten konnte. Die unebene Struktur wirkte zudem tröstlich, als sie mit den Händen ein letztes Mal über das Gewand strich, bevor sie ihr Studierzimmer betrat.

»Alta Renata ...«
»Era Traementis, ich bin Euch sehr dankbar, dass Ihr mich

empfangt.« Renatas Knicks war knapper als üblich, als könnte sie vor Aufregung kaum an sich halten. »Ich habe mich über Derossi Vargo erkundigt, wie wir vereinbart hatten, und bin kürzlich auf etwas gestoßen, das Euch außerordentlich interessieren dürfte.«

Donaia scherte sich keinen Deut um Vargo, doch bevor sie enthüllen konnte, dass sie ebenfalls etwas *außerordentlich Interessantes* herausgefunden hatte, wurde sie auch schon verblüffend energisch in einen Sessel gedrückt.

Renata hockte sich mit geröteten Wangen und leuchtenden Augen auf die Kante ihres Sessels. »Es geht um seinen Vorschlag, das Reinigungsnuminat im Fluss wiederherzustellen. Ich bin der Sache wie versprochen nachgegangen und kann voller Freude verkünden, dass alle Hinweise, die ich finden konnte, darauf hindeuten, dass alles so ist, wie es den Anschein hat. Allerdings wollte ich mich nicht aus diesem Grund so dringend mit Euch treffen.«

Irgendwie hatte Donaia völlig die Kontrolle über das Gespräch verloren. Genau wie es immer passierte, wenn Leato wegen etwas aufgeregt war und nichts von den Strömungen um sich herum mitbekam – wozu auch Donaias Missfallen gehörte.

Genau wie Leato nahm auch Renata Donaias finstere Miene nicht zur Kenntnis. »Ich war diejenige, die Euch heute hergebeten hat.«

»Aber natürlich. Ich war nur so froh, dass Ihr mich sehen wollt, noch dazu unter vier Augen. Es gibt da nämlich eine Angelegenheit, die ich mit Euch besprechen möchte, doch ich war mir nicht sicher, wie ich es anstellen soll ... Gehe ich recht in der Annahme, dass zwischen dem Haus Traementis und dem Haus Indestor eine gewisse Rivalität besteht?«

Donaia verspannte den Rücken noch etwas mehr. »Wie ich sehe, konnte Leato wieder einmal nicht den Mund halten.« Ihre Stimme war so kalt wie der Dežera im Winter. Dieser

Junge war ohnehin viel zu offenherzig. »Ich muss Euch daran erinnern, dass die Sorgen von Haus Traementis nicht die Euren sind, Alta Renata *Viraudax*.«

Renata besaß nicht einmal den Anstand, eingeschüchtert zu wirken. »Ich möchte nicht, dass er Schwierigkeiten bekommt, bin allerdings froh, dass er etwas gesagt hat. Wäre es mir nicht bekannt, hätte ich möglicherweise den Gedanken an eine Zusammenarbeit mit Vargo verworfen. Aber wenn unsere Feinde die seinen sind ...«

Mit einem Mal wurde Donaia sehr ruhig und ihr Zorn schlug in einen Hoffnungsschimmer um. »Derossi Vargo hat etwas gegen Mettore in der Hand?«

»Wie sonst hätte er so viel Macht am Unterufer anhäufen können, noch dazu in derart kurzer Zeit?«

Donaia spielte an einer Perle herum, die sich an ihrem Surcot gelockert hatte. »Ich dachte immer, er würde für Mettore arbeiten.« Bestechung und Korruption waren im Horst an der Tagesordnung. Mettore nutzte seinen Einfluss, um bei jenen zuzuschlagen, die er nicht kontrollieren konnte: den Stretsko-Banden, der Stadnem Anduske, den Vraszenianern als Ganzes. Vargos Blut mochte durchmischt sein, aber in Mettores Augen wäre er ein nützliches Werkzeug gegen alle anderen.

»Oder Meister Vargo hat etwas gegen ihn in der Hand.« Renata beugte sich vor, als könnte jemand ihr Flüstern hören. »Etwas, das derart verdammenswert ist, dass er ihn damit in Schach halten kann.«

Ein nützliches Werkzeug gegen alle anderen. Das ließ sich ebenso über die Traementis wie über die Indestors sagen. Aber war ein Bündnis mit jemandem wie Vargo nicht in etwa so, als würde man den Fuchs bitten, die Hühner vor den Wölfen zu beschützen? »Warum in aller Welt würde jemand wie Vargo uns derartige Informationen überlassen?«

»Er ist aus einem bestimmten Grund auf Haus Traementis

zugekommen«, erwiderte Renata. »Er will dieses Privileg, und Ihr seid sein einziger Weg, um es zu erlangen. Wenn weder Ihr noch er ein Freund von Haus Indestor seid, nutzt er dies möglicherweise, um herauszufinden, ob Ihr stattdessen Verbündete sein könnt.«

»Dann ist er ein Narr. Glaubt Ihr, ich hätte nicht versucht, unser Vermögen durch neue Privilegien zu verbessern?« Im Vergleich zum blitzartig aufflackernden Zorn über Renatas Betrug glich diese Wut eher einer nie erlöschenden Glut. »Jeder Vorschlag, den ich dem Cinquerat vortrage, wird lachend des Privilegienhauses verwiesen. Wenngleich höflich. Mit vielen Entschuldigungen, dass Traementis doch ein so großes und altes Haus ist – oder war. Mettore Indestor ist nicht der Einzige, der unseren Untergang herbeisehnt. Er gibt es nur deutlicher zu als die anderen.«

Möge Lumen Gianco zu Staub zerfallen lassen. Donaia hatte ihren Gatten geliebt, doch er war wie eine vraszenianische Gottheit gewesen: zu gleichen Teilen lächelndes Gesicht und finstere Maske. Für die Mitglieder seiner Familie tat er alles – oft mehr, als er tun sollte. Bei Außenstehenden sah die Sache schon anders aus. Sobald ihn jemand verärgerte, nahm er nicht nur Rache an dieser Person, sondern auch an ihren Geschäften, ihrer Familie und allem, was er zerstören konnte.

Außerdem war er nicht der Einzige, der sich so benahm. Dieses Verhalten lag in der Familie, die sich gegen die Welt zusammenschloss und diese Welt oftmals als Feind oder Spielfigur betrachtete. Was bedeutete, dass das Haus Traementis außerhalb der eigenen Reihen keine Verbündeten besaß. Und als diese Reihen immer dünner wurden, gab es bald gar keine Verbündeten mehr.

Donaia kniff die Augen zusammen, holte mehrmals tief Luft und wartete darauf, dass die Hitze aus ihren Wangen und Ohren verschwand. Erst als sie sich so weit beruhigt hatte, um wieder ruhig sprechen zu können, fuhr sie fort.

»Selbst wenn uns Meister Vargo helfen könnte, sind wir in keiner Position, um ihn zu unterstützen.«

»Doch, das können wir«, widersprach Renata leise, aber beharrlich. »Ich habe seine Frustration gesehen, als er mich zum Mittagessen eingeladen hat. Wir besitzen die Legitimität, die ihm abgeht. Er möchte den Westkanal wirklich reinigen – zugegeben, um daraus Profit zu schlagen, was das Gute, das auf diese Weise bewirkt wird, jedoch nicht schmälert –, aber das kann er nicht, weil ihn niemand anhören will. Und was die Genehmigung des Privilegienhauses betrifft ...« Sie stieß ein atemloses Lachen aus, das ein wenig selbstironisch klang. »Meiner Meinung nach sollte sich ein Advokat darum kümmern.«

Renatas Enthusiasmus war faszinierend. Früher einmal hatte Donaia eine ähnliche Begeisterung an den Tag legen können. Heute seufzte sie nur. »Das Haus Traementis hat keinen Advokaten.« Das Haus Traementis konnte sich auch keinen Advokaten leisten, jedenfalls keinen guten.

»Dann lasst es mich versuchen.«

Renata saß schweigend da. Donaia sah ihr in die Augen und bemerkte darin nicht nur Enthusiasmus, sondern eine Selbstsicherheit, die so unerschütterlich war wie der Fels der Spitze. Dennoch flüsterte eine leise Stimme in ihrem Kopf: *Sie hat dich angelogen. Sie ist nicht die Person, die sie zu sein behauptet ...*

Aber eine ertrinkende Frau greift nach jedem Strohhalm.

»Und was geschieht, wenn der Rest von Nadežra so wie ich von Eurer finanziellen Situation erfährt?«, fragte sie, sanfter als geplant, da ihr Zorn fast vollständig verraucht war. Tat Renata nicht das, was Donaia seit so vielen Jahren ebenfalls machte? Sie wahrte den Schein, um nicht im Schlamm zu versinken. Das schien eine Traementis-Eigenschaft zu sein. »Ich würde vorschlagen, dass Ihr Euch zuerst einmal um Eure eigenen bevorstehenden Schulden kümmert.«

Falls sie erwartet hatte, dass Renata zusammenzuckte, wurde sie enttäuscht. Das Mädchen wirkte eher genervt als zerknirscht. »Ich hätte mein Konto lieber bei einer angeseheneren Bank eröffnet – der keine derartigen Fehler unterlaufen.«

Anstatt zu fragen, ob diese Bankgeschichte der Wahrheit entsprach oder nur ausgedacht war, stellte Donaia fest: »Ihr seid ganz und gar nicht wie Eure Mutter.« Die Vorstellung, Letilia könnte arbeiten – oder sich gar freiwillig dafür melden –, war ebenso unvorstellbar wie ein Schmuggler, der sich am Dreckwasser störte, durch das er schwimmen musste.

Ebenso unvorstellbar wie die Entscheidung, die Donaia traf. Sie hatte ihr Studierzimmer betreten, um Renata derart herunterzuputzen, dass sie mit dem nächsten Schiff nach Seteris zurückreiste. Stattdessen ...

»In Ordnung.« Sie streckte die Hände aus und Renata ergriff sie. »Dann wollen wir doch mal sehen, wie uns Meister Vargo nützlich sein kann, Advokatin Viraudax.«

Zweiter Teil

7

Sieben sind eins

*Privilegienhaus, Morgendämmerungstor,
Alte Insel: 19. Equilun*

Ren betrachtete die spiralförmigen roten Säulen vor dem Privilegienhaus und dachte: *Dadurch sollte doch alles einfacher werden.*
Sie wollte nichts weiter als Geld. Ihren Anteil am Reichtum Nadežras, der sich wie Sahne immer ganz oben zu sammeln schien, anstatt zu den Menschen weiter unten durchgefiltert zu werden. Inzwischen hätte Ren längst die Art von Luxus genießen sollen, die ihre Fähigkeiten ihr laut Ondrakja einbringen würden. Stattdessen schlief sie noch immer auf dem Küchenboden, nahm das Geld, das Vargo ihr als seine Advokatin zahlte, und reichte es sofort an das Haus Pattumo weiter, um zu beweisen, dass sie nicht mittellos war, und damit es an Vargo zurückgezahlt werden konnte als Miete für ihr Fleckchen Küchenboden und den ungenutzten Rest des Stadthauses.
So langsam fragte sie sich, ob sie als Diebin nicht schneller reich werden konnte. *So oder so schaut mir die Wache über die Schulter.*
Aber wann immer ihre Entschlossenheit ins Wanken geriet, reichte ein Blick auf die gewöhnlichen Nadežraner,

die sich auf den Stufen des Privilegienhauses drängten und nur eine abgelehnte Petition davon entfernt waren, wegen Vagabundierens ins Gefängnis geworfen zu werden, um von dort in eines der Caerulet-Sträflingsschiffe zu wandern und den Rest des Lebens in Sklaverei zu verbringen. Das hatte sie bereits mit ihrer Mutter durchlebt und brauchte es kein weiteres Mal.

Daher biss sie die Zähne zusammen und ging weiter.

Die Eingangshalle des Privilegienhauses war noch überfüllter, überall drängten sich Advokaten und Beamte, während Boten und Schreiber nach Arbeit suchten. Über ihnen thronten fünf Statuen; ein Poet, ein Minister, ein Händler, ein Soldat und ein Priester, zusammen mit fünf Sinnsprüchen: *Ich spreche für alle; Ich berate alle; Ich unterstütze alle; Ich verteidige alle; Ich bete für alle.* Darunter standen die Schreibtische der fünf Cinquerat-Sitze: Argentet für kulturelle Angelegenheiten, Fulvet für städtische, Prasinet für wirtschaftliche, Caerulet für militärische, Iridet für religiöse. In Livreen gekleidete Sekretäre jedes Ratsmitglieds saßen mit müden Gesichtern an den Tischen.

Renata trat mit der Selbstsicherheit einer Person, die davon überzeugt war, nicht anstehen zu müssen, näher. Damit hatte sie schon die Hälfte geschafft, und ein weiteres Viertel gelang ihr dank ihrer Flussratteninstinkte, die ihr halfen, Lücken zu finden, durch die sie huschen konnte, oder Füße, auf die sie »versehentlich« trat. Danach musste sie sich nur noch genau wie alle anderen langsam nach vorn vorarbeiten, bis sie endlich vor dem Sekretär stand, ihre Lizenz vorzeigte und ihr Anliegen vortrug.

Ihre teuer aussehende Kleidung und der Name Traementis hatten genug Gewicht, um sie sodann aus dem Gewimmel öffentlicher Advokaten in der Eingangshalle in das Vorzimmer des Fulvet zu bitten. Mit etwas Bestechungsgeld – aus Vargos Tasche, nicht aus Renatas – wanderte ihr Name auf der Liste weiter nach oben, aber Donaia behielt recht: Niemand im Privilegienhaus war geneigt, dem Haus Traementis einen Gefallen zu tun. Renata stellte sich auf eine lange Wartezeit ein.

Sie wusste ein bisschen etwas über die Geschichte des Fulvet-Büros aus der Zeit, in der das Haus Traementis es hielt. Letilias Vater, der vorherige Sitzinhaber, war ein berüchtigter Mann, weil er den halben Dežera vergiftet hatte. Nicht mit Absicht; nein, das lag allein an der in Nadežra üblichen Bestechung und Korruption und daran, dass Crelitto Traementis einen Großteil des Geldes, das für eine Brücke über den Fluss bei Flutwacht gedacht gewesen war, eingesteckt hatte, woraufhin diese später einstürzte. Dreiundfünfzig Menschen waren deswegen gestorben und zahlreiche Trümmer in den Westkanal geschwemmt worden, wo sie mit dem riesigen Prismatium-Gefüge des reinigenden Numinats kollidierten – das daraufhin zerbrach.

Wäre das im Ostkanal passiert, hätte Fulvet die Reparatur vermutlich in Auftrag gegeben – ohne Rücksicht darauf zu nehmen, dass die Erschaffung dieser Numinata von den Inskriptoren erforderte, sie zu durchdringen, was sie das Leben kostete. Die Kanalisierung von Macht in einem solchen Ausmaß erforderte ihren Preis. Da der Westkanal jedoch zwischen der Insel und dem Unterufer verlief, hatte man im Privilegienhaus nur mit den Achseln gezuckt. Sollten die Stechmücken doch schmutziges Wasser trinken: So gab es weniger von ihnen, die Ärger machen konnten.

Scaperto Quientis hatte den Fulvet-Sitz kurz nach Letilias Flucht aus Nadežra übernommen, was den Anfang des Untergangs von Haus Traementis einleitete. Den Gerüchten zufolge war er anders gewesen. Seine Bestechlichkeit war entweder weniger auffällig oder er hatte andere lukrative Einkommensquellen gefunden; unter Scaperto schien eine erstaunliche Prozentzahl der Steuern, die von Prasinet, dem wirtschaftlichen Sitz, erhoben wurden, ihren Weg in die öffentlichen Bauarbeiten zu finden, für die sie auch bestimmt waren. Was bedeutete, dass er entweder ehrlich war ... oder nur viel cleverer als seine Vorgänger.

Beides waren gute Gründe, aus denen Renata vorsichtig sein musste.

Sie war kurz nach der Morgendämmerung eingetroffen, und nachdem die Glockentürme die fünfte Sonne eingeläutet hatten, ließ man sie endlich ins Fulvet-Büro vor.

Scaperto Quientis schien nur aus Kanten zu bestehen: kantiger Kiefer, kantiger Körper, kantige Haltung. Sein goldenes Haar war von grauen Strähnen durchzogen, und die Haut um seine Augen zierten feine Fältchen, was ihn jedoch nur noch robuster und mächtiger erscheinen ließ. Als Renata ihn ansah, erblickte sie einen alten Kater, der sich seines Fleckchens Sonnenlicht sehr sicher war.

Er beugte sich vor, stützte die Ellbogen auf den Schreibtisch und legte die Fingerspitzen aneinander, um sie darüber hinweg zu mustern. »Alta Renata. Die neueste Kuriosität aus Seteris ... Das Haus Traementis hat *Euch* als Advokatin lizenziert?«

Alle waren sich einig, dass Eret Quientis' auffälligste Schwäche seine Direktheit darstellte. Als Renata seinen zynisch verzogenen Mund beäugte, hatte sie den Eindruck, dieser Mann könnte es als erfrischend ansehen, wenn man gleichermaßen reagierte. »Das Haus Traementis hat zahlreiche unangenehme Erinnerungen an meine Mutter und ich würde mich gern aus ihrem Schatten befreien. Wenn ich Euch, Euer Ehren, davon überzeugen kann, mich nicht nur als ihr Echo anzusehen, dann würde das bei ihnen großen Eindruck machen – insbesondere da ich glaube, dass Ihr früher einmal mit ihr verlobt wart.« Bevor Letilia den Vertrag gebrochen hatte und geflohen war.

»Das ist korrekt. Ihr seht ihr ähnlich.« Seine Mundwinkel zuckten. »Wie sehr sie das hassen muss.«

Renata wartete einfach.

»Und jetzt seid Ihr hier, um die Schulden Eurer Mutter zu bezahlen?« Quientis blinzelte langsam, als würde der Kater überlegen, ob die Maus seine Zeit wert war. »Wenn Ihr mich fragt, seid Ihr ein wenig jung für mich.«

Er stellte sie auf die Probe. Anders als die Hälfte des Cinquerats hatte Quientis nicht den Ruf, für Verführungen offen zu sein. »Ich habe einige Nachforschungen angestellt und weiß, was Euch vermutlich mehr interessieren wird.« Renata hielt eine Ledermappe hoch. »Daher möchte ich Euch ein neues Privileg vorschlagen. Einen Ersatz des Numinats im Westkanal, um diese Hälfte des Dežera vom Schlamm und Dreck zu befreien, der aus dem Rest von Vraszan hergeschwemmt wird.«

Sie legte den Vorschlag so auf den Tisch, dass er nicht herankommen konnte, um ihn dazu zu bewegen, sich vorzubeugen und nach der Mappe zu greifen. Nach einem Augenblick tat er es auch und überflog die Übersicht, die Renata verfasst hatte, wobei sich die Furche auf seiner Stirn bei jeder Zeile vertiefte. Er wirkte nicht überrascht; der politische Klatsch darüber musste inzwischen auch zu ihm durchgedrungen sein. Die Details waren hingegen eine ganz andere Sache.

Nach einer Weile legte er die Mappe hin – gab sie ihr jedoch nicht zurück. »Ich vermute, dass Ihr davon ausgeht, dies würde den Ruf der Traementis entlang des Unterufers wiederherstellen.«

»Ich hoffe darauf, dass damit etwas Gutes bewirkt wird«, gab sie offen zu, »allerdings ist das bei Weitem nicht der einzige Grund, aus dem ich dafür eintrete. Ich habe ein Haus in Westbrück gemietet, Euer Ehren, und meine Wasserversorgung wird zwar geschützt, doch ich komme tagtäglich an Beweisen für die Verschmutzung des Flusses vorbei. Und die Auswirkungen davon sehe ich jeden Tag an den Menschen um mich herum.«

Sie hatte diese Rede oft geübt, bevor sie hergekommen war, und mit Donaias und Vargos Hilfe verbessert – selbstverständlich getrennt voneinander. Renata versuchte gar nicht erst, ihm mit pragmatischen Argumenten zu kommen; die standen alle in der Mappe, die Vargos kopierte Dokumente enthielt. Wenn Quientis ein Mann war, der sich von trockenen Fakten beeindrucken ließ, dann würden sie ihn überzeugen. Dies war ihre Chance, ihm die größere Version zu verkaufen: einen Dežera, der in beiden Hauptkanälen klar und rein war.

Er ließ sie reden und unterbrach sie nur wenige Male mit klärenden Nachfragen. Als sie fertig war, lehnte er sich auf seinem Stuhl zurück und stützte die aneinandergelegten Finger an die Lippen.

Sie widerstand dem Drang, das Schweigen mit weiteren Argumenten zu füllen. Ihre Leidenschaft für dieses Projekt war auch so schon überdeutlich geworden. *Wäre Mama krank geworden, wenn der Fluss sauber gewesen wäre?*

»Das ist eine schöne Idee, Alta Renata – aber wenn das so leicht zu bewerkstelligen wäre, hätten wir es schon vor Jahren getan. Selbst wenn ich Traementis dieses Privileg überlasse, muss es noch immer ausgeführt werden, und das benötigt die Kooperation von mehr als nur einem Sitz im Cinquerat. Religiöse Angelegenheiten wie Numinatria fallen unter die Amtsgewalt von Iridet, und ich bin nicht qualifiziert zu beurteilen, ob es überhaupt möglich ist, so etwas auf dauerhafte Weise zu errichten, ohne einen Inskriptor darum zu bitten, dafür zu sterben. Prasinet wird besorgt über die Auswirkung auf die Steuererhebung und Ankergebühren im Westkanal sein. Argentent findet wahrscheinlich einen kulturellen Grund, um sich einzumischen, weil Era Novrus einfach überall mitreden will.«

Caerulet erwähnte er nicht. Diese Sache hatte nichts mit dem Militär zu tun, aber Mettore Indestor würde sich gegen alles aussprechen, was den Traementis half, seiner Klinge zu entrinnen.

»Das ist mir bewusst«, sagte Renata. »Aber wenn ich jetzt zu ihnen gehe, werden sie sagen, dass es kein diesbezügliches Privileg gibt – warum sollten wir also Zeit damit vergeuden? Sobald ich das Privileg besitze, kann ich Verhandlungen mit ihnen beginnen.«

»Und Ihr glaubt, dass Euch das gelingt?«

»Ja.« Sie ließ das Wort ohne weitere Ausführungen in der Luft hängen. Bei einem Betrug ging es auch um Selbstsicherheit: nicht nur die des Opfers, das sich einbildete, schlauer zu sein, sondern man musste auch auf sich selbst vertrauen. Renata hatte Donaia weisgemacht, Vargo würde ihnen gegen Indestor helfen, wobei sie nichts als eine Vermutung und einige vage Andeutungen von Sedge hatte, worauf sie aufbauen konnte; da würde sie Scaperto Quientis auch hiervon überzeugen können.

»Hmm.« Er trommelte mit den Fingern auf der Mappe und Renata musste sich ein Grinsen verkneifen.

Doch dann stellte er die Frage, von der sie gehofft hatte, dass er sie übersehen würde. »Wer soll das für Euch in die Wege leiten?«

Es wäre sinnlos gewesen, es zu leugnen, da er es früher oder später ohnehin herausfinden würde. »Derossi Vargo.«

Quientis' Miene verfinsterte sich. Renata zog die Augenbrauen hoch. »Vor einem Moment hat Euch der Gedanke noch gefallen, Euer Ehren. Er kann doch nicht nur aufgrund dieses Namens komplett an Wert verlieren.«

»Das hängt davon ab, welchen Einfluss dieser Name besitzt.« Quientis sah aus dem Fenster, während Renata versuchte, sich ihre zunehmende Unruhe nicht anmerken zu lassen.

Nach einer Weile drehte er sich wieder um. »Ihr habt gesagt, Ihr wollt aus dem Schatten treten, den der Ruf Eurer

Mutter über Euch wirft. Ich verlange eine Demonstration, dass Ihr die Fähigkeiten und die Hingabe besitzt, diese Sache durchzuziehen – dass Ihr nicht einfach bei der ersten Schwierigkeit davonlauft. Era Destaelio hält eine meiner Lieferungen im Zollhaus fest – etwas Salpeter von der Morgendämmerungsstraße. Bringt sie dazu, die Lieferung freizugeben und die Gebühren zu erlassen –, und zwar auf einem anderen Weg als durch direkte Bestechung; ich weiß, dass Meister Vargo dazu in der Lage wäre – dann werde ich über Euren Vorschlag nachdenken.«

Nachdenken. Renata wäre ihm am liebsten an die Gurgel gegangen. *Selbstverständlich verspricht er rein gar nichts und ich muss umsonst arbeiten.*

Doch so lief das bei den Mächtigen nun mal, und ihr blieb nichts anderes übrig, als dieses Spiel mitzuspielen. »Ich brauche weitere Details über diese Lieferung«, verlangte sie, als wäre das Verlangte nicht das geringste Problem. Wie genau sie das anstellen wollte, würde sie sich später überlegen.

Er stand auf, was ihr zu verstehen gab, dass sie entlassen war – zollte ihr damit aber auch mehr Respekt als bei ihrem Eintreten. »Möge Quarats Glück Euch hold sein, Alta Renata. Ich freue mich darauf, herauszufinden, wie sehr Ihr Euch von Eurer Mutter unterscheidet.«

Eisvogel, Unterufer: 27. Equilun

Der *Glotzende Karpfen* war nicht die Art von Taverne, die man aus freien Stücken betrat. Vielmehr stolperte man hinein und gewöhnte sich dann daran, so wie es Grey und Kolya an ihrem ersten Tag in Nadežra getan hatten. Jetzt musste sich Grey bücken, um sich nicht den Kopf am tief hängenden Türsturz zu stoßen. Die mit Rauch und unglaublichen Geschichten getränkten Holzbalken hielten das Dach davon ab, auf die Gäste zu stürzen, als wären sie der Riese von Brevyik, der den Himmel stützte. Eine Runde knorriger alter Männer saß an einem der hinteren Tische, wo sie wie immer Nytsa spielten. Sie kauerten dort schon länger, als Grey zum Trinken herkam, als wären sie Setzlinge, die tief verwurzelt und zu alten Eichen geworden waren.

Seit seiner Beförderung zum Hauptmann war Grey nicht mehr hier gewesen, aber Dvaran hinter der Bar nickte ihm zu, als wäre er nur kurz vor die Tür gegangen, um sich zu erleichtern. Greys übliches Getränk wurde bereits eingeschenkt und ein in fettiges Zeitungspapier eingewickeltes Wurstbrötchen bereitgelegt.

»Schön, dich zu sehen, Junge«, sagte Dvaran und starrte in die den Nytsa-Spielern gegenüberliegende Ecke, in der Leato bereits mit einem Becher und einem Wurstbrötchen wartete. »Euch beide.«

»Ist viel zu lange her.« Grey zog einige Centira aus der Tasche.

»Vergiss es.« Dvaran winkte mit einer Hand ab, als Grey bezahlen wollte. Der andere Arm endete am Ellbogen, was er einer Schlägerei von vor einigen Jahren zu verdanken hatte. »Das mit deinem Bruder tut mir leid.«

Würde er sich jemals daran gewöhnen oder sich immer so fühlen, als drehte man ihm die Eingeweide nach außen? Würde das jemals aufhören? An Orten wie diesem wurden schon seit Langem tote Helden betrauert. Kolya war Tischler gewesen und seine Asche noch keine sechs Monate vom Wind zerstreut.

»Danke«, brachte Grey mühsam hervor, wobei ihn das Wort in der Kehle schmerzte.

»Wie geht es seiner Frau und den Kindern?«

»Sie trauern.« Das klang verbitterter als beabsichtigt, doch Dvaran nickte nur und schob ihm den Becher über den Tresen zu. Gray nahm ihn entgegen und ging zu Leato.

»Ich war nicht sicher, ob du kommen würdest«, gestand Leato.

Grey hatte es selbst nicht genau gewusst, bis er merkte, dass ihn seine Füße hierher anstatt nach Hause führten. »Du hast mich doch hergebeten.« Er hielt Ausschau nach irgendetwas, abgesehen vom leeren Stuhl neben sich, das er anstarren konnte, und entschied sich für eine Stelle in der Maserung des Tisches, die aussah wie ein Waschbär, der ein Flussboot stakte, wenn er nur betrunken genug war.

»Dennoch.« Leato malte ein Dreieck in eine Pfütze aus verschüttetem Bier.

»Du wirst dir noch die Handschuhe ruinieren.«

»Du klingst wie meine Mutter.«

»Deine Mutter weiß den Wert guter Handschuhe zu schätzen.«

Leato schnaubte und zog einen Handschuh aus, um mit der bloßen Hand durch die Pfütze zu fahren. »Besser?«

»Ja.« Nur am Fluss verwurzelte Nadežraner kamen in den *Glotzenden Karpfen*. Hier scherte sich niemand darum, ob jemand Handschuhe trug.

Aber Leato schien eher daran interessiert zu sein, die Tischplatte anzustarren, statt auf den Grund für seine Einladung zu sprechen zu kommen. Es war gut möglich, dass er sich einfach nur hatte treffen wollen, ohne dabei Rang und Blut zu bedenken, so wie sie es früher getan hatten, aber Grey zweifelte daran. Etwas hatte sich in Leato verändert – und das schon vor Kolyas Tod. Er mochte für den Rest der Welt lächeln und den Tunichtgut spielen, doch Grey durchschaute ihn.

»Warum hast du mich hergebeten?«

Leato hörte auf, an seinem Brötchen herumzuzupfen. »Ich brauche deine Hilfe dabei, jemanden zu finden.«

Grey erstarrte. Einen Augenblick lang war er versucht, Leato sein Bier ins Gesicht zu schütten und jegliche Verbindung zu sämtlichen Personen im Traementis-Register zu kappen.

»Wenn du eine Anfrage an die Wache hast, solltest du lieber zum Horst gehen«, erklärte er gelassen. Nicht hierher, wo sie etwas anderes als Liganti und Vraszenianer, Herr und Diener waren. Nicht hierher mit Kolyas leerem Stuhl zwischen ihnen.

»Grey ...«

»Warum hat deine Mutter Renata Viraudax zu ihrer Advokatin gemacht?« Er schäumte, seitdem die Nachricht an seine Ohren gedrungen war. Als hätten seine Erkenntnisse nicht den geringsten Wert und wären bloß vergeudete Zeit und Mühe, und das ärgerte Grey ungemein – es vermittelte ihm das Gefühl, seine ehrliche Einschätzung sei weniger wert als die schmeichelhaften Lügen einer Frau, die zufälligerweise Donaias Rang und Blutlinie teilte.

Leatos Blinzeln und seine sichtliche Verwirrung verrieten Grey, dass er weder von den vorherigen Befürchtungen seiner Mutter noch von Greys Schlussfolgerungen wusste. »Weil sie nahbarer ist als Mutter, verlässlicher als ich und erfahrener als Giuna. Hätte sie das nicht tun sollen?«

Der Drang, die Wahrheit zu sagen, wurde immer stärker, aber nein. Grey hatte es Donaia versprochen. »Für mich macht es keinen Unterschied«, murmelte er. »Es schien mir nur sehr plötzlich zu kommen.«

Er schob seinen Stuhl nach hinten, da er etwas Abstand brauchte, um sich zu sammeln, doch Leato packte ihn am Ärmel, als hätte er Sorge, Grey wolle gehen.

»Renata kann mir bei dieser Sache nicht helfen und ich will mich nicht an die Wache wenden.« Er senkte die Stimme und beugte sich vor. »Du sollst mir nicht helfen, weil es dir jemand befohlen hat. Vielmehr bitte ich dich als Freund.«

»Und wenn ich Nein sage?«

Leato ließ Greys Ärmel los und sackte auf seinem Stuhl

nach hinten.»Dann suche ich eben allein weiter.« Seine Resignation ließ Grey vermuten, dass Leato schon seit einer ganzen Weile auf der Suche war.

Grey seufzte.»Wenn ich das in meiner Freizeit mache, kann ich nicht auf die Ressourcen der Wache zurückgreifen.« Das stimmte zwar nicht, doch er hatte Cercels Toleranz mit seiner Suche nach den vermissten Straßenkindern ohnehin schon arg auf die Probe gestellt.»Wieso glaubst du überhaupt, dass ich diese Person finden kann, wenn es dir nicht gelingt?«

»Weil sie Vraszenianerin ist und früher im Horst gearbeitet hat. Das soll nicht bedeuten, dass ihr euch dort alle kennt ... aber deine Chancen stehen weitaus besser als meine. Außerdem ist das auch der Grund, aus dem ich mich nicht an die Wache wende.«

Grey legte die Hände fester um seinen Becher. Wenn Vraszenianer die Aufmerksamkeit der Wache erregten, ging das selten gut für sie aus. Dasselbe galt für die Aufmerksamkeit von Adligen.

Sie mochten Freunde sein, dennoch widerstrebte es Grey, Leato dabei zu helfen, das Leben einer armen Vraszenianerin zu stören.»Wie lautet ihr Name?«

Leatos Miene entspannte sich und wurde undeutbar. Es war bemerkenswert, wie sehr er in diesem Moment seiner Mutter ähnelte.»Idusza, wenn die Informationen, für die ich bezahlt habe, korrekt sind. Sie hat als Wäscherin gearbeitet und vor einigen Monaten gekündigt. Anscheinend war ihr Nachname erfunden, da ich sie bisher nicht ausfindig machen konnte.«

Sein Blick zuckte nach oben und er sah Grey in die Augen. »Ich vermute, dass sie Mitglied der Stadnem Anduske ist.«

Bei diesen Worten setzte sich Grey ruckartig auf. Die Stadnem Anduske waren Vraszenianer, so viel stand fest. Vraszenianische Radikale, die gegen die Herrschaft des Cinquerats aufbegehrten und darum kämpften, Nadežra für das Volk zurückzuerobern und zu beenden, was nach dem Tod des Tyrannen und dem darauf folgenden Bürgerkrieg unvollendet geblieben war. Manchmal kämpften sie mit Worten, dann wieder nutzten sie blutigere Werkzeuge: Erst diesen Monat hatten sie ein Sträflingsschiff überfallen, um die Gefangenen zu befreien, und dabei einen Offizier der Wache getötet.

Grey beugte sich über seinen Becher und warf ihn dabei fast um. »Welches Interesse könntest du denn an der Anduske haben?«

»Welches ...« Leato zuckte zusammen, als Grey ihm unter dem Tisch gegen das Bein trat, senkte dann jedoch die Stimme und beugte sich ebenfalls vor. Die Nadežraner, die im *Glotzenden Karpfen* verkehrten, waren zwar keine Freunde des Cinquerats, was allerdings noch lange nicht bedeutete, dass sie ihre brutaleren vraszenianischen Nachbarn besonders gut leiden konnten.

»Ich möchte nur wissen, ob sie etwas mit dem zu tun hatten, was ... passiert ist. Du nicht?«

Zwei Gerüchte gingen seit dem Brand, bei dem Kolya ums Leben gekommen war, in der Stadt um. Eines besagte, der Rabe wäre dafür verantwortlich; das andere gab der Stadnem Anduske die Schuld. Letzteres war die erste Spur, die Grey verfolgt hatte – wobei er die Ressourcen der Wache zum ersten Mal für eigene Zwecke nutzte.

»Was immer sie auch für Verbrechen begangen haben mögen«, erwiderte Grey, »so bezweifle ich, dass die Anduske dieses Lagerhaus niedergebrannt haben.«

»Aber wenn sie wussten, dass dort Schwarzpulver aufbewahrt wurde ...«

Sie hatten es garantiert gewusst. Kolya war nicht der erste Tischler, der das Dach reparierte, und einer seiner Kollegen sympathisierte mit der Anduske. Sie hatten beide die Fässer gesehen, die dort verborgen gewesen waren, wo sie von Rechts wegen nichts zu suchen hatten.

Aber die Stadnem Anduske hätten das Pulver gestohlen und nicht in die Luft gejagt.«Ich bin dem nachgegangen«, sagte Grey nicht besonders freundlich. »Zweifelst du etwa daran? Ich verteidige sie nicht, weil sie Vraszenianer sind, sondern weil ich mich von ihrer Unschuld überzeugt habe.«
»Aber was ist mit der Wache?«, beharrte Leato. »Irgendjemand hat sie über das dort gelagerte Pulver informiert. Und diese Frau, diese Idusza, hat direkt nach dem Brand den Dienst im Horst quittiert.«

Grey wollte dieses Gespräch ebenso wenig führen, wie er sich Dvarans Mitgefühl wünschte. Er legte seine Hand auf seinen Becher, stützte seinen Kopf darauf und wünschte sich, er könnte es sich leisten, einfach aufzugeben und sich zu betrinken.

Dann setzte er sich wieder auf. »Vielleicht war es auch gar kein falscher Name, sondern nur ein anderer Zweig ihrer Familie. So etwas machen wir manchmal, um es anderen zu erschweren, uns zu finden.«

»Also ... wirst du mir helfen?«

Die Hoffnung in Leatos Augen war ebenso zerbrechlich wie das Ei eines Traumwebervogels. »Du machst das, um *mir* zu helfen, nicht wahr? Damit wir den Mistkerl finden, der Kolya umgebracht hat.« Grey runzelte die Stirn. »Wie hast du überhaupt von dieser Idusza erfahren?«

»Durch harte Arbeit und Glück«, antwortete Leato viel zu hochtrabend, als dass es glaubhaft wäre. Grey fluchte innerlich. *Hoffentlich hat er sich für diese Information nicht an das Haus Novrus verkauft.* Viel zu häufig lief es in der nadežranischen Politik so ab, dass der Feind deines Feindes dich bei lebendigem Leib auffraß.

Er stand auf und griff nach seinem und Leatos Becher. »Na gut. Ich helfe dir. Aber dafür wirst du mir den gesamten nächsten Monat die Getränke bezahlen.«

Isla Traementis, die Perlen: 29. Equilun

Das Schlimmste daran, der Armut verdächtigt zu werden, war für Renata, dass sie sich noch mehr dabei anstrengen musste, den Eindruck einer sorglosen Wohlhabenden zu erwecken.

Neuerdings ging sehr viel Geld für Giuna drauf. Die Kleidungsstücke des Mädchens waren allesamt alt und hatten vom vielen Neufärben düstere Farben angenommen. Anders als Leato durfte sie nicht in der neuesten Mode herumstolzieren. *Aber wieso muss ausgerechnet die Frau, die es sich nicht einmal leisten kann, genug Kohle für ihre Küche zu kaufen, diejenige sein, die Giunas neues Kleid bezahlt?*

Weil du das Genie bist, das Donaia versprochen hat, genau das zu tun.

Und weil Giuna eine nützlichere Unterstützung bei der Verlobungsfeier von Marvisal Coscanum und Mezzan Indestor wäre, wenn sie nicht mit der Tapete verschmolz. Daher stand das Mädchen nun auf einem runden Polster im Solar der Traementis und kreischte jedes Mal, wenn sie glaubte, Tess würde sie mit einer Nadel stechen.

Mit der Geduld einer Flussschildkröte steckte Tess den Torso von Renatas Unterkleid – das sie schon zu oft getragen hatte, als dass es noch einmal umgearbeitet werden konnte – fertig ab und wandte sich den Ärmeln zu. »Wenn die Alta bitte die Arme ausstrecken würde.«

»Stich mich ja nicht.«

»Das werde ich nicht«, sagte Tess um die vielen Stecknadeln zwischen ihren Lippen herum.

Dies beteuerte sie nun schon zum sechsten Mal, und so langsam vermutete Renata, dass Giuna diese ausgeblichenen abgelegten Kleider trug, weil sich keine Schneiderin mit ihrer Zappelei abgeben wollte. »Gehe ich recht in der Annahme, dass einfach jeder auf dieser Verlobungsfeier sein wird?«, fragte sie in der Hoffnung, das Mädchen zu beruhigen. Wenn sogar das Haus Traementis eingeladen wurde, musste Mettore Indestor ein breites Netz ausgeworfen haben.

»Selbstverständlich. Alta Faella würde sich mit nichts weniger zufriedengeben, als dass die ganze Stadt ihre Großnichte feiert.« *Zumindest die Teile der Stadt, die sie zur Kenntnis nimmt.* Als sich Tess am Saum zu schaffen machte, steckte Giuna einen nackten Zeh unter dem Kleid hervor. »Könnt Ihr tanzen? Ich meine, beherrscht Ihr unsere hiesigen Tänze? Wir könnten sie Euch beibringen. Sibiliat und Leato tun das bestimmt gern.«

Tess kicherte. »Das kann ich mir vorstellen.«

»Tess!« Renatas Stimme klang tadelnd, als hätten sie nicht im Vorfeld darüber gesprochen, wie sie Informationen aus Giuna herauslocken konnten. »Bitte verzeiht ihr, Alta Giuna. Ich habe mich leider viel zu vertraut mit ihr über Euren Bruder unterhalten. Das ist allein mein Fehler.«

Doch Giuna lachte nur. »Nein, sie hat durchaus recht. Leato mag Euch.«

»Das meinte ich nicht. Ich sprach mit ihr über einige Gerüchte über ihn, die ich gehört habe, und das hätte ich nicht tun sollen. Eigentlich wollte ich damit nur beweisen, dass er nicht so ist, wie viele behaupten, aber ...«

»So ist er wirklich nicht«, beharrte Giuna aufrichtig. »Ich weiß nicht, was er treibt, wenn er ausgeht, aber bestimmt nicht das, was die Leute denken.«

»Nicht?«, fragte Renata, wenngleich es ihr nicht gelang, es beiläufig klingen zu lassen. Giuna zögerte und fummelte an ihrem Ärmel herum.

Trotz all ihrer Bemühungen war es Ren nicht gelungen, herauszufinden, was Leato derart beschäftigte, außer dass er sich in Stadtteilen herumtrieb, in denen sie eigentlich nicht mit einem Liganti-Adligen gerechnet hätte. Er vergötterte seine Schwester, so viel war offensichtlich, und hatte sie deshalb vielleicht in die geheimen Tätigkeiten eingeweiht, denen er nachging – aber zuerst musste Renata das Mädchen mal zum Reden bringen. »Ich verspreche Euch, alle Geheimnisse für mich zu behalten.«

»Ihr dürft es nicht einmal Mutter erzählen. Oder Leato. Sie weiß nichts davon, und er weiß nicht, dass ich es weiß«, sprudelte es aus Giuna heraus. »Ich habe keine Ahnung, warum er ihr weismachen will, dass er nur ein Taugenichts ist, aber er gibt sich dabei sehr viel Mühe, und *bitte*, Ihr dürft kein Sterbenswörtchen verraten ...«

»Das ist doch selbstverständlich, Giuna.«

Sie hatte es sich für einen entscheidenden Moment aufgehoben, das Mädchen zum ersten Mal nur mit dem Vornamen anzusprechen, und es zeigte eindeutig Wirkung. »Die Leute behaupten, er würde betrunken nach Hause kommen, aber sobald er die Handschuhe abgestreift hat, ist er so nüchtern wie Sebat«, sagte Giuna. »Ich habe es selbst gesehen. Und Ihr konntet ihn beim Fechtkampf gegen Meisterin Ryvček beobachten – hat ein Trunkenbold jemals eine derart ruhige Hand? Und ... manchmal kommt und geht er durch sein Balkonfenster.«

Na, das ist doch mal interessant.

Giuna hüpfte vom Polster herab und nahm Renatas Hände. »Ich verrate Euch das, weil Ihr zur Familie gehört. Ich bin Nadežranerin genug, um das zu sagen, selbst wenn Ihr nicht im Register steht.«

»Jedenfalls siehst du und Leato das so.« Renata schwächte ihr Lächeln ein wenig ab, als wären Giunas Worte eher beunruhigend als ermutigend, was auch fast der Wahrheit entsprach. »Doch das bereitet mir nur noch größere Sorgen. Warum ermutigt er denn solches Gerede? Insbesondere wenn er weiß, dass es Eure Mutter derart belastet?«

Tess streifte Giuna das Musterkleid ab und ließ sie einige

Augenblicke überlegen. Giuna starrte ihre nackten Zehen an und presste die Lippen entschlossen aufeinander.

»Ich bin mir nicht sicher, aber es ist schlimmer geworden seit ... Ihr habt bestimmt von Kolya Serrado gehört? Mutter hat ihn erwähnt, als Ihr beim Abendessen hier wart.«

Das hatte Renata nicht vergessen. »Ja – Hauptmann Serrados Bruder. Er ist gestorben, wenn ich mich recht erinnere. Vielmehr wurde er vom Raben getötet.«

Giuna nickte. »Grey war früher häufig hier und hat Zeit mit Leato verbracht. Aber nach Kolyas Tod hatte ich ihn bis zur Gloria nicht gesehen. Leato ist früher auch schon ausgegangen, aber nicht so oft, wie er es seitdem tut.« Sie senkte die Stimme, bis sie nur noch flüsterte, obwohl außer ihr, Renata und Tess niemand im Raum war. »Ich vermute, dass Leato hinter dem Raben her ist. Grey zuliebe.«

In Seteris gab es Papierspielzeuge, die sich verwandelten, wenn man daran zog, und eine völlig neue Form annahmen. Rens Gedanken fühlten sich gerade ganz genauso an. *Er ist hinter dem Raben her ...*

Es hatten schon viele Leute versucht, den Raben zu fassen. Leato standen nicht einmal wie Hauptmann Serrado die Ressourcen der Wache zur Verfügung; und selbst die gesamte Macht des Horsts war über Generationen an dieser Aufgabe gescheitert.

Was Leato nicht unbedingt davon abhalten musste. Vielleicht war er ihnen in Spitzenwasser gefolgt und hatte Mezzan gewissermaßen als rituelle Opfergabe gesehen, da er genau wusste, dass der Rabe es auf den Mann abgesehen haben würde, der Ivič Pilatsin verstümmelt hatte. Dann hatte er im Schatten gelauert und auf seine Chance zum Zuschlagen gewartet – und als sich diese nicht einstellte, ging er wieder und wieder hinaus und suchte Orte auf, an denen der Rabe möglicherweise zuschlug.

Ren hielt Leato als hingebungsvollen Freund für weitaus

wahrscheinlicher als Leato den Tunichtgut. *Ich befürchte allerdings, er wird an seiner Rache zerbrechen* – das hatte er in jener Nacht im *Kralle und Kniff* über Grey gesagt.

Daher wollte Leato der großen Tradition seines Hauses folgen und an seiner statt Vergeltung üben.

Giuna nahm abermals Renatas Hände. »Es tut mir leid. Ich sollte Euch nicht mit derartigen Sorgen belasten – Ihr tut doch schon so viel für uns.« Sie hielt inne und strahlte auf einmal, als wäre ihr ein Gedanke gekommen. »Wir sollten auch etwas für Euch tun. Wann ist Euer Geburtstag? Wir könnten ihn feiern!«

Diese Frage bohrte sich wie ein Messer in Renatas Rücken. Giunas unverhoffter Themenwechsel war eklatant konstruiert, wenngleich sich in ihren Augen keinerlei Misstrauen fand.

Es war reiner Zufall, dass sie Ren diese Frage an ihrem wirklichen Geburtstag stellte.

»Im Colbrilun«, log sie. »Am neunundzwanzigsten.«

Giuna zog einen Schmollmund. »Ach, wie schade – das ist ja erst in einigen Monaten. Aber dann werdet Ihr dreiundzwanzig, nicht wahr? Was sagtet Ihr doch gleich, aus welcher Stadt in Seteris Ihr stammt – aus Endacium? Seid Ihr dort auch zur Welt gekommen?«

»Ja«, antwortete Renata, in deren Magengrube sich Anspannung und Argwohn breitmachten.

»U-und zu welcher Uhrzeit wurdet Ihr geboren?«

Giuna war so leicht durchschaubar wie das *Gesicht aus Glas*. Sicher fragte sie nur nach Renatas Geburtszeit, um einen Astrologen zu beauftragen, ihr Geburtshoroskop anzufertigen.

Darauf hat Donaia sie angesetzt. Die Frau war zwar bereit, Renatas Dienste im Privilegienhaus in Anspruch zu nehmen, blieb jedoch weiterhin misstrauisch. »Etwa zur sechsten Sonne, glaube ich.« Renata wählte eine beliebige Zeit aus, da sie rein gar nichts über Astrologie wusste. Welche Erkenntnisse würde ein falsches Horoskop wohl bringen?

»Damit wären wir fertig.« Tess stand auf und bewegte Giuna dazu, sich zu ihr umzudrehen. Als sie kaum merklich den Lockenkopf schüttelte, vermittelte sie Renata damit, dass sie alles im Griff hatte. »Möchten die Altas jetzt gern über die Stoffe und Ärmelformen reden?«

Geburtstage, Brüder und die Angst davor, zu einem wandelnden Nadelkissen zu werden, gerieten beim Anblick von Giunas Strahlen in den Hintergrund. Sie umklammerte Renatas Hand so fest, als wollte sie ihr die Knochen brechen. »O ja!«

Isla Traementis, die Perlen: 2. Apilun

»Die Sagnasse dreht sich in Erdrichtung«, beharrte Parma, schob Leatos Hände weg und baute sich mit in die Hüften gestemmten Fäusten vor ihm auf.

An Leatos Kiefer zuckte ein Muskel, doch es gelang ihm, freundlich zu bleiben. »Ich dachte, bei der Sagnasse dreht man sich immer in Sonnenrichtung.«

Parmas »Ts« klang umso verzweifelter, als es von den hohen Wänden des Traementis-Ballsaals widerhallte. »Ja, nur nicht beim Gratzet, wenn man sich in Erdrichtung dreht.«

Leato vollführte die von Parma beschriebene Bewegung. »Aber dann stehe ich auf dem falschen Fuß.«

»Aus diesem Grund macht man ja auch ...«

»Ob sie uns wohl jemals tanzen lassen?«, fragte Giuna Renata und Sibiliat und seufzte. Sie hatten auf den Stühlen am Rand Platz genommen, während der Streit um die technischen Details vor ihnen ausgetragen wurde.

»Falls wir nicht vorher an Langeweile sterben.« Sibiliat reckte sich und ließ einen Arm lässig auf Giunas Schulter ruhen. Zu Renatas Erstaunen hatte sie seit Beginn der Übungsstunde Giuna zu ihrer Partnerin auserkoren, woraufhin sich Parma mit Leato und Renata mit Bondiro zusammentat.

»Oder wie Bondiro die Flucht ergreifen«, fügte Renata trocken hinzu. Sie war nicht besonders traurig darüber, dass ihr Tanzpartner bei Ausbruch dieser Debatte das Weite gesucht hatte, denn er war alles andere als hilfreich gewesen. Der Sinn der heutigen Übung lag darin, ihr die in Nadežra beliebten Tänze beizubringen – die teilweise in Seteris ihren Ursprung hatten. Allerdings schien Bondiro keinen davon zu kennen, und sie konnte sich nicht durchmogeln, wenn ihr Partner nicht die geringste Hilfe darstellte.

»Feigling«, murmelte Sibiliat. »Liefert uns einfach Parma aus.«

»Sie ist ihn auch härter angegangen als alle anderen«, merkte Giuna an.

Sibiliat wickelte sich eine von Giunas Locken um den Finger. »Ja, aber im Allgemeinen mag er das.«

Giuna war so unschuldig, dass sie nicht weiter auf Sibiliats Kommentar einging. Renata fragte sich, was die Acrenix-Frau wohl derart anzog – oder ob Sibiliat es bloß genoss, eine Bewunderin zu haben, die sie dominieren konnte. Giunas Vernarrtheit war ebenso offensichtlich wie Sibiliats amüsierte Nachsicht.

Nachdem sie die Auseinandersetzung über die Richtung der Drehung gewonnen hatte, klatschte Parma in die Hände. »Sollen wir es noch einmal versuchen?«

Sibiliat erhob sich und murmelte: »Ja, Kaius Rex.«

»Da Bondiro nicht mehr da ist, haben wir einen Tänzer zu wenig«, merkte Giuna an. »Ich werde daher aussetzen ...«

»Und mich im Stich lassen? Das könnt Ihr vergessen, meine Liebe.« Sibiliat nahm Giunas Hand, zog sie vom Stuhl und wirbelte sie – in Erdrichtung – zu sich heran. »Ihr habt mich schon oft genug sitzen lassen.«

»Aber wir wollten Renata doch beibringen ...«
Das Knarren der Bodendielen an der Tür machte alle auf Colbrins Eintreten aufmerksam. Die Akustik im Ballsaal war nicht gut genug, als dass Renata hören konnte, was er Leato ins Ohr flüsterte, doch Leato gluckste daraufhin.
»Hervorragend. Er soll hereinkommen. Unsere Probleme wären damit gelöst.«
Einen Augenblick später führte Colbrin Hauptmann Serrado in den Saal.
Der Falke stutzte, als er die Gruppe bemerkte. »Ich ... war mir nicht bewusst, dass Ihr Gesellschaft habt, Altan Leato. Am besten komme ich später wieder ...«
Leato hielt ihn auf, bevor er genau wie Bondiro fliehen konnte. »Nein. Ihr kommt wie gerufen. Sagt – Ihr beherrscht doch den Gratzet, nicht wahr? Falls nicht, kann Parma Euch die Schritte ins Gedächtnis rufen.« Leato schob Serrado regelrecht vor Parma in Position, die ihn wohlwollend beäugte, obwohl er Vraszenianer war, um dann gegenüber von Renata Aufstellung zu beziehen.
Der Blick, den Serrado Leato zuwarf, entging Renata nicht. Darin schwangen ebenso Verärgerung wie Ungeduld mit – so sah ein Mann aus, der geschäftlich hergekommen war und seine Zeit nicht mit Oberflächlichkeiten vergeuden wollte. Aber was genau hatte er mit Leato zu besprechen?
Es hat sicher nichts mit mir zu tun, dachte Renata, was schon beinahe ein Flehen darstellte. Serrado musste sich zwar fragen, warum Donaia sie nicht längst weggeschickt hatte, aber er wollte mit Leato sprechen, nicht mit Era Traementis. Falls er neue Erkenntnisse über sie erlangt hatte, so verbarg er dies gut. Sie schien ihn nicht mehr zu interessieren als Sibiliat – oder einer der Stühle.
Parma zählte dem Harfenspieler in einer Ecke den Takt an. Er legte einen Finger an die Saite und sie setzten sich in Bewegung.

Leato konnte deutlich besser führen als Bondiro. Er blieb aufrecht, dabei jedoch biegsam genug, dass Renata seine Gewichtsverlagerungen spüren konnte. Auf gewisse Weise glich ein Tanz einem Kampf, denn sie musste sich vollkommen auf ihren und seinen Körper konzentrieren und auf Hinweise reagieren, bevor ihr Verstand sie auch nur bewusst identifizierte. Die Herausforderung war aufregend und gleichzeitig sehr innig, was es ihr erschwerte, eine Unterhaltung zu führen. Dieses Problem schien Leato hingegen nicht zu haben. »Wie ist das Leben als Advokatin? Ich hörte, Ihr hättet Euch schon mit sehr vielen Leuten getroffen.« Sie trennten sich voneinander, um die erforderliche Schrittfolge auszuführen, was Renata einen Moment Zeit gab, um ihre Antwort zu formulieren.

»Ich habe das Gefühl, mich die ganze Zeit im Kreis zu drehen«, erwiderte sie mit leisem Lachen und war sich überdeutlich bewusst, dass Sibiliat nur eine Armeslänge entfernt war. Bislang hatte ihr Versuch, Quientis' Bitte zu erfüllen, sie noch nicht ins Haus Acrenix geführt, was sich allerdings ändern konnte. Andernfalls bestand noch immer die Möglichkeit, dass sich Sibiliats Vater Ghiscolo für den daraus entstehenden Profit begeistern ließ.

»Und jetzt sorgen wir auch noch dafür, dass Ihr Euren Andusny damit verbringt, genau dasselbe zu tun«, sagte er gerade noch rechtzeitig, bevor sie einander an den Händen nahmen und mit einem nach innen gerichteten Sessat die Mitte umkreisten. Danach kam die viel debattierte Sagnasse-Drehung. Als Renata hinter Serrado vorbeitanzte, war ihr die einzigartige Freude vergönnt, ihn leise stöhnen zu hören, da er sich in die falsche Richtung drehte und von Parma mit Gewalt korrigiert wurde.

Bedauerlicherweise wurden die Paare bei der darauf folgenden Promenade neu verteilt und sie landete bei Serrado. Renata verstummte und hoffte darauf, dass ihr seine Abneigung gegen sie ein Gespräch ersparte – und dass sie ihm alle Fehler ankreiden konnte.

Doch dieses Glück war ihr nicht vergönnt.

»Alta Parma hat mir mitgeteilt, dass wir tanzen, damit Ihr die Schritte lernt.« Serrados Haltung und Führung waren mit Leatos vergleichbar, wenngleich die ablenkende Intimität fehlte. »Habt Ihr diese Tänze nicht in Seteris gelernt?«

»Einige schon. Allerdings gibt es Unterschiede, und ich möchte meinem Partner ungern auf die Füße treten, weil ich mich in Sonnen- statt in Erdrichtung drehe.«

Reden erwies sich als Fehler. Sie verpasste ihren Einsatz und machte einen Schritt nach vorn, als sie nach hinten gehen sollte, wobei sie gegen Serrados Brust prallte. Rasch überging sie ihren Fehler mit einem Lachen. »Wie Ihr ja seht.«

Er hielt sie aufrecht und zog sie mit sich, bis sie aufgrund ihres Stolperns in Sibiliats und Parmas Tanzbereich gelangten. Zwar konnten sie einer Kollision entgehen, nicht jedoch Parmas erbostem Blick.

»Die Gefahr, sich Alta Parmas Zorn zuzuziehen, erweist sich durchaus als Ansporn.« Sein Tonfall war derart trocken, dass Renata nicht sagen konnte, ob es sein Ernst oder Spaß war. »Möglicherweise könnt Ihr uns ja ablenken, indem Ihr uns einen Tanz aus Seteris beibringt.«

Mistkerl. Er wusste von ihrer Bankbürgschaft, aber ahnte er auch, dass mehr dahintersteckte? Der Ring hatte Donaia davon überzeugen sollen, dass Renata Letilias Tochter war, doch möglicherweise vermutete Serrado, dass es Letilia nie bis nach Seteris geschafft hatte.

Ihre einzige Verteidigungsmaßnahme gegen diesen Vorstoß bestand darin, ihn auf andere Gedanken zu bringen. »Flirtet Ihr etwa mit mir, Hauptmann Serrado?«

»Mit einer Alta, die noch dazu Leatos Cousine ist? Da ziehe ich mir lieber Alta Parmas Zorn zu.« Serrado drehte sie – in Sonnenrichtung – so mühelos in die Sagnasse, dass sie einander gegenüberstanden und sich an den Händen nahmen, bevor Renata auch nur begriff, dass er sie in die falsche Richtung herumgewirbelt hatte. »So macht man das.«

Parma knurrte, doch Renata musste zugeben, dass es sich viel natürlicher angefühlt hatte. »Möglicherweise mache ich daraus einen neuen Trend.«

Eine weitere Promenade und der nächste Partnertausch bewirkten, dass sie mit Sibiliat tanzte.

»Was für einen Trend habt Ihr gemeint?«, erkundigte sich Sibiliat, ohne den Blick von Serrado abzuwenden, der nun Giuna als Partnerin hatte. »Nicht Eure Gloria-Ärmel – sie eignen sich nicht für dieses Wetter. Möglicherweise ein Schmuckstück? Ihr habt bestimmt einige interessante Objekte aus Seteris mitgebracht.«

»Nicht besonders viele«, erwiderte Renata. Nachdem sie die Schritte nun zweimal durchlaufen hatte, konnte sie sich besser auf ein Gespräch konzentrieren. »Das Reisen ist derart unsicher – wegen Piraten und Dieben, wenn Ihr versteht. Ich wollte das Risiko, etwas zu Wertvolles zu verlieren, gar nicht erst eingehen.« Wollte ihr heute jeder auf den Zahn fühlen?

»Oh.« Sibiliats Enttäuschung war ebenso falsch wie die Schlange, die Desinteresse an einer Maus vortäuschte. »Aber Ihr seid nicht ganz mit leeren Händen eingetroffen. Giuna berichtete mir, dass Ihr ihrer Mutter etwas zurückgegeben habt.«

Stammte Donaia ursprünglich aus dem Haus Acrenix? Nein, sie hatte einem Nebenzweig der Traementis' angehört – allerdings fragte sich Renata, wo Sibiliats Interesse herrührte. »Einen Ring«, gab sie vorsichtig zu. »Ein Erbstück ihrer Mutter.«

»Wie nett von Euch.« Es war eine Plattitüde, doch Sibiliat klang deutlich freundlicher, als sie nach einigen Schritten erneut voreinander standen. »Falls es Euch an Schmuck fehlt, stelle ich Euch gern einen Juwelier vor, dessen Meister aus

Seteris stammt. Keiner stellt schönere numinatrische Stücke her.«

Renata konnte sich so etwas keinesfalls leisten. Sibiliats Interesse an ihr musste jedoch einen guten Grund haben. Zwar hatte sie keine Ahnung, was die Acrenix-Alta wollte ... doch es lohnte sich vielleicht, es herauszufinden.

Daher lächelte sie, als sie die Sagnasse tanzten und zur letzten Promenade übergingen. »Vielen Dank für das Angebot, Alta Sibiliat. Giuna ist voll des Lobes über Euren Geschmack, daher würde ich zu gern sehen, was Ihr darunter versteht.«

»Hervorragend.« Sibiliat drückte ihre Hände noch ein letztes Mal, löste sich dann von Renata und kehrte zu Giuna zurück. Der Harfenspieler beendete das Stück mit einem Schlusssatz aus kaskadenartigen Klängen und Renata stand abermals Leato gegenüber.

»Habt Ihr es überlebt?«, erkundigte er sich lächelnd und verbeugte sich.

Renata tat so, als müsste sie ihre Füße und Hände überprüfen – nur für Leato, da Sibiliat die Arme um Giuna schlang und ihr etwas ins Ohr flüsterte, während Parma Serrado von der Flucht abhielt und über die richtigen Schritte belehrte. »Sieht so aus, als wäre noch alles intakt. Es ist auf jeden Fall hilfreich, einen guten Partner zu haben.«

»Das ist es in der Tat.« Er hielt ihren Blick fest und sah sie mit glänzenden blauen Augen an. Renata presste sich die Fingerspitzen an die Lippen, als müsste sie dahinter ein Lächeln verbergen – was nicht nur gespielt war. Früher einmal hatte sie alle Adligen für arrogante Blutegel gehalten, und zu Beginn ihrer Maskerade wäre sie nie im Traum darauf gekommen, dass sie letzten Endes einige von ihnen mögen könnte.

Das war gefährlich. Sie durfte auf keinen Fall vergessen, dass all das hier eine Lüge war.

Der Blick, den Leato Grey zuwarf, erinnerte sie an die Gefahr. Der Falke hatte sich noch nicht ganz von Parma gelöst, deutete jedoch bereits mit dem Kopf in Richtung Tür, um Leato ins Gedächtnis zu rufen, dass er nicht zum Tanzen hergekommen war. *Ein falscher Schritt, und ich sitze in der Falle.*

Leato ließ ihre Hand los und machte einen Schritt nach hinten. »Ich sollte Grey lieber retten, bevor der Ballsaal noch zum Schauplatz eines Duells wird. Oder eines Handgemenges.«

»Falls es so weit kommen sollte, weiß ich mich jetzt zumindest ansatzweise zu verteidigen.« Er hatte sie zu einem offenen Training im Palaestra mitgenommen, wo athletische Adlige und Angehörige der Oberschicht die Gelegenheit bekamen, ihre Fähigkeiten an der Seite von Duellanten wie Ryvček zu verfeinern, und ihr außerdem noch mehrere Privatstunden erteilt. Zwar focht sie noch immer eher schlecht als recht, aber sie hatte immerhin gelernt, sich wie Renata zu bewegen und nicht mehr wie Ren, die Flussratte.

Leato verbeugte sich galant. »Ich setze großes Vertrauen in Eure Klinge, möchte sie allerdings noch nicht auf die Probe gestellt sehen.«

Ich auch nicht. Gefangen zwischen Falken und Spinnen, Indestor, Acrenix und Traementis würde sie ihre Flussratteninstinkte möglicherweise noch brauchen, um sich aus diesem Schlamassel zu befreien.

Isla Prišta, Westbrück: 3. Apilun

»... und ich sage zu ihm: ›Wenn diese Kratzer von einem Huhn stammen, dann hoffe ich doch, dass du auch Eier dabei hast‹, und schon zieht er fünf wundervolle braune Schätzchen aus der Tasche.«

Gelächter hallte durch den Küchenkeller. Tess hatte das hier vermisst, nachdem sie Ganllech zum zweiten Mal verlassen hatte: dass man sich vor einem warmen Ofen versammelte und den Großmüttern und Müttern lauschte, die ebenso Klatsch und Tratsch wie derbe Geschichten austauschten. Einer der Gründe, aus denen sie Ren diesen Plan vorgeschlagen hatte, war ihre Furcht, nach und nach den Verstand zu verlieren, wenn sie die ganze Zeit nur Selbstgespräche führte.

»Aber hast du jemals herausgefunden, ob er dich betrogen hat?«, wollte sie von der alten Mag wissen.

»Wieso sollte mich das noch interessieren, wenn ich doch jeden Tag Eier bekam?«, entgegnete Mag. Ihre pergamentartige Haut legte sich bei ihrem Grinsen in Falten. »Er war wirklich der beste Mann, den ich je hatte. Eins kann ich euch sagen, Mädels: Heiratet einen Mann, der gutes Essen mit nach Hause bringt, dann müsst ihr wenigstens nie aus Liebe hungern.«

Das darauf folgende Lachen wurde von einem Klopfen an der Tür unterbrochen. Tess legte ihre Spulen beiseite und öffnete.

Es war der Junge, den Tess angeheuert hatte, um Wache zu schieben. »Die Alta kommt zurück. Ihre Sänfte steckt im Verkehr auf der Sonnenuntergangsbrücke fest.«

»Danke, mein Junge.« Durch die Unterhaltung mit den alten Damen war Tess wieder in ihren eigentlichen Akzent verfallen. »Hier hast du einen Mill, damit du morgen wieder aufpasst.«

Der Junge mit den Pausbacken grinste sie breit an. »Ja, Mam«, sagte er, nahm die Münze und lief davon.

Hinter Tess packten die Frauen geschwind ihre Sachen zusammen und legten die Spulen in bunter Fächerform aus, damit Tess sie später sortieren und nutzen konnte. »Dann morgen um dieselbe Zeit?«, fragte die alte Mag, als die anderen bereits hinaushuschten.

Tess folgte ihr nach draußen auf den schmalen Weg entlang des Kanals, der hinter dem Stadthaus verlief. »Ja. Und bitte verrat niemandem etwas über das, was wir hier machen. Wenn die Alta davon erfährt, bin ich gefeuert.«

»Worüber soll ich was sagen?« Mag rückte ihr fließweißes Haar zurecht und sah sich mit übertriebener Entgeisterung um. »Hast du mein Gedächtnis gesehen? Ich lasse es immerzu an den seltsamsten Orten liegen.« Sie zwinkerte Tess zu, setzte sich ihre gestreifte Wollmütze auf und huschte hinter den anderen Frauen her.

Tess drehte sich um – und wäre beinahe in den Kanal gestürzt, als sie sah, wie sich der Bäckersjunge näherte.

»Vorsicht.« Pavlin hielt sie fest, bevor sie ganz das Gleichgewicht verlor. Sie starrte ihn mit offenem Mund an und klammerte sich an seine Ärmel. Er war seit Wochen nicht mehr da gewesen, und sie hatte angenommen, es läge daran, dass er jegliche Hoffnung darauf, Alta Renata als Kundin zu gewinnen, aufgegeben hatte.

»Was machst du hier?«, sprudelte es aus ihr heraus.

»Äh ...« Pavlin blickte auf ihre Hände hinab, die sie in den lockeren Walkstoff seines Mantels krallte.

»Oh! Entschuldige!« Tess ließ ihn los und versuchte, so zu tun, als hätten ihre Wangen nicht die Farbe ihrer Sommersprossen angenommen. »Ich meinte damit nur, dass du schon seit einer Weile nicht mehr hier gewesen bist. Und ich dachte ... na ja, dass du vielleicht ...«

»Ich hatte zu tun«, erklärte er. »Ich helfe nur bei Bedarf in der Bäckerei aus. Anscheinend habt ihr weitere Dienstboten eingestellt.«

Tess warf einen Blick über die Schulter. Mag und die anderen waren bereits hinter der nächsten Straßenecke verschwunden. »Ah. Ja.« Das war Tess' Idee gewesen: Sie holte eine Gruppe Ganllechyn-Frauen aus Klein-Alwydd her, die sich als Tagesdienstboten ausgaben, um mit ihnen Spitze und Stickereien herzustellen, die Tess nutzen oder verkaufen konnte. Zudem mussten sie sich zur Geheimhaltung verpflichten, um Tess' Position nicht zu gefährden. Jeder musste davon ausgehen, dass es nun genug Dienstboten im Haus gab, und Tess bekam auf diese Weise eine Atempause und konnte zudem ihr Budget etwas aufstocken.

Trotzdem konnte Tess bei Weitem nicht so gut lügen wie Ren. Sie hielt den Blick stur auf die Pflastersteine gerichtet und erwiderte: »Die Alta kann den Lärm nicht ausstehen, daher kommen sie nur her, wenn sie ausgegangen ist.«

»Aha. Aber es ist schön, dass du jetzt Hilfe hast.«

Das Schwappen des Wassers im wenig benutzten Kanal wetteiferte im darauf folgenden Schweigen mit dem Zwitschern eines Finken in der Nähe. Tess schaffte es, den Blick bis zu Pavlins Manschette zu heben – die mindestens eine Handbreit zu weit oben saß. Empört ließ sie den Blick über den weiten Ärmel nach oben zu der lockeren Schulter wandern und stellte fest, dass dieser Mantel eigentlich für einen kleineren und rundlicheren Mann angefertigt worden war. Vermutlich hatte er ihn von seinem Vater übernommen. Wirklich bedauerlich. Es juckte Tess in den Fingern, ihm den Mantel auszuziehen und die notwendigen Änderungen daran vorzunehmen.

»Was führt dich ...«

»Ich dachte, du hättest vielleicht gern ...«

Sie verharrten beide und mussten lachen.

»Ich habe noch mehr Brot für dich dabei.« Pavlin reichte ihr grinsend ein in Leintuch eingeschlagenes Bündel.

Doch sie nahm es nicht entgegen. »Tut mir wirklich leid, aber die Alta besteht darauf, dass wir nirgendwo ein Konto eröffnen. Sie musste noch nie zuvor einen Haushalt führen.« Zumindest der letzte Teil entsprach der Wahrheit.

»Nein, das Brot ist nur für dich.« Pavlin drückte ihr das Bündel in die Arme, und sie stellte fest, dass es himmlisch

duftete, nach Butter und Hefe, Gewürzen und Wärme. Tess verschränkte die Finger über dem Bauch und hoffte inständig, dass ihr Magen jetzt nicht knurrte. »Es ist gewissermaßen eine Entschuldigung für ... meine bisherige Hartnäckigkeit.«
»Gegen ein wenig Hartnäckigkeit ist nichts einzuwenden«, sagte Tess und bereute ihre Worte sofort. »Aber das geht wirklich nicht. Ich kann dir kein Geld dafür geben.«
»Muss man Entschuldigungen mit Centira kaufen?« Sein Lächeln glich dem Brot und ließ Freude in ihr aufsteigen ... ebenso wie Verlangen.
»Nein ... nein«, stammelte sie und nahm das Bündel endlich entgegen, während sie versuchte, ihre Gedanken zu sortieren. Dank Ren und Sedge hatte sie Ondrakjas Folter mit weitaus weniger Narben überstanden als die beiden, doch sie wusste, dass sie keinem Geschenk trauen durfte.
Daher tat sie das Einzige, was ihr einfallen wollte. »Gib mir deinen Mantel.«
Sie drückte sich das Bündel gegen eine Hüfte und hatte Pavlin den Mantel schon halb ausgezogen, bevor er die Sprache wiedergefunden hatte.
»Was hast du ...«
»Ich bringe etwas in Ordnung, das die Augen aller in Nadežra peinigt. Komm in zwei Tagen wieder, dann ist er fertig.« Tess warf sich den Mantel über die Schulter und nickte entschlossen. »Dann kannst du mir auch mehr Brot mitbringen. Die Gewürzkuchen mochte ich besonders gern. Und jetzt geh; die Alta kehrt zurück, und ich habe zu arbeiten.«
Sie ließ ihn mit amüsierter Miene auf dem Kanalweg stehen und eilte mit seinem Mantel, dem Brot und einem zufriedenen Lächeln zurück in den Küchenkeller.
Da ihr geheimer Nähkreis nicht mehr da war, gab es auch keinen Grund, das Feuer weiter brennen zu lassen. Tess schürte es, damit es noch nicht ganz ausging, bevor sie in die Eingangshalle eilte, um auf Alta Renata zu warten.

»Die Einsätze für Giunas Unterkleid sind fast fertig«, berichtete Tess, sobald sie im Keller waren, und räumte die Stickrahmen und Klöppelspulen weg. »Und am Surcot fehlen auch nur noch die letzten Stiche. Hier steht frisches Wasser zum Waschen – es müsste noch warm sein. Und wir haben Brot zu unserer Brühe. Wie ist es in Weißsegel gelaufen?« Sie schob die Frage rasch hinterher, als könnte Ren dadurch den fast vollen Brotkasten übersehen.

Es musste ein harter Tag gewesen sein, an dem sie alles gegeben hatte, um die Forderungen von Quientis zu erfüllen, denn Ren ließ sich nur mit einem zufriedenen Seufzen auf die Bank sinken. »Das einzig Gute, das ich über Mede Elpiscios Büro sagen kann, ist, dass es dort warm ist. Aber er hat mich zu Mede Attravi geschickt. So langsam komme ich mir vor wie eine Katze, die einer Schnur nachjagt, die jedoch zu schnell bewegt wird, als dass ich sie fangen könnte.«

Tess ließ Ren reden, füllte derweil Brühe in Schalen und riss etwas Brot vom Laib ab, der in der Mitte noch dampfte, weil er so frisch war. Sie hatte schon vor langer Zeit gelernt, dass es Ren mehr half, wenn sie einfach zuhörte und hin und wieder eine Frage stellte, statt Vorschläge zu machen.

»Hier«, sagte sie und stellte das Essen auf den Tisch. »Iss lieber jetzt, bevor es hier drin kalt wird, denn mit klappernden Zähnen kann man schlecht kauen.« Ren verschlang das Brot, als würde es verschwinden, wenn sie zu lange wartete. Dies war eine alte Gewohnheit, die sie beide schwer ablegen konnten und die aus der Zeit stammte, in der ihnen Finger wie Simlin alles weggenommen hatten, was nicht bereits in ihrem Mund steckte. Nach einem kleinen Bankett im Extaquium-Herrenhaus war Ren einmal speiübel gewesen und sie hatte sich beschwert, zu viel von jedem angebotenen Gericht gekostet zu haben, weil sie nicht gewusst hatte, wie viele Gänge es noch geben würde.

Schweigend schlürften sie ihre Suppe und aßen das weiche

Brot dazu – bis es auf einmal an der Tür klopfte, was jedoch eher so klang, als würde jemand mit dem Fuß dagegentreten. Ren stopfte sich das letzte Brotstück in den Mund und rannte in das, was eigentlich der Weinkeller sein sollte, könnten sie sich denn anderen Wein als Eret Extaquiums saures Gesöff leisten. Alta Renata durfte nicht in der Küche gesehen werden. Tess ging zur Tür und rief dabei: »Immer mit der Ruhe! Lauteres Klopfen macht mich auch nicht schneller.«

Sie griff nach einem Knüppel, der stets bereitstand, und hielt ein wenig Abstand, falls die Person auf der anderen Seite ein Messer in der Hand hielt. Dann öffnete Tess die Tür vorsichtig einen Spaltbreit.

Der Knüppel fiel einen Herzschlag später zu Boden, damit sie Sedge umarmen konnte. Irgendwie schaffte sie es, ihn zu stützen und gleichzeitig die Tür mit dem Fuß zuzuschieben.

»Ren!« Sie setzte Sedge auf einen Stuhl und fuhr sofort mit den Fingern durch sein Haar, um nach Beulen oder blutenden Stellen Ausschau zu halten. Im nächsten Moment stand Ren auch schon mit einem Messer in der Hand neben ihr und sah zur Tür, als könnte noch mehr Ärger hereinkommen.

»Es geht mir gut. Und mir ist auch niemand gefolgt.« Er stieß ein Zischen aus, als Tess einige von Blut verklebte Haarsträhnen berührte. »Es ist die Schulter. Ich krieg das alleine nicht hin.«

»Schulter. Okay. Auf den Boden mit dir.« Tess wartete, bis sich Sedge auf den Rücken gelegt hatte und Ren ihn festhielt. Sie stemmte einen Fuß auf seinen Brustkorb, streckte seinen Arm aus und fing an zu ziehen – *langsam und gleichmäßig. Mutter und Tante, macht das immer so ein Geräusch?* –, bis sie spürte, wie das Gelenk wieder einrastete.

Sedge seufzte und entspannte sich augenblicklich. Tess tupfte sich die Stirn mit dem Ärmel ab und tat dasselbe dann bei ihm.

»Was in aller Welt ist passiert?« Ren mochte noch immer

Alta Renatas Kleid tragen, aber alles von ihrer Haltung bis hin zu ihrer Stimme war durch und durch Flussratte.

Sedges Lachen klang gequält, als er sich mühsam aufsetzte. »Genau wie in alten Zeiten, was? Ich bin in die Schlägerei einiger Schnösel geraten.«

Bei ihm klang das so, als wäre es bloß Zufall gewesen, aber Ren glaubte ihm das ebenso wenig wie Tess. »Und du konntest dich nicht verdünnisieren, weil ...«

»Ich war nicht in eigenen Angelegenheiten unterwegs.« Sedges Blick huschte zur Seite, so wie immer, wenn die Sprache auf Vargo kam. Diesmal kehrte er jedoch mit verlegenem Grinsen zu ihr zurück. »Allerdings sind Vargos Angelegenheiten jetzt wohl auch die Euren, Advokatin Viraudax.«

Sie rümpfte pikiert die Nase. »Es macht ganz den Anschein, Meister Sedge. Was kannst du mir darüber erzählen?«

Tess hatte die Verwandlung von Ren zu Renata schon oft genug erlebt: Kinn und Nase wurden in die Luft gereckt, die Haltung straffte sich, als hätte man sie auf ein Brett geschnallt, ihr Akzent wurde glatter, bis jedes Wort einer Perle glich. Für Sedge war das hingegen neu.

»Das ist verdammt beunruhigend«, murmelte er. »Keiner kennt das ganze Ausmaß, aber Vargo interessiert sich schon seit einer ganzen Weile für Indestors Geschäfte. Ich habe dir schon erzählt, was er mit den anderen Knoten gemacht hat, dass er sie dazu bringen konnte, sich gegenseitig zu bekämpfen, damit er später die Überreste übernehmen konnte – vielleicht ist es hier genauso, und er sorgt dafür, dass die Fehde mit Novrus Fahrt aufnimmt.« Sedge schnaubte. »Allerdings wird er die Häuser hinterher nicht leiten. Aber irgendetwas kann er garantiert aus den Wracks bergen.«

Ren runzelte die Stirn und gab die Schauspielerei auf. »Dann ging es bei der Schlägerei um Indestor gegen Novrus?«

»Nein. Um Geschäfte der Delta-Oberschicht, genauer gesagt zwischen Essunta und Fiangiolli. Aber jeder weiß, dass das Marionetten von Indestor und Novrus sind; wenn sie kämpfen, können sich Seine Gnaden und Ihre Eleganz im Privilegienhaus weiter anlächeln, als würden sie nicht alle in derselben Scheiße stecken.«

Tess schüttelte angewidert den Kopf. Die Bosse der Straßenknoten gaben im Allgemeinen wenigstens ehrlich zu, dass sie einander hassten.

»In den letzten Monaten ist entlang des Wassers einiges schiefgelaufen«, fügte Sedge hinzu. »Aža wurde geklaut, Lagerhäuser wurden niedergebrannt und all das – einiges davon hat auch Vargo getroffen. Daher hat er mich losgeschickt, um der Sache nachzugehen, weil wir ja wohl kaum die Wache darum bitten können.«

»Weil Indestor die Wache kontrolliert«, murmelte Tess. Mit Rens Hilfe gelang es ihr, Sedge auf die Beine zu bekommen. Die Küchenbank war nicht bequemer als der Boden, aber so saß er wenigstens aufrecht.

»Ich wollte mich ja gar nicht darin verwickeln lassen«, brummelte Sedge. »Aber – nun ja, ich war dämlich. Essunta-Schläger sind auf ein paar Fiangiolli getroffen, wurden herausgefordert und behaupteten, sie wären hinter dem Raben her.«

Ren schlug ihm gegen den unverletzten Arm. »Wurdest du etwa verletzt, weil du hingelaufen bist und ihn sehen wolltest?«

»Ich kann doch nicht zulassen, dass meine eigene Schwester was schafft, was ich nicht hinkriege, oder?« Er grinste sie schief an. »Aber ich bekam nicht mal einen schwarzen Handschuh zu sehen. Diese sippenlosen Mistkerle haben das vermutlich nur erfunden, um eine Ausrede dafür zu haben, dass sie in Fiangiolli-Gebiet waren. Ich wurde gegen eine Mauer gerammt, und neuerdings muss mich nur wer schief angucken, und schon kugele ich mir die Schulter aus.« Er betastete zaghaft das Gelenk und zischte leise.

»Fass das nicht an.« Tess schlug seine Hand weg und machte sich auf die Suche nach den Dingen, die sie brauchte: Wasser, Lappen, genug Stoff für eine Schlinge, eine Nadel und etwas von ihrem kostbaren Seidenfaden, falls die Wunde genäht werden musste. »Der Blödmann hat nicht mal so viel Verstand wie eine dämliche Gans«, murmelte sie, legte alles bereit und machte sich daran, ihn wieder zusammenzuflicken.

Ren fuhr sich mit der Zungenspitze über die Unterlippe, wie sie es immer tat, wenn sie über etwas nachdachte, und reichte Tess reflexartig alles, was ihre Schwester verlangte. Tess füllte das Schweigen, indem sie Sedge für all die Narben ausschimpfte, die er sich in den letzten Jahren zugezogen hatte, doch er zuckte nur mit den Achseln, als wäre das nicht weiter wichtig.

Als Tess Sedge verarztet und gewaschen hatte, war Ren zu einer Entscheidung gekommen. »Ich habe Donaia erzählt, dass uns Vargo gegen Indestor helfen würde. Damals war es das Erstbeste, was mir einfallen wollte, damit sie mich nicht rausschmeißt – aber wenn Vargo wirklich in Indestors Machenschaften herumschnüffelt, dann lässt sich das vielleicht sogar nutzen. Mir muss nur ein Weg einfallen, wie Alta Renata davon erfahren haben könnte. Und ich muss herausfinden, was Novrus damit zu tun hat.«

»Und dich mit Mede Attravi treffen, Fulvet dazu bringen, dir das Privileg zu erteilen, und Donaia überzeugen, dich ins Register aufzunehmen, bevor wir auf der Straße landen«, fügte Tess eisig hinzu. Wenn sie nicht aufpasste, würden diese beiden die ganze Nacht rumspinnen und nicht eine Mütze Schlaf bekommen. »Keines dieser Probleme lässt sich heute Abend noch lösen, also widmen wir uns ihnen lieber morgen früh mit frischem Verstand.«

Sedge fuhr sich mit den Fingernägeln über seine Bartstoppeln. »Da hast du nicht unrecht«, gab er zu und riss den Mund zu einem gewaltigen Gähnen auf.

Tess bedachte ihn mit einem ernsten Blick. »Du bleibst hier. Wir haben genug Brühe und Brot, du bist wärmer als jede Decke und ich will morgen früh noch mal nach deinem Arm sehen.«

»Nachdem du ihn heute so heftig verdreht hast?« Sedge und Ren tauschten amüsierte Blicke.

»Genau.« Tess schob ihm etwas zu essen hin und goss Ren noch etwas Brühe in ihre Schale. »Und wenn du mich nicht zu sehr nervst, nähe ich dir vielleicht sogar einen Harnisch, damit deine Schulter beim nächsten Mal nicht gleich wieder zickt, wenn sie nur jemand ansieht.«

8

SPRINGENDE KATZE

Abenddämmerungstor, Alte Insel: 6. Apilun

»Was ist mit dem hier?« Leato hielt einen Halsreif im Luyaman-Stil hoch, dessen Enden die Form von zwei als Noctat miteinander verzahnten Quaraten hatte. »Quarat für Wohlstand und Noctat für ...«

»Wir wissen alle, wofür Noctat steht, Leato.« Giuna verzog kichernd das Gesicht, um Leatos Miene nachzuahmen.

Sibiliat begutachtete ebenfalls das Angebot. »Das ist ein so langweiliges Motiv. Diese hier hingegen ...« Mit aufeinandergepressten Lippen, um ihr Grinsen zu verbergen, hob sie eine Kette mit oktagonförmigen Klemmen an beiden Enden, wobei jedes Glied mit einer Tuat-Variation verziert war.

Giuna berührte eine der Klemmen und runzelte verwirrt die Stirn. »Was macht man damit?«

»Das sind Umhangklemmen«, erklärte Leato, nahm sie rasch an sich und warf Sibiliat einen durchdringenden Blick zu.

Renata tat so, als würde sie ihre Mätzchen ignorieren, und schaute sich mehrere Ringe mit den grundlegenden Numinata an. Mit einer Fingerspitze berührte sie einen schweren Sessat, der für eine Männerhand gedacht war. Sie empfand diesen Ausflug als sinnlos, da sie kein Geld hatte, um etwas zu kaufen, das sich nicht wieder versetzen ließ, und die meisten Zwischenhändler, mit denen sie Geschäfte machte, nahmen keine numinatrischen Stücke an. Dafür gab es seriöse Anlaufstellen.

Aber Sibiliat hatte darauf bestanden und Giuna immer wieder nachgebohrt, und als auch Leato noch ins selbe Horn blies, war klar, dass Renata sich nicht länger weigern konnte, ohne ihre wahren Beweggründe preiszugeben.

Sibiliat trat neben sie, viel zu warm und zu nah. »Das muss Euch alles so provinziell vorkommen. Vielleicht sollten wir es mal in Ostbrück versuchen? Ihr habt noch immer nichts gekauft und es gibt da einen sehr empfehlenswerten Händler in der Nähe der Nachtfriedengärten.«

Renata ging unter dem Vorwand auf Abstand, sich einen Satz Bronzesiegel anzusehen, wie Inskriptoren sie zum Stempeln von Foki in Wachspfropfen nutzten, auf denen Götternamen in Enthaxn-Schrift prangten. »Wenn ich etwas benötige, kann ich es jederzeit in Auftrag geben.«

»Aber der Händler in Ostbrück verkauft Antiquitäten.« Sibiliat ließ nicht locker. »Möchtet Ihr sie Euch nicht wenigstens ansehen? Meines Wissens besaß Eure Mutter einige solcher Stücke.«

Sie kam schon den ganzen Tag lang immer auf dasselbe Thema zurück: Letilias Schmuck und ihre numinatrischen Stücke, ob Renata sie kannte, sie besaß oder ob sie ihr gefielen. Seit der Tanzstunde sprach sie ständig davon. Zudem machte es den Anschein, als wäre Renata nicht die Einzige, der das auffiel – oder die davon genervt war. »Warum interessiert Ihr Euch derart für den Schmuck meiner Cousine?«, fuhr Giuna ihre Freundin an.

Totenstille senkte sich über sie herab. Leato wirkte bestürzt. Und Renata ...

»Wenn Ihr mir eine Frage stellen wollt, Alta Sibiliat«, sagte sie mit kühler Höflichkeit, »dann stellt sie mir.«

Sibiliats starre Haltung blieb noch einen Moment lang bestehen, bevor sie sich mit einer Hand matt über das Gesicht fuhr. »Es tut mir leid. Ich hätte von Anfang an ehrlich sein sollen. Aber ja ... Mir liegt da etwas auf dem Herzen.« Sie straffte die Schultern und drehte sich zu Renata um. »Ihr habt unter den Schmuckstücken Eurer Mutter nicht zufällig ein Bronzemedaillon gesehen, auf das drei Tricats eingeprägt sind? Es ist recht schlicht und nicht besonders auffällig. Dabei handelt es sich um ein Acrenix-Familienerbstück, das mein Vater Ghiscolo ihr geschenkt hat. Es war ein ... Versprechen, könnte man sagen. Als ich hörte, dass Ihr Era Traementis den Ring zurückgegeben habt, entstand in mir die Hoffnung, Ihr könntet auch unser Medaillon mitgebracht haben. Oder mir zumindest sagen können, ob Letilia es noch immer besitzt – nicht dass sie es nach ihrem Weggang in den Fluss geworfen hat.«

Dahinter seid Ihr also her. Renata kannte das Medaillon; sie hatte es zusammen mit dem Rest aus Letilias Schmuckkästchen in ihren Rucksack gestopft – an dem Tag, an dem sie mit Tess aus Ganllech geflohen war.

Kurz dachte sie darüber nach. Sollte sie das Erbstück zurückgeben und sich so Sibiliats Dank sichern? Nein. Welchen Grund gab es, diesen Vorteil jetzt zu verspielen? Da ließ sie ihre größte Rivalin lieber weiter hoffen, nur um ihr diesen Wunsch später zu erfüllen.

»Es tut mir sehr leid, Sibiliat, aber mir ist kein solches Medaillon bekannt.« Sie fügte zur Abschwächung ein Seufzen hinzu. »Allerdings sähe es Mutter ähnlich, ein solches Stück zu behalten. Ich werde mich schriftlich danach erkundigen – selbstverständlich nicht bei ihr, sondern bei unserer Haushälterin. Sobald ich etwas höre, lasse ich es Euch wissen.«

Enttäuschung flackerte in Sibiliats Augen auf, verschwand jedoch sogleich wieder. Giuna trat neben sie und berührte Sibiliat am Ellbogen. Renata gewährte ihnen Privatsphäre, verließ das Geschäft und überquerte die Uferstraße entlang des Westkanals. Der Winter milderte den üblichen Gestank des Wassers und sie atmete kühle, reine Luft ein.

Entlang der Ufermauer war unterhalb des Wegs eine ganze Flotte von Booten vertäut – mit denen normalerweise Passagiere über die Kanäle gebracht wurden –, auf denen sich ein kurzlebiger Markt gebildet hatte. Eine Vielzahl an Dorys, Jollen und flacher Lastkähne in Clanfarben waren über die Stege zwischen den Booten zu erreichen, und in ihren Rümpfen standen Körbe mit Früchten, Reis und Flussmollusken oder mit grob gewebten Seiden- und Leinstoffen. Rauch stieg von niedrigen Grills auf, auf denen aufgespießte Krebse und Deltavögel vor sich hin brutzelten. Die Schreie der Verkäufer hallten in einem bunten und unentwirrbaren Gemisch aus Dialekten durch die Luft.

Leato tauchte neben Renata auf und stützte sich auf die Ufermauer, ohne Rücksicht auf seine Handschuhe oder Ärmel zu nehmen. »Das war sehr freundlich von Euch, Cousine. Vielen Dank.«

»Die Freundlichkeit galt eher Euch und Giuna. Sind sie noch immer im Geschäft?« Renata spähte an Leatos Schulter vorbei zur geschlossenen Ladentür.

»Giuna hat sie auf einen Kaffee eingeladen. Vermutlich, um sich entweder zu entschuldigen oder mit ihr zu schimpfen – ich bin mir da nicht ganz sicher. Vielleicht auch beides.« Seine Lippen zuckten, als wüsste er nicht, ob er grinsen oder eine finstere Miene machen sollte. »Ich wünschte, ich könnte herausfinden, ob Sibiliat nur mit ihr spielt.«

»Was würdet Ihr tun, wenn dem so wäre?« Sibiliat mochte sich als Renatas Rivalin ansehen, aber sie war trotz allem die Acrenix-Erbin. Wenn ihre Zuneigung echt war, und es auf eine Ehe hinauslief, konnte sich das Traementis-Vermögen dadurch wieder erholen – ohne dass das Haus Indestor weiterhin eine Gefahr darstellte.

Leato senkte den Kopf, doch Renata bezweifelte, dass er das rege Treiben auf dem Markt unter ihnen überhaupt zur Kenntnis nahm. »Ich wünschte, ich könnte deswegen etwas unternehmen, aber das ist Giunas Entscheidung.« Sein goldenes Haar verdeckte halb seine Augen, als er zu Renata aufblickte. »Oder etwa nicht?«

Sein Blick flehte um die Erlaubnis, in Giunas Liebesleben einzugreifen – und Renata war bereits arg in Versuchung, dies ebenfalls zu tun. Doch sie wollte nicht noch mehr von Sibiliats Aufmerksamkeit erregen und sich erst recht nicht ihren Zorn zuziehen.

Rauch stieg vom Bootsmarkt auf, der das Aroma gebratenen Fetts mitbrachte und sie in der Nase kitzelte. Ihr Magen reagierte darauf mit einem hörbaren Gurgeln und sie legte beschämt die Hände darüber. »Bitte entschuldigt. Ich habe heute Morgen sehr wenig gegessen.« Nur etwas Haferbrei, der sehr wässrig gewesen war, was sie Leato gegenüber jedoch kaum zugeben konnte. »Mein Magen ist vor der fünften Sonne immer recht empfindlich.«

Lachend nahm Leato ihren Arm und schien seine vorherige Stimmung vergessen zu haben, als er sie zur nächsten Ufertreppe geleitete. »Gut, dass es inzwischen fast die siebte Sonne ist. Die Seterin-Kultur kennt Ihr gut genug, jetzt möchte ich Euch etwas zeigen, das es nur in Nadežra gibt.«

Er hielt ihre Hand, damit sie nicht das Gleichgewicht verlor, als sie den kleinen Hüpfer vom unteren Treppenende auf das nächste Boot machte, und ließ sie auch nicht los, während sie durch die sanft wackelnden Gänge der spontan entstandenen Flotte schlenderten, vorbei an verknoteten Fadentalismanen und Töpfen voller Chrysanthemen, deren leuchtende Blüten an diesem Tag überaus strahlend erschienen. Sie schaute zu, wie er mit einem Vraszenianer mit so dunkler Haut, dass er aus Pražmy im Süden von Vraszan stammen musste, um zwei geröstete Teufelskrebse feilschte.

Mit ihrem Spieß in der Hand tat Renata so, als würde sie Leato dabei beobachten, wie er den Krebs aß, um dann den Spieß durchzubrechen und damit den Panzer zu knacken, wie er es ihr vormachte. Sie mussten die Handschuhe ausziehen, um sich das dampfende Fleisch in den Mund zu stecken. Unerklärlicherweise errötete Renata, als sie vor Leato die Hände entblößte und auch seine nackten Hände sah. »Das ist in der Tat neu für mich«, sagte sie, wandte mühsam den Blick ab und ignorierte das Flattern in ihrer Magengrube, das rein gar nichts mit Hunger zu tun hatte. »Aber was macht es so einzigartig nadežranisch?«

»Das hat mit dem Privilegienhaus zu tun. Man benötigt eine Lizenz, um ein Geschäft auf der Alten Insel oder am Oberufer zu eröffnen, und die meisten Lizenzen gehen an Liganti. Allerdings wird ein Geschäft als ›kommerzielles Etablissement an einem festen Ort‹ definiert, und das schließt fahrende Händler nicht mit ein, ebenso wenig wie das hier ...« Er schwenkte seinen Spieß und deutete auf die vielen Jollen und Boote und die Menge an gewöhnlichen Nadežranern, die sich die Waren der Flusshändler ansahen. »Ihr kennt gewiss schon die Pfahlstadt jenseits der Schildkrötenlagune?«

Sie hatte sie in ihrer Kindheit tagtäglich vom Spitzenwasserufer aus gesehen. Das Durcheinander aus Pfahlhäusern und Hausbooten war die größte von Vraszenianern dominierte Enklave außerhalb von Sieben Knoten und wurde vollständig von den Stretsko-Banden kontrolliert. Ren glaubte, dass sich nicht mal Vargo dort festzusetzen vermochte.

»Ihr meint diese Ansammlung von Hütten? Ich habe sie gesehen, als ich mit dem Schiff eingetroffen bin, hielt das Ganze jedoch für die Überreste einer überfluteten Insel. Wollt Ihr mir etwa weismachen, dass dort jemand lebt?«

Bei dem mitschwingenden Vorwurf schnitt Leato eine Grimasse. »Als ich ein Junge war, sah die Pfahlstadt noch ganz anders aus und erstreckte sich auf beiden Seiten der Lagune.

Doch Mettore lässt die Bewohner aus jedem Grund, der ihm einfallen will, ins Gefängnis werfen, um die Gebäude danach von Fulvet als unbewohnt abreißen zu lassen. Bedauerlicherweise geben ihm die Leute dort auch noch mehr als genug Gründe.«

Sie wandte sich ab und tat so, als würde sie sich für die Waren eines Händlers interessieren, bevor ihre wahren Gefühle zum Vorschein kommen konnten. Die Täuschung schlug in echtes Interesse um, und sie befühlte dicken, bunt bestickten Stoff, gehämmerten Kupferschmuck aus den südlichen Toču-Bergen und mit feinen Schnitzereien verzierte Flöten aus angebohrtem und im Feuer gehärtetem Röhricht. Leato versorgte sie mit weiteren Leckereien, die größtenteils am Spieß serviert wurden, doch es gab auch mit einer süßen Creme gefüllte gedämpfte Teigtaschen und eine Suppe, die sie rasch trinken musste, damit sie nicht aus dem eingeölten Pappbecher sickerte. Der Geschmack nach Zitronengras und Pfeffer haftete noch lange, nachdem sie den Becher in den Fluss geworfen hatte, an ihren Lippen.

Die Händler und Bootsleute waren samt und sonders Vraszenianer mit Stoffjacken und geflochtenem Haar, während der Großteil der Kunden, die auf den schwimmenden Stegen herumliefen, aussahen, als wären sie in Nadežra geboren worden; selbst jene mit gemischter Herkunft trugen Mäntel mit Schößen und perlenbesetzte Surcots und das Haar offen oder mit Bändern durchzogen. Renata und Leato fielen als die einzigen Adligen in der Menge auf, was ihnen einige böse Blicke einbrachte, aber auch die begierige Aufmerksamkeit jedes Händlers, an dem sie vorbeikamen. Feine Leute bedeuteten nicht nur Geld, sondern auch Leichtgläubigkeit. Aus diesem Grund wanderte Renatas Hand instinktiv zu ihrer Surcottasche, als ein mürrischer Junge mit scharlachroten Stretsko-Perlen in seinen Zöpfen an ihr vorbeieilte.

Allerdings hatte er es nicht auf ihre Tasche abgesehen, und

Renatas abwehrende Bewegung sorgte dafür, dass sich der Zeitungsstapel, den er sich unter den Arm geklemmt hatte, in Bewegung setzte. Alles fiel auf den Steg und einige Exemplare landeten im Wasser.

»Es tut mir so leid«, sagte sie mit schamesroten Wangen. »Ich dachte ...« Innerlich verabscheute sie sich ein wenig für ihr reflexartiges Misstrauen und hockte sich hin, um ihm beim Aufheben der Zeitungen zu helfen, richtete sich jedoch sogleich wieder auf, als sie seinen hasserfüllten Blick bemerkte.

»Du bist hier nicht erwünscht, Kreidegesicht. Nimm deine blutbefleckten Münzen und verschwinde.« Er drückte sich den zerknitterten Papierhaufen an die Brust und verschwand in der Menge.

Renata blickte auf das Blatt hinab, das sie noch in der Hand hielt. Es war dicht bedruckt und die Tinte auf dem billigen Papier derart verlaufen, dass man den Text kaum lesen konnte. Zusammen mit den Worten und Zöpfen des Jungen erschloss sich ihr der Inhalt trotzdem. Es handelte sich um eine Schmähschrift gegen den Cinquerat, die Adligen und die Delta-Oberschicht sowie jeden anderen mit »fremdem« Blut in Nadežra. Die Wache würde jeden, der mit so einem Pamphlet erwischt wurde, auf der Stelle verhaften.

Nachdem sie das Papier zerknüllt hatte, warf Renata es in den Fluss. Leato hatte soeben erneut etwas erworben und drehte sich zu ihr um.

»Das müsst Ihr probieren, Cousine.« Er reichte ihr ein ausgehöhltes Schilfstück.

Sie wusste schon, was sich darin befand, bevor sie es entgegennahm, und der Geruch hüllte sie ein wie eine Decke. Mit geschlossenen Augen atmete sie tief ein und ließ ihren Selbstekel, der durch die Worte des Stretsko in ihr aufgestiegen war, von diesem himmlischen Aroma vertreiben. Er kannte sie nicht und wusste nicht, was sie tat. Andernfalls hätte er sie dafür beglückwünscht, dass sie es diesen Käsefressern zeigte. Aber als sie die Augen öffnete und bemerkte, wie Leato angespannt auf ihre Reaktion wartete, fragte sie sich unverhofft, warum sie eigentlich stolz darauf sein sollte.

Bevor Ren diese Gedanken hinter Renatas Lächeln verbergen konnte, ließ Aufregung am Ufer Unruhe auf der schwankenden Flotte aufkommen. Der Händler, der Leato die Schokolade verkauft hatte, löste rasch die Seile, mit denen sein Boot am Steg befestigt war.

»Was ist passiert?«, erkundigte sich Renata, als weitere Händler dasselbe taten. Rufe hallten von der Werftseite des Markts herüber, und etwas brachte ihr Boot heftig ins Schwanken, woraufhin ihr das Schilfstück aus den Händen rutschte und im Fluss landete. Leato legte ihr einen starken Arm um die Taille, bevor es ihr ebenso erging.

Ren klammerte sich an ihn und bekam es auf einmal mit der Angst zu tun. Es gab einen guten Grund dafür, dass sie die Flussmärkte nicht mochte: Sie konnte nicht schwimmen, und in einem eiskalten Fluss würde sie mit dem schweren Unterkleid und Surcot einer Adligen ...

»Ich halte Euch«, raunte Leato ihr zu. Sie roch die Schokolade in seinem Atem, der ihr die Wange wärmte. »Das ist die Wache. Mettore will sich wohl wieder mal wichtigmachen.«

Er stellte sie auf die Beine, nahm den Arm jedoch nicht weg, als er sich zu der Frau umdrehte, die die Seile von ihrem Teil des Stegs löste. »He, Bootsfrau! Ich gebe Euch zehn Forri und den Schutz meines Hauses, wenn Ihr uns von hier wegbringt.«

Die meisten Bootsleute und Flusshändler hatten sich bereits losgemacht und breiteten sich auf dem Fluss aus wie Enten, die vor einer Barke flohen. Aber Renata bemerkte, dass nicht wenige Leute, die größtenteils hellhäutige Nadežraner waren, ans Ufer schwimmen wollten, nachdem der lange Pfahl eines Bootsmanns sie ohne Umschweife ins Wasser gestoßen hatte.

Die Bootsfrau musterte Leato und Renata und hob ihren Pfahl, als würde sie ihre Optionen abwägen. Nicht weit entfernt zerrten die Falken Menschen von den Booten und aus dem Wasser. Erst als Leato ihr eine Handvoll Forri reichte, gab sie nach, steckte die Münzen ein und tauchte ihren Pfahl in den Fluss, um sie in Sicherheit zu staken.

Ren warf einen Blick über die Schulter und hielt Ausschau nach dem Stretsko, sah jedoch nur noch die durchweichten Zeitungen, die flussabwärts trieben.

Froschloch, Unterufer: 8. Apilun

Der Winter hatte Nadežra fest in seinen Klauen, was Yurdan jedoch nicht davon abhielt, wie die Deltafarne im Sommer zu schwitzen. Seine Augen waren weit aufgerissen, seine Pupillen riesig im trüben Blau, und er blinzelte nicht oft genug – blieb jedoch weit genug bei Verstand, um reden zu können, und das war alles, was zählte.

»Ich ... ich sehe Dinge«, stammelte er und zeigte mit einem zittrigen Finger auf die Wände der alten Spitzenfabrik. »Es. Sie. Sie starren mich an. Die Wände sehen alles. Diese ganze verdammte Stadt besteht aus Augen. Wo ich auch hinsehe, starren sie mich an. Und sie blinzeln nicht.« Er machte sich ganz klein, kniff die Augen zu, ballte die Fäuste und schlang die Arme um die angezogenen Beine. »Mögen die Masken gnädig sein – ist es das, was passiert? Orte wie dieser, der ganze üble Mist, all der Scheiß, den wir machen ... Das ist es, was wir zurücklassen.«

»Seine Worte ergeben immer weniger Sinn«, raunte Vargo Varuni zu, die mitschrieb. Zu Sedge sagte er: »Wie lange dauert es jetzt schon?«

Sedge kniete neben Yurdan und war bereit, jederzeit einzugreifen, falls etwas schieflief. Er hielt Vargos Taschenuhr in einer Hand und wandte den Blick nur so lange von Yurdan ab, wie er brauchte, um die Zeit abzulesen. »Nicht ganz zwei Glocken.«

Vargo drehte langsam die halb volle Glasphiole zwischen den Fingern und beobachtete, wie das dunkel schillernde Pulver darin wie Deltaschlamm von einem Ende zum anderen rutschte. Er hatte angenommen, Hračeks Tod wäre ein Angriff auf seine Organisation gewesen, vielleicht von einem der Stretsko-Knoten, seinen Hauptrivalen am Unterufer. Aber als der Herbst in den Winter überging, bekam er Berichte aus der ganzen Stadt – aus Froschloch, Eisvogel, von mehreren Stellen entlang des Unterufers, sogar von der Alten Insel –, wo andere Leute auftauchten, die wie Hraček bluteten. Es waren nicht nur Vargos Leute, auch Mitglieder anderer Knoten oder sogar stinknormale Bürger. Sie hatten eines gemeinsam.

Asche. Eine Droge, von der vor diesem Jahr noch niemand gehört hatte. Eine Droge, die Vargo weder kontrollierte noch verstand.

Jedenfalls noch nicht. Eine Glocke, bis die Wirkung einsetzte. Eine weitere, bis Yurdans Beschreibungen in wirres Geplapper übergingen. Vargos Stuhl knarzte, als er die Phiole einsteckte und sich vorbeugte, um auf Veränderungen in Yurdans Verhalten zu warten. Er wollte alles mitbekommen, was ihm einen Hinweis geben konnte.

»Yurdan. Weißt du noch, warum du hier bist?«

Der Mann verdrehte die glasigen Augen, bevor er Vargo ansah. »Ihr habt nach einem Freiwilligen verlangt.«

»Ja. Und wofür?«

»Ich ...« Etwas hinter Vargos Schulter erregte Yurdans Aufmerksamkeit und seine Antwort ging in ersticktes Stöhnen über.

»Welcher Tag ist heute, Yurdan?«

Es folgte nur Gemurmel, dann: »Scheiße. Der Vorhang ist weg.«

»Nicht nur der Vorhang«, sagte Vargo leise. An Varuni gewandt fügte er hinzu: »Jetzt hat er auch die Fähigkeit verloren, Fragen zu beantworten.«

»Hinter Euch – seht doch ...« Yurdan wollte auf Vargo zustürzen, aber Sedge stand bereit und ließ die Taschenuhr fallen, um ihn an den Schultern festzuhalten.

::Da ist nichts::, versicherte Alsius Vargo. ::Er sieht nur Schatten. Das scheint mir ganz wie Aža zu sein, nur weitaus weniger angenehm.::

Das sehe ich auch so, erwiderte Vargo. *Was zum Geier reizt sie dann daran?*

Als Yurdan gehört hatte, dass Vargo nach einem Freiwilligen suchte, um die Auswirkungen von Asche zu testen, hatte er sich sofort gemeldet. Er und Hraček waren schon ein Paar gewesen, bevor Vargos Spinnen ihren Knoten übernahmen, und er wollte wissen, was seinen Liebhaber getötet hatte.

::Überprüfe, ob er noch etwas anderes spürt. Die Beschreibungen der Gewalttätigen lassen vermuten, dass ihre Sinne getrübt sind.::

Vargo nickte. »Sedge. Bereite ihm Schmerzen, aber verletze ihn nicht.«

Sedge verdrehte Yurdan schnell das Handgelenk und zog seinen Arm so hinter den Rücken, dass selbst Vargo zusammenzuckte. Yurdan schien es hingegen nicht einmal zu bemerken, da er sich allein auf die Dunkelheit jenseits ihres Lichtkreises konzentrierte. Sedge ächzte. »Ich glaube nicht, dass er ...«

»Ihr sippenlosen Hunde«, fauchte Yurdan und wand sich. »Ihr seid diejenigen, die sich Hraček geholt haben, nicht wahr? Tja, jetzt sehe ich euch – und diesmal entkommt ihr nicht.«

Sedge gehörte zu Vargos besten Fäusten. Niemand entkam ihm, den er nicht freiwillig losließ. Er spannte den ganzen Körper an, um Yurdan festzuhalten ... doch Yurdan schleuderte ihn einfach von sich wie Löwenzahnsamen. Nur das widerliche Geräusch in Yurdans Schulter deutete darauf hin, dass er dazu immens viel Kraft aufbringen musste.

Vargo sprang von seinem Stuhl auf und aus Yurdans Weg, doch der benommene Mann ging überhaupt nicht auf ihn los. Yurdan stürzte an den Rand des Lichtkreises und hielt die Hände wie gekrümmte Krallen. »Ganz genau, ihr Arschlöcher. Ich reiße euch in Stücke!«

Doch als er in die Luft schlug, war Yurdan derjenige, der zerfetzt wurde.

Sie konnten es alle deutlich sehen. Eine blutige Strieme tauchte auf seinem nackten Schulterblatt auf, als hätte ihn eine unsichtbare Klinge erwischt – oder eine Kralle. Yurdan nahm die Wunde ebenso wenig zur Kenntnis wie seine verletzte Schulter und schrie unverständliche Drohungen in die leere Finsternis hinaus.

Eine Finsternis, die mit lautloser Wut antwortete. Eine Strieme nach der anderen zeichnete seine Haut, Blut floss wie Regen herunter; Sedge wollte Yurdan zu Hilfe eilen, aber es gab nichts, wogegen er kämpfen konnte. Selbst als es den Anschein hatte, dass Yurdan etwas gepackt hielt, fasste Sedge einfach hindurch, ohne auf irgendeinen Widerstand zu treffen.

Was ist da, Alsius?

::Nichts, mein Junge. Ich sehe auch nicht mehr als du.::

Vargo hatte nicht die geringste Ahnung, was hier vorging. Dennoch konnte er nicht einfach nur herumstehen und zusehen, wie einer seiner Männer zerfetzt wurde.

»Bringt ihn hierher.« Vargo trat seinen Stuhl beiseite, zog sein Schwert aus seinem Gehstock und murmelte: »Ich habe meinen Kompass, mein Lineal, meine Kreide, mich. Mehr brauche ich nicht, um den Kosmos zu kennen.«

::Was bei den neun Siegeln treibst du da?::, kreischte Alsius in seinem Kopf.

»Wonach sieht es denn aus?« Er drückte die Schwertspitze auf die Bodendielen und ging einmal im Kreis, um einen gezackten, unregelmäßigen Bogen in das Holz zu ritzen, bei dem selbst ein völlig unerfahrener Inskriptor vor Scham errötet wäre. Hinter ihm waren Yurdans Schreie in ein schmatzendes, animalisches Knurren übergegangen, während er sich gegen Varuni, Sedge und all die urtümlichen Dämonen, die die Asche ihm zeigte, zu widersetzen versuchte.
::Du kannst nicht einfach ... Du hast ja nicht einmal einen Fokus!::
»Dann improvisiere ich eben.«
::Nein, das wirst du verdammt noch mal nicht tun!::, protestierte Alsius, obwohl Vargo bereits das Schwert beiseite warf und ein Messer zückte. Er kniete sich an die Stelle, an der sich die Mitte der Spirale befinden musste, jedenfalls ungefähr.
Was wäre am besten? Schutz. Sessat. Er ging innerlich die Liste der Götter durch, die mit Sessat assoziiert wurden. Avca? Teis? Welches Siegel war am einfachsten zu malen? Welches würde er hinbekommen, ohne einen noch größeren Schlamassel anzurichten? »Die Alternative ist, mich selbst zum Fokus zu machen.«
::Nur über meine Leiche.::
In diesem Augenblick war eigentlich rein gar nichts lustig, aber bei Alsius' Protest musste Vargo dennoch ironisch glucksen. »Ja, das ist meist das Ergebnis, wenn ein Inskriptor zu seinem eigenen Fokus wird. Darum improvisiere ich ja auch.« Er bohrte die Messerspitze tief ins weiche Holz.
::Hör auf, Vargo. *Lass das!*::
»Meister Vargo«, sagte Varuni leise. »Das ist nicht länger nötig. Es ist ... zu spät.«
Es wurde still im Raum, nur Sedges leises Fluchen war noch zu hören. Vargo zwang sich dazu, sich umzudrehen.
Yurdan war nur noch ein blutiger Haufen auf den Boden-

dielen, sein schlaffer Körper lag gleich jenseits der gezackten Linie, die Vargo in den Boden geritzt hatte. Hraček hatte lange genug überlebt, dass Vargos Leute ihn finden konnten, doch Yurdan war in nur einem Augenblick gestorben – und scheinbar vom Nichts zerfetzt worden.

Vargos Messer landete klappernd auf dem Boden. Es war alles so schnell gegangen und er hatte viel zu langsam reagiert. Nein – er hätte gar nicht erst reagieren müssen, sondern darauf vorbereitet sein sollen. Ein simpler Schutzkreis; jetzt, wo Yurdan reglos in einer immer größer werdenden Blutlache lag, schien es verdammt offensichtlich zu sein.

Er hatte schon Leichen gesehen – und mehr als ein paar selbst dazu gemacht –, aber er hatte geglaubt, die Zeiten, in denen er hilflos dabei zusehen musste, wie jemand starb, wären vorbei. Der Ärger über die mangelnde Kontrolle breitete sich wie Säure in seinem Körper aus.

Was zum Henker war das?

::So etwas habe ich in all meinen Jahren noch nie gesehen.::

Was bedeutend mehr Jahre waren, als Vargo schon lebte. Er stand auf und wischte sich den Staub von den Knien. Varuni verharrte in der Nähe. Sedge wirkte noch immer angespannt, seine Wut loderte wie eine blaue Flamme und in seinen Augen schimmerte Mordlust. Sie warteten beide darauf, dass Vargo ihnen sagte, was sie tun sollten.

Aber Vargo musste nachdenken.

»Kümmere dich darum«, verlangte er von Varuni und winkte ab, als Sedge ihm folgen wollte.

Die Straßen von Froschloch waren nicht einladend, doch die Luft kam ihm angenehm sauber vor, nachdem er zuvor den Gestank von Blut, Schweiß und Eingeweiden hatte einatmen müssen. Das letzte Viertel des silberblauen Corillis war hinter den Dächern verborgen, doch der kupfergrüne Paumillis stand hoch und voll am Himmel, der ob der Kälte so klar war, dass die Sterne wirkten, als wären sie in die Schwärze eingelassen.

»Was wissen wir, was vermuten wir und was müssen wir in Erfahrung bringen?«, fragte er und ging schnellen Schrittes weiter, um der Kälte zu trotzen und seinem ohnmächtigen Zorn zu entrinnen. Wenngleich er diese Unterhaltung rein im Kopf führen konnte, half es ihm, die Worte laut auszusprechen, um alles besser zu erfassen. Falls die Leute ihn deswegen für verrückt hielten, weil er auf der Insel herumlief und Selbstgespräche führte ... dann behielten sie ihre Meinung lieber für sich und suchten rasch das Weite, sobald sie erkannten, wen sie da vor sich hatten.

Alsius antwortete ihm mit nüchterner Präzision. ::Wir wissen, dass diese sogenannte Asche wie Aža Halluzinationen hervorruft, allerdings albtraumhafte. Wer sie genommen hat, spürt weder Kälte noch Schmerz und wird ungemein stark. Zudem hat es ganz den Anschein, als könnten diese Personen von ihren Halluzinationen verletzt werden.::

»Das waren keine Halluzinationen.« Nichts Imaginäres konnte derart reale Schäden hervorrufen. Wenn Vargo nur an die langen, krallenartigen Risse dachte, wurde ihm ganz anders. »Irgendwelche Geister?« Sie existierten, wie Alsius und er ganz genau wussten.

::Das bezweifle ich::, erwiderte Alsius. ::Man bräuchte ein Numinat, um sie herbeizurufen, und so etwas gab es dort nicht. Außerdem sind sie nicht fähig, Materielles wie Fleisch zu beeinträchtigen.::

Vargo trat gegen einen lockeren Pflasterstein. »Was ist unsichtbar und nicht greifbar und kann einen Mann trotzdem in Stücke reißen?«

::Es muss mit der Asche in Zusammenhang stehen. Heute Nacht wurde niemand sonst angegriffen.::

Vargo bog um die Ecke und ging seitlich an der Spitzenfabrik entlang. »Dann konzentrieren wir uns auf die Asche. Sie ist etwas Neues. Dabei kann es sich nicht um einen Import handeln, da wir keine Gerüchte von der Morgen- oder

Abenddämmerungsstraße gehört haben. Was mich vermuten lässt, dass sie hier hergestellt wird.« Wo genau war erst vor wenigen Monaten etwas Fragwürdiges geschehen?»Der Einbruch. Diese ... Substanz ... auf dem Boden.«
::Sie sah aber nicht wie Asche aus.::
Das stimmte – Asche war ein Pulver.»Möglicherweise war das nur ein Zwischenstadium. Auf jeden Fall haben sie dieses Numinat für etwas verwendet, das mit einem Traum zu tun hat.«
::Aber es sieht nicht nach Numinatria aus::, stellte Alsius klar. ::Es ähnelt eher einer Durchdringung – wenn man denn Asche dahingehend durchdringen könnte, dass es Albträume auslöst.::

Sie verstummten beide. Ein Taschendieb näherte sich unauffällig, sah Vargos Gesicht und schlenderte weiter, als hätte er ohnehin nichts anderes vorgehabt.

Eine Durchdringung konnte nicht auf stabile Weise in Numinatria integriert werden. Wollte ein Inskriptor ein Numinat durchdringen, kostete es ihn die eigene Energie, und er brannte aus. Auf diese Weise funktionierten die Fluss-Numinata seit fast zwei Jahrhunderten und deshalb glich das Ersetzen des beschädigten Numinats einem gottverdammten Albtraum. Alsius hatte befürchtet, dass Vargo genau so etwas heute Nacht tun wollte. Und wenn ein Handwerker ein Numinat in seine Arbeit inskribierte, wurde das Produkt unglaublich mächtig, allerdings nur für wenige Augenblicke. Nicht lange genug, um als Straßendroge einsetzbar zu sein. Zudem entstand ganz eindeutig nicht etwas, das ...

Vargo blieb mitten auf der Straße stehen. Bei den syphilitischen Eiern des Tyrannen – er hatte von Anfang an recht gehabt.»Asche ist kein durchdrungenes Aža, sondern wurde umgewandelt. Wie Prismatium.«

::Das ist unmöglich.:: Alsius reagierte so verhalten, dass es beinahe einer Zustimmung glich.

Vargo setzte sich wieder in Bewegung, diesmal wurde er jedoch von Überzeugung statt Wut angetrieben. Er lag richtig. Zwar hatte er noch keine Ahnung, wie genau sie es anstellten, aber er hatte recht. ::Der für das Verwandeln von Prismatium notwendige Prozess lässt sich nicht einfach in einer Nacht auf- und wieder abbauen::, argumentierte Alsius. ::Und selbst wenn dem so wäre, würden sie das wohl kaum in einer Spitzenfabrik machen, sondern das Aža lieber an einen Ort bringen, den sie kontrollieren, oder nicht?::

»Ich weiß es nicht.« Es gab einfach zu viel, das sie noch nicht wussten. Hraček war schon vor dem Einbruch in die Spitzenfabrik durch Asche gestorben, und es war bereits zu viel auf den Straßen im Umlauf, als dass es sich um eine einmalige Sache handeln konnte. Alles deutete auf eine Organisation hin. Jeder, der auf diese Weise organisiert war, musste über einen eigenen Aža-Vorrat verfügen und auch über einen dauerhaft verfügbaren Ort für die Umwandlung. Es sei denn ...

»Essunta hat uns sehr viel Aža abgekauft, seitdem er uns letztes Jahr angeheuert hat. Und er tanzt schon seit einer ganzen Weile nach Indestors Pfeife.« Inzwischen hatten sie die Spitzenfabrik umrundet und standen vor der Tür. Vargo legte eine Hand auf die Klinke und spürte die Kälte durch seine Handschuhe sickern. »Hat Indestor im Suilun nicht in Flutwacht ein Sträflingsschiff verloren?« Das musste etwa eine Woche vor dem Einbruch in die Spitzenfabrik gewesen sein.

::Ja. Die Stadnem Anduske nutzte es angeblich, um darauf aufrührerische Literatur zu drucken. Jedenfalls hat Era Novrus diese Ausrede angegeben, um es zu schließen.::

Novrus und Indestor gingen sich in letzter Zeit ständig gegenseitig an die Kehle. Er war davon ausgegangen, dass dieses Sträflingsschiff nur ein weiterer armseliger Vorwand wäre – aber vielleicht war dort wirklich etwas im Gange gewesen? Etwas, das im Anschluss rasch an einen anderen Ort verlegt werden musste. Mettore Indestor verfügte über einen guten

Inskriptor namens Breccone Indestris, den Großneffen des Iridet-Amtsinhabers Utrinzi Simendis, der durch die Heirat mit irgendeiner Cousine oder dergleichen in Mettores Haus gelangt war. Dieser Mann wäre dazu in der Lage, so etwas zu tun, was Vargo in der Spitzenfabrik gesehen hatte.

Vargo widerstand dem Drang, die Tür einzutreten. War dies nicht genau das, wonach er gesucht hatte? Mettore Indestors schmutzige Wäsche, die er verwenden konnte, um dem Mann den Garaus zu machen. Aber sie in seinem eigenen Territorium zu finden ... Da musste sich Vargo unwillkürlich fragen, ob Mettore durchschaut hatte, was Vargo so trieb, und sich auf den Gegenschlag vorbereitete.

Dieser verdammte Indestor. Dass er es wagte, seinen Müll in *sein* Haus zu bringen!

Vargo riss die Tür auf. Sedge und Varuni waren zu erfahren, um zusammenzuzucken, als die Tür gegen die Mauer knallte.

»Wir haben ein neues Ziel«, teilte er ihnen mit. »Ich will alles über diese Asche wissen. Wer sie kauft, wer sie verkauft, wer sie herstellt. Ich will wissen, ob Novrus' Leute bei dieser Anti-Anduske-Razzia in Flutwacht irgendwelche Überreste von Numinatria gefunden haben. Und besorgt mir eine Liste mit Indestors Besitztümern, und zwar den offiziellen wie auch allen anderen. Ich will von jedem Ort wissen, an dem Aža gelagert werden könnte.«

Händlerweg, Unterufer: 9. Apilun

Leato loszuschicken, um mit Vargos Kontakten über die Lieferung zu reden, sprach für Renata Viraudax' guten Geschäftssinn, diente aber auch Rens Zwecken, denn so hielt er sich zu einem bestimmten Zeitpunkt an einem bekannten Ort am Unterufer auf.

Sie war es leid, sich ständig indirekt über seine Geschäfte zu erkundigen. Als Leato aus dem Büro auf den geschäftigen Händlerweg hinaustrat, versperrte ihm Arenza Lenskaya den Weg.

Damit ging sie ein gewaltiges Risiko ein, allerdings bestand ihre Verkleidung auch aus weitaus mehr als nur Kleidungsstücken und Schminke. Sie sprach mit anderem Tonfall und Akzent, hielt sich anders, und ihre Körpersprache war die einer Frau, die einem gut aussehenden Altan Ehrerbietung erwies. Zudem würde kein Mann, der bei rechtem Verstand war, eine vraszenianische Szorsa ansehen und sich fragen: *Ist das nicht Renata Viraudax?*

»Wollt Ihr Eure Zukunft sehen, Altan?« Arenza fächerte ihr Musterdeck auf. »Lasst Euch von den Fäden leiten und den Weg zu dem zeigen, was Ihr sucht!«

Leato verlangsamte seinen Schritt, doch sein Blick schweifte ab, und er verhielt sich wie ein Mann, der die Person ignorieren wollte, die ihn mitten auf der Straße belästigte. Arenza drängte sich abermals in sein Sichtfeld und mischte die Karten, um dann mit einer übertriebenen Geste eine herauszuziehen und ihm vor die Nase zu halten. »Die Karten können Euch helfen, Altan.«

Er blieb wie angewurzelt stehen. Die vermeintlich willkürlich herausgezogene Karte war selbstverständlich alles andere als das; sie hatte vor dem Mischen eine Karte umgedreht, um ganz sicherzugehen, dass sie *das Gesicht aus Glas* auch wirklich wiederfand. Die Karte der Wahrheit und Enthüllungen ... und auch die Karte aus seiner Lesung im *Kralle und Kniff* damals im Suilun, der Teil seiner Zukunft, der weder gut noch böse war. Seine Miene verriet ihr, dass er das nicht vergessen hatte.

»Na gut«, murmelte Leato eher zu sich selbst. »Warum nicht?«

Sie führte ihn in einen ruhigeren Bereich, nahm den Schal

von den Schultern und legte ihn auf den Boden, um eine unterteilte Schale daraufzustellen. Während Leato mehrere Centira in die mittlere Vertiefung legte, sah sich Arenza rasch um, weil sie sich vergewissern wollte, dass diesmal keine Falken zusahen – und erst recht kein Grey Serrado.

Leato trat von einem Fuß auf den anderen, während sie die Karten mischte und auslegte. Die meisten Musterleserinnen, die am Straßenrand arbeiteten, hatten einen Stuhl dabei, auf dem ihre Kunden Platz nehmen konnten. So sorgten sie auch dafür, dass sie an Ort und Stelle blieben und ihre Gesichter auf Augenhöhe waren, was die Lesung vereinfachte. Da Leato seine Opfergabe längst dargebracht hatte, würde ihm der Mangel an Komfort wohl kaum etwas ausmachen.

Diesmal mischte Arenza die Karten richtig. Sie hatte überlegt, sie vorzubereiten, wie sie es bei Nikory getan hatte, allerdings wusste sie noch zu wenig über Leatos Treiben, als dass sie die besten Karten hätte heraussuchen können. Da war es besser, sie anständig auszulegen und herauszufinden, was sie dadurch in Erfahrung bringen konnte.

Sie legte allerdings nicht alle Karten aus, da dies im Allgemeinen nur in Kartensalons und Ladengeschäften von Musterleserinnen gemacht wurde, wo man genug Zeit hatte, um alles zu interpretieren – und nicht die Gefahr bestand, dass der Wind eine Karte wegwehte. Stattdessen platzierte sie drei Karten vor sich und überlegte: *Alle auf einmal oder nacheinander?* Ersteres vereinfachte das Lügen, Letzteres fesselte den Kunden jedoch mehr.

Nacheinander. Sie drehte die erste Karte um und beugte sich leicht vor, womit sie Leato zwang, den Hals zu recken, damit er das Motiv erkennen konnte. Ihr billiges Straßendeck war nur im Holzschnittdruck in Schwarz und Weiß bedruckt, daher standen die Wellenlinien über dem augenlosen Gesicht für die verzerrende Wirkung *der Maske der Spiegel*.

»Lügen«, sinnierte Arenza und sprach so leise, dass sie

ob des Straßenlärms kaum zu verstehen war.»Die Karte, die ich für Euch gezogen hatte, war *das Gesicht aus Glas*. Hlai Oslit Rvarin, die Göttin der Wahrheit und Lügen. Dies ist ihre Maske. Ihr sucht Ersteres, steckt jedoch in Letzterem fest.«

Er verharrte.»Das ist eine seltsame Art, eine Lesung anzufangen, Szorsa. Bezeichnet Ihr mich als Lügner?«

Verschränkte Arme, direkter Augenkontakt, die Füße so angewinkelt, als wollte er weggehen – alles Hinweise auf einen Lügner. Giuna hatte also recht gehabt.»Wir lügen aus vielerlei Gründen, Altan«, erwiderte Arenza leise.»Manchmal aus gutem Grund. Häufig, um jene zu schützen, die uns am Herzen liegen, weil wir wissen, dass die Wahrheit sie belasten würde.«

Als er den Blick senkte, sprach sie weiter.»Aber andere Menschen lügen ebenfalls. Und nicht aus derart guten Gründen.«

Das Vorbeugen und die leise Stimme zeigten Wirkung. Leato gab nach und hockte sich vor sie, wobei er auf den Fersen kauerte, um nicht mit den Knien die Pflastersteine berühren zu müssen.»Ich brauche keine Musterleserin, um das zu wissen. Das gilt für den Großteil von Nadežra.«

Er schwamm um den Haken herum, hatte jedoch noch nicht angebissen. Zu ihrem Glück hatte sie einen weiteren Köder parat.»Ihr habt Euch schon sehr viel Mühe gegeben und viel Geld ausgegeben – möglicherweise mehr, als Ihr Euch leisten könnt –, um an Informationen zu gelangen«, sagte sie.»Doch bis jetzt habt Ihr das Gesuchte nicht gefunden. Daher fragt Ihr Euch, ob Ihr in dieser Stadt überhaupt jemandem trauen könnt. Haben jene, mit denen Ihr gesprochen habt, Euch etwas Hilfreiches verraten? Oder habt Ihr Eure Geldbörse umsonst geleert?«

Er warf einen Blick auf die Centira in der Schale, die er hineingelegt hatte, und verzog die Lippen zu einem spöttischen Grinsen. Sein müdes Lächeln war das genaue Gegenteil des lachenden, sorgenfreien Mannes, als der er sich ausgab, solange andere zusahen. »Ihr versteht die Einwohner dieser Stadt sehr gut. Was mir nicht wirklich weiterhilft. Es sei denn ...«

Sie sah ihn fragend an, als wüsste sie nichts von Geheimnissen und Lügen. »Es sei denn?«

Sein Blick wanderte zu den Karten. Er fuhr mit einem Finger langsam über die Stickerei auf ihrem Schal. »Das soll nicht heißen, dass ich glauben würde, Ihr würdet jeden aus Eurem Volk kennen – aber Ihr wisst nicht zufällig, wo ich eine vraszenianische Wäscherin namens Idusza finden kann?«

Er machte sich all diese Mühe wegen einer vraszenianischen Wäscherin? Sie musterte ihn unauffällig. Leato wirkte nicht wie ein Mann, der seine ehemalige oder zukünftige Geliebte suchte. Was nur bedeuten konnte, dass Idusza etwas mit seinem eigentlichen Ziel zu tun hatte: dem Raben, wenn Giuna recht hatte, oder etwas anderem.

»Unter vraszenianischen Frauen ist der Name Idusza recht verbreitet«, erwiderte sie, was durchaus der Wahrheit entsprach. »Aber die zweite Karte ist der Weg, den Ihr einschlagen müsst, um das Gesuchte zu finden. Lasst uns nachsehen, welche es ist.«

Sie hätte beinahe losgelacht, als sie die Karte umdrehte. *Die Maske des Elends* war zwar im Allgemeinen keine lustige Karte, da die hungernde Gestalt Armut und Verlust repräsentierte. Aber nach allem, was Arenza eben über Leatos Ausgaben gesagt hatte, passte sie nur zu gut ins Bild.

Außerdem bekam sie so eine hervorragende Chance. Arenza hob eine Hand, bevor Leato etwas sagen konnte; er kannte sich mit den Mustern gut genug aus, um über die generelle Bedeutung der Karte Bescheid zu wissen. »Bei der Suche nach dieser Vraszenianerin solltet Ihr kein gutes Geld schlechtem hinterherwerfen, Altan. Wenn drei Karten ausgelegt werden,

gibt es kein Gut und Böse und das, was keines von beidem ist. Euer Weg besteht nicht darin, dass Ihr bankrott geht.«
»Dafür ist es wohl ein bisschen spät«, murmelte er und berührte mit einem Knie die dreckigen Pflastersteine. Sie verbarg ihr triumphierendes Lächeln. *Jetzt habe ich ihn am Haken.* »Gut, fahrt fort. Wohin führt mich mein Weg, wenn nicht ins Armenhaus?«
»Alle Karten enthalten ebenso Vor- als auch Nachteile. Diese Vraszenianerin, die Ihr sucht, diese Idusza – diese Karte verrät mir, dass sie eine arme Frau ist, die für das, was sie besitzt, hart arbeitet und einfache Tätigkeiten ausübt, die ihr kaum genug für Lebensmittel einbringen. Sie ist Straßenverkäuferin oder etwas in der Art – vielleicht auch Dienstbotin oder Wäscherin.«
Sie achtete genau auf ihre Wortwahl und behielt Leato unauffällig im Blick. Dies war eine gewisse Kunst, den Leuten Informationen zu vermitteln, die sie einem bereits gegeben hatten, um damit die eigenen Fähigkeiten unter Beweis zu stellen.
Inzwischen hatte Leato sicher vergessen, dass er das Wort »Wäscherin« zuvor ausgesprochen hatte, und sie hatte so häufig Vraszenianerin gesagt, dass er annehmen musste, er habe dieses Wort verwendet.
»Ja.« Leato legte die Hände um das gebeugte Knie und beugte sich noch weiter vor. »Aber für eine Wäscherin hat sie interessante Freunde.«
»Ihr kennt ihre Freunde und könnt sie trotzdem nicht finden?«
»So habe ich das nicht ...« Er schüttelte den Kopf. »Ein Freund von mir hat ihre Familie ausfindig gemacht, die uns jedoch keine Hilfe war. Ich muss direkt mit Idusza sprechen. Und mit ihren ... Freunden.«
Das hörte sich ganz danach an, als wäre »Freunde« nur eine Umschreibung. Arenza merkte auf und legte eine Hand

auf die *Maske des Elends*. »Auf der Straße werdet Ihr Euren Weg finden. Und seid Ihr jetzt nicht auf der Straße?«

Nun setzte er sich ihr gegenüber auf den Boden. »Das bin ich. Wie kann mir die Straße helfen?«

Sein Blick wirkte offen. Anscheinend war er entweder verzweifelt genug oder hatte sich von ihren Fähigkeiten überzeugen lassen – oder beides –, um zumindest darüber nachzudenken, ihr zu trauen.

Arenza legte sich eine Hand aufs Herz. »Szorsa nehmen in der vraszenianischen Gesellschaft einen besonderen Platz ein. Einem Liganti-Mann mag ihre Familie verschlossen erscheinen, wenn jedoch einer der ihren …«

Er zuckte zurück und wirkte mit einem Mal misstrauisch. »Wer behauptet, dass ein Liganti-Mann mit ihrer Familie gesprochen hat?«

Djek. Das hatte sie falsch eingeschätzt. Vermutlich war es Serrado, der ihn unterstützte. »Das Angebot bleibt bestehen, Altan. Aber wir haben das Muster noch nicht beendet. Finden wir heraus, was die letzte Karte zeigt.«

Bei diesen Worten drehte sie die Karte auch schon um und betrachtete die zertrümmerte, verzerrte *Maske des Chaos*.

Drei Masken. Eine aus jedem Faden: Spinn-, Woll- und durchtrennter Faden. Ihre Mutter Ivrina hatte über Szorsa geschimpft, die ihre Kunden betrogen, und das nicht nur, weil sie Betrügerinnen waren, sondern weil sie fand, dass ihre Lügen sie für das, was die Karten wirklich zeigten, blind machten. Was hätte Ren wohl in diesen drei Karten lesen können, hätte sie wie eine Musterleserin statt wie ein Finger gedacht?

Jetzt war es zu spät. Die augenlosen Gesichter schwiegen, und sie musste mit dem arbeiten, was sie Leato entlocken und ihren Kenntnissen über die Karten entnehmen konnte.

Verbrechen und Unordnung. Oder, wenn sie als enthüllt gelesen wurde, die Arbeit außerhalb eines korrupten Systems.

So wie es der Rabe hielt.

Leato stieß den Atem aus. Ein schneller Blick auf ihn verriet ihr, dass er sich ganz auf die Karte konzentrierte.

»Offenbar hat sie bereits eine Bedeutung für Euch«, stellte Arenza leise fest.

Leatos Lederhandschuh knarzte, als er geistesabwesend die Faust ballte und wieder lockerte. »Ja. Und nein. Sie hat zu viele Bedeutungen. Woher soll ich wissen, worauf sie sich bezieht? Auf Iduszas Freunde? Meinen Feind? Mich selbst?«

»Vielleicht auf alle.« Die Antwort kam reflexartig, da sie weise klingen wollte, während ihre Gedanken anderweitig beschäftigt waren. *Iduszas Freunde.* Eine Vraszenianerin mit kriminellen Freunden. Vielleicht aus einem Knoten am Unterufer – dann würden sie auf jeden Fall den Mund halten. Und was seine Feinde anging ...

Das war ein Schuss ins Blaue, doch sie zielte gut. »Euer Feind kann frei schalten und walten, weil er glaubt, nicht ans Gesetz gebunden zu sein.«

Leato runzelte die Stirn. »Das liegt daran, dass er das Gesetz *ist*.«

Mettore Indestor. Er wühlte im Dreck der Stadt, bezahlte Männer wie Stoček und jagte ein Mitglied eines vraszenianischen Knotens ... Leato war überhaupt nicht hinter dem Raben her. Er suchte nach einem Druckmittel gegen den Mann, der sein ganzes Haus zu verschlingen versuchte.

Leato erhob sich und wischte sich die Knie und Ränder seines Mantels ab. Als der Schmutz der Pflastersteine nicht abgehen wollte, verzog er das Gesicht. »Danke für Eure Weisheit, Szorsa, aber ich befürchte, meine Probleme sind zu groß, als dass sie sich durch ein Muster lösen lassen.« Er kramte in seiner Tasche und warf weitere Centira in ihre Schale, um dann so leise etwas zu murmeln, dass sie nur die Worte »Gesicht« und »Maske« verstehen konnte.

»Muster lösen keine Probleme, Altan«, erwiderte sie, bevor er sich entfernen konnte. »Sie führen zu Lösungen. So wie sie Euch zu mir geführt haben.«

Er musterte sie neugierig – was auch nicht verwunderlich war, denn es kam eigentlich nie vor, dass eine Musterleserin einen Kunden noch weiter bedrängte, nachdem er die letzte Opfergabe getätigt und das Gebet gesprochen hatte. »Was könnt Ihr denn schon tun?«

»Das, was ich eben sagte: in Eurem Namen mit ihrer Familie sprechen. Unser Volk weiß, dass das Muster Weisheit birgt. Man hört zu, wenn eine Musterleserin spricht.«

»Gegen eine weitere Spende, nehme ich an?«, kommentierte er trocken. »Haben mich Eure Karten nicht davor gewarnt, gutes Geld schlechtem hinterherzuwerfen?«

Die Ahnen wussten, dass sie seine Münzen gut gebrauchen konnte. Doch es war in Rens Interesse, ihm gegen Indestor zu helfen – und wenn sie jetzt ein Zugeständnis machte, wäre sie später eventuell in der Position, mehr in Erfahrung zu bringen. Sie hielt die Maske des Elends hoch. »Euer Weg ist keiner, auf dem Ihr Euch Erfolg kaufen könnt, Altan. Es wäre gegen den Willen der Maske, wenn ich mich dafür bezahlen ließe.«

Nach kurzem Zögern und einem weiteren skeptischen Blick nickte er. »Polojny. Uča Avreno in Sieben Knoten. Solltet Ihr irgendetwas herausfinden ...« Er blickte auf seine feine Kleidung hinab. »Hinterlasst einem Mann namens Serrado im *Glotzenden Karpfen* in Eisvogel eine Nachricht.«

Dann half Serrado ihm also wirklich. »Möget Ihr das Gesicht und nicht die Maske sehen, Altan.«

Leato verschwand in der Menge, als die Glockentürme die neunte Sonne ankündigten. Ren wollte zur ersten Erde mit Mede Attravi zu Abend essen. Wenn sie sich allerdings beeilte, würden zwei Stunden ausreichen, um nach Sieben Knoten zu gehen, bevor sie die Erscheinung wechseln musste.

Dockmauer, Unterufer: 13. Apilun

Das Lagerhaus war neu und eines von vielen hinter einer hohen Umfriedungsmauer, die einen Hof einschloss, auf dem zehn Wagen gleichzeitig Platz fanden. Eine Handelskarawane stand momentan dort – von einer der vraszenianischen Kretse, die Waren über die Morgen- und Abenddämmerungsstraße gen Osten und Westen transportierten –, und zahlreiche Menschen hatten sich aufgereiht, um Stoffballen aus den Wagen zu entladen.

Ihre Rufe klangen in Rens Ohren wie ein vertrautes Lied. Sie hatte mit ihrer Mutter nie unter Vraszenianern gelebt und war erst recht nicht mit ihnen gereist, doch sie hatte ihre Sprache während ihrer ganzen Kindheit gehört, daher verband sie ihren Klang immer mit ihrem Zuhause.

Allerdings hatte ihre Zunge Schwierigkeiten damit, wenn sie sie zu sprechen versuchte. Der Besuch bei Idusza Polojnys Familie in Sieben Knoten war in dieser Hinsicht eine Art böses Erwachen gewesen, denn in ihrer bisherigen Zeit als Arenza hatte Ren Liganti mit starkem Akzent gesprochen. Aber eine Szorsa, die eine Nachricht des Schicksals überbrachte, musste dies auf Vraszenianisch tun, wenn sie wollte, dass man ihr zuhörte.

Idusza hatte sie zwar nicht gefunden, sich jedoch mit Iduszas Mutter unterhalten, die über den Wankelknoten schimpfte, der sie über ihre Tochter aushorchen wollte. *Serrado hätte sich eine Perücke aufsetzen sollen.* Eine traditionelle Familie wie die Polojnys hielt nichts von einem Mann, der sich die Zöpfe abschnitt.

Renata Viraudax sprach hingegen keine fünf Worte Vraszenianisch und auch ihr Anliegen hatte nichts mit diesen Leuten zu tun. »Ich bin Meister Vargos Advokatin im Cinquerat«, teilte sie den Wachen am Tor mit, »und ich muss ihn sprechen.«

Sie hatte damit gerechnet, in ein Büro geführt zu werden, doch das Stallmädchen, das herbeizitiert wurde, brachte Renata stattdessen durch ein verwirrendes Labyrinth, in dem sich Waren aus einem halben Dutzend Ländern stapelten. Ballen aus Wolle und gehärtetem Schafsfell aus Ganllech, eine Reihe scharf riechender Fässer mit dem scharlachroten Zeichen der Dubrakalčy, Salzsäcke aus Nchere.

»Hat Meister Vargo Handelsprivilegien mit derart vielen Orten?«, erkundigte sich Renata. Vargo hatte sie glauben lassen, dass er bislang über keinerlei Privilegien verfügte – und gewiss nicht genug, um die Vielfalt an Waren in diesem Lagerhaus zu erklären.

Das Mädchen schüttelte den Kopf. »Wir lagern hier nur die Waren für die Kretse und die Delta-Oberschicht und sorgen dafür, dass sie nicht geklaut oder verbrannt werden, bevor sie verkauft werden können. He, Meister Vargo! Hier ist eine feine Dame für Euch!«

Vargo war gerade mitten in einem schnell geführten Wortwechsel mit einer schmalen, kantigen Person, die den Mantel und die Zöpfe eines Kureč-Anführers trug. Das musste ein Lihoše sein: eine Person, die als Frau geboren wurde, jedoch eine männliche Identität annahm, um sein Volk anzuführen. Nur Söhne durften Kureč-Anführer werden, und wenn es keine gab – oder die verfügbaren nichts taugten –, wurde eine Tochter stattdessen zum Sohn.

Sein schnelles Vraszenianisch war derart von Straßenbegriffen durchzogen, dass es Ren schwerfiel, ihm zu folgen. Vargo antwortete auf dieselbe Weise, wenngleich etwas langsamer, und machte nur eine kurze Pause, um Renata zuzunicken. Seine Aufmerksamkeit galt fast ausschließlich dem Lihosz und dem Ballen schwarzer Seide mit rosafarbenem Muster, der halb aufgerollt zwischen ihnen lag.

Entweder war Vargo ohnehin dabei gewesen, die Auseinandersetzung zu gewinnen, oder ihm war Renatas Anwesenheit wichtiger als der Profit, und er gab sich mit dem Angebot zufrieden. Der Lihosz spuckte in die Hand und reichte sie dem unbehandschuhten Vargo, der dasselbe machte und danach einer bereits wartenden Gruppe bedeutete, dem Vraszenianer zu folgen.

Danach kam er auf Renata zu, schnitt eine Grimasse und säuberte sich mit einem Taschentuch die Hand. »Bitte verzeiht, Alta. Wenn ich gewusst hätte, dass Ihr kommt, hätte ich Euch angemessen empfangen.«

Seine Fingerknöchel waren nicht so ruiniert wie Sedges, doch Renata erhaschte einen Blick auf mehrere Narben, bevor er die Handschuhe wieder anzog. »Ich muss mich dafür entschuldigen, dass ich Euch hier belästige, Meister Vargo. Da ich diesen Ort nun jedoch gesehen habe, verstehe ich die Beschwerden, die ich aus dem Büro des Caerulet über ›ungenehmigte Wachen‹ hörte.« Sie fragte sich, wie viele der Leute, die die Lagerhäuser vor Dieben schützten, selbst Diebe waren – und auf Vargos Gehaltsliste standen.

»Ich hätte ein offeneres Ohr für die Beschweren Seiner Gnaden, wenn er nicht der Hauptgrund dafür wäre, dass meine Kunden Wachen benötigen«, erwiderte Vargo leise. »Wir leben in einer Welt, die auf den Kopf gestellt ist, Alta Renata, und in der die Verbrecher ehrlich sind, während man sich vor dem ehrlichen Volk in Acht nehmen muss.«

Versucht er, mich davon zu überzeugen, dass ich ihm trauen kann? Sedge verriet Vargos Geheimnisse nicht, sprach aber häufig über den Mann, daher war sie sich inzwischen kein bisschen sicherer als zuvor, was sie von ihm zu halten hatte.

»Ihr erwischt mich bedauerlicherweise zu einem äußerst geschäftigen Zeitpunkt«, erklärte Vargo. »Ich muss mich um eine Karawane aus Sefante und ein Schiff aus Ganllech kümmern, und das auch noch ohne Verwalter. Können wir uns im Gehen unterhalten?«

»Selbstverständlich. Und versteht es bitte nicht falsch, wenn ich sage, wie gern ich höre, dass Ihr Eure Probleme mit Eret Indestor habt. Ich versuche, Era Traementis dabei zu helfen, einige Söldner zum Schutz ihrer Handelsprivilegien anzuwerben, was er jedoch so gut wie unmöglich gemacht hat. Und was Euer Privileg angeht ... Man sollte doch meinen, dass die Reinigung des Flusses nichts mit irgendwelchen militärischen Angelegenheiten zu tun hätte, trotzdem scheint er seltsam interessiert daran zu sein.« Sie achtete darauf, nicht zu drastische Worte zu wählen, ließ allerdings ihre Verbitterung durchklingen.

Vargo führte sie auf einem verworrenen Weg zwischen gestapeltem Hartholz hindurch. »Inwiefern zeigt er sich interessiert? Weiß Mettore von meiner Beteiligung oder geht es nur um eine Erweiterung seiner Belagerung von Haus Traementis?«

»Beides, schätze ich. Leider ging mein Versuch, Altan Mezzan dabei zu helfen, gegen den Raben das Gesicht zu wahren, aufgrund seiner Launenhaftigkeit nach hinten los, daher konnte ich auf diese Weise nicht in ihrer Gunst steigen. Ich habe um ein Treffen mit Eret Indestor gebeten, um herauszufinden, ob wir uns irgendwie einig werden können, scheine seiner Aufmerksamkeit jedoch nicht wert zu sein.«

»Da könnt Ihr Euch glücklich schätzen.« Ein Bote kam mit mehreren Papieren angelaufen. Vargo überflog sie und fuhr mit einem Finger über die Seiten, bevor er nickte und den Jungen wieder wegschickte. Nachdem er kurz ins Leere gestarrt und lautlos die Lippen bewegt hatte, schüttelte er sich und wandte sich abermals Renata zu. »Haltet Euch von Indestor fern. Ihr seid durchaus fähig, wollt Mettore Indestor aber nicht zum Feind haben, das kann ich Euch versichern. Ich werde mich darum kümmern – und ihm etwas anderes geben, auf das er sich stürzen kann.«

Renata hatte so eine Ahnung, was er damit meinte – so

langsam wusste sie, was für ein Mann Vargo war, wenngleich er nicht wusste, was für eine Frau er mit ihr vor sich hatte.

»Ich kann mich wohl kaum von ihm fernhalten, wenn ich die Traementis im Privilegienhaus repräsentiere. Und ich bin keine sehr effektive Advokatin, wenn ich halb blind kämpfen muss.«

Sie gelangten in einen Wald aus aufgetürmten Seiden- und Spitzenstoffen; die äußeren Ballen lehnten wie trunken an den inneren. Staub hing schwer in der Luft und vermischte sich mit dem Geruch nach Kampfer und Zedernholz sowie dem Vargo eigenen Nelkengeruch. Er zog Renata in eine Lücke zwischen den Stapeln, sodass sie nur für jemanden, der direkt an ihnen vorbeiging, zu sehen waren.

»So arbeitet der Cinquerat«, teilte er ihr mit leiser, harter Stimme mit. »Diese Leute legen die Regeln fest, halten sich aber nicht daran. Indestor ist nur der auffälligste. Und er hat bereits demonstriert, dass er kein Interesse daran hat, mit Euren Leuten zu verhandeln, sonst hätte Era Traementis längst einen Weg gefunden, an Wachen zu kommen. Was hält ihn also davon ab, Euch nach Seteris zurückzuschicken? Oder an einen Ort, an dem er den höchsten Preis für Euch erzielt?«

»Ich habe kein Verbrechen begangen«, protestierte Renata und erweckte den Anschein, ihr wäre vor Schreck fast das Herz stehen geblieben. Sklaverei war in Nadežra verboten ... allerdings war es legal, bestimmte Arten von Sträflingen als Sklaven nach Übersee zu verkaufen. Sich als Adlige auszugeben, stand auf der Liste der Vergehen, die auf diese Weise bestraft wurden. »Wollt Ihr damit andeuten, Eret Indestor könnte mich fälschlicherweise beschuldigen?«

»Ich deute damit an, dass es hier niemanden gibt, der etwas zu unternehmen vermag, falls Ihr eines Tages von der Straße verschwindet und Euch auf einem Sträflingsschiff wiederfindet.« Vargos Blick war hart. »Wenn Ihr im Traementis-Register stehen würdet, sähe die Sache anders aus, denn dann wärt Ihr durch die Empörung des Adels und der Oberschicht des Deltas geschützt. Aber momentan seid Ihr nicht sicherer als jede gewöhnliche Nadežranerin. Ihr wärt nicht die erste Person, die reingelegt und in die Sklaverei verkauft wird, ohne je vor einem Fulvet-Richter zu erscheinen.«

Möglicherweise war es doch nicht frei erfunden, dass ich Donaia sagte, Vargo würde mit uns zusammenarbeiten.»Ein neuer Caerulet würde sich vielleicht als kooperativer erweisen. Falls dieser Sitz jemals vakant wird.«

Die Lücke war so eng, dass Renata Vargos Atem auf ihrer Stirn spürte, als er zustimmend den Kopf neigte. »Bis dahin solltet Ihr Eure Zeit und Euren Charme besser dafür investieren, jene zu überzeugen, die keinen unmittelbaren Grund haben, Euch aufzuhalten.«

Bevor Renata auch nur Luft holen konnte, um etwas zu erwidern, wurden sie von einer Stimme unterbrochen. »Hab ihn gefunden – oh!« Der Bote wich zurück, als er sie beide erblickte. »Ähm ... Bitte entschuldigt, Meister Vargo. Ich wollte Euch nicht stören, aber Varuni war besorgt ...«

»Sag ihr, die Alta hat mich nicht angerührt, und sie kann die Leichensucher wieder wegschicken.« Vargo verließ den Alkoven und schaute dem Jungen hinterher. »Macht Euch keine Sorgen um Euren Ruf, Alta. Meine Leute reden nicht.«

Das sollte vermutlich höflich sein, aber Sedge hatte ihr genug Geschichten erzählt, sodass sie die Andeutung eines Druckmittels dahinter vermutete – weshalb sie sich umso mehr freute, dass sie auch ein eigenes in petto hatte. »Wo wir gerade vom Reden sprechen ...«

Renata griff in ihre Handtasche und holte einen kleinen Umschlag aus feinem Papier hervor, auf dem das Seerosensiegel von Haus Coscanum prangte. »Eigentlich bin ich deswegen hergekommen.«

Vargo öffnete den Umschlag so zaghaft wie ein Mann, der in ein Natternnest fassen musste. Die Narbe auf seiner Stirn bebte und sein Blick zuckte nach oben zu Renatas Augen. »Ist das Schreiben echt? Wie zum Hen... Wie habt Ihr das geschafft?«

Sie lachte. »Das ist ein Handelsgeheimnis. Würdet Ihr mir verraten, wie es Euch gelingt, derart schöne Stoffe zu solchen Preisen zu erwerben?«

»Nein, aber dafür«, er wedelte mit der Einladung in der Luft, »wäre ich geneigt, Euch einen aussuchen zu lassen.«

Dieses schrille Geräusch in meinen Ohren muss Tess' Freudenschrei sein. »Diese Einladung ist echt. Offensichtlich glauben einige Leute, ich wollte meine Beziehung zu Euch verbergen. Welchen besseren Weg gäbe es, allen zu demonstrieren, dass wir nichts zu verstecken haben, als dass Ihr die Verlobungsfeier von Mezzan und Marvisal besucht?« Sie senkte die Stimme. »Vielleicht ergibt sich sogar die Möglichkeit, etwas Hilfreiches in Erfahrung zu bringen.«

Er sprach ebenfalls leiser. »Ich werde sie gewiss zu nutzen wissen.« Mit einer Geste in Richtung der vielen Stoffe um sie herum wandte er sich ab, um sich seinen Geschäften zu widmen. »Bitte sagt Eurem Dienstmädchen, dass es wenigstens versuchen soll, mich nicht zu ruinieren.«

Fleischmarkt und der Horst: 22. Apilun

»He, Falke. Verschwindet besser. Es hilft Fiča auch nicht, wenn Ihr neben ihr einpennt.«

Bei Arkadys Worten wurde Grey schlagartig wach und hielt sie am Handgelenk fest, bevor sie ihm wie einem ihrer Kinder eine Kopfnuss geben konnte. Fiča, das Mädchen, bei dem er gesessen hatte, achtete nicht weiter darauf. Sie schaute einer Spinne zu, die an der Wand nach oben kletterte, wobei ihr Blick immer wieder abschweifte, ihr Kopf zur Seite sackte und sie unmelodisch summte. Trotz der verschlissenen

Decken, unter denen sie lag, zitterte sie stark. Die lila verfärbte Haut um ihre Augen verriet, dass sie seit Tagen nicht geschlafen hatte.

Er konnte sich nicht vorstellen, dass er lange weggenickt war, aber Arkady hatte recht – es wirkte überaus grausam, neben einem Kind zu schlafen, das dazu nicht in der Lage war. Fiča hatte schon lange vor seiner Ankunft keinen vernünftigen Satz mehr zustande gebracht. Inzwischen wusste er ein wenig über das, was ihr zugestoßen war – Mütterchen Lindwurm, die Dunkelheit, Monster, die ihre Träume gefressen hatten –, doch es hörte sich alles eher an wie aus einer der Geschichten, die man am Feuer erzählte. Angesichts ihres Zustands konnte er sich nicht einmal sicher sein, ob sie das nicht nur in ihren von der Schlaflosigkeit herrührenden Halluzinationen gesehen hatte.

Grey stemmte sich an der Wand hoch und versuchte, sich die Müdigkeit aus dem Gesicht zu reiben. Die Bartstoppeln erinnerten ihn daran, dass Schlaf nicht das Einzige war, worauf er schon viel zu lange verzichtete.

Er hatte bereits einige Kräutertees mitgebracht, sogar mit Aža versetzte, damit das Mädchen schlafen konnte, doch nichts hatte funktioniert. »Ich schaue, was ich noch tun kann. Vielleicht hilft durchdrungene Medizin …«

»Das Falkenleben wird offenbar besser bezahlt als das eines Diebs, wenn Ihr Euch das leisten könnt.«

Dem war nicht so, und der Großteil von Greys Geld landete bei der Familie, die Kolya hinterlassen hatte – aber die Alternative bestand darin, dabei zusehen zu müssen, wie ein weiteres Kind starb. »Ich kenne da jemanden, der uns helfen wird.«

Arkady hatte die anderen Kinder aus der Hütte geschickt, dennoch spürte Grey ihre Blicke, als er von Fleischmarkt nach Westbrück ging. Kurz darauf folgten andere Blicke, als er in vraszenianischer Kleidung durch die Gemeinschaftshalle des Horsts marschierte. Immerhin hielt ihn niemand auf, der behauptete, ihn nicht zu erkennen, wie es ihm nach seiner Beförderung passiert war.

Er schaute sehnsüchtig zu seinem Bettzeug hinüber, das für jene Nächte, in denen er nicht aus dem Horst herauskam, in einer Ecke bereitlag, schüttelte den Drang jedoch ab, sich hinzulegen und die Welt für einige Stunden zu vergessen. Schließlich musste er seine Pflicht erfüllen.

Grey nahm seine Patrouillenuniform herunter, die er an der Tür aufgehängt hatte, und zog den Mantel aus. Kaum hatte er den Hosenbund zugeknöpft und war dabei, die Knitterfalten aus seinen Ärmeln zu schütteln, da ging seine Bürotür auch schon auf.

Cercel räusperte sich, um ihr Grinsen zu verbergen. »Ihr tragt keine Uniform, Serrado.«

Rasch zog er das Hemd an und fummelte nervös an den Knöpfen herum. »Ja, Kommandantin. Verzeiht. Normalerweise klopfen die Leute an.«

»Soll das etwa ein Tadel sein?« Cercel lehnte sich gegen seine Schreibtischkante, damit sie die Tür schließen konnte.

»Nein, Kommandantin.« Er schob die Füße in die Stiefel.

»Das hatte ich auch nicht erwartet.« Sie stellte sich vor die geschlossene Tür und machte eine finstere Miene, während er seine Kleidung in Ordnung brachte. »Ihr seht schrecklich aus, Serrado. Habt Ihr in letzter Zeit geschlafen?«

Der Zorn, den er hinuntergeschluckt hatte, loderte in ihm auf. »Nein, in letzter Zeit nicht«, fauchte er und zerrte an einem widerspenstigen Schnürsenkel.

Schweigen senkte sich herab. Sie schalt ihn nicht, weil er gegenüber seiner Vorgesetzten frech geworden war, sondern ließ ihm Zeit, sich daran zu erinnern, auf wessen Seite sie stand.

Grey richtete sich auf, hielt sich an der Rückenlehne seines Stuhls fest und bereute es, nicht darauf Platz nehmen zu können. Aber da Cercel stand, musste er ebenfalls stehen bleiben. »Ich bitte um Verzeihung. Es ist ein weiteres Kind aufgetaucht, das nicht schlafen kann. Ich war die ganze Nacht bei ihm.« Er erwähnte nicht, dass Fiča höchstwahrscheinlich sterben würde, wenn sie nicht schlief. Cercel wusste von dem Jungen aus Sonnenkreuz.

»Dann könnte das vielleicht helfen«, sagte sie leise. »Balriat hat heute eine alte Frau verhaftet – nicht die, nach der Ihr sucht. Er hat sie hergebracht, weil sie beim Gewicht betrogen hat. Später amüsierte er sich mit Agnarsin darüber, wie hässlich sie ist, und sagte: ›Sie ist sogar noch hässlicher als diese Mütterchen-Lindwurm-Vettel, die Poltevis damals in Fellun verhaftet hat.‹«

Das Einzige, was Grey daran hinderte, durch die Tür zu stürmen und sofort mit Poltevis zu reden, war die Tatsache, dass ihm Cercel im Weg stand. *Augenblick mal. Poltevis.* Er sackte zusammen. »Hat sie diesen Sommer bei den Aufständen in Dockmauer nicht ein Messer abbekommen?«

Cercel nickte. »Aber der Bericht über die Verhaftung sollte unten sein.«

»Danke, Kommandantin«, sagte Grey und meinte es auch so. »Gibt es sonst noch etwas?«

Sie rührte sich nicht vom Fleck. »Ihr müsst schlafen, Serrado. Wenn Ihr Euch zugrunde richtet, helft Ihr diesen Kindern erst recht nicht. Und erzählt mir jetzt nicht, es würde Euch gut gehen, denn jeder, der Augen im Kopf hat, sieht deutlich, dass das nicht stimmt.« Ihre Stimme wurde härter, allerdings schwang keine Wut darin mit, sondern Mitgefühl. »Ich weiß, dass Ihr noch immer hinter dem Raben her seid.«

»Er steht ganz oben auf der Liste ...«

»Fangt jetzt bloß nicht damit an. Zuerst war es die Stadnem Anduske, jetzt ist es der Rabe. Ihr wollt jemanden für den Tod Eures Bruders zur Verantwortung ziehen, und das verstehe ich. Aber wenn die letzten beiden Jahrhunderte eines deutlich gemacht haben, dann ist es die Tatsache, dass der Rabe immer hier sein wird. Für diese Kinder gilt vermutlich nicht dasselbe.« Sie bedachte das Bettzeug in der Ecke mit einem vielsagenden Blick. »Ihr müsst es hin und wieder auch mal nutzen. Soll ich Euch ein größeres Büro zuweisen lassen? Eines, in dem Ihr Euch zumindest ganz ausstrecken könnt?«

Der Witz war nicht besonders gut, half ihm jedoch dabei, den schrecklichen Zorn zu unterdrücken, der jedes Mal in ihm aufstieg, wenn er an Kolyas Tod dachte. »Wenn Ihr mir eins zuweist, das größer als ein Kanalboot ist, dann verspreche ich Euch, jede Nacht wenigstens vier Stunden zu schlafen, Kommandantin.«

»Ich werde Euch beim Wort nehmen, Serrado.«

Sie trennten sich an der Treppe, wo Cercel ins obere Stockwerk ging, in dem sich die Büros der Kommandanten und höheren Offiziere befanden, während Grey ins Souterrain des Horsts eilte, wo die Gefangenen festgehalten und die Berichte gelagert wurden. Nur Hauptmänner und höhere Ränge hatten hier Zutritt – eine Sicherheitsmaßnahme gegen Erpressungen.

Das Archiv befand sich in einem langen Raum mit niedriger Decke zwischen einem Numinat, das Licht spendete, ohne dass Brandgefahr herrschte, und einem weiteren, das den Raum trocken und kühl hielt. Trotz seiner vielen Sünden war Mettore Indestor hinsichtlich der Dokumentation in die Fußstapfen seiner Vorgänger getreten. Große Hauptbücher auf den Tischen neben der Tür verschafften einen kurzen Überblick über die Verhaftungen, die nach Verbrechensart sortiert waren, und die Regale dahinter enthielten die entsprechenden Akten.

»Ich wüsste zu gern, weswegen Poltevis die alte Frau verhaftet hat«, murmelte Grey.

Cercel hatte Fellun erwähnt. Er entdeckte das richtige Regal und ging die Akten durch, wobei er nach dem Namen

»Mütterchen Lindwurm« suchte und die anderen Falken wegen ihrer unleserlichen Handschrift verfluchte.

Seine Suche dauerte nicht lange, was nicht etwa daran lag, dass er die Akte schnell fand – vielmehr war sie nicht vorhanden.

Aus dem entsprechenden Buch war eine Seite herausgerissen worden. Hätte die dafür verantwortliche Person ein Messer benutzt und sie sauber herausgetrennt, wäre Grey vermutlich nicht einmal darauf gestoßen, aber am unteren Rand war ein Fetzen zurückgeblieben, auf dem noch *sitzt in Dock* zu lesen war. Was an sich noch keinen Beweis darstellte ... wäre er nicht zuvor auf andere von Poltevis festgehaltene Verhaftungen gestoßen – er hatte die schief stehende Handschrift wiedererkannt.

»Djek.« Sein Fluch hallte von der niedrigen Decke wider. Grey strich das Stück Papier zwischen Daumen und Zeigefinger glatt, die nackt waren, da er seine Handschuhe in der Eile in seinem Büro vergessen hatte. Dabei berührte er mit dem Fingerrücken die unebene Oberfläche der nächsten Seite.

Zaghafte Hoffnung stieg in ihm auf, und er befühlte die Rillen und Furchen der Schrift, die nicht einmal zu lesen war, als er sie gegen das Licht hielt. Es bestand jedoch kein Zweifel daran, dass der Druck des Stifts auf dem dünnen Papier einen Abdruck hinterlassen hatte.

Rasch holte er ein Stück Kohle vom Vorratsregal und rieb vorsichtig damit über die Rillen, bis er geisterhafte Spuren der Schrift vor sich sah – unvollständig und mit den Notizen auf der Seite vermischt, aber zumindest genug, um seinen Verdacht zu bestätigen. Zwar war die Zeile mit dem Namen der Verhafteten leer, doch unter Decknamen konnte er *erchen* und *indw* ausmachen. Man hatte sie hergebracht, weil sie eine junge Nadežranerin angegriffen hatte ... Doch obwohl sich Grey die größte Mühe gab, ließ sich der Name des Opfers nicht entziffern.

Vielleicht war das Opfer auch der Grund, aus dem jemand die Seite herausgerissen hatte. Und es musste jemand gewesen sein, der wenigstens den Rang eines Hauptmanns hatte, damit er diesen Raum betreten durfte.

Mit einer kurzen Entschuldigung an zukünftige Falken, die nach Informationen über Arvok Drazky suchen würden, der wegen nackten Erklimmens der Rotunda verhaftet worden war, zückte Grey sein Messer und schnitt die Seite sauber aus dem Buch heraus. Dann steckte er sie in die Tasche und ging mit weitaus beschwingterem Schritt hinaus.

Isla Prišta, Westbrück: 33. Apilun

Als Rens Mutter starb, hatte Ren so gut wie alles verloren. Nicht dass sie zu diesem Zeitpunkt noch viel besaßen, da sie schon seit zwei Jahren auf der Straße lebten ... aber Ivrina hatte an einigen Schätzen festgehalten, obwohl Ir Nedje ihr alle möglichen Katastrophen bescherte.

Heute besaß Ren nur noch einen davon.

Sie bewahrte ihn in einem kleinen Hohlraum auf, den sie unter einer lockeren Bodenfliese im Weinkeller geschaffen hatte, auf der sie danach die Kiste mit Sureggio Extaquiums widerlichem Wein platzierte. Ren konnte die Vorstellung nicht ertragen, dass dem letzten Überbleibsel ihrer Mutter etwas zustoßen könnte.

Das Wachstuch fühlte sich steif an, als sie das kleine Paket in die etwas wärmere Küche brachte. Tess war gerade bei Vargo, um Stoffe zu sichten, und hatte Ren mit ihren Erinnerungen allein gelassen.

Mit äußerster Vorsicht wickelte sie das Musterdeck ihrer Mutter aus. Dabei handelte es sich nicht um die billigen, mit Holzschnittdruck hergestellten Karten, die sie auf der Straße benutzte; wenn man mit einem Zweitdeck spielte, mussten die Decks identisch sein, aber Karten wie Ivrina Lenskayas waren einzigartig. Handbemalt, durchdrungen, um sich nicht abzunutzen, und mit den Symbolen der drei Fäden auf der Rückseite, wobei Spindel, Schiffchen und Schere ein Dreieck bildeten.

Es schnürte Ren die Kehle zu, als sie mit dem Daumen über die oberste Karte fuhr. *Ich vermisse dich noch immer.*

Heute hatte sie zwar Tess und Sedge, ihre Blutsschwester und ihren Blutsbruder, eine Familie, geschaffen durch Rens kindlichen Versuch, das vraszenianische Ritual der Blutsverwandtschaft nachzuahmen. Allerdings wurden Vraszenianer eigentlich durch ihre Herkunft und Kretse definiert. Ren hatte nur ihre Mutter gehabt ... und somit seit Ivrinas Tod niemanden mehr.

Sie holte zitternd Luft und mischte die Karten.

Ivrina hatte ihrer Tochter die Kunst beigebracht und ihr ebenso Instruktionen wie Warnungen vermittelt. Da gab es die drei Fäden mit ihrem Aspekt und den freien Karten, verhüllten und enthüllten Bedeutungen. Niemals versuchen, ein Muster für sich selbst zu lesen. Keine frivolen Fragen stellen. Sich nicht zu sehr aufs Muster verlassen, denn manchmal verlangten die Götter den Preis dafür von der Leserin.

Aber wenn Mettore Urteile fälschte und Unschuldige in die Sklaverei schickte, dann hatte das Haus Traementis potenzielle Verbündete. Eret Quientis, wenn die Autorität von Fulvet über die Gerichte unterwandert wurde; Era Novrus angesichts ihrer andauernden Fehde. Zwar war es schwerer, für eine abwesende Person zu lesen, doch Ren legte dennoch Eret Mettore Indestors Muster aus.

Neun Karten, drei mal drei, und Ren murmelte die rituellen Worte, die sich in der kühlen Luft wie Geister von ihren Lippen lösten. Seine Vergangenheit, das Gute und das Böse davon und das, was keines von beidem ist.

Hase und Jagdhund, *Sprung zur Sonne* und *Hundert La-*

ternen steigen auf. Ren fuhr sich mit der Zungenspitze über die Lippen und dachte nach. Alles Karten aus dem Spinnfaden, der für das innere Selbst, die Gedanken und den Geist stand, und drei Karten aus demselben Faden mussten miteinander verbunden sein. *Sprung zur Sonne* und *Hundert Laternen steigen auf* – die Bedeutungen waren so weit eindeutig. Mettore war ein großes Risiko eingegangen und gescheitert, woraufhin er etwas Kostbares verloren hatte. Aber was?

Ažerais war nicht geneigt, ihr etwas Einsicht zu gewähren. Aber Ren war sich ziemlich sicher, dass das, was immer diese beiden Karten bedeuteten, zur dritten Karte *Hase und Jagdhund* geführt hatte. Anpassungsfähigkeit. Mettore hatte sich verändert und sich an seine neue Situation angepasst, und zumindest aus seiner Perspektive war alles gut ausgegangen. Wenn Ren die Karte ansah, bekam sie jedoch eine Gänsehaut. Der Name spielte auf eine alte vraszenianische Sage an, in der die kluge Natalya die Gestalt wechselte, um einem Verfolger zu entrinnen. Doch der Verfolger veränderte sich ebenfalls und wollte Natalya umbringen.

Wozu Mettore auch geworden war, so schien es nichts Gutes zu sein.

Ren verzog grimmig die Lippen, als sie die nächste Reihe aufdeckte. Manchmal stand die mittlere Karte direkt für den Kunden, und hier lag *die Maske des Chaos*, dieselbe Karte, die sie als Arenza für Leato gezogen hatte. Eret Indestor, der den Caerulet-Sitz im Cinquerat innehatte, sollte eigentlich durch die andere Hälfte dieser Dualität repräsentiert werden: *das Gesicht des Gleichgewichts*. Aber bei ihm waren Recht und Ordnung die Maske und Korruption das Gesicht darunter.

Die guten und bösen Karten stellten sich als weitaus faszinierender heraus. Auch sie gehörten zum Spinnfaden, was einen Kontrast zur *Maske des Chaos* aus dem Wollfaden darstellte, der das äußere Selbst und die gesellschaftlichen

Beziehungen repräsentierte. *Die Maske der Narren* in verhüllter Position verriet ihr, dass Indestor etwas fehlte – eine entscheidende Information, ohne die er nicht weitermachen konnte. *Lerche am Himmel*, das enthüllte Gegenstück, deutete auf bevorstehende Nachrichten und Informationen hin. Er mochte die Information noch nicht haben, aber sie existierte und wartete nur auf ihn.

Seine Zukunft wurde repräsentiert durch *Flügel in Seide*, *Sturm gegen Stein* und *zwei gekreuzte Straßen*. »Djek«, murmelte Ren und starrte die Karten an. Zwei weitere Karten aus dem Spinnfaden und die letzte aus dem durchtrennten.

Was immer Mettore trieb ... Es war kein simpler Schachzug, um Macht oder Reichtum zu erlangen. Nicht bei sieben von neun Karten aus demselben Faden. Es könnte auf einen inneren Zwiespalt bei ihm hindeuten, was Ren allerdings bezweifelte.

Damit blieb nur noch der Geist übrig – mit anderen Worten: Magie.

Aber was hatte Caerulet mit Magie zu tun? Sie fiel unter die Aufsicht von Iridet, dem religiösen Cinquerat-Sitz. *Tja*, dachte Ren, *die Numinatria auch*. Durchdringungen gehörten größtenteils zu Prasinet, weil die Gilden die Handwerker kontrollierten und Prasinet für die Gilden zuständig war. Und keiner aus dem Cinquerat interessierte sich einen Deut für Muster.

Mit *zwei gekreuzte Straßen* in der Mitte war es recht offensichtlich, worum es sich bei den anderen beiden drehte. Diese Karte stand für entschlossenes Handeln, die Gelegenheit, die Spielregeln zu ändern.

Mettore war mit seinen üblichen Machenschaften nicht zufrieden. Er arbeitete auf etwas hin – und die Gelegenheit dafür würde sich bald ergeben.

Bedauerlicherweise enthielten Musterdecks keine genaue Zeitangabe. »Bald« konnte alles von morgen bis hin zu in einem Jahr bedeuten. Ren vermutete, dass die durch *Lerche am Himmel* repräsentierte Nachricht, die Information, die Mettore momentan noch fehlte, alles in Bewegung setzen würde ... Seine Pläne mussten demzufolge davon abhängen, wann er sie erhielt.

Sie schüttelte frustriert den Kopf. *Wenn ich mit Sicherheit wüsste, was es ist, könnte ich verhindern, dass sie bei ihm ankommt.*

Bei den meisten Mustern repräsentierten die linken und rechten Karten in der obersten Reihe alternative Ergebnisse und das, was bei einem Erfolg oder einem Fehlschlag geschehen würde. Diesen Eindruck hatte Ren auch bei Leatos Muster und *dem Gesicht der Sterne* und *der Maske der Nacht* gehabt, die *das Gesicht aus Glas* eingerahmt hatten. Hier war sie sich hingegen nicht so sicher. *Sturm gegen Stein* war eine grobe, unaufhaltsame Macht. Verhüllt konnte sie bedeuten, dass Mettore riskierte, von dieser Macht zerschmettert zu werden – was durchaus möglich war.

Aber *Flügel in Seide* deutete auf einen Punkt hin, an dem es kein Zurück mehr gab. Enthüllt – daher würde die Veränderung aus Mettores Sicht eine sein, die ihm gefiel. Ren vermutete, dass sie ihr nicht einmal halb so gut gefallen würde. Und die Macht von *Sturm gegen Stein* ... Sie wurde eventuell so oder so ausgelöst. Die einzige Frage war, ob Mettore als Konsequenz daraus leiden musste.

Schritte auf den Steinen vor der Tür holten Ren aus ihren Überlegungen. Schnell wickelte sie die Karten wieder ein und verstaute sie in ihrer Tasche, und sie hatte sich gerade erhoben, als Tess die Tür mit der Hüfte aufstieß und unter der Last von zwei Samtballen rückwärts hereinstolperte. Sedge folgte ihr mit vier weiteren Seidenbrokatballen.

»Bist du dir ganz sicher, dass du nicht des Geldes wegen heiraten möchtest?«, fragte Tess und lehnte die Ballen so vorsichtig an die Wand, wie Ren zuvor die Karten ihrer Mutter eingepackt hatte. »Denn ich bin mir ziemlich sicher, dass ich Meister Vargo allein wegen seines Lagerhauses nehmen würde, wenn er auch nur das geringste Interesse an mir hätte.« Ren und Sedge sahen sich zweifelnd an. Er schüttelte kaum merklich den Kopf: *Das kann sie vergessen.*

Tess schmollte zwei Atemzüge lang, bevor sie wieder die Alte war. »Ist ja auch nicht weiter wichtig. Dann musst du eben für den Rest unseres Lebens seine Advokatin sein. Und jetzt zünd ein paar Kerzen an. Ich möchte dir zeigen, was mir für die Verlobungsfeier vorschwebt.«

9

Sprung zur Sonne

Isla Indestor, die Perlen: 5. Pavnilun

Das Traementis-Herrenhaus war Renata unvorstellbar prunkvoll erschienen, als sie es zum ersten Mal betreten hatte. Seitdem hatte sie mehrere andere Herrenhäuser besucht und gesehen, wie es darin aussah, wenn die Familie keine Schulden hatte. Aber das Indestor-Herrenhaus, das für die Verkündung der Verlobung von Mezzan Indestor und Marvisal Coscanum herausgeputzt worden war, stellte alles in den Schatten.

Schimmernde Organzavorhänge, die beim Weben durchdrungen worden waren, sodass sie das Licht der Wandleuchter einfingen und reflektierten, bildeten einen Bogengang von der Eingangshalle zum Ballsaal. Renata und die Traementis kamen an einem Kartensalon vorbei, in dem Oksana Ryvček ihre Gewinne von dem betrübten Ghiscolo Acrenix einforderte, und an einem Salon, in dem früh eingetroffene Gäste mit Aža versetzten Wein aus Glasflöten tranken. Im angrenzenden Bankettsaal hatte man ein kaltes Buffet aus scharlachrotem Fischrogen und geräucherten Muscheln, reifen Beeren und Liganti-Käsesorten sowie ein warmes mit gebratenem Karpfen, Schildkrötensuppe und gerösteten Rebhühnern aufgebaut.

Der Ballsaal erfüllte das Versprechen des Organzaflurs.

Speziell zu diesem Anlass inskribierte Numinata hingen über schweren Seidendrapierungen, wobei die einander überlappenden Kreise von Tuats Vesica piscis – zwei werden eins – überall prominent vertreten waren, zusammen mit dem Saphirhexagramm von Sessat, was darauf anspielte, dass Haus Indestor den Caerulet-Sitz innehatte.

Auf der Tanzfläche drehten sich bereits Paare ohne die Hilfe eines Tanzleiters und Renata dankte Giuna innerlich inständig für die Tanzstunden. Die Musik wurde vom Rascheln der Röcke untermalt und hatte mit einem einsamen Harfenspieler in einem leeren Ballsaal etwa so viel gemein wie Tess' Musselinmusterkleider mit dem Endprodukt.

»Oh, sie haben den Garten geöffnet!«, rief Giuna begeistert. Schon eilte sie zu einer Seite des Raums und zog Renata mit sich. An Gittern emporrankende Perlrosen, die ungeachtet der Jahreszeit blühten, bedeckten die Wände bis hinaus zur Terrasse, von der man auf den Garten hinabblickte. Ein Baldachin schützte die herumschlendernden Paare vor dem Nieselregen, dessen Plätschern der durch die offenen Türen herauswabernden Musik Konkurrenz zu machen schien. Die mit Rosen bewachsenen Gitter verliefen um den Garten herum und bildeten eine Barriere gegen den Winterregen, während Feuerschalen die Kälte vertrieben. Die mit Duftölen behandelten Kohlen ließen die Luft nach Sommergras und Honig duften. Wenn Renata die Augen schloss, konnte sie sich fast einreden, sie würde in einer milden Mittsommernacht in einem Garten stehen.

Aber sie konnte sich den Luxus dieser Illusion nicht erlauben. Dies war nichts anderes als das Sondieren des Geschäfts einer Spitzenklöpplerin, bei dem sie die Blickachsen herausfand und den Kundenfluss beobachtete, um den besten Moment zu erkennen, an dem sie etwas mitgehen lassen und abhauen konnte. Zwar war sie nicht zum Stehlen hier – wenngleich der so offen zur Schau gestellte Wohlstand bewirkte, dass es ihr in den Fingern juckte –, aber die Grundlagen waren dieselben.

Aus diesem Grund hatte sie auch für eine Ablenkung gesorgt. Sie trug einen Surcot aus eisblauem Samt mit einem komplizierten Lochmuster, durch das ihr goldenes Unterkleid hindurchschimmerte – allerdings erwartete heutzutage jeder diese Eleganz von Renata Viraudax. Außerdem wollte sie das Augenmerk nicht auf sich richten, sondern auf Giuna. Die Traementis-Tochter strahlte förmlich in ihrem neuen Kleid. Das moosgrüne Bandeau ging in eine wie die Sonne funkelnde Stoffschicht aus blassem Gold über, die wolkengleich über dem perlrosafarbenen Unterkleid schwebte und an den Sonnenaufgang erinnerte – was viel besser zu einem Mädchen auf der Schwelle zur Frau passte als die schweren, formlosen Surcots, die sie bisher getragen hatte. Tess hatte Giuna Goldfarbe ins Haar gebürstet und das dazu passende Band mit einigen Brillanten festgesteckt, um dann alles mit einem nach Aprikose und Pfefferminze duftenden Parfum zu besprühen, das Ren hatte klauen müssen, da ihnen das Bargeld ausgegangen war. Wenn der Garten den Winter in Schach hielt, dann tänzelte Giuna wie eine Vorbotin des Frühlings durch ihn hindurch. Selbst ihre geröteten Wangen steigerten den Effekt und ließen die Rosenblüten verblassen.

»Danke«, raunte Donaia Renata ins Ohr und betrachtete ihre Tochter liebevoll. »So etwas hat Giuna schon seit einiger Zeit gebraucht.«

»Es war mir ein Vergnügen – genau wie Tess«, erwiderte Renata. Zwar hatte sie es nur aus Berechnung getan, doch Giunas Freude entlockte ihr dennoch ein Lächeln.

»Ach, Alta Renata. Wie ich sehe, habt Ihr doch noch herausgefunden, was Ärmel sind.« Carinci ließ ihren Stuhl diesmal von Fadrin Acrenix schieben. Sie bat ihn, auf dem Weg zur Terrasse innezuhalten, damit sie Renata genau in Augenschein nehmen konnte. Nicht einmal Tess beäugte ihre Kleidung derart kritisch.«Anscheinend besiegt die Kälte letzten Endes doch jeden von uns. Ich bin schon gespannt darauf, was Ihr zur Frühlingsgloria wagt. Wie ich hörte, neigt Ihr dazu, auch Eure Handschuhe wegzugeben.«

Dass Donaia nach Luft schnappte, wärmte Renata weitaus mehr, als es Ärmel jemals gekonnt hätten. »Wir alle sollten bereit sein, uns von etwas zu trennen, um uns Verbrechern zu widersetzen.« Donaia ließ ihren Fächer aufschnappen, als wäre die Röte in ihren Wangen auf die Feuerschalen zurückzuführen.

»Ja, ja, edle Sache und all das. Ich wollte damit ja nur zum Ausdruck bringen, dass sie interessant ist. Kein Grund, sich aufzuregen, Mädchen.«

Carinci bedeutete Fadrin, sie weiterzuschieben, bevor Donaia Anstoß daran nehmen konnte, als »Mädchen« bezeichnet zu werden. Kopfschüttelnd trat Donaia zu Giuna, um sie bei der Unterhaltung mit einem Sohn aus der Delta-Oberschicht zu unterstützen, wodurch Renata sich der Aufklärung widmen konnte.

Da entdeckte sie Derossi Vargo.

Er stand auf der Schwelle zwischen Ballsaal und Garten und hatte das Licht im Rücken, sodass sein Gesicht größtenteils im Schatten lag. Noch hatte er Renata nicht entdeckt und konzentrierte sich auf Carinci. Er wirkte derart gebannt, dass ihn Fadrin beinahe mit dem Stuhl anrempelte, bevor er sich fasste und einen Schritt zur Seite machte.

Da fiel das Licht auf seine versteinerte, undurchdringliche Miene. Seine Körpersprache hatte er nicht ganz so gut im Griff: Er streckte eine Hand aus, als wollte er sie aufhalten, ballte dann jedoch die Faust, um sie gegen seinen Oberschenkel zu schlagen ... Vor Wut? Abscheu? Ging es dabei um Carinci? Oder um ihn selbst? Renata vermochte es nicht zu erkennen.

Nach kurzem Zögern ging sie auf ihn zu. Als sie den halben Weg zurückgelegt hatte, fiel das Licht noch auf einen Farbfleck, der rasch im Schatten seines abgeknickten hohen Kragens verschwand.

Sie erschrak derart, dass sie aussprach, was ihr durch den Kopf ging. »Ist Eure Reversnadel eben in Deckung gegangen?«

Vargo schien den Blick nur mühsam von Carinci abwenden zu können, die von Fadrin weitergeschoben wurde, und sah Renata an. Seine Miene entspannte sich und er lachte. »Nein. Das ist Peabody.«

Sie musterte ihn fragend. Noch immer glucksend hielt Vargo einen Finger unter sein Revers. Als er ihn wieder hervorzog, saß eine große Spinne mit symmetrischen Flecken aus Saphirgrün, Indigoblau, Smaragdgrün und Purpurrot am Bauch auf Vargos Handschuh. »Alta Renata Viraudax, Meister Peabody. Sag Hallo, Peabody.« Vargo hob zwei Finger, und zu Renatas Erstaunen stellte sich die Spinne auf das dritte Beinpaar und zeigte ihr den farbenfrohen Bauch. Vargo streichelte ihre fellbedeckte Mitte mit einem Finger. »Guter Junge.«

Das war zweifellos das, was sie auch bei der Gloria an Vargos Mantel bemerkt und aufgrund der Reglosigkeit für eine Anstecknadel gehalten hatte. Zudem war es die prunkvollste Spinne, die sie in ihrem ganzen Leben gesehen hatte: ein Königspfau, das Symbol des vraszenianischen Varadi-Clans. Sie hatte schon davon gehört, aber noch nie eine zu sehen bekommen.

»Das ... ist höchst exzentrisch von Euch. Nennt Ihr ihn wegen der pfauenartigen Färbung Peabody?«

»Nein, sondern weil er so groß wie eine Erbse war, als ich ihn bekommen habe.« Vargo versuchte, Peabody wieder dazu zu bringen, unter seinem Kragen zu verschwinden, doch die Spinne wollte davon nichts wissen. Vielmehr drehte sie sich und bewegte die Beine in einem komplizierten Muster, das weibliche Spinnen vermutlich sehr ansprechend fanden, bei Renata allerdings auf taube Ohren stieß. »Hör auf zu flirten, du alter Lüstling, bevor dich noch jemand sieht und beschließt, dass du zerquetscht werden solltest.« Seine Wortwahl hätte sie beinahe zum Lachen gebracht. Sie hatte den eleganten Lebemann, den effizienten Geschäftsmann und auch kurz den Verbrecherfürsten, für den Sedge arbeitete, schon kennengelernt, aber als er das sagte, klang er fast schon jungenhaft. Ganz offensichtlich hing er sehr an seinem Haustier.

Nach einigen dezenten Aufforderungen verschwand die Spinne in ihrem Versteck und gleichzeitig jegliche Sanftheit aus Vargos Gesicht. Er zog Renata an seine Seite. »Ich würde Euch ja zum Tanzen auffordern, aber ich schätze, das wäre für meinen Ruf weitaus besser als für Euren. Habt Ihr zufällig schon mit einem Indestor gesprochen? Mettore und Mezzan werden vermutlich abweisend reagieren, aber sie haben mehr Cousins und Cousinen, als Mettore unterbringen kann. Es könnte sich für Euch lohnen, einen zu umgarnen. Beispielsweise Breccone Indestris. Er arbeitet als Inskriptor für das Register.«

Renata wollte ihm gegenüber nicht zugeben, dass ihre Pläne für den heutigen Abend weit darüber hinausgingen, nur mit jemandem zu plaudern, der in dieses Haus eingeheiratet hatte. »Selbstverständlich. An Eret Indestors Aktivitäten müssen mehrere Personen beteiligt sein, und ich habe auch schon ein paar Ideen, wie ich mir Beweise dafür beschaffen könnte.«

»Währenddessen werde ich ein wenig umherwandern und eine Kuriosität abgeben, über die sich Faella Coscanum das Maul zerreißen kann, und vielleicht lässt sich ja noch jemand anderes als Ihr dazu herab, sich mit mir zu unterhalten.« Er machte einen Schritt zurück, schwang seine Rockschöße zur Seite und verbeugte sich so elegant vor ihr, dass nicht einmal ein Etikettelehrer etwas daran auszusetzen gehabt hätte.

»Ich wünsche Euch einen schönen Abend, Alta. Möget Ihr das Gesicht sehen und nicht die Maske.« Mit schwingendem Rock und klappernden Stiefelabsätzen schlenderte er zurück in den Ballsaal, als hätte er jedes Recht der Welt, sich hier aufzuhalten.

Renata rückte die Maske für ihre Rolle zurecht und machte sich daran, den Kampf mit der feinen Gesellschaft aufzunehmen ... und einen Einbruch zu planen.

Isla Indestor, die Perlen: 5. Pavnilun

Die feine Gesellschaft war in Scharen vertreten, und Renata nutzte die folgenden vier Glocken hervorragend aus.

Mettore Indestor mochte gegen Haus Traementis sein, aber alle Mitglieder der Oberschicht des Deltas, die in seinem Namen Privilegien verwalteten, hatten sich zur Feier des Tages versammelt, und sie erwiesen sich als weitaus flexibler als er. Zwar hatte Renata nicht erwartet, jemanden direkt umzudrehen, doch das war auch gar nicht nötig. Viele wollten von jemandem, der vor Ort gewesen war, mehr über den Kampf gegen den Raben hören. Sie berichtete eben zum dritten Mal von Mezzans Demütigung, als die Dienstboten alle Besucher baten, sich zur Verkündung der Verlobung im Ballsaal einzufinden.

Die beiden Familien standen oben auf der Galerie, eine lange Reihe von Indestors auf der rechten, von Coscanums auf der linken Seite. Sie so zu sehen, machte ihr erst bewusst, wie klein das Haus Traementis geworden war. Hier gab es ältere und jüngere Generationen, eingeheiratete Gatten und Gattinnen, Cousinen und Cousins diverser Grade. Die meisten nadežranischen Familien behielten nicht so viele Personen in ihrem Register und gestatteten entfernteren Verwandten, sich zu lösen und eigene Stammbäume zu begründen, doch die Vorteile eines Adligenprivilegs brachten es mit sich, dass einige Häuser es als günstig erachteten, möglichst groß zu werden.

Renata stand bei Donaia, Leato und Giuna und nicht den halben Schritt hinter ihnen, wie man es von einer nicht registrierten Cousine erwarten würde. Die Farbe in Giunas Wangen war nicht verblasst – was auch daran liegen konnte, dass sie seit ihrer Ankunft kaum die Tanzfläche verlassen und ununterbrochen die Partner gewechselt hatte. Momentan tauschte sie Blicke mit einem jungen Cleoter-Sohn, den sie scheu anlächelte, statt auf die obligatorischen Zeremonien zu achten, die mit der Vereinigung zweier mächtiger Häuser einhergingen.

Zuerst kam Breccone Indestor, der Inskriptor, den Vargo erwähnt hatte. Er war mittleren Alters und auf fade Liganti-Art nicht unansehnlich, hatte während des Tanzes mit Renata jedoch unablässig über den Zustand der Numinatria in Seteris reden wollen. Ihr war nichts anderes übrig geblieben, als ihm jede Menge Unsinn aufzutischen, was sie beinahe durch ein Lachen ruiniert hätte, da er ihr ihre Lügen erklärte, als wisse er mehr darüber als sie.

Nun breitete er übertrieben aufwendig das Verlobungs-Numinat aus und richtete ein Dankgebet an die Götter Civrus und Pavlus, die Ehen segneten, um dann den Kreis mit einer schwungvollen Bewegung seines Tintenpinsels zu schließen. Seine Effekthascherei wäre sogar halbwegs erfolgreich gewesen, hätte sie nicht auf der Galerie stattgefunden, wo ihn ohnehin nur die Familie sehen konnte.

Sobald er fertig war, trat eine dunkelhaarige Frau, die kaum mehr als ein Jahrzehnt älter als Renata sein konnte, in die Lücke zwischen Mettore Indestor und Naldebris Coscanum und nickte den Familienoberhäuptern ernst zu. »Tanaquis Fienola«, raunte Leato Renata ins Ohr. »Sie ist die beste Astrologin in ganz Nadežra und eine Freundin unserer Familie.«

Er war sichtlich stolz auf die Verbindung. *Hat sie mein Horoskop erstellt?*, fragte sich Renata. Nach Giunas unbeholfener Befragung hatte sie nichts mehr gehört, daher schienen ihre erfundenen Daten die Prüfung bestanden zu haben.

Mezzan und Marvisal traten vor, nahmen von der Astrologin eine Schriftrolle entgegen und rollten sie zwischen sich aus. Sie hielten sie hoch, um sie den Zuschauern zu zeigen, wenngleich die Schrift zu klein war, als dass man sie von unten lesen konnte.

Fienola hielt eine Hand über ihre Hände und verkündete: »Die Horoskope wurden erstellt und abgeglichen. Mit Celnis' Segen wurde das Jahr 211 festgelegt. Mit Esclus' Segen ist es der Monat Colbrilun. Mit Thruniums Segen ist es der dritte Tag der dritten Iteration. Mit Sacrethas Segen ist es der Tag Andusny. Mit Civrus' und Pavlus' Segen ist die Stunde die zweite Erde. Möge durch diese Harmonie all die Pracht des Kosmos kanalisiert werden, um die Vereinigung von Mettore Indestor und Marvisal Coscanum zu segnen.«

Sie führte Mezzans und Marvisals Hände zusammen, die noch immer jeweils ein Ende der Schriftrolle festhielten. Dies sollte das Schließen des Kreises versinnbildlichen und die Daten binden, so wie ein Numinat geschlossen und gebunden wurde.

Alles wäre wundervoll vonstattengegangen, hätte Mezzan nicht geschwankt und das Gleichgewicht verloren. Die Schriftrolle wurde zerdrückt, und das Reißen des Papiers hallte laut durch den stillen Ballsaal, als er versuchte, sich irgendwo abzustützen. Fienola und Marvisal standen ihm bei, und danach setzten sie die Zeremonie fort, als wäre nichts passiert, wenngleich die finsteren Mienen von Eret Indestor und Eret Coscanum Bände sprachen.

Leato schnaubte. »Jemand hätte ihn daran erinnern sollen, nicht die Knie durchzudrücken«, flüsterte er Renata zu.

Sie gab nur ein unbestimmtes Geräusch von sich. *Wenn ich*

das ausnutze, kann ich dann vielleicht die ganze Verlobung ins Wanken bringen?

Das war ein ambitionierter Gedanke, den es zu verfolgen lohnte, insbesondere da sie auf diese Weise Einfluss auf die Astrologin gewinnen könnte. Bisher hatte Ren noch nie mit diesem Berufsstand zu tun gehabt; ihre Mutter hatte auf die typische vraszenianische Art und Weise auf diese Kunst herabgesehen. *Sie lassen dich glauben, dass zwei Kinder, die zur selben Zeit geboren wurden, demselben Muster folgen,* hatte Ivrina gesagt. *Dabei hat jede Person ein eigenes Muster.* Doch die Astrologie basierte auf denselben Prinzipien wie die Numinatria und die Macht dieser Prinzipien war überall in Nadežra zu sehen.

Die in ihr aufkeimenden Gedanken an ein Sabotieren der Verlobung verblassten, als ihr eine neue Idee kam. War es möglich, dass sich Mettores Muster darauf bezog? Die Astrologie und nicht die inskribierten Numinatria?

Nachdem die Zeremonie abgeschlossen war, bedankte sich Mettore bei Tanaquis Fienola und zerrte seinen Sohn unauffällig beiseite, um ihm eine Standpauke zu halten, sodass Tanaquis allein am Fuß der Treppe zurückblieb.

»Möchtet Ihr sie gern kennenlernen?«, erkundigte sich Donaia. Anstatt auf eine Antwort zu warten, führte sie Renata zu der amüsiert wirkenden Astrologin.

»Eure Arbeit ist höchst faszinierend, Meda Fienola«, sagte Renata, nachdem man sie einander vorgestellt hatte. »Mutter hat nie wirklich daran geglaubt – ihr gefiel die Vorstellung nicht, dass ihre Taten vorherbestimmt wären, selbst wenn dies durch himmlische Mächte geschieht –, aber es macht ganz den Anschein, dass Nadežra Eure Fähigkeiten überaus schätzt.«

»Interessant.« Tanaquis legte den Kopf schief und sah Renata an, als wäre ihre Neugier von Renata selbst geweckt worden statt von ihren Worten.

Bevor Ren befürchten konnte, sich irgendwie verraten zu haben, blinzelte die Frau und warf einen säuerlichen Blick in Richtung Galerie, wo die Familien soeben den Musikern Platz machten. »Wenn Eret Indestor doch nur derselben Meinung wäre. Stattdessen musste ich immer wieder neue Horoskope erstellen, als würden sich die Planeten seinem Willen fügen. Er ...«
Sie verkniff sich, was immer sie sagen wollte, aber Donaia nickte. »Dann wünscht sich der Kosmos diese Vereinigung nicht ebenso sehr, wie es diese Familien tun?«
Tanaquis' Antwort war knapp, aber ausreichend. »Der Großteil der Familien. Zur Abwechslung sind sich der Kosmos und Alta Faella mal einig. Nun muss ich Eret Coscanum dabei helfen, seiner Schwester zu erklären, dass ein zerrissener Vertrag ihr nicht das Recht gibt, die Verlobung ihrer Großnichte zu annullieren.« Sie nickte Renata noch einmal zu und berührte Donaias Hand, um sich dann zu entschuldigen und sich der empörten Faella Coscanum zu widmen.

»Jammerschade, dass sie nur der Delta-Oberschicht angehört«, meinte Donaia zu Renata, als wäre eine derart niedrige Geburt eine Tragödie. »Wäre sie eine Adlige, würde man sie nicht als derart selbstverständlich erachten.«

»Wirklich bedauerlich«, stimmte Renata ihr zu.

Isla Indestor, die Perlen: 5. Pavnilun

»Ihr müsst mir unbedingt verraten, wo Ihr den Brokat für Alta Marvisals Kleid gekauft habt«, sagte Renata einige Zeit später zu Faella Coscanum. »Sie übertrumpft darin ja sogar die Monde.«

Faellas Laune hatte sich nach ihrer Unterhaltung mit Tanaquis verbessert, was vielleicht auch an dem stetigen Menschenstrom lag, der ihr im Kartensalon Schmeicheleien ins Ohr säuselte. Renata hatte sie vorsichtig mehrmals umkreist in der Hoffnung, der alten Dame ins Auge zu fallen, ohne zu offensichtlich mit ihr sprechen zu wollen. Zwar hatte Faella nicht die Leitung ihres Hauses inne, doch sie war die unumstrittene Gebieterin über die nadežranische Gesellschaft und somit das größte Hindernis, das sich Rens Aufstieg in den Weg stellte, da die Frau sie bislang nicht zur Kenntnis nahm. Doch zumindest das änderte sich, als Faella sie zu sich bat.

Renata war nicht so töricht, dies als Unterhaltung anzusehen. Vielmehr war es eine Prüfung; eine Chance für Renata zu beweisen, dass sie es wert war, bemerkt zu werden. Wenn Faella sie für gut befand, würden sich ihr viele Türen öffnen. Andernfalls ...

Mit einem Kompliment gelang es ihr, Faella dazu zu bewegen, die bisher gelangweilt herabhängenden Lider ein wenig zu heben. Die alte Dame beugte sich auf ihrem hochlehnigen Stuhl vor und sah Renata wirklich an, statt durch sie hindurchzublicken. »Vielen Dank, Alta Renata. Unser Bondiro hat mir schon viel von Euch erzählt und er schwärmt von Eurem exzellenten Geschmack. Ich war mir bis zum heutigen Abend allerdings nicht sicher, ob ich ihm Glauben schenken kann.« Sie machte eine Handbewegung, die Renatas Erscheinungsbild umfing. »Gehe ich recht in der Annahme, dass Ihr auch für die Verwandlung des Traementis-Mädchens verantwortlich seid?«

»Ich konnte es nicht länger ertragen, sie in diesen tristen Kleidern zu sehen«, gab Renata zu. »Daher habe ich Era Traementis mein Dienstmädchen angeboten.«

»Ich kann nur hoffen, dass Ihr sie gut bezahlt, sonst schnappt sie Euch noch jemand weg. Und woher bezieht Ihr Eure Stoffe?« Faella hatte ihre vorherige Frage nicht beantwortet, was Renata durchaus bemerkte. Aber ihr Blick zuckte kurz zu Vargo, der auf der anderen Seite des Raums saß und mit mehreren Indestor- und Coscanum-Cousins dem Sechserspiel nachging. »Diesen Samt habe ich zuvor noch bei keinem Händler gesehen.«

Renata lächelte höflich. »Es ist immer hilfreich, gute Beziehungen zu haben, findet Ihr nicht auch?«

Faellas Antwort war so trocken, dass der Regen darin versickert wäre. »Das hängt davon ab, wie man sie nutzt, würde ich sagen.«

»Na, zum Wohle von Freunden natürlich.«

Faella nickte, als hätte Renata die einzig richtige Antwort gegeben. »Dann kann ich mich glücklich schätzen, eine Frau wie Euch zu meinen Freunden zu zählen. Da es so viel zu planen gibt, konnte ich noch keinen Gedanken für Mezzans und Marvisals Hochzeitskleidung erübrigen.«

Renata beugte sich vor und legte sich eine Hand aufs Herz. *Sieg!* »Ihr müsst mir gestatten, Euch mein Dienstmädchen auszuleihen. Sie leistet wirklich hervorragende Arbeit.«

»Wenn Ihr sie denn entbehren könnt.« Faellas trübe Augen funkelten, und Renata fragte sich, wie oft sie um derartige gesellschaftliche Gefallen feilschen musste. Viele Menschen wollten etwas von Alta Faella, aber sicher kam es nur selten vor, dass Faella auch etwas von ihnen haben wollte. »Kann ich darauf vertrauen, dass sich Eure Quelle für die neuesten Stoffe als ebenso zugänglich erweisen wird? Und Ihr müsst mich unbedingt wissen lassen, wenn ich Eure Freundlichkeit erwidern kann.«

Kann ich es riskieren? Sie hatte Faella eben erst kennengelernt, und die alte Dame genoss den Ruf, andere aus einer Laune heraus im Schlick begraben zu lassen. Doch Renata war seit Wochen erfolglos auf der Suche nach einer anderen Lösung. Zudem vermutete sie, dass Faella ein wenig Kühnheit ebenfalls zu schätzen wusste.

Als wäre ihr eben erst der Gedanke gekommen, sagte Renata: »Ich hatte vor, mich morgen mit Nanso Bagacci zum

Tee zu treffen, und wäre geehrt, wenn Ihr Euch uns anschließen würdet – als Freundin.«

Danach musste sie sich Mühe geben, um nicht den Atem anzuhalten. Faella wusste wahrscheinlich ganz genau, dass Bagacci vor Kurzem wegen einer unheilvollen Liebesaffäre mit einer Frau aus dem Haus Simendis in Ungnade gefallen war. Wenn man ihn in der Öffentlichkeit mit Alta Faella sah, gliche das einer gesellschaftlichen Begnadigung.

Was Renata mit Bagacci zu tun hatte, konnte sich Faella womöglich denken – das hing davon ab, wie viel Klatsch und Tratsch sie aus politischen Kreisen mitbekam. Möglicherweise reizte sie es auch, der Sache auf den Grund zu gehen.

Faella tippte sich mit dem Fächer ans Knie, und es war offensichtlich, dass sie Renata ein wenig zappeln lassen wollte. Um dann, als hätte sie überhaupt nicht darüber nachdenken müssen, zu erwidern: »Wer trinkt nicht gern Tee mit seinen Freunden? Ich werde im *Acht Sterne* meinen üblichen Tisch reservieren lassen. Aber jetzt hört damit auf, Eure besten Jahre mit einer alten Schildkröte wie mir zu vergeuden. Junge Frauen sollten tanzen.«

Renata musste sehr an sich halten, um nicht triumphierend zu hüpfen, als sie den Raum verließ. Faella Coscanums öffentliche Anerkennung, die Gelegenheit, den Spalt zwischen Indestor und Coscanum zu vergrößern, und die Sache mit Bagacci wäre auch geregelt – was konnte sie noch mehr verlangen?

Noch konnte alles schiefgehen. Aber da ein Sieg schon in greifbarer Nähe war, konnte sie nicht widerstehen und schlenderte im Ballsaal an Scaperto Quientis vorbei. »Euer Ehren. Die Lieferung müsste etwa ... übermorgen freigegeben werden.«

Er blinzelte erstaunt. Da sie nach seiner Herausforderung so lange geschwiegen hatte, schien er die Sache abgeschrieben zu haben. »Wie ...«

Bevor er die Frage aussprechen konnte, schloss sich eine Hand mit fingerlosen Handschuhen um Renatas Arm. »Alta Renata«, säuselte eine tiefe Stimme.

Sie drehte sich um und sah sich Sostira Novrus gegenüber, groß und ernst und in maßgeschneiderter grauer Kleidung. »Tanzt mit mir«, verlangte Era Novrus, was wie ein Befehl klang und keinen Widerspruch duldete, denn sie zerrte Renata sogleich mit sich.

Der Tanz mit Sostira Novrus war eine Lektion über den Unterschied zwischen Führen und Dominieren. Sie hielt den Rücken schnurgerade, griff fest zu und wandte den Blick nicht ein einziges Mal von Renatas Gesicht ab. So mit einem Mitglied des Cinquerats gesehen zu werden, hätte eigentlich etwas sehr Positives sein müssen, aber Renata hatte nicht die geringste Ahnung, was die Frau von ihr wollte, und das machte sie nervös. Aus diesem Grund bewegte sie sich steifer als sonst und fand nicht recht in den Takt.

Falls Sostira dies bemerkte, kommentierte sie es nicht. »Ihr seid sehr schön, aber das hört Ihr gewiss häufig. Seid Ihr es leid?«

Renata lächelte unbeirrt weiter, wenngleich sich ihr Magen zusammenzog. *Euer hübsches Gesicht ...*

Ob sie derartige Komplimente zu schätzen wusste, schien Era Novrus nicht sonderlich zu interessieren. Die Frau besaß den Feinsinn einer Frühlingsspringflut: Man sah es kommen und konnte sich nur noch für den Aufprall wappnen. Der Tanz führte sie an Giuna vorbei, die nun in Sibiliats Armen lag. Da fiel Renata ein, dass Giuna bei der Herbstgloria erwähnt hatte, Sostira Novrus würde Eheverträge beenden, sobald ihr langweilig wurde, und wäre immerzu auf der Suche nach der nächsten Gattin ...

Sie plant nicht wirklich etwas gegen mich, erkannte Renata. *Ich bin nur ein Pferd auf dem Markt, dessen Zähne und Gang geprüft werden.*

Als sie sich gerade damit abfinden wollte, dass Sostiras Interesse an ihr amouröser Natur sein musste, änderte die Frau die Taktik. »Den Gerüchten zufolge habt Ihr Mettore mit Eurem Privileg einen ziemlichen Floh ins Ohr gesetzt. Euch ist hoffentlich bewusst, dass der Name Traementis Euch nicht genug Schutz bieten kann, falls es zu einem offenen Zerwürfnis mit dem Haus Indestor kommen sollte.«

Renata gelang es gerade noch, nicht völlig aus dem Takt zu geraten. »Ich ... Wie bitte?«

Sostira zog sie näher an sich heran, vorgeblich um sie zu stützen. »Wenn Novrus einen Grund hätte, sich mit Traementis zu verbünden, könnte sich das ändern. Wenn die Flut kommt, möchte niemand auf einer Brücke zwischen den Inseln festsitzen.«

Idiotin! Du darfst sie niemals unterschätzen. Das war genau die andere Seite der Münze, die Mettore Donaia »angeboten« hatte: das Überleben des Hauses sichern – zumindest vorerst –, indem jemand zur Ehe gezwungen wurde.

Renata konnte es sich nicht leisten, Sostira eine Abfuhr zu erteilen. »Ihr seid überaus großzügig, Eure Eleganz. Unsere Häuser hätten einander in der Tat viel zu bieten.«

Der Tanz endete, und Sostira gab sie frei, fuhr zuvor aber noch mit dem nackten Daumen über Renatas Unterlippe. »Ich hoffe sehr, mehr über das in Erfahrung zu bringen, was *Ihr* zu bieten habt«, murmelte sie und ließ Renata allein auf der Tanzfläche stehen.

Ihr vorheriges Triumphgefühl war verflogen und ihr war eiskalt. Sie sah sich nach Scaperto Quientis um, weil sie darauf hoffte, bei seinem Anblick wieder beschwingter zu werden, konnte ihn jedoch nirgends entdecken.

Stattdessen sah sie sich Mettore Indestor gegenüber.

Der direkt auf sie zukam, genau wie Era Novrus es zuvor getan hatte, allerdings reichte er ihr die Hand zum nächsten Tanz, anstatt Renatas Hand einfach zu ergreifen. *Abweisend,* dachte Renata milde amüsiert, als sie an Vargos Kommentar denken musste. *Hat Mettore nichts mitbekommen?*

»Ihr seid eine bewundernswerte Frau, Alta Renata. Nur wenige sehen nach einer Unterhaltung mit Era Novrus derart unbeeindruckt aus.« Er drehte sie bei der Promenade und führte sie direkt an Sostira vorbei, die neben ihrer aktuellen Frau Benvanna Novri stand. Beide Frauen bedachten sie mit durchdringenden Blicken, wobei Benvannas Renata galt, Sostiras hingegen Mettore. Seine Stimme troff vor Zufriedenheit, als er fortfuhr. »Zuweilen übertreibt sie es ein bisschen.«

Renata gab eine unverfängliche Antwort, während sich ihre Gedanken überschlugen. Es war unvorstellbar, dass Eret Indestor sich vor einer Allianz zwischen Traementis und Novrus fürchtete. Aber wenn dem nicht so war, wieso machte er sich dann die Mühe, mit ihr zu tanzen? Zwei Mitglieder des Cinquerats innerhalb einer Glocke: Das war kein Zufall, der ihr besonders behagte.

»Ihr seid Lecillas Tochter, nicht wahr? Oder vielmehr Letilias.« Der Tanz erforderte, dass sie sich kurz trennen mussten. Als sie wieder voreinander standen, wechselte Mettore das Thema. »Ich frage mich, wie lange Ihr vorhabt, in Nadežra zu bleiben. Gewiss bis zum Fest des verschleiernden Wassers, nehme ich an. Ihr habt doch sicher davon gehört?«

»Aber natürlich, Euer Gnaden.« Sie ließ offen, auf welche seiner Fragen sie sich damit bezog.

»Allerdings ist es nicht das richtige Jahr, um die Quelle von Ažerais zu sehen, aber das kann sogar von Vorteil sein. So müsst Ihr nicht durch einen Mob aus Vraszenianern waten, der sich wie eine verdurstende Hundemeute darauf stürzt.« Im Vergleich zu Sostira war Mettore weitaus subtiler. Sein Griff blieb unverändert, und er zerrte Renata auch nicht herum oder schnaubte vor Abscheu – doch die Art, wie seine Stiefelabsätze auf den Boden knallten und wie sein Tonfall eisiger wurde, passte zu dem, was sie längst wusste. Dieser

Mann hasste die Vraszenianer und machte daraus kein Geheimnis.

Hatten seine Pläne etwas mit dem Fest des verschleiernden Wassers zu tun? Ažerais' Quelle war zweifellos magisch; wenn man ihr Wasser trank, gewährte es einem wahre Träume und Einblicke in das Muster der Welt. Aber der große Traum stellte sich nur alle sieben Jahre ein und die Quelle würde erst im nächsten Jahr wieder erscheinen.

»Ich kann wohl kaum abreisen, ohne mir eine der berühmten nadežranischen Maskeraden anzusehen«, sagte sie leichthin. »Aber soweit mir erzählt wurde, wird noch vor dem Fest Kaius Rex' Tod gefeiert.«

»Ja. In Nadežra bezeichnet man es jedoch höflicher als die Nacht der Glocken. Bedauerlicherweise werde ich daran nicht teilnehmen können, da ich den Caerulet-Sitz von meiner Mutter geerbt habe und in dieser Nacht stets mit dem Gedenken an die Unterzeichnung des Abkommens beschäftigt bin.« Mettores Lächeln wirkte wenig erfreut. »Noch mehr Vraszenianer.«

Erwartete er etwa von ihr, sein offenkundiges Missfallen zu teilen? »Ich wünsche Euch dabei viel Glück, Euer Gnaden«, erwiderte sie höflich, da ihr nichts Besseres einfallen wollte.

Als der Tanz endete, war sie kein bisschen schlauer, warum Indestor sie auf die Tanzfläche gebeten hatte. Seine letzten Worte an sie erhellten sie auch nicht weiter, sondern bereiteten ihr eher Sorge. »Vielen Dank für den Tanz, Alta. Ich freue mich auf weitere Begegnungen in der Zukunft.«

Isla Indestor, die Perlen: 5. Pavnilun

Renata entdeckte Leato und Donaia mühelos, die in der Nähe der Tanzenden standen. Der Ballsaal war der falsche

Ort für ein Gespräch über Mettore Indestors Absichten, aber ein Spaziergang durch den Garten ...

Auf einmal bahnte sich Giuna einen Weg durch die Menge und hatte die Hände in den zarten Stoff ihres Unterkleids geballt. Renata erhaschte einen Blick auf ihr Gesicht, bevor ihre Mutter und ihr Bruder sie umringten, und bemerkte eine Träne auf ihrer Wange.

»Bitte ma-hacht kein Aufhebens«, sagte Giuna, als Renata näher trat, mit zittriger Stimme. »Es ist überhaupt nichts passiert. Ich ... ich brauche nur frische Luft.« Was zu stimmen schien, da sie nach Atem rang, Leato jedoch nicht zufriedenstellte.

»Mit wem hat sie getanzt?«, wollte er von Donaia wissen. Als seine Mutter den Kopf schüttelte, reckte er den Hals und sah sich im Ballsaal um.

Sie ließen eine so große Lücke zwischen sich, dass Giuna Renata entdecken konnte. »C-Cousine«, stieß sie schluchzend hervor und streckte eine Hand nach ihr aus.

»Was ist passiert?«, erkundigte sich Renata und umklammerte Giunas Hand mit beiden Händen, um in den Traementis-Kreis zu treten. »Ihr müsst mir verraten, was geschehen ist, damit ich weiß, wem ich die kalte Schulter zeigen muss.«

Ein leises Lachen drängte sich zwischen die hektischen Atemzüge. »Bitte tut so etwas nicht meinetwegen. Ihr dürft es nicht noch schlimmer machen. Es ist nur ...« Sie zog den Kopf ein, als wäre sie derart beschämt, dass sie niemandem in die Augen sehen konnte. »Ich wollte es nicht, wusste aber nicht, wie ich mich weigern sollte, und dann waren wir alle im Stern, und er sagte, ich hätte zuvor nicht viel hergemacht, aber jetzt könnte er sich sogar vorstellen, mich als ... Nebenfrau zu nehmen.«

Ihre Worte wirkten wie ein Schlag ins Gesicht. Als Nebenpartner – mit geringerem Status als der erste Gatte oder die erste Gattin – hatte man eine ehrenvolle Stellung inne, wenn man zuvor gemeiner Bürger war oder auch der Delta-Oberschicht angehörte. Aber für jemanden mit Giunas Erziehung und Abstammung war ein solches Angebot gleichbedeutend damit, sie als Flittchen zu bezeichnen.

»Wer?« Leatos mit eisiger Stimme gestellte Frage durchdrang Giunas Widerstand.

»M-Mezzan.«

Renata fluchte innerlich. Donaia nahm ihre Tochter mit geröteten Wangen und vor Wut blitzenden Augen in den Arm. Wie hatte Ren jemals auf die Idee kommen können, Giuna wäre das ungeliebte Kind? »Wo ist Ryvček?«, stieß Donaia zwischen zusammengebissenen Zähnen hervor.

»Wir brauchen keine angeheuerte Duellantin, um Mezzan eine Lektion zu erteilen«, erklärte Leato. »Ich kann das übernehmen.«

»Ich will mehr als nur eine Lektion. Er soll *gedemütigt* werden.«

»Das kriege ich hin«, erwiderte Leato ruhig.

Ohne auch nur einmal das Risiko zu erwähnen, dass das Haus Indestor beleidigt oder das Privileg, auf das Renata hinarbeitete, gefährdet werden könnte, nickte Donaia.

Leato drehte sich auf dem Absatz um. Die Menge im Ballsaal teilte sich wie Wasser um ihn herum, als er auf Mezzan Indestor zueilte. Hin- und hergerissen zwischen Erschrecken und Aufregung folgte Renata ihm.

Mezzans Beleidigung und Giunas Flucht mussten sich bereits herumgesprochen haben. Mehrere junge Adlige umringten den Indestor-Erben. Bondiro löste sich aus ihrer Mitte und trat Leato in den Weg.

»Nicht hier.« Bondiro sprach leise und hielt Leato an der Schulter zurück. »Dies ist die Verlobungsfeier meiner Schwester ...«

»Eure Schwester sollte es sich noch einmal überlegen, ob sie dieses sich im Schlamm suhlende Schwein heiraten will«, erwiderte Leato und hob die Stimme. »Das zerrissene Horoskop sollte doch als Ausrede reichen, um die Sache zu beenden.«

Leises Gemurmel, gefolgt von Stille, breitete sich aus der Mitte durch den ganzen Ballsaal aus.

»Was meint Ihr damit, Traementis?« Die Menge wich zurück, als Mezzan vortrat, und bildete mit ihren Leibern einen Duellkreis. Falls er noch immer betrunken war, merkte man es ihm nicht an. Seine hochnäsige Miene und sein Auftreten ließen erkennen, dass er Leatos Schwertkünste nicht fürchtete.

Leato schüttelte Bondiros Griff ab und trat zu Mezzan in den nun freien Bereich. »Ich meine damit, dass selbst ein Flittchen aus Sieben Knoten höhere Ansprüche hat und Euch nicht heiraten würde.«

Die spöttische Miene verschwand. Mezzan lief erst kreidebleich und dann vor Wut puterrot an. »Gebt mir ein Schwert«, fuhr er Bondiro an.

»Zwei, wenn es Euch nichts ausmacht.« Leato schenkte Mezzan ein Lächeln. »Es sei denn, Ihr wollt ebenso betrügen, wie Ihr es bei Eurem letzten Duell getan habt.«

Alle hatten die peinliche Geschichte von Mezzans Kampf in Spitzenwasser gegen den Raben gehört – einige erst an diesem Abend direkt aus Renatas Mund. Bei Leatos Spott schlug das Gemurmel in Gekicher um und die Menschen drängten sich enger um sie herum. Renata setzte geschickt ihre Ellbogen und Absätze ein, um ihren Platz zu verteidigen.

»Was geht hier vor sich?« Mettore stürmte in den Ring. »Traementis. Ich habe Euch der adligen Geschichte Eures Hauses zuliebe die Höflichkeit erwiesen, Eurer Familie die Teilnahme an dieser Feier zu gestatten, und Ihr vergeltet es mir mit Beleidigungen?« Seine Stimme hallte laut durch den nun totenstillen Ballsaal. »Wachen!«

»Uniat.«

Die Menge schnappte kollektiv nach Luft. In einem derartigen Kontext war der Name des ersten Numinats mehr als nur die Einleitung eines Schwertkampfs. Es stellte eine formelle Herausforderung dar. Und Mezzan – und nicht etwa Leato – hatte sie ausgesprochen. Daraufhin grinste Leato breit. »Tuat.« Sie hatten sich dem Kampf verschrieben. Mettore konnte das Duell nicht länger verhindern, jedenfalls nicht, ohne seinen Sohn völlig zu entehren. »Bondiro«, sagte Mezzan mit samtener Stimme. »Holt die Schwerter.«

Renatas Herzschlag kam ihr viel zu laut vor, während sie auf Bondiros Rückkehr wartete. Als sie Giunas Bericht gehört hatte, war ihr kurz der Gedanke gekommen, Mettore hätte nur mit ihr getanzt, um sie abzulenken, damit Mezzan diese Beleidigung aussprechen konnte. Allerdings verriet ihr der lodernde Zorn, der ihm deutlich anzusehen war, dass er nichts von alldem hier beabsichtigt hatte. Und wie immer das Duell auch ausgehen mochte, er würde Mezzan bitter dafür bezahlen lassen.

Bondiro kehrte mit zwei Schwertern wieder zurück. Die Duellregeln schrieben vor, dass er dem Herausgeforderten die erste Wahl lassen musste, und Leato lachte leise, als er die beiden Waffen verglich. Kurz sah er Renata mit seinen kühnen blauen Augen an, und sie bildete sich ein, er würde ihr zuzwinkern – aber bevor sie sich dessen sicher sein konnte, wandte er sich erneut Mezzan zu.

»Kein Vicadrius? Wie schade. Aber damit wird es schon gehen.« Er zog seinen Mantel aus und entschied sich für eine Klinge.

Mezzan schleuderte seinen Mantel beiseite und griff nach der anderen Klinge. »Da Ihr mit Stöcken gelernt habt, solltet Ihr Euch glücklich schätzen, dass ich Euch ein derart gutes Schwert überlasse.«

Falls er damit auf Traementis' niedere Herkunft oder

Armut anspielte, zog seine Beleidigung nicht. »Keine Sorge, Mezzan.« Leato hob sein Schwert in die erste Position. »Hier gibt es keine Kanäle.«

Die Wut trieb Mezzan dazu, direkt auf Leato zuzustürmen, und beinahe hätte er das Duell schon beim ersten Aufeinanderprallen verlor. Leatos Schwert sauste an Mezzans Ohr vorbei, das ihm nur knapp entging, und auf einen Schlag wurde die Welt um Ren herum weiß.

Der Rabe.

Der Rabe hasste den Adel. Das war der einzige Grund für seine Existenz: um gegen die Adligen und ihre Korruption zu kämpfen und wie sie versuchten, Nadežra ausbluten zu lassen. Aber der Rabe konnte kein Adliger sein – auf gar keinen Fall.

Andererseits war hier Leato, der selbst vor seiner eigenen Familie den Tunichtgut spielte und sich nachts aus unbekannten Gründen aus dem Haus stahl. Der aus einer Gasse in Spitzenwasser stolziert war, als hätte er sich dort versteckt – möglicherweise um den schwarzen Umhang und die Kapuze abzulegen.

Und der den Raben jagte, jedenfalls lautete so Giunas Theorie – doch eigentlich hatte er es auf Indestor abgesehen. Vielleicht auch noch auf etwas anderes. Vielleicht versuchte er auch herauszufinden, wer Kolya Serrado wirklich getötet hatte, damit sein alter Freund nicht länger hinter *ihm* her war.

Einige Privatstunden und ein offenes Training im Palaestra reichten Ren nicht, um jemanden anhand seines Umgangs mit dem Schwert zu erkennen. Als er sich Mezzan stellte, kämpfte Leato ganz und gar nicht wie der Rabe – allerdings auch nicht so, wie sie es im Traementis-Ballsaal miterlebt hatte, als er gegen Ryvček spielerisch die Stile durchgegangen war. Seine Form war makellos Liganti, seine Haltung aufrecht, die Klinge ausgestreckt, um eine ständige Bedrohung darzustellen. Wer nach einer Ähnlichkeit mit dem Raben Ausschau hielt, würde keine finden. Er war durch und durch der stolze Adelsspross, der die verletzte Ehre seiner Schwester zu rächen gedachte.

Das konnte jedoch auch eine Maske sein.

Ryvček sah von der anderen Seite des Kreises aus zu und versuchte gar nicht erst, ihr Grinsen zu verbergen. Sie schien sich nicht die geringsten Sorgen zu machen. Leato allem Anschein nach auch nicht. Nach dem Kommentar über die Kanäle war er verstummt, und seine Miene wirkte lebhaft und aufmerksam. Es war Mezzan, der schnaubte und leise fluchte, wann immer seine Attacken ins Leere gingen.

Und es war Mezzan, der verlor.

Das Ende war alles andere als dramatisch. Mezzan stieß zu, und Leato bewegte kaum merklich das Handgelenk, um die Klinge abzulenken. Danach musste er sie nur noch neu ausrichten und ausstrecken, um Mezzan einen blutenden Schnitt an der linken Wange zuzufügen.

»Das wäre dann wohl Ninat.« Leato machte einen Schritt nach hinten und bewunderte die Verletzung wie ein Künstler sein Werk.

Genau dasselbe hatte der Rabe in jener Nacht gesagt, und Mezzan verspannte sich und schien sich auf Leato stürzen zu wollen, obwohl die Wunde das Signal für das Ende des Duells darstellte. Dann schlug ihm jemand die Klinge aus der Hand. Ihr Klappern, als sie auf dem Boden landete, wurde von dem Geräusch untermalt, das Mettores Handfläche auf der verletzten Wange seines Sohnes erzeugte.

»Das. Ist. Ninat.« Mettore schob seinen Sohn weg und drehte sich zu Leato um, wobei er die Selbstkontrolle an den Tag legte, die Mezzan fehlte. »Das Haus Indestor entschuldigt sich für die Beleidigung. Ich vertraue darauf, dass Ihr zufriedengestellt seid. Und jetzt nehmt Eure Familie und geht.«

Renata wandte den Blick von der Szene ab, atmete seit einer gefühlten Ewigkeit wieder ein und sah die Traementis-

Frauen an. Giuna hatte ihre Fassung zurückerlagt, tupfte sich die Tränenspuren von den Wangen und stellte sich der Menge voller Würde. Donaia sah Renata in die Augen und drehte eine Handfläche nach oben – sie wollte keine Aufmerksamkeit erregen, indem sie die Hand ausstreckte, doch ihre Absicht war eindeutig.

Renata mochte nicht im Register stehen, aber wenn die Traementis gingen, wollte Donaia sie an ihrer Seite haben.

Als ob mir das noch helfen könnte. Die Nacht war von Triumph zu Katastrophe umgeschlagen, und das in einer einzigen Glocke, und die wilde Idee, die in Rens Kopf herumspukte, machte das Ganze nicht besser. Sie konnte Leato nicht einmal ansehen, als er seinen Mantel aufhob und zu seiner Familie trat.

Die Menge teilte sich und ließ sie passieren, und in dem Meer aus Gesichtern entdeckte sie verkniffene, vor Freude strahlende und mitfühlend verzogene. Sobald sie diesen Spießrutenlauf hinter sich gebracht hatte, stieß Donaia leise die Luft aus. »Tja, damit wären wir jetzt wohl endgültig am Arsch«, murmelte sie so leise, dass nur sie drei es hören konnten.

»Mutter!« Leato und Giuna keuchten auf, aber sie ignorierte sie und sah Renata an.

»Es tut mir so leid, meine Liebe. Ich befürchte, wir haben soeben jegliche Hoffnung auf ...«

»Alta Renata. Wollt Ihr schon gehen?«, rief Faella Coscanum und hielt sie an der Türschwelle auf. »Ich wollte mich nur vergewissern, dass unsere Verabredung morgen zum Tee noch steht. Zur siebten Sonne?«

Sie antwortete rein reflexartig. »Selbstverständlich, Alta Faella.«

»Hervorragend. Ich freue mich schon darauf.« Faella nickte Donaia und den anderen zu und stolzierte an ihnen vorbei in Richtung Salon. Die Traementis waren nicht die

Einzigen, die ihr staunend hinterherblickten. Erneut erhob sich Gemurmel hinter ihnen.

Feuer schien durch Renatas Adern zu strömen. Wenn Faella sie noch immer zur Kenntnis nahm – Faella, die derart unglücklich darüber war, dass ihre Großnichte mit Mezzan verlobt worden war ...»Gebt die Hoffnung noch nicht auf, Era Traementis.«

Isla Indestor, die Perlen: 5. Pavnilun

Als die Traementis in ihre Kutsche stiegen, um dem Regen zu entkommen, behielt Leato den Lederriemen der Tür in der Hand.»Colbrin kann euch alle nach Hause bringen. Ich ...« Trotz des Zwielichts erkannte Renata, wie er die Zähne zusammenbiss.»Ich brauche etwas zu trinken.«

Zur Abwechslung schalt Donaia ihn nicht.»Was machst du, wenn Mezzan dir folgt?«

Leato lachte freudlos.»Ich werde keinen Ort aufsuchen, an dem er nach mir suchen wird. Außerdem hat er jetzt weitaus größere Sorgen.«

Giuna nahm seine Hand, als er sich daranmachte, wieder aus der Kutsche auszusteigen.»Leato ...«

»Mach dir keine Sorgen, Fischchen.« Er drückte seine Stirn gegen ihre.»Es tut mir nur leid, dass dieser sippenlose Mistkerl dir den Abend verdorben hat.«

Dann war er fort, verschwand im Regen und lief über den Platz zu den Sänftenträgern, die im mageren Schutz eines anderen Gebäudes ausharrten. Renata schaute ihm hinterher.

Soll ich ihm folgen oder ...?

Halte dich an den Plan.»Ich sollte ebenfalls nach Hause gehen. Es wäre doch sinnlos, wenn ich Euch zur Isla Traementis begleite, nur um dann umzukehren und mich nach Westbrück bringen zu lassen.«

»Ihr könnt gern bei uns übernachten«, bot Donaia an. Der Vorschlag erfreute sie, wenngleich sie ein Dutzend Gründe hatte, ihn abzulehnen – wobei einer davon ob des Regens und der Dunkelheit so gut wie nicht mehr zu erkennen war. »Nein, ich möchte mich nicht aufdrängen. Zudem muss ich Vorbereitungen für den morgigen Tee mit Alta Faella treffen. Ich wünsche Euch beiden eine gute Nacht und hoffe, dass ich bald gute Neuigkeiten für Euch habe.«

Giunas Abschiedsworte hallten ihr hinterher, als sie die Flucht ergriff. Tess hielt ihnen einen Regenschirm über die Köpfe, der zwar Renatas Gesicht, aber nicht ihre Röcke schützte, und sie entfernten sich von der Kutsche. »Hoffentlich ist die Uniform noch trocken«, murmelte Tess, die selbst pitschnass war. »Es war nicht leicht, an sie heranzukommen.«

»Ich weiß«, raunte Ren zurück. Hinter ihnen fuhr die Kutsche los, wobei Colbrin auf dem Kutschbock einem tropfenden Haufen aus Ölzeug glich. Als sie den Blick über den Platz schweifen ließ, war Leato ebenfalls verschwunden. »Suchen wir uns einen geschützten Ort.«

Die Kutschen standen in den Stallungen, wo sie sich auch umziehen konnten und es nicht weit zur Küchentür hatten. Die Kutscher hatten es hingegen im Speiseraum der Dienstboten angenehm trocken und warm. Tess hielt Wache, und Renata versuchte, in dem gut gefederten Fahrzeug, das sie sich ausgesucht hatte, nicht das Gleichgewicht zu verlieren, als sie sich aus ihren feinen Kleidern schälte. *Wenn irgendjemand die Kutsche wackeln sieht, wird er etwas völlig anderes vermuten.*

Die Verlobungsfeier kam ihr gerade recht, da Indestor für derart viele Gäste weitere Dienstboten benötigte. Nun brauchte es nur noch eine gestohlene Dienstmädchenuniform und etwas Schminke, und sobald sie ihr Haar geflochten und hochgesteckt hatte, war sie nur eine weitere Vraszenianerin unter den für heute eingestellten Dienstboten.

»Das ist völlig verrückt, das ist dir hoffentlich klar?«, flüsterte Tess, als sie von den Stallungen zur Küche huschten. Sie schnappte sich einen Eimer, den sie versteckt hatte, und drückte ihn Ren in die Hand. »Eis. Sie verbrauchen Unmengen davon, daher solltest du problemlos hineingelangen, ohne groß aufzufallen. Aber ich halte es trotzdem für eine dumme Idee. Auch wenn ich dir dabei helfe, bedeutet das noch lange nicht, dass ich es gutheiße.«

»Komm mir jetzt nicht mit gesundem Menschenverstand.« Ren fiel in ihren vraszenianischen Akzent zurück. »Eine bessere Chance werde ich nicht bekommen. Und ich habe den erfahrenen Dieben zugehört und weiß genau, was ich tun muss.« Hätte Ondrakja nicht versucht, Sedge zu töten, wäre Ren inzwischen vermutlich selbst eine dieser älteren Diebinnen und von den Fingern in einen Erwachsenenknoten befördert worden. Vorausgesetzt, Ondrakja hätte sie gehen lassen.

Wenn sie auch nur einen Moment über das nachdachte, was sie jetzt vorhatte, würde sie es mit der Angst zu tun bekommen. Daher tat sie es nicht. Sie gab Tess einfach einen Kuss, hängte sich den Eimer über den Arm und marschierte ins Haus.

Dort herrschte das reinste Chaos. Im Speisezimmer sollte für ausgewählte Gäste ein großes Bankett serviert werden, aber Eret Indestor stritt sich im Garten mit Eret Coscanum, und die Dienstboten versuchten, das Essen warm zu halten, bis die feinen Herrschaften geneigt waren, es zu sich zu nehmen. Ren wäre am liebsten bei ihnen geblieben und hätte sich den Klatsch angehört, aber die Gesichter gewährten ihr eine hervorragende Gelegenheit, und sie wusste, dass sie diese nicht vergeuden durfte.

Beim Gang durch das Haus musste sie immer wieder eine Aufgabe gegen eine andere austauschen. Eis brachte sie durch die Tür, ein Krug mit geharztem Wein zu den Gästen – doch sie rempelte mit Absicht einen anderen Diener an und verschüttete ein wenig, damit sie eine Ausrede hatte, um den Krug abzustellen und die Pfütze mit einem Lappen wegzuwischen. Zwar vertraute sie auf ihre Verkleidung, doch sie wollte auf gar keinen Fall durch die Menge an Gästen laufen müssen. Ein Fläschchen Riechsalz aus ihrer Tasche gab ihr einen Grund, an der Wand entlang zu den Räumen zu eilen, in denen sich die zarteren Gemüter aufhielten. Danach musste sie nur noch warten, bis die Bahn frei war und sie die Treppe hinaufeilen konnte.

Ihren offiziellen Besuch hatte sie gut genutzt, denn nun wusste Ren, dass Mettores Studierzimmer hinter einer der drei Türen entlang des Flurs liegen musste. Sie war sich zwar nicht sicher, welche die richtige war, doch die Gefahr, dass sich in einem der Räume jemand aufhielt, war gering, und sie hatte eine Ausrede parat.

Als sie an der ersten Tür lauschte, hörte sie nichts, und als sie die Klinke herunterdrückte, gelangte sie in einen Trophäenraum mit Tierköpfen von Jagdausflügen an den Wänden. Hinter der zweiten Tür befand sich eine Bibliothek.

Die dritte Tür war verschlossen.

Diesmal hatte sie das passende Werkzeug dabei. Sie kniete sich hin und zückte einen der Dietriche – ein »Wiedersehensgeschenk« von Sedge. *Diese Schlösser sind besser als das an Donaias Schreibtisch.* Sie schaute nach beiden Seiten, bevor sie sich am Schloss zu schaffen machte, aber abgesehen von den Geräuschen, die von unten heraufdrangen, blieb alles still.

Mit dem zweiten Dietrich hatte sie Erfolg. Sie entriegelte das Schloss, stand auf und huschte durch die Tür ...

Wo sie von einer Schwertspitze empfangen wurde.

»Sei still, schließ die Tür und mach kein Geräusch«, verlangte der Rabe.

Als sie wie erstarrt stehen blieb, bewegte er die Schwertspitze an ihrem Ohr vorbei und drückte die Tür zu. Nach einem Atemzug griff Ren hinter sich und verriegelte die Tür wieder.

Der Rabe ließ die Klinge sinken. »Das kommt jetzt unerwartet. Was hat ein vraszenianisches Dienstmädchen in Mettore Indestors verschlossenem Studierzimmer zu suchen?«

Rens Herz schlug ihr bis zum Hals. Der undenkbare Verdacht, der sie während des Duells geplagt hatte, kehrte zurück. Wenn sich Leato ebenso schnell umgezogen hatte wie sie und hierher zurückgekehrt war ...

Die Übermütigkeit raubte ihr den Atem. Es war völlig ohne Belang, ob er es war oder nicht. Sie konnte ihn wohl kaum fragen. Nicht nur, weil der Rabe seine wahre Identität nie preisgab ... sondern auch, weil sie als Arenza und nicht als Renata verkleidet war und er sie nicht zu erkennen schien.

Also sei Arenza.

Sie ließ den Impuls, laut loszulachen, in ein Lächeln übergehen. »Ihr seid der Rabe«, hauchte Arenza.

»Du hast von mir gehört.« Ein Lächeln schien in seiner Stimme mitzuschwingen. Er bewegte die Klinge zu einer Seite, streckte ein Bein aus und ließ die uralte Verbeugung höchst elegant wirken. »Und du bist ...?«

»Arenza.« Es wäre klüger gewesen, ihm einen anderen Namen zu nennen, einen, der weniger nach *Renata* klang – aber ihre vraszenianische Identität war ebenso eine Rolle wie jede andere und zudem eine Haut, in der sie sich wohlfühlte. »Offenbar bin ich am richtigen Ort, an dem sich das Herumschnüffeln lohnt, wenn der Rabe schon vor mir hier ist.«

Der Raum hinter ihm lag im Dunkeln und wurde allein durch das Licht erhellt, das aus dem Garten hereinfiel, doch es reichte aus, um zu erkennen, dass es sich in der Tat um ein Studierzimmer handelte, in dem ein robuster Schreibtisch stand, der an Donaias erinnerte, und die Wände mit Regalen voller Bücher gesäumt waren. Ein Fenster der Tür gegenüber stand einen Spaltbreit offen, und die Geräusche des nachlassenden Regens, der Musik und leiser Gespräche drangen herein. Einige Wassertropfen schimmerten auf der Kapuze und dem Umhang des Raben und verrieten, wie er sich Zutritt verschafft hatte.

»Der richtige Ort, sagst du? Das ist ja mal eine angenehme Abwechslung. Normalerweise haben die Leute, denen ich begegne, das Gefühl, sie wären am falschen Ort. Und wieso schnüffelst du hier herum, Arenza?«

Wie viel konnte sie ihm verraten? Das hing davon ab, wer sich unter dieser Kapuze verbarg. Ob es nun Leato war oder nicht, so durfte sie ihm auf keinen Fall die ganze Geschichte erzählen. Dass er es sein könnte, machte sie noch nervöser.

»Ich suche nach Ladungslisten von Sträflingsschiffen. Oder Aufzeichnungen über Sklavenverkäufe«, gab sie zu. Unter normalen Umständen wäre es absurd gewesen, dass jemand Beweise für seine illegalen Aktivitäten aufbewahrte ... aber wie alle Caerulets vor ihm genoss Mettore einen legendären Ruf, ungemein organisiert zu sein und alles zu dokumentieren. Die Regale und Aktenschränke an den Wänden seines Studierzimmers schienen diesen Ruf zu untermauern.

Mit einem Anflug von Keckheit nahm sie die Pose und den Tonfall einer Verkäuferin ein. »Kann ich *Euch* vielleicht helfen, etwas Bestimmtes zu finden, Meister Rabe?«

Zu ihrer großen Freude spielte er mit. »Aber ja, Herrin Arenza. Ich suche nach allem, was Licht in die Fehde zwischen Indestor und Novrus bringen kann, am besten etwas, das sie beide lieber verbergen möchten.« Er reichte ihr eine Hand, als wollte er sie zum Tanzen auffordern. »Sollen wir uns hier gemeinsam ein wenig umsehen?«

»Solange Ihr versprecht zu teilen«, erwiderte sie beschwingt und legte ihre bloße Hand in seine behandschuhte. *Hoffentlich erkennt er meine Hand nicht* rang in ihrem Kopf mit *Gesichter und Masken*, *flirte ich gerade allen Ernstes mit dem Raben?*

Er führte sie zu einem der Regale und öffnete eine kleine Diebeslaterne, die ihr im Dunkeln gar nicht aufgefallen war. Anders als die Kerzen, die die ihr bekannten Diebe nutzten, enthielt diese Laterne einen kleinen numinatrischen Stein, der so schwach leuchtete, dass man es von draußen nicht bemerken würde. Die Laterne war so gedreht, dass ihr Licht nicht in Richtung Tür fiel, und hell genug, um den Raum zu durchsuchen.

»Eine erfolgreiche Jagd«, sagte der Rabe und machte sich ans Werk.

Das Problem mit Mettores obsessiver Buchhaltung war, dass es eine unfassbare Menge an Material gab, die es zu durchsuchen galt. Sie stieß recht bald auf die Aufzeichnungen über die Verkäufe von Verurteilten, die in mehreren Hauptbüchern aufbewahrt wurden und in denen praktischerweise auch Verbrechen, Alter, Geschlecht und körperlicher Zustand aller Verkauften notiert waren. Allerdings ließ sich nicht erkennen, ob irgendetwas davon gefälscht war. Ihr blieb nichts weiter übrig, als nach Familiennamen zu suchen und darauf zu hoffen, dass sie ein Muster oder einen bekannten Namen entdeckte.

Derweil knackte der Rabe die Schlösser an Mettores Schreibtischschubladen, gab beim Betrachten des Inhalts leise verärgerte Geräusche von sich und ging rasch die verbleibenden Regale durch. »Das ist alles ebenso furchtbar interessant wie nutzlos. Er muss doch irgendwo auch private Aufzeichnungen haben.« Der Rabe presste eine Hand flach an die Wand und die Kapuze daneben, ging umher und klopfte leise an diverse Stellen.

Bei den Fingern gab es keine Einbrecher, aber die Hälfte der Kinder strebte danach, sich ihnen anzuschließen, und verschlang daher die Geschichten über Geheimtüren und verborgene Nischen, in denen die reichen Schnösel ihre Perlen versteckten. Die besten davon waren sogar durchdrungen und so gut wie unmöglich zu finden. Ren kannte einen alten Dieb – wobei »alt« bedeutete, dass er fast dreißig war –, der Stein und Bein schwor, dass man diese Verstecke nur fand, wenn man beschloss, dass es einen geheimen Mechanismus geben musste, und versuchte, diesen auszulösen, statt ihn zu finden.

Daher bewegte sie sich in die entgegengesetzte Richtung wie der Rabe und war sich überdeutlich bewusst, dass sie nicht die ganze Nacht mit der Suche verbringen konnten. Bücher umzukippen oder herauszuziehen, half ihr nicht weiter, selbst wenn sie noch so zuversichtlich vorging, und wenn sie an den Regalen zog, schienen sich diese nicht nach außen schwingen zu lassen. Sie drückte auf jede dekorative Schnitzerei, die sie finden konnte, hörte jedoch nie ein Klicken.

Bis sie zu den Säulen hinter Mettores Schreibtisch kam. Sie standen dicht an der Wand – und dienten eher dekorativen als funktionellen Zwecken –, und als sie mit den Fingern am Rand einer Säule entlangfuhr, stieß sie auf einen kaum spürbaren Saum.

»Hier«, sagte sie leise und staunte selbst darüber, dass sie es gefunden hatte. *Wenn ich das Tess und Sedge erzähle.*

Der Rabe trat zu ihr und war ihr so nah, dass sie seine Wärme spüren und den leichten Lanolingeruch seines Umhangs riechen konnte. »Was hast du entdeckt, kluge Natalya?«

Nachdem sie monatelang Renata gewesen war, hatte sie bei der Anspielung auf die vraszenianische Sage das Gefühl, nach Hause gekommen zu sein – und dieses Gefühl wurde dadurch verstärkt, dass sie ihre kriminellen Machenschaften wieder aufnahm. »Ich bin mir nicht sicher, wie man es öffnet«, gestand sie.

»Hmm. Wärst du so nett, mir eine Haarnadel zu borgen?«

Das Ende eines Zopfes rutschte ihr auf die Schulter, als sie eine Nadel herauszog. Der Rabe steckte die Nadel in den Spalt, den sie entdeckt hatte, und bewegte sie erst ganz nach oben und danach langsam nach unten. Etwa auf Kniehöhe schien die Nadel auf etwas zu treffen. Er fummelte noch kurz herum, bis er den Mechanismus gefunden hatte. Im Wandpanel schwang eine Tür auf, hinter der ein schmaler Wandschrank mit Regalen voller Ledermappen auf beiden Seiten zum Vorschein kam.

»Großartig.« Der Rabe richtete sich mit einer ausladenden Geste auf. »Da du es entdeckt hast, möchtest du vielleicht zuerst einen Blick hineinwerfen?«

Im Wandschrank war es noch dunkler als im Studierzimmer. »Ich weiß nicht, wie es mit Euch ist, aber ich kann im Dunkeln nicht lesen. Bringt Ihr die Lampe her?«

Rasch hatten sie ein effektives System entwickelt, um die Dokumente durchzugehen. Arenza stand im Wandschrank und reichte dem Raben die Mappen, der sie zum Lesen neben die Lampe hielt. Meist sagte er ihr nach dem Überfliegen von einer oder zwei Seiten, dass sie zur nächsten übergehen konnten. Es behagte ihr zwar nicht wirklich, sich auf sein Urteil zu verlassen – würde er ihr wirklich verraten, wenn er etwas fand, wonach sie suchte? –, aber die Worte, die sie entziffern konnte, verrieten ihr stets, dass er mit seiner Einschätzung richtiglag.

Nach einer Weile brach der Rabe das Schweigen, anstatt ihr das letzte Dokument zurückzugeben. »In welcher Mappe lag das?«

Sie musterte den Brief in seiner Hand. »In keiner. Der Brief steckte dazwischen.«

Die Nachricht war kurz und nicht unterschrieben. *Im Fiangiolli-Lagerhaus steht alles bereit. Sagt Euren Männern, sie sollen nach Kisten Ausschau halten, auf denen ein blauer Eber prangt.*

Bevor einer von ihnen etwas sagen konnte, erklangen Stimmen vor der Tür des Studierzimmers. »Rein. Sofort«, zischte der Rabe, nahm seine Laterne, quetschte sich in den engen Schrank und zog sie mit sich.

Der Schrank war gerade groß genug, damit sie sich beide darin verstecken konnten. Sie drückte das Becken gegen den Raben, als sie sich hinhockte, um nach dem Haken zu suchen, mit dem die Tür verschlossen wurde, doch er gab keinen Ton von sich.

Im Geheimraum wurde es dunkel, als sie hörten, wie die Tür aufgeschlossen wurde. Das Holz des Wandpaneels war so dünn, dass es die Stimmen nur wenig dämpfte.

»Schließt die Tür.« Das war Mettore Indestor. Ren erstarrte und spürte, wie es der Rabe hinter ihr ebenfalls tat. Er legte ihr eine Hand an die Taille und vermittelte ihr damit lautlos eine Nachricht, und sie drückte sich gegen ihn, um nicht zufällig gegen das Paneel zu stoßen und sie zu verraten.

Ren spürte seinen Herzschlag an ihrem Rücken. Sein Herz schlug so schnell wie das ihre, was sie jedoch nicht wirklich tröstete. Wenn Mettore hergekommen war, um etwas aus diesem Geheimfach zu holen ...

»Wie kann ich Euch zu Diensten sein, Euer Gnaden?« Eine Frau. Zu selbstsicher, um eine Dienerin zu sein, aber eindeutig ehrerbietig gegenüber Caerulet Mettore.

»Ihr müsst mir noch eine Dosis beschaffen.« Das hölzerne Schaben einer aufgezogenen Schublade. *Der Schreibtisch,* dachte Ren und versuchte, so leise wie nur irgend möglich zu atmen. »Ich muss etwas ausprobieren.«

»Das ... könnte schwierig werden. Keiner weiß, wann diese ...«

»Wie lange?«, fauchte Mettore.

»Manchmal dauert es eine Woche oder länger ...« Die Frau verstummte, und Ren bedauerte, dass es kein Guckloch gab. Vieles ließ sich auch wortlos vermitteln.

»Dann kauft etwas auf der Straße, wenn es sein muss. Nehmt solange das hier.« Das Klirren eines Beutels voller Münzen, der geworfen und aufgefangen wurde, folgte. »Holt Euscenal aus dem Bett, damit er herkommt und sich um das Gesicht meines Sohnes kümmert.«

»Ich werde mich sofort darum kümmern, Euer Gnaden.«

Die Tür wurde geöffnet und wieder geschlossen. Die darauf folgende Stille hielt so lange an, dass sich Ren schon fragte, ob sie die halbe Nacht in dem engen Wandschrank verbringen und den Seide-und-Leder-Geruch der Verkleidung des Raben einatmen musste, während sie herauszufinden versuchte, ob er nun so groß war wie Leato oder nicht. Aber nach einigen gefühlt endlosen Minuten wurde die Tür abermals geöffnet und geschlossen, und der Schlüssel drehte sich im Schloss.

Der Rabe ließ sie los. Ren hockte sich hin – diesmal vorsichtiger – und lauschte am Paneel, bevor sie es öffnete und aufdrückte.

Das Studierzimmer war leer. Nach der Wärme im Schrank kam ihr die Luft eiskalt vor.

»Wir sollten nicht länger hierbleiben«, sagte der Rabe. »Das mag jetzt wie eine Beleidigung klingen, aber ich würde gern auf eine Wiederholung verzichten.«

So gern sie auch weitergesucht hätte, konnte Ren ihm nicht widersprechen. Der Rabe faltete den Brief zusammen, und sie fragte sich, was er wohl bedeuten mochte. Offenbar ging es um untergeschobene Ware und hatte mit der Fehde zwischen Indestor und Novrus zu tun. Das hätte Leato ebenfalls interessiert – und konnte der Grund dafür sein, dass der Rabe den Brief einsteckte.

Falls er nicht Leato war, ließ sie sich jedoch ein wichtiges Beweisstück durch die Lappen gehen.

Dem Raben schien ihre nachdenkliche Miene nicht entgangen zu sein, denn er hielt inne, statt den Brief in seinem

Umhang zu verstauen. »Da dies eher mit meinen als mit deinen Angelegenheiten zu tun zu haben scheint, hast du doch nichts dagegen, wenn ich ihn mitnehme, oder?«

Sie schnaubte. »Was soll ich denn tun – etwa dem Raben sagen: ›Nein, gebt es mir‹?«

Der Hauch von Straßenakzent, der sich in ihre Stimme stahl, war nicht geplant gewesen. Die Laterne war noch geschlossen, doch im Licht aus dem Garten glaubte sie, den Hauch eines Lächelns unter seiner Kapuze auszumachen. »Ich war zuerst hier.«

Und Ihr habt ein Schwert. Er würde ihr zwar nicht grundlos etwas tun ... aber wenn sie versuchte, den Brief an sich zu bringen, gab sie ihm möglicherweise einen Grund. Ren hob abwehrend die Hände und er steckte den Brief ein.

Danach verstaute er den Lichtstein in einer Tasche und klappte die kleine Laterne zusammen. Der Rabe hatte schon einen Stiefel auf dem Fensterbrett und eine Hand an der Seite, um durch den Fensterflügel zu klettern, als er sich noch einmal umdrehte. »Ich gehe davon aus, dass deine Anwesenheit in diesem Raum ausreicht, um niemandem von dieser Begegnung zu erzählen, daher werde ich dich nicht mit einer Warnung beleidigen. Es war auf jeden Fall ein denkwürdiger Abend. Schlaf gut, Arenza.«

Er zupfte an seiner Kapuze und verschwand durch das Fenster in die Nacht.

10

DAS VERSPRECHEN DER PERLE

Ostbrück, Oberufer: 9. Pavnilun

Das *Ossiter* ähnelte in vielerlei Hinsicht der Rotunda, in der die Gloria stattfand. Das mittlere Atrium der Ostretta war mit einem Brunnen, eingetopften Myrtebäumen und mehreren niedrigen Tischen und Sofas für Gäste ausgestattet, die nur ein Glas Wein und eine Obst- und Käseauswahl zu sich nehmen wollten. Die oberen Stockwerke säumten umlaufende Galerien, in denen jene saßen, die bereit waren, Zeit und Geld für ein volles Seterin-Mahl auszugeben. Renata entdeckte mehrere Bekannte unter den Gästen und neigte den Kopf, wann immer sie ebenfalls bemerkt wurde.

Als sie die Stufen hinaufstieg, verdrängte der Geruch nach gebratenem Fleisch und Gewürzen den leichteren Duft von Wein und Myrteblüten. Renata legte sich eine Hand an die Taille und war dankbar dafür, dass Tess ihr vor dem Aufbruch noch ein Stück Brot gegeben hatte. Es wäre wirklich unschön gewesen, wenn Vargo ihr Magenknurren gehört hätte.

»Alta Renata.« Vargo stand auf und nahm zur Begrüßung ihre Hände. Seine Augen funkelten vor Bewunderung, wenngleich sie vermutete, dass diese ebenso ihrer Kleidung wie ihrem Körper galt. »Euer Dienstmädchen hat mit der Wolle Unglaubliches geleistet.«

»Ja, Tess ist ein wahrer Schatz.« Sie sagte das herablassend, als wäre sie es schon lange leid, die Arbeit ihres Dienstmädchens zu loben. Als hätte sie nicht beinahe geweint, als Tess ihr das Kleid angezogen hatte. Es war eine Mischung aus einem Surcot für Damen und einem Herrenanzug mit einem engen cranberryfarbenen Mieder mit Ärmeln und einer Schürze, die sich in der Mitte teilte, um die Vorderseite mit der Reihe aus schwarzen Knöpfen abzuschließen. Die doppelte Schicht aus Röcken vermittelte Ren das Gefühl, bei Wasserhochstand durch die Tiefen des Flusses zu waten, aber sie wollte sich nicht beschweren. Denn zum ersten Mal in diesem Winter war ihr wirklich warm.

Vargo gab in seiner saphirfarbenen Wolle eine ebenso schneidige Gestalt ab und die Spinne spähte unter seinem Kragen hervor. »Nehmt Ihr Meister Peabody überallhin mit?«, erkundigte sich Renata.

»Nur wenn er dort niemanden ablenkt.« Vargo setzte sich und sah sein Haustier mit finsterer Miene an, woraufhin Peabody rasch im Schatten unter seinem Kragen verschwand. »Doch selbst er würde neben Euch verblassen. Ich kann gar nicht sagen, was mehr Klatsch nach sich gezogen hat: Eure Tanzpartner bei der Verlobungsfeier, das Duell oder Euer Treffen mit Faella Coscanum am nächsten Tag.«

Renata nahm den Wein entgegen, den er ihr eingeschenkt hatte. »Zumindest war ich am Duell nicht beteiligt.«

»Ich würde zu gern wissen, wie viel von den Gerüchten der Wahrheit entspricht.« Er tat so, als würde er die Farbe seines Weins bewundern, ließ sie dabei jedoch nicht aus den Augen.

Sie konnte mühelos seine eigentliche Frage herausfiltern. Vargo drängte sie nicht, aber allmählich wurde er sicher ungeduldig. Er hatte sie damit beauftragt, ihm ein Privileg zu beschaffen, und stellte die Mittel für Bestechungsgelder zur Verfügung, musste jedoch den Eindruck haben, dass sie sich die letzten beiden Monate nur amüsiert und mit nicht damit zusammenhängenden Konflikten beschäftigt hatte. Renata nahm eine kleine Ledermappe aus der Innenseite ihres Mantels und reichte sie ihm mit beiden Händen. »Die Wahrheit ist, dass ich das Privileg habe.«

Vargo verharrte mit dem Glas auf halbem Weg zum Mund. Schatten tanzten unter seinem Kragen und Peabody spähte abermals hervor. »Wie bitte?«

»Seht selbst.« Sie wickelte die Kordel ab, mit der die Mappe verschlossen war – auf dem Schließknopf prangte das Fulvet-Siegel mit den gestapelten Dreiecken. Darin lag ein mit enger Kalligrafie beschriebenes Dokument, das die Bedingungen des Privilegs erläuterte und es dem Haus Traementis für eine Dauer von neun Jahren übertrug. »Era Traementis ist bereit, den Verwaltungsvertrag zu unterzeichnen, wann immer es Euch passt.«

Vargo nahm das Privileg entgegen und überflog es. Eine Kellnerin wartete in der Nähe, doch er nahm sie nicht zur Kenntnis. Peabody huschte bis hinab auf sein Handgelenk, was er ebenfalls nicht zu bemerken schien. Erst nachdem er das ganze Dokument gelesen hatte, sah er Renata an. »Welche urweltlichen Kräfte habt Ihr ...«

Er schüttelte den Kopf und scheuchte Peabody zurück in sein Versteck. Nachdem sein Staunen verschwunden war und er seine übliche Miene aufgesetzt hatte, legte Vargo das Dokument auf den Tisch. »Ich bin beeindruckt. Zwar habe ich ein wenig Angst, den Kontostand Eures Bestechungsgeldkontos zu überprüfen, aber ich bin beeindruckt.«

Sie machte ein ernstes Gesicht. »Nun ... Ihr hattet mich zwar gebeten, Euch nicht in den Ruin zu treiben ... aber Ihr solltet Tess noch einmal in Eurem Stofflager stöbern lassen.«

»Selbstverständlich. Ihr könnt jeden Stoff haben, den Euer

Herz begehrt.« Er winkte ab. »Ich wollte vielmehr wissen, wie viel Ihr dem Cinquerat zustecken musstet, um das Privileg zu erhalten? Fulvet wird doch gewiss einen hohen Preis verlangt haben.«

Nun ließ Renata ihre Belustigung durchscheinen. Sie hatte es bereits genossen, zuerst Scaperto Quientis und danach Donaia beim Erzählen ihrer Geschichte zu beobachten, was den Reiz nicht im Geringsten minderte. »Ihr schuldet niemandem etwas, abgesehen von dem Material für die Hochzeitskleidung für Marvisal Coscanum und Mezzan Indestor.«

»Was hat denn ...« Vargo sprach nicht weiter und starrte sie nur völlig verdutzt an. Mit amüsiertem Kopfschütteln lehnte er sich zurück. »Keine vermeintlichen ›Handelsgeheimnisse‹. Ich muss es wissen. Wie ist es Euch gelungen, ein wertvolles Antrittsprivileg über neun Jahre von Fulvet im Austausch gegen Hochzeitskleidung zu beschaffen?«

Sie zählte die Schritte an ihren Fingern ab. »Tja, im Austausch dafür, dass ich ihr Tess für eine Weile überlasse, war Alta Faella so freundlich, letzte Woche Tee mit mir und Nanso Bagacci zu trinken. Und Fluriat Bagacci war so hocherfreut, dass ihr Bruder nicht länger von der feinen Gesellschaft geschmäht wird, dass sie ihr Angebot für die Reparatur der Brücke bei Flutwacht widerrufen hat. Was wiederum bedeutet, dass Mede Attravi diesen Vertrag erhalten wird – und somit seine Schulden bei Mede Elpiscio bezahlen kann, da er mit seiner Lustbarke gegen Elpiscios Pier gefahren ist. Dank des reparierten Piers muss Mede Elpiscio nicht länger den Kai in Weißsegel nutzen, der nun erneut Era Destaelio zur Verfügung steht. Und danach ...« Sie spreizte die Hände, als würde sie einen unsichtbaren Kartentrick vorführen. »Ihre Barmherzigkeit sah keinen Grund mehr, Eret Quientis' Salpeterlieferung noch länger zurückzuhalten. Und er war derart beeindruckt von meinen Methoden, dass er den Traementis das Privileg unverzüglich erteilt hat.«

Vargo trank einen großen Schluck, um sein Erstaunen hinunterzuspülen. »Von dem Augenblick an, als ich Euch mit nackten Armen bei der Gloria sah, wusste ich, dass Ihr eine einzigartige Frau seid, Renata Viraudax.«

Männer hatten sie schon oft so angesehen, wie Vargo es jetzt gerade tat, doch stets wegen ihrer Schönheit – nie wegen ihres Einfallsreichtums. Und Ren, die daran gewöhnt war, diese Art der Bewunderung nur als hilfreiches Druckmittel anzusehen, spürte, wie ihr der Atem stockte.

Das Lächeln, das Vargos Lippen umspielte, gab ihr zu verstehen, dass es ihm nicht entgangen war. Anstatt darauf einzugehen, hob er sein Glas zum Toast. »Gehe ich recht in der Annahme, dass es bald Grund zum Gratulieren gibt? Vermutlich fehlen nur noch Tinte und Schreibfeder, damit Ihr in das Register eines großen Hauses eingetragen werdet.«

Ihre Freude verblasste. Bislang hatte Donaia in dieser Hinsicht noch nichts verlauten lassen. »Einige Dinge lassen sich leichter regeln als andere«, erwiderte sie betont gelassen. »Aber falls Ihr noch weitere Pläne in Eurer Tasche habt, trage ich sie dem Privilegienhaus gern vor.«

»Ich werde meine nächsten Pläne dahingehend überprüfen, ob sie sich für Eure Talente eignen.« Endlich bemerkte er die Kellnerin, die gleich außer Hörweite wartete, und winkte sie an ihren Tisch. »Doch bislang habt Ihr nur das Treffen mit Coscanum erklärt. Ich würde zu gern mehr über die Tänze und das Duell erfahren.«

Renata hätte die vraszenianische Ostretta vom letzten Mal bevorzugt – nicht zuletzt, weil sie die gewürzte Schokolade so liebte –, doch sie vermutete, dass Vargo diese hier ihr zuliebe ausgesucht hatte, da er sich mehrfach erkundigte, ob die Gerichte mit jenen in Seterin zu vergleichen wären. Renata wehrte seine Fragen ab, so gut sie es vermochte. In Ganllech hatten die Reichen ihre geheimen Seterin-Banketts abgehalten, doch als einfaches Dienstmädchen war ihr höchstens vergönnt gewesen, an den Speisen zu riechen. Der Rest der Ganllech-Küche hielt einen am Leben, mehr konnte man darüber jedoch nicht sagen.

Zu ihrem Glück bot ihr der Klatsch mehr als genug Material zur Ablenkung. Sie erzählte ihm von ihrem seltsamen Gespräch mit Mettore Indestor und wie Mezzan Giuna beleidigt hatte.

»Entweder spielen sie ein Spiel, das ich bislang noch nicht durchschaue«, gab sie zu, »oder Vater und Sohn reden nicht besonders oft über ihre Pläne miteinander.« Sie tippte auf Letzteres.

Danach hielt sie kurz inne und überlegte. »Ihr wisst nicht zufälligerweise etwas über Schwierigkeiten in einem Lagerhaus, das dem Haus Fiangiolli gehört?«

Vargos Gabel rutschte von dem Stück gebratener Ente ab, das er eben aufspießen wollte. Er legte die Gabel beiseite und spülte sich die Finger in einer kleinen Schale mit Zitronenwasser ab. »Es gab Ende letzten Jahres einen Brand. Angeblich hat Mede Fiangiolli dort illegales Schwarzpulver aufbewahrt und wurde getötet, als es explodierte. Wieso fragt Ihr?«

Sie hatte eine Ausrede parat, die ihr jedoch nicht so recht über die Lippen kommen wollte. »Ich glaube, ich habe von diesem Brand gehört, fällt mir gerade ein. Kam dabei nicht mehr als eine Person ums Leben?«

Vargo trocknete sich übertrieben gründlich die Hände ab. »Ein Vraszenianer starb ebenfalls. Es gab wohl eine Verbindung zu den Traementis – vermutlich wisst Ihr deshalb davon. Die meisten Leute vergessen, ihn zu erwähnen. Ihr habt mir noch nicht den Grund für Eure Frage verraten.«

Sie räusperte sich. »Ich hörte auf der Feier zufällig etwas, das mich auf den Gedanken brachte, dass es sich bei dem Brand um die Anfänge des Konflikts zwischen Indestor und Novrus handeln könnte. Hatte Fiangiolli nicht mehrere Privilegien von Novrus?«

Darum wollte der Rabe diesen Brief behalten, erkannte sie. Weil er etwas mit Kolyas Tod zu tun hat.

Das muss ich Hauptmann Serrado erzählen.

Was jedoch unmöglich war. Sie würde ihre Maskerade ernsthaft in Gefahr bringen, wenn sie einen Falken wissen ließ, dass sie in Mettores Studierzimmer eingebrochen war. Aber wie hätte sie sonst an diese Information gelangen sollen? Sie konnte ihm auch eine anonyme Nachricht schicken. Er war zu klug, als dass er solchen Informationen Glauben schenken würde – aber vielleicht konnte sie so ja doch etwas bewirken.

»Den Gerüchten zufolge hat der Rabe das Feuer gelegt und das Pulver explodieren lassen«, sagte Vargo, »aber es könnte auch die Wache gewesen sein. Sie war unterwegs, um dort alles zu durchsuchen, und traf seltsam spät ein.« Er fuhr mit den Händen ruhelos über den Tisch, fegte Krümel weg und rieb an einem kleinen Fleck, der sich auf der Tischdecke ausbreitete. »Das ist nicht so ungewöhnlich, wie Ihr vielleicht denkt – damit meine ich die Razzia, nicht die Explosion. Novrus hat kürzlich eines von Indestors Sträflingsschiffen schließen lassen und behauptet, dort würde aufrührerische Literatur gedruckt. Das ist gewissermaßen ein Tanz zwischen ihnen. Sie kämpfen, wie andere flirten.«

»Ich bezweifle, dass Mettore Sostria Novrus' Typ ist«, kommentierte Renata trocken.

Vargo lachte schallend und mehrere Gäste drehten sich zu ihnen um. Rasch trank er einen Schluck Wein. »Das stimmt, und ich glaube auch nicht, dass Mettore überhaupt einen Typ hat.«

»Ich bin es jedenfalls nicht – Lumen sei Dank. Aber ich wünschte, ich wüsste, was er von mir wollte ... außer sich zu vergewissern, dass ich noch eine Weile in Nadežra bleiben werde.« Sie feuchtete sich die Fingerspitzen an, wischte sie ab und überlegte.

»Selbstverständlich müsst Ihr bleiben«, erklärte er. »Und nicht nur, weil Eure Abreise all Eure harte Arbeit zunichtemachen würde. Ihr müsst zumindest bis zur Maskerade in der Nacht der Glocken bleiben, denn ich möchte doch mein Geschenk in Aktion sehen.«

Die Maske, die er ihr geschenkt hatte. Sie hatte sie seit jener Nacht in Spitzenwasser nicht mehr getragen. Renata schenkte ihm ein Lächeln. »Ich bin schon sehr gespannt, welche Maske Ihr tragen werdet, Meister Vargo.«

Weißsegel, Oberufer: 12. Pavnilun

Der Übergang vom Winter zum Frühling geschah in Form einer Reihe von täglichen Regengüssen. Gelangweilt von den monatelangen Aktivitäten in geschlossenen Räumen waren Adlige und Angehörige der Oberschicht gleichermaßen auf der Jagd nach etwas Neuem. Als Rimbon Beldipassi, ein Handelskunde von Haus Cleoter und neueste Ergänzung der Oberschicht, eine Ausstellung mit Kuriositäten und Wundern eröffnete, wurde diese rasch zum allgemeinen Gesprächsthema.

Allerdings wusste Beldipassi offenbar, dass gerade die Exklusivität von großem Wert war, da er immer nur sehr wenige Zuschauer anstelle von Massen zuließ. Nicht einmal Vargos Geld konnte ihm Zutritt verschaffen – was hingegen ebenso Vorurteil wie schlauer Geschäftssinn sein konnte. Ren spielte mit dem Gedanken eines nächtlichen Einbruchs, gab sich dann jedoch damit zufrieden, in diesem Fall nicht mitreden zu können.

Bis Leato ihr eine Einladung schickte. Wie er an diese herangekommen war, wusste sie nicht, aber an einem regnerischen Nachmittag Mitte Pavnilun begaben sich die beiden nach Weißsegel.

Als sie denn mehrere verschrumpelte Goldklumpen hinter Glas anstarrte, war Renata hingegen froh, nicht eingebrochen zu sein. Sie hätte die Hälfte der Exponate ohnehin nicht beschreiben können. »Was genau soll das sein?« Leato legte den Kopf schief, als könnte eine neue Perspektive weiterhelfen. »Numinatrische Foki? Geschmolzen? Ach, nein. Seht nur ...« Er zeigte auf eine Karte, die in einer Ecke angebracht war. »Bemalte Walnussschalen aus dem Grab der Schattenlilie.«

Renata verkniff sich ihre nächste Frage, denn sie wusste nicht, ob die Schattenlilie etwas war, worüber eine gebildete Adlige Bescheid wissen sollte, oder so unsinnig, wie es den Anschein machte. Stattdessen schlenderte sie zum nächsten Schaukasten, wo sie der Schädel eines Maki – was immer das war – mit riesigen Augenhöhlen erwartete sowie eine gewundene Metallscherbe, bei der es sich angeblich um ein abgebrochenes Glied der Amtskette handelte, die früher einmal dem Tyrannen Kaius Rex gehört hatte. Beldipassis Sammlung schien ohne Sinn und Verstand zusammengestellt zu sein, und abgesehen von den Karten gab es nichts, das die Authentizität der Ausstellungsstücke bewies. *Vielleicht ist er ein ebenso großer Hochstapler wie ich.*

Falls dem so war, erwies er sich als äußerst gerissen. Seine Ausstellung beinhaltete keine Schätze aus Seteris oder Seste Ligante – Objekte, die nur für viel Geld zu beschaffen oder leicht als falsch zu erkennen waren. »Ich vermute, dass er vieles hiervon entlang der Handelsrouten Nadežras aufgetrieben hat. In Seteris gibt es selbstverständlich auch Waren aus dem Süden, aber ich muss gestehen, dass mir die Hälfte der Objekte hier rein gar nichts sagt.« Sie machte einen kecken Knicks vor Leato. »Vielen Dank, dass Ihr mich mitgenommen habt.«

»Ich danke Euch dafür, dass Ihr mir so einen weiteren Nachmittag angekettet an Mutters Schreibtisch erspart. Sie hat mich nur Euretwegen überhaupt gehen lassen.« Er reagierte mit einer übertrieben eleganten Verbeugung auf ihren Knicks und erinnerte sie damit an ihre Begegnung mit dem Raben in Mettore Indestors Studierzimmer. Rasch beugte sie sich vor, um sich einen filigranen Topf anzusehen, der für Wasser völlig ungeeignet war, da sie sich sammeln musste. Leatos Charme und Freundlichkeit erschwerten es ihr ohnehin schon, auf Distanz zu bleiben, wenn sie ihn nun aber auch noch als Helden ansah ...

Nein, es war besser, ihn so zu sehen, wie er war: als Sohn und Erben einer der ältesten Familien Nadežras. »Als ob Eure Mutter Euch irgendetwas nicht gönnen würde. Ihr könntet nach Arthaburi durchbrennen und Glockentänzer werden und sie würde Euch dennoch vergeben.«

Sie hatte geglaubt, ihre Erwiderung wäre amüsant genug, um als Neckerei durchzugehen, doch Leatos Grinsen verblasste, und er wandte den Blick ab. »Ich bin nicht so frei, wie Ihr zu glauben scheint. Wie gern würde ich über die Morgen- und Abenddämmerungsstraße reisen und all die Orte besuchen, von denen diese Objekte stammen ... aber das kann ich nicht. Auf mich warten in Nadežra zu viele Pflichten.«

Pflichten, für die Ihr eine Kapuze tragen müsst? Die Vorstellung war noch immer absurd. Die Flussratte in ihr widersetzte sich diesem Gedanken und bestand darauf, dass der Rabe unmöglich ein Schnösel sein konnte. Doch es steckte eindeutig mehr hinter Leato, als ihr ursprünglich bewusst gewesen war ... und sie durfte ihren Verdacht auch nicht völlig ignorieren.

Es war sonst niemand anwesend, der mithören konnte. Daher trat sie näher an ihn heran und legte ihm eine Hand auf den Arm. »Ich weiß. Und das tut mir leid. Mir ist durchaus bewusst, dass Ihr nicht der leichtfertige Faulenzer seid, als den Euch viele Leute sehen. Giuna hat es mir erzählt.«

Sie spürte, wie Leato unter ihrer Hand die Muskeln anspannte, und er rückte ein Stück von ihr ab. »Was hat sie

Euch erzählt?« Er betrachtete einen Schaukasten voller seltsamer Metallgeräte, bei denen es sich laut Schild um *Rituelle Artefakte aus Xake* handelte, als hätte er plötzlich ein Interesse am Xakin-Priesteramt entwickelt.

»Dass Ihr bei Weitem nicht so viel Zeit mit Orrucio Amananto verbringt, wie Ihr behauptet. Dass Ihr häufiger den Trunkenen spielt, als betrunken zu sein. Dass Ihr manchmal nachts heimlich das Haus verlasst.« Sie stieß ihn leicht an, damit er sich zu ihr umdrehte. »Was genau treibt Ihr, Cousin? Ich würde Euch gern helfen ... aber das kann ich nicht, wenn ich nicht weiß, was Ihr erreichen wollt.«

»Ihr wisst, was ich vorhabe«, erwiderte Leato. »Ich will meiner Familie helfen. Ist das da hinter Euch Stickerei aus Ganllech? Ich dachte, frivole Muster wären schon vor dreißig Jahren zur Sünde erklärt worden.«

Sein Versuch, das Thema zu wechseln, war offensichtlich, doch anstatt ihn weiter zu drängen, drehte sich Renata um und betrachtete den weißen Stoff, auf den mit rotem, grünem und goldenem Seidenfaden seltsame, sich windende Tiere gestickt waren. »Sie gelten sogar als Verbrechen«, sagte sie, bevor ihr bewusst wurde, was sie da tat. *Woher sollte Renata Viraudax so etwas wissen?*

Wegen Tess. So stand ihr sogar eine subtilere Herangehensweise offen. »Ob Ihr es glaubt oder nicht«, fügte sie verschwörerisch hinzu, »mein Dienstmädchen wird in Ganllech gesucht.«

»Tess?« Leato warf erschrocken einen Blick in Richtung Tür, hinter der Tess in der Eingangshalle mit Renatas Mantel und dem Schoß voller Spitze saß. »Weil sie näht?«

»Ganllech«, erklärte Renata trocken, »ist ein Land, in dem man die Worte ›illegaler Stickkreis‹ aussprechen kann, ohne die Miene zu verziehen. Dort existiert zwar dennoch Luxus, ebenso bei der Kleidung wie anderweitig; er wird nur versteckt gehalten dank wendbarer Kleidungsstücke und verborgener Schichten, die sich in der Öffentlichkeit leicht verbergen lassen. All das ist selbstverständlich gegen das Gesetz – allerdings sind es die Näherinnen und nicht etwa die Adligen, die den schlimmsten Ärger abbekommen, wenn die Sachen auffliegen. Als ich Tess kennenlernte, wollte sie unbedingt aus Ganllech fliehen, bevor man sie in ein Arbeitslager schicken konnte.«

»Dann gibt es in Ganllech also auch mehr als genug Heuchler.« Er warf ihr einen Seitenblick zu und im Lampenlicht sahen seine Züge weicher aus. »Das war vermutlich auf Eurer Reise von Seteris hierher, wo Ihr Eure Versöhnungsmission in Angriff nehmen wolltet.«

Bleib auf Distanz, ermahnte sie sich. *Lass dich nicht von ihm austricksen – ob nun mit Absicht oder nicht.* »Findet Ihr das lustig?«, entgegnete sie und wich etwas zurück.

Sie hatte nur die Beleidigte spielen wollen, doch Leato legte sich entschuldigend eine Hand aufs Herz. »Eher überraschend. Das Haus Traementis ist nicht unbedingt bekannt dafür, sich aussöhnen zu wollen. Seid Ihr Euch wirklich sicher, dass Ihr mit uns verwandt seid?«

»Könnte irgendjemand, der Mutter kennt, daran zweifeln?« Ihr Lachen klang ein wenig gezwungen, und sie ging weiter und betrachtete eine Kleiderpuppe, an der ein mit schillernden Käferflügeln bedecktes Gewand drapiert war. »Sie ist sehr stolz darauf, dass Callia Fintenus ein Brandmal auf die Wange bekam, weil sie angedeutet hatte, in Mutters Adern könnte vraszenianisches Blut fließen.«

»Ich glaube, Ihr kennt nur einen Bruchteil der Geschichten. Unser Großvater hat einmal eine ganze Delta-Familie zum Tod in den Frühlingsfluten verurteilt, weil sie etwas aus dem von uns erteilten Privileg veruntreut hatte.« Er stand so dicht neben ihr, dass sie seine Körperwärme spüren konnte, berührte sie jedoch nicht. »Das Haus Traementis hat eine lange, fragwürdige Geschichte.«

Diese stille, grimmige Gewissheit hätte auch dem Raben gut gestanden. Doch der Gesetzlose hätte seine Vergeltung gewiss gegen die Traementis statt gegen ihre Feinde gerichtet, oder etwa nicht?

Es sei denn, es ging nicht um Vergeltung, sondern um Wiedergutmachung.»Nun.« Renata seufzte.»Ich trage in Mutters Namen meinen Teil dazu bei.«

Leato musterte sie neugierig.»Glaubt Ihr allen Ernstes, Ihr könntet unsere Mütter dazu bringen, sich zu versöhnen? In letzter Zeit sprecht Ihr kaum noch darüber – jedenfalls nicht in meiner Gegenwart.«

»Weil ich langsam befürchte, dass es aussichtslos ist.« Renata fuhr mit einer Hand über den Rand eines Schaukastens.»Es war töricht von mir, es überhaupt zu versuchen.«

»Die Welt wäre eine bessere, wenn es mehr törichte Menschen wie Euch gäbe.« Er nahm ihre Hand und drückte sie.»Würdet Ihr es denn noch immer wollen? Nicht für Eure Mutter … sondern für Euch?«

Ihr stockte der Atem, wenngleich aus einem anderen Grund, als Leato vermutlich annahm. Sprach er etwa für Donaia? Einen Herzschlag lang wünschte sich Ren, wirklich Letilias Tochter zu sein – denn dann hätte sie in den Schoß der Familie zurückkehren können, die ihre Mutter verloren hatte.

Aber Ivrina war nicht vor ihrer Kureč weggelaufen, sondern ausgestoßen worden. Wegen ihrer Tochter. Die einzige Versöhnung, die Ren offenstand, war eine Lüge.

Aber immer noch besser als gar nichts.

Sie unterdrückte das Bedürfnis, sich aus Leatos Griff zu lösen, und fuhr mit dem Daumen über seine Fingerknöchel.»Als ich herkam, hatte ich befürchtet, Ihr würdet mich nur als ihre Tochter ansehen. Dass ich der Last ihrer Fehler entrinne … ja, das würde ich mir in der Tat sehr wünschen.«

Isla Traementis, die Perlen: 14. Pavnilun

»Meda Fienola ist mit dem von Euch bestellten Horoskop eingetroffen, Era.«

Donaia sah Colbrin verwirrt an. Sie hatte zusammen mit Leato über den Berechnungen für Derossi Vargos Privileg gesessen und versucht, einen Weg zu finden, um die zugewiesenen Gelder sicher abzuzweigen und für die Tilgung anderer Schulden zu verwenden. Sie überlegten, wie schnell das Haus Traementis Profite aus dem Numinat schlagen konnte und wie viele Verträge sie aufgrund dieser zukünftigen Profite wohl abschließen konnten. Daher dauerte es einen Moment, bis sie begriff, was ihr Majordomus meinte.

Dann fiel es ihr wieder ein und sie fluchte leise. *Ich habe ganz vergessen, ihr Bescheid zu sagen, dass sie sich die Mühe sparen kann.*

All dieses Knausern und Sparen, um Tanaquis' Dienste bezahlen zu können, und dann hatte sie Giuna noch bitten müssen, unauffällig Informationen zu besorgen, damit Donaia mehr über Renatas Hintergrund und Schicksal in Erfahrung bringen konnte ... doch wider Erwarten war es Letilias Tochter gelungen, ein neues Privileg zu beschaffen, und das noch dazu direkt im Anschluss an das Duell, bei dem Leato Mezzan Indestor öffentlich gedemütigt hatte. Nun schien es kaum noch von Bedeutung zu sein, ob sie in der Tat so arm war, wie Grey Serrado behauptete. Zudem hatte sie Donaia seit Monaten nicht mehr wegen einer Aussöhnung mit Letilia angesprochen; vielmehr schien sie damit zufrieden zu sein, sich hier in Nadežra und fern von ihrer unerträglichen Mutter einen Platz zu schaffen.

Nun war es allerdings zu spät, diesen Auftrag noch zurückzunehmen.

»Horoskop?« Leato, der bislang über dem Hauptbuch gesessen hatte, reckte sich und zuckte zusammen, als seine

Schultern knackten. »Wofür brauchen wir ein Horoskop? Und seit wann können wir uns Tanaquis' Dienste leisten?«

Donaia reagierte auf Leatos Fragen mit einem vernichtenden Blick. »Danke, Colbrin. Sie soll hereinkommen.«

Leato schwieg, bis die Tür geschlossen worden war. »Bitte sag mir, dass das nichts mit Renata zu tun hat.«

»Es ist nur vernünftig herauszufinden, was die Sterne über ihr Schicksal zu sagen haben.«

»Du glaubst noch immer nicht, dass sie nichts Böses im Schilde führt? Die alten Zeiten sind vorbei, Mutter. Nicht jeder außerhalb der Familie ist unser Feind. Und selbst wenn dem so wäre, zählst du Renata doch nicht allen Ernstes dazu?« Er zeigte auf das Hauptbuch. »Nach allem, was sie für uns getan hat?«

Donaia blieb eine Antwort erspart, da die Tür erneut geöffnet wurde. Tanaquis kam herein und schien nichts von der im Raum vorherrschenden Anspannung zu merken. Sie hockte sich hin und kraulte Klops hinter den Ohren. Ihr taubenblaues Unterkleid und der Surcot aus lavendelfarbenem Walkstoff waren so schlicht wie der Dutt, zu dem sie ihr dunkles Haar hochgesteckt hatte, und die Strähnen, die daraus hervorlugten, waren wohl weniger kunstvolle Frisur als Versehen. Ihre Handschuhe waren wie immer voller Tintenkleckse.

»Donaia, Leato. Bitte entschuldigt, dass ich nicht früher kommen konnte. Indestor und Coscanum verlangen ein unterschiedliches Datum für die Hochzeit und können sich auf keins einigen, und keiner will mir glauben, dass das Datum gar nicht das Problem ist.« Sie erhob sich und ergriff Donaias Hände, um sie mit funkelnden Augen anzusehen.

»Ihr müsst Euch nicht dafür entschuldigen, dass Ihr viel zu tun habt. Und es bestand auch kein Grund zur Eile.« Donaias Freundschaft zu Tanaquis bewies, wie sehr Leato sich irrte: Sie behandelte Außenseiter nicht nur als Feinde oder Mittel zum Zweck. Diese Frau war über zehn Jahre jünger als sie und aus einer unbedeutenden Delta-Familie, von der kaum noch jemand lebte. Zudem teilten sie keinerlei Interessen, denn Tanaquis bestand praktisch aus Papier und Tinte, während die einzigen Bücher, für die Donaia Zeit fand, hauptsächlich Zahlen enthielten. Jeder dieser Unterschiede hätte eine Barriere darstellen können, und doch sah Donaia Tanaquis als ihre Freundin an.

»Aber Ihr wart so besorgt, als Ihr ...« Tanaquis' Blick zuckte zu Leato. Donaia schätzte sich glücklich, dass ihre Freundin dies als heikles Thema erkannte, wenngleich sie den Satz bereits halb ausgesprochen hatte.

»Ich hätte Eure Zeit gar nicht damit beanspruchen sollen«, erwiderte Donaia. Als sie Leatos noch immer finstere Miene bemerkte, fügte sie hinzu: »Allein meine Ängste haben mich dazu bewogen, und es war töricht, auf sie zu hören.«

»Vorsicht ist niemals töricht. Das waren Eure eigenen Worte.« Tanaquis setzte sich und betrachtete Donaia und Leato mit Augen, die darauf trainiert waren, in den Kosmos zu blicken und die Wahrheit zu finden. Es war nicht gerade leicht, diese Überprüfung zu ertragen, ohne zu blinzeln.

»Aber das hört sich ganz danach an, als wären Eure Sorgen beschwichtigt worden.«

»So ist es«, bestätigte Leato sogleich.

»Wirklich?« Ein verschmitztes Lächeln umspielte Tanaquis' Lippen. »Soll ich ein Horoskop für ein verheißungsvolles Datum erstellen?«

Leato zuckte zusammen und bekam rote Wangen. »Wie bitte? Nein!«

Ein derart energisches Abstreiten glich beinahe einem Geständnis. Amüsiert darüber, dass man ihren Sohn derart leicht aus der Fassung bringen konnte, schloss sich Donaia dem Geplänkel an. »Leato ist sehr angetan von seiner Cousine, aber es ist noch viel zu früh für derartige Überlegungen.«

»Mutter!«

»Ach, mach dir keine Sorgen.« Sie tätschelte seine gerötete Wange. »Renata ist viel zu vernünftig, um sich von einem hübschen Gesicht beeindrucken zu lassen.«

Aber wäre es denn so schlimm, wenn es dazu kommen sollte? Noch vor einem Monat hätte Donaia gesagt, dass Renata ja nichts mit in die Ehe einbringen würde. Allerdings hatte Donaia alle Gelegenheiten abgeschmettert, bei denen sie Leato für ein profitables Bündnis hätte verheiraten können, und wenn er das Mädchen mochte, konnte man Renatas Klugheit doch als durchaus passable Mitgift ansehen, oder nicht?

»Ist sie das? Interessant. Wo wir gerade dabei sind ...« Tanaquis zog eine Schriftrolle aus ihrer Tasche. »Ich sollte Euch für diesen Auftrag danken. Dies war das verwirrendste Horoskop, das ich seit Langem anfertigen durfte, und auch das ungewöhnlichste.«

Dieses Wort ließ Donaias Misstrauen wieder aufkeimen.

»Ungewöhnlich? Inwiefern?«

Tanaquis öffnete die Schriftrolle und führte sie durch das Labyrinth aus einander kreuzenden Linien, die Renatas Persönlichkeit und Schicksal darstellten. »Dass sie tagsüber im Colbrilun auf die Welt gekommen ist, bedeutet eine Geburt in Sonnenrichtung unter Eshl, womit ihre Prime direkt in Illi und ohne Einfluss von Uniat liegt. Das deutet auf eine mächtige spirituelle Person hin, eine Verbindung, die danach strebt, sich der kosmischen Energie, die durch sie hindurchtost, weiter zu öffnen – allerdings kann sich diese Energie auch nach innen richten und bewirken, dass sie die Welt und die Menschen um sich herum nicht mehr wahrnimmt.« Tanaquis schob sich eine Haarsträhne aus der Stirn und legte den Kopf schräg. »Meine Prime liegt beispielsweise ebenfalls direkt in Illi.«

»Renata ist das genaue Gegenteil von jemandem, der seine

Umgebung nicht wahrnimmt.« Leato fuhr mit einem Finger über die Linien, die die Planeten miteinander verbanden. Er hatte sich für derartige Dinge schon immer mehr interessiert als Donaia. Für sie ergab das Horoskop genauso wenig Sinn wie ein vraszenianisches Musterdeck.

»Das dachte ich mir. Daher habe ich meine Almanache zu Rate gezogen, um herauszufinden, ob es ungewöhnliche Aktivitäten am Himmel gab, die Veränderungen bewirkt haben, konnte jedoch keine finden. Keine Sonnenfinsternisse oder Kometen. Corillis war abnehmender Dreiviertelmond, Paumillis voll, was einen Einfluss von Tuat andeuten könnte, aber nicht genug, um das hier zu erklären. Es ist mir offen gesagt ein Rätsel.«

Tanaquis drehte die Schriftrolle um. »Ihr Geburtsdatum ergibt mehr Sinn. Der zweite Tag der vierten Iteration, also ist ihr Modifikator Tuat, beeinflusst von Quarat. Der Weg, den sie im Leben beschreitet, ist ein langer Weg der Dualität und Intuition mit zahlreichen Zwischenstopps. Allianzen und mehrfacher Austausch während ihrer Reise führen sie zu Wohlstand und Glück – sowohl im Guten wie im Bösen. Aber indem sie diesen Weg beschreitet, könnte es ihr schwerfallen, ein Zuhause zu finden. Wahrscheinlicher ist, dass sie sich bei den Menschen, die sie unterwegs trifft, zu Hause fühlt.«

Das war plausibel. Das Mädchen hatte eindeutig Glück, und was den Wohlstand anging ... so schienen sie die Schwierigkeiten mit ihrer Bankbürgschaft nicht groß zu belasten. Zudem würde das ihre Wanderlust erklären.

»Auf die Details des Jahres muss ich nicht weiter eingehen«, fuhr Tanaquis fort. »Sie sind immer recht allgemein und langweilig. Sie ist so alt wie Ihr, Leato, daher werdet Ihr das alles kennen.«

»Gut, aber was bedeutet das?«, wollte Donaia wissen, die sich fragte, ob es nicht schlauer gewesen wäre, sich gleich an die Astrologin zu wenden.

Tanaquis rollte das Horoskop zusammen und reichte es Donaia. »Ich bin mir nicht sicher, stelle mir allerdings eine Frage ... Könnte es sein, dass sie gelogen hat? Aufgrund der wenigen Informationen, die ich bisher über sie habe, hätte ich eher den Suilun oder vielleicht Equilun als ihren Geburtsmonat vermutet, aber ...« Sie presste die Lippen aufeinander und beugte sich vor. »Wäre es denkbar, dass sie schon vor Letilias Abreise gezeugt wurde? Und dass ihr Vater nicht der Mann ist, den Letilia als solchen angibt?«

Letilia hatte nichts über Renatas Vater berichtet, weil Donaia ihr noch immer nicht geschrieben hatte. Darüber hinaus sprach auch Renata nur sehr selten über ihren Vater. Lag das möglicherweise daran ...

Donaia riss die Augen auf. Wenn Renata schon vor Letilias Abreise gezeugt worden war ... dann lebte ihr Vater eventuell hier in der Stadt. Vielleicht war das und nicht etwa die naive Hoffnung auf eine Versöhnung der wahre Grund, aus dem Renata nach Nadežra gekommen war!

»Wer könnte es sein, wenn es Eret Viraudax nicht war?«, verlangte Leato zu erfahren, der sofort bereit war, seine Cousine zu verteidigen, als würde sie längst im Register stehen. »Und warum sollte Renata lügen?«

Tanaquis betrachtete ihre Hände und verschränkte die Finger mit mathematischer Präzision. »Ich muss mich entschuldigen. Vermutlich liegt ein Fehler in meinen Berechnungen vor und das alles hat nichts mit einem falschen Datum zu tun. Ich hätte es gar nicht erwähnen sollen.«

»Ein Fehler in Euren Berechnungen? Als Nächstes erzählt Ihr mir noch, der Dežera würde rückwärts fließen.« Donaia legte sich ermattet eine Hand auf die Wange. »Nein, ich bin Euch sehr dankbar. Eure Andeutung ergibt durchaus Sinn – das würde Letilias Flucht ebenso erklären wie den Grund, aus dem uns Renata dieses Datum genannt hat. Möglicherweise hat sie überhaupt nicht gelogen«, meinte Donaia an Leato gewandt, bevor er protestieren konnte, um ihm dann besänftigend eine Hand aufs Knie zu legen. »Es wäre denkbar, dass sie gar nichts davon weiß – dass Letilia sie angelogen hat.«

Zwar war es denkbar, doch Donaia hatte so ihre Zweifel. Aber wer konnte der unbekannte Vater sein? Scaperto Quientis? Das würde immerhin erklären, wie Renata an das Privileg gelangt war, falls er erkannt hatte ... nein. Letilia war mit ihm verlobt gewesen. Hätte er sie geschwängert, wäre dies kein Grund für ihre Flucht gewesen.

Hingegen wäre es typisch für Letilia gewesen, ihr Empfängnisverhütungsnuminat zu verlieren. Und dem Vater hätte dasselbe passieren müssen – es sei denn, er war zu arm gewesen, um sich überhaupt eins leisten zu können. Donaia stöhnte innerlich auf.

»Was auch immer der Fall sein mag, so kann ich das unmöglich behalten«, erklärte Tanaquis und holte einen Beutel aus ihrer Tasche, in dem Münzen klirrten. »Es hat sich ohnehin nicht richtig angefühlt, das Geld anzunehmen.« Donaia wollte die Hände wegziehen, aber Tanaquis hielt sie am Handgelenk fest und drückte ihr den schweren Beutel in die Hand. »Ich bestehe darauf. Wir sind Freundinnen, Donaia. Ihr nehmt mir auch kein Geld ab, wenn ich mit Euch zu Abend esse, und ich berechne Euch meinen Ratschlag nicht.«

Donaia wusste, dass sie darauf bestehen sollte. Der Vergleich hinkte, denn das Traementis-Herrenhaus war keine Ostretta, während Tanaquis als Astrologin ihren Lebensunterhalt verdiente. Doch das Glück war den Traementis so lange Zeit nicht hold gewesen, dass ihr Pragmatismus stärker war als ihr Stolz. Diese Forri konnten besser für diverse andere Zwecke genutzt werden und Tanaquis war nicht darauf angewiesen.

Tanaquis beugte sich vor und sah Donaia in die Augen. »Bitte. Lasst mich das für Euch tun.«

Als Donaia den Beutel auf den Tisch legte, entspannte sich

Tanaquis. »Wenn Ihr möchtet, dass ich mich genauer damit befasse, hätte ich nichts dagegen. Vielleicht könntet Ihr ein informelles Treffen arrangieren? Ich habe einige Erfahrung mit Klienten, die in der Hoffnung auf ein besseres Horoskop falsche Daten angeben, zudem wisst Ihr ja, dass mich solche Mysterien ungemein reizen.«

Das entsprach der Wahrheit. Wäre der Kosmos eine Uhr gewesen, hätte Tanaquis sie in ihre Einzelteile zerlegt und jedes Zahnrad unter dem Mikroskop untersucht. »Sehr gern.«

»Aber diskret«, bat Leato. »Ich möchte nicht, dass Renatas Ruf darunter leidet.«

Ihrer ebenso wenig wie der unsere, dachte Donaia. Letilia hätte sich doch gewiss nicht so weit herabgelassen, dass sie mit einem namenlosen gemeinen Bürger ins Bett gegangen wäre, oder?

Tanaquis' mitfühlendes Lächeln ließ sie weitaus älter und weiser wirken. »Selbstverständlich. Ich werde diese Bedenken auch Alta Renata gegenüber nicht erwähnen. Es braucht keine Astrologie, um zu erkennen, dass sie im Leben schon genug familiäre Schwierigkeiten hatte. Sie muss nicht wissen, dass wir irgendeinen Verdacht hegen, solange wir nicht sicher sind, dass dem so ist.«

Was auch immer es sein mochte. Wenn Renatas Vater ein armseliger Gemeiner war, gab es keinen Grund, sie mit diesem Wissen zu belasten. Und falls es sich um einen Adelsspross handelte ... Donaia seufzte beim Gedanken an ihre vorherigen Überlegungen. Das Mädchen mochte eine Bereicherung für die Traementis sein, sollte aber doch die Gelegenheit bekommen, ihren Namen im Register ihres Vaters zu sehen, statt ihr Leben an ein verfluchtes, untergehendes Haus zu binden.

Eisvogel und Sieben Knoten, Unterufer: 18. Pavnilun

»Serrado! Du hast Geheimnisse«, sagte Dvaran, kaum dass sich Grey unter dem herabhängenden Türsturz des *Glotzenden Karpfen* hindurchgeduckt hatte. Seit seinem Treffen mit Leato fand er sich wieder häufiger hier ein. Hin und wieder hatte er es sogar geschafft, mit den Alten etwas zu trinken und eine Runde Nytsa zu spielen – so wie er es früher oft mit Kolya getan hatte.

Grey stockte. »Geheimnisse?«

»Dass du eine Liebste hast. Sie war hier und wollte dich sehen.« Dvaran stützte seinen verstümmelten Arm auf den Tresen und bedachte Grey mit einem freundlichen Blick. »Noch dazu ein hübsches Ding. Mit ihr solltest du es dir nicht verscherzen. Verbrenn besser bald den Liebestalisman und flechte ihr ein Brautzeichen ins Haar.«

»Ich bin nicht auf der Suche nach einer Frau und habe keine Zeit für eine Liebste.« Erst recht nicht für eine, von deren Existenz er bisher gar nichts gewusst hatte. »Was in aller Welt soll das heißen?«

Dvaran seufzte, als Grey so gar nicht anbeißen wollte. »Ein vraszenianisches Mädchen namens Idusza war hier und sagte, sie wäre auf der Suche nach dir. Ha!« Er zeigte breit grinsend auf Greys verdutztes Gesicht. »Du kennst sie also doch.«

»Ja.« Wenngleich er sie eher verhaften als heiraten wollte. Woher wusste sie, dass sie ihn hier antreffen konnte? Bei seinem Gespräch mit der Familie Polojny war nicht viel zu erfahren gewesen. Er hatte es sogar mehr als einmal versucht, schlussendlich jedoch aufgegeben, bevor ihn das alte Mütterchen, das ihn von seinem Stuhl am Feuer aus angestarrte hatte, als Nadelkissen für ihre Sticknadeln missbrauchen konnte.

»Hat sie sonst noch etwas gesagt?«, fragte Grey.

»Sie meinte, du kannst sie in der Grednyek-Enklave in Sieben Knoten über dem Kerzenmacher antreffen. Wenn ich dir einen Rat geben darf: Geh vorher beim Süßen Mlačin vorbei und kauf einige gebackene Honigkuchen. Keiner mag Verehrer, die mit leeren Händen aufkreuzen.«

»Ich werde es mir merken.« Grey legte einen Mill für die Nachricht auf den Tresen und machte sich auf die Suche nach einem Boten.

Als Leato eintraf, war die neunte Sonne fast angebrochen und Greys Bier längst leer. Leato stürmte völlig außer Atem herein, als wäre er so schnell hergekommen, wie es ihm nur möglich gewesen war. »Habt Ihr sie gefunden?«

»Lest das.« Er hatte die Nachricht immer wieder auf- und zusammengefaltet, die er Leato nun reichte. »Sie traf vorgestern im Horst ein. Keiner konnte mir sagen, wer sie gebracht hat.«

Beim Lesen zog Leato die Augenbrauen bis zum Haaransatz hoch. »Wer ... Nein, sie ist nicht unterschrieben. Aber ...«

Er verstummte und presste die Lippen fest aufeinander. Als er endlich wieder etwas sagte, klang seine Stimme tonlos. »Indestor hat also versucht, Fiangiolli etwas anzuhängen. Wer hat das Schwarzpulver für ihn dort platziert? Etwa das Haus Essunta?«

»Oder jemand in ihren Diensten.« So lief es doch immer. Die Schnösel gaben der Delta-Oberschicht Anweisungen, die die eigentliche Arbeit wiederum an andere übertrugen. Der erstickende Zorn, der Grey nach Kolyas Tod beinahe den Verstand geraubt hatte, stellte sich wieder ein. Er kam in Wellen und loderte jedes Mal höher auf, wenn er sich gegen ein neues Ziel richtete. »Aber das erklärt noch nicht, wer den Brand gelegt hat.«

»Ihr glaubt noch immer, dass es der Rabe war.«

»Ihr wisst doch gar nicht, was ich glaube.«

»Ich weiß, dass er ein naheliegender Sündenbock ist im Vergleich zu ...«

»Ihr seid ein Adliger«, fuhr Grey ihn an. »Weshalb verteidigt Ihr ihn?«

Leato schüttelte den Kopf und wandte den Blick ab. Sie hatten sich seit Jahren nicht mehr wegen ihrer Standesunterschiede gestritten. Vorsichtig faltete Grey die anonyme Nachricht wieder zusammen. »Vielleicht habt Ihr recht und Idusza weiß irgendetwas.«

Leato musterte ihn einige Momente lang, bevor er etwas erwiderte. »Falls sie zur Anduske gehört, gibt es für sie keinen Grund, Indestor gegenüber loyal zu sein.« Er sprach den Namen nur zaghaft aus, als würde er befürchten, Grey könnte wie Schwarzpulver hochgehen. »Aber die Nachricht ist nicht von Idusza – das würde keinen Sinn ergeben, wo sie Euch doch eben erst direkt kontaktiert hat.«

»Das nicht, aber die Person könnte ebenfalls zur Anduske gehören. Lasst es uns herausfinden.« Grey stand auf und bedeutete Leato, ihm ins Hinterzimmer zu folgen. Als Leato zu Dvaran hinüberschaute, meinte Grey: »Keine Sorge, er hat es uns erlaubt.«

Dort bewahrte Dvaran einen Sack voller Kleidungsstücke auf, die nach wilden Nächten im Schankraum liegen geblieben und nie von ihren Besitzern abgeholt worden waren. Grey kramte darin herum und entdeckte mehrere Teile, die sie gebrauchen konnten. Er warf sie Leato zu. »Zieht Euch aus und das an.«

Leato schnitt eine Grimasse, als er daran roch. »Muss das sein?«

»Wenn Ihr kein Messer in den Rücken bekommen wollt. Der Gestank des Westkanals ist in Sieben Knoten beliebter als das Parfum der Perlen.« Grey ließ den Akzent, an dessen Tilgung er so lange gearbeitet hatte, wieder durchkommen. »Einen Flickenmantel müsst Ihr Euch nicht anziehen. Nicht einmal ein schwachköpfiger Meszaros würde Euch für einen von denen halten.« Er mochte ein Kiraly sein, aber seine Mutter gehörte dem Meszaros-Clan an, daher war es ihm gestattet, sich über ihn lustig zu machen.

Seufzend zog Leato Mantel, Weste und Hemd aus. »Es ist seltsam, Euch so reden zu hören. Nicht schlimm oder so – es erinnert mich nur an unsere erste Begegnung.«

Grey schwang ein Bein über einen Stuhl und stützte die Ellbogen auf die Rückenlehne. »Witzig. Ich kann mich nicht an unsere erste Begegnung erinnern. Für mich habt ihr Schnösel alle gleich ausgesehen und geklungen.« Er grinste breit, um die Bemerkung abzuschwächen.

Leatos Schnauben ging in ein Niesen über, als er den Fehler beging, den Staub von der geflickten Hose zu klopfen. »Ja, ja. Wir sind alle reich, blond und arrogant. Eigentlich bin ich ja Orrucio Amananto, aber ich wollte Euch nicht in Verlegenheit bringen, indem ich Euch auf Euren Fehler aufmerksam mache.«

Die Stuhlbeine schabten über den Boden, als Grey aufstand und sich übertrieben verbeugte, um ihm dabei ein Messer auf dem Unterarm zu reichen, als würde er eine Duellantenklinge präsentieren. Dort, wo sie hingingen, würde jeder mit einem Schwert an der Seite unangenehm auffallen. »Und ich bin eigentlich Prinz Ivan aus dem Märchen. Aber das lässt sich über jeden vraszenianischen Mann sagen. Können wir?«

Widerstrebend nahm Leato das Messer an sich und verbarg sein forro-blondes Haar unter einer Kappe. »Nach Euch, Prinz Ivan.«

Der *Glotzende Karpfen* befand sich an der Grenze zwischen Eisvogel, Westbrück und Sieben Knoten. Die Straßen wurden schlagartig schlechter, als sie ins vraszenianische Elendsviertel gelangten, waren nur halb so breit und erinnerten ob der an Leinen hängenden Wäsche und den von der Sonne ausgebleichten Markisen eher an Tunnel. Der Geruch nach

Knoblauch, gedämpftem Reis und starken Gewürzen wetteiferte mit dem Gestank nach ungewaschenen Leibern und verdorbenem Fleisch. Andere – wie Leato – mochten das als unangenehm erachten, aber für Grey roch es nach Zuhause.

Er ging voran durch Straßen, die eher durch Gewohnheit als Planung entstanden waren, bis das Gewirr in breitere Wege und Häuser mit Höfen überging, die den wohlhabenderen Handels-Kretse gehörten.

Selbst Leato konnte die schöneren Teile des Unterufers von den anderen unterscheiden. »Sagtet Ihr nicht, ihre Familie wäre nicht sehr reich?«

»Wir gehen nicht zum Haus der Familie. Vielleicht wohnt hier einer ihrer Freunde.«

Sie passierten einen kleinen Platz, der gesäumt war mit Veranden voller stickender Mütterchen und Tantchen oder Väterchen und Onkelchen, die über uralte Familienrivalitäten stritten. Ein Bogengang weiter voraus kennzeichnete den Eingang zur Grednyek-Enklave, aber Grey hielt Leato auf, bevor er hindurchgehen konnte.

»Sollen wir nicht beide hineingehen?«, wollte Leato wissen. »Ich dachte, Ihr hättet mich deswegen rufen lassen.«

»So ist es auch – aber wir sollten vorsichtig sein.« Etwas an der ganzen Sache behagte ihm nicht. Die nette Gegend, die anonyme Nachricht, dass sich Idusza endlich aus ihrem Versteck wagte. »Ich sollte mich zuerst einmal umhören, was die Leute hier zu sagen haben.«

Leato schnitt eine Grimasse. »Ich ... habe nicht viel Geld dabei. Tut mir leid, aber ich wusste nicht, dass wir welches brauchen würden.«

Grey starrte ihn erst verständnislos an und fing dann an zu lachen. »Ihr denkt, ich müsste sie bestechen, damit sie mit mir reden?«

»So musste ich das immer machen«, rechtfertigte sich Leato.

Grey klopfte ihm auf die Schulter. »Das liegt daran, dass Ihr kein Vraszenianer seid. Gebt mir ein oder zwei Glocken.«

Den Mütterchen und Väterchen hätte er mit Zöpfen besser gefallen, aber Grey war erfolgreicher als erwartet – denn selbst ein kurzhaariger Vraszenianer wurde hier lieber gesehen als der »Käsefresser«, der Idusza in den Räumen über dem Kerzenmacher besuchen kam.

Leato runzelte die Stirn, als Grey ihm das mitteilte. »Ich dachte, die von der Stadnem Anduske würden sich nicht mit uns abgeben.«

»Es ist seltsam, aber ich habe schon merkwürdigere Dinge erlebt.«

Die Luft rings um den Kerzenmacher roch nach Öl und Bienenwachs, die Tür war oben frisch im Rot des Stretsko-Clans gestrichen, genau wie die Tür der Wohnung der Polojnys. Grey klopfte an und beugte sich vor, um durch das Holz zu sprechen.

»Ist Ča Idusza Polojny zu Hause?«

»Wer ist da?« Die Stimme klang gedämpft und misstrauisch, aber weiblich und nicht besonders alt.

»Grey Szerado von den Kiraly.«

Nach einem Moment wurde die Tür einen Spalt geöffnet und ein Auge spähte durch die Lücke. »Und Euer Freund?«

»Orrucio«, antwortete Grey und verkniff sich ein Grinsen, als Leato husten musste. »Ich möchte die anderen nicht stören. Können wir uns irgendwo in Ruhe unterhalten?«

Nach einer Pause erklärte sie: »Ihr stört niemanden.« Die Tür wurde ganz geöffnet und sie bat sie herein.

Idusza Polojny war jung und hübsch und hatte große dunkle Augen und das Haar zu einem Zopf geflochten, der über ihrer linken Schulter lag. Möglich, dass sie tatsächlich als Straßenverkäuferin oder Dienstmädchen arbeitete, aber ihr skeptischer Blick ließ Grey vermuten, dass sie ein Messer

am Leib trug, um sich vor den Fremden schützen zu können, die sie in ihr Haus ließ.
Hatte er sie nicht schon einmal in der Wäscherei des Horsts gesehen? Möglicherweise. Aber er erinnerte sich nicht an sie – und vor allem das sprach dafür, dass sie zur Stadnem Anduske gehörte.
Ebenso die Art, wie sie ihn anstarrte. »Ihr seid der Falke, der nach mir gefragt hat.«
Sie bot ihnen weder einen Stuhl noch Tee an. Selbst die widerwillige Gastfreundschaft ihrer Familie fand er hier nicht. Der Salon, in den sie geführt wurden, war völlig anders als deren warmes Haus: Er sah sauber aus und war gut möbliert, wirkte allerdings eher wie ein Gemälde denn wie ein Zuhause. »Ja. Allerdings wüsste ich zu gern, wieso Ihr Euch auf einmal habt finden lassen.« Sie wirkte nicht so, als wollte sie reden.
Ihr säuerlicher Blick sprach Bände. »Meine Mutter glaubt jedes Wort, das aus dem Mund einer Szorsa kommt. Ich bin nicht so gutgläubig, aber sie hat immer wieder darauf bestanden, dass ich mich bei Euch melde, und irgendwann ...« Idusza zuckte mit den Achseln. »So ist es einfacher.«
»Eine Szorsa?«, hakte Grey nach, während Leato gleichzeitig erstaunt »Oh« hauchte. Grey warf ihm einen finsteren Blick zu. Was hatte Leato getan?
Idusza starrte erst Grey und dann Leato an. »Dann seid Ihr nicht derjenige, der sie bezahlt hat. *Er* war das.«
»Er ... mag Musterleserinnen nicht besonders.« Leato lachte verlegen. »Ich ... ich habe die Szorsa um Rat gebeten und sie bot mir ihre Hilfe an. Was hat sie Eurer Mutter denn gesagt, das Euch bewogen hat, Euch doch noch zu melden?«
Idusza schien ihm bereitwillig zu antworten, daher schwieg Grey und versuchte, nicht innerlich zu schäumen. »Sie sagte, ich könnte ein großes Unrecht wieder in Ordnung bringen. Und meine Mutter schwor, dass mein Bauch eintrocknen,

mein Aussehen verblassen und mein Haar nie wie das einer Ehefrau geflochten wird, wenn ich den Rat einer Szorsa ignoriere. Als würde mich irgendetwas davon scheren.« Ihre Miene schwankte zwischen Empörung und Trotz. »Aber ich wüsste gern, warum Ihr Euch diese Mühe gemacht habt.«

Grey kannte den Blick nur zu gut, den Leato ihm zuwarf: Er bedeutete, dass er nicht um Erlaubnis, dafür später jedoch um Vergebung bitten würde.

»Wisst Ihr etwas über das Fiangiolli-Feuer? Der Bruder meines Freundes kam dabei um ...«

»Ich weiß rein gar nichts darüber«, fauchte Idusza so schnell, dass es nur eine Lüge sein konnte.

»Natürlich«, erwiderte Leato sanft. »Aber Ihr habt zu jener Zeit für die Wache gearbeitet. Vielleicht habt Ihr ja gehört, wer das Schwarzpulver im Lagerhaus platziert oder wer es in die Luft gejagt hat. Oder wer meinem Freund deswegen vor Kurzem eine Nachricht geschickt hat?«

Sie verschränkte die Arme, als wollte sie sich schützen. Das Schweigen hing wie ein fast zum Zerreißen gespannter Faden in der Luft, bis sie schließlich sagte: »Es bringt nichts, um den heißen Brei herumzureden. Ihr wisst, dass ich zur Stadnem Anduske gehöre, und Ihr glaubt, wir hätten das Feuer gelegt. Aber das haben wir nicht. Das waren Novrus und Indestor, die sich über ihre Schoßhunde bekämpft haben.«

Leato zuckte zusammen, aber versuchte es tapfer noch einmal. »Wir glauben nicht, dass Ihr oder Eure ... Freunde ... daran beteiligt waren. Wir wollen nur ...«

»Das reicht«, ging Grey grob dazwischen. Sie mochte sanft aussehen, aber Idusza war viel zu abgehärtet, um freiwillig etwas zu verraten.

Daher musste er sie aus dem Konzept bringen. »Es kommt mir seltsam vor, dass ein Mitglied der Stadnem Anduske mit einem kreidegesichtigen Lig ›Familie‹ spielt.« Er deutete auf das schöne, ungenutzte Zimmer. »Noch dazu mit einem reichen, wie es aussieht. Vielleicht sollten wir etwas warten und ihn fragen, was er über Euch weiß.«

Auch ohne den Klatsch der Nachbarn hätte er es erraten können. Es gab keine Familienerbstücke, keinen Tand, der entlang der Morgen- und Abenddämmerungsstraße mitgenommen worden war. Keine vererbten Webereien, deren farbenfrohe Seidenfäden im Laufe der Zeit zu kostbarem Silber verblasst waren. Dies war weder eine Wohnung noch ein Unterschlupf der Stadnem Anduske. Grey wusste ganz genau, dass so ein Liebesnest aussah.

Sie löste die verschränkten Arme. Grey sah es kommen und ließ es geschehen – sie schubste ihn gute zwei Schritte nach hinten. Keine Frau arbeitete als Wäscherin, ohne davon Muskeln zu bekommen. »Ein großes Unrecht in Ordnung bringen«, spie sie förmlich aus. »Was wisst Ihr Wankelknoten denn schon davon? Ihr arbeitet für die, die uns in den Dreck prügeln, während mein Mann seiner eigenen Familie den Rücken k...« Sie klappte erschrocken den Mund zu, doch es war zu spät. Leatos erschrockenes Einatmen brach die darauf folgende Stille.

»Mezzan«, flüsterte er. »Ihr seid die Geliebte, die er versteckt.«

Das hörte sich völlig verrückt an. Mezzan Indestor, der sich eine vraszenianische Geliebte nahm? Da gingen eher die Monde im nördlichen Meer unter.

Doch Idusza leugnete es nicht.

»Verschwindet«, verlangte sie mit bebender Stimme – vor Wut, Angst oder beidem. »Was immer Ihr wollt, hier werdet Ihr es nicht finden. Haut ab!«

Leato wollte schon etwas sagen, aber Grey nahm seinen Arm und zerrte ihn zur Tür, die er mit der freien Hand öffnete, um auf den Flur zu treten. »Es tut uns sehr leid, dass wir ...«

Die Tür wurde zugeknallt.

»... Euch belästigt haben.« Seufzend sackte Grey gegen die Wand. »Das war ... aufschlussreich. Aber nicht so wie erwartet.«

»Mezzan?«, flüsterte Leato, der die rote Tür mit blassem, blutleerem Gesicht anstarrte.

»Ihr Liebhaber? Sie hat es doch zugegeben.«

»Nein. Hat er den Brand gelegt?«

Grey war dankbar dafür, sich an der Wand abstützen zu können. »Warum sollte er ...«

»Weil er zur Anduske gehört? Oder ihr die Sache in die Schuhe schieben wollte? Oder er tat es auf Befehl seines Vaters oder gegen seinen Willen, um zu rebellieren? Vielleicht auch einfach nur, weil er ein Arschloch ist. Ich hätte ihn mit meiner Klinge durchbohren sollen.«

Als Grey nicht reagierte, eilte Leato die Stufen hinunter, wobei seine Schritte das ganze Haus beben ließen. »Es ist auch nicht weiter wichtig. Ich weiß genug. Sie gehört zur Stadnem Anduske und Mezzan hat eine Affäre mit ihr. Wenn das ans Licht kommt, ist Indestor erledigt.«

Grey eilte ihm hinterher und stellte sich seinem Freund in den Weg. »Was meinst du mit ›wenn das ans Licht kommt‹? Ich dachte, wir wären ...« Er blieb direkt vor der Grednyek-Enklave stehen, und das Gefühl, hintergangen worden zu sein, traf ihn wie eine Faust in die Magengrube. »Hierbei geht es gar nicht darum, Kolyas Mörder zu finden, sondern um Eure gottverdammte Fehde mit Indestor.«

»Es ist nicht nur eine Fehde!« Leato schlug mit einer Faust gegen die Mauer. »Dabei geht es um die Sicherheit meiner Familie! Glaubt Ihr, er würde davor zurückschrecken, uns auf die Sklavenschiffe zu verkaufen? Ihr arbeitet für den Mann; Ihr wisst, wie er ist. Und ich habe Euch nicht angelogen, Grey. Noch bevor ich die Nachricht über das Schwarzpulver kannte, hatte ich mich schon gefragt, ob Indestor irgendwie hinter der ganzen Sache steckt. Es passte einfach zu gut ins Bild, dass Novrus' Kunde auf diese Weise angegriffen wird.«

Er sprach zu schnell, als dass Grey ein Wort sagen konnte, nahm die Hand von der Wand und fuhr sich durch das goldene Haar, wobei er seine Kappe verschob. »Ich bin seit letztem Jahr auf der Suche – seitdem ich herausgefunden habe, wie schlecht es wirklich um uns bestellt ist. Seitdem suche ich nach etwas, das ich gegen jemanden aus diesem Haus nutzen kann, damit Mettores Stiefel von unserer Kehle verschwindet. Ich hatte gehofft, gleichzeitig Euren Bruder rächen zu können, aber wenn ich nicht beides haben kann, dann gebe ich mich damit zufrieden.«

Grey hätte zu gern an seiner Empörung festgehalten, an dem Gefühl, benutzt worden zu sein – doch er konnte Leatos ungemeine Verzweiflung nur zu gut nachvollziehen.

Daher zwang er sich, die Stimme zu senken. Sie hatten auch so schon zu viel Aufmerksamkeit erregt. »Aber das geht nicht. Ihr könnt das nicht verwenden. Ihr wisst genau, was passieren wird, was Mettore tut, wenn er herausfindet, dass sich sein Sohn mit einer Vrazenianerin eingelassen hat. Und nicht nur sie schwebt in Gefahr. Er wird auch auf ihre Familie losgehen und *sie* in die Sklaverei verkaufen. Sie und jeden anderen Sündenbock, der ihm in die Finger gerät.«

»Dann müssen wir ihn beseitigen.« Leato ballte die Fäuste. »Anstatt die hirnlosen Marionetten dieses sippenlosen Mistkerls zu spielen, sorgen wir dafür, dass er seine Macht verliert! Wollt Ihr ihn nicht ebenfalls loswerden?«

»Ich will sie alle loswerden, von dem Mann, der das Feuer gelegt hat, bis hin zu dem Marionettenspieler, der dahintersteckt.« Grey legte Leato die Hände auf die Schultern und schüttelte ihn, als könnte er ihn so wieder zu Verstand bringen. »Sagt mir, wie wir an Indestor herankommen, ohne jene in Gefahr zu bringen, die wir lieben. Wie sorgen wir dafür, dass er auf die Straße gesetzt und verurteilt wird? Nehmt Ihr seine Arme und ich seine Beine? Ihr seid ein Traementis und solltet besser als jeder andere wissen, wohin Rache führt.« Er spürte genau, wann Leato der Wind aus den Segeln genommen wurde. »Scheiße.«

Grey verdrängte seinen Zorn, steckte ihn zurück in die Schachtel, in der er alles verstaute, worüber er nicht nachdenken wollte – alles, was sein Untergang sein würde, wenn er es zuließ. Als er wieder ruhig atmete, legte er Leato einen Arm um die Schultern und lenkte ihn in Richtung Westbrück.

»Wir werden einen anderen Weg finden, um an Indestor heranzukommen und Eure Familie zu schützen.«

»Welchen?« Leatos Stimme klang völlig emotionslos. »Ich habe es versucht. Mutter hat es versucht. Renata hat es versucht. Aber Indestor besitzt alles, was uns fehlt: Menschen, Geld, Macht. Wie soll man gegen so jemanden gewinnen?«

Grey litt mit seinem Freund, auch wenn ihm die Ironie, dass ein adliger Spross eines Liganti-Hauses so etwas auf einer schmalen, schmutzigen Straße in Sieben Knoten aussprach, nicht entging. »Eines könnt Ihr von meinem Volk lernen«, sagte er und deutete auf die Mauer eines Wohnhauses vor ihnen, vor der Wäscheleinen hingen, während die alten Leute auf den Stufen saßen und die Kinder davor spielten. »Denkt nicht länger ans Gewinnen und lernt zu überleben.«

Sieben Knoten, Unterufer: 18. Pavnilun

Ren folgte den beiden Männern nicht weiter, als sie Sieben Knoten verließen. Sie hatte bei der Verfolgung schon genug riskiert – und mehr als genug gehört.

Mezzan hatte eine vraszenianische Geliebte? Und nicht nur irgendeine, sondern eine Aufrührerin? Eine, die etwas mit Kolya Serrados Tod zu tun hatte – nein, dieser Verdacht schien sich nicht erhärtet zu haben. Aber Hauptmann Serrado hatte ihre Nachricht erhalten und sie für wichtig genug erachtet, um sie Leato zu zeigen.

War Leatos Wut auf Mettore Indestor nur die Wut eines Mannes, der seine Familie schützen wollte, oder die Wut des Raben, dem man die Schuld für das Verbrechen eines Adligen in die Schuhe schieben wollte? Würde der Rabe heute Nacht zurückkehren und Idusza Polojny einen Besuch abstatten?

Nein, nicht heute Nacht. Ein Rabe, der dumm genug war, um das zu tun, würde mit Sicherheit erwischt. Zudem hatte Serrado recht, denn wenn man Mezzans Beziehung zu Idusza aufdeckte, schadete man zwar dem Haus Indestor, aber die in die Sache verwickelten Vraszenianer würden einen schrecklichen Preis dafür bezahlen müssen. Sie konnte nur hoffen, dass Leato das verstand, ob er nun der Rabe war oder nicht.

Dennoch ...

Ren warf einen Blick zum Eingang der Grednyek-Enklave hinüber. Eine junge, hübsche Frau tauchte dort auf, schlang sich einen Schal übers Haar und eilte von dannen. Das musste Idusza sein.

Nicht einmal einen Herzschlag lang glaubte Ren daran, dass sich Mezzan Indestor aus Liebe oder gar Lust mit ihr eingelassen hatte. Letzteres wäre bei einer anderen Vraszenianerin denkbar gewesen, aber nicht bei einem Mitglied der Stadnem Anduske.

Was nur bedeuten konnte, dass er etwas anderes vorhatte. Etwas, das sie durchaus gegen sein Haus einsetzen konnte. Und falls der Rabe Idusza später in der Tat besuchte ... wäre es interessant, davon zu erfahren.

Aber wie sollte sie Idusza dazu bringen, mit ihr zu reden?

Der gütige Falke. Grinsend zupfte Ren ihren Schal zurecht und eilte nach Hause. Sie musste mit Sedge und Tess reden.

Westbrück, Unterufer: 26. Pavnilun

Am nächsten Epytny breitete Arenza an der Grenze von Westbrück ihren Schal auf dem Boden aus, und zwar in der Nähe der Ostretta, in der Idusza arbeitete. Sie hatte ein wenig Kundschaft – genug, um das Stück schwere Wolle zu bezahlen, das Tess für diesen Plan gekauft hatte – und dann, zur letzten Glocke der sechsten Sonne, tauchte Tess auf, blieb in der Nähe und wartete, dass Arenza die aktuelle Lesung beendete.

Beinahe scheiterte ihr Plan an diesem Punkt, da der junge Mann offenbar lieber mit Arenza flirtete, als sich für sein Muster zu interessieren. Es brauchte *ein sich ausbreitendes Feuer* und die Warnung vor bevorstehender Impotenz, wenn er die Masken nicht im nächsten Labyrinth besänftigte, um ihn zu vertreiben. Tess ließ sich rasch vor Arenza nieder, bevor jemand anderes den Platz einnehmen konnte.

Gerade noch rechtzeitig. Sie hatte kaum ihre Geschichte über ihren Liebsten und seine Eltern, die sie nicht akzeptieren wollten, heruntergerasselt, als Idusza keine Wagenlänge entfernt mit einer Zrel-Flasche in der einen und einer Pfeife in der anderen Hand vor die Tür trat. Sie zündete die Pfeife an und süß duftender Rauch stieg zu den Dachsparren auf. Danach trank Idusza einen Schluck von dem, was vermutlich ihr Mittagessen darstellte, lehnte sich an die Wand und schloss die Augen.

»Wie heißt denn Euer Liebster?«, fragte Arenza und mischte die Karten – was Sedges Signal darstellte.

Tess war schon immer besser darin gewesen, mit der Wahrheit zu improvisieren, statt direkt zu lügen. Anscheinend hatte sie sich Rens Rat, sich nicht zu gut vorzubereiten, zu Herzen genommen. »P-Pavlin?«

Aha – es steckt also doch mehr dahinter, als mir bewusst war. Arenza versuchte gar nicht erst, ihr Lächeln zu verbergen.« Ein guter Name. Pavnilun ist schließlich der Monat des Traumwebers.«

Sedges schwingender, abgewetzter Samtmantel und das Klappern seines Gehstocks auf den Pflastersteinen sorgten ebenso wie sein finsterer Gesichtsausdruck dafür, dass ihm die Leute aus dem Weg gingen. Sogar Idusza hob den Kopf, als er heranstolziert kam und am Rand von Arenzas Decke stehen blieb, wo sie soeben *das Gesicht der Rosen* umdrehte.

»Ich hatte mich schon gefragt, wohin du verschwunden bist. Hast dir ein schönes eigenes Eckchen gesucht, was? Auf diese Weise entkommst du deinen Schulden bei mir aber noch lange nicht.«

Arenza brauchte einen Augenblick, bis ihr einfiel, an wen sie seine herablassende Art zu reden und sein affektiertes Auftreten erinnerte. Als ihr ein Licht aufging, fiel sie beinahe aus der Rolle.

Vargo. Er imitierte Vargo!

Sie hatte sich absichtlich für eine unsichere Stelle in der Nische zwischen einem Blechschmied und einem Apotheker entschieden. So konnte Sedge ihr und Tess den Weg versperren und die Hälfte der Passanten hätten keine klare Sichtlinie, aber Idusza, die mit ihrer Pfeife und der Flasche auf der Türschwelle stand, konnte alles mitansehen.

»Es ... es tut mir leid«, stammelte sie mit dem dicksten vraszenianischen Akzent, der ihr gelingen wollte. Als wäre sie aus der entlegensten Gegend Vraszans nach Nadežra gekommen. »Ich wusste nicht ... Das Geschäft gehört Euch doch nicht ...«

Er trat gegen ihre Schale, und die Centira prallten gegen die Türschwelle, auf der Idusza stand.

»Mir gehört diese Ecke, oder nicht? Und hier stehen meine Flittchen, daher hat eine vorlaute Kartenspielerin hier nichts zu suchen.« Er starrte sie anzüglich an, und sie fragte sich unwillkürlich, wie viel davon er während der Jahre auf der

Straße und wie viel er durch das Beobachten von Vargo gelernt hatte. »Es sei denn, du kannst mit deinem Mund noch was Besseres anstellen, Süße.«

Tess rappelte sich auf, aber Sedge packte sie am Arm, als sie an ihm vorbeilaufen wollte, und schleuderte sie gegen Arenza.

»Nein, du bleibst schön hier und holst nicht die Falken. Wir bringen die Sache hier schnell zu Ende, wenn mir diese Stechmücke einfach gibt, was ich haben will, und dann ...«

»Wieso verpisst du dich nicht und hörst auf, die Ecke mit deinem Gestank zu besudeln, du Liganti-Egel?«, fauchte Idusza. Sie klopfte die Asche aus ihrer Pfeife und trat sie auf den Pflastersteinen aus. »Bevor mir noch was Besseres einfällt, das du mit deinem Mund machen kannst. Wie die Scherben meiner Flasche zu lutschen.« Ihr restlicher Zrel schwappte in der dicken Glasflasche.

Sedge drehte sich zu ihr um. Sie hatten diesen Trick schon oft zu dritt ausgeführt, und wenn ein Falke oder braver Passant einschritt, lenkte er das Opfer lange genug ab, bis Tess oder Ren seine Taschen geleert hatten – oder ließ sich abführen, falls das nicht funktionierte, und sie brachten die Sache zu Ende, während sie sich überschwänglich bei ihrem Retter bedankten.

Nur hatte Ren es heute nicht auf Geld abgesehen.

»Sie hat damit nichts zu tun. Lass sie in Ruhe«, rief Arenza und trat vor. Ohne hinzusehen, rammte Sedge einen Ellbogen nach hinten. Er hatte darauf bestanden, das im Vorfeld zu üben, weil sie inzwischen beide gewachsen waren, und jetzt war sie froh darüber, denn er schlug ihr fast die Zähne aus. Sie stürzte gegen die Wand und biss auf das Päckchen, das sie sich in die Wange gesteckt hatte, um Blut spucken zu können.

»Halt dich da raus«, fuhr er Idusza an, griff nach der Flasche und zerrte sie ihr aus der Hand – ließ jedoch genug Raum für die Faust, die sie ihm gegen das Kinn rammte.

Daraufhin taumelte er einen Schritt nach hinten und wischte sich das Blut von der aufgeplatzten Lippe. »Dafür wirst du bezahlen, sobald ich von der hier bekommen habe, was sie mir schuldet«, knurrte Sedge.

Arenza baute sich vor ihm auf. »Ich schulde dir gar nichts außer Flüchen des Schicksals«, spie sie aus und bückte sich, um ihr Deck aufzuheben. »Ihr habt eine Szorsa geschlagen. Ziehen wir drei Karten und finden wir heraus, wie Euer Untergang aussehen wird.«

Mit einem Fingerschnipsen beförderte sie die unterste Karte in ihre wartende Hand. »*Die Maske der Nacht*«, sagte sie. »Möge Ir Nedje Eure Augen mit der Blindheit Eures Herzens verfluchen.«

Sedge hob den Gehstock, um sie zu schlagen. »Ich werde dir zeigen, wohin du dir deine verdammten Karten stecken kannst, du dreckige ...« Die Beleidigung erstarb auf seinen Lippen, als er den Stock schwang und sie um zwei Handspannen verpasste, aus dem Gleichgewicht geriet und mit der Schulter voran gegen die Wand knallte. Er kauerte sich dagegen, blinzelte ständig und starrte ins Nichts.

»Was ... was hast du getan? Was zum Geier hast du mit meinen Augen gemacht?!«

Abermals ging er auf sie los und wedelte wild mit den Armen, als wüsste er nicht, wo sie stand. Arenza konnte ihm mühelos ausweichen. Ebenso wie Idusza, die ihn verblüfft anstarrte.

Schon zog Arenza die nächste Karte. »*Die Maske der Würmer*. Möge Šen Kryzet Euren Mund mit der Fäulnis verfluchen, die daraus hervorkommt.«

Sedge taumelte »blind« gegen einen Mann, der ihn wegschubste, und ging auf ein Knie. Dadurch konnte er sich unbemerkt etwas in den Mund stecken. Als er sich hustend und würgend wieder aufrichtete, fiel eine Masse blutiger, zuckender Würmer auf die Pflastersteine.

Inzwischen hatten sie ein größeres Publikum. Arenza hielt die dritte Karte hoch in die Luft. »*Die Maske der Asche.* Möge Ezal Sviren Eure Hand verfluchen, mit der Ihr nur Schmerz und Zerstörung bringt.«

Sedges Arm ging in Flammen auf.

Die Menge keuchte und schrie auf, und alle wichen vor dem um sich schlagenden Mann und seinem brennenden Arm zurück. Er fiel auf die Knie und schlug die Flammen mit dem anderen Handschuh aus, woraufhin ein rauchender, angesengter Ärmel zurückblieb. Dann kroch er über den Boden und streckte den verbrannten Arm Hilfe suchend aus. »Hilfe! Jemand muss mir helfen! Diese Hexe hat mich verflucht!«

Was danach geschah, konnte Arenza nicht sehen, da sie sich in die Ecke zwischen dem Blechschmied und der Apotheke zu Boden sinken ließ. Es hörte sich ganz danach an, als würde jemand Sedge wegbringen. Aber sie bekam mit, wie Tess ihr Bestes als Mitleidshascherin gab, um Iduszas Aufmerksamkeit von dem verfluchten Verbrecher auf die Musterleserin zu lenken, die das vollbracht hatte.

Da Tess die Hände rang und vollkommen hilflos wirkte, blieb Idusza nichts anderes übrig, als das Kommando zu übernehmen. Arenza hockte ermattet in der Ecke, während Idusza den Apotheker einschüchterte, bis er sie in seinen Lagerraum ließ und ihnen für die Centira, die Sedge auf dem Boden verstreut hatte, sogar ein Stärkungsmittel gab.

»Hier, Szorsa. Du musst aufwachen und das trinken.« Im Hinterzimmer des Apothekers roch es nach Staub, getrockneten Kräutern und Kiefernharz. Sie legten Arenza mit ihrem Musterleserinnenschal als Kopfkissen auf einen Tisch, der knackte, als Idusza sie rüttelte.

Tess' Stimme kam aus nächster Nähe, als Arenza flatternd die Lider aufschlug. »Ich sollte wirklich gehen. Meine Groß...«

»Geh«, fuhr Idusza sie mit ermattetem Seufzen an. »Sie gehört zu meinen Leuten, nicht zu deinen. Ich kümmere mich um sie.«

Die Tür wurde geöffnet und wieder geschlossen, und Ren war mit ihrer Beute, die am Haken hing, allein.

Stöhnend versuchte sie, sich aufzusetzen, und fragte auf Vraszenianisch: »Was ist passiert?«

»Trink das.« Ein Becher wurde Arenza in die Hand gedrückt, und Idusza half ihr, sich aufzusetzen. »Dieser Mann ... Warst du das, Szorsa? Oder haben die Gesichter und Masken ihren Willen durch dich manifestiert?«

Sie trank einen Schluck und hustete. »Ich ... ich bin mir nicht sicher. Ich war so wütend, und dann ...«

Diesen Teil hatte Ren nicht genau geplant. Üblicherweise hatte man beim *gütigen Falken* nur kurz Kontakt zum Opfer, aber sie musste Iduszas Vertrauen auf lange Sicht gewinnen.

Aus diesem Grund hatten sie die Szene auch so dramatisch gestaltet. Iduszas Mutter hatte sich darüber beschwert, dass ihre Tochter Musterleserinnen nicht ernst nahm – weil sie glaubte, die meisten würden überhaupt kein Talent besitzen. Wenn sie jedoch die Art von Kräften demonstrierte, wie sie die Szorsa der Legenden angeblich besessen hatten, bestand die Chance, dass Idusza ihre Skepsis ablegte und Arenza als jemanden ansah, dem sie vertrauen konnte.

»Dieser Mann.« Arenza riss erschrocken die Augen auf. »Ich ... Er hat gebrannt!«

»Ja, er ...« Idusza, die zuvor ein finsteres Gesicht gemacht hatte, schien zwischen einem Schluckauf und einem Hustenanfall gefangen zu sein. Sie schlug sich die Hände vor die Lippen, konnte jedoch nicht aufhören zu kichern. »Er hat geflattert wie das Huhn, das ich letzte Woche geschlachtet habe. Es fehlte nur noch das Gackern. Oh, was würde ich darum geben, meine Feinde in Flammen aufgehen zu sehen.«

Soll ich stolz darauf sein oder ... Arenza ließ den Becher fallen.»Nein. Nein, das kann ich nicht gewesen sein. Jemand anders – er ist zu nah an eine Pfeife gekommen ...«

»Und zu nah an irgendwelche Würmer?«, merkte Idusza amüsiert an. »Die hat er nämlich auch ausgespuckt. Nein, werte Freundin, du warst das Gefäß, durch das die Masken ihn verflucht haben, so wie er es verdient.« Sie hob den Becher wieder auf. »Wer sind deine Leute?«

Früher oder später würde Idusza mit ihrer Familie sprechen und herausfinden, dass Arenza die Musterleserin war, die mit ihrer Mutter über Grey Serrado gesprochen hatte. Aber in diesen Kanal würde Ren erst springen, wenn es so weit war. »Die Dvornik. Ich bin Arenza Lenskaya Tsverin. Ich weiß gar nicht, wie ich dir danken soll ...«

Idusza brachte sie mit einem Tätscheln ihrer Hand zum Schweigen. »Ah. Dvornik. Sie machen Einfaches immer komplizierter.« Sie rümpfte die Nase, doch das war nur die übliche Frotzelei unter Ažerais' Kindern. »Idusza Nadjulskaya Polojyn von den Stretsko. Und ich würde niemals jemanden im Stich lassen, der sich an unsere Gepflogenheiten hält. Du bist noch nicht lange in Nadežra, richtig?«

Als Arenza nickte, tätschelte Idusza erneut ihre Hand. »Dann werde ich dir helfen, dich einzugewöhnen.«

Kurz darauf kehrte sie an die Arbeit zurück, ließ sich jedoch vorher von Arenza versprechen, dass sie sich am nächsten Tag mit ihr treffen würde. Nachdem ihr Auftritt zu Ende gegangen war, machte sich Ren auf die Suche nach Tess und Sedge.

Letzterer spülte sich gerade den Mund mit Zrel aus und spuckte das Gebräu in den nächsten Kanal, bevor er sich mit dem dicken Wollunterärmel, der ihn vor den Flammen geschützt hatte, die Zunge abwischte. »Ach, jetzt hör aber auf«, meinte Ren grinsend und schlug ihm auf die Schulter. »Als hättest du noch nie Würmer gegessen.« Das hatten sie alle, wenn es mal wieder nichts zu essen gab.

Sedge warf ihr einen bösen Seitenblick zu. »Ich nehme Geld dafür, Leute zusammenzuschlagen, damit ich keine Würmer mehr essen muss.« Er betastete sein Kinn und stieß ein Zischen aus. »Wirklich schade, dass sie zur Stadnem Anduske gehört. Mit einem solchen rechten Haken könnte sie bei Vargo gutes Geld verdienen.«

Er zischte erneut, als Tess seine Hände wegschob, um eine Salbe aufzutragen, blickte sie dabei jedoch liebevoll an. »So, Tess, dann erzähl uns doch mal von diesem Pavlin ...«

*Privilegienhaus, Morgendämmerungstor,
Alte Insel: 4. Cyprilun*

Vargo hatte den Horst schon ein gutes Dutzend Mal betreten, manchmal als Gefangener, manchmal um einen seiner Leute herauszuholen. Aber das Privilegienhaus, das keine Meile weiter östlich lag, stellte weniger bekanntes Gebiet dar – und war das Reich der rechtmäßigen Bürokratie.

Jetzt hatte er eine Einladung in die heiligen Hallen bekommen ... noch dazu von dem Mann, hinter dem er seit Monaten her war.

Das konnte kein Zufall sein.

::Hör auf, die Sache hinauszuzögern, mein Junge. Hier draußen erfahren wir ganz bestimmt nicht, was Mettore will::, sagte Alsius ungeduldig.

Hätte Mettore Vargo verhaften wollen, hätte er seine Falken nur nach Ostbrück schicken müssen. So wie er den Mann kannte, konnte sich Vargo nicht vorstellen, dass er zu derart seriösen Methoden greifen würde; vermutlich würde man ihn eher irgendwo am Unterufer in einen Hinterhalt locken und seine Leiche in den Kanal werfen.

Vargo legte die Finger um den Griff seines Schwertgehstocks. *Sollen sie es doch versuchen.*

Nein, dies war kein Hinterhalt. Eine Einladung ins Privilegienhaus bedeutete, dass Indestor etwas Zivilisiertes vorhatte.

Ein Schreiber wartete direkt hinter der Türschwelle und fing Vargo ab, bevor er die Schlange der vor dem Schreibtisch Wartenden auch nur beäugt hatte. »Guten Morgen, Meister Vargo. Wenn Ihr mir bitte folgen würdet?«

Spar dir möglichst die Kommentare, bat er Alsius, als der Schreiber ihn nach oben und durch einen Flur zu einer Doppeltür führte. *Ich muss noch denken können.*

Die Antwort bestand in Schweigen.

Die Tür wurde geöffnet und Mettore Indestor begrüßte ihn. »Meister Vargo. Setzt Euch doch.«

Er kam nicht um seinen Schreibtisch herum und sie tauschten auch keine Höflichkeiten aus oder machten Konversation. Entweder wollte Indestor direkt zur Sache kommen, oder er glaubte, Vargo wäre die Mühe nicht wert. *Wahrscheinlich beides.*

»Euer Gnaden«, sagte er und konnte die Ironie dieses Titels förmlich schmecken. »Ihr wolltet mich sehen?«

Das Büro des Caerulet sollte mit den schweren Möbeln, dem dunklen Holz und den Bannern der Wache und des nadežranischen Militärs, die dekorativ an den Wänden hingen, eindeutig beeindrucken. Indestor saß mit dem Rücken zum Fenster, sodass sein Gesicht im Schatten lag, während sich seine Besucher im Licht befanden. Diesen Trick zu erkennen, schmälerte zwar seine Wirkung, konnte sie allerdings nicht aufheben.

»Meines Wissens habt Ihr Interesse an einem Vertrag für Eure ... Leute bekundet«, sagte Mettore. »Um sie als Söldner einsetzen zu können.«

Damit hatte ich jetzt nicht gerechnet. Vargo behielt eine entspannte Haltung bei, ließ sich sein Erstaunen jedoch anmerken. »Interessiert, durchaus. Doch solche Verträge werden der Oberschicht des Deltas nur selten erteilt – und erst recht keinem einfachen Geschäftsmann wie mir.«

»Wenn ich sage, dass sie erteilt werden sollen, dann wird es geschehen«, erklärte Mettore direkt. »Im Gegenzug werdet Ihr etwas für mich tun.«

Vargo blinzelte. *Geschieht das wirklich? Alsius?*

::Du hast doch gesagt, ich soll ruhig sein.::

Schon hatte Vargos Verstand sein Erstaunen überwunden. Mettore gab es nicht als Gefallen aus und arbeitete sich dazu vor, beiläufig ebenfalls einen Gefallen dafür zu verlangen. *Er gibt einem Hund einen Befehl und bietet ihm eine Belohnung an, wenn er gehorcht.*

::So läuft das bei ihm.::

Vargo grinste breit. Er wäre nicht hier, wenn Mettore eine andere Option sehen würde. »Das ist sehr großzügig von Euch, Euer Gnaden. Aber was könnte ich denn schon für Euch tun, das Ihr nicht selbst erledigen könnt?«

Falls Mettore den indirekten Widerstand mitbekam, ließ er sich das nicht anmerken. »In zwei Wochen findet die Nacht der Glocken statt. Ich möchte, dass Alta Renata an der Zeremonie zur Unterzeichnung des Abkommens im Privilegienhaus teilnimmt. Ihr könnt dafür sorgen, dass sie es tut.«

Der Söldnervertrag wurde mit jedem verstreichenden Moment weniger verlockend. Es war nicht weiter überraschend, dass Mettore Renata – oder ein Mitglied des Hauses Traementis – nach dem Debakel bei der Verlobungsfeier nicht selbst ansprechen konnte. Ebenso wenig überraschte es, dass er sich an Vargo wandte, eine Person, die am meisten zu gewinnen und die wenigsten Skrupel hatte.

Allerdings war »wenig« nicht gleichbedeutend mit »gar keine«. »Alta Renata hat sich als sehr kompetente Advokatin erwiesen, doch mir wäre neu, dass das Haus Indestor keine besäße. Warum wollt Ihr sie bei der Zeremonie dabeihaben?«

Mettores Blick zuckte nach rechts. Er hätte genauso gut ein Banner mit der Aufschrift *Ich lüge* hochhalten können.

»Die Unterzeichnung des Abkommens ist eine Zeit des Friedens und der Aussöhnung, nicht wahr?«, fragte Mettore. »Und es wird Zeit, dass diese alberne Fehde endet. Aber nach diesem Unsinn mit Mezzan und dem Traementis-Mädchen – nun ja, da werden sie meine Einladung wohl kaum annehmen.«

Vargo wackelte zweimal mit dem Finger, bevor er stillhielt. *Jeder Haken braucht einen Köder ...*

::Du ziehst doch nicht allen Ernstes in Betracht ...::

Warum nicht? Er wird sie bei der Zeremonie ja wohl kaum entführen oder umbringen. Sie findet in der Öffentlichkeit statt. Und die Informationen, die wir über seinen Aschehandel haben, reichen noch lange nicht aus, um ihn zu Fall zu bringen – jedenfalls nicht so weit, wie es unsere Pläne erfordern.

»Dem Haus Indestor liegt offenbar viel daran, den Frieden in Nadežra zu wahren, und die Bereitschaft Seiner Gnaden, diese Kluft zu überwinden, ist bewundernswert«, sagte Vargo und setzte eine zwiespältige Miene auf. »Aber ich bin dennoch besorgt, dass jemand versuchen könnte, Eure Gunst zu gewinnen, indem er die Schmähung von Haus Indestor rächt.« Er zuckte mit den Achseln. »Möglicherweise habe ich auch nur zu viele Theaterstücke gesehen.«

Dass Mettore die Lippen aufeinanderpresste, ließ erkennen, dass ihm langsam der Geduldsfaden riss. »Jeder, der ihr schaden will, bekommt es mit mir zu tun«, sagte er. »Ist Euer Gewissen nun beruhigt?« Sein Tonfall schien infrage zu stellen, ob Vargo überhaupt ein Gewissen besaß.

Die jahrelange Erfahrung im charmanten Lächeln, wenn er sein Gegenüber eigentlich lieber ermorden wollte, war alles, was Vargos freundliche Miene aufrechthielt. Er glaubte, dass Mettore ehrlich war ... aber in diesem Augenblick war ihm das egal.

Als er sich soeben erheben wollte, fügte Mettore unverblümt hinzu: »Ihr könntet das Recht erlangen, ein militärisches Privileg zu erteilen, statt nur einen Vertrag zu erhalten.« Vargo sank auf seinen Stuhl zurück. Das war die Art von Honig, die nur aus dem Caerulet-Stock kommen konnte. Wenn er dieses Recht erhielt, konnte Vargo Era Traementis den Karawanenschutz bieten, den sie dringend benötigte, und Indestor wäre nicht in der Lage, ihn daran zu hindern. Jedenfalls nicht offenkundig.

Allerdings würde er Mettore auf keinen Fall verraten, worauf er wirklich aus war. *Vielleicht will er sich ja in der Tat versöhnen?*, dachte er an Alsius gewandt, glaubte es jedoch nicht einen Moment lang.

::Und ich will ein Pony. Aber vielleicht hast du recht und wir können das zu unserem Vorteil nutzen.::

Jedes Flittchen hat seinen Preis. »Vollständige Rechte?«, hakte Vargo nach. »Und ein Standardprivileg?«

»Natürlich. Im Namen von Haus Coscanum – wir wollen Eure Advokatin doch nicht verstimmen. Mein Sekretär wird die entsprechenden Details festhalten und Euch die Einladung für Alta Renata übergeben.« Mettore stand auf, und Vargo verkniff sich den Wunsch nach einer höhnischen Abschiedsbemerkung, welches Vergnügen es doch sei, mit ihm Geschäfte zu machen.

Mettores Stimme holte ihn an der Tür noch einmal ein. »Diese Vereinbarung bleibt selbstverständlich unter uns. Euch fällt bestimmt eine gute Geschichte ein, um zu erklären, wie Ihr an die Einladung gekommen seid.«

Als ob Vargo die Absicht gehabt hätte, Renata zu gestehen, dass er sie seiner eigenen Interessen zuliebe in die Fluten warf. »Mir wird schon etwas einfallen«, entgegnete er und knallte die Tür hinter sich zu.

11

EIN SICH AUSBREITENDES FEUER

Isla Prišta, Westbrück: 17. Cyprilun

Rens Schmuckkästchen war längst nicht mehr so voll wie früher. Im Laufe der Monate hatte sie viele der Stücke verkaufen müssen, die sie Letilia vor ihrer Flucht aus Ganllech gestohlen hatte, um ihre Schonfrist bei Haus Pattumo und ihre gefälschte Bankbürgschaft zu verlängern. In letzter Zeit gab sie ihr Bestes, um Minimalismus modern zu machen, damit man Renatas wenigen Schmuck als elegante Zurückhaltung statt als Armut ansah, doch ihr Einkommen als Advokatin und das erteilte Flussprivileg reichten nicht aus, um die fehlenden Teile ersetzen zu können.

Das einzige Schmuckstück, das sie noch nicht getragen hatte, war ein numinatrisches Medaillon – jenes, wonach Sibiliat sie gefragt hatte. Es war fast so breit wie ihr Daumen, und auf dem vielseitigen Bronzeanhänger prangten Tricats: drei einander überlappende Dreiecke, die für Stabilität, Gemeinschaft und Gerechtigkeit standen.

Was genau das Numinat stärkte, hing von dem am Rand des Musters eingeprägten Siegel ab, das den Gott angab, dessen Macht es kanalisierte. Doch Ren konnte kein Enthaxn lesen, die archaische Schrift aus dem Reich, aus dem Seteris hervorgegangen war, und mit der die Inskriptoren die Namen ihrer Götter angaben. Außerdem gehörte es zu keinem der Seteris-Götter, die im Süden weithin verehrt wurden, daher erkannte sie das Siegel nicht.

Ihr war nicht ganz klar, warum sie behauptet hatte, das Medaillon nicht zu besitzen. Es hätte sich als nützlich erweisen können, Sibiliat durch die Rückgabe eines Erbstücks der Acrenix-Familie für sich zu gewinnen. Allerdings hätte es auch verdächtig wirken können – außerdem stand Tricat auch für Heim, Familie und die Vollendung von Plänen. Daher war es denkbar, dass ihr seine Macht half, ihren Plan umzusetzen, ins Register von Haus Traementis aufgenommen zu werden.

Sie fuhr mit der Fingerspitze über ein Tricat. Die Bronze würde nicht zu dem Kostüm passen, wegen dem Tess momentan fluchend auf der anderen Seite der Küche saß – wie üblich drohte Tess' Vision, ihre Fähigkeit, die Arbeit rechtzeitig fertigzustellen, zu überflügeln –, aber Numinata mussten nicht sichtbar sein, um zu wirken. Ren konnte das Medaillon unter ihrer Kleidung verbergen, sodass Sibiliat nichts davon mitbekam.

Der Klang einer Glocke unterbrach Tess' Schimpftirade. Sie drehte den Kopf und erstarrte. »Bitte sag, dass ich das gerade nicht gehört habe«, flüsterte sie.

Es läutete abermals. An der Haustür.

»Geh nach oben! Ich halte denjenigen auf, solange ich kann.« Tess fuhr mit den nadelroten Fingern durch ihre Locken in dem vergeblichen Versuch, ihr nach der schlaflosen Nacht zerzaustes Haar ein wenig zu richten. Ihre finstere Miene auf dem Weg zur Eingangshalle versprach der Person, die bei ihnen läutete, einen qualvollen Tod.

Ren sauste die Stufen hinauf in den ersten Stock, bevor Tess die Tür öffnete. Dies war nicht das erste Mal, dass sie unerwarteten Besuch bekamen; dass sie den Ruf kultivierte, großen Wert auf ihre Privatsphäre zu legen, hielt die Leute nicht vollständig davon ab, hier vorbeizuschauen. Im Allgemeinen trug sie einen passenden Hausmantel und schminkte sich bis zum Schlafengehen nicht ab, wenn sie sich unten in der Küche aufhielt, damit sie nicht auf dem falschen Fuß erwischt wurde, falls jemand einfach so auftauchte. Allerdings konnte sie es nicht leiden, derart spontan die Rolle wechseln zu müssen.

Stimmen drangen zu ihr herauf. Ren konnte die Worte nicht verstehen, aber Tess' knappe Kommentare wurden von einem vertrauten Bariton erwidert. *Was in aller Welt macht Vargo hier?*

Dies war kein Renata-Gedanke, daher verscheuchte sie ihn rasch. Erst als sie sich ihrer Rolle wieder sicher war, betrat sie den Salon, den sie für unangemeldete Besucher eingerichtet hatten, und hielt sich mit einer Hand den Morgenmantel über dem Unterkleid zu, als wäre sie nicht schon seit Stunden auf den Beinen.

»Hier ist die Alta«, sagte Tess. »Alta Renata, Meister Vargo möchte Euch sehen. Ich hole den Tee.«

Vargo reckte den Hals, um Tess hinterherzublicken. »Habe ich Euer Dienstmädchen irgendwie verärgert? War sie mit dem Ertrag ihres letzten Lagerhausbesuchs nicht einverstanden?«

»Sie nimmt gerade die letzten Änderungen an meinem Kostüm für heute Abend vor. Selbst ich muss mich dann immer sehr vorsehen.« Renata setzte sich und bedauerte es, nicht vollständig angezogen zu sein. Ein Hausmantel war kein unangemessenes Kleidungsstück, um vormittags einen Gast zu empfangen, doch Vargos tadellose Höflichkeit machte sie noch nervöser, als wenn er ihr informelles Erscheinungsbild kommentiert hätte. »Was führt Euch zu derart früher Stunde zu mir?«

»Die erwartete Antwort an so einem Tag wäre wohl, dass

ich mir erhoffte, einen Blick auf das Kostüm der Alta zu werfen, aber ich habe schon eine Ahnung, wonach ich heute Abend Ausschau halten muss.« Er tippte sich an die Wange und versuchte sich an einem allwissenden Blick, bevor er etwas aus seiner Manteltasche zog. »Ich bin nur ein dröger, stets ans Geschäft denkender Mann und wollte Euch bloß eine Möglichkeit unterbreiten.«

Mit einer übertriebenen Bewegung, die seine vorherige Selbstbeschreibung Lügen strafte, reichte er ihr einen Umschlag aus seidenglattem Papier.

Das Siegel zeigte den fünfzackigen Stern des Cinquerats. Neugierig brach Ren das Wachs auf und faltete das Papier auseinander, um eine Karte hervorzuholen, die den Überbringer der Karte und eine Begleitperson zur Zeremonie zur Feier der Unterzeichnung des Abkommens ins Privilegienhaus einlud.

Sie konnte nicht verhindern, dass man ihr die Verblüffung ansah. »Wie seid Ihr an diese Einladung gelangt?«

»Handelsgeheimnis«, erwiderte er amüsiert. »Ich würde ja selbst hingehen, aber selbst die teilnehmenden Vrazenianer werden zu wichtig sein, um sich mit meinesgleichen zu unterhalten. Außerdem kenne ich die Geschichte von Naděžra bereits. Ihr solltet diesen Prunk aber zumindest einmal gesehen haben.«

Sie hatte schon sehr viele Versionen davon auf der Bühne gesehen, von blutrünstigen Schreckensszenarien bis hin zu frivolen Possenspielen. Im Privilegienhaus würde es hingegen gewiss gesitteter vonstattengehen. »Ihr habt doch sicher mehr als nur meine geschichtliche Weiterbildung im Sinn.«

»Der gesamte Cinquerat wird dort sein, dazu die übliche Menge an Mitläufern.« Vargo lehnte sich grinsend zurück. »Mettore Indestor eingeschlossen, der besonders schlechte Laune haben wird, weil er mit einem Vrazenianer aus einem Becher trinken muss – diesmal mit einem Kiraly, soweit ich weiß. Wer kann schon sagen, was ihm da so über die Lippen kommen wird?«

Renata legte die Finger fester um die Karte. *Noch eine Dosis.* Das hatte Mettore in der Nacht, in der Ren in sein Studierzimmer eingebrochen war, von seiner Untergebenen verlangt. Gift? Hatte er etwa vor, den Kiraly-Clananführer zu ermorden? Nein, denn er musste ja aus demselben Becher trinken ... Aber vielleicht sollte einer der anderen Teilnehmer sterben.

Sie fuhr mit dem Finger über die kalligrafierten Buchstaben. »Es kann gewiss nicht schaden, bei einem solchen Ereignis gesehen zu werden. Vielen Dank.«

»Für meine Lieblingsadvokatin tue ich doch alles.« Vargo stand auf und verbeugte sich. »Ihr müsst Tess nicht rufen – ich finde allein hinaus.«

Morgendämmerungstor, Alte Insel: 17. Cyprilun

Die Straßen von Nadežra waren voller Lärm, Farben und Bewegung, und das vom Ober- bis zum Unterufer. Künstler und Händler standen in den schmalen Gassen und auf den Brücken und sogar auf den breiteren Rändern der beiden Inselbrücken, Sänften bewegten sich noch langsamer als Schnecken und bahnten sich den Weg durch die Menge, wobei die Träger sich jeden Schritt hart erkämpfen mussten. Die Bootsleute würden in dieser Nacht keine Ruhe finden und immerzu Passagiere über die beiden Kanäle schippern – aber morgen bekämen sie ihre eigene Feier und konnten die Münzen ausgeben, die heute in ihre Taschen geschwemmt wurden.

An einem Abend wie diesem konnte Renata es sich erlauben, auf die Kosten für eine Sänfte zu verzichten und einfach zu Fuß gen Norden zu gehen. Tess folgte ihr dicht auf den

Fersen und bewachte ihren Saum ebenso wie ihren Rücken, als sie die Sonnenuntergangsbrücke überquerten und sich durch die Menschenmassen auf der Alten Insel drängten. Renata hatte die Kapuze aufgesetzt und hielt ihren Umhang zu, da sie ihr Kostüm nicht schon beschädigen wollte, bevor sie den exklusiveren Bereich rings um das Privilegienhaus erreichten.

Hauptmänner der Wache kontrollierten die Zugänge in diesem Bereich und hielten den Pöbel auf Abstand, damit die Wohlhabenden die Nacht der Glocken in Sicherheit und Komfort genießen konnten. Renata passierte sie ohne irgendwelche Schwierigkeiten und fand sich auf dem nicht ganz so vollen Platz wieder – wo sie abrupt stehen blieb und staunend all die Wunder um sich herum betrachtete.

Ein riesiger weißer Vorhang hing vor der Fassade des Agnasce-Theaters, auf dem die dunklen Silhouetten von Schattenspielfiguren tanzten und eine lustige Szene nachspielten. Gleich daneben hatte sich eine Gruppe von Akrobaten zu einem unfassbar hohen Turm aufgestellt, und die Werfer schleuderten soeben eine winzige Frau durch die Luft, die dann auf der Spitze balancierte. Musik drang aus der für den heutigen Abend auf den Stufen des Privilegienhauses aufgestellten Muschel und Tänzer wirbelten in schwindelerregendem Glanz davor über das Straßenpflaster. Ein lautes Dröhnen ertönte, als ein Feuerspucker eine gewaltige Flamme in die Luft spie. Die Mischung aus unzähligen Gerüchen war schwindelerregend; es roch nach gebratenem Fleisch, vergossenem Wein und allen möglichen Parfums, mit denen der Körperschweiß überdeckt werden sollte. Über allem hingen Bänder mit farbenfrohen numinatrischen Lampen, die das Ganze in warmes Licht tauchten.

Die Flussratte in Rens Herzen spie beim Anblick derart vieler Schnösel, die ihren Reichtum hinter einem schützenden Spalier aus Falken verprassten, verächtlich aus. Allerdings war sie heute eine von ihnen – jedenfalls gab sie sich als eine aus –, und Flussratte hin oder her, so konnte sie doch nicht verhindern, dass ihr beim Anblick der Schönheit um sie herum vor Freude das Herz aufging.

Sie hielt an, um eine riesige Traumwebermarionette vorbeizulassen, wobei sieben Puppenspieler allein für den ausladenden Vogelschweif benötigt wurden. Als er sie passiert hatte, stand sie unverhofft einer bekannten Gestalt in braunsaphirfarbener Ausgehuniform gegenüber.

Hauptmann Serrado kniff die Augen zusammen, als er ihre Prismatiummaske erkannte. Schnellen Schrittes eilte er an ihre Seite. »Alta Renata. Seid Ihr allein hier?«

»Wie Ihr sehen könnt.« Sie öffnete die Halsklemme ihres Umhangs, ließ ihn sich von Tess abnehmen und enthüllte ihr Kostüm.

Der azurblaue Surcot, den sie bei der Herbstgloria getragen hatte, war für diesen Abend zu neuem Leben erwacht. Tess hatte den Stoff des vorderen und hinteren Rocks in Streifen geschnitten, die bei jeder Bewegung flatterten, während das Mieder wie Wasser über ihren Körper floss. Weitere Streifen hingen von ihren Ärmeln herab, wobei die auf der rechten Seite Blau- und Grüntöne hatten, während die linken in Grau übergingen. Der Stoff würde für zukünftige Kleider wiederverwendet werden, aber Tess hatte vor Stolz gestrahlt, als sie erkannte, dass sie ihre Stoffreste nutzen konnte, um Wasserströme anzudeuten, und keine weitere Centira dafür ausgeben musste.

»Der Dežera?«, erkundigte sich Serrado, während Tess den Umhang durch ein Cape aus nebelsilbernem Organza ersetzte, der sich wie Nebel um Renatas Schultern legte. »Ich hätte mit etwas gerechnet, das mehr an Seterin erinnert.«

»In der Nacht, in der Nadežra seine Befreiung von einem ausländischen Tyrannen feiert? Es schien mir passender, die Stadt zu ehren – ebenso wie Haus Traementis' neues Privileg.«

Renata schwang die Arme nach außen, damit die Stoffstreifen richtig zur Geltung kamen. »Falls Ihr nicht derart einfallslos seid, dass Euch kein besseres Kostüm als ›Hauptmann der Wache‹ eingefallen ist, muss ich wohl davon ausgehen, dass Ihr im Dienst seid.«

»Ich würde mir niemals anmaßen, auch nur zu behaupten, es mit der Kreativität der Alta aufnehmen zu können.« Sein Tonfall war freundlich, trotzdem hatte sie irgendwie den Eindruck, dass ein Tadel in seinen Worten mitschwang. »An Feiertagen wird von allen Offizieren der Wache sichtbare Präsenz erwartet, ob wir nun im Dienst sind oder nicht.« Er trat beiseite, um eine Gruppe vorbeizulassen, die zwei Stelzenläufern folgte, und bewahrte Renata davor, von ihnen mitgezogen zu werden.

Unverhofft erhob sich Gemurmel in der Menge. Renata schaute in jene Richtung, da sie darauf hoffte, Serrado irgendwie entgehen zu können – und wollte ihren Augen vor Staunen kaum trauen.

Ein echter Traumwebervogel flog über den Platz hinweg und tauchte hinab, um seinen Marionettenvetter genauer in Augenschein zu nehmen. Im bunten numinatrischen Licht schien sein Schillern das gesamte Spektrum des Regenbogens zu durchlaufen und die üblichen Blau-, Grün- und Violetttöne gingen in wärmere Feuerfarben über.

»Was ist?« Serrado drehte sich in die Richtung um, in die ihr Blick ging, und legte die rechte Hand instinktiv an seinen Schwertgriff. Er ließ sie wieder sinken, als er den Vogel sah, der über dem Kopf der Marionette herabsank. Der Traumweber pickte einige Male an den bunten Papierfedern, bevor er einen Klumpen herausriss und davonflog.

Ren drehte sich zusammen mit der Menge um und schaute ihm hinterher, wobei sie bemerkte, wie sich langsam ein Lächeln auf Grey Serrados Zügen ausbreitete.

Es verblasste kaum, als er ihren Blick bemerkte. »Der

erste Traumweber der Saison«, sagte er. »Wisst Ihr, was das bedeutet?«

Ren musste die Antwort herunterschlucken, die ihr vraszenianisches Herz schon aussprechen wollte. *Natürlich weiß ich das.*

Die Musiker stimmten ein Lied an, das so alt war wie der Dežera, und die Menschen um sie herum fanden sich zu Paaren zusammen und bildeten einen großen Kreis, wie man ihn bei Seterin- oder Liganti-Tänzen nicht kannte. Serrado wertete ihr Schweigen als Unsicherheit und reichte ihr eine Hand. »Entsprechend der Tradition müssen wir jetzt tanzen, um die Saison der Überschwemmungen zu begrüßen. Keine Sorge – ich zeige Euch die Schritte.« Er musterte sie herausfordernd und schien gespannt zu sein, ob die Seterin-Alta die vraszenianischen Bräuche zu achten gedachte.

Doch das war nicht das Problem, sondern die Tatsache, dass sie zuvor so getan hatte, als würde sie die Tänze kennen, die sie nie zuvor getanzt hatte, während sie jetzt vorgeben musste, ihr wäre ein Tanz unbekannt, den sie liebte, seit sie alt genug war, um neben ihrer Mutter herzulaufen.

Einer der Akrobaten hatte sich längst Tess geschnappt, sodass Ren und Serrado die Einzigen ohne Partner waren. Sie legte ihre Hand in seine. »Wie könnte sich der Fluss dem verwehren?«

Dieser Tanz war für jedermann gedacht, von Kindern bis hin zu Alten und Gebrechlichen, daher waren die Schritte nicht kompliziert: Es ging immer im Kreis herum, und alle mussten lachen, wenn die Richtung gewechselt wurde und sie mit den Schultern gegen ihre Nachbarn stießen, und dann abermals, wenn sie stehen blieben. Serrado blieb standhaft stehen, als Ren von mehreren anderen Tänzern, die anscheinend nicht bis acht zählen konnten, gegen ihn gedrückt wurde. Doch alle waren beschwingt, und nachdem er sie aufgerichtet hatte, sprang sie mit den anderen Frauen in die Mitte, um sich dann in einem Gewirr aus blauen Bändern wieder zu ihrem Partner umzudrehen. Wie viele vraszenianische Tänze wurde auch dieser schneller, bis sie sich in der letzten Runde paarweise um ihre umklammerten Hände drehten und der Rest der Welt um sie herum verschwamm. Danach war Ren außer Atem, benommen und lachte genau wie alle anderen voller Freude – und Serrado tat es ihr gleich. Er versuchte, sie zu stützen, doch da er wir ein Mann schwankte, der zu viel mit Aža versetzten Wein getrunken hatte, war er keine große Hilfe. Woraufhin sie beide nur noch mehr lachen mussten.

»Danke«, sagte sie, als sie lange genug nach Luft geschnappt hatte, um wieder reden zu können. »Das war ...«

Sie stockte, da ihr partout kein Kommentar einfallen wollte, den eine Seterin-Alta machen würde. Serrado rettete sie, indem er sagte: »Ein Vergnügen. So, wie es ein Tanz sein sollte. Aber verratet Alta Parma bitte nicht, dass ich das gesagt habe.«

Er hätte genauso gut ein anderer Mann sein können, da er lächelte, lachte, sich weit genug vergaß, um seinen kehligen Akzent wieder zuzulassen. Zwar trug er noch immer die Falkenuniform, die jetzt jedoch in der Tat eher wie ein Kostüm wirkte – und darunter konnte sie Leatos Freund erkennen, den Mann, der trotz der Unterschiede in Herkunft und Rang im Traementis-Herrenhaus willkommen war.

Er und sein Bruder. Sie beobachtete, wie sich Schuldgefühle in ihm breitmachten und sein Gesicht verdunkelten, als würde sich eine Wolke vor die Sonne schieben. Ren erinnerte sich noch gut an das erste Mal, als sie nach dem Tod ihrer Mutter gelacht hatte ... über etwas, das Tess gesagt hatte, was ihr jedoch nicht im Gedächtnis geblieben war. Nur an die Schuldgefühle erinnerte sie sich, weil sie so sorglos gewesen war zu lachen, obwohl Ivrina Lenskaya nicht länger in dieser Welt weilte.

Sie war derart daran gewöhnt, Serrado als Bedrohung für ihre Maskerade anzusehen, dass ihr Mitgefühl sie wie aus heiterem Himmel überfiel. Selbstverständlich war er immer so schlecht gelaunt. Sein Bruder war tot und selbst das Hexagrammabzeichen eines Hauptmanns konnte ihm nicht die gewünschte Gerechtigkeit widerfahren lassen. Seine Familie war zerbrochen und würde nie wieder ganz sein.

Als hätte er bemerkt, dass er ihr zu viel gezeigt hatte, verbannte Serrado die Traurigkeit. »Habt einen schönen Abend, Alta«, sagte er, wobei seine Stimme und sein Benehmen wieder ganz höflicher Nadežraner waren. Noch eine Verbeugung, und er war fort.

»Uff! Das hat Spaß gemacht, nicht wahr?« Tess kam angestolpert und fächerte sich mit ihrer Maske Luft zu. Plötzlich fiel ihr wieder ein, wo sie sich befanden, und sie senkte den Blick und hörte auf zu strahlen. »Ich hoffe, die Alta wurde dadurch nicht beleidigt. Soweit ich weiß, handelt es sich um einen hiesigen Brauch.«

»Und einen sehr anstrengenden dazu.« Renata nutzte ihre Atemlosigkeit, um alles Unangebrachte zu entschuldigen. »Du kannst dich nun amüsieren, Tess, solange du in der Nähe der Musiker bleibst. Ich finde dich, falls ich dich benötige.«

Sobald Tess sich amüsieren gegangen war, verlor sich Renata im Strudel der Feierlichkeiten. Die Kostüme auf dem Platz vor dem Privilegienhaus widmeten sich eher Liganti- oder Seterin-Themen – den verschiedenen Numina und den mit ihnen assoziierten Planeten, sowie Personen aus der Geschichte und aus Legenden –, aber zu ihrem Erstaunen zählte sie im Verlauf einer Stunde nicht weniger als sechs Raben, vier männliche und zwei weibliche, größtenteils sehr junge Delta-Oberschichtler, die es wohl für besonders wagemutig hielten, sich als ein Gesetzloser zu verkleiden, der Ihresgleichen verabscheute. Vier von ihnen tanzten mit Renata, zuletzt Oksana Ryvček.

»Was für ein Glück, so nah auf den Fluss zu treffen«, sagte sie und presste sich dicht an Renata, um den Ellbogen eines vorbeitänzelnden Ghusai-Sultans auszuweichen. Nah genug, dass ihr leises Murmeln trotz der Musik gut zu hören war. »Nach dem vielen Tanzen könnte ich einen Schluck kühles Wasser gut gebrauchen.«

Renata reichte ihr die rechte Hand zum Kuss – die für den reinen Ostkanal stand, während die andere den verschmutzten Westkanal repräsentierte. »Herrin Ryvček. Ich beglückwünsche Euch für Eure Originalität. Die drei Raben vor Euch wollten mich um einen Handschuh erleichtern.«

»Ach, habe ich den nicht längst?« Ryvčeks Atem wehte warm auf das Netz, das Renatas Finger bedeckte. »Es scheint mir nur fair zu sein, einer Alta ihre Sittsamkeit zu lassen.«

Ryvček tanzte mit derselben Selbstsicherheit wie Leato und Hauptmann Serrado, allerdings mit deutlich mehr Elan. Nach einer Reihe von Drehungen, die Renata den Atem raubten und sie zu einer ruhigeren Promenade führten, sagte sie: »Wo wir gerade von Fairness sprechen: Ich habe Euch im Palaestra beobachtet. Leato macht es Euch ziemlich leicht. Wenn Ihr das nächste Mal dort seid, bekommt Ihr von mir eine richtige Lektion an der Klinge.«

»Vielen Dank, Herrin Ryvček«, erwiderte Renata – und konnte nur hoffen, dass sie es nicht bereuen würde, das Angebot angenommen zu haben. Da Ryvček ihr noch einmal zuzwinkerte, bevor sie in der Menge verschwand, schien diese Zweideutigkeit auch beabsichtigt gewesen zu sein.

Das macht sie mit Absicht. Was es jedoch nicht weniger effektiv werden ließ.

Renata schaute sich um und fragte sich, ob sie die Stufen vor dem Privilegienhaus erklimmen sollte, um einen besseren Überblick über den Platz zu haben. Fast war sie geneigt, nach Mettore Indestor Ausschau zu halten und zu versuchen, ihn zu provozieren, damit er ihr etwas verriet. Sie hatte sich seit dem gütigen Falken zweimal mit Idusza getroffen, doch dabei war nichts Hilfreiches herausgekommen, obwohl Ren ihr Muster mit einem Zweitdeck gelesen hatte, um starke Andeutungen dahingehend zu machen, dass Iduszas Liebhaber gefährliche Geheimnisse vor ihr hatte. Stattdessen versuchte Idusza, Arenza für die Stadnem Anduske zu rekrutieren, und behauptete, ihre Talente wären dort von großem Wert. Bei ihrem letzten Treffen hatte die Frau frei heraus zugegeben, dass sie etwas stehlen wollten – den Salpeter, für den sich Renata derart anstrengen musste, damit Quientis ihn bekam – und vorher gern die Karten befragen würde.

Ren hatte nicht einmal etwas dagegen, ihnen zu helfen. Der Salpeter hatte seinen Zweck für Renata inzwischen erfüllt, und wenn er nun auch Arenza helfen konnte, war das umso besser. Doch sie wollte sich nicht mit ihnen einlassen, ohne vorher die Gewissheit zu haben, dass sie dadurch mehr über Mezzans Aktivitäten in Erfahrung bringen würde.

Zudem fragte sie sich, ob Mettore vorhatte, der Anduske die Schuld an dem zuzuschieben, was immer er plante. Ihr Anführer Koszar Andrejek hatte im letzten Jahr ein Flugblatt herausgegeben und die Ziemetse, die Anführer der sechs überlebenden Clans, dafür verurteilt, dass sie vor dem Cinquerat kuschten. Demzufolge dürfte es Mettore nicht allzu schwerfallen, jeden davon zu überzeugen, dass Andrejek von Worten zu drastischeren Maßnahmen übergegangen war.

Sie hatte keinerlei Druckmittel in der Hand, um Mezzan zum Reden zu zwingen, es sei denn, sie drohte damit, seine geheime Beziehung auffliegen zu lassen. Doch so verzweifelt war Ren noch lange nicht.

Sie beschloss, stattdessen nach Leato und Giuna zu suchen und sich vorerst zu amüsieren, und drehte sich zur Treppe um. Und dann stand sie Derossi Vargo Auge in Auge gegenüber.

Der Anblick verschlug ihr fast den Atem. Vargos offener

bodenlanger Mantel aus flüsterdünner indigofarbener Seide war mit winzigen schwarzen Perlen bestickt, die bei jedem Atemzug mit leisem Geräusch gegeneinanderschlugen. Die spinnwebartige Stickerei reichte über seine nackte Brust, wo seine mit Goldstaub bedeckte Haut das Schimmern der schwarzen und blauen Brillanten auffing, die im Netz verwoben waren und wie Tau im Schatten funkelten. Die gleichen Brillanten fanden sich in seinem offenen dunklen Haar wieder und funkelten in den Winkeln seiner mit Kajal umrahmten Augen. Ein feiner Schleier, der kaum als Maske durchging, verdeckte den unteren Teil seines Gesichts, konnte jedoch das Grinsen eines Mannes, der genau wusste, wie provokant er aussah, nicht im Geringsten verbergen.

Mit einer Hand, die abgesehen von Goldstaub nackt war, hob er Renatas Handschuh an seine Lippen. »Gesegnet sei der Untergang des Tyrannen«, sagte er. »Möge das Wasser des Dežera uns alle erneuern.«

Wenn man Renata vorher gefragt hätte, welches Kostüm Vargo an diesem Abend wohl tragen würde, hätte sie auf Kaius Rex getippt. Sie ging davon aus, dass sich Vargo mit einer mächtigen Person vergleichen würde, und wusste, dass er zynisch genug war, um sich als jemand zu verkleiden, der ebenso mächtig wie verachtet war. Stattdessen hatte er sich für eine der drei Kurtisanen entschieden, die – laut den Legenden – den untötbaren Tyrannen mit einer Geschlechtskrankheit angesteckt und so seinen Untergang herbeigeführt hatten.

Das war eine überaus unverfrorene Art, seinen Abscheu gegen die Elite der Stadt zur Schau zu stellen ... wohingegen die freizügige Zurschaustellung seines Körpers gleichzeitig provokativ und spöttisch wirkte.

Vargos Grinsen wurde noch breiter. Er hielt ihre Hand fest, drückte sie an seine warme nackte Brust und trat näher an sie heran. »Wie ich höre, wurde vorhin ein Traumweber gesichtet. Bedeutet das nicht, dass der Winter bald vorbei ist und der Fluss nicht mehr erstarren kann? Da ist es doch viel schöner, ihn in Wallung zu sehen. Tanzen wir?«

Renata rang nach Worten, doch sie brachte gerade mal ein »Geht nur voran« heraus.

Draußen zwischen den anderen Paaren war sie fest entschlossen, sich von seinem Aufzug nicht aus dem Takt bringen zu lassen. Doch die Intensität, die sie an dem Tag der Privilegübergabe in seinen Augen gesehen hatte, stand auch heute darin, brachte die Luft zwischen ihnen in Wallung und ließ ihr Herz schneller schlagen.

Anders als die Begrüßung des Traumwebers oder die Tänze, die sie im Ballsaal der Traementis gelernt hatte, war dieser Tanz mit Vargo nur für Paare gedacht. Sie fand sich in einer engen Umarmung und mit seiner warmen Hand auf ihrer Schulter wieder. Auf der Suche nach einem sicheren Ort, den sie anstelle seiner mit Kajal umrahmten Augen ansehen konnte, fiel ihr Blick auf die Narbe an seiner Halsseite; er machte gar nicht erst den Versuch, sie zu verbergen, sondern ließ seine gefährliche Vergangenheit für sich sprechen. Als sie den Blick weiterwandern ließ, starrte sie auf einmal die bemalte Haut auf seiner Brust an, was auch nicht ungefährlich war.

Denn aus dieser Nähe bemerkte sie darauf eine Art Mal, das von der Farbe nicht ganz verborgen wurde. Die runde Form ließ auf eine Art numinatrische Tätowierung schließen, allerdings ließen sich die Details nicht erkennen, ohne sie zu offensichtlich zu begutachten.

Wenn sie nicht bald etwas anderes fand, worauf sie sich konzentrieren konnte, würde es noch peinlich enden. Daher zwang sie sich, ihm in die Augen zu sehen. »Die Leute sagen, ich hätte Nadežra den Kopf verdreht, aber Ihr scheint entschlossen zu sein, alle derart durcheinanderzubringen, bis niemand mehr weiß, wo oben und wo unten ist.«

»Angesichts dieses Kostüms würde ich behaupten, der Kaius, den ich heute Nacht erwähle, ist oben und ich bin unten.« Vargos Glucksen ließ erkennen, dass er dies nicht nur als Metapher meinte. Doch der finster glitzernde Abscheu in seinen Augen hätte der Kurtisane, als die er sich verkleidet hatte, sehr gut gestanden. »Läuft es bei den Nadežranern denn nicht immer so?«
»Das solltet Ihr besser wissen als ich.«
Sein Pragmatismus schloss ihn also mit ein. Sie fragte sich, was er heute Nacht zu erlangen erhoffte und von wem. Derossi Vargo gab sich nicht nur mit dem bisschen Wohlstand und Status zufrieden, den er an den Rändern des aktuellen Machtgefüges aufklauben konnte, er wollte die Strukturen durchbrechen, die ihn daran hinderten, seine Ziele zu erreichen. Dazu würde er jedes Mittel einsetzen, über das er verfügte – auch seinen Körper.

Ren hatte Grenzen, die für Vargo anscheinend nicht zu gelten schienen. Das ernüchterte sie ein wenig, ließ aber auch ein merkwürdiges kameradschaftliches Gefühl in ihr aufsteigen, da sie im Grunde genommen gar nicht so verschieden waren.

Vargo schwieg, bis sich das Tempo und der Takt der Musik veränderten und den Beginn des nächsten Tanzes ankündigten. Danach führte er sie an die Seite und blieb in der Nähe eines jungen und sehr muskulösen Kaius stehen, den sie als Fadrin Acrenix erkannte. Doch Acrenix würdigte sie keines Blickes und konzentrierte sich allein auf Vargo.

»Ich schätze, hier trennen sich für heute unsere Wege«, sagte Vargo mit leisem Lächeln.

Die Leichtigkeit, mit der er ihre Hand losließ und Fadrins ergriff, jagte Ren einen kalten Schauer über den Rücken, und dieses Gefühl blieb noch eine ganze Weile bestehen und vergällte ihr die Lust aufs Tanzen.

Lange Tische waren am Rande des Platzes aufgebaut und

boten Speis und Trank, und vor einem erspähte sie einen vertrauten kupferfarbenen Surcot mit einem perlenbesetzten Tricat-Muster. Renata presste sich eine Hand an die Brust, wo das Acrenix-Medaillon unter ihrem Kleid ruhte. Tricat zu Tricat: Das musste doch etwas Gutes zu bedeuten haben. Donaia wirkte eindeutig erfreut, als sie Renata bemerkte.
»Genießt Ihr das Fest, meine Liebe?«, fragte sie lächelnd.
»Die Masken sind eine ebenso faszinierende Ergänzung wie die Marionetten«, antwortete Renata. All die vraszenianischen Clantiere waren an diesem Abend zugegen: die Anoškin-Geistereule sauste über ihre Köpfe hinweg, das Meszaros-Pferd drehte auf dem Platz seine Runden, und da waren auch die Varadi-Spinne, die Stretsko-Ratte, der Dvornik-Fuchs und der Kiraly-Waschbär sowie selbstverständlich der Traumweber, das Emblem der Ižranyi. Diese Tiere sah man zwar gewöhnlich überall in der Stadt, doch Renata war erstaunt, sie auch hier im Machtzentrum der Liganti vorzufinden.

Sie stöhnte innerlich auf, als ein weiterer Rabe auf sie zukam, nur um einen Hustenanfall zu bekommen, als sie erkannte, dass der Mann unter der Kapuze kein geringerer als Leato war.

»Ich hatte darauf gehofft, Euch den Atem zu verschlagen, allerdings auf andere Art.« Leato sprach deutlich tiefer als sonst. Der Schnitt seines Kostüms ähnelte der Kleidung des Raben weit genug, um erkennbar zu sein, allerdings fingen kleine Brillanten darauf das Licht der numinatrischen Lampen ein und glitzerten wie Sterne auf samtenem Schwarz. Die Schatten unter seiner Kapuze waren nicht verstärkt, sodass seine Kinnlinie und sein Lächeln anders als bei dem magisch verborgenen Fremden zu sehen waren.

Dennoch verglich sie ihn unwillkürlich mit dem Mann, neben dem sie in Mettores Studierzimmer gestanden hatte. War Leato so groß wie er? Hatten seine Schultern dieselbe Breite? Es hätte zum Raben gepasst, hier einen solchen Auftritt hinzulegen und in der Nacht der Glocken in einer bühnenhaften Version seiner Verkleidung zu erscheinen.

Leato reichte ihr ein Glas Cider. »Mir ist die Ironie durchaus bewusst, dass ich dem Fluss etwas zu trinken anbiete. Offen gesagt würde ich Euch viel lieber auf den Rücken klopfen, da Ihr das zu brauchen scheint.«

»Leato!« Donaia zog ihm die Kapuze vom Kopf und enthüllte sein kunstvoll zerzaustes goldenes Haar. »Was hast du dir bei diesem Aufzug gedacht? Willst du dich schon wieder mit Mezzan Indestor anlegen?«

Er legte sich eine Hand auf die Brust und wirkte zutiefst beleidigt. »Denk doch nicht immer gleich schlecht von mir, Mutter. Selbstverständlich will ich mich nicht mit ihm anlegen.« Er zwinkerte Renata zu. »Vielmehr hoffe ich, dass er sich mit mir anlegt.«

»Ach, du unmöglicher Junge.« Donaia warf die Hände in die Luft und wandte sich ab.

»Gibst du etwa so schnell auf, Mutter?«, rief Leato ihr hinterher.

Donaia drehte sich noch einmal um und bedachte sie beide mit dem kühlen Blick, von dem Renata inzwischen wusste, dass er eine Maske war, um ihre Zuneigung zu verbergen. »Nein. Ich überlasse dich einem General, der weitaus gerissener ist als ich. Sorgt Ihr dafür, dass er keinen Ärger bekommt, meine Liebe?«

Renata versuchte gar nicht erst, ihr Lächeln zu verbergen. Letilia hatte sich geirrt, so viel war inzwischen offensichtlich geworden. Donaia war alles andere als der kontrollsüchtige Drache, den sie erwartet hatte, und wollte nur ihre Familie beschützen – genau wie ihr Sohn. Dieser Wunsch vereinte sie, und seitdem Renata ihnen das Privileg besorgt hatte, war sie eher in ihren Kreis aufgenommen statt ausgeschlossen worden.

Wenn sie mich jetzt nur noch in ihr verdammtes Register aufnehmen würden.

Sie machte vor Donaia ihren schönsten Knicks. »Ich werde mein Bestes geben.«

»Gut. Dann besorge ich mir jetzt etwas Stärkeres als diesen blubbernden Fruchtsaft.«

»Ich habe meine Mutter zur Trinkerin gemacht«, sinnierte Leato mit liebevollem Blick und sah ihr hinterher. Dann schüttelte er sich und blickte auf Renata hinab. »Habt Ihr vor, auf mich aufzupassen? Ich hatte eigentlich vor, Euch für einen weniger herkömmlichen Zeitvertreib zu begeistern.«

Es gelang ihm gut, den sorglosen Lebemann zu mimen, doch Renata wusste, dass es bloß Fassade war. Daher trat sie näher an ihn heran. »Eigentlich ... hatte ich gehofft, ich könnte Euch an einen weniger herkömmlichen Ort locken.«

Leatos Blick fiel auf ihren Mund, und er öffnete die Lippen, erwiderte jedoch nichts. Mit einem sichtbaren Ruck straffte er sich und beugte sich sogar noch weiter vor. »Das ist nun wirklich nicht fair«, murmelte er. »Ihr sollt doch die Vernünftige sein. Wenn Ihr mir weiterhin solche Vorschläge macht, komme ich glatt in Versuchung, einen weiteren Handschuh an Euch zu verlieren.«

Jeder andere Rabe mit Ausnahme von Ryvček hatte nach einem ihrer Handschuhe verlangt, aber keiner hatte ihr einen angeboten. Renata sah Leato fragend in die Augen und hätte zu gern gewusst, ob dies eine verschlüsselte Entschuldigung für die Konfrontation in Spitzenwasser darstellte. Doch darin lag nichts als Versuchung, allerdings eine sanftere, weniger streitlustige Version als Vargos.

Sie hatte nicht mit dem hier – mit nichts von alldem – gerechnet, als sie beschloss, das Haus Traementis zu infiltrieren. Ebenso wenig war zu erwarten gewesen, dass sie die Familie wirklich bezaubernd finden, den Sohn als Raben vermuten und Leato ernsthaft ins Herz schließen würde. Sie mochte in gewisser Hinsicht Vargo gleichen, wollte jedoch keinesfalls so kalt wie er werden.

Kein Morden, kein Herumhuren. Ihre beiden Regeln. Aber war es wirklich herumhuren, wenn sie sich aus eigenen Stücken und aufgrund von Anziehungskraft statt Profit dafür entschied? Benutzte sie Leato, wenn ihr Interesse das einzig Wahre war, das sie ihm geben konnte?

Er legte ihr eine Hand ans Kinn. Sie hätte sie einfach wegschieben können, doch in seiner Berührung und in seinen Augen lag Wärme, und sie war die Kälte so dermaßen leid.

Leato schmeckte nach Äpfeln und Zimt, da er noch einen Hauch Cider auf den Lippen und der Zunge hatte. Und wie ein Schluck Cider wanderte die Hitze des Kusses ihre Kehle hinab und breitete sich in ihr aus. Er fuhr mit dem Daumen über die harten Federn, die sich an ihre Wange schmiegten, und sie hätte sich an ihn gepresst und ihn abermals geküsst, hätte er sich nicht zurückgezogen.

»Seht Ihr?«, sagte er leise und berührte sie noch immer leicht am Kinn. »Ihr müsst mich nirgendwo hinlocken, da ich Euch nur zu gern folgen werde.«

Renata leckte sich die letzten Spuren des Kusses von den Lippen. Er hatte sie vollkommen von dem abgelenkt, was sie eigentlich sagen wollte. »Ich, äh ... oh, Lumen, jetzt werdet Ihr aber enttäuscht sein.« Sie griff in die flatternden Schichten ihres Kostüms und zog die Einladung zur Zeremonie der Unterzeichnung des Abkommens heraus. »Als ich von weniger herkömmlich sprach, meinte ich das Privilegienhaus.«

Leato wich zurück und starrte erst die Einladung und dann sie blinzelnd an, bevor er sich verlegen durchs Haar fuhr. »Überrascht bin ich durchaus, enttäuscht allerdings nicht. Wo in aller Welt habt Ihr die Einladung her? Wusstet Ihr, dass man meine Familie nicht mehr zu der Zeremonie eingeladen hat, seitdem wir den Fulvet-Sitz an das Haus

Quientis verloren haben? Das ist ihre Art, uns ins Gedächtnis zu rufen, wie unbedeutend wir geworden sind.« Die leichte Verbitterung schien ihn zu ernüchtern, doch dann schenkte er ihr ein Lächeln. »Ich würde Euch sehr gern begleiten.« Er trat einen halben Schritt zurück. »Aber wenn ich das tue, muss ich vorher ein paar Leute enttäuschen. Wollen wir uns an den Stufen treffen, sobald die Glocken läuten?«

Als Renata nickte, setzte er sich die Kapuze auf und verschwand in der Menge.

»Tja, wenn Ihr nicht adoptiert werdet, ist das wohl der nächstbeste Weg«, trällerte Sibiliat und schlenderte mit Giuna an ihrer Seite auf Renata zu. Ihre Kostüme waren aufeinander abgestimmt: Sibiliat trug Mondblau und Silber so hell wie Corillis und Giuna Grün und Kupfer wie der scheue Paumillis.

»Das war nicht nett«, schalt Giuna, doch nicht einmal Sibiliats Stichelei konnte das strahlende Lächeln verblassen lassen, das sie Renata schenkte. »Ihr wisst gar nicht, wie schwer es war, sie daran zu hindern, euch beide zu stören.«

Renata war froh über ihre Maske, die ihre roten Wangen verbarg. Beinahe hätte sie mit einem Kommentar darüber, wie Sibiliat Giuna umwarb, reagiert, schluckte ihn jedoch Giuna zuliebe hinunter – und weil sie noch immer nicht wusste, ob Sibiliat vielleicht nur mit dem Mädchen spielte.

Giuna war recht leicht zu durchschauen: Sie wollte als Erwachsene und nicht länger als Kind angesehen werden, Donaias schützende Obhut verlassen und aus Leatos Schatten treten. Aber Sibiliat ...

Plötzlich drehte sich die Welt, und sie geriet ins Taumeln. Giuna hielt sie am Ellbogen fest und musterte sie besorgt. »Ist alles in Ordnung?«

»Es ist nur zu warm«, brachte Renata mühsam hervor, konnte jedoch nicht sagen, ob dies nur eine Ausrede oder die Wahrheit war. Sibiliats Miene ließ erkennen, dass sie vermutete, Renata habe zu viel getrunken. »Wenn Ihr mich entschuldigen würdet. Ich muss mich ein paar Minuten hinsetzen.«

»Wir helfen dir.« Giuna wollte Renata schon begleiten, doch Sibiliat hielt sie an ihrem Schal fest wie an einer Leine und zog sie zu sich zurück.

»Seid nicht albern, kleines Vögelchen. Habt Ihr nicht eben erst gesagt, dass einige Leute manchmal gern in Ruhe gelassen werden? Außerdem ist Eure Cousine eine erwachsene Frau. *Sie* kann auf sich aufpassen.« Die Spitze, die sich in Sibiliats Stimme stahl, galt nicht Renata, und Giunas schlagartig rote Wangen ließen erkennen, dass sie getroffen hatte.

Renata hätte gern etwas für Giuna getan, doch sie wollte sich wirklich gern irgendwo hinsetzen. Die Welt schien um sie herum zu wabern, was sich wie ein Klingeln in den Ohren statt den Knochen anhörte, und jedes Mal, wenn sie Sibiliat ansah, wurde ihr noch schummriger.

Sie nickte Giuna noch einmal zu und begab sich an den Rand der Menge, wo sie Abstand von den Lichtern und dem Lärm hatte und den schattigen Ecken des Platzes näher war. Mit der Zeit ließ das Gefühl nach. Die dunklen Ecken rings um sie herum waren besetzt, und die Geräusche, die daraus hervordrangen, ließen auch den Grund dafür erahnen, doch sie lehnte sich gegen eine Wand und atmete tief durch. Zur Abwechslung war sie mal froh über die kühle Luft.

Früher war es ihr nie schwergefallen, ihr Verhalten von einer vorhandenen Anziehungskraft nicht beeinflussen zu lassen, aber an diesem Abend hatten erst Vargo und dann Leato sie völlig durcheinandergebracht. Sie fuhr sich mit den Fingerspitzen über die Lippen. *Ich verliere mein eigentliches Ziel aus den Augen.* Und das war gefährlich.

Die Minuten verstrichen, und sie blieb, wo sie war, lehnte an der Wand und ignorierte die neugierigen Blicke der Passanten. Weil sie ganz am Rand des Platzes war, bemerkte sie den dunklen Fleck, der hinter einer der riesigen Lampen auftauchte, mit denen die Leinwand des Schattentheaters erhellt wurde: Ein Mann erklomm die Stufen vor dem Theater und fiel aufgrund der Lichter und des Lärms nicht weiter auf.

Noch ein Rabe. Einer, der unauffällig erschien – und dessen Kostüm nicht derart glitzerte wie das aller anderen Raben, mit denen sie getanzt hatte.

Das ist er. Ren stieß sich von der Mauer ab. Wie viel Zeit war vergangen? Hatte Leato ein Rabenkostüm gegen ein anderes wechseln oder die Festversion irgendwie gegen die echte austauschen können?

Bevor sie es sich anders überlegen konnte, eilte sie die Treppe hinauf und hinter ihm durch die Tür.

Das Theater war durch Säulen und Bogen aus Pappmaschee in eine saubere Version der Tiefen verwandelt worden, der Katakomben, die sich durch die Grundmauern der Alten Insel zogen. Das flackernde Kerzenlicht ließ die Strukturen und Schatten noch verwirrender erscheinen. Anstelle von Abwasser, Schimmel und Fäulnis hing hier der Geruch von Bienenwachs, nassem Papier, Holzrauch und Schweiß in der Luft.

Aus dem Augenwinkel sah Renata eine Gestalt, die ihr in die Säulenreihe folgte. Mit rasendem Herzen wirbelte sie herum ... und stellte fest, dass es ihr Spiegelbild war, das sie mit weit aufgerissenen Augen anstarrte und eine Hand schon fast am Messer an ihrem Oberschenkel hatte.

Ringsherum trugen ihre anderen Spiegelbilder dieselbe schimmernde Prismatiummaske, die Regenbogen auf dem Glas erzeugte.

Ein Spiegellabyrinth. Sie hatte schon davon gehört, dass die Glasbläsergilde sie zuweilen bei Festen aufbaute, um ihre Waren anzupreisen.

Wie sollte sie dem Raben jetzt noch folgen?

Ein spielerischer Schrei und durch die Luft hallendes Gelächter vor ihr verrieten ihr, dass sie nicht in diese Richtung gehen musste. Mit einer Hand an dem Spiegel, vor dem sie sich erschreckt hatte, wandte sie sich nach links.

Die zahllosen sich bewegenden Spiegelbilder verwirrten sie weiterhin, und aufgrund der Säulen hatte sie den Eindruck, durch endlose Flure zu laufen. Mehr als einmal glaubte sie, eine Öffnung entdeckt zu haben, nur um enttäuscht herauszufinden, dass es sich um einen geschickt angewinkelten Spiegel handelte. Nach einiger Zeit fing sie an, auf den Boden statt nach vorn zu blicken, und sofort wurde es einfacher. Das Labyrinth war logisch aufgebaut und folgte mit seinen Abzweigungen und Kurven einem Muster. Als sie den Rhythmus erkannt hatte, musste sie nur hin und wieder den Kopf heben, um nach einem verräterischen Schatten zwischen den gespiegelten Lichtern Ausschau zu halten.

Allerdings tat sie das nicht oft genug und hätte ihn beinahe verfehlt – es wäre sogar passiert, hätte er nicht einen Schritt nach hinten gemacht, um sich zu verstecken, nur um festzustellen, dass sich an der vermeintlich leeren Stelle ein Spiegel befand.

Einen Atemzug lang erstarrten sie beide. Und einen zweiten. Unverhofft drang aus dem Nebengang erneutes Gelächter zu ihnen herüber und setzte sie beide in Bewegung.

Er hielt sie fest, bevor sie auch nur entschieden hatte, was sie tun wollte, packte sie am Handgelenk und zerrte sie in eine Sackgasse. Der Finger, den er im Schatten seiner Kapuze hob, war eine unnötige Warnung. Das Gelächter wurde lauter, als die andere Gruppe, die das Labyrinth erforschte, näher kam. Ren erkannte Fadrin Acrenix' Stimme, der äußerst detailreich berichtete, was er mit diesem »Emporkömmlingsflittchen vom Unterufer« alles angestellt hatte, worauf ein verunsicherter Tadel von Iscat Novrus, Sostiras adoptiertem Erben, folgte. Die Worte hallten durch die Luft und wurden leiser, als sich die beiden entfernten.

Sobald die plappernden Adligen einen anderen Teil des Labyrinths erreicht hatten, ließ der Rabe Renatas Handgelenk los. »Wenn Ihr Euren Handschuh zurückfordern wollt, so muss ich Euch leider enttäuschen. Er hat dasselbe Schicksal erlitten wie Mezzan Indestors Schwert.«

»Der Handschuh ist mir völlig egal«, entgegnete sie leise. »Ich will wissen, ob Ihr Kolya Serrado getötet habt.«

Das war eigentlich nicht das, was sie hatte fragen wollen. Sie war ihm mit der Absicht gefolgt, von ihm zu erfahren, ob er nun Leato war oder nicht. Aber der Schmerz, den sie an diesem Abend in Serrados Augen gesehen hatte, die Distanz zwischen den beiden Männern, die sich früher so nahegestanden hatten ... Wenn es ihr möglich war, wollte sie etwas dagegen unternehmen.

Auch um ihrer selbst willen. Für das Kind, das einst die Geschichten über den Raben geliebt hatte und jetzt wissen musste, ob er diese Grenze überschritten hatte.

Die Pappmacheesäule, an die er sich lehnte, knirschte unter der Last.

»Ja.« Das Geständnis glich einer gezackten Glasscherbe, die ihre letzten Kindheitsillusionen zerfetzte.

»Aber Ihr tötet nicht!« Die Worte waren ihr über die Lippen gekommen, bevor sie es verhindern konnte, und stammten von Ren statt von Renata Viraudax. Der Rabe hob ruckartig den Kopf, und sie setzte hastig nach: »Ich habe die Geschichten gehört. Der Rabe – Ihr seid kein Mörder.«

»Sagt das Kolya Serrado«, zischte er und wandte sich ab, aber erneut stand er nur seinem Spiegelbild gegenüber und presste einen schwarzen Handschuh gegen das Glas.

Ren war stolz auf ihre Fähigkeit, andere durchschauen zu können, und an diesem Abend hatte sich diese Fähigkeit bereits als ungewöhnlich präzise erwiesen. Aber den Raben durchschaute sie nicht. Da sein Körper in Leder und Seide gehüllt war und sein Gesicht im Schatten lag, er ihr noch dazu den Rücken zuwandte, konnte sie nicht ausschließen, dass er ihr etwas vorspielte.

Allerdings bezweifelte sie es.

»Das Feuer hat ihn getötet«, sagte er so leise zum Spiegel, dass sie es kaum verstand. »Ich habe es nicht gelegt. Aber es ist meine Schuld, dass er darin gefangen war.«

Erleichterung durchflutete sie. *Er ist kein Mörder.* Die Schuldgefühle, die ihn plagten, hatten einen anderen Grund.

Er sah sie über die Schulter hinweg an. »Warum interessiert sich eine Seterin-Alta für den Raben? Oder für einen toten Vraszenianer?«

Was sollte sie darauf antworten? Ren klappte den Mund auf, ohne zu wissen, was sie sagen sollte – und draußen fingen die Glocken an zu läuten. Laut den Legenden waren diese Glocken in der Todesnacht des Tyrannen mysteriöserweise erklungen und hatten aus dem Turm des Privilegienhauses der ganzen Stadt verkündet, dass der Mann, der das Land Vraszan über Jahrzehnte mit eiserner Faust regiert hatte, gestorben war.

Der Rabe blickte auf, als könnte er die Glocken durch das Dach sehen. Im schwachen Licht war zu erkennen, dass seine Kiefermuskeln arbeiteten, doch seine Stimme klang trügerisch entspannt. »Dieses Rätsel werde ich wohl ein anderes Mal lösen müssen.«

Er hielt den Mantel vor Renata, um sie abzuschirmen, und zertrümmerte den Spiegel neben ihr mit dem Ellbogen.

»Ihr findet hoffentlich allein hinaus?«, fragte er, während die Scherben herabfielen. Auf der anderen Seite des zerbrochenen Spiegels hing ein schweres Segeltuch. Das Glas knirschte unter seinen Stiefeln, als er es zur Seite zog und eine in die vertäfelte Wand eingelassene Tür zum Vorschein kam.

»Möge der Segen des Untergangs des Tyrannen mit Euch sein, Alta Renata«, sagte der Rabe und verschwand durch die Tür.

Privilegienhaus, Morgendämmerungstor,
Alte Insel: 17. Cyprilun

Renata war außer Atem und hatte den Kopf voller Fragen, als sie die Stufen des Privilegienhauses erreichte, und keine davon wurde beantwortet, als sie Leato dort stehen sah. Sie wusste bereits, dass die Verkleidung des Raben durchdrungen war; möglicherweise ließ sie sich mühelos vom praktischen Kleidungsstück in ein auffälliges Kostüm verwandeln.

Der neugierige Blick, den er ihr zuwarf, war auch kein Beweis. Er benahm sich zwar nicht wie ein Mann, der eben des Mordes beschuldigt worden war, aber Ren log selbst viel zu gut, um der Unschuldsmiene eines anderen zu trauen.

Unter den Würdenträgern, die die Stufen erklommen, stachen die fünf Mitglieder des Cinquerats hervor. Sie waren in die Farben ihres Amtssitzes gekleidet – grau, braun, grün, blau und die bunte Seide von Iridet – und wirkten gelangweilt und als ob sie es so schnell wie möglich hinter sich bringen wollten. Mettore warf Leato einen bösen Blick zu und biss unter seiner mit Saphiren besetzten Maske die Zähne zusammen.

Dann sah er sie an und Rens Magen zog sich zusammen.
Ich bin es.

Sie wusste das dank desselben Instinkts, der ihre Mutter beim Lesen von Mustern geleitet hatte, des Instinkts, mit dem sie das auf dem Küchenboden ausgelegte Muster übersetzt hatte. Die fehlende Information, die durch die *Maske der Narren* angedeutet wurde, die Nachricht, die laut *Lerche am Himmel* kommen würde – das war sie!

Und nun lieferte sie sich ihm auch noch aus.

Der Klang der Glocken verhallte. Alle gingen die Stufen hinauf und durch die große Doppeltür. Renata blieb nichts anderes übrig, als ihnen zu folgen oder in aller Öffentlichkeit die Flucht zu ergreifen.

Die Entscheidung wurde ihr noch mehr erschwert, als Leato ihren Arm nahm. »Renata?«, fragte er, da sie sich nicht wie die anderen bewegte. »Geratet jetzt bitte nicht ins Zaudern. Mutter war hocherfreut, als ich ihr erzählte, dass Ihr eine Einladung erhalten habt.«

Sie spannte die Hände an. *Ich brauche das.* Sie wollte ins Register von Haus Traementis aufgenommen werden. Und sie hatte sich Mettore bei der Verlobungsfeier präsentiert, der Schaden war also angerichtet. Sie wusste nicht, welche Informationen er über sie besaß und was sie mitbrachte, das ihm fehlte ... aber nun hatte er es.

Was würde er damit anfangen?

Der einzige Weg, das herauszufinden, bestand darin, ihn im Auge zu behalten. Renata gestattete Leato, sie durch den großen Bogengang ins öffentliche Atrium zu geleiten, wo die fünf ernsten Statuen des Cinquerats missbilligend auf sie herabblickten. Dahinter lag der Audienzsaal, in dem der Rat öffentliche Erklärungen abgab. Renata und die anderen Beobachter traten durch die hoch aufragenden Bogen zu den terrassenartig aufsteigenden Bankreihen, während Mettore und die anderen ihre Plätze auf dem Podium mit Blick zur Tür einnahmen.

Als alle bereit waren, ertönte eine einzelne Glocke.

Das Machtgefälle war offensichtlich: Der Cinquerat trat zuerst ein und besetzte mit seinen eigenen Leuten sein Regierungszentrum, um dann nach der vraszenianischen Delegation zu läuten, als wären es Diener. Aber die Vraszenianer kannten die Zeremonie und hatten anderthalb Jahrhunderte Erfahrung damit, sie zu untergraben.

Als Erstes erschienen vier kastanienbraune Pferde, die einen wunderschön zusammengebauten und bemalten Wagen zogen, auf dem sich die traditionellen Geschenke der Clans befanden. Dies diente jedoch nur der Show, denn sie mussten sowohl Wagen als auch Geschenke die Stufen hinaufgetragen und oben angespannt haben. Auch der Kutscher stellte falsche Bescheidenheit zur Schau. Seine Waschbärmaske und die auffällige silberne und graue Stickerei auf seinem Mantel kennzeichneten ihn als Kiralič, den Anführer des Kiraly-Clans. Renata war sich nicht sicher, wie ihm das gelang, doch er ließ sein Gespann einmal um den Audienzsaal fahren, wobei das führende Pferd eine Kotkaskade direkt vor den Sitzen des Cinquerats fallen ließ. Sie landete auf dem fünfzackigen Stern, der in den Boden eingelassen war, und wurde von den Wagenrädern in die Fugen zwischen den Fliesen gepresst.

Mettore Indestor verzog die versteinerte Miene vor Zorn, und nur Era Destaelios Hand, die sich um seinen Arm legte, hielt ihn auf seinem Sitz.

Dann hielt der Kutscher den Wagen mitten im Saal an, und die anderen Ziemetse, die die Clans anführten, traten zusammen mit ihrem Gefolge ein. Eine junge Frau in Kiraly-Farben eilte vor und übernahm das Gespann, damit sich der Clananführer zu den Ziemetse gesellen konnte, wenngleich sich sonst niemand bewegte, um etwas wegen der Pferdeäpfel zu unternehmen, die wie ein Fehdehandschuh zwischen den Vraszenianern und dem sitzenden Cinquerat auf dem Boden lagen.

Die Vraszenianer gaben ähnlich wie der Cinquerat einen beeindruckenden Anblick ab, allerdings auf völlig andere Weise. Die Mäntel der Männer waren prunkvoll bestickt, wobei die Seidenstickereien auf den Schultern so dicht waren, dass man den Stoff darunter kaum noch sehen konnte. Dasselbe galt für die breiten Gürtel der Frauen, und feine scharlachrot und safranfarben gefärbte Spitze zierte ihre mit Glöckchen versehenen Manschetten. Männer und Frauen hatten sich das geflochtene Haar gleichermaßen zu kunstvollen Gebilden aufgetürmt, wobei Talismane aus verknoteten Seidenkordeln an den Enden der Haarnadeln hingen: das dreiblättrige Kleeblatt für die Familie, Ažerais' Rose als

Glücksbringer und die großen, flachen Knoten, die ihre Rolle als Vertreter ihrer Abstammungslinien, ihrer Clans und des vraszenianischen Volkes als Ganzes symbolisierten.

»Ryzorn Evmeleski Kupalt vom Clan Dvornik grüßt den Cinquerat von Nadežra«, sagte ein schneidiger alter Herr am hinteren Ende der Reihe, nahm sich die Kappe vom Glatzkopf und verbeugte sich mit übertriebener Geste. Auch ohne den Namen hätte man ihn aufgrund der Maske und der grünen Stickerei als Anführer des Fuchs-Clans erkannt.

Der nächste der Ziemetse war einer der Lihoše, wie die Person, die Renata mit Vargo handelnd im Lagerhaus gesehen hatte. »Sedlien Hrišaske Njersto vom Clan Meszaros grüßt den Cinquerat von Nadežra«, sagte er und bedachte als einziger Vraszenianer die Pferdeäpfel mit einem missbilligenden Blick.

So ging es die Reihe entlang vom ältesten bis zum jüngsten Clananführer: Dem Kiralič fiel es schwer, nach seinem Auftritt ernst zu bleiben, der grauhaarige Varadič kniff berechnend die Augen zusammen, der Anoškinič verbarg seine Miene hinter seiner Geistereulenmaske und der Stretskojič betrachtete die Anwesenden, als würde er jederzeit mit einem Angriff rechnen.

Bis sie zur siebten kamen, die etwas abseits stand. Ihre schwarzen Zöpfe waren von Silber durchzogen und ihre Traumwebermaske bestand aus den Federn des Vogels. »Ich bin Szorsa Mevieny Plemaskaya Straveši. Ich stehe für den Clan Ižranyi im Gedenken an die Sippe, die beim Fall der Stadt Fiavla umkam. Mögen wir ihre Namen nie vergessen, mögen wir ihren Geist nie vergessen, der selbst für Ažerais verloren ist. Mögen wir dieses urtümliche Böse nie wieder erleben, bei dem sich Schwester gegen Bruder wandte, Mann gegen Frau, bis der Boden von Fiavla selbst Blut weinte.«

Ihre Worte riefen Eiseskälte im Raum und in Rens Knochen hervor. Obwohl sie in Nadežra aufgewachsen war, kannte sie die Geschichten; jeder wusste, warum es nur noch sechs vraszenianische Clans gab, wo es doch einst sieben gewesen waren. Das Gemetzel war vor Jahrhunderten passiert, aber die Erinnerung daran lebte weiter: Eine ganze Stadt war vom Wahnsinn uralter Kräfte, die von den Göttern außerhalb der Realität eingesperrt gewesen waren, übermannt worden. An einem Tag war sie noch eine florierende Stadt und das Herz von Ižranyi. Elf Tage später war jede Person, die den Namen des Clans trug – ob nun in Fiavla oder anderswo – tot.

Sostira Novrus brach das Schweigen. Sie trug die perlgraue Robe von Argentet, stand mit gekünsteltem Lächeln auf und setzte zu einer Rede über Nadežras große Geschichte an.

Ren kaute auf ihrer Unterlippe herum. War es möglich, dass Mettore irgendwie die Wahrheit herausgefunden hatte – dass sie mit diesen Vraszenianern in ihren Tiermasken verwandt war? In diesem Fall hätte es allerdings mehr Sinn ergeben zu warten, bis Renata ins Register von Haus Traementis eingetragen worden war, bevor er ihre wahre Identität enthüllte. Für die Liganti entstanden Beziehungen durch Verträge, nicht durch Blut; nichts hinderte eine Familie daran, eine Vraszenianerin zu adoptieren. Für ein Adelshaus hingegen wäre das ein verheerender Skandal.

Im Augenblick wirkte er eher gelangweilt. Diese Zeremonie fand jedes Jahr statt; er musste schon ein Dutzend Mal erlebt haben, dass ein Mitglied des Cinquerats eine Rede hielt und die Clananführer antworteten. Ren wäre selbst von Langeweile geplagt worden, hätten sich ihre Gedanken nicht überschlagen, weil sie sich unzählige Szenarien ausmalte, wie alles schiefgehen konnte. Sie dachte immer wieder an *noch eine Dosis* zurück und dass die Ratsmitglieder und Clanoberhäupter aus demselben Becher trinken würden, daher kam ihr Gift höchst unwahrscheinlich vor.

Außerdem hatten die Karten von Magie statt Mord gesprochen.

Die nadežranischen und vraszenianischen Anführer setzten sich für die Vorführung, während endlich Diener herbeieilten, um die Pferdeäpfel wegzuschaffen. Danach erschienen die Schauspieler: Kaius Rex in einer prunkvollen Rüstung, ihm gegenüber sechs Personen, die für die versprengte Macht Vraszans und der eroberten Stadtstaaten standen.

Ren kannte die Geschichte so wie jedes andere vraszenianische Kind. Kaius Sifigno war von Seste Ligante mit einer Armee über das Meer gereist, um das breite, reiche Tal des Dežera zu erobern, hatte ihre heilige Stadt mit Ažerais' Quelle zu seiner Festung gemacht, die Vraszenianer verbannt und ihnen fast vierzig Jahre lang ihren Segen vorenthalten. Nach seinem Tod vertrieben die Clans seine Truppen fast vollständig aus Vraszan, konnten die Stadt jedoch nicht zurückerobern. Nach elf Kriegsjahren schlossen sie schließlich einen Waffenstillstand und bekamen das Recht, die Quelle alle sieben Jahre zu besuchen und ihr Konklave rund um den großen Traum abzuhalten, wenn sie die Stadt dafür in den Händen der Fremden beließen.

Es überraschte sie nicht, dass im Privilegienhaus eine andere Geschichte erzählt wurde. Diese Version zeigte kein großes Interesse an vraszenianischen Traditionen, sondern konzentrierte sich vielmehr auf den Tyrannen und darauf, dass er nicht nur Vraszan, sondern die halbe Welt hätte erobern können, wäre er nicht seinem lüsternen Verlangen zum Opfer gefallen. Der Schauspieler, der Kaius darstellte – ein Extaquium-Cousin, den sie vom Sehen kannte – hielt sich bei der Darstellung der Grausamkeit, Gier, Völlerei und Lust des Tyrannen nicht zurück. Laut der Legenden konnte man ihn nicht töten. Viele versuchten es dennoch – mit Klingen, Pfeilen, Gift und Schwarzpulver –, aber er schien ein gesegnetes Leben zu führen, da er selbst gut geplanten Attentaten entrann. Erst als aus dem Palast drang, dass er sich eine simple Erkältung zugezogen habe, erkannten die

Kurtisanen Nadežras, wo er angreifbar war: Er konnte krank werden.

Den Geschichten zufolge war eine der drei Kurtisanen, die dem Tyrannen den Untergang brachten, eine Vraszenianerin, und alle Clans behaupteten, sie wäre eine der ihren gewesen. Dieses Jahr schien jemand im Privilegienhaus die Varadi zu bevorzugen, da die Kurtisane in Blau und mit spinnwebartiger Stickerei auftrat. Ren fragte sich, ob Vargo von den Vorbereitungen für das Schauspiel Wind bekommen und sein Kostüm entsprechend angepasst hatte.

Alle drei wurden selbstverständlich wegen Verrats hingerichtet. Der Tyrann bekam einen Wutanfall, als er die Erkrankung bemerkte. Aber nichts konnte ihn heilen – keine durchdrungene Medizin, keine Numinatria, keine Gebete und Opfer an die Götter –, und so verrottete er innerlich und fiel seinen Exzessen zum Opfer.

Als alle reglos am Boden lagen, erhob sich die weibliche Kurtisane. Ihre Namen waren alle längst vergessen, vorausgesetzt, dass dieses Trio überhaupt jemals existiert hatte, und sie wurde traditionell schlicht als Nadežra bezeichnet. Mit einfachen, klaren Worten beschrieb sie den darauf folgenden Krieg und den Friedensvertrag zwischen dem ersten Cinquerat und den damaligen Clananführern. »Und um dieses Abkommen zu ehren, versammeln wir uns in dieser Nacht der Wunder zur Stunde, zu der die Glocken aus eigenem Antrieb läuteten, und teilen einen Becher, so wie wir einst unsere Sorgen teilten.«

Entlang der Bänke teilten Diener mit Tabletts einen Becher für jeweils zwei Personen aus. Vorn standen die Mitglieder des Cinquerats von ihren Sitzen auf, wobei jedes zu einem der vraszenianischen Clananführer trat. Ren sah, dass Mettore so weit vom Kiralič entfernt stand, wie es die Höflichkeit gerade noch erlaubte. Die verhaltene Abscheu in seinem Gesicht passte zu dem des Meszarič, der bei der Schauspielerin stand, die Nadežra gespielt hatte – eine aus der Notwendigkeit heraus entstandene Tradition, um fünf Cinqueratsitze sechs Clanoberhäuptern zuzuordnen. Nur Scaperto Quientis schien sich zu amüsieren und gluckste über etwas, das Dvornič ihm ins Ohr flüsterte.

Leato nahm den Becher entgegen, den ihm der Dienstbote reichte, und hielt ihn so, dass Renata die Finger über seine legen konnte.

»Auf Nadežra und den Frieden, der uns allen wohltut«, verkündete die Schauspielerin und leerte den halben Becher. Der Anführer des Meszaros-Clans trank den Rest.

»Auf Nadežra«, wiederholte jede Stimme im Saal. Leato zog den Becher zu sich und achtete darauf, nur die Hälfte zu trinken.

Danach war Renata an der Reihe. Regenbogen schimmerten auf der Oberfläche und auf den Becherrändern. Aža galt als heilig; in den Jahren, in denen Ažerais' Quelle nicht floss, fügten die Menschen gewohnheitsmäßig etwas von der Droge ihrem Wein hinzu, um die Wirkung des Wassers zu simulieren und einen kleinen Traum als Echo des großen zu erleben. Ren war noch ein Kind gewesen, als sie es zum ersten Mal gekostet hatte, und sie hatte die ganze Nacht hindurch gekichert und nach Dingen geschlagen, die überhaupt nicht da waren. Aža war nicht für eine derartige Farce wie diese Maskerade des Friedens gedacht.

»Cousine?«, flüsterte Leato. »Ihr müsst trinken.«

Alle anderen hatten es schon getan. *Er würde uns nicht vergiften,* dachte Ren panisch. *Das wäre viel zu öffentlich. Er wusste ja nicht einmal, dass wir heute hier sein würden.*

Sie setzte den Rand des Bechers an die Lippen und trank.

Der Wein rann ihr wie Öl anstelle schimmernden Lichts über die Zunge und die Kehle hinab. Leato machte ein mitfühlendes Gesicht. »Ich glaube, er war nicht mehr gut.«

Nein, der Wein war *falsch*. Er brannte in ihrer Kehle, versengte sie, bis ihre Halskette, ihre Maske und ihr Kleid ihre Haut zu verbrennen schienen. Das Licht um sie herum zerfranste in widerliche Rebenbogen und bildete ein Netz aus Fäden, die sie mit Leato, mit Mettore verbanden, wo sie auch hinschaute, waren Fäden. Sie hörte das Gemurmel der Menge, sah, wie die Menschen einander besorgt ansahen, und versuchte, etwas zu sagen, sie zu warnen, sie zum Weglaufen zu bewegen.

Aber es war zu spät. Die Welt um sie herum löste sich auf, Kett- und Schussfäden glitten auseinander und sie stürzte durch die Lücken dazwischen.

12

Ertrinkender Atemzug

Das Privilegienhaus war leer.
 Kein Leato. Kein Cinquerat. Keine Clananführer mit ihrem Wagen.
 Ren war allein.
 »Was in aller ...«
 Ihr Flüstern hallte durch die Stille und es lief ihr kalt den Rücken herunter. Als sie den Fuß bewegte, erzeugte selbst das leise Kratzen ihrer Schuhsohle über den Boden ein Echo. Der Audienzsaal war beeindruckend groß, wenn sich Menschen darin befanden; mit nur einer Person darin wirkte er riesig. Die Last der leeren Luft schien auf Ren zu drücken, ihr Herz schlug schneller, sie bekam einen staubtrockenen Mund, obwohl es gar nichts zu befürchten gab. Sie war winzig. Unbedeutend. Ein flüchtiger Funke, der schon bald vergangen sein würde.
 Sie hatte sich bereits in Bewegung gesetzt, bevor es ihr klar wurde, ging die Stufen hinunter, wobei das Echo ihrer Schritte sich immer weiter ausbreitete und vermehrte, während sie durch die Tür ging, zurück ins Licht und zum Leben auf dem Platz ...

* * *

»Rühr den Topf um«, sagte Ivrina, »und dann setz dich zu mir.«

Ren blinzelte. *Ich ... ich kenne dieses Haus.*

Der Herd mit dem Topf darauf, der kleine Tisch, der geflochtene Vorhang, der die Küche vom vorderen Salon trennte, in dem ihre Mutter Muster für ihre Kunden legte. Oben war das Schlafzimmer und draußen war Spitzenwasser mit seinen schmalen Gassen und stinkenden Kanälen. Alles war warm, gemütlich und vertraut, auch der tiefe Kratzer an einem Tischende und die fehlende Ecke des Pflastersteins an der Hintertür.

Ich bin zu Hause. Diese Erkenntnis durchfuhr sie und stellte einen Stoff wieder her, von dem sie geglaubt hatte, er wäre unwiderruflich zerrissen.

»Das Essen brennt an«, warnte Ivrina sie lachend. »Rühr den Topf um, Renyi, und dann komm her. Ich möchte dir etwas zeigen.«

Ein herrlicher Duft stieg aus dem Topf auf, als Ren umrührte. Es war kein aufwendiges Gericht, denn so etwas konnten sie sich nicht leisten. Aber guter, solider Reisbrei mit Pilzen, Kohl und Pfefferkörnern. Es gab sogar Brötchen, die neben der Glut zum Rösten bereitlagen. Ihr Magen knurrte, als hätte sie seit Monaten nichts gegessen.

Sie hielt ihren Schal fest, der ihr von der Schulter zu rutschen drohte. Kurz bestand er aus glitzerndem silbernem Stoff und war hauchdünn, dann war er wieder aus robuster Wolle.

Darunter trug sie eine an der Schulter geknöpfte Bluse mit breitem Gürtel und langem vraszenianischem Rock. Kleidung, die zu diesem Ort passte, genau wie Ren. Dieser Ort gehörte ihnen und sie waren glücklich.

Ivrina mischte ihr Musterdeck, nicht über der Hand, wie man es mit billigen Straßendecks machte, vielmehr bogen sich die Karten unter ihren Händen nach oben und landeten dann in einem flachen Strahl. Sie rutschte ein Stück beiseite, damit Ren sich neben sie setzen konnte. »Erinnerst du dich an die Gebete, die ich dir beigebracht habe?«, fragte Ivrina sie.

Ren nickte und sagte sie auf, während ihre Mutter die Karten mischte.

»Kiraly, segne meine Hände mit der Anmut, ein wahres Muster zu legen.

Anoškin, segne meinen Verstand mit Licht, auf dass ich die Gesichter und die Masken erkenne.

Varadi, segne meine Augen, damit ich das Muster so sehe, wie es wirklich liegt.

Dvornik, segne meine Zunge mit Worten, um zu schildern, was ich weiß.

Meszaros, segne mein Herz mit Wärme, um all jene zu leiten, die meine Hilfe suchen.

Stretsko, segne meine Seele mit Kraft, um die Last dieser Aufgabe tragen zu können.

Ižranyi, Lieblingstochter von Ažerais, segne mich mit deiner Erkenntnis, damit ich meine Ahnen ehre und die Weisheit jener, die vor mir waren.«

Ivrina legte die Karten aus, drei mal drei, von der untersten Reihe zur oberen, rechts und links und die Mitte. »Dies ist die Vergangenheit, das Gute und das Böse davon und das, was keines von beidem ist.«

Wessen Vergangenheit?, wollte Ren fragen, als ihre Mutter *die Maske des Elends*, *Schwert in der Hand* und *Vier Blütenblätter fallen* aufdeckte.

Aber Ivrina hielt nicht inne, um die Karten zu deuten. Stattdessen ging sie sofort zur nächsten Reihe über. »Dies ist die Gegenwart, das Gute und das Böse davon und das, was keines von beidem ist.«

Das Gesicht aus Glas, *die Maske des Chaos*, *Sturm gegen Stein*.

»Dies ist die Zukunft, das Gute und das Böse davon und das, was keines von beidem ist.«

Das Gesicht aus Gold, *Ertrinkender Atemzug* und *Drei Hände vereint*.

Ivrina schlang die Arme um sie und drückte sie an sich. »Kannst du sie lesen, Renyi? Verstehst du, was sie bedeuten?«

Ren verspannte sich, als sie die Karten betrachtete. Sie kannte die Bilder in- und auswendig, aber jetzt sahen sie irgendwie falsch aus. Drei Karten in der rechten Spalte – sie sollten die positiven Kräfte in einer Situation ausdrücken, die Dinge, auf die der Kunden achten musste, wenn er nach Glück oder Hilfe suchte. Nun wirkten sie verdreht, als wäre selbst das Gute böse geworden.

»Schür das Feuer, Renyi«, flüsterte Ivrina. »Mir ist kalt.«

Aber ihre Mutter fühlte sich nicht kalt an, sondern heiß, kochend heiß, und ihre Haut war so trocken wie Papier. Ren sprang erschrocken auf. »Mama ...«

Das Feuer unter dem Herd loderte auf. Zu hoch – die Flammen leckten an der Wand darüber, am Teppich darunter. Rauch erfüllte die Luft. Ren musste würgen.

»Renyi«, wisperte ihre Mutter röchelnd.

Ivrina ging in Flammen auf.

Ren schrie und streckte die Hände nach ihr aus. Nein, nein – so war das nicht abgelaufen! Sie waren nicht zu Hause gewesen, als ihr Haus in Brand geraten war; Ivrina war nicht im Feuer gestorben. Das passierte erst später auf der Straße. Aber Ren war in diesem Augenblick ebenso hilflos, wie sie es mit sechs gewesen war, und sah zu, wie alles, was sie liebte, vor ihren Augen zerstört wurde.

Der Schmerz zerriss ihr das Herz. Ivrina verbrannte kreischend und ihre Schreie durchbohrten Ren wie Messer. »Lies die Karten, Renyi. Lies sie!«

Doch die Karten waren zu Asche zerfallen. Obwohl Ren versuchte, sich den Weg zu ihrer Mutter zu bahnen, um die

Flammen mit ihrem Schal zu ersticken, wollte ihr verräterischer Körper nicht gehorchen. Stattdessen drehte sie sich um und floh aus dem Haus in die kalten Straßen hinaus.

* * *

Ren rannte schluchzend weiter, der Atem brannte in ihrer Lunge, und der Rauch kräuselte sich hinter ihr her und krallte sich in ihre Fersen. Um eine Ecke und in die Schatten, wo sie sich verstecken konnte. Der Rauch waberte an ihr vorbei, noch immer suchend, weiterhin auf der Jagd.

Sie würde nie mehr sicher sein.

Der Gestank der schmalen Gassen drang ihr in die Kehle. Die Geschäfte um sie herum waren gesichtslos, an den Haken hingen keine Schilder, trotzdem wusste sie, wo sie war.

In Sieben Knoten. Dem vraszenianischen Elendsviertel.

Leises Wiehern und Stampfen auf einer Seite. Ein Stall; dort konnte sie Unterschlupf suchen. Aber als sie sich unter dem Bogen hindurchduckte, bäumte sich ein Hengst auf, schlug mit den Hufen zu, und Ren fiel nach hinten in den Straßendreck. Als er mit den Hufen wieder aufkam, stoben Funken von den Pflastersteinen auf.

Sie kroch auf Händen und Knien weg vom Stall und tiefer ins Dunkel.

Aber andere beanspruchten die Dunkelheit längst für sich. Ein Rattenschwarm stürzte sich auf sie, spitze Zähne bohrten eintausend Löcher, Krallen zerkratzten ihr die Wangen. Sie floh aus dem Schatten wie zuvor aus dem Licht.

Eine geisterblasse Gestalt, unendlich tiefe schwarze Augen in einer herzförmigen Maske aus Weiß, schwang sich auf lautlosen Flügeln herab. Ren duckte sich gerade noch rechtzeitig und rannte unter tief hängenden Wäscheleinen durch Sieben Knoten, wobei sie alle Wege immer näher heranführten ...

Näher an die Mitte des Netzes.

Die Fäden zogen sich um sie herum zu. Dies war keine Begrüßung, sondern eine Falle. Die Pfauenspinne eilte an ihrem Spinnenfaden herunter, bleckte die riesigen Fangzähne, öffnete und schloss sie voller Vorfreude aufs Fressen. Ren zerrte verzweifelt und keuchend am Netz, entwand sich gerade noch rechtzeitig, bevor die Spinne sie erreichte, und floh ein weiteres Mal durch die Wildnis der Stadt.

Ein Kreischen ließ sie erstarren. Es klang wie von einer Frau – nein, als würde ein Kind ermordet. Einer der Schatten in der Gasse löste sich; sie sah rostrotes Fell, eine weiße Schwanzspitze und gelbliche Zähne. Das Kringeln einer schwarzen Lippe und Blut auf der weißen Halskrause eines Fuchses. Er trat aus der Gasse und verbarg seine blutbefleckten Krallen in schwarzen Handschuhen, wobei sein charmantes Lächeln eine verlockendere Falle war als das Spinnennetz.

Sie wich erschauernd zurück. Auf einmal berührten sie Hände, kleine, clevere Hände, leerten ihre Taschen, nahmen ihr den Schal, zerrten, zupften und stibitzten ihr das Wenige, was ihr noch geblieben war. So wie die Straße Ivrina alles genommen hatte, bis ihr Körper kalt und nackt im Rinnstein lag.

Fauchend schlug Ren zurück. Der kleine Körper des Waschbären wurde gegen die Mauer geschleudert. Sie wehrte sie alle ab, den Fuchs und die Spinne und die Eule und die Ratte und das Pferd, rein aus Instinkt und dem Bedürfnis zu überleben. Sie wollten sie nicht – keiner von ihnen wollte sie. Vraszenianer sollten ihresgleichen helfen, aber Ren hatte niemanden; wer immer die Sippe ihrer Mutter war, sie hatte Ivrina ausgestoßen. Wegen Ren. Weil Ivrina ein Bastardkind hatte, die Tochter eines Außenseiters.

Und so überließen sie sie der Grausamkeit der Straße.

* * *

»Finde sie in deinen Taschen,
Finde sie in deinem Mantel,
Wenn du nicht aufpasst,
Findest du sie an deiner Kehle ...«

Das Lied hallte durch die Gasse, durch die Straße, durch den Flur der Herberge. Ren schlich auf Zehenspitzen an schlafenden Fingern vorbei und drückte sich eine kleine Börse an die Brust. Es war nicht viel, aber sie hatte es den ganzen Tag lang versucht. Es war besser, mit irgendetwas als mit nichts nach Hause zu kommen.

Sie wollte Ondrakja nicht enttäuschen. Wenn man Ondrakja enttäuschte, bekam man nicht nur eine schmerzhafte Bestrafung. Es bedeutete auch, dass sie Ren niemals helfen würde, das zurückzubekommen, was jemand an Ivrinas Todestag gestohlen hatte.

»Was hast du gefunden, kleine Renyi? Tritt vor. Du weißt, dass ich es nicht leiden kann, wenn du im Schatten herumlungerst.« Ondrakjas Lächeln war so brüchig wie das gesponnene Karamell auf feinen Kuchen, als sie Ren in ihren Salon beorderte, wo mehrere Finger um ihren Stuhl herum kauerten, ein Miniaturhof ihrer Königin. Sie packte Ren am Kinn, aber ihre langen Nägel konnten sich nicht in ihre Haut bohren. »Du musst der Welt dein Gesicht zeigen, wenn du glänzen willst. Dieses hübsche Gesicht ist deine Gabe.«

Sie drehte Rens Kopf hin und her, als wäre Ren ein Spiegel, in dem Ondrakja ihre eigene Schönheit bewunderte. »Welche Geschenke bringt mir mein hübsches Gesicht heute?«

Die Anspannung wich aus Rens Körper. Ondrakja hatte gute Laune. »Ich war in Sonnenkreuz«, sagte sie, »und hab da einen Schnösel entdeckt ...« Sie erzählte eine Geschichte, weil Ondrakja Geschichten liebte und sich gern vorführen ließ, wie clever Ren war – wie sie es ihr beigebracht hatte. Auf dem Höhepunkt der Geschichte holte Ren die Börse hervor.

Ondrakja leerte sie in ihre Hand, und ein Forro, einige Decira und ein Ring fielen heraus. Sie hielt den Ring ins schwache Licht des Feuers und ließ Ren hoffen, hoffen, *hoffen* ...

»Spielst du ein Spiel, kleine Renyi?« Die Sirupsüße in ihrer Stimme hielt Ren gefangen. »Hältst du etwas zurück? Was habe ich über das Lügen gesagt?«

Panik drohte Ren die Kehle zuzuschnüren, aber sie kämpfte dagegen an. Sie konnte die Sache noch immer retten und verhindern, dass Ondrakja vom Gesicht zur Maske wechselte. Sie musste nur herausfinden, welche Antwort Ondrakja hören wollte.

Aber sie hatte Ren zu viele Lügen beigebracht, viel zu viele Lügen. Welche sollte sie ihr jetzt auftischen.

»D-dass man dich nicht anlügen soll?«

»Nein!« Ondrakja riss die Hand hoch und Ren zuckte zusammen. Aber nein. Nicht Rens Gesicht, ihr hübsches Gesicht. Kein Zorn der Welt hätte Ondrakja dazu gebracht, etwas derart Wertvolles zu beschädigen.

Der Ring flog quer durch den Raum und prallte gegen die Holzvertäfelung. »Ich habe gesagt, dass du mich nicht anlügen *kannst*. Ich werde es merken. Ich werde es immer merken ...«

Ein weiterer Tag. Ein weiterer Versuch. Ein weiterer Fehlschlag. Und als Ren durch die Tür kam, war Sedge bereits da – er musste einen kürzeren Weg genommen haben, nachdem alles schiefgegangen war.

Er sah sie stumm und mit flehenden Augen an, wollte ihr eine Nachricht übermitteln, die sie jedoch nicht verstand. Sie wusste nur, dass Ondrakjas Grinsen Schmerz für sie beide bedeutete, wenn sie nicht alles genau richtig machte.

»Da ist sie ja. Erzähl doch mal, Renyi – was ist passiert?« Ondrakja hob eine Hand mit langen Fingernägeln, als Sedge etwas sagen wollte. »Nein, deine Version kenne ich schon. Jetzt will ich ihre hören.«

Djek. Rens Gedanken rasten. Was hatte Sedge gesagt? Die Wahrheit? Nein. Er hatte ihr eine Lüge aufgetischt – aber welche? Sie hatten noch keine Gelegenheit gehabt, sich abzusprechen. Einer der älteren Finger musste ihn zu Ondrakja geschleift haben, ansonsten hätte er auf sie gewartet.

Sie durfte nicht so lange darüber nachdenken. Das war genauso schlimm, als würde sie eine Lüge eingestehen.

Ren holte tief Luft und fing an zu reden. Sie dachte sich die Worte erst einen Moment vor dem Aussprechen aus und erinnerte sich daran, wie Sedge und sie das schon unzählige Male gemacht hatten, um ihr die Geschichte aufzutischen, die er ihr am wahrscheinlichsten erzählt hatte.

Was jedoch nicht ausreichte. Ihre aufgerissenen Augen und aufeinandergepressten Lippen gaben Ren jeden Fehler zu verstehen. Zwar versuchte sie noch, den Kurs zu korrigieren, aber Sedges Zusammenzucken verriet ihr, dass sie damit alles nur noch schlimmer machte.

»Was für eine interessante Geschichte. Danke, Renyi, für deine ... *Ehrlichkeit.* Und was dich angeht, Sedge?« Ondrakja stand auf und zog einen Schilfstock aus der hohen Isarnah-Vase neben der Tür – eine der vielen Trophäen, die ihr die Finger im Laufe der Jahre gebracht hatten. »Du weißt ja, was ich von Lügnern halte. An die Wand.«

Ren bohrte die abgebrochenen Fingernägel in die Handfläche, schloss jedoch nicht die Augen, weil sich Ondrakja jeden Moment umdrehen konnte, um sich zu vergewissern, dass sie auch hinschaute. Das Sausen des Stocks durch die Luft erinnerte an fließendes Wasser, an die Fluten, die in den Tiefen aufstiegen, und Sedges gedämpftes Stöhnen hallte vom Stein wider.

Tränen brannten in Rens Augen, aber sie ließ sie nicht zu. *Immer falsch. Nie gut genug.* Immer das Gesicht loben und die Maske gütig stimmen. Sie hatte es versucht – und es gelang ihr besser als den anderen –, doch sie würde es Ondrakja niemals recht machen können. Weder in Bezug auf ihre Fähigkeiten noch auf ihre Cleverness oder ihre Schönheit.

Sie war nicht einmal klug genug, um zu begreifen, dass es genau darum ging. Dass Ondrakja sie mit Absicht verhungern ließ – damit sie immer auf Brocken der Anerkennung hoffte, sich auf der Suche danach im Schlamm suhlte.

Dem Schlamm der Tiefen. Sie war gar nicht mehr in der Herberge. Sedge stemmte die Hände gegen den schleimigen Rand einer zerfallenden Nische, und Ondrakja stand bis zu den Knöcheln im Wasser, und die Flut kam ...

* * *

Höher und höher, bis zu ihren Waden, ihren Knien, ihrem Becken. Dinge schwammen im Wasser an ihr vorbei, manche konnte sie glücklicherweise nicht sehen, andere wurden von der schnellen Strömung mitgerissen – eine aufgeblähte Leiche, ein Fischernetz, in dem sich eine feste Masse verfangen hatte, Ratten, die panisch zu einer trockenen Stelle schwammen, die es nicht gab. Alles war in geisterhaft grünes Licht getaucht, das schwach von den mit Schleim bedeckten Wänden abgestrahlt wurde.

Vor einem Moment war sie doch noch in der Herberge gewesen. Auf der Straße. Zu Hause.

Das ist ein Traum, erkannte Ren.

Nicht nur ein Traum – ein Albtraum. Und jetzt war sie in den Tiefen, den alten Begräbnisnischen, in denen sie die Asche der Toten aufbewahrten, und wusste nicht, wie sie hier wieder rauskommen sollte.

Ihre einzige Warnung war das Rauschen des Wassers hinter ihr. Eine Woge riss sie von den Beinen, warf sie gegen Wände, wirbelte sie wild herum – sie wusste nicht länger, wo oben und wo unten war, und *sie konnte nicht schwimmen ...*

Dann waren da nicht mal mehr Wände oder Ratten, nach denen sie greifen konnte; überall nichts als Wasser.

Bis sie gegen etwas Weiches prallte und sich daran festhielt, sich hineinkrallte und verzweifelt versuchte, Luft zu holen.

»Lass los, du dämliche ...« Das Ding – der Mann – trat zu, versuchte, sich aus ihrem Griff zu befreien, aber sie klammerte sich an ihm fest, so wie sich die ertrinkenden Ratten vorher an sie geklammert hatten. Wenn sie weiter nach oben wollte, musste er sinken. Das war der Lauf der Welt.

»Hilfe! Jemand muss uns helfen! Hil...« Sein Schrei ging in ein Gurgeln über, als Ren ein Knie auf seine Schulter bekam. Sie waren im Westkanal, Menschen gingen oben den Weg entlang und über die Sonnenuntergangsbrücke, waren so fern und gleichgültig wie die Monde am Himmel. Sie schubste ihn mit mehr Kraft, griff nach den Steinen, bohrte die Fingerspitzen in einen Spalt. Als sie einen Blick nach hinten wagte, sah sie Scaperto Quientis noch einmal an der Wasseroberfläche wild mit den Armen rudern, den Mund zum Schrei eines Ertrinkenden aufgerissen.

Nur für einen Moment. Als sie sich auf die Kante stemmte, verwandelte sich der stetige Fluss der Stadt in Chaos.

Es brach nicht etwa ein Chaos aus. Alles *verwandelte* sich. In einem Augenblick schlenderten die Leute gemächlich vorbei und ignorierten das aus dem Kanal aufspritzende Wasser, im nächsten war sie umringt von Leibern, die eben noch nicht dagewesen waren, war umgeben von zustoßenden Ellbogen, Knien und Schreien. Sie zerrten sie mit sich, kaum anders als das tosende Wasser der Tiefen. Eine Flasche zerschellte an der Wand neben ihr, Glassplitter und sauer riechendes Bier landeten auf dem Boden.

Sie hoffte, die Welle würde sie vom Ärger wegtragen, doch stattdessen landete sie auf dem Platz vor dem Horst. Leichen lagen auf den Stufen, einige in vraszenianischen Mänteln und mit bestickten Schärpen und Röcken, andere in Wachuniform. Ein bloßes Dutzend Falken hielt die Treppe. Die aufständischen Vraszenianer warfen sich gegen sie, schleuderten Objekte und beschimpften sie mit wenigen erkennbaren Obszönitäten, doch der Großteil ihrer Worte war völlig durcheinander und unverständlich – eher das Jaulen von Tieren als menschliche Sprache.

Mettore Indestor stand oben auf den Stufen vor dem Horst hinter seiner Reihe von Falken. Sein Gesicht war vor Zorn puterrot, seine Stimme hallte laut über den Platz, lauter, als sie es hätte sein sollen.»... Ordnung, und wenn ich jeden von euch umbringen muss, um das zu erreichen!«

Aber seine Männer waren diejenigen, die starben. Der Mob stürzte vor, zerrte Ren mit sich, und dann war sie im Horst.

Nicht in einem der vorderen Räume voller Falken und Papierkram. Im Zellentrakt. Einem unfassbar langen Gang, gesäumt mit Gittertüren, und sie fielen hinter den Vraszenianern zu, sperrten sie allein oder in Zweiergruppen ein, während die anderen versuchten, der Falle zu entkommen.

Ren war nicht schnell genug. Ein gesichtsloser Falke schob sie zusammen mit einer Frau, die ihr irgendwie bekannt vorkam, in eine Zelle. Die Frau drängte sich an Ren vorbei und umklammerte die Gitterstäbe.»Wo ist mein Großvater?«, schrie sie auf Vraszenianisch. Die Falken gingen an ihnen vorbei, hartherzig und ohne sie zu beachten.»Bitte, es geht ihm nicht gut! Sperrt mich bei ihm ein!«

Der Schatten der Gitterstäbe malte eine Maske über die Augen der Frau, die groß, dunkel und tränenfeucht waren, und jetzt erkannte Ren sie: Es war das Kiraly-Mädchen, das zu Beginn der Zeremonie die Pferde übernommen hatte.

Sie sank schluchzend auf die Knie.»Bitte! Lasst ihn nicht allein sterben!« Dann drehte sie sich zu Ren um.»Bitte helft mir. Bringt sie dazu, mir zuzuhören.«

»Das ist ein Traum«, sagte Ren und wich zurück. Sie ging immer weiter nach hinten, ohne auf die Zellenwand zu treffen. »Wir müssen nur aufwachen.«

»Aber das können wir nicht«, warf eine andere Stimme ein.

Ren drehte sich um und sah eine Frau in der Ecke sitzen, aus deren leeren Augenhöhlen blutige Tränen rannen. Ren erkannte sie: Es war die Szorsa der vraszenianischen Delegation.

»Wir wurden vergiftet!« Rens Stimme bebte. »Wir alle. Das Aža im Wein – irgendetwas stimmte damit nicht.«

»Das war kein Aža. Dieser Traum ist kein Geschenk von Ažerais ... aber wir sind in ihrem Traum.«

Ren stockte der Atem. Ažerais' Traum: die außerweltliche Reflexion der wachen Welt, der vielschichtige Ort, den jene erblickten, die Aža nahmen. Aber dies war kein bloßer Blick, sie befanden sich darin, waren gefangen wie Fliegen im Honig.

Sie hatte noch nie davon gehört, dass jemand körperlich in den Traum eindringen konnte. Und ihr war völlig schleierhaft, wie sie sich daraus befreien sollten.

Die Szorsa hob das Kinn, und ihre Nasenflügel bebten, als würde sie tief einatmen. »Du bist kein Traum, aber du wurdest von Ažerais berührt. Hilf mir auf.«

Zögernd nahm Ren die Hand der Szorsa. Sie war federleicht. »Du musst mir die Augen ersetzen«, verlangte die Szorsa von ihr. »Du trägst die Gabe in dir. Nutze sie, um zu sehen – um unseren Weg durch den Sturm zu finden.«

Ren biss sich auf die Unterlippe. Welchen Weg? Welche Gabe?

Sie meint das Lesen von Mustern.

Die Maske des Elends. Vier Blütenblätter fallen. Schwert in der Hand. Die Maske des Chaos. Und in der Mitte des Musters Sturm gegen Stein.

Hand in Hand mit der Szorsa marschierte Ren in die Finsternis.

* * *

Die Statuen des Privilegienhauses ragten unfassbar hoch über ihnen auf. Einen Moment lang glaubte Ren, die Antwort gefunden zu haben – dass sie ins Privilegienhaus zurückkehren mussten, wo alles begonnen hatte, und dann fliehen konnten. Aber die fünf leblosen Blicke richteten sich auf sie und der Albtraum ging nicht zu Ende. Draußen hörte sie den Wind heulen.

Ren reckte das Kinn in die Luft und legte so viel Kraft in ihre Stimme, wie sie nur konnte. »Was geht hier vor sich?«

Sie hatte damit gerechnet, dass ihre Stimme wie zuvor widerhallen würde wie ein winziges Ding, das sich in der Weite des Raums verlor. Stattdessen war sie klar und rein zu hören.

Die Antwort glich einem Glockenschlag, der den Tod des Tyrannen verkündete.

»Ich betrüge alle.«

»Ich manipuliere alle.«

»Ich besteche alle.«

»Ich töte alle.«

»Ich verdamme alle.«

Das waren nicht die richtigen Leitsätze. Die Statuen sollten die Diener Nadežras repräsentieren und wie sie dem Volk halfen. Stattdessen antworteten sie ihr als die Herren der Stadt und suhlten sich in ihrer Macht.

Die Szorsa neben Ren schüttelte den Kopf. Trotz ihrer Blindheit sagte sie: »Nein. Es waren sieben, als uns die Stadt gehörte. Wo ist die Weberin? Wo ist die Szorsa?«

Sieben? Ren hatte noch nie davon gehört, dass es einst sieben Ratsmitglieder gab.

Als sie genauer hinsah, entdeckte sie Schatten in den Statuen, Geister aus Holz anstatt aus Marmor, die vraszenianische und keine Liganti-Kleidung trugen. Einen Poeten, einen Kureč-Anführer, einen Händler, eine Wache, einen Mystiker.

Und an ihren Seiten zwei weitere. Eine Weberin mit einem Garnknäuel und eine Szorsa mit ihren Karten.

Sturm gegen Stein stand für unkontrollierte und unkontrollierbare Macht. Draußen mochte der Wind toben, aber die wahre Macht befand sich hier im Auge des Sturms; Ren spürte es in der Luft, wie es in den Fasern des Musters nachhallte. Fühlte, wie es sich mit ihr verband.

Sie war der Grund dafür, dass dieser Albtraum angefangen hatte. Als sie den mit Drogen versetzten Wein getrunken hatte, war sie in den Traum gestürzt – und hatte alle anderen mit sich gerissen.

Aber das war nur ein Teil davon. Indem sie ins Privilegienhaus gekommen war, hatte sie Mettore etwas gegeben, das er brauchte – doch was immer es war, so musste es schiefgegangen sein. *Sturm gegen Stein* war nicht nur dieser Moment, sondern auch seine schlimme Zukunft in dem Muster, das sie gelegt hatte.

Als der Albtraum anfing, hatte das Privilegienhaus versucht, sie mit ihrer eigenen Bedeutungslosigkeit zu erdrücken. Nun spürte sie das genaue Gegenteil – das Ausmaß ihrer Bedeutung –, und das war sogar noch erschreckender.

»Nur die von Ažerais Geborenen können die Kinder von Ažerais retten«, flüsterte die alte Frau. Sie stand unbeirrt vor der Statue der Szorsa, als würde sie ihren Worten lauschen. »Und nur die von Ažerais Geborenen können die Kinder von Ažerais vernichten.«

Die von Ažerais Geborenen. Kinder, die in der Nacht des großen Traums gezeugt worden waren – so wie es Ivrina stets von Ren behauptet hatte. Sie besaßen angeblich eine Verbindung zu den Mustern und zur Göttin des vraszenianischen Volkes.

Aber die Macht, deren Sturm draußen toste – das war nicht die Göttin ihres Volkes, sondern etwas anderes.

Als würde sie durch Glas blicken, wechselte Ren von den alten vraszenianischen Statuen zu den neuen Liganti-Versionen. Sie mochten sich an ihrer Macht ergötzen, aber Macht konnte verloren, getauscht, gebrochen ... und gestohlen werden.

Als sie nach Nadežra zurückgekehrt war, hatte sie beschlossen, sich zu nehmen, was die Stadt ihr schuldete. Doch es gab so viel, was sie sich nehmen konnte. Leato. Die Traementis. Ihr ursprünglicher Plan hatte vorgesehen, genug Geld abzuzweigen, um irgendwo anders ein neues Leben anzufangen, aber wieso sollte sie sich etwas Gutes durch die Finger schlüpfen lassen?

Wenn die Traementis erst einmal an sie gebunden waren, konnte sie die Stadt dafür bezahlen lassen, dass sie ihr die eigentliche Familie genommen hatte.

Rens Gewissheit brannte wie ein Stück Kohle in ihrer Brust, wie ihr Verlangen nach Rache, nach Kontrolle, nach *Macht*. Um sie herum legte sich der Wind.

Die Szorsa legte ihr eine Hand auf den Arm. »Nein – greif nicht nach diesem Faden. Deine Träume werden dich verschlingen, wenn du es zulässt!«

Aber der Wind frischte erneut auf, jede Tür im Atrium schwang auf, und schon brach der Sturm über sie herein. Er hob Ren von den Beinen, entriss sie dem Griff der Szorsa und schleuderte sie durch die Luft.

* * *

Sie rutschte über poliertes Holz und knallte gegen eine Wand, wo sie liegen blieb.

Über ihr schnaubte jemand zynisch. »Noch eine von Mezzans Geliebten, nehme ich an?«

Ren rappelte sich auf. Sie befand sich im Traementis-Herrenhaus ... irgendwie aber auch nicht. Obwohl sie in Donaias Studierzimmer standen, waren alle Wandbehänge und Dekorationen Caerulet-Blau, da war das Wachhexagramm, das Indestor-Siegel mit den zwei sich überlappenden Rädern. Und Leato ...

Ren erstarrte und war hin- und hergerissen zwischen Erleichterung und Furcht. Er war es wirklich, nicht nur eine Traumversion, denn er trug noch immer sein Rabenkostüm. Als er ihr Gesicht sah, runzelte er die Stirn. »Moment mal ... Ich kenne dich. Du bist die Musterleserin vom Händlerweg – die mir geholfen hat, Idusza zu finden.« Ein Herzschlag verging und sein Stirnrunzeln vertiefte sich. »Oder etwa nicht?«

Sie trug noch immer vraszenianische Kleidung, war jedoch nicht zurechtgemacht. Ren verbarg sich hinter ihrem zerzausten, nassen Haar und antwortete mit ihrem natürlichen Akzent. »Altan Leato. Wir sind in einem Albtraum.« Aber war es seiner oder ihrer?

»Denkst du, das wüsste ich nicht?«, entgegnete Leato verbittert. »Mutter ist Aža-süchtig, Giuna Mezzans Nebenfrau, Renata hat uns aufgegeben und ist nach Seterin zurückgekehrt – Indestor hat uns alles bis auf unser Adligenprivileg genommen. Wir sind am Arsch.«

Er begriff nicht, was passierte. Ren biss sich auf die Unterlippe und fragte sich, wie sie zu ihm durchdringen konnte. War es schlauer, als Szorsa aufzutreten? Aber sie hatte keine Karten.

Das Gesicht aus Glas.

Das gute Geschenk in dem Muster, das Ivrina gelegt hatte. Der Wendepunkt in Leatos Zukunft, als die Szorsa in Spitzenwasser sein Muster gelesen hatte.

Wahrheit und Enthüllungen.

Angst machte sich in ihrer Brust breit. *Ich kann es ihm nicht sagen.* Sich als Adlige auszugeben, war ein Kapitalverbrechen. Wenn das bekannt wurde, würde sie in die Sklaverei verkauft oder gehängt. Und dieser Albtraum veränderte alles und machte selbst aus dem Guten etwas Schlechtes. Doch darin zu bleiben, wäre noch viel schlimmer.

»Warum kommt eine vraszenianische Szorsa zu ...« Leato stockte der Atem und er wurde blass. Er packte ihre Schultern und schüttelte sie. »Es geht doch nicht um Grey, oder? Ninat möge uns verschonen – ist ihm etwas zugestoßen?«

Sie blickte reflexartig zu ihm auf, obwohl ihr jeder Instinkt riet, sich zu verbergen. »Nein, ich ...«

Renata hat uns aufgegeben. Das war ein Teil seines Albtraums. Und jetzt würde sie alles noch viel schlimmer machen. Sie legte die Hände auf seine. »Leato. Sieh mich an.«

Sein Blick wurde stechend. Er nahm sie wirklich zur Kenntnis – nicht nur durch die Filter des Albtraums. Und es dämmerte ihm.

Allerdings anders, als Ren erwartet hatte.

»Lumen möge ihn verbrennen – *Renata*. Nicht du auch noch. Spielt Mezzan wieder Familie? Hat er dich dazu gezwungen?« Er berührte die Glocke an ihrem Ärmel. »Dieses sich im Schlamm suhlende Schwein. Ich werde ihn davon abhalten ... Ich lasse ihn dafür bezahlen ...«

»Nein! Leato, ich ...« Sie bekam die Wahrheit nicht über die Lippen. Es wäre so einfach gewesen, mitzuspielen und Leato in dem Glauben zu lassen, sie wäre als Nebenfrau oder Konkubine an Mezzan Indestor gebunden und müsste auf seinen Befehl hin vraszenianische Kleidung tragen. Aber die Karten waren eindeutig.

Das Gesicht aus Glas. Um zu entkommen, musste sie die Maske abnehmen und ihm die Wahrheit zeigen.

»Ich bin Renata«, sagte sie mit vraszenianischem Akzent

und vor Angst tauben Lippen. »Aber ich habe deine Familie angelogen. Du hast keine Cousine.«

»Keine Cousine?« Leatos Griff lockerte sich. »Dann ist ... Letilias Tochter ...«

»Diese Person gibt es nicht.« Die Wahrheit zu sagen war so viel schwerer als zu lügen. Doch da sie erst einmal angefangen hatte, konnte sie jetzt nicht wieder aufhören. »Ich bin eine Betrügerin.«

»Nein.« Leato taumelte nach hinten und fuhr sich mit einer Hand durchs Haar, als wollte er seine Verwirrung aus seinem Kopf herausreißen. »Das ist ein neuer Teil des Albtraums, richtig?« Er warf ihr einen derart verlorenen Blick zu, dass sie es kaum ertragen konnte. »Oder nicht? Warum sollte sich irgendjemand die Mühe machen, uns zu betrügen? Wir haben doch nichts als unseren Stolz und dessen Wert ist ja wohl offensichtlich.«

Seine Geste umfasste den Stammsitz der Familie, der nun dem Haus Indestor gehörte. Zwar verwandelte der Albtraum alles in das denkbar Schlimmste, dennoch fühlten sich seine Worte an, als würde er Salz in die offenen Wunden aus Rens Vergangenheit streuen. »Du glaubst, ihr wärt arm?«, fragte sie. »Meine Mutter ist auf der Straße gestorben, weil wir uns nichts zu essen leisten konnten. Ich habe ihre nackte Leiche im Rinnstein gefunden – Menschen, die ebenso arm waren wie wir, haben ihr alles genommen, sogar die Kleidung. Da war ich *acht*.«

»Dann betrüg sie!«, fuhr er sie an. »Das gibt dir das Recht, uns anzulügen, uns hoffen zu lassen? Meine Großeltern sind gestorben, als ich noch zu jung war, um mich an sie zu erinnern. Mein Vater hat sich im Aža verloren und wurde bei einem Duell wegen seiner Schulden getötet, als ich zehn war. Großonkel Corfettos ganze Familie kam im selben Jahr bei den Getreideaufständen um, die sie selbst angestachelt hatten. Im folgenden Jahr war es Sogniats Haushalt, der von einer verschmähten Geliebten niedergebrannt wurde. Ihr Mann hat sich vor lauter Schuldgefühlen zu Tode gesoffen, und danach starben alle anderen, einer nach dem anderen ... Hast du auch nur eine Ahnung, was es für uns bedeutet hat, ein Familienmitglied dazuzugewinnen, anstatt eins zu verlieren?« Er legte sich die Hände auf den Hinterkopf und krümmte sich, als könnte ihn das vor der Wahrheit schützen. »Bitte lass dies Teil des Albtraums sein. Bitte mach, dass ich aufwache.« Sein hilfloses Flehen durchfuhr sie unfassbar schmerzhaft. Als hätte sie Sedge lebendig gefunden ... nur um herauszufinden, dass er gar nicht Sedge war.

Das ist nicht dasselbe, dachte Ren verzweifelt. *Sedge ist mein Bruder. Renata hat Leato nichts bedeutet.*

Aber sie war wichtig für ihn geworden, jedenfalls in den letzten Monaten.

Sie zwang sich zu atmen, obwohl ihre Kehle wie zugeschnürt war. »Leato. Wir können einander anschreien, so viel wir wollen – nachdem wir hier rausgekommen sind. Ich glaube, dass ich in Bewegung bleiben muss, um zu entkommen. Ich kann dich mitnehmen.« *Jedenfalls hoffe ich das.* »Vertraust du mir wenigstens so weit?«

»Dir vertrauen?«, spie er aus. »Ich kenne ja nicht einmal deinen Namen.«

Beinahe hätte sie *Arenza* gesagt. Aber das wäre auf gewisse Weise ebenfalls eine Lüge gewesen. »Ren.«

Er schwang seine Rockschöße nach hinten und machte eine spöttische Verbeugung. »Wirklich schön, Eure Bekanntschaft zu machen, Herrin Ren.«

Die Verbeugung gab ihr den Rest. Da er wütend und verletzt war, standen die Chancen äußerst schlecht, dass er ihr die Wahrheit sagen würde, dennoch sprudelte die Frage aus ihr heraus. »Bist du wirklich der Rabe?«

»Wie bitte?« Er starrte sie an, bevor er an sich hinabblickte. »Sicher. Warum nicht. Dann eben Lügner und Diebe. Warum sollte ich der Rabe sein? Er verachtet den Adel. Was für Albträume hattest du, dass du auf so einen Gedanken kommst?«

»Spitzenwasser! Du hast bei der Gloria gesagt, dass du sehr wütend gewesen bist, und dann erschien wie aus dem Nichts der Rabe und hat Mezzan angegriffen ...«

»Giuna war diejenige, die sagte, er hätte eine Abreibung verdient! Vielleicht ist sie ja der Rabe.«

»Giuna kam nicht zu spät zu unserer Verabredung und hielt sich danach nicht merkwürdig nah in einer Gasse auf. Außerdem verschwindest du immer irgendwohin, bist aber nicht dort, wo du angeblich hingehst – und im Indestor-Herrenhaus ...« Ren verstummte schwer atmend. Sie hatte früher einige hervorragende Lügner gekannt, bezweifelte jedoch, jetzt einem gegenüberzustehen.

Leato war nicht der Rabe. Und er lachte sie aus, weil sie auch nur auf den Gedanken gekommen war.

Ihre Wangen brannten. Der Albtraum hatte bisher viele Formen angenommen, aber Scham war etwas Neues.

»Vergiss es«, murmelte sie und schob ihr feuchtes Haar nach hinten. »Darum geht es auch gar nicht. Gib mir deine Hand, dann versuche ich, uns hier rauszubringen.«

Nach kurzem Zögern reichte er ihr die behandschuhte Hand. Sie nahm sie mit ihrer bloßen, schloss die Augen und dachte nach. »Danach kam *das Gesicht aus Gold*. Das ist Wohlstand und es war in der guten Zukunft.« Es tauchte verdreht auf, leitete sie jedoch trotzdem. »Andernfalls wäre meine Zukunft genau hier. Daher müssen wir vielleicht gar nicht woanders hingehen.«

Sie schlug die Augen auf und das Studierzimmer um sie herum verwandelte sich.

* * *

Die Blautöne wurden zu warmem Bernstein und Braun, die Räder des Indestor-Siegels bildeten nun die drei gekreuzten Federn der Traementis.

Und da saß eine zweite Ren im Sessel.

Nein, keine Ren – *Renata*. Gekleidet in all den Prunk, den Tess mit ihrer Nadel vollbringen konnte, ohne knausern oder tricksen zu müssen. Die bronzefarbene Wolle ihres Unterkleids war so fein gewebt, dass sie wie gebürstete Seide schimmerte, und ihr Surcot war mit Rubinen besetzt. Ein Feuer brannte im Kamin, ein Weinglas aus Kristall stand neben ihrer Hand und sie lächelte so zufrieden wie eine wunschlos glückliche Frau.

Donaia kauerte an einem kleinen Tisch in der Ecke. Ihr Kleid bestand aus dünner Baumwolle und war geflickt und fleckig, und ihre Hände glichen vom vielen Schreiben knorrigen Klauen. Sie kritzelte in einem Hauptbuch herum, und selbst von ihrer Position aus konnte Ren erkennen, dass es sehr hohe Zahlen waren.

Giuna bemerkte sie erst nach einem Moment. Das Mädchen kniete in der Nähe des Schreibtischs in einer billigen Imitation des Kleids, das Renata bei der Gloria getragen hatte – ärmellos und wagemutig, aber an Giuna hing es trostlos herunter.

Giuna hielt den Blick gesenkt. »Sibiliat sagte, sie wäre nicht in Stimmung für meine Spiele. Ich habe versagt – es tut mir leid –, aber nächstes Mal klappt es besser, Cousine, das schwöre ich.«

Renata betrachtete den Wein in ihrem Glas. »Du hast schon wieder Cousine gesagt. Muss ich dich daran erinnern, dass du dieses Privileg nach deinem letzten Scheitern verloren hast?«

Die Hand, die ihre beinahe zerquetschte, riss Ren aus ihrer Erstarrung. »Was hast du aus meiner Schwester gemacht?«, zischte Leato.

»Ich ...« Ren starrte die Szene an, ohne zu blinzeln. »Ich weiß nicht, was das ist. Ich wollte nur Geld, das schwöre ich – aber ich wollte deine Familie nie zu meinen Dienstboten machen!«

Die Tür des Studierzimmers ging auf, und Leato – eine andere Version von ihm – kam herein. Der hellhaarige, lachende, galante junge Mann, der Ren seinen Handschuh gegeben und sie noch vor wenigen Stunden zärtlich geküsst hatte, war verschwunden. Dieser Leato hatte viel mehr mit Vargo gemein: ein hartes, vernarbtes und skrupelloses Gesicht.

Er warf einen Stoffbeutel auf Renatas Schreibtisch. Blut sickerte heraus und bildete eine Lache auf dem schimmernden Holz. »Der Rabe wäre erledigt.« Seine Stimme klang heiser und nicht länger wie der helle Tenor. In seinem Inneren war etwas zerbrochen.

»Ist das sein Kopf?« Renata beäugte den Beutel mit verächtlichem Schmollmund.

»Das sind seine Hände. Diese Stadt wird es sich zweimal überlegen, bevor sie dich erneut herausfordert, Cousine.«

Renata warf Giuna ein giftiges Grinsen zu. »Siehst du? Dein Bruder weiß, wie er mich zufriedenstellen kann.«

Leato – der neben Ren – schien in sich zusammenzusacken. »Was hast du aus mir gemacht?«

Die Antwort entfleuchte Ren wie ein hohles Flüstern. »Ich habe euch in meine Finger verwandelt.«

Und sich selbst in Ondrakja.

Sie hatte sich erst vor sehr kurzer Zeit in der Position der imaginären Giuna befunden und sich vor der Wahrheit versteckt. Nun sah sie die andere Seite der Medaille direkt vor sich. Die Zufriedenheit über ihre Werkzeuge, die Art, wie sie sie für ihre Zwecke geformt hatte. Ihre Bestätigung war die Musik, nach der sie tanzten, weil sie sich durch Manipulation nicht nur einen Weg ins Register von Haus Traementis, sondern bis an die Spitze der Stadt gebahnt hatte. Sie hatte den

Samen davon beim Anblick der Statuen im Privilegienhaus gespürt und dies war nun die daraus entstandene Frucht.

Aber ... hatte sie das denn nicht verdient? Schuldete es Nadežra ihr nach all dem Leid denn nicht? Wenn sie jetzt alles besaß, war das schlichtweg der Preis, weil sie letzten Endes gewonnen hatte: Sie hatte sogar Ondrakja ausgetrickst und sich als besser, klüger und ...

Renata stand auf und streichelte dem anderen Leato mit einer Hand die vernarbte Wange. Sie bohrte die langen roten Fingernägel in das zerklüftete Fleisch, und in Leatos Augen blitzte der dumpfe Hass auf, den Ren nur zu gut kannte.

»Wenn du nur gut genug gewesen wärst, um ihn davon abzuhalten, dein hübsches Gesicht zu zerstören.«

Ren schlug sich die Hände vor den Mund, als könnte sie die Galle so unten halten. Sie wich kopfschüttelnd zurück, aber diesmal blieb die Wand hinter ihr; es gab kein Entkommen, und sie musste sich diese verdrehte Zukunftsvision von sich ansehen, die über den Überrest der Traementis herrschte.

Auf einmal stand Leato, der echte Leato, zwischen ihr und all dem Schrecklichen, zu dem sie geworden war, nahm ihre Hände und zog sie von ihrem Mund. »Cousine – Renata – *Ren*.« Er zerrte fester an ihr und zwang sie, ihn anzusehen. Er hatte die blauen Augen weit aufgerissen und starrte sie grimmig und ... verständnisvoll an.

»Das ist dein Albtraum«, sagte er eindringlich. »Alles hier sind Albträume. Lass dich nicht hineinziehen. Was immer du vorhin getan hast, du musst es jetzt wieder tun und uns hier rausbringen.«

Raus. Das war das Wort, das zu ihr durchdrang. Wenn dies ein Muster war, dann mussten sie es beenden. Und die nächste Karte war *Drei Hände vereint* – Verbündete.

Sie wusste genau, wohin sie gehen musste.

* * *

»Und such ja nicht nach mir.« Tess stopfte ihren Nähkorb in den halb gefüllten Rucksack auf dem Küchentisch. Ihr Atem kondensierte in der Luft, da im Kamin kein Feuer brannte, um den Raum zu wärmen. Der Brotkasten stand offen und war leer. Sie zerrte an den kleinen Stickproben, die sie an die Wand gehängt hatte – die einzige Dekoration –, und warf sie ebenfalls in den Rucksack. »Ich weiß, dass du klüger bist als ich und mich finden kannst, wenn du es wirklich willst, aber tu es nicht. Mach diese Tür nicht wieder auf. Ich will nicht als weiteres Opfer deines verrückten Plans enden.«

Sie unterbrach das Packen und schaute sich um, aber sie besaßen so wenig, daher reichte ein halber Rucksack aus.

»Wir hätten ein einfaches, ehrliches Leben führen können – eine Schneiderei, in der du die Kundschaft umgarnst. Aber das war dir nicht genug, und jetzt siehst du ja, wohin uns das geführt hat. Ich will nichts mehr mit dir zu tun haben. Ich ertrage es nicht.«

Diesmal gab es keine andere Ren – nicht einmal dieser winzige Hauch von schützender Distanz war ihr vergönnt. Es fühlte sich an, als wäre ihr der Boden unter den Füßen weggerissen worden und sie würde in den Abgrund stürzen. Sie streckte die zitternden Hände aus. »Du kannst doch nicht ...«

Tess schlug Rens Hände weg. »Ich muss es tun, bevor dich die Traementis als Hochstaplerin enttarnen. Bevor jemand mir das antut, was Vargo mit Sedge gemacht hat. Er hat dich gewarnt, dass Vargo gefährlich ist. Er hat dir gesagt, dass er keine Geheimnisse ausplaudern darf. Und jetzt hat Vargo zu Ende gebracht, was Ondrakja nicht geschafft hat. Ich verschwinde, bevor mir dasselbe passiert.«

Sie griff in ihren Rucksack, holte eine Schere heraus und zog sie über die Narbe auf ihrem Handgelenk – ein flacher Schnitt, gerade tief genug, damit es blutete. Tief genug, um eine Narbe zu hinterlassen. Sie streckte den Arm aus und ließ das Blut auf den Boden tropfen. »So. Es ist getan. Du bist nicht länger meine Schwester.«

Tess hätte Rens Handgelenke aufschlitzen können und es hätte sich dennoch weniger nach Verbluten angefühlt. Sie hatten alles zusammen durchgestanden. Ondrakja. Ganllech. Die Rückkehr nach Nadežra.

Und jetzt wollte Tess gehen.

Ren suchte verzweifelt nach Worten, doch Tess legte ihr einen zarten Finger auf die Lippen. »Jetzt willst du etwas sagen, um mich zum Bleiben zu bewegen. Tu es nicht. Ich weiß, dass du mit Worten die Vögel aus den Bäumen locken kannst, aber ich habe etwas Besseres verdient. Wenn du mich je wirklich geliebt hast, dann versuche nicht, mich zu manipulieren.«

Tess wandte sich ab und hob den Rucksack hoch. Ren stand schwankend da und sah zu, wie Tess durch die Tür ging, während ihre Welt an den Rändern immer schwärzer wurde.

Leato fing Ren auf, als sie zusammenbrach. »Renata – Ren. Atme. Das ist nur ein weiterer Albtraum. Tess geht nicht wirklich. Das würde sie niemals tun, oder?«

Ren drehte ihr Handgelenk um und zeigte ihm die Narbe. »Sie ist meine Schwester. Ich würde alles für sie tun – aber wenn mich meine Pläne blind machen, dann vergesse ich manchmal, dass sie nicht nur eine Ressource ist ...«

»Eine Ressource«, wiederholte Leato leise. »Genau wie Mutter, Giuna und ich?«

Erschrocken blickte sie zu ihm auf. »Du ...«

Er sah sie mit seinen blauen Augen an. Bei ihrer ersten Begegnung hatte sie nur einen reichen, faulen Schnösel gesehen, der sich seines eigenen Werts nur zu gut bewusst war. Doch ihre Versuche, sich in die Traementis-Familie einzuschleichen, hatten vieles verändert. Nun waren sie für sie wichtige Personen und keine potenziellen Opfer mehr: Donaias hart arbeitende Hingabe, Giunas gutherzige Freundlichkeit und Leato ...

Leato, der sie vor dem Privilegienhaus geküsst hatte. Und dessen Kuss sie erwidert hatte, weil sie es wollte – und nicht etwa, um ihre Klauen noch tiefer in ihm zu versenken.

»Nein«, antwortete Ren ebenso leise. »Nicht mehr.«

Seine Miene wurde sanfter. Noch war es kein Lächeln – in der Hölle lächelte man nicht –, aber der Zorn ließ nach.

»Gut. Denn du magst zwar gelogen haben, aber das, was du für meine Familie getan hast, ist echt. Und wir mögen zwar kein Blut vergießen, um Personen zu unserem Register hinzuzufügen, aber das heißt noch lange nicht, dass man sich einen Platz bei uns nicht verdienen kann – wenn man es denn versucht.«

Abermals raubte er ihr den Atem, diesmal jedoch nicht vor Schmerz. Er kannte die Wahrheit ... und wandte sich nicht ab.

Allerdings verzieh er ihr auch nicht. Jedenfalls nicht so leicht. Immerhin bot er ihr die Gelegenheit, es sich zu verdienen.

Die Leere der Küche belastete sie noch immer und schien ihr zu vermitteln, dass sie allein war. Aber das stimmte nicht.

Die letzte Karte war *Ertrinkender Atemzug*, die Karte der Furcht – und der bösen Zukunft.

»Was als Nächstes kommt, wird sehr unschön werden«, warnte sie ihn.

»Weil bisher alles einem Rosengarten glich?« Er schnaubte und half ihr beim Aufstehen.

Rosen. Sie waren ein Symbol von Ažerais und blühten jedes Jahr zum Fest des verschleiernden Wassers.

»Die Quelle«, sagte Ren. »Ich war im Privilegienhaus, wo das alles angefangen hat, doch das hat nichts gebracht. Aber das hier ist Ažerais' Traum, nur verdreht. Und ihre Quelle ist der Ursprung der Träume.«

Leato runzelte die Stirn. »Ich korrigiere eine Vraszenianerin ja nur ungern, aber ich dachte, die Quelle erscheint nur in der Nacht des großen Traums.«

Ren schüttelte den Kopf. »Sie ist immer da und hier in diesem Reich. Der Tyrann hat sein Amphitheater darüber gebaut, aber sie ist immer noch da unter den Steinen. Wir sollten …«

* * *

Die Tür zersplitterte mit einem lauten Knall.

Sie hatte mit einem Sprung gerechnet und dass Leato und sie sich auf einmal im großen Amphitheater wiederfinden würden. Aber sie standen noch immer in der Küche und Falken mit gezückten Klingen stürmten mit Grey Serrado an der Spitze herein.

Er sah sie mit seinen stahlkalten Augen an. »Da ist sie. Verhaftet die Hochstaplerin.«

»Grey?«, fragte Leato fassungslos und hatte das Schwert schon halb gezogen, um sie zu verteidigen. »Grey ist Teil deines Albtraums?«

Ren machte sich nicht die Mühe, es ihm zu erklären. Sie nahm ihn am Arm und rannte los.

Hoch ins Erdgeschoss, aber die Falken kamen auch durch die Vordertür herein – nein, keine Falken; das waren Vargos Leute, alle Knoten des Unterufers. Fluchend drehte Ren seitlich in einen der ungenutzten Räume ab. Mit einem schnellen Ellbogenschlag hatte sie die Fensterscheibe zerschlagen, und die Scherben bohrten sich in ihren Arm, als sie hinauskletterte. »Komm schon!«

Leato folgte ihr, ohne weitere Fragen zu stellen. Ren versuchte panisch, den Traum zu kontrollieren, so wie sie es zuvor getan hatte, um sie von Westbrück an die Spitze springen zu lassen und die Strecke nicht zu Fuß zurücklegen zu müssen, doch es klappte nicht; dies war das Entsetzen, von all ihren Feinden durch die Straßen gehetzt zu werden. Falken, Spinnen, Soldaten aus Ganllech – sie hörte Mettore Indestor Befehle erteilen und sogar Donaias Stimme, die lautstark jedem eine Belohnung versprach, der ihr die Hochstaplerin »Renata« in Ketten brachte.

Sie schafften es über die Sonnenuntergangsbrücke und auf die Alte Insel. Rens Lunge brannte, als sie sich an den Aufstieg machten, und sie wusste mit der furchtbaren Gewissheit eines Albtraums, dass ihre Verfolger nicht wie sie langsamer wurden.

»Was machen wir, wenn sie da ist?«, wollte Leato keuchend wissen. »Ich kann mir nicht vorstellen, dass dies hier zu Ende geht, wenn wir daraus trinken und wahre Träume haben.«

»Ich weiß es nicht«, gab Ren zu. »Aber ich glaube, dass uns schon jemand oder etwas weggejagt hätte, wenn das nicht der richtige Ort wäre.«

Sie ließen die Gebäude der Stadt hinter sich. Die Felsen der Spitze erhoben sich um sie herum, und ganz oben stand das große Amphitheater, der gescheiterte Versuch des Tyrannen, die Quelle auszulöschen.

Der Klang ihrer Verfolger verhallte, als sie das Amphitheater betraten. Aber sie waren nicht allein.

Gestalten schwebten um die steinerne Bühne, ungelenk und abgehackt, dabei aber ekelerregend geschmeidig. Ihre Haut war verkohlt und zerklüftet wie die Überreste ausgebrannter Gebäude, und sie waren skelettartig dünn und ausgemergelt wie verhungerte Leichen, aber dennoch irgendwie lebendig.

Ren hatte sie in ihren Albträumen gesehen. Nicht heute Nacht, aber während ihrer ganzen Kindheit, wenn ihre Mutter einen roten Faden um ihr Bett legte, damit sie in Sicherheit war.

»Zlyzen«, hauchte sie, und ihr Magen zog sich zusammen.

Jemand bewegte sich in ihrer Mitte, eine gebeugte, abgerissene Frau. Das Fleisch in ihrem Gesicht zog sich papierdünn über ihre Wangenknochen und fiel darunter ein. Ihr Haar war so trocken und brüchig wie Wintergras und bedeckte nur noch einige Stellen ihres Kopfes, während andere Stellen mit Leberflecken bedeckt waren. Einer der Zlyzen knabberte an ihrem Ärmel und sie strich ihm wie einem Haustier über den Kopf.

Etwas an dieser Geste ließ eine Erinnerung in Ren aufkeimen, denn die Anmut schien so gar nicht zur sonstigen Erscheinung der Frau zu passen.

Der Zlyzen keckerte der Frau etwas zu, und sie blickte auf und sah Ren und Leato mit trüben Augen an.

»Ihr seid aber ein hübsches Paar«, krächzte sie und glitt näher. Die Zlyzen bildeten zu ihren Seiten Rudel und krochen mit den Bäuchen über den Boden. »Macht ihr einen kleinen Spaziergang?«

Leato nahm Rens Hand. »Sie ist nur ein weiterer Albtraum.«

»Nein«, wisperte Ren und starrte die Frau an. Beim Anblick der Zlyzen blieb ihr beinahe das Herz stehen, aber sie waren nichts im Vergleich zu der Frau. Alt und verfallen, die Zähne spitz, und doch hatte Ren sie erkannt – an den Überresten ihrer Stimme, an der Art, wie sie den Zlyzen gestreichelt hatte, durch *Ihr seid aber ein hübsches Paar.*

»Ondrakja.«

Die alte Frau wich zurück. Die Zlyzen um sie herum zischten und knurrten. »Woher kennst du diesen Namen?«, fauchte sie. Dann riss sie die gelblichen Augen auf, in denen sich das Licht der Monde fing. »Du! Du undankbare kleine Schlampe. Du hast mich vergiftet!«

Ondrakjas wirre Schreie über die Nacht, in der Ren sie

ermordet hatte – oder versucht hatte, sie zu ermorden? –, hallten durch das Amphitheater.
Nein – das ist ein Albtraum. Lass dich nicht hineinziehen.
Ondrakja fing an zu kichern und zeigte mit einem klauenhaften Finger auf Ren. »Aber sieh dir das an. Ich habe dich ebenfalls vergiftet!« Ihr Lachen schien wie Maden über Rens Knochen zu kriechen.

Leato sah ebenso mitgenommen aus, wie sich Ren fühlte. »Du hast das alles bewirkt?«

»Das hier? Ja. Allerdings hätte ich nie erwartet, dass es sich so herrlich entwickelt.« Sie bleckte die spitzen Zähne. »Ist das dein Werk, meine Hübsche? Du magst eine verräterische kleine Ratte sein, aber du warst schon immer meine Beste.«

Dasselbe Gefühl wie im Privilegienhaus überkam Ren – dass ihre Verbindung zu Ažerais all das hier hervorgerufen hatte.

Aber sie wollte verdammt sein, wenn sie Ondrakja – selbst eine grässliche, albtraumhafte Vision von Ondrakja – das wissen ließ. Ren mochte eine Verräterin sein, die sich an einen Knoten gebunden und dann gegen ihn gewandt hatte, sie mochte auch für all die Schrecken dieser Nacht verantwortlich sein ... doch sie würde Ondrakja nicht die Genugtuung geben, ihr die Wahrheit zu verraten.

Daher kämpfte sie gegen die Übelkeit an und ignorierte die ölglatten Bewegungen der Zlyzen. Sie zwang sich zur Konzentration. »Ich? Ich war doch nur ein Finger. Du warst die Hand, die uns bewegt hat.« Sie rückte einen halben Schritt näher und ahmte ihre Körperhaltung von damals nach. Nahm abermals die vertraute Gestalt an und versuchte herauszufinden, was sie sagen oder tun musste, um dem Albtraum um sich herum zu entkommen. »Aber diesmal hattest du es nicht wirklich auf mich abgesehen. Du wusstest doch nicht mal, dass ich hier bin.«

»Du?« Ondrakja kam näher und spielte die Freundliche, aber es war glasklar, dass sie nur ihre Krallen in Ren versenken wollte. Ihre Süße war nie etwas anderes als eine Maske gewesen ... und jetzt verweste diese Maske. »Nein, er. Indestor. Er wird mich so bezahlen, wie er es versprochen hat, oder ich zwinge ihn, all das Chaos zu schlucken, das ich über ihn bringe.«

Ren hörte nur mit halbem Ohr zu. »Die Quelle«, raunte sie Leato zu. »Sie könnte unser Ausweg sein.« Der Rand war schon zu sehen, der Ring aus uralten Steinen, der sich über der Bühne des Amphitheaters erhob, wie er es in der wachen Welt niemals tat.

Um dorthin zu gelangen, mussten sie an den Zlyzen vorbei.

»Könnte?«, murmelte Leato, hielt ihre Hand jedoch etwas fester. »Gut. Zu schade, dass du kein Schwert hast – aber du beherrschst es ohnehin nicht gut genug. Bleib dicht an meiner Seite.«

Er ließ ihre Hand los, zog seine Klinge und stürzte sich auf die Zlyzen.

Ren zog das Messer aus Leatos Gürtel und schlug damit um sich, während sie ihm laut schreiend folgte, als könnte sie die Zlyzen so auf Abstand halten. Stattdessen zog sie sie nur an, und sie griffen nach ihren Beinen, schnaubten und schnappten mit ihren unmenschlich scharfen Zähnen zu. Auf einmal packte sie etwas am Kragen und sie röchelte.

Ondrakja hatte sich schneller bewegt, als man es einer alten Vettel zutrauen würde. Ihr eiserner Griff verdrehte Rens Kragen, und das Medaillon, das sie für die Maskerade angelegt hatte, schnürte ihr die Kehle zu, da sich die Kette in ihre Haut bohrte. Ren stach mit dem Messer zu und traf etwas, doch Ondrakja ließ nicht locker.

Dann war Leato da. Er rammte sie beide, und der Druck ließ nach, die Kette riss. Ren taumelte nach vorn und wurde vom Wasser der Quelle angezogen wie von einem Magneten, betete zu Ažerais ...

Der Steinring vor ihr enthielt nur eine leere, ausgetrocknete Grube.

Sie versuchte, stehen zu bleiben, doch es war zu spät. Kurz verharrte sie am Rand der Grube ... dann stürzte sie schreiend hinein.

Etwas packte ihren Arm, hielt ihren Fall auf und schwang ihren Körper gegen die Wand. Leato lehnte sich weit über den Rand und hatte sie mit beiden Händen umklammert. Seine Finger hatten sich im offenen, mit Glöckchen besetzten Saum ihres Rocks verfangen, und er grunzte vor Anstrengung, als er sie festhielt. »Ich hab dich. Nimm meine Hand. Findest du irgendwo Halt ...«

Er zuckte zusammen, jaulte vor Schmerz auf und ließ locker. Ein Zlyzen war ihm auf den Rücken gesprungen und attackierte ihn mit seinen verdrehten, geschwärzten Gliedmaßen. Schon kam ihm ein zweiter und dann ein dritter zu Hilfe.

»Leato!« Sie versuchte, mit der anderen Hand seinen Ärmel zu erwischen, aber ihre Handfläche war durch das Blut aus der Wunde an ihrem Arm rutschig geworden. Trotzdem schaffte er es irgendwie, sie weiter nach oben zu ziehen, doch die Zlyzen setzten ihm zu, ihre Mäuler waren schon rot von Blut, und es wurden immer mehr, bis sie die Sterne verdeckten ...

Seine Hand wurde schlaff und sie fiel. Sie stürzte in die Dunkelheit, in die trockene, widerhallende Leere der verschwundenen Quelle, ins Nichts ...

... und dann berührte sie mit ihren verzweifelt umherwedelnden Händen einen schimmernden, schillernden Faden.

Er war so fein wie ein Gedanke und hätte ihr Gewicht niemals halten dürfen. Aber Ren schlang die Finger darum und er trug sie. Sie kletterte hinauf, befleckte die Helligkeit mit Blut, und der Faden wurde immer dicker, verwandelte sich von der Kordel zum Seil und rings um sie herum waren sowohl der Albtraum der leeren Grube als auch das leuchtende Wasser der wahren Quelle von Ažerais.

Über ihr tauchte ein grauer Kreis aus der Schwärze auf. Dort oben war etwas und streckte die Hand nach ihr aus: Eine Hand mit einem schwarzen Handschuh legte sich um ihr Handgelenk, und kurz glaubte sie schon, es wäre Leato, unversehrt und ganz.

»Ich hab dich«, sagte er und zog sie hinauf. »Du bist in Sicherheit.«

Der Rabe. So echt wie in der wachen Welt stand er vor ihr. Was wiederum bedeuten musste, dass Leato ...

Ren drehte sich und blickte nach unten. Unfassbar weit unten in der Tiefe sah sie eine zuckende Masse aus Zlyzen, die immer noch etwas zerfetzten und auffraßen.

Sie krallte die Finger in den Lederhandschuh. »Nein! Leato – wir müssen zu ihm zurück ...«

»Du zuerst. Dann er.«

Der Rabe zog sie nach oben und aus der Grube. Abermals spürte sie die Fäden um sich herum, wie sich die Welt vom Traum zurück zur Realität verschob – und dann begriff sie, was das bedeutete.

»Warte!«

Aber es war zu spät. Ren hatte alle mit sich in den Albtraum hineingezogen, und als sie ihn verließ, endete er. Der gepflasterte Boden des Amphitheaters war glatt und eben.

Und Leato war fort.

Dritter Teil

13

Ein verlorener Bruder

Morgendämmerungstor, Alte Insel: 17. Cyprilun

Vargo lebte nicht oft in seinem Körper. Er war mit der Vorstellung aufgewachsen, dass Körper Schmerzen mit sich brachten – ebenso indem sie welche zufügten als auch erlitten –, und diesen Glauben hatte er nicht abschütteln können, obwohl ihn längst keine Schmerzen mehr plagten. In letzter Zeit sah er seinen Körper eher als Werkzeug. Er verbrachte die meiste Zeit in seinem Kopf, wo er unangreifbar war, und überlegte, wie er alles um sich herum nutzen konnte.

Den Reiz des Körperlichen gestand er hingegen dennoch ein. Manchmal suchte er bewusst nach dem Klatschen von Fleisch auf Fleisch, dem Bewegen der Becken und der schweißnassen Haut, all dem Stöhnen und Genießen.

So wie jetzt mit Iascat Novrus, der zwischen Vargo und der Seitenwand des Agnasce-Theaters stand, wobei allein die Säulen und die Schatten sie vor der Entdeckung schützten. Auch Berechnung spielte dabei eine Rolle, denn die meisten Schnösel hatten zu große Angst vor Iascats Tante Sostira und ihrer unheimlichen Fähigkeit, Geheimnisse aufzudecken, um sich ihrem Erben zu nähern. Was wiederum bedeutete, dass sich Iascat nach Zuneigung sehnte … und nach Zärtlichkeiten. Nur jemand, der keine Angst vor einer Erpressung hatte – eine schamlose Person –, konnte ihm geben, was er wollte. Womit er im Gegenzug ein Druckmittel bekam.

Im Augenblick hatte das Ganze jedoch nichts mehr mit Berechnung zu tun. Vargo befand sich ganz und gar in seinem Körper – in seinem und in Iascats, hatte eine Hand um Iascat gelegt, und ihr gehetzter Atem verlor sich im Getöse des Platzes.

Der Novrus-Erbe biss sich auf die Faust, um nicht aufzuschreien, als er kam. Auch Vargo stand entsetzlich nah vor der Erlösung, als sich eine Stimme in seinem Kopf meldete.

::Im Privilegienhaus ist etwas passiert.::

Nicht. jetzt. Verdammt. Noch. Mal.

::Doch, jetzt::, fauchte Alsius nicht im Geringsten amüsiert und ohne Vargos momentane Aktivitäten süffisant zu kommentieren. ::Die Menschen darin – sie sind *verschwunden*. Der Cinquerat, die Clan-Anführer, einfach alle.::

Auf einen Schlag war Vargo zurück in seinem Kopf. Sein Körper hetzte weiterhin dem Höhepunkt entgegen, während es ihn vor Schreck eiskalt überfuhr und die Lust verpuffte. *Was meinst du mit verschwunden?*

::Ich meine damit, dass sie sich vor meinen Augen aufgelöst haben.::

»St... stimmt etwas nicht?«

Vargo hatte aufgehört, sich zu bewegen. Iascat drehte den Kopf und sah ihn fragend an, wobei seine Augen mit den geweiteten Pupillen durch die schwarze Schminke noch viel größer wirkten. Die Lippen des Mannes waren weich und sein ascheblasses Haar zerzaust; etwas Sand klebte an seiner Wange, die er zuvor gegen die Mauer gepresst hatte. Eigentlich hätte er unwiderstehlich aussehen müssen, doch Vargo hatte jetzt andere Sorgen.

»Zu viel Aža«, behauptete Vargo, weil dies das Erste war, was ihm einfiel. »Ich bin für heute fertig.«

»Aber du ... bist noch nicht fertig. Oder?«

::Vargo!::

Ich komme. Die Ironie dieser Antwort entging ihm nicht. Doch Vargo hatte keine zwei Glocken auf den Knien verbracht, um Fadrin Acrenix davon zu überzeugen, ihn Iascat vorzustellen, um diese Chance jetzt völlig zu vergeuden.

Er strich bewusst zärtlich die Sandkörner von Iascats Wange und küsste ihn innig, als hätte er alle Zeit der Welt. »Vielleicht ein anderes Mal?«

Seine Frage wurde mit einem scheuen Lächeln und einem enthusiastischen Nicken erwidert. »Ja. Ein anderes Mal. D-Derossi.«

Etwas in Vargos Brust zog sich bei dem Namen zusammen. Er richtete seine lockere Hose und seine dicht mit Perlen besetzte Robe und zuckte mit den Achseln. Die Farbe auf seiner Brust war verschmiert und ein Abbild davon prangte auf Iascats Rücken. »Nenn mich Vargo«, sagte er und huschte zwischen den Säulen hindurch zurück auf den überfüllten Platz.

Erzähl mir, was passiert ist.

::Zuerst nur das Übliche. Reden, Feierlichkeiten, Wein. Es hätte eigentlich eine langweilige Veranstaltung sein müssen. Aber dann sind alle, die vom Wein getrunken haben, einfach ... verblasst. So etwas machen Menschen nicht, Vargo!::

Nein, das taten sie nicht. Jedenfalls nicht durch eine Vargo bekannte Magie. Außerdem klang Alsius panischer, als er ihn seit Jahren gehört hatte.

Er hatte Renata dort reingeschickt.

Wozu in aller Welt hatte er sich von Indestor manipulieren lassen?

Vargo ging auf das Privilegienhaus zu und die ahnungslose Menge setzte ihm nur wenig Widerstand entgegen. Aber als er sich den Stufen näherte, kam ein Beamter in Fulvet-Kleidung durch die Tür gestürmt und kreischte: »Sie sind weg! Der Cinquerat ist verschwunden!«

Nur wenige Personen hörten ihn ob des Lärms der Maskerade, aber sie fingen an, mit ihren Nachbarn zu tuscheln, und rasch hatte sich die Kunde wie das Läuten der Glocken ausgebreitet. *Irgendetwas stimmt nicht. Im Privilegienhaus ist etwas passiert.* Als er den Platz überquert hatte, waren aus den Gerüchten ein Dutzend unterschiedliche Geschichten geworden, die alle nicht stimmten und höchst gefährlich werden konnten.

Vargo hatte schon Aufstände miterlebt und glaubte zwar nicht, dass sich eine Menge aus Schnöseln derart aufregen konnte, dass es zur tödlichen Panik einer Unteruferschlägerei kam, wollte es aber auch nicht darauf ankommen lassen.

Ohne anzuhalten bog er in eine Seitengasse ab, aus der alle auf den Platz eilten, um herauszufinden, was der Aufruhr zu bedeuten hatte. Er zog seine perlenbesetzte Robe aus und teilte Alsius gedanklich mit: *Ich muss mir etwas Praktischeres anziehen. Besorg mir derweil eine Probe dieses Weins.«*

Alte Insel: 17. Cyprilun

Die Geräusche kamen auf Tess zu wie eine anschwellende Woge aus Gemurmel und Panik.

Sie hatte sich eine Stelle in der Nähe der Tanzenden gesucht, um die an ihr vorbeiflanierenden Kostüme bewundern zu können, und sich mit wehmütiger Neugier gefragt, ob Pavlin wohl bei den Feiern in Westbrück von Frauen umschwärmt wurde. Nun zupfte sie jemanden am Ärmel – einen Mann in einem haarsträubenden Kostüm, das doppelt so viel Platz einnahm wie sein Körper und so schlampig zusammengenäht war, dass sie sich in ihrer beruflichen Ehre verletzt fühlte.

»Bitte verzeiht, aber könnt Ihr mir sagen, was passiert ist?«

»Es geht um die Zeremonie im Privilegienhaus«, antwortete er und war zu sehr mit der Neuigkeit beschäftigt, um überhaupt zu bemerken, dass er nur mit einer Dienstbotin in schlichter zweifarbiger Maske sprach. »Alle dort wurden ermordet!«

»Was?« Sie riss ein schlecht angebrachtes Band ab, als sie an seinem Ärmel zerrte. »Sie können doch nicht ...«

In einiger Entfernung schrie eine Frau. Tess erkannte die Stimme: Sie gehörte Benvanna Novri, der momentanen Gattin von Era Novrus, die sich die Hände vor den Mund presste und die Rücken mehrerer Mitglieder der Delta-Oberschicht anstarrte.

»Sie greifen sie an!«, jammerte sie und wich zurück. »Oh, Sostira – all ihre Gattinnen – Lumen sei ihr gnädig, *ich* greife sie an! Jemand muss ihr helfen!«

Doch da war keine Sostira Novrus, der man helfen konnte. Benvanna stürzte mit wedelnden Händen vor und stöhnte vor Entsetzen auf, als ihr bewusst wurde, dass sie das, was immer sie da sah, nicht berühren konnte.

Tess wusste genug über Aža, um Benvannas geweitete Pupillen und ihren ins Leere gehenden Blick zu erkennen, der den Anschein erweckte, als würde sie direkt durch diese Welt in die nächste blicken. Damit war sie nicht die Einzige: Überall auf dem Platz riefen und kreischten die von Aža Benommenen auf. Einer sagte, er würde einen alten Vraszenianer weinend inmitten ermordeter Kinder sehen, ein anderer plapperte davon, dass der Tyrann noch regieren würde und dass die blutgetränkte Stadt das zweihundertzweiundvierzigste Jahr seiner Regentschaft feierte.

Anders als Ren und Sedge hatte Tess nie zu Ondrakjas Lieblingsfingern gehört, dennoch besaß sie ebenfalls ihre Flussratteninstinkte und konnte sich geschickt den Weg durch die Menge bahnen. Ren hatte das mit Charme und ihrem Lächeln geschafft, Sedge mit Fäusten und Ellbogen. Tess fand einfach die Lücken zwischen den Leibern und huschte wie eine Nadel hindurch. Allerdings war sie diesmal nicht auf der

Suche nach einem leichten Opfer oder einer herabhängenden Geldbörse, sondern nach ihrer Herzensschwester.

»Alta Renata! Hat jemand meine Alta gesehen? Alta Renata!« *Ren! Ren!* Der Name kam ihr vor Angst beinahe über die Lippen, nur ihre wankende Vorsicht hielt sie bislang davon ab. Aber sie wusste, dass Ren wie eine Katze dazu in der Lage war, stets auf den Beinen zu landen, und dass sie Tess die Ohren langziehen würde, wenn sie das Spiel ruinierte, das die ganze Zeit über perfekt gelaufen war.

Tess drängelte sich über den Platz zu den Stufen des Privilegienhauses, in dem Ren eigentlich sein sollte. Dort versperrte ihr jedoch eine Mauer aus Körpern den Weg, die sich auch nicht durchdringen ließ: Nüchterne Adlige und Mitglieder der Delta-Oberschicht verlangten zu erfahren, was im Gebäude vor sich ging.

Eine Frau mit dem goldenen Kommandantenabzeichen der Wache und ernstem Gesicht gab ihr Bestes und brüllte Antworten, als würde sie das schon seit einer Weile tun und damit rechnen, noch mehrere Glocken lang damit beschäftigt zu sein. »Es gab keinen Mord! Die Leute sind verschwunden! Wir wissen nicht, wie oder warum es passiert ist, aber wir gehen der Sache nach! Bitte bewahrt Ruhe, damit wir uns auf die Suche konzentrieren können!«

»Aber einige hier sehen die Personen, die vermisst werden, und sie schweben in Gefahr!«, brüllte jemand zurück. »Wieso wird nichts unternommen, um ihnen zu helfen?«

Tess wich zurück und versuchte, die Angst wegzuatmen. Sie wurden vermisst und waren nicht tot. Die Leute auf Aža konnten sie sehen – manchmal und manche von ihnen –, und es mochte alles nur ein schlecht gesponnener Faden sein, aber mehr hatte Tess nicht, woran sie sich festklammern konnte.

Mit neuer Entschlossenheit setzte sie sich in Bewegung, um die Personen aufzusuchen, die ins Nichts starrten, als wäre dort etwas, und sie zu fragen, ob sie ihre Alta gesehen hatten. Die Geschehnisse schienen keinen Sinn zu ergeben, denn jeder, mit dem sie sprach, beschrieb etwas völlig anderes. Aufstände oder Seuchen. Die Stadt in Flammen oder überflutet. Ein auf dem Boden kauernder Mann behauptete, er habe gesehen, wie einer von Era Destaelios Assistenten von Ratten in der Größe von Jagdhunden gehetzt worden war. Ein anderer schwor, Scaperto Quientis gesehen zu haben, der zusammen mit einer hübschen Vraszenianerin im Westkanal ertrank.

Tess presste sich eine Hand auf den Bauch, um die in ihr aufkeimende Hoffnung zu ersticken. »Wie hat sie ausgesehen? Was hatte sie an?« War es Ren irgendwie gelungen, in ihre Arenza-Verkleidung zu schlüpfen? Aber wie? Tess hatte ihr eigenhändig ins Kleid geholfen und nichts am Dežera-Kostüm sah irgendwie vraszenianisch aus.

Doch die Frau, die der Mann beschrieb, konnte durchaus Arenza sein. Nein – Ren. »Mutter und Tante, hoffentlich ist sie nicht aufgeflogen«, betete Tess und machte sich auf zum gegenüberliegenden Flussufer. »Hoffentlich finde ich sie.«

Am Fluss war jedoch keine Spur von Ren zu entdecken. Tess schlug sich frustriert auf den Oberschenkel. »Selbstverständlich nicht, du Dummkopf! Du siehst nur das, was wirklich da ist.«

Wenn sie Ren finden wollte ... brauchte sie Aža.

Tess war schon drauf und dran, dem nächsten Eckdealer eins über den Kopf zu braten, als sie einen Namen hörte, der sie aufmerken ließ. Sämtliche Regeln der Schicklichkeit missachtend packte sie eine Frau aus der Delta-Oberschicht am Arm und drehte sie zu sich herum. »Wie war das?«

Die Frau war derart in das Chaos vertieft, dass sie Tess' niederen Status überhaupt nicht bemerkte. Sie zog den Arm weg und antwortete hochnäsig: »Ich sagte, ich habe gesehen, wie der Rabe die Spitze hinauf zum Amphitheater geklettert ist, und davon wird die Wache erfahren.«

Als ob die Wache im Augenblick auch nur einen Deut dreckiges Flusswasser auf den Raben gegeben hätte. Aber die Frau war so nüchtern wie Sebat – was nur bedeuten konnte, dass sie die Wirklichkeit gesehen haben musste.

Wenn der Rabe glaubte, dass oben auf der Spitze irgendetwas nicht stimmte, während der ganze Cinquerat vermisst wurde und auf der kompletten Alten Insel der Wahnsinn ausbrach, dann wollte Tess auch wissen, was er dort vorhatte ... und ihn um Hilfe bitten.

Sie rannte los in Richtung Spitze.

Schon bald musste sie langsamer werden, da sich der Weg vom tiefer gelegenen Hauptteil der Alten Insel steil nach oben erstreckte, doch sie hastete verzweifelt weiter. Tess riss sich die Maske herunter und rang nach Luft. Ihre Waden und Oberschenkel brannten, als sie das Amphitheater betrat, und sie hätte gebetet, wenn ihr dafür genug Atem geblieben wäre. Als eine schwarze Gestalt im Augenwinkel außer Sicht huschte, hätte sie sie beinahe ignoriert und als Produkt ihrer Atemlosigkeit abgetan.

Allerdings erinnerten die schwarzen Flecken kurz vor einer Ohnmacht im Allgemeinen nicht an berühmte Gesetzlose und trugen auch keine Frauen über der Schulter. »Ren!«

In dem Moment, in dem sie das Wort gerufen hatte, ging Tess auch schon ihr Fehler auf. Als sich der Rabe zu ihr umdrehte, hörte sie Rens Stimme, die sie an die Zeit bei Ondrakja erinnerte, in ihrem Kopf: *Wenn du glaubst, bei einer Lüge ertappt worden zu sein, spinn sie weiter, anstatt zurückzurudern.*

»Renn!« Sie setzte sich die Maske wieder auf und lief mit wedelnden Armen auf den Raben zu. *Versuch, nicht zu ganllechyn zu klingen.* »Die Wache hat von einem Aufruhr im Amphitheater erfahren und ist hierher unterwegs.«

»Wie bitte?«

Tess hoffte sehr, ihren Enkeln eines Tages davon erzählen

zu können, wie sie den Raben aus der Fassung gebracht hatte. Aber zuerst musste sie Ren von hier wegschaffen. »Was stimmt mit der Frau nicht? Ist sie ...«

Er legte die Frau sanft auf den Boden und Tess entwich der Atem. Es war in der Tat Ren – die unter all dem Blut und Dreck so aussah, wie sie es von Natur aus tat. Das Dežera-Kostüm war verschwunden, als hätte es niemals existiert, und sie trug vraszenianische Kleidung.

Aber sie war am Leben und machte sich wortlos ganz klein, als der Rabe sie losließ. Sie starrte ins Leere und schien nicht zu begreifen, dass Tess da war – aber sie lebte.

Rauer Stein knirschte unter Tess' Knien, als sie sich neben Ren niedersinken ließ. »Oh, Mutter und – Was ist passiert?«

»Kennst du diese Frau?«, fragte der Rabe.

Tess war nicht Ren und konnte nicht wie sie die Fäden von Lügen zu einem derart robusten Stoff verweben, dass er wie die Wahrheit erschien. Daher hielt sie einfach den Kopf gesenkt und hoffte darauf, ihr simples Kostüm sei Verkleidung genug und der Rabe hatte nicht erkannt, dass er Alta Renata in den Armen getragen hatte. Es sei denn, er war wirklich Leato, wie Ren glaubte.

Er legte ihr eine Hand auf die Schulter. »Ich habe dich gefragt, ob du sie kennst.«

»Ja«, antwortete Tess. Ren hatte sich noch immer nicht bewegt. Wäre da nicht ihr flacher, ungleichmäßiger Atem gewesen, hätte Tess sie glatt für tot halten können.

»Dann lasse ich sie bei dir.« Die Stimme des Raben war so emotionslos wie Wintereis. »Wenn die Wache herkommt, sollte sie nicht zusammen mit mir gesehen werden.«

Tess nickte. Sie weinte so sehr, dass vor ihren Augen alles verschwamm, aber sie wagte es nicht, die Tränen wegzuwischen, bis der Rabe gegangen war und sie die Maske wieder abnehmen konnte. »Geh nur. Ich kümmere mich um sie und bringe sie zu ihren Leuten zurück.«

Er lief schon los, bevor sie den Satz beendet hatte, eilte den Weg hinunter und sprang von dort auf ein Häuserdach. Wenige Augenblicke später war er verschwunden. Tess legte die Arme um Ren und ihr gepolstertes Kostüm schützte sie vor den harten Steinen. Zitternd presste sie die Stirn an Rens und gestattete sich kurz, Erleichterung zu empfinden. *Danke, Mutter und Tante.* Was auch passiert sein mochte, Ren war am Leben.

Sie strich ihrer Schwester das Haar aus der Stirn und hob ihren Kopf an. Die Schwierigkeiten waren noch lange nicht vorbei. Da Ren nicht länger wie Renata aussah, mussten sie schnellstmöglich von hier verschwinden.

Nach Hause, beschloss Tess. Aber sie war nicht der Rabe und konnte Ren nicht bis nach Westbrück tragen.

»Na gut«, sagte sie und legte all ihre Kraft in ihre Stimme. »Du musst mir helfen, Ren. Hoch mit dir ...«

Sie kamen irgendwie auf die Beine, und Tess trug mehr von Rens Gewicht als Ren, aber immerhin stand ihre Schwester und setzte sich halbwegs in Bewegung. Sie machten einen vorsichtigen Schritt nach dem anderen und schafften es nach unten, um sich auf den Weg nach Hause und in Sicherheit zu begeben.

Horst, Abenddämmerungstor, Alte Insel: 17. Cyprilun

»Serrado! Wo in Ninats Hölle habt Ihr ...«

Cercels frustrierter Ausbruch verpuffte, als sich die Menge im Hauptraum des Horsts teilte und Grey und seine Leute mit ihrer blutigen Last hereinkamen.

Als seine Patrouille auf die Leiche gestoßen war, hatte Grey versucht, Leato selbst zu tragen. Bei Kolya hatte er es nicht tun können – von ihm war zu wenig übrig geblieben –, aber er konnte es zumindest für den Mann tun, der ihm beinahe wie ein Bruder gewesen war. Das machte zwar noch lange nicht wieder gut, dass er nicht für Leato da gewesen war, als er ihn gebraucht hatte, doch wenigstens versuchte er es.

Nach zwei stolpernden Schritten hatte Ranieri schweigend das Kommando übernommen, die Leiche in seinen Mantel gewickelt und den anderen befohlen, Grey die Last abzunehmen. Als sich Cercel nun einen Weg durch die Menge bahnte, wich er zurück und überließ seinem Hauptmann das Reden.

Grey schuldete Ranieri Dank für die Atempause, auch wenn sie bei Weitem nicht lang genug gewesen war. Nicht, um sich von alldem zu erholen, was er in dieser Nacht gesehen hatte. Die Grenzen der wachen Welt verschwammen um ihn herum, kurz war der Eingang des Horsts in Blut getaucht – ein Traum des Gebäudes als Ort schrecklicher Gewalttaten. Grey presste sich einen Handballen gegen die Stirn und zwang sich, nur das wahrzunehmen, was real war.

»Kommandantin. Wir haben ihn im Amphitheater gefunden. Wo …« Greys Stimme brach. Er räusperte sich und versuchte es erneut. »Wo bahren wir die Leichen auf? Wir müssen Era Traementis darüber informieren, dass ihr Sohn …«

Diesmal lag es an seinen Tränen, dass um ihn herum alles verschwamm. Grey holte zitternd Luft. Und gleich noch mal. Und ein drittes Mal. Diese letzten Schritte musste er noch hinter sich bringen, erst dann konnte er sich der Trauer hingeben, die ihn innerlich zu zerreißen drohte.

Cercel spannte die Kiefermuskeln so fest an, dass er schon befürchtete, ihre Zähne würden zerspringen. »Unten«, antwortete sie. »Erledigt das, Ranieri.«

Sie trat näher, als Ranieri und die anderen Leato wegtrugen – das, was noch von ihm übrig war –, und senkte die Stimme, damit kein anderer sie verstehen konnte. »Ich muss es auf der Stelle wissen, Serrado. Haben Sie Aža genommen?«

»Ich musste doch sehen, was geschieht«, erwiderte er.

»Ich habe meine Einheit so schnell zusammengerufen, wie ich konnte.«

»Das weiß ich.« Das Mitgefühl in ihrer Stimme ließ ihn beinahe zerbrechen. Mit ihrem vorherigen Zorn konnte er besser umgehen als damit. »Nach allem, was hier passiert, kann ich Euch leider nicht nach Hause gehen lassen, aber ich ...«

»Wo ist er? Jemand sagte, man hätte ihn gefunden. Leato?« Donaia Traementis erschien oben an der Treppe, die zu den Büros der höheren Offiziere führte, in denen hochrangige Personen warten durften. Ihre Frisur war völlig aufgelöst und auf Kniehöhe hatte sie etwas Schlamm am Surcot. Giuna stand direkt hinter ihr und wirkte nur ein klein wenig gefasster als ihre Mutter.

Grey taumelte einen Schritt zurück. Das würde er nicht über sich bringen. Donaia entdeckte ihn und eilte die Stufen hinunter. Cercel, verdammt sollte sie sein, bahnte ihr den Weg.

»Grey!« Donaia ergriff seine Hände. »Wart Ihr es? Habt Ihr ihn gefunden? Wo ist er?«

Er konnte das nicht. Als er den Mund aufmachte, um etwas zu sagen, bemerkte er die verzweifelte Hoffnung in ihren braunen Augen und wusste, dass er nicht derjenige sein wollte, der ihre Welt zum Einsturz brachte. Daher schüttelte er nur den Kopf.

Hinter Donaia presste Giuna eine Faust an ihre Lippen und unterdrückte ein Schluchzen, da sie es begriffen hatte.

»Es tut mir leid.« Die Worte schienen ihn innerlich zu zerreißen. »Er ist nicht ... Es tut mir so leid. Wir haben seine Leiche gefunden.«

»Nein.« Donaia schien in sich zusammenzusinken und sie zog Grey mit nach unten. »Nein, das muss ein Irrtum sein. Es ist jemand anders. Nicht Leato. *Nicht mein Junge.*«

Sie wiederholte diese Worte wieder und wieder, und Grey

spürte, wie die Fäden der Traementis-Familie um ihn herum zerfaserten, diese wenigen letzten Fetzen.

Und auch die seinen.

Donaias Proteste wurden zu Schlägen, die seine Schultern trafen. Grey ließ sich schlagen, weil er es verdient hatte. Das Aža veränderte abermals seine Sicht, und er sah den Horst als Ort voller Ketten, als erwürgenden Orden, der mehr schadete, als Gutes zu tun. Er kniff die Augen zu und versuchte, Donaia tröstend über den Rücken zu streicheln, wobei seine Hand Giunas traf, die dasselbe tat.

Es war auch Giuna, die ihn wieder dazu brachte, seine Umgebung wahrzunehmen. Sie schnappte laut nach Luft und Grey riss die Augen auf.

»Was ist mit Renata? Sie war mit Leato im Privilegienhaus. Habt Ihr ...« Giuna schluckte schwer. »... irgendetwas gefunden?«

»Nein.« Grey sah zu Cercel hinüber, die ihr Bestes gab, um die Falken um sie herumzuleiten. »Gibt es schon etwas Neues?«

Cercel schüttelte den Kopf. »Wir sind noch immer dabei, die Leute zu finden. Ich habe keine Ahnung, wieso sie auf der ganzen Insel verteilt sind, aber ... einige von ihnen könnten nicht einmal *auf* der Insel sein.«

»Dann weitet den Suchradius aus!«, fauchte Giuna und baute sich vor Cercel auf. Trotz ihrer vom Weinen geröteten Augen und ihres zitternden Körpers hatte sie ihrer Mutter nie mehr geähnelt. »Renata kennt sich in Nadežra nicht aus. Vielleicht hat sie sich verlaufen oder wurde verletzt.«

Vielleicht ist sie tot.

Giuna musste es nicht aussprechen. Je mehr Zeit verging, desto wahrscheinlicher wurde es.

Grey schwankte, als ihm das Aža einen weiteren Traum des Horsts zeigte. Donaia hockte allein auf dem Boden, hatte die Arme um ihren Körper geschlungen und wankte vor und zurück. Er wollte sie nicht mit Giuna als einziger Stütze zurücklassen, konnte da draußen in der Stadt jedoch weitaus mehr für sie tun als hier. »Sie lebt in Westbrück – vielleicht ist sie dorthin zurückgegangen. Ich kann mit meiner Einheit ...«

Die Tür des Horsts quietschte in den Angeln, als sie aufgerissen wurde, und das schwere Holz knallte gegen drei Falken und schleuderte sie zu Boden. Mettore Indestor donnerte herein. Er trug die schillernde Robe des Kostüms eines anderen und war mit dem getrockneten Blut seiner Verletzungen bedeckt. Ein Caerulet-Sekretär eilte hinter ihm her und flehte seinen Herrn an, stehen zu bleiben und sich versorgen zu lassen, doch Indestor schien den Schmerz nicht einmal zur Kenntnis zu nehmen.

»Ich verlange zu erfahren, wer mir das angetan hat!«, brüllte er.

Grey hatte den Mann schon mehrfach wütend erlebt, aber dies war reiner, elementarer Zorn – und auch noch etwas anderes. Indestor klammerte sich an den Rand eines Schreibtischs, und die Leute dahinter stoben instinktiv davon, nur einen Herzschlag bevor der Tisch an der Wand zerschellte.

Asche. Sie hatten die Auswirkungen in letzter Zeit oft genug auf den Straßen gesehen, daher erkannte Grey sie sofort.

Sein Schwertgriff fühlte sich kalt an. Die Waffe gegen Caerulet zu erheben, konnte seinen Tod bedeuten, aber diese Kraft zusammen mit Mettores Zorn ...

Indestor sah ihn mit weit aufgerissenen Augen an, und einen lähmenden Augenblick befürchtete Grey schon, der Mann könnte sehen, was er beinahe getan hätte. »Das war *Ihr* Volk«, schnaubte Indestor. »Diese elenden Stechmücken haben mir das angetan. Ich will wissen, wer es war. Bringt mir Antworten, oder ich spucke auf das Abzeichen, das Ihr da tragt, und auf jeden, der für Euch gebürgt hat.«

Es war offensichtlich, welche Methoden Grey Mettores Meinung nach anwenden sollte. Cercel baute sich zwischen ihnen auf, wandte Indestor nicht direkt den Rücken zu, versperrte Grey aber weit genug die Sicht, dass er sie ansehen musste. »Geht«, sagte sie. »Ich schicke jemand anderen nach Westbrück.«

»Meine Leute waren das nicht.« Grey wollte Indestor seine Wut ins Gesicht schreien, doch er war schon zu lange Falke und Nadežraner, um sich zu einer derart sinnlosen Idiotie hinreißen zu lassen. Obwohl ihm das Aža Einblicke in Ažerais' Traum gewährte und Leatos Tod sein Innerstes ausbluten ließ, besaß er genug gesunden Menschenverstand, um so leise zu sprechen, dass nur Cercel ihn verstehen konnte. »Unsere Ziemetse wurden ebenfalls vergiftet. So etwas würden wir niemals tun.«

»Aber sie könnten etwas wissen, und Ihr seid der Einzige, mit dem sie möglicherweise reden.«

Ihre Worte schienen ein weiteres Messer in seinem Bauch umzudrehen. Die meisten Vraszenianer hielten ihn für einen Wankelknoten. Die Clanältesten stammten aus den Stadtstaaten flussaufwärts, aber sie wussten ganz genau, was eine Wachuniform zu bedeuten hatte.

Indestor schubste seinen Sekretär zur Seite, als der Mann versuchte, seine Schnittwunden mit einem feuchten Tuch abzutupfen. Der Sekretär schwankte nach hinten und wäre gestürzt, hätten da nicht so viele Leute gestanden. »Soll ich jemand anders hinschicken?« Cercel knurrte Grey förmlich an. »Wenn wir in dieser Sache für Gerechtigkeit sorgen wollen, müsst Ihr Eure Arbeit machen, Serrado.«

Grey blickte auf Donaia hinab, die zu Boden gesunken war. Giuna hockte neben ihr und schien ihre Trauer zu verdrängen, um ihre Mutter zu trösten. Renata zu finden, würde kaum etwas verbessern, wenn er jedoch ihre Leiche entdeckte, wurde alles nur noch schlimmer. Wie sollte er jemand anderem diese Verantwortung übertragen?

Aber Cercel hatte recht. So schlecht er als derjenige wäre,

der mit den Clans sprach – jeder andere Falke wäre die reinste Katastrophe.

Indestor war bereits nach oben gestürmt und verlangte lautstark nach dem Oberkommandanten. Grey biss die Zähne zusammen und wünschte sich, irgendjemand würde die Autorität besitzen, diesen Schnösel im Drogenrausch festzunehmen, bevor er noch jemanden mit dem nächsten Schreibtisch traf. »In Ordnung. Ich nehme Ranieri mit.« In Pavlins Adern floss so gut wie kein vraszenianisches Blut, aber er würde dies nicht als Chance nutzen, um die Gunst des Caerulet zu gewinnen, so wie Grey es von vielen seiner anderen Leute erwartete.

»Nehmt mit, wen immer Ihr für nützlich erachtet. Aber geht, bevor das Ganze noch schlimmer wird.«

Bei all dem Lärm im Horst hätte es ihm eigentlich unmöglich sein sollen, Donaias Schluchzen zu hören, doch das Aža schien ihre Trauer zu spüren, daher waren weinende Menschen alles, was er sehen konnte, als er nach Sieben Knoten aufbrach.

Isla Prišta, Westbrück: 17. Cyprilun

Beim Klang der Türglocke zuckte Ren zusammen.

Tess legte die Arme noch fester um sie. »Ignorier es einfach. Du musst jetzt mit niemandem reden.«

Selbst Tess' Umarmung konnte die Kälte nicht vertreiben. Das Feuer im Kamin loderte hoch auf und erfüllte die Küche mit Wärme, dennoch zitterte Ren unkontrollierbar. Ob sie die Augen nun offen hatte oder schloss, stets sah sie nichts als Ondrakja.

Und die Zlyzen, die Leato in Fetzen rissen, als sie ihn zurücklassen musste.

Es klingelte erneut.

Fluchend sprang Tess auf. »Ich kümmere mich darum. Bleib einfach hier und trink deinen Tee.« Sie hastete hinaus.

Zuerst konnte Ren nichts als unverständliches Gemurmel hören. Dann hallte Tess' Stimme wie einer der Brunnengeister aus den Ganllechynischen Feuergeschichten zu ihr herunter. »Nein, Ihr könnt nicht hereinkommen und sie mit eigenen Augen sehen, und die Alta wird auch nicht herunterkommen, damit Ihr sie antatschen könnt!«, kreischte sie. »Ich sagte doch, dass sie zurückgekehrt ist und nur ein paar Kratzer hat. Nennt Ihr mich etwa eine Lügnerin?«

Das darauf folgende Murmeln schien Tess nicht zufriedenzustellen. »Es ist mir egal, ob Ihr von Mettore Indestor höchstpersönlich hergeschickt wurdet; ich lasse Euch jetzt nicht ins Haus – wie ist Euer Name? Leutnant Kaineto. Ihr werdet keinen Fuß über diese Türschwelle setzen.«

Sie schreit so laut, damit ich mitbekomme, was da oben passiert, begriff Ren.

»Macht das. Und wenn Ihr schon mal dabei seid, sagt Eurer Kommandantin Cercel, dass wir es nicht zu schätzen wissen, zu dieser Stunde belästigt zu werden. Nach allem, was meine Alta durchgemacht hat ...« Die Tür wurde zugeknallt.

Wenige Augenblicke später kam Tess die Stufen wieder herunter, presste sich eine Hand aufs Herz und war geisterblass. »Das wäre vorerst erledigt. Nun sollten sie uns zumindest bis morgen früh in Ruhe lassen. Vielleicht sogar noch länger, wenn die Falken so viel zu tun haben, wie es den Anschein hat.« Sie legte Ren eine Hand auf die Stirn und die Wange, als würde sie überprüfen, ob sie Fieber hatte. »Willst du überhaupt reden? Oder möchtest du dich lieber ausruhen?«

Rens Herz raste, als müsste sie erneut zur Spitze hinaufrennen. Als hätte die Wache die Küchentür bereits eingetreten, und Grey Serrado würde hereinstürmen, um sie wegen ihrer Verbrechen festzunehmen.

Dies war die erste Erinnerung, die bruchstückhaft zu ihr

zurückkehrte. Dann, als wäre ein Damm gebrochen, folgten die anderen: Wie sie die Traementis zu ihren Fingern gemacht hatte, wie Tess sie verlassen hatte, Sedge tot durch Vargos Hand, Ivrina, die in Flammen stand. Wie sie wieder und wieder zu Ondrakja kroch, und die blinde Szorsa, die mit ihr zu den Statuen im Privilegienhaus ging.

Leato. Ein ums andere Mal versuchte sie auszusprechen, was mit ihm geschehen war, wie sie ihn im Stich gelassen hatte, aber die Worte blieben ihr wie Angelhaken im Hals stecken. Tess musste schon lange, bevor Ren es endlich aussprechen konnte, gewusst haben, dass er tot war, aber sie saß einfach nur da, strich Ren übers Haar und murmelte tröstenden Unsinn, bis sie alles gesagt hatte.

Danach blieb es so lange still, dass sich Ren schon fragte, ob Tess eingedöst war, bis ihr Atem gegen Rens Haar strich.

»Ich kann nichts über all das andere sagen, aber ich würde dich niemals verlassen.« Sie nahm Rens Hand, drehte sie um und legte ihre Arme so hin, dass sich ihre Narben berührten, die sie als Schwestern auszeichneten. »Das bedeutet mir ebenso viel wie dir. Ich würde mir eher die Finger abschneiden und nie wieder nähen.«

Rens Augen waren trocken gewesen und hatten gebrannt, seitdem der Rabe sie von der verschwundenen Quelle weggezerrt hatte, aber jetzt kamen die Tränen, und ihr verschwamm die Sicht.

»Oje. Sieh nur, was ich gemacht habe.« Tess schlang die Arme um Ren und wiegte sie sanft.

Das Klopfen an der Tür wirkte beinahe wie ein Muster. So klopfte Sedge an, damit sie wussten, dass er es war. Tess ließ ihn herein, und als er Ren sah, fluchte Sedge leise und ging vor ihr auf die Knie.

»Sie hat nur ein paar Kratzer und blaue Flecken abbekommen, aber es geht ihr nicht gut. Sie hat Ondrakja gesehen«, sagte Tess und verriegelte die Tür.

Sedge nahm Rens Hände und sah ihr ins Gesicht. »Ich hätte früher hier sein müssen, aber ich war auf der Suche nach Vargo – irgendwie hatte ich gehofft, du wärst bei ihm. Scheiße. Ondrakja? Aber sie war es nicht wirklich, oder?« Er drehte sich zu Tess um. »Nach allem, was ich gehört habe, ist das nur in den Köpfen der Leute passiert.«

Ren umklammerte seine Hände so fest, dass es wehtun musste. »Nicht in meinem Kopf, aber auch nicht – nicht wirklich. Bei der Gnade der Masken, *nicht wirklich.*« Sedge war am Leben. Und sie würde sich nie wieder für Vargos Geheimnisse interessieren, wenn ihm das den Tod bringen konnte.

Sedge setzte sich neben sie auf die Bank, und Ren lehnte sich an ihn und spürte seine Kraft. Er besaß nicht Tess' Talent, tröstende Worte zu finden, aber er war fest und echt, und sie konnte die Narbe auf seinem Handgelenk sehen, die unter den vielen anderen, die er danach bekommen hatte, kaum auffiel.

Ohne diese beiden ...

Es war nicht von Bedeutung. Sie hatte sie. Und sie würde sie auf keinen Fall verlieren.

Das kalte Licht der Morgendämmerung fiel durch die hohen Küchenfenster der Küche im Souterrain und überraschte sie.

Zwar hatte sie nicht geschlafen, doch irgendwann war die animalische Panik abgeflaut – nicht ganz verschwunden, aber weit genug unter die Oberfläche gesunken, dass sie wieder denken konnte.

Bis morgen früh, hatte Tess gesagt. Die Leute würden wissen wollen, was passiert war und ob es Alta Renata gut ging.

Entweder laufe ich weg, oder ich setze meine Maske wieder auf, dachte Ren.

Sie mochte gar nicht an die Version von sich denken, die über die Traementis geherrscht hatte. Wenn sie einfach verschwand, die Taschen schnappte, die Tess und sie immer bereitstehen hatten, und aus Nadežra floh, würden sich Donaia und Giuna allein mit Leatos Tod auseinandersetzen müssen. Leato war gestorben, um Ren zu retten. Sie schuldete es ihm, alles zu tun, was jetzt in ihrer Macht stand – so erbärmlich und unbedeutend das auch sein mochte.

»Tess«, sagte sie mit krächzender Stimme, als hätte sie sie ein Jahr lang nicht benutzt. »Ich brauche meine Schminke. Und meinen Spiegel. Und ein Kleid.«

* * *

ENDE DES ERSTEN BUCHES

Fortsetzung folgt in Rabe und Rose Band 2:
»Sturm gegen Stein«

ÜBER DIE AUTORINNEN

M. A. Carrick ist das gemeinsame Pseudonym von Marie Brennan (Lady Trents Memoiren) und Alyc Helms (Missy Masters). Die beiden Autorinnen trafen sich bei einer archäologischen Ausgrabung in Wales und Irland, die auch eine Auszeit in Carrickmacross umfasste.

Seit Jahrzenten pflegen sie ihre Freundschaft mit Gesprächen über Anthropologie, Schreiben und Gaming.

Beide leben in San Francisco, USA.

BAND 1
EINER FANTASTISCHEN TRILOGIE VOLLER
MAGIE UND EXOTIK

S. A. CHAKRABORTY
DIE STADT AUS MESSING
(Daevabad-Trilogie 1)
ISBN 978-3-8332-4099-7

„Die beste Fantasygeschichte, die ich seit „Der Name des Windes" gelesen habe."
– Sabaa Tahir

Für alle Leser/-innen von George R.R. Martin, Peter V. Brett und Patrick Rothfuss

panini BOOKS
www.paninibooks.de

Der neue Roman von Bestseller-Autorin Shannon Chakraborty

(Die Daevabad-Trilogie)

SHANNON CHAKRABORTY:
DIE ABENTEUER DER PIRATIN
AMINA AL-SIRAFI
Roman, ISBN 978-3-8332-4396-7

Amina al-Sirafi könnte eigentlich zufrieden sein. Nach einer bewegten und skandalösen Karriere als eine der berüchtigtsten Piraten des Indischen Ozeans hat sie hinterhältige Schurken, rachsüchtige Handelsfürsten, mehrere Ehemänner und einen echten Dämon überlebt, um sich nun in ruhigere Fahrwasser zu begeben. Doch als sie von der sagenhaft reichen Mutter eines ehemaligen Besatzungsmitglieds aufgespürt wird, bekommt sie einen Job angeboten, den kein wahrer Bandit ablehnen könnte: Sie soll die entführte Tochter ihres Kameraden für eine mehr als fürstliche Belohnung zurückholen. Soll sie die Chance, ein letztes Abenteuer mit ihrer Crew zu erleben, einem alten Freund zu helfen und ein Vermögen zu gewinnen, das die Zukunft ihrer Familie für immer sichern könnte einfach ignorieren? Sie wäre keine echte Piratin, wenn sie dies täte …

Eine Saga über Magie und Chaos auf hoher See; eine packende Geschichte über Piraten und Zauberer, verbotene Artefakte und uralte Geheimnisse und über eine Frau, die fest entschlossen ist, ihre letzte Chance auf Ruhm zu ergreifen – und zur Legende zu werden.

Jetzt neu im Buchhandel

panini BOOKS
www.paninibooks.de

MASTER AND COMMANDER TRIFFT AUF GAME OF THRONES UND PIRATES OF THE CARIBBEAN.

GREG KEYES: DER BASILISKEN-THRON
Roman, ISBN 978-3-8332-4397-4

Rasante High-Fantasy mit Kämpfen auf hoher See und der ungewöhnlichen Geschichte einer klugen jungen Frau, die sich den perfiden Bedrohungen eines kaiserlichen Hofes stellt. Doch der Schlüssel zum Sieg über einen magiebegabten Feind könnte bei einem dreisten Schurken und der Sklavin eines Wahnsinnigen liegen. Jahrhundertelang haben die Herrscher auf dem Basilisken-Thron alle Kontinente beherrscht und die menschlichen Bewohner brutal versklavt. Doch nun, nach endlosen Kriegen, haben die drei menschlichen Reiche Ophion, Velesa und Modjal die grausamen Drehhu in ihr Kernland zurückgedrängt und sich zu einem letzten, massiven Angriff zusammengeschlossen, um sie für immer zu besiegen. Dies wurde schon einmal versucht, aber die höllischen Waffen und die dunkle Magie der Drehhu haben diese immer vor eine Niederlage beschützt. Dies könnte sich nun ändern, denn jetzt verfügen auch die Menschen über eine Geheimwaffe. Doch der Preis dafür ist sehr hoch. Das Schicksal des Basilisken-Throns liegt nun in den Händen einer jungen Frau ...

Jetzt neu im Buchhandel

panini BOOKS
www.paninibooks.de

Band 1 einer
fantastischen Trilogie voller
STARKER FRAUEN und
RÄTSELHAFTER MONSTER

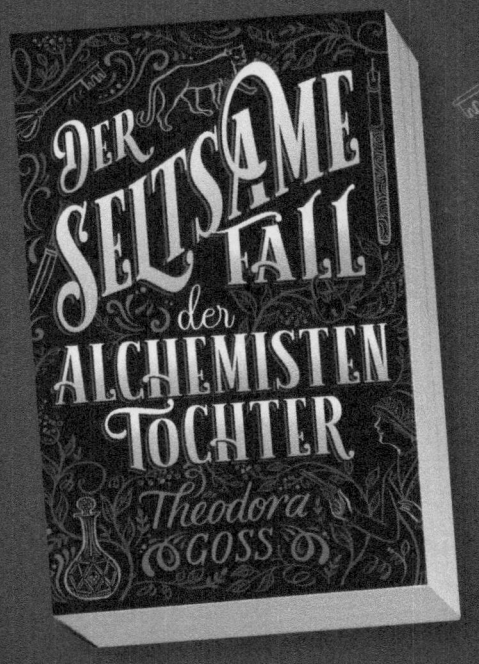

Theodora Goss
DER SELTSAME FALL DER ALCHEMISTEN-TOCHTER
ISBN 978-3-8332-4101-7

Für alle Leser/-innen von Ben Aaronovitch, Arthur Conan Doyle,
Mary Shelley, Robert Louis Stevenson u.v.m.

Für Fans von Holmes & Watson, Jekyll & Hyde, Victor Frankenstein und Van Helsing

PANINI BOOKS
www.paninibooks.de

NEUE Phantastik-Highlights
VON PANINI

KIERSTEN WHITE:
DAS DUNKLE IN MIR
Roman, 480 Seiten.
ISBN 978-3-8332-4483-4

MAIYA IBRAHIM:
GEWÜRZSTRASSE
Roman, 496 Seiten.
ISBN 978-3-8332-4481-0

SARAH UNDERWOOD:
LÜGEN, DIE WIR DEM MEER SINGEN
Roman, 528 Seiten,
ISBN 978-3-8332-4484-1

ALEXANDRA ROWLAND:
DER GESCHMACK VON GOLD UND EISEN
Roman, 608 Seiten,
ISBN 978-3-8332-4482-7

Jetzt neu im Buchhandel

PANINI BOOKS
www.paninibooks.de